btb

Aus Freude am Lesen

btb

Buch

An einem regnerischen Abend im August 1823 treffen im Haus des Kölner Stadtphysikus Dr. Bernhard Elkendorf einige kunstliebende und einflussreiche Herren zu einem Diner zusammen. Unter ihnen der Gelehrte und Sammler Ferdinand Franz Wallraf, der Verleger Marcus DuMont – und Dr. Jakob Nockenfeld, der gerade von einem langjährigen Parisaufenthalt nach Köln zurückgekehrt ist. Die Gesellschaft isst Krebssuppe mit Morcheln und Rebhuhnpastete, trinkt erlesene Weine, man plaudert über Kunst und Wissenschaft. Am nächsten Tag wird Dr. Nockenfeld tot in seinem Bett aufgefunden – vergiftet.
Dr. Elkendorf, als Stadtphysikus zugleich auch Gerichtsmediziner, wird beauftragt, den Fall diskret zu untersuchen. Eine delikate Angelegenheit, handelt es sich bei dem Kreis der Verdächtigen doch um die Spitzen der Kölner Gesellschaft. Hinter der bürgerlichen Fassade stößt Elkendorf auf einen Sumpf aus Bosheit, Gier und persönlichen Abhängigkeiten.
Elkendorfs Cousine und Haushälterin Anna, die das offenbar verhängnisvolle Diner gekocht hat, geht eigene Wege, um den mysteriösen Tod aufzuklären. Und bei ihren Erkundungen in Küchen, Kammern und Salons der Damen kommt sie der Wahrheit schließlich näher als ihr Cousin.

Autorin

Barbara Becker-Jákli ist deutsch-ungarischer Herkunft und lebt seit ihrer Kindheit in Köln. Sie promovierte über die Geschichte der Protestanten in Köln und veröffentlichte u. a. zur jüdischen Geschichte. Seit 1988 ist sie als Historikerin am NS-Dokumentationszentrum der Stadt Köln tätig. »Mord im Biedermeier« ist ihr erster Roman.

Barbara Becker-Jákli

Mord im Biedermeier

Historischer Kriminalroman

btb

Viele der Personen, Ereignisse, Orte, Bilder und Objekte sind historisch. Viele sind es nicht. Tatsächlich existierende Bilder und Objekte sind im Anhang angemerkt. Der Anhang enthält auch ein Glossar und Literaturhinweise.
Unzeitgemäße Zitate im Roman sind gewollt.

FSC
Mix
Produktgruppe aus vorbildlich bewirtschafteten Wäldern und anderen kontrollierten Herkünften

Zert.-Nr. GFA-COC-1223
www.fsc.org
© 1996 Forest Stewardship Council

Verlagsgruppe Random House FSC-DEU-100
Das für dieses Buch verwendete FSC-zertifizierte Papier *Munken Print* liefert Arctic Paper Munkedals AB, Schweden.

1. Auflage
Genehmigte Taschenbuchausgabe Dezember 2008,
btb Verlag in der Verlagsgruppe Random House GmbH, München

Umschlaggestaltung: semper smile Werbeagentur
Umschlagfoto: The Bridgeman Art Library/
Jean Jalabert »The First Stock«, 1847/
Private Collection Patrice Cartier
Satz: IBV Satz- und Datentechnik, Berlin
Druck und Einband: CPI – Clausen & Bosse, Leck
KR · Herstellung: BB
Printed in Germany
ISBN 978-3-442-73876-2

www.btb-verlag.de

Für meinen Mann, der mich manchmal abends, wenn ich schon fast schlafe, fragt: Kannst du mir nicht einen Kriminalroman geben, den ich noch nicht gelesen habe?

Dies ist einer.

Colligite fragmenta ne pereant
Sammelt die Überreste, damit sie nicht untergehen

Leitspruch des Kölner Sammlers Alexander Schnütgen

KAPITEL 1

Dienstag, 26. August 1823, Abend und Nacht

»Catarrhalische, rheumatische Fieber, Lungenentzündungen, Schnupfen, Husten, Zahn-, Hals-, Brust- und Augenentzündungen, überhaupt ein gereitzter Zustand der Schleime absondernder Oberflächen, besonders der Respirations-Werkzeuge, beschäftigen in Köln je nach der Jahreszeit häufig die Ärzte.
Catarrhen werden, wie an andern Orten so auch hier, sehr oft vernachläßigt, geben manchmal zu gefährlichen Verwachsungen der Lungen Veranlassung oder werden bei Individuen mit schwacher Organisation der Luftwege und des Bronchialsystems verbunden mit großer Reitzbarkeit oft als Folge eines ungeregelten Lebens, nicht selten habituell und alsdann den Übergang in Schleimschwindsucht oder phthisis trachealis bildend. Wie oft kommen zum Arzt Patienten, die durch der Art anhaltende mit Husten verbundene Catarrhen ganz abgemergelt sind und wo man an der sich schon entwickelten Schwindsucht wenig mehr zu zweifeln Ursache hat?«
Aus: Bernard Elkendorf, Medizinische Topographie der Stadt Köln, 1825, S. 468f.

Dämonen mit geifernd aufgerissenen Mäulern und tückischen Augen näherten sich dem Heiligen, drängten sich so dicht an ihn heran, daß er den ekligen, reptilienhaften Gestank ihrer Körper einatmen mußte, und packten mit Händen, Tatzen und scharfen Krallen nach ihm, um ihn aus seinen frommen Betrachtungen fortzuzerren in eine sündige Welt, in deren Lust und Grausamkeit er, sollte er der Gewalt der Bestien nicht widerstehen können, für immer verloren sein würde.

Aber er widerstand. Zumindest hieß es so in der Legende, dachte Doktor Bernard Elkendorf und versuchte, seine Augen von dem Gemälde des Heiligen Antonius, das seit einigen Wochen neben seinem Schreibtisch hing, zu lösen. Das Rot der geflügelten Teufel jedoch hielt sie fest. Es war ein tiefes, strahlendes Rot, das eine Vorstellung von Unausweichlichkeit und Endgültigkeit entstehen ließ. Leuchtend und endgültig, wie man sich in früheren Jahrhunderten das Höllenfeuer gedacht hatte.

Von seinem Stuhl am Schreibtisch aus war der Blick auf das höllische Rot und die Qual des Heiligen kaum zu vermeiden, obwohl er ihn gern vermieden hätte. Aber Professor Wallraf hatte ihm das Bild geliehen und darauf bestanden, daß es genau hier in seinem Arbeitszimmer aufgehängt wurde. Er hatte es wohl als eine Art Auszeichnung für ihn gedacht, denn es war ein kostbares Bild, eindrucksvoll gemalt in seiner Darstellung quälender, gespenstischer Not.

Die Rottöne waren heller und intensiver, als es das Rot kranker Lungen sein mußte, ging es ihm in einer jähen, absurden Assoziation durch den Kopf, die ihn zugleich aus seinen Gedanken riß und in die Realität zurückholte.

Er hatte eine sehr klare Vorstellung davon, wie die Lungen der Frau, die ihm gegenüber saß, aussahen. Während seines Studiums in Paris hatte er die Gelegenheit gehabt, die Leichen einer Reihe von Menschen zu sezieren, die an Schwindsucht, Auszehrung, Tuberkulose, Zehrfieber oder wie immer man diese Krankheit auch bezeichnen mochte, gestorben waren. Bei ihr waren sicherlich nicht nur einer, sondern bereits beide Lungenflügel angegriffen. Sie mußten schwärzlich-rot gefärbt sein, mit großen Löchern, die sich in das Gewebe eingefressen hatten und sich weiter ausbreiten würden, bis vom ursprünglichen, gesunden Organ nur noch fetzenartige Reste übrig wären. Spätestens dann würde sie sterben, vielleicht vor Schwäche, wahrscheinlich aber in einem plötzlichen Blutsturz, in dem ihr das Blut unaufhaltsam aus dem Mund quellen und sie schließlich in einer großen, roten Lache liegen würde. Er sah dieses Rot vor sich. Es würde so sein wie das Rot der dämonischen Peiniger.

Elkendorf lenkte seinen Blick vom Bild der Dämonen auf das Rezept, das er gerade ausgestellt hatte, überflog es noch einmal und zog einen Schnörkel unter die letzte Zeile. Den Kopf leicht gesenkt, blickte er einen Moment abwesend vor sich hin. Dann griff er nach seinem Federmesser und begann langsam, die Spitze seines Gänsekiels, die splissig und stumpf geworden war, neu zu schärfen. Während er die Schnittstelle zwischen Daumen und Finger hin- und herdrehte, um ihre Glätte zu prüfen, sagte er:

»Lassen Sie sich das Mittel in der Apotheke mischen und nehmen Sie es dann zweimal am Tag. Und vergessen Sie nicht, es vor dem Einnehmen gut zu schütteln. Das, was sich am Boden absetzt, muß in der ganzen Flüssigkeit verteilt werden, sonst trinken Sie nur einen Teil der Wirkstoffe, und dann nützt es nichts. Außerdem müssen Sie mehr essen. Aber nichts Schweres. Trinken Sie Milch und abends ein Glas Rotwein. Wir müssen sehen, daß Sie wieder kräftiger werden.«

Als ihm der falsche Klang in seiner Stimme bewußt wurde, unterbrach er sich abrupt. Er hob den Kopf und zwang sich, in das Gesicht der Kranken zu sehen. Es war ein eingefallenes, bleiches Gesicht mit purpurnen Flecken auf den Wangenknochen, schweißiger Haut und tief in den Höhlen liegenden, fiebrigen Augen. Wie eine Maske hatten sich die Merkmale der Krankheit über die eigentlichen Züge gelegt, so daß das Gesicht kaum mehr das eines Individuums war, sondern das der Schwindsucht selbst.

»Wie lange wird es noch dauern?« fragte die junge Frau und

begann zu husten. Erst kurz und trocken, dann keuchender, bis der Husten schließlich in ein röchelndes Atmen überging.

Elkendorf wandte den Blick zur Seite und wartete. Nach einiger Zeit wurde das Röcheln langsamer, und der Kopf der Frau sank erschöpft nach vorn, so daß das Kinn fast ihre Brust berührte und sie aussah, als hätte sie angefangen, still und ergeben zu beten.

»Ich weiß es nicht«, erwiderte er und beobachtete, wie sich ihre um die Stuhllehnen verkrampften Hände allmählich wieder lösten. »Niemand außer Gott weiß es«, setzte er mit einem Gefühl des Unbehagens hinzu.

»Was soll aus den Kindern werden? Ich kann schon jetzt nicht mehr für sie sorgen, und was wird, wenn ich nicht mehr bin?«

»Wer kümmert sich denn um Sie und die Kinder? Ihre Schwester?«

»Ja. Aber Sie wissen doch, sie ist auch nicht sehr gesund.«

Die Schwester, eine sehr kleine, blasse Frau mit zusammengekniffenem Mund, hatte vor kurzem ebenfalls angefangen zu husten. Es war so gut wie sicher, daß auch sie in absehbarer Zeit Blutspuren in ihrem Auswurf finden würde. Rötlich-zarte Fäden zuerst, dann größere Sprenkel und schließlich hellrote Flecken, die nicht mehr zu ignorieren sein würden und Ekel und Angst vor dem eigenen Körperinnern erregten.

»Wäre es Ihnen lieber, wenn ich Sie ins Bürgerhospital bringen lasse?«

»Nein, nein, ich möchte nicht ins Spital. Es wird schon irgendwie gehen.« Unruhig geworden stand die Frau auf und nahm das Rezept, das ihr Elkendorf reichte.

»Denken Sie daran, viel zu liegen. Sie sollten sich so wenig wie möglich bewegen, verstehen Sie?«

Die Frau nickte. Sie zog ihre Wolljacke über der Brust zusammen und wickelte sich ihr Fichu zweimal um den Hals, bis Nacken und Kehle dick eingehüllt waren. Dann versuchte sie, sich dankend vor Elkendorf zu verbeugen, doch es gelang ihr nur eine Bewegung, die wie ein unsicheres Einknicken aussah.

Elkendorf öffnete die Tür und ließ sie vor sich in die Diele hinausgehen. Im Halbdunklen, nahe der Tür zur Straße, wartete ihre Schwester, deren Gesicht unter einem dunklen, über Kopf und Stirn gezogenen Umschlagtuch kaum zu erkennen war. Er sah zu, wie die beiden Frauen in den Regen hinaustraten und vorsichtig, die ältere, kränkere gestützt auf den Arm der jüngeren Schwester, die Straße hinuntergingen.

Der Tod, der den beiden Frauen bevorstand, war kein leichter Tod. Allerdings war kein Tod leicht, dachte Elkendorf, auch wenn es auf den Totenzetteln so oft hieß, der Verstorbene sei sanft entschlafen. Was bedeutete das schon! Er wenigstens hatte kaum jemanden sanft entschlafen sehen.

Er schloß die Augen, um das Bild der zwei Schwestern im Regen auszulöschen. Dann riß er sich los.

Nachdem er in sein Arbeitszimmer zurückgekehrt war, öffnete er eine Schreibtischschublade und holte einige Papiere heraus, die er auf der Suche nach einer bestimmten Tabelle hastig durchblätterte. Als er das gesuchte Blatt gefunden hatte, setzte er sich und überschlug kurz die aufgeführten Zahlen: 1821 waren 336 Personen in Köln an Schwindsucht gestorben, 1822 waren es 300 gewesen. In der ersten Hälfte des laufenden Jahres, 1823, hatte er schon 240 gezählt. Einige dieser Kranken hatte er selbst behandelt und viele zumindest vom Sehen gekannt. Er stützte seinen Kopf in eine Hand und kämpfte gegen eine Welle von Müdigkeit an, die ihn zu überwältigen drohte.

Er würde sich nie an das Sterben gewöhnen, sagte er sich. Es war nicht der Tod, den er fürchtete, denn der Tod lag außerhalb seiner Zuständigkeit. Für ihn, und schon gar nicht für das, was nach ihm kam – wenn etwas nach ihm kam –, fühlte er sich nicht verantwortlich. Der Tod war nicht mehr erlebbar und nicht mehr fühlbar, weder für den, der tot war, noch für die

Lebenden. Und für ihn als Arzt war er nur etwas, das er festzustellen hatte. Er tat es, indem er den Puls suchte, ein Augenlid hob, einen Spiegel vor Nase und Mund hielt und wartete. Gab es keine Reaktion, keinerlei Bewegung oder Veränderung mehr, dann war der Tod eingetreten.

Nein, der Tod schreckte ihn schon lange nicht mehr. Es war das Sterben, das er fürchtete. Dieser merkwürdige, beängstigende Zustand zwischen Lebendig- und Totsein, der irgendwann, wann, wußte er oft nicht einmal zu sagen, während einer Krankheit einsetzte. Manchmal schien ihm dieser Zustand eine Art Zwielicht zu sein, ein düsteres, von nirgendwo einsikkerndes Licht, wie es auf manchen Gemälden zu finden war, das sich über den Kranken legte, immer dunkler wurde und dabei auch ihn, als doch eigentlich Unbeteiligten, in das Dunkle hineinziehen wollte.

Er konzentrierte sich nochmals auf die Tabelle vor sich, betrachtete wieder die von ihm selbst geschriebenen Ziffern und bemühte sich, nur die Zahlen wahrzunehmen, keine Gesichter dabei zu sehen. Dennoch ließen sie sich nicht verdrängen. Das abgemagerte Gesicht der Kleinen aus der Ehrenstraße, der jüngsten Tochter der Tagelöhnerin Henkeshoven, die im Fieber immer nach ihrer Katze gerufen hatte; die halbgeöffneten, fast erloschenen Augen des Webers Almenräder, der in einer überhitzten, übelriechenden Stube auf kotbeschmutztem Bettuch gestorben war; die wundgebissenen Lippen der alten Magd Ursula in der Salzgasse.

Ärgerlich über sich und seine Empfindlichkeit schob er die Tabellen schließlich zurück in die Lade. Er beugte sich vor, griff nach Karaffe und Glas, die immer auf seinem Schreibtisch für ihn bereitstanden, und schenkte sich ein.

Einen Augenblick später, während er das Aroma des Cognacs tief einsog und den einzelnen Elementen, aus denen sich Geruch und Geschmack zusammensetzten, nachspürte, hatte sich die Erinnerung an die Leiden seiner Patienten in einer intensiven Empfindung sinnlicher Konzentration aufgelöst. Erleichtert fühlte er, wie er sich entspannte und sich seine Gedanken allmählich dem bevorstehenden Abend zuwandten.

Es würde ein Abend wie viele vor ihm werden, mit ausgezeichnetem Essen aus seiner Küche und ausgezeichneten Weinen aus seinem Keller, eingerahmt von Gesprächen, deren Tenor im wesentlichen absehbar war. Fast bis ins Detail und als blicke er bereits auf den Ablauf des Abends zurück, begann er sich vorzustellen, wie sich seine Gäste einfanden und um den Tisch herum Platz nahmen, wie die Gänge der Mahlzeit aufgetragen wurden und man Gericht nach Gericht und Wein für Wein in Angriff nahm, während man sich angeregt und gelegentlich auch ein wenig hitzig oder mokant über Kunst, Medizin, Literatur, Politik und wieder Kunst unterhielt. Kunst war das beherrschende Thema aller Diners, auch wenn Elkendorfs Vorgesetzter, Medizinalrat Doktor Merrem, ebenso wie sein Kollege Doktor Günther, medizinische Themen bevorzugten und Verleger DuMont am liebsten über Politik und deren ethische Prinzipien oder über seine eigenen Befindlichkeiten sprach. Die übrigen Gäste jedoch waren Künstler, Kunstkenner und Kunstliebhaber, zwei von ihnen, Professor Wallraf und Kaufmann Lyversberg, außerdem Besitzer der bedeutendsten Kunstsammlungen Kölns, so daß ihre Interessen die Gespräche bestimmten.

Allerdings erwartete Elkendorf mit Doktor Jakob Nockenfeld, der zum erstenmal seit vielen Jahren wieder in Köln war, auch einen neuen, jedoch nicht unbekannten Gast in seiner Tischrunde. Elkendorf hatte ihn seit dem Ende seiner Schulzeit, seit er selbst 1809 nach Paris gegangen war, nicht mehr gesehen und nur gelegentlich und sehr vage von ihm gehört. Nockenfeld würde sicher über sein Leben in Frankreich, wahrscheinlich auch über seine Zukunftspläne in Köln reden wollen.

Während Elkendorf von Zeit zu Zeit einen kleinen Schluck

Cognac nahm und genießerisch über Zunge und Gaumen gleiten ließ, blickte er zum Fenster hinüber. Es regnete, wie es seit Wochen geregnet hatte. Der graue Schleier des Regendunstes draußen vor den Scheiben schloß ihn von der Welt ab, und das spärlich eindringende, dämmrige Licht verschmolz sein Zimmer zu einer grauen Einheit, in der er meinte, selbst nur ein matter Schatten zu sein. Gedämpft, wie aus großer Entfernung, hörte er Geräusche aus dem Haus, hin und wieder Schritte von der Küche ins Eßzimmer und zurück, die Stimmen von Anna und Therese, einmal das Öffnen der Haustür und das Knarren der Treppe, als jemand, wohl Tante Margarete, nach oben ging. Irgendwo schlug eine Tür zu. Einige Zeit später nahm er wieder Schritte auf der Treppe wahr, diesmal kamen sie von oben und führten durch die Diele nach hinten. Vermutlich war es wieder seine Tante, die jetzt in die Küche ging, um dort bei den Vorbereitungen für das Diner zu helfen.

Alles, was in seinem Haus geschah, überlegte er mit einem Gefühl der Befriedigung, war geregelt, nichts war unvorhergesehen. Seine Cousine Anna Steinbüschel führte den Haushalt so, wie er es wünschte, und berücksichtigte dabei seine Bedürfnisse und Vorstellungen sogar so weit, daß er kaum noch Anweisungen zu geben brauchte. Tante Margarete lebte zurückgezogen in ihrem Zimmer. Er sah sie vor allem zu den gemeinsamen Essen, bei denen sie jedoch, über die Gebete vor und nach der Mahlzeit hinaus, nie viel sagte.

Auch heute lief alles in gewohnten Bahnen, er hatte seine wenigen Anordnungen schon gestern gegeben und brauchte sich nun bis zum Eintreffen seiner Gäste um nichts mehr zu kümmern. Er würde sich nur noch umkleiden und einen Blick auf die gedeckte Tafel und die Weine werfen müssen.

Als er einige Zeit später sein Schlafzimmer im ersten Stock des Hauses verließ, trug er einen dunkelgrauen Rock mit langen Schößen und kurzem Vorderteil, der lässig geöffnet war und eine schwarzblaue Weste sehen ließ. Während er die Treppe hinunterging, strich er prüfend über seinen hohen Hemdkragen und rückte die korrekt, aber nicht eng geschlungene Halsbinde noch einmal zurecht. Die Binde war neu, er hatte sie sich erst vor einigen Tagen nach französischem Vorbild anfertigen lassen.

Im Eßzimmer war wie erwartet alles für das Diner vorbereitet. Der Tisch, auf dem ein faltenlos geplättetes Damasttuch – eine Hinterlassenschaft seiner Mutter – lag, war ausgezogen und für neun Personen gedeckt. Porzellan, geschliffene Gläser und Silberbesteck waren gefällig arrangiert und erinnerten an gemalte Tisch- und Bankettszenen. In der Mitte der Tafel stand ein silberner Leuchter, dessen Kerzen ein unaufdringliches, hellgelbes Licht verbreiteten. Es verlieh den Möbeln, die Elkendorf vor einigen Jahren, als er das Haus bezog, für sich hatte anfertigen lassen, einen angenehm warmen Schimmer und verstärkte den rötlichen Ton von Kommode und Anrichte aus modischem Kirschholz, so daß rotgelbe Farbtöne das Zimmer beherrschten. Auch die weiße Tischdecke und die gefalteten Servietten schienen, je nach Blickwinkel, mit einer Firnis aus rötlichem Glanz überzogen.

Er wußte, daß sich die Ausstattung des Zimmers wie auch sein ganzes Haus nicht mit den Häusern und dem Mobiliar messen konnte, die einige seiner Gäste besaßen. Sein Verdienst als Stadtphysikus war nicht hoch – zweihundert Taler im Jahr, hinzu kamen Revenuen aus einer Erbschaft und die Honorare, die ihm seine Privatpraxis einbrachte. Schon als er 1813 aus Paris zurückgekommen war, vierundzwanzig Jahre alt und frisch promoviert, war es leicht für ihn gewesen, Patienten in Köln zu finden, immerhin war sein Vater Küster am Damenstift St. Maria im Kapitol gewesen, sein Patenonkel Bernard Claren, der Bruder seiner Mutter, dort Seelsorger, und beide hatten Gott und die Welt gekannt, zumindest in Köln. Dennoch, dachte er, ohne die Empfehlungen Professor Wallrafs, seines alten Lehrers, wäre ihm der Kreis der wohlhabenden und einflußreichen Familien der Stadt vermutlich verschlossen geblieben, auch wenn die Ernennung zum königlich-preußischen Stadtphysikus vor ein paar Jahren das ihrige getan hatte, um ihn gesellschaftlich akzeptabel zu machen. Im übrigen waren seine Diners beliebt, und man kam, wann immer er einlud.

Während er noch überlegte, ging er an der Tafel vorbei, musterte kurz die aufgestellten Gläser und hielt dann vor der Anrichte inne, um die Weine, die dort in Flaschen und Karaffen standen, in Augenschein zu nehmen. Als Süßweine, die von den meisten als Dessertwein, von manchen aber auch vor dem Essen getrunken wurden, gab es Samoswein und Madeira, für den Tisch hatte er Rotweine, Ahrweiler und Walporzheimer, aus dem ungewöhnlich guten Jahrgang 1815 ausgesucht, dazu wirklich erlesene Burgunderweine, die wohl in keinem Keller Kölns mehr zu finden waren.

Elkendorf war noch damit beschäftigt, kleine Reste von Wachs und Kork an einer der Flaschenöffnungen zu entfernen, die seine Cousine bei aller sonstigen Sorgfalt übersehen hatte, als er hörte, wie der Klopfer an die Haustür geschlagen wurde. Dem präzisen, nicht zu leisen und nicht zu lauten Schlag nach mußte es sich um Doktor Johann Jakob Günther handeln, der, penibel und überpünktlich, fast jedes Mal vor den übrigen Gästen eintraf. Elkendorf warf noch einen Blick auf Tafel und Weinflaschen und ging dann rasch hinaus.

Es war tatsächlich Günther, der vor der Tür wartete. Von seinem abgenutzten, ehemals schwarzen Leinenparapluie, den er mit magerem Arm schräg über sich hielt, lief der Regen in dünnen Rinnsalen herab, tropfte auf eine Schulter und rann von dort den Ärmel entlang. Über dem schäbigen Samtkragen seines Umhangs sah Günthers grauer Teint trotz der feuchten Luft stumpf aus.

»Mein Gott, Elkendorf«, sagte er, klappte den Schirm zusammen und stellte sich neben seinen Gastgeber unter den Türbogen. »Haben Sie je ein solch andauerndes Regenwetter in Köln erlebt? Ich nicht. Nach meinen Aufzeichnungen hat es eine solche Regenperiode zumindest in den dreizehn Jahren, die ich hier lebe, nicht gegeben.«

Er unterbrach sich und betrachtete die Flut von Regenwasser, die in den Rinnen rechts und links der leicht abschüssigen Streitzeuggasse entlangfloß, sich an einigen Stellen, an denen sie durch Holzstücke und kleine Dämme aus Schlamm behindert wurde, aufstaute und große, unregelmäßige Pfützen bildete. Blasiger, brauner Schaum war auf der Wasseroberfläche entstanden und hatte sich an den Pfützenrändern festgesetzt. Eine tote, aufgedunsene Ratte trieb im Wasser, den weißlichen Bauch nach oben gereckt und mit dem Schwanz in einem Gewirr aus Zweigen und Gräsern verfangen, das sie wie ein zerfleddertes, halbaufgelöstes Nest hinter sich her schleppte.

»Ekelhaft, diese Unmengen von Ratten überall«, sagte Günther, trat unvermittelt einen Schritt vor und stieß mit der Spitze seines Parapluies gegen den Rattenbauch, dessen gespannte Haut unter dem Stoß aufriß und ein Gewimmel von weißrosa Würmern bloßlegte. »Ekelhaft, einfach ekelhaft«, wiederholte er und zog seinen Schirm schnell zurück. »Das steigende Wasser treibt sie aus ihren Löchern auf die Straßen und in die Häuser, falls sie dort nicht sowieso schon waren. In den Straßen direkt am Rhein sind sie geradezu eine Plage geworden, so daß sich die Leute kaum mehr zu helfen wissen. Ein Zustand, der für die Gesundheit der Bevölkerung wohl kaum förderlich sein dürfte!«

Während er redete, folgte Elkendorfs Blick der Ratte, die, nun mit aufgeplatztem Leib, weitertrieb und sich dabei langsam im Wasser drehte. Für einen Moment öffnete sich ihr Maul, so daß es aussah, als gähne sie, dann drängte sich ein Knäuel von Würmern zwischen den kleinen, spitzen Zähnen nach vorne. Es waren die Bewegungen dieses Knäuels gewesen, die das Maul aufgedrückt hatten.

»Lassen wir die Ratten«, sagte er, »und gehen wir erst einmal hinein ins Trockene.«

»Nichts lieber als das«, antwortete Günther und trat ins Haus. »Sehen Sie nur, wie naß ich trotz Schirm geworden bin! Durch die heftigen Windböen kann man sich fast nicht vor dem Regen schützen. Übrigens ist auch der Wind für diese Jahreszeit zu stark. Im Herbst wäre er nicht ungewöhnlich, aber jetzt im Sommer! Ich frage mich, wie dieses extreme Wetter auf die Gesundheit der Menschen einwirkt. Glauben Sie mir, Elkendorf, man darf den Einfluß des Klimas auf die Entstehung von Krankheiten nicht unterschätzen!«

Weiter dozierend, folgte er Elkendorf durch die Diele ins Eßzimmer und dort in den hinteren Teil des Raums, eigentlich ein kleiner Salon, in dem einige Sessel und Stühle in lockerer Anordnung um zwei niedrige Tische aus hellem Nußholz gruppiert waren.

Nachdem Günther auf einem der Sessel Platz genommen hatte, rückte er einen Moment hin und her, als fände er keine passende Stellung, und legte dann mit langgezogenem Hals den Kopf zur Seite. Sein schon etwas dünn gewordenes Halstuch schlüpfte dabei aus den altmodisch schmalen Revers seines Rokkes. Während er versuchte, es wieder festzustecken, sagte er, ohne seinen Gastgeber anzusehen: »Habe ich richtig gehört – Jakob Nockenfeld wird heute hier sein? Kollege Merrem sagte so etwas, aber ich konnte es kaum glauben. Nockenfeld wieder in Köln! Also wirklich! Ich glaube, ich habe ihn seit mehr als zehn Jahren nicht mehr gesehen. Er muß Köln 1812 oder 1813 verlassen haben, nicht wahr?«

Er sah auf und nahm das Glas Madeira, das Elkendorf ihm reichte. »Ich wußte nicht, daß Sie ihn kennen«, setzte er hinzu und hielt seine Nase einen Augenblick konzentriert über den Glasrand. Dann nahm er leise schlürfend einen Schluck, wobei er die Oberlippe weit in das Glas hineinschob.

»Mein Vater hatte einige Male mit ihm zu tun. Ich selbst

war damals noch ein Junge und kannte ihn nur flüchtig«, sagte Elkendorf. »Er war ein Student Wallrafs, sein Lieblingsschüler, soviel ich weiß, und gehörte jahrelang zu seinem intimen Kreis.«

»Also haben Sie ihn Wallrafs wegen eingeladen?«

»Im Grunde ja. Es soll eine Überraschung für ihn sein. Aber ich denke, auch einige der anderen, die ihn von früher kennen dürften, werden ihn gern wiedertreffen.«

Günther trank noch einen Schluck. »Und wen erwarten Sie sonst noch?« wollte er wissen. »Außer Merrem, meine ich, denn von ihm weiß ich schon, daß er kommt. Er hat es mir erzählt, als ich ihn heute morgen an St. Andreas getroffen habe. Er war auf dem Weg zu irgendwelchen Amtsgeschäften, die« – Günthers Stimme klang spitz – »selbstverständlich wie immer von enormer Bedeutung zu sein schienen. Er glaubt offenbar, daß ohne ihn unser Gesundheitswesen zusammenbräche. Und wenn er nicht mit bedeutsamen amtlichen Vorgängen befaßt ist, dann mit der Ordnung seiner mindestens ebenso bedeutsamen Insekten- und Mineraliensammlung. Insekten und Mineralien! Guter Gott!«

Ehe Elkendorf darauf antworten konnte, war der Klopfer an der Haustür erneut zu hören. Kurz darauf traten, einige Schritte hintereinander, zwei weitere Gäste ins Zimmer.

Der Maler und Restaurator Engelbert Willmes war ein hochgewachsener Mann Ende der Dreißig, mit weitausholenden Gesten und einer lässigen, dabei theatralisch klingenden Stimme. Sein dunkelblondes Haar fiel ihm lang über Nacken und Stirn, und er hatte die Angewohnheit, es mit einer gespreizten Handbewegung zurückzustreichen oder es durch eine ruckartige Kopfdrehung nach hinten zu werfen. Seine Brauen waren nach oben gezogen und betonten den ironischen Ausdruck der Augen, der gelegentlich, vor allem bei Gesprächen über den Kunsthandel, fast sardonisch werden konnte.

Neben Willmes wirkte Matthias De Noel trotz einer ungewöhnlich reich bestickten Weste zunächst beinahe unscheinbar. Sein glattes, fleischiges Gesicht, umrahmt von schwarzem Haar und ausgeprägten Koteletten, saß auf einem kurzen Hals, den ein plissiertes Tuch umschlang und Hals wie auch Figur gedrungener erscheinen ließ, als sie waren. Der erste Eindruck von Unscheinbarkeit und Zurückhaltung täuschte jedoch. De Noel war wendig und beharrlich, vor allem aber war er der engste Vertraute Professor Wallrafs. Überall, wo Wallraf erschien, war auch sein Adlatus Matthias De Noel zu finden. Es wunderte Elkendorf daher nicht, daß De Noel sich, kaum hatte er den Raum betreten, mit raschen Blicken umsah, offensichtlich auf der Suche nach Wallrafs kleiner, gebeugter Gestalt.

Während Willmes nach der Begrüßung zur Anrichte ging, um die bereitstehenden Bouteillen und Karaffen zu begutachten und sich dann mit einem »Ich darf doch, Elkendorf?« ein Glas Madeira einzuschenken, trat De Noel zu Doktor Günther, der starr und aufrecht in seinem Sessel saß. Da das Kerzenlicht den hinteren Teil des Raumes kaum mehr erreichte, wirkten die Gestalten der beiden wie dunkle Silhouetten, und erst als Elkendorf eine niedrige Öllampe anzündete und in ihrer Nähe aufstellte, hellten sich ihre Konturen auf. Der Raum war nun von zwei Lichtkreisen beleuchtet. Die Kerzen auf der Tafel warfen ihr Licht über aufglitzernde Gläser, Teller und Silberbesteck und über die noch leeren Kirschholzstühle, die im sanften Zucken der Flammen bewegliche Schatten auf Teppich und Wände zeichneten. Der schwächere Schein der kleinen Lampe im Salon beleuchtete die um das Tischchen gruppierten Sessel und Stühle, ließ den Hintergrund dabei aber eigentümlich schwarz und flächig erscheinen.

»Sie sollten zu mir kommen, Doktor Günther«, sagte De Noel gerade, »und sich meine neuesten Antiken ansehen. Ich habe Statuen und Büsten neu angeordnet, so daß Objekte und Räume völlig anders wirken. Es wird Sie interessieren.«

»Sehr freundlich von Ihnen«, entgegnete Günther ein wenig zu schroff, um höflich zu sein, »aber Sie wissen, ich habe für derlei Dinge wenig Zeit.«

Er begann, mit der Hand auf eine Armlehne zu trommeln und blickte über die Schulter zu Willmes, der, nachdem er sein Glas halb ausgetrunken hatte, das oberste Stück von einer Platte mit Anis- und Mandelgebäck nahm und es sich mit einem beifälligen Zungenschnalzen in den Mund schob. Elkendorf meinte, ein kurzes, abschätziges Zucken um Günthers zusammengepreßte Lippen zu bemerken.

Im gleichen Augenblick öffnete sich die Tür, und Nepomuk Lyversberg, Kaufmann in Tabak und Weinen und Kunstsammler in großem Stil, kam herein. Während sich ihm alle Köpfe zuwandten, blieb er auf der Türschwelle stehen. Seinen Kopf hielt er ins Halbprofil gedreht, wodurch sein Blick, der langsam über die Anwesenden schweifte, eigentümlich schräg wurde. Seit einem apoplektischen Schlag vor etwa zehn Jahren war eine Hälfte seines Gesichts schlaff und unbeweglich. Das linke Augenlid und der linke Mundwinkel hingen nach unten, so daß es aussah, als sei diese Seite aus geschmolzenem Wachs. Dennoch wirkte sein Auftreten souverän, und, stellte Elkendorf fest, es gelang ihm wie immer, den verzerrten Zügen einen Ausdruck von Selbstsicherheit, ja Arroganz, zu geben und so das Groteske seiner Erscheinung in gewisser Weise sogar zu seinen Gunsten zu nutzen. Trotz seines entstellten Gesichts erinnerte er in seiner Pose an das repräsentative Porträt eines reichsstädtischen Ratsherrn, der kostspielig gekleidet und mit erhobenem Kinn aus einer dunklen Kulisse hervortritt und machtbewußt die Szene vor sich betrachtet.

Noch immer reglos, wie in einer Bewegung beinahe erstarrt, richtete Lyversberg den Blick auf seinen Neffen De Noel, der sich daraufhin straffte, den Platz neben Günthers Sessel verließ und mit einigen zögernden, dann raschen Schritten zu ihm hinüberging. Er stand schon neben seinem Onkel, als dieser sich brüsk zu Elkendorf wandte und ihm die Hand reichte. Erst dann nickte er De Noel beiläufig zu.

Die Begrüßung des Neuankommenden dauerte eine Weile, und Elkendorf war noch nicht dazu gekommen, ihm Wein anzubieten, als Stimmen aus der Diele zu hören waren. Professor Wallraf, Marcus DuMont und Medizinalrat Doktor Theodor Merrem waren gemeinsam eingetroffen.

»Guten Abend, und danke für Ihre Einladung«, sagte DuMont. Seine Finger, die Elkendorfs Hand nur leicht berührten, waren kalt und vom Regen naß. »Ich muß Ihnen gestehen, wäre die Einladung nicht ausgerechnet von Ihnen gekommen, hätte mich bei diesem Wetter kein Mensch aus dem Haus gelockt. Unseren verehrten Professor habe ich, wie Sie sehen, mitgebracht. Wir haben versucht, mit einem Schirm für uns beide auszukommen, aber wahrscheinlich wären auch drei Schirme zu wenig gewesen, um trocken zu bleiben.»Er lächelte dünn und half Wallraf, der noch nicht abgelegt hatte, den Mantel auszuziehen.

DuMont, hager, älter als seine kaum vierzig Jahre aussehend, war wie immer mit dezenter Strenge gekleidet. Die frischen Spuren des Straßenschmutzes auf Stiefeln und Hosenbeinen beeinträchtigten die Wirkung seiner Kleidung nicht, schienen eher seine ansonsten penible und gerade Haltung zu betonen. Buchverlag und Zeitungsbetrieb – DuMont war Herausgeber der Kölnischen Zeitung – verlangten offenbar, sagte sich Elkendorf, ein besonders straffes Auftreten, um so mehr als unter preußischer Zensur von einer wirklich aufrechten oder gar kritischen Haltung eines Verlegers keine Rede sein konnte. Als habe er Elkendorfs Gedanken gespürt, wandte ihm Marcus DuMont das Gesicht zu. Seine Augen flackerten nervös, und die harten Falten, die sich von der Nase zu den Mundwinkeln zogen, vertieften sich.

Wallraf, der schon beim Eintreten allen Anwesenden mit einer leichten Geste zugewinkt hatte, legte seine Hand auf Elkendorfs Arm und sagte: »Ich bin froh, wenn ich mich setzen kann. Schon der kurze Weg von der Probstei bis hierher zu Ihnen hat mich erschöpft. Ich bin in letzter Zeit eigentlich immer erschöpft, wissen Sie. Manchmal denke ich, es müßte so etwas wie einen Jungbrunnen geben. Wie auf dem Gemälde von Lucas Cranach dem Älteren. Ein großes Bassin inmitten eines paradiesischen Gartens, in das von der einen Seite alte Männer und alte Frauen, faltig, krumm und auf Krücken, ins Wasser steigen und auf der anderen Seite strahlend schön und blutjung wieder herauskommen. Ja, das Alter! Mit Jugend und Kraft ist es vorbei. Fühlen Sie sich nicht auch manchmal alt, Lyversberg?«

»Nein«, gab Lyversberg zur Antwort und trat einen Schritt zur Seite. Er stand nun außerhalb des hellen Scheins der Kerzen, neben einer Holzfigur, die den Heiligen Michael mit einem Drachen darstellte. Aus dem Halbdunkeln heraus sah er zu Wallraf hinüber. »Nein«, wiederholte er. »Nie.«

»Ach, tatsächlich? Wie glücklich Sie sein müssen.«

»Das ist keine Frage des Glücks, das ist eine Frage des Willens.«

»Nun, wie Sie meinen, Lyversberg.« Wallraf schwieg einen Moment, als denke er nach, nickte langsam vor sich hin und fuhr dann fort: »Statt eines Jungbrunnens würde mir für den Augenblick auch ein Glas Samoswein genügen, Elkendorf. Sie kennen ja meine Vorliebe für süße Weine.«

Elkendorf führte Wallraf zum nächsten Sessel, während Willmes, der immer noch in der Nähe der Weinflaschen stand, ein Glas einschenkte und es Wallraf brachte. Auf den geschliffenen Kanten des Glases brach sich das Kerzenlicht und gab dem Wein, der ockerfarben und ölig war, einen helleren Ton.

»Wenn Sie diesen unter der Sonne Homers gereiften Nektar trinken, werden Sie sicher Ihre Jugend wieder spüren, verehrter Herr Professor«, sagte Willmes pathetisch und strich sich das Haar nach hinten.

»Ja, die Sonne Homers«, erwiderte Wallraf, nachdem er mehrere kleine Schlucke genommen hatte, »die Sonne Homers. Ich weiß: ›Sie leuchtet auch uns.‹ Aber mir war es leider nie vergönnt, sie zu sehen.«

Er lehnte sich zurück und schloß die Augen. Elkendorf fiel auf, wie tief sie in die Höhlen sanken und wie scharf dagegen die Wangenknochen hervortraten. Einen Moment erinnerte ihn der Kopf mit der fest über den Knochen gespannten Haut an einen Schädel auf Vanitasbildern, Gemälden, die an die Vergänglichkeit des Lebens mahnen sollten. Dann öffneten sich die Augen wieder, und ein scharfer, sehr lebendiger Blick traf Elkendorf.

»Wir sind doch wohl jetzt alle da, oder nicht?« bemerkte Wallraf. »Merrem, den DuMont und ich an Ihrer Haustür getroffen haben, muß der letzte gewesen sein. Wenn Sie mir die Freimütigkeit verzeihen, Elkendorf, ich würde gerne eine Kleinigkeit essen.«

»Ich verzeihe Ihnen alles, Herr Professor«, Elkendorf verneigte sich. »Ich könnte auch schon auftragen lassen, aber es fehlt noch ein Gast.«

»Noch ein Gast?«

»Es sollte eine Überraschung für Sie sein.«

»Eine Überraschung?«

»Ich denke, Sie werden sich freuen. Ihr alter Schüler Nokkenfeld ist wieder in der Stadt, und ich habe ihn für heute in unsere Runde eingeladen. Er müßte jeden Augenblick kommen.« Elkendorf blickte ihn fragend an, und als Wallraf nichts sagte, setzte er hinzu: »Nockenfeld, Jakob Nockenfeld. Er hat in den neunziger Jahren, kurz bevor die Universität von den Franzosen aufgelöst wurde, bei Ihnen studiert. Sie müßten sich eigentlich an ihn erinnern.«

Überrascht stellte Elkendorf fest, daß es im Raum sehr ruhig geworden war. Nicht nur Wallraf schwieg, keiner seiner Gäste sprach oder bewegte sich. Das Rauschen des Regens, das von draußen hereindrang, war ganz plötzlich nicht mehr nur ein blasses Geräusch im Hintergrund, sondern eine Art unangenehmer Ton, der in den Ohren vibrierte und begann, an den Nerven zu zerren. Für einen Augenblick hatte er das kuriose Gefühl, die Zeit dehne sich unnatürlich lang, während alle auf die Antwort Wallrafs zu warten schienen.

Endlich räusperte sich Wallraf, und der seltsame Augenblick war vorüber. »Aber selbstverständlich erinnere ich mich an Nokkenfeld«, sagte er. »Allerdings läßt mein Gedächtnis in letzter Zeit manchmal etwas zu wünschen übrig. Sie müssen schon entschuldigen, wenn ich einen Moment überlegen mußte. Ja, Ja, Nockenfeld. Ein heller Kopf. Also, Nockenfeld ist wieder hier.« Seine Stimme klang brüchig und ein wenig schwächer noch als sonst. »Ich hätte nicht gedacht, daß er jemals nach Köln zurückkehren würde. Aber andererseits, warum nicht? Er muß jetzt Anfang der Fünfzig sein, nicht wahr? Er ist um einiges älter als Sie, Elkendorf, etwa so alt wie Doktor Günther. Und vielleicht hat er genug von Paris – es war doch Paris, wohin er gegangen ist? Vielleicht möchte er sein Alter in Deutschland, in seiner Heimatstadt verbringen. Ich hätte dafür durchaus Verständnis.«

»Soviel ich weiß«, warf Merrem ein, »ist er schon seit einigen Wochen wieder in Köln. Er hat das Haus seiner Tante in der Schildergasse geerbt und auch schon bezogen. Wußten Sie nichts davon? Nun, es ist wohl alles recht schnell und ohne Aufsehen gegangen. Ein Wunder für Köln, wo man doch sonst immer alles schon weiß, bevor es passiert.« Merrem, der als preußischer Beamter und Medizinalrat noch keine zehn Jahre in Köln lebte, schien sich die ironische Bemerkung nicht verbeißen zu können. »Er hat sich bei mir vorgestellt, weil er offenbar plant, wieder eine Praxis zu eröffnen. Ich sagte ihm, die Aussichten seien nicht schlecht für einen Mediziner mit seiner Erfahrung. Wir haben zwar inzwischen schon eine ganze Anzahl von guten Ärzten in Köln, aber ein paar mehr würden nicht schaden, um allmählich die alten Wundärzte und Barbiere zu ersetzen. – Übrigens hatte ich den Eindruck, daß Nockenfeld Vermögen besitzt, auch über das Erbe seiner Tante hinaus, meine ich, und auf Einkünfte aus einer Praxis nicht angewiesen ist.«

»Sieh an, man hat Vermögen«, sagte Günther. »Man geht nach Paris und kommt mit einem Vermögen zurück, um hier ein weiteres Vermögen zu erben. Nicht schlecht, gar nicht schlecht. Ich wollte, ich hätte ein ähnliches Glück. Aber wie es so ist, macht der Teufel immer auf den größten Haufen.« Er lachte auf, leerte sein Glas mit einem Schluck und stellte es auf den Tisch vor sich. »Finden Sie nicht, Elkendorf, wir haben nun lange genug auf Nockenfeld gewartet?«

»Ja, lassen Sie uns anfangen, Elkendorf«, meinte auch Willmes. »Ich kann die Gerüche aus Ihrer Küche kaum noch ertragen. Danach zu urteilen, würde ich sagen, gibt es Morchelsuppe mit Krebsen. Wer weiß, wann Nockenfeld kommt, er wird sich eben mit den Überresten begnügen müssen.«

»Ich denke, Sie haben recht, wir sollten das Essen nicht verderben lassen.«

Elkendorf half Wallraf aus seinem Sessel und führte ihn zu Tisch. Die anderen folgten und nahmen an den Längsseiten des Tisches Platz. Elkendorf hatte seinen Platz als Gastgeber wie immer am oberen Tischende. Zu seiner Rechten saß Wallraf, neben diesem Lyversberg, Willmes und Medizinalrat Merrem, auf der gegenüberliegenden Seite hatten De Noel, DuMont und Doktor Günther Platz genommen.

Nachdem Elkendorf in die Küche gerufen hatte, man könne auftragen, ließ er den Blick über seine Gäste schweifen, die, so schien es ihm, entspannt und angeregt auf den ersten Gang des Menus warteten. Flüchtig fragte er sich, was für eine Irritation er eben gespürt hatte. Oder war die plötzliche Spannung im Raum nur Einbildung gewesen? Er schob den Gedanken beiseite, als Therese, in weißer, steif gestärkter Schürze, eintrat und eine ausladende Suppenterrine, aus der Dampf in kleinen Schwaden hochstieg, auf die Anrichte stellte.

»Morchelsuppe mit Krebsfleisch«, sagte sie. Willmes gab einen befriedigten Laut von sich. Nachdem die Magd die Suppe in Teller geschöpft und verteilt hatte, entfaltete man die Servietten und tauchte dann fast gleichzeitig die Löffel in die Suppe.

»Übrigens, verehrter Herr Professor«, begann Elkendorf das Gespräch, »es vergeht kein Tag, an dem ich nicht mehrfach auf Ihre Geburtstagsfeier angesprochen werde. Sogar jetzt noch, nach einigen Wochen, spricht man überall davon, und überall mit der gleichen Begeisterung. Ich denke, daß es eine solche Stimmung nicht einmal 1804, als Napoleon in Köln war, gegeben hat. Tatsächlich hat unsere Stadt noch nie eine so große Feier veranstaltet – weder für einen Kaiser noch für einen Bürger.«

Elkendorf, der einer der Organisatoren gewesen war, stand die imposante Jubelfeier, die die Stadt Köln ihrem Bürger Ferdinand Franz Wallraf zum fünfundsiebzigsten Geburtstag und fünfzigjährigen Jubiläum als Priester und Lehrer ausgerichtet hatte, deutlich vor Augen. Höhepunkt des Tages war ein Festzug gewesen, in dem Musikgruppen mit Pauken und Trompeten, verschiedene Chöre, Fahnenträger, Repräsentanten der Stadt und der Kirche, Schüler und Studenten zu Wallrafs Ehren vom Rathaus zum Dom zogen. Vor dem Rathaus waren Wallraf unter Gesängen und Reden Ehrenkränze überreicht worden, abends hatte man viele Häuser illuminiert und in die Fenster bekränzte Büsten Wallrafs gestellt.

»Es war wirklich ein ungewöhnlicher Tag«, bemerkte Marcus DuMont. »Der Absatz unserer Zeitung war enorm, und die Gedichte zu Ihren Ehren wurden uns regelrecht aus den Händen gerissen. Verständlicherweise, schließlich steht Ihr Lebenswerk für die Liebe zu Köln und für die Förderung von Kunst und Wissenschaft.« DuMont, der emphatisch gesprochen hatte, lehnte sich, den Löffel in der Hand, im Stuhl zurück. Sein Kopf über den angestrengt nach hinten gedrückten Schultern drehte sich langsam erst nach links, dann nach rechts.

Wallraf neigte sich dankend, während er langsam weiteraß. Seine Hand zitterte dabei. Elkendorf betrachtete dieses Zittern mit einem Anflug von respektvollem Mitleid und dachte an die lebenslangen Bestrebungen Wallrafs als Gelehrter, Sammler und Historiker. Ein bürgerlicher Held in einer bürgerlich gewordenen Welt. Und ein kranker, alter Mann, der aus einem lange vergangenen, abgelebten Jahrhundert stammte und dessen Tod nicht mehr fern sein konnte.

»Ach ja, das Wohl unserer Stadt«, warf Willmes lässig ein und blickte sich in der Runde um. »Dabei fällt mir ein, wie steht es mit den Verhandlungen um die Zukunft Ihrer Sammlung, Professor?« Er schlürfte laut einen letzten Löffel Suppe, kaute ein letztes Stückchen Krebsfleisch und schob dann, mit einem diskreten, doch hörbaren Aufstoßen, seinen Teller zurück.

In diesem Moment schlug der Türklopfer erneut. Kurz darauf war eine Männerstimme in der Diele zu hören. Die Tür öffnete sich, und Anna Steinbüschel trat einen Schritt ins Zimmer.

»Doktor Nockenfeld ist gekommen, Cousin«, sagte sie.

»Führ ihn herein. Und sag Therese, sie kann die Teller wechseln und dann den nächsten Gang auftragen. Für Nockenfeld vorher noch Suppe. Aber heiß!«

Elkendorf war aufgestanden und dem Eintretenden entgegengegangen. Jakob Nockenfeld war einen Kopf größer als er und sehr schlank. Das Auffälligste in seinem Gesicht waren die ungewöhnlich hellen blaugrauen Augen, die, leicht schräggestellt, eine Idee zu eng beieinanderlagen. Ihre Wirkung wurde durch blasse Schatten verstärkt, die sich in den Winkeln der Nasenwurzel bildeten und den Augen, trotz ihrer Kühle, eine ungewöhnliche Tiefe gaben. Als Nockenfeld sich mit den Fingern durchs Haar fuhr, um die feuchten Strähnen zu glätten, und dabei den Kopf ein wenig nach hinten bog, fiel Elkendorfs Blick auf seinen Hals. Unter dem weitgeschnittenen Kragen konnte er die kräftigen Muskeln und Sehnen des Halsansatzes sehen, die Haut war gut durchblutet und bräunlich getönt.

»Entschuldigen Sie, Kollege Elkendorf, daß ich zu spät komme. Ich hoffe, Sie haben mit dem Essen nicht auf mich gewartet«, sagte er und sah in die ihm zugewandten Gesichter am Tisch und die vor ihnen stehenden, fast leeren Teller. »Ich sehe, daß Sie schon angefangen haben. Dann setze ich mich wohl am besten schnell zu Ihnen.«

Mit raschen, für einen Mann seines Alters ungewöhnlich wendigen Bewegungen ging er um den Tisch herum und bot jedem der Gäste die Hand. Jeder erhob sich kurz und erwiderte die Begrüßung ebenso förmlich. Nur Willmes ignorierte die ausgestreckte Hand und schlug Nockenfeld statt dessen auf die Schulter: »Also, ich hätte nicht geglaubt, daß ich Sie in Köln nochmals sehen würde. Ich dachte, Sie blieben in Paris und würden dort schließlich auch sterben!« Wieder faßte er nach seiner Schulter: »Nichts für ungut, Nockenfeld, aber wie kann man bloß Paris verlassen? Das Leben dort ist doch etwas anderes als das, was Sie hier erwartet.«

Nockenfeld entzog sich dem Griff, setzte sich auf den freien Platz am unteren Kopfende des Tisches und begann, in der Suppe zu rühren, die Therese vor ihn hingestellt hatte.

»Ach Paris, Willmes, sicher kann das Leben in Paris aufregend sein. Aber es hat sich viel verändert seit der Zeit, als Sie und Elkendorf dort studiert haben. Das war das Paris Napoleons, und das gibt es nun schon lange nicht mehr. Nein, ich denke, es ist richtig für mich, nach Köln zurückzukommen. Ich werde hier eine kleine, überschaubare Praxis aufbauen, alte Beziehungen auffrischen und sehen, wie sich die Dinge für mich entwickeln.«

Während Nockenfeld mit akzentuierter, etwas belegter Stimme sprach und zwischen den Sätzen vorsichtig seine immer noch heiße Suppe löffelte, schien es Elkendorf wieder, als ob sich eine unterdrückte Spannung über die Tafel legte. Er musterte seine Tischgenossen: Wallraf saß in sich zusammengesunken auf seinem Stuhl und schien gedankenverloren die Uhrkette des ihm gegenübersitzenden Matthias De Noel zu fixieren, der seinerseits den Kopf gesenkt hielt und unruhig mit seinem Besteck spielte. De Noels Nachbar Marcus DuMont beobachtete konzentriert den Sprecher. Er saß aufrecht, und seine sorgfältig manikürten Hände lagen unbeweglich auf dem Tischtuch. Günther sah mit fest geschlossenen Lippen in seinen Teller, in dem ein kleiner Rest Morchelsuppe eine dickliche Lache bildete. Merrem verfolgte ähnlich konzentriert wie DuMont jedes Wort und jede Bewegung Nockenfelds. Lyversberg hatte die Augen geschlossen. Nur Willmes, wie häufig eine Ausnahme, brach aus dem Kreis der Zuhörer aus. Ohne Rücksicht auf den Sprechenden stand er, seinen Stuhl laut rückend, auf und flüsterte Elkendorf vernehmlich zu, er müsse kurz nach hinten zum Abort gehen. Dann nahm er die Kerze, die zu diesem Zweck bereitstand, zündete sie an einem der Wachslichter an und verließ den Raum.

Auch Therese, die wartend an der Anrichte stand, beobachtete die Tischszene. Als Nockenfeld den Löffel zur Seite legte und sich mit der Serviette langsam über den Mund wischte, sammelte sie die Suppenteller ein und ging nach draußen. Es war Zeit für den zweiten Gang.

»Es wird Sie freuen«, unterbrach Elkendorf das Schweigen, »daß heute abend Rebhuhnpastete mit Trüffeln serviert wird. Eines Ihrer Lieblingsessen, wie ich weiß, Herr Professor. Üppig im Geschmack und doch gut verdaulich. Dazu habe ich einen Burgunder ausgewählt. Jahrgang 1804, ein sozusagen kaiserlicher Jahrgang mit einem wunderbaren Bouquet, wenn ich das sagen darf. Ich glaube, Sie werden jeden Tropfen genießen.« Ruhig und beinahe andächtig goß er den dunkelroten Wein in Wallrafs Glas und hob dann die Karaffe gegen das Kerzenlicht.

De Noel, der Elkendorfs Bewegung mit den Augen gefolgt war, meinte nachdenklich: »Ihr Wein hat eine ungewöhnlich stark leuchtende Farbe. Er erinnert an dieses Rot in gotischen Kirchenfenstern, das vor allem bei Sonnenaufgang oder Sonnenuntergang entsteht. Wissen Sie, welchen Ton ich meine? Fast ein Purpur, wie es auch Rubine manchmal an sich haben.«

»Nein«, sagte Medizinalrat Merrem, »der Wein leuchtet nicht wie ein Rubin, ich finde eher, er leuchtet wie Blut.«

»Was leuchtet wie Blut?« Willmes war zurückgekehrt und setzte sich mit Schwung in seinen Stuhl. »Der Wein? Ah, ich sehe, Sie kommen endlich zum Wesentlichen, lieber Elkendorf. Lassen Sie mich probieren. Wenn es einer Ihrer Weine aus Burgund ist, wette ich meinen Kopf, daß ich Ihnen den Jahrgang nennen kann.«

Er nahm einen Schluck, schloß die Augen und entschied: »1806, nein, 1804! Der 1806er ist etwas erdiger, aber auch stumpfer im Geschmack. Nur der 1804er hat diese Klarheit und diese Wärme. Geben Sie zu, Elkendorf, ich habe richtig geraten.«

»Sie haben wie immer, oder wie fast immer, recht«, erwiderte Elkendorf, der nichts anderes erwartet hatte, denn Willmes war einer der besten Weinkenner Kölns und besaß selbst einen ausgezeichnet bestückten Keller.

»Sein Rot ist tatsächlich bemerkenswert«, fuhr Willmes mit seiner lauten, effektvollen Stimme fort. »Ein wunderbares Rot. Ich wünschte, ich könnte diesen Ton malen.« Bedauernd schüttelte er den Kopf, so daß eine Haarsträhne von vorne nach hinten flog. Dann erklärte er selbstgefällig: »Trotzdem ist mir gelegentlich doch ein zumindest ähnlich strahlendes Rot gelungen. In der Kopie des Napoleonbildes von Jacques-Louis David, das ich 1810 der Stadt Köln geschenkt habe, ist der Umhang des Kaisers jedenfalls fast so rot wie dieser Wein hier.«

Er lachte und leerte sein Glas in einem Zug. »Überhaupt ist Rot die spektakulärste Farbe für uns Maler, finden Sie nicht?« Mit einer ausholenden Handbewegung wandte er sich an alle Anwesenden: »Denken Sie an die glühendroten Mäntel der Christusfiguren und Heiligen auf den mittelalterlichen Tafeln, die roten Umhänge der Engel und das rote Höllenfeuer bei Stefan Lochner, an die üppigen roten Draperien des Barock, die roten Früchte und Blumen der holländischen Malerei. Selbst wenn die Farbe Rot auf einem Bild nur in einer kleinen oder sogar winzigen Fläche, nur als Tupfer oder Strich auftaucht, entscheidet sie letztlich über die Wirkung des Bildes.«

»Spektakulär ist Rot sicher, aber entscheidend? Nein, nein, Willmes, Sie übertreiben wieder einmal. Es gibt andere Farben, die ein Bild prägen können. Was ist zum Beispiel mit den Goldhintergründen des fünfzehnten Jahrhunderts, etwa im Dreikönigsaltar Lochners oder in seiner Muttergottes mit dem Veilchen? Im Grunde könnte man sich diese Bilder doch ohne Rot vorstellen.«

Wallraf sah seinen Tischnachbar an und sagte ärgerlich: »Unmöglich, Lyversberg. Keines dieser Bilder kann man sich auch nur eine Nuance anders denken, als sie sind. Ich möchte nicht unfreundlich sein, aber manchmal habe ich das Gefühl, Ihnen fehlt es an Ehrfurcht vor der Kunst.«

Lyversberg hatte noch nicht getrunken. Er hielt sein Glas in der Hand, drehte es und betrachtete die entstehenden Lichtreflexe. »Ehrfurcht ist nicht alles, Professor. Als Kunstsammler braucht man vor allem Kritikfähigkeit und Disziplin.«

»Und Geld«, warf Willmes ein.

Nockenfeld lächelte.

Während des Gesprächs hatte Therese die angekündigte Rebhuhnpastete aufgetragen. Braun und krustig erinnerte sie Elkendorf einen Moment lang an eine hoch aufgegangene

Geschwulst. Als er sie anschnitt, um sie in Portionen zu zerteilen, zeigte sich unter der Umhüllung aus feinem Blätterteig eine Fülle aus Rebhuhnleber und Rebhuhnfleisch, gehackten Trüffeln, fein geriebenem Speck, Eiern und Kräutern. Ein Duft nach Gewürzen und geschmolzener Butter stieg auf und vermengte sich mit den übrigen Gerüchen im Raum, dem ledrigen der feuchten Stiefel, dem Kerzenduft und dem Aroma der Limonenessenz, die Günther, ansonsten so farblos in seinem Äußeren, als Rasierwasser zu benutzen pflegte.

Eine Weile herrschte wieder Schweigen, und man schien sich ganz auf das Gericht zu konzentrieren, für das Elkendorfs Küche so berühmt war. Jeder verzehrte sein Stück Pastete auf eine eigene, prägnante Weise, stellte Elkendorf fest, während er den Blick von Gast zu Gast wandern ließ. Typisch für Wallraf war es, sein Stück in die einzelnen Bestandteile zu zerlegen, Leber- und Fleischstückchen behutsam aus der Teighülle zu lösen und sogar Pfefferkörner, Speckbröckchen und Spuren der Kräuter voneinander zu trennen, sie zu begutachten und schließlich, zufrieden mit der Analyse, auf der Gabel wieder zusammenzufügen. Er aß wenig. Lyversberg führte die Gabel sehr schnell, aber präzise zum Mund und schob sie in den rechten, beweglichen Mundwinkel. Willmes aß mit großen Bissen, Merrem unauffällig und geschäftig. Nockenfeld schlang, als hätte er lange nicht gegessen. Günther häufelte das Essen sorgfältig und methodisch auf seinem Teller zusammen, während es sein Nachbar DuMont fast manieriert langsam schnitt und genauso langsam kaute. De Noel hatte sich den Teller hochbeladen, aß von einer übervollen Gabel und trank dabei, noch mit vollem Mund, große Schlucke Wein. Zwischendurch drückte er seine Serviette auf die fettig und feucht gewordenen Lippen.

Gerade als Elkendorf versuchen wollte, das Gespräch mit einer Bemerkung wieder in Gang zu bringen, sagte Wallraf: »Weil Sie eben nach der Zukunft meiner Sammlung fragten, Willmes – ich kann nur feststellen, daß die Situation noch immer so ist wie seit langem. Nämlich unerfreulich. Und das ist milde ausgedrückt. Trotz der Jubelfeier für mich scheint die Dankbarkeit der Stadt für mein Lebenswerk doch enge Grenzen zu haben. Sicher, man hat die Annahme meiner gesamten Sammlungsbestände – Kunstwerke, Bibliothek und naturwissenschaftliche Objekte – schon vor Jahren zugesagt, aber aus der Verpflichtung, gleichzeitig für die Einrichtung und Unterhaltung eines Museums zu sorgen, hat sich bis heute so gut wie nichts entwickelt. Große Teile der Sammlung sind, wie Sie wissen, immer noch bei mir in der Probstei untergebracht, unter völlig ungeeigneten und unwürdigen Bedingungen, vieles im ehemaligen Jesuitenkollegium oder in irgendwelchen Abstellräumen. Ein Skandal! Wenn man nur ein wenig mehr Engagement zeigte und bereit wäre, etwas Geld aufzuwenden, könnte dieses Museum der Mittelpunkt Kölns und der Rheinlande werden. Das Kölner Wallrafianum, ein Zentrum für Kunst und Wissenschaft!« Wallrafs sonst schwache Stimme war kräftiger geworden, zitterte jedoch so, wie seine Hand zitterte. »Ich hoffe, daß meine Sammlung, wenn schon nicht mehr vor meinem Tod, dann zumindest danach zu Ehren kommt. Laut meinem Testament jedenfalls geht mein ganzer Nachlaß an die Stadt.«

Während Wallraf sprach, hatte Lyversberg aufgehört zu essen und sich ihm aufmerksam zugewandt. Das hängende Lid über seinem linken Auge wirkte wie zu trocken gewordenes Pergament.

»Ich muß allerdings zugeben«, fuhr Wallraf fort, »daß ich manchmal daran denke, das Testament zu ändern und die Sammlung einem privaten Erben zu hinterlassen. Vielleicht wäre ein Privatmann, ein wahrer Kunstliebhaber, als Erbe doch die beste Lösung.«

Seine Augen hatten sich in ihre Höhlen zurückgezogen, schienen aber dennoch die impulsive Handbewegung, mit der De Noel nach seiner Halsbinde griff, wahrzunehmen. Er lächelte vage, nahm sein Glas und hob es leicht gegen De Noel, dann gegen Willmes und schließlich auch gegen Nockenfeld, der den Gruß mit seinem Glas erwiderte. »Aber das ist nur ein Gedanke, wenn ich mich sehr enttäuscht und müde fühle, im allgemeinen meine ich, daß meine Sammlung in einem Museum der Stadt und unter Verwaltung meines Testamentsvollstreckers Matthias De Noel am besten aufgehoben sein wird.« Er brach ab, nahm einen Schluck Wein und widmete sich endlich wieder, immer noch lächelnd, den Pastetenstücken auf seinem Teller.

»Sicher wäre das die beste Lösung«, bemerkte DuMont nach einer Weile.

De Noels fleischiges Gesicht blieb ausdruckslos.

Nachdem man einige Zeit schweigend, aber geräuschvoll gegessen hatte, wandte sich Theodor Merrem an Elkendorf. »Sagen Sie, haben Sie auch festgestellt, daß sich in den letzten Tagen ein Fieber ausgebreitet hat, das nicht ungefährlich zu sein scheint?«

»Richtig, Herr Medizinalrat. Es gibt tatsächlich mehr Fälle von Fieberkranken als noch im Juli, und auch mehr als sonst um diese Zeit«, antwortete Elkendorf. »Die Symptome der Krankheit sind offenbar überall dieselben: Es beginnt mit Kopfschmerzen, dann erbricht sich der Kranke, wird fiebrig und gerät nach kurzer Zeit in ein Delirium. Einige Kinder und alte Leute sind in diesem Stadium tatsächlich gestorben. Soviel ich bisher weiß, tritt das Fieber vor allem in der Gegend am Rhein und an den Bächen – auch am Rinkenpfuhl und am Perlengraben – auf, also da, wo auch sonst im Frühjahr und Herbst, wenn das Wasser steigt oder sich sammelt, Fieberkrankheiten entstehen. Nicht wahr, Kollege Günther?«

Günther legte die Gabel aus der Hand und beugte sich vor. »Ja, Sie haben völlig recht. Das Fieber tritt vor allem in der Umgebung von Gewässern auf. Meiner Ansicht nach wird es durch die Ausdünstungen von sumpfigem oder besonders verschmutztem Wasser hervorgerufen. Unreine, schlechte Luft ist, wie Sie wissen, generell eine der häufigsten Ursachen für das Entstehen von Krankheiten.«

Günthers Ausführungen wurden durch Therese unterbrochen, die die Teller wechselte und dann begann, den Hauptgang des Menus hereinzutragen: zuerst eine große Platte mit gefülltem Rinderbraten, der mit einer sämigen Austernsauce übergossen war und einen säuerlichen Duft ausströmte, danach Schüsseln mit gedünsteten Endivien, Erbsen in Butter, zarten grünen Bohnen, glasiertem süßem Kraut und Kartoffeln.

Während man Gläser und Teller verschob, um Platz für Platte und Schüsseln zu schaffen, begann Elkendorf, den Rinderbraten mit einem altmodischen silbernen Tranchierbesteck, auch einem Familienerbstück, in große Stücke zu schneiden. Eine dunkle Flüssigkeit, nicht unähnlich den Säften, die bei einer Obduktion austraten, drang aus den Schnittflächen, sammelte sich unter den Bratenstücken und mischte sich mit dem gelblichen Ton der Austernsauce. Der Reihe nach legte er jedem seiner Gäste eine dicke, saftige Fleischscheibe auf den Teller.

»Und welche Mittel wenden Sie gegen das Fieber an, Elkendorf?« wollte Merrem wissen.

»Ich lasse ein paar Schröpfköpfe setzen und empfehle ansonsten Bettruhe. Mehr kann man nicht tun, denke ich. Starken Aderlaß oder Purgationsmittel lehne ich in diesen Fällen ab, das schwächt den Körper nur zusätzlich«, antwortete er und bemerkte aus den Augenwinkeln, daß Günther den Kopf hob und ihm einen Blick zuwarf.

»Man ist heute generell nicht mehr so freigiebig mit Brechmitteln und Purganzen wie noch vor zwanzig Jahren«, meinte Merrem, während er mit einem kräftigen, schnellen Schnitt das Fleisch auf seinem Teller durchtrennte. »Wenn ich mich daran erinnere, wie bedenkenlos man früher damit umging! Überhaupt wurden Medikamente vor der preußischen Zeit viel zu wenig geprüft, und giftige Substanzen waren recht leicht zu haben – sie sind es übrigens auch jetzt noch.«

»Tatsächlich?« fragte Lyversberg. Er schüttelte leicht den Kopf und sagte dann: »Ist Ihnen schon einmal aufgefallen, daß es nur sehr wenige Kunstwerke mit medizinischen Motiven gibt? Ich meine Bilder, die zum Beispiel Kranke darstellen oder Ärzte bei der Behandlung.«

»Es gibt Rembrandts Anatomien, die des Doktor Tulp und die des Doktor Deymann«, entgegnete Merrem. »Ausgezeichnete Darstellungen der Öffnung des Körpers und der dadurch freigelegten Muskeln und Sehnen, überzeugend realistisch. Aber es sind natürlich Bilder von Toten, nicht von Kranken. Sie erinnern eher an Darstellungen hingerichteter Märtyrer oder an Beweinungen Christi, wenn Sie mich fragen.«

Wallraf nickte. »Für Köln kenne ich fast nur ein Bild mit medizinischem Sujet. Es enthält übrigens auch einige der roten Farbakzente, von denen eben die Rede war. Haben Sie das Bild vor Augen, Willmes? – Alexianerbrüder bei einer Pestepidemie, siebzehntes Jahrhundert, recht naiv gemalt.«

»Sicher«, antwortete Willmes ohne nachdenken zu müssen. »Sehr deutlich. Im Hintergrund die Domruine, davor auf dem Domplatz einige Alexianerbrüder, die auf dem Boden liegende, vermutlich sterbende Kranke versorgen. Über allem ein grauer, wolkenverhangener Himmel, wie er trostloser kaum zu denken ist. Rechts im Bild Grabsteine, Kreuze und ein offenes Grab. Richtig? Ich nehme an, daß damals eine der großen Pestepidemien in Köln herrschte und die Menschen in Massen starben. Ja, es ist ein dramatisches Bild, in dem das wenige Rot in der Bildmitte dazu dient, die Atmosphäre von Elend und Leid zu unterstreichen.«

»Ich frage mich«, sagte Marcus DuMont langsam, »wie stark die Pest das Lebensgefühl der Menschen wohl geprägt hat. Meinen Sie, daß man ständig an die Gefahr dachte, daß man vielleicht gar nicht loskam von dieser Todesfurcht? Daß man sich immer selbst beobachtete, in der Angst, vielleicht die ersten schrecklichen Symptome wahrzunehmen? – Mein Gott, was für eine Vorstellung.«

Er hatte beide Hände um sein Glas gelegt und sah geistesabwesend in den Wein, den er durch ein leichtes Schwenken hin und her bewegte. Für einen Moment wirkte sein Gesicht, das Elkendorf nur von der Seite sehen konnte, abgezehrt. »Diese Angst vor dem plötzlichen Tod«, setzte er leise hinzu, »vor den Qualen einer Krankheit, in der niemand helfen konnte. Aufschwellende Körperteile, blaurote Beulen, die sich stinkend öffnen, glühende Hitze im Kopf, in den Gliedern, unlöschbarer Durst und eine gequollene, schwarze Zunge – was für ein Grauen, mit diesen Bildern leben zu müssen. Mit Phantasmagorien, die jeden Tag zur Realität werden konnten.« Ohne getrunken zu haben, stellte er sein Glas vor sich ab und legte dann Gabel und Messer auf seinem Teller, auf dem nur noch ein kleines Randstück des Bratens lag, zusammen.

»Sie stellen sich das Leben unserer Großeltern und Urgroßeltern vor wie ein Höllenbild von Breughel oder Bosch, DuMont. Alles in Entsetzen und Schrecken getaucht. Ich glaube kaum, daß es so war. Sehen Sie sich doch die Porträts unserer Honoratioren aus den letzten Jahrhunderten an. Selbstzufriedene, meist feiste Gesichter, weniger gezeichnet von stetiger Todesangst als von reichlichem Essen und Trinken! Man meint fast die üppigen Tafeln mit fetten Braten, zuckersüßen Weinen und Frauen mit weißer Haut zu riechen. Nein, ich glaube, Sie haben unrecht. Unsere Vorfahren vermieden es, genauso wie wir, an den Tod zu denken. Und wenn die Pest tatsächlich kam, hofften sie, daß sie nur den Nachbarn träfe.« Willmes lachte kurz auf.

»Wie dem auch sei«, warf De Noel ein, »soviel ich weiß, haben wir in Köln seit Generationen keine wirklich große Epidemie mehr gehabt, also wird sie wohl auch uns erspart bleiben.«

»Das verdanken wir dem Fortschritt«, sagte DuMont, »und der zunehmenden Aufklärung auch der einfachen Bevölkerung. Außerdem –«

»Ach ja, der Fortschritt, die Aufklärung, sicher auch Vernunft und Humanität«, unterbrach ihn Nockenfeld, wobei er seine Gabel, von der braunroter Fleischsaft tropfte, mit einem Brotstückchen säuberte. »Meinen Sie nicht, DuMont, wir haben das schon zu oft gehört?«

Langsam, wie an Fäden gezogen, wandten sich ihm alle Köpfe zu. Elkendorf sah, wie sich DuMonts Gesicht verzog, als hätte er Schmerzen. Es war Lyversberg, der schließlich sagte: »Es ist vieles unter uns strittig, aber es gibt doch Ideale, denen wir uns verpflichtet fühlen. Wir alle in unserem Kreis, verstehen Sie, Doktor Nockenfeld?«

Bevor noch einer der anderen Gäste das Wort ergreifen konnte, hatte Elkendorf sein Weinglas genommen. Er nickte erst Lyversberg und DuMont, dann auch allen übrigen zu und sagte dabei: »Nockenfeld ist ein wenig mokant, aber warum nicht, meine Herren? Vielleicht sind wir hier in Köln zu fortschrittsgläubig und optimistisch. Aber ich denke, wir werden in den nächsten Wochen und Monaten noch genug Zeit haben, miteinander darüber zu diskutieren.«

Man erwiderte seine Geste, als letzter DuMont, und alle tranken.

In diesem Moment kam Therese, um Teller und Schüsseln abzuräumen. Vom gefüllten Rinderbraten war nur noch ein Endstück übriggeblieben, die Schüsseln mit den Beilagen waren beinahe leer. Obwohl man nicht geheizt hatte, war es im Zimmer warm geworden. Einige der Gesichter hatten sich gerötet. Willmes und De Noel zeigten Schweißspuren auf der Stirn wie von anstrengender Arbeit, während Günthers Teint unverändert gelblich-blaß aussah, Wallraf wirkte bleich und erschöpft. Über dem Tisch, auf dem die fast geleerten Rotweinkaraffen standen, hing nun ein Geruch nach kaltem Essen.

Beim Anblick des Desserts jedoch hellten sich die Mienen der Gäste wieder auf, und selbst Wallraf ließ sich von der Mandel-Zitronen-Creme geben, die, schaumig geschlagen und mit dünnen Mandelstiften garniert, ein intensives Aroma ausströmte. Schließlich stand Elkendorf auf, und auch die Gesellschaft erhob sich. Man schenkte sich Süßwein ein und trank ihn, während man wieder zu plaudern begann, schluckweise zu Gebäck. Gelegentlich verließ einer der Gäste den Raum, um mit dem kleinen Kerzenleuchter nach hinten zu gehen. Therese brachte Mokka in kleinen Tassen, der heiß und mit viel weißem, feingestoßenem Zucker geschlürft wurde, und Elkendorf bot Schnupftabak und Zigarren an.

Es war fast Mitternacht, als Wallraf darum bat, nach Hause begleitet zu werden. Er sei zwar angeregt durch Essen und Gespräche, fühle sich jedoch müde. De Noel ging sofort in die Diele, um Wallrafs Mantel zu holen, und innerhalb einiger Minuten waren alle dabei, aufzubrechen. Umhänge, Hüte und Schirme wurden verteilt, und Therese brachte Stocklaternen für diejenigen, die besonders düstere Gassen passieren mußten.

Die Nacht war sehr dunkel und die Streitzeuggasse eine der Straßen, die nicht durch Straßenleuchten erhellt waren. Als die Gesellschaft, von Elkendorf begleitet, vor die Tür trat, regnete es nur noch leicht. Der Wind hatte aufgehört, so daß der Regen in geraden, vertikalen Fäden fiel, die dort, wo der Schein einer der Stocklaternen sie traf, wie fließendes Quecksilber aufglitzerten.

»Interessante Lichtspiele, nicht wahr?« sagte De Noel, der den wechselnden Widerschein auf Regen, nassem Pflaster und Wasserpfützen beobachtete.

»Aber kaum zu malen«, entgegnete Willmes, »zumindest wüßte ich nicht, wie man diese flüchtigen Veränderungen von Licht und Schatten festhalten könnte. Überhaupt ist nichts schwieriger wiederzugeben als das Flüchtige, denke ich.« Damit verbeugte er sich und ging laut vor sich hinsummend in Richtung Herzogstraße.

»Alles ist flüchtig, und gerade deshalb muß man versuchen, es festzuhalten«, bemerkte Wallraf, während er De Noels Arm nahm. De Noel nickte. Beide drängten sich unter ihrem Parapluie zusammen und folgten DuMont, der mit langen Schritten die Straße hinuntergehastet war. Kurz hinter ihnen bogen Theodor Merrem, Lyversberg und Doktor Günther im schwachen Lichtschein ihrer hin- und herschwankenden Laternen gemeinsam um die nächste Straßenecke.

Als Elkendorf sich umdrehte, sah er, daß sein letzter Gast hinter ihm in der Türöffnung stand.

»Wirklich, eine eindrucksvolle Gesellschaft«, sagte Nockenfeld. »Ich danke Ihnen noch einmal für die Einladung und hoffe, Ihre Gastfreundschaft bald erwidern zu können. Mein Haus steht Ihnen jederzeit offen.« Er lüftete seinen breitkrempigen Hut und wandte sich ab.

Mit einem ihm unerklärlichen Gefühl der Irritation schloß Elkendorf die Tür seines Hauses und legte den Riegel vor.

KAPITEL 2

Mittwoch, 27. August, früher Morgen

»Sobald der Kranke verstorben, kann folgendes gesprochen werden:
Zu allen lieben Heiligen Gottes.
Kommet zu Hülfe alle ihr liebe Heilige und Auserwählte! helfet dieser armen Seele, so anjetzo ihren Leib verlassen hat; eilet und kommet ihr entgegen, ihr himmlische Geister! nehmet sie in euren Schutz und stellet sie vor den Thron der göttlichen Barmherzigkeit.
Jesus Christus dein Erlöser, welcher dich jetzo zu sich berufen, nehme dich auf, o christliche Seele! die Hh. Engel wollen dich begleiten zu dem Lande der Lebendigen.
O barmherziger Gott! sey dieser armen Seele gnädig und führe sie zu der ewigen Ruhe. Amen.
Kyrie eleison. Christe eleison. Kyrie eleison.«
Aus: Himmlischer Palmgarten, Gebete für Lebendige, Kranke und Abgestorbene, samt andern schönen Gebeten in allerhand Nöthen. Köln am Rheine, zu finden im Verlag der Lumschers Buchdruckerey auf dem Heumarkte, Nro 1054, Approbatio Censoris ordinarii, 15. Febr. 1820, S. 334f.

Das erste, was Anna Steinbüschel wahrnahm, war der beißende Geruch von Urin und Kot, gemischt mit einer penetrant säuerlich-bitteren Note, die sie nicht einordnen konnte. Der Raum war dämmrig. Die Rouleaus waren bis auf einen kaum ellenbreiten Spalt herabgezogen, so daß das milchige, vom Regen gefilterte Morgenlicht nur in einem schmalen Streifen ins Zimmer fiel. Es war schwierig, die Möbel zu erkennen, und erst nach einiger Zeit, während sie in der Tür stehenblieb, gewöhnten sich ihre Augen an das trübe Licht. Langsam tastete sie sich an einer Kommode und einem hohen Schrank vorbei und näherte sich dem Bett, das in einer Art Alkoven stand. Von hier ging der ekelerregende Geruch aus.

Sie hielt die Hand vor Nase und Mund und beugte sich über eine undeutlich sichtbare Gestalt, die, offenbar verkrümmt, mit zurückgeworfenem Kopf und angezogenen Beinen, auf dem Laken lag. Hastig schlug sie ein Kreuzzeichen und flüsterte: »Jesus, Maria, steh uns bei!« Als sie ätzende Flüssigkeit aus ihrem Magen aufsteigen fühlte, richtete sie sich vorsichtig auf, drückte dann die Schultern nach hinten, bis es im Rükken schmerzte, und sagte immer noch leise, aber mit einem scharfen Unterton in der Stimme: »Nun steh nicht so da, Gertrud! Mach die Rouleaus ganz auf, ich kann fast nichts sehen. Oder glaubst du, ich habe Katzenaugen?«

»Lassen Sie mich, ich ertrage diesen Gestank nicht. Ich glaube, mir wird gleich übel.«

Gertrud hatte sich an den Türrahmen gelehnt, den Kopf halb abgewandt, so daß Anna ihr Gesicht, ein Gesicht mit hohen, ausgeprägten Wangenknochen, einer breiten Nase und einem ungewöhnlich kleinen, sehr weichen Kinn, nur im Profil sehen konnte. Wie in einem Schattenriß bildete sich der Körper der Hausmagd gegen das schwache Licht der Dielenlampe ab – gerade Schultern, kräftige Hüften, eine ungesund eng geschnürte Taille, die die Kürze ihres Oberkörpers noch betonte. Die Arme hatte sie um den Bauch gepreßt, als müsse sie durch festen Druck von außen verhindern, daß Magen und Eingeweide sich verkrampften.

»Sei nicht so empfindlich«, sagte Anna. »Laß Licht herein und mach auch gleich noch das Fenster auf. Die Luft ist wirklich zum Erbrechen. Weiß Gott kein Wunder, wenn man sich das hier ansieht.«

Gertrud warf einen zögernden Blick in Richtung des Bettes und gab sich einen Ruck. Mit ihren Holzpantinen auf dem Dielenboden scharrend ging sie rasch zum nächsten der zwei Fen-ster. Das Rouleau aus dunkelgrünem Stoff glitt nach oben, und die bisher nur schemenhaft erkennbaren Gegenstände des Zimmers tauchten aus dem Halbdunkel auf. Als sie einen Fensterflügel öffnete, zog ein Strom feuchter Luft herein, der die geraffte und in Falten gelegte Draperie an den Seiten des Fensters hoch aufblähte und flatternd ins Innere des Zimmers trieb. In der kalten Regenluft schien sich der üble Geruch in der Nähe des Bettes für einen Augenblick noch zu verdichten und eine fast überwältigende Intensität anzunehmen.

Ohne ihn zu berühren, betrachtete Anna den Mann, der tot vor ihr lag. Es war jetzt hell genug, um jede Falte des Bettkissens, jede Pore des Gesichtes zu erkennen. Es war kein gutaussehendes Gesicht mehr. Der Kopf, der wie durch einen Krampf weit nach hinten gebogen war, hing fast über die Bettkante. Die Augen hatten sich unter die Lider gedreht, so daß die Iris nicht zu sehen war. Statt dessen starrten weiße, blutdurchrinselte Schalen ins Leere. Wie in gesottenen Fischköpfen, dachte Anna und sah für einen Moment die Augäpfel des riesigen Karpfens vor sich, den sie Freitag vor einer Woche abgestochen und dann sachte auf kleiner Flamme geköchelt hatte. Schon nach dem ersten Aufwallen des Suds waren diese Fischaugen ähnlich blind und stumpf geworden. Überhaupt erinnerte sie das Gesicht des Mannes an einen Fisch, der verzweifelt nach Luft schnappte. Der Mund stand weit offen, die Lippen waren über die Zähne zurückgezogen, das Kiefergelenk schien wie in einem Gähn- oder Schreikrampf erstarrt. Die Zunge steckte tief in der Mundhöhle, und über Kopfkissen, Laken, Hemd und Gesicht des Toten war eine breiige, bräunliche Masse verschmiert. An einem Mundwinkel klebten gallig-grüne Spuren des Erbrochenen, das sich über die Kehle bis in den Nacken zog und dort in einer Kuhle des Kissens eine angetrocknete Lache gebildet hatte, in der Anna Reste ihrer Rebhuhnpastete zu erkennen meinte. Ihr wurde bewußt, daß es das von ihr gekochte Essen gewesen sein mußte, das er erbrochen hatte. Erbrochenes hatte sich auch über das Nachthemd aus feinem Leinen ergossen, das vom Kragen bis zur Brust aufklaffte und haarlose, blasse Haut freilegte. Die schmale Bordüre aus Weißstikkerei, mit der die Knopfleiste des Hemdes verziert war, zeigte zackig geformte Einrisse. Zwei Knöpfe waren abgesprungen. Eine aus cremefarbenem Seidengarn gestrickte Nachtmütze lag zusammengeknüllt halb unter einer Schulter verborgen.

»Er hat sich das Hemd am Hals aufgerissen«, sagte Anna, »so, als ob er keine Luft mehr bekommen hat. Er muß sich aufgebäumt und um sich geschlagen haben, denn die Bettdecke ist fast ganz nach unten getreten, das Laken völlig zerknittert und verrutscht. Und sieh dir an, wie die eine Hand sich in den Bettvorhang verkrallt hat.«

Sie deutete auf die linke Hand des Toten, die fest eine Falte des gestreiften Stoffes umklammerte. Es war ein schwerer, knisternd-neuer Seidenstoff in mattem Moosgrün, der, an gedrechselten und polierten Stangen befestigt, als Betthimmel herabhing und, wenn man ihn zuzog, den Alkoven vom übrigen Zimmer abtrennte.

Ängstlich und doch neugierig war Gertrud nähergekommen und musterte den Toten vom Fuß des Bettes aus. »Er wollte wohl irgendwo Halt finden«, meinte sie mit unsicherer Stimme. »Vielleicht hat er versucht, sich hochzuziehen, um aufzustehen und Hilfe zu holen. Und dabei ist er dann gestorben.«

»Ja, so sieht es aus. Gott sei seiner Seele gnädig.«

Beide schwiegen eine Weile. Als Anna den Kopf wandte, sah sie, daß die Magd ihre Hände gefaltet hatte und lautlos die Lippen bewegte. Ihr Kinn zitterte im Rhythmus der Lippen, und auch die feinen Strähnen, die sich aus ihrem geflochtenen

Haarnest gelöst hatten und ihr Gesicht wie staubige Spinnenfäden umgaben, vibrierten leise.

»Hast du nichts gehört?« fragte sie.

»Und erlöse uns von dem Bösen. Amen«, sagte Gertrud und nickte dabei mit dem Kopf, als wolle sie ihrem Gebet Nachdruck verleihen. Dann sah sie Anna an. »Bloß die Haustür, als er zurückkam. Sie schlägt sehr laut ins Schloß, so daß sie bis in mein Zimmer dröhnt. Das war alles.«

»Später hast du nichts mehr von ihm gehört?«

»Nein, Jungfer Steinbüschel.«

Den Blick auf den Toten gerichtet, sah Anna vor ihrem inneren Auge Jakob Nockenfeld, wie er erst wenige Stunden zuvor gewürgt und geschrien haben mußte.

»Kein Stöhnen und Schreien? Keine Geräusche, die dir merkwürdig erschienen?«

»Gar nichts, nein. Wissen Sie nicht, wo meine Kammer ist? Sie liegt zwei Treppen hoch am Ende des Flurs, im hinteren Teil des Hauses, und geht zum Hof hinaus. Von meinem Fenster sehe ich nichts als das Dach des Anbaus, in dem das Gerümpel und die alten Karren untergebracht sind, und, wenn ich mich hinausbeuge, über die Hinterhäuser hinweg, ein Stück vom Turm der Antoniterkirche. Und ich höre außer dem Grunzen der Schweine, die unser Nachbar hält, dem ewigen Gurren und Glucksen der Tauben unter den Dachsparren und dem Regen kaum etwas. Schon gar nicht aus dem Vorderhaus. Wenn man mich aus meiner Kammer rufen will, muß man sich in die Diele stellen und laut nach oben schreien. Und dieses Zimmer liegt zur Straße hinaus, direkt neben der Eingangstür. Von dem, was hier geschieht, kann ich oben nichts hören, ich habe ihn nie gehört, wenn er in seinem Schlafzimmer war.« Sie griff an ihren Ausschnitt und begann, unruhig an einem Knopf zu nesteln. »Glauben Sie mir«, setzte sie hinzu, »wenn ich ihn schreien gehört hätte, wäre ich sofort aufgestanden, um nachzusehen, was mit ihm ist. Aber ich erinnere mich nur an die zufallende

Tür und an den Regen.« Ihr weiches Kinn, das in einen überraschend schlanken Hals überging, schien spitzer zu werden, während sie sprach. »Dieser endlose Regen. Er wollte nicht aufhören, die ganze Nacht nicht. Er hat auf die Ziegel geschlagen, daß ich meinte, es auf meiner Haut zu spüren! Haben Sie ihn nicht gehört?«

»Jeder wird ihn wohl gehört haben«, sagte Anna. »Wann hast du gemerkt, daß etwas nicht in Ordnung ist?«

»Als ich früh um sechs hier ins Zimmer kam. Ich wollte ihm«, sie wies mit dem Kinn auf den Toten vor sich, »eine Kanne mit frischem Kaffee ans Bett stellen. So hat er es mir gestern aufgetragen, und so habe ich es gemacht.«

»Also du bist in das Zimmer gegangen. Und was war dann?«

»Ich ging zuerst zum Nachtkästchen dort neben dem Bett. Es war dunkler noch als vorhin, und ich hatte keine Kerze dabei, weil er nie wollte, daß ich früh morgens Licht brachte, gleich wie dämmrig es noch war. Deshalb mußte ich mich, wie Sie eben auch, vorsichtig vorwärtstasten, um nirgends anzustoßen und über nichts zu stolpern. Er haßte es, wenn er durch Lärm geweckt wurde, und konnte dann sehr unfreundlich sein. Ich stellte das Tablett ab, ohne zu ihm hinzusehen. Ich habe immer versucht, am Bett vorbeizusehen. Er im Nachthemd, vielleicht nur halb unter der Decke … Verstehen Sie? Es schickt sich nicht. Meistens waren aber die Bettvorhänge vorgezogen, wenigstens teilweise, so daß ich ihn sowieso nicht hätte sehen können. Es war ganz still im Zimmer. Der Wind hatte gerade für eine Zeit aufgehört, und da war nur der Regen, sonst nichts. Erst als ich mich umdrehte, um zur Tür zurückzugehen, sah ich aus den Augenwinkeln plötzlich den Kopf da so hängen.« Sie schloß die Augen und schluckte. »Mein Gott, wie der da so nach hinten hängt. Können Sie ihn nicht gerade auf das Kissen legen?«

»Nein. Es ist besser, wenn ich ihn nicht anfasse, denke ich.«

Mit halbgeschlossenen Lidern, unter denen die Augäpfel hin- und herzuckten, sprach Gertrud hastig weiter: »Ich wußte sofort, daß irgend etwas Schreckliches geschehen war. Er lag so bewegungslos da, nichts rührte sich, und dabei dieser Gestank, von dem ich erst dachte, er käme vom Nachttopf. Sein Nachttopf ist morgens fast immer voll, der Deckel nicht geschlossen, und dieses Parfüm, das er benutzt, das nach Bergamotte und Nelkenöl riecht, mischt sich so süßlich mit dem Geruch aus dem Topf, daß ich manchmal meinte, ich müßte ersticken vor Ekel. Und dabei bin ich eklige Arbeit weiß Gott gewohnt … Aber jetzt ist von seinem Parfüm nichts mehr zu riechen, oder merken Sie etwas davon?«

Sie öffnete die Augen, bückte sich und legte den Deckel, der unter das Nachtkästchen geschoben war, auf den Topf, sah dann zu Anna, die die Luft langsam einatmend prüfte und den Kopf schüttelte. Von einem Parfüm, selbst in dünner, widerwärtiger Verzerrung, war nichts zu bemerken. Die kotigen, galligen Ausdünstungen überdeckten alles.

»Schließlich rief ich seinen Namen«, sagte Gertrud, »und als er sich nicht bewegte, rannte ich hinaus.«

»Und dann?«

»Zuerst wußte ich nicht, was ich machen sollte. Ich war völlig durcheinander und wollte nur weg von dem da. Heilige Maria, es grauste mir, daß ich am ganzen Körper eine Gänsehaut bekam und mir am liebsten auch die Galle aus dem Leib erbrochen hätte. Aber ich dachte, daß ich wohl Hilfe holen müsse. Ich konnte ihn ja nicht so liegenlassen, oder? Also lief ich hinauf zur Schlafkammer von Jungfer Josefine und bin, ohne anzuklopfen, hinein. Ich war so verwirrt, daß ich kaum ein Wort herausbrachte.«

»War die Jungfer schon auf?«

»Nicht richtig. Sie saß im Bett und starrte mich an, als ich so plötzlich zur Tür hereinstürzte. Es war auch noch nicht die Zeit, zu der sie normalerweise aufsteht. Sie will ihr heißes Wasser zum Waschen erst später, so um halb sieben herum. Ich war also früher als sonst bei ihr und dann auch noch so aufgeregt – sie hat sich sehr erschreckt.« Nach einer kurzen Pause fuhr sie fort: »Ich glaube, ich sagte dann: ›Jungfer Josefine, was soll ich tun? Ihr Bruder liegt in seinem Bett und rührt sich nicht. Ich trau mich nicht, ihn anzufassen, und was soll ich jetzt machen?‹ Wahrscheinlich hätte ich es ihr vorsichtiger beibringen sollen, aber, mein Gott, ich war so aufgeregt.«

»Und sie, was hat sie geantwortet?«

»Sie sagte: ›Was meinst du mit: Rührt sich nicht? Ist er so betrunken, oder schläft er fest oder was ist?‹ Ich habe erklärt, daß ich nicht glaubte, er schliefe. Daß etwas anderes mit ihm sein müsse. Irgend etwas Schlimmes. ›Schlimmes?‹ fragte sie, ›meinst du, er ist bewußtlos, oder er hat einen Schlagfluß?‹ ›Ja‹, sagte ich, ›das meine ich.‹ Vielleicht sei es so etwas, und sie solle doch am besten selbst kommen und nachsehen. Ich habe ihr nichts von dem Gestank erzählt und von dem, was ich mir gleich dachte, nämlich daß er … daß er tot ist.« Gertrud schluckte wieder und rieb sich mit dem Ärmel über die Nase.

»Und sie ging mit dir hinunter und sah ihn sich an?«

»Wirklich angesehen kann man nicht sagen. Sie kam nur bis zur Tür und rief zwei-, dreimal seinen Namen, dann hat sie mir befohlen, ich solle zu ihm gehen und ihn rütteln. Rütteln! Ich wollte erst nicht, es ekelte mich schrecklich vor ihm, aber sie wiederholte es mit ihrer weinerlichen Stimme – Sie wissen doch, wie sie sein kann –, und deshalb ging ich ans Bett und packte ihn an der Schulter und zerrte ein bißchen. Die Schulter war ganz kalt und schmierig, einfach widerlich. Ich hätte fast laut geschrien. Und gesagt hat er natürlich trotz allem nichts mehr.«

»Jungfer Josefine selbst hat ihn nicht angefaßt?«

»Nein, kein Gedanke. Sie stand die ganze Zeit dort drüben an der Tür und sah mir zu. Schließlich meinte sie, ich solle zu Ihnen laufen und Sie holen.«

»Aber wieso ausgerechnet mich? Wieso nicht gleich meinen Cousin oder einen anderen Arzt?«

»Das weiß ich nicht. Sie hat nichts weiter gesagt. Aber ich denke mir, es war ihr einfach lieber, daß Sie zuerst sehen, was mit ihrem Bruder ist. Sie kennen Jungfer Josefine schließlich gut, und einen Doktor zu holen, das ist doch etwas ganz anderes.«

Anna dachte an Jungfer Josefines unruhig huschende Augen, die selten anders als ratlos und furchtsam wirkten. »Ich verstehe«, sagte sie.

»Vielleicht braucht er gar nicht mehr zu kommen, es ist doch alles vorbei, oder nicht?« meinte Gertrud und bekreuzigte sich. »Helfen kann dem doch keiner mehr.«

»So einfach ist das nicht«, erwiderte Anna mit einem Blick auf die stumpfen, verdrehten Augen des Toten. »Mein Cousin oder sonst ein Arzt wird kommen und ihn sich ansehen müssen. Er ist schließlich ganz plötzlich gestorben. Oder weißt du, ob er krank war? Hat er vielleicht schon seit längerem eine Krankheit gehabt?«

»Das weiß ich nicht. Gemerkt habe ich nichts, aber ich kannte ihn auch kaum. Ich habe ihn vor drei Wochen, als er hier so von heute auf morgen einzog, zum ersten Mal nach all den Jahren wieder gesehen. Aber ich denke, Sie kennen die Geschichte«, sie hielt inne, sah Anna fragend an, als warte sie auf eine Aufforderung, weiterzusprechen, und fuhr dann fort: »Jungfer Josefine hat Ihnen und Ihrer Tante sicher alles erzählt. Ich weiß von dieser ganzen Erbschaftssache nur, was ich hie und da gehört habe. Die Jungfer selbst hat mit mir nie darüber gesprochen, obwohl ich jetzt fast zwanzig Jahre bei ihr bin. Und ich würde nie auch nur daran denken, sie nach solchen Dingen zu fragen. Über alles, was die Familie und besonders ihren Bruder angeht, spricht sie nicht mit mir. Trotzdem weiß ich natürlich Bescheid.«

Ihre Stimme hatte sich verändert, war laut und ungeniert

geworden und ließ das Vergnügen spüren, das sie beim Beobachten ihrer Herrschaft empfand. Ganz eingenommen von ihrem Wissen um Vertrauliches und Intimes schien Gertrud die Gegenwart des Toten, der starr und stinkend zwischen ihr und Anna lag, vergessen zu haben. »Ich habe genau gemerkt, wie schlimm die letzten Wochen für die Jungfer waren. Tagelang hat sie geweint. Und als dann ihr Bruder hier einzog, als all die Möbel, Reisekörbe, Kisten und Kästen ankamen und er anfing, das Haus für sich zu richten, die Zimmer tapezieren und neu möblieren zu lassen, da wurde sie immer bedrückter und irgendwie immer blasser. Sie hat sich fast ganz auf ihr Zimmer oben zurückgezogen. In das Zimmer, in dem sie gelebt hat, seit sie als Kind zu ihrer Tante, der alten Sophie Nockenfeld, kam. Ich kann Ihnen sagen, es war keine angenehme Stimmung im Haus, und dabei hatte ich gedacht, daß nach dem Tod der Tante endlich alles besser würde. Und das hat wohl auch Jungfer Josefine gedacht.«

Mit einem leise kratzenden Geräusch löste sich plötzlich die tote Hand Jakob Nockenfelds aus dem Vorhang und fiel mit einem leichten Klatschen auf das Bettlaken. Es war, als ob der Tote mit dieser Geste an sich erinnern wollte. Anna zuckte zusammen und blickte einen Moment erschrocken auf die fahle Hand, die nun mit der Handfläche nach oben und steifen, gebogenen Fingern auf dem beschmutzten Laken lag – wie ein selbständiger Gegenstand oder eher noch wie ein waches, abwartendes, um sich witterndes Lebewesen.

»Heilige Maria, hilf!« stieß Gertrud hervor, schlug hintereinander drei Kreuze und begann, sich langsam rückwärts auf die Tür zuzubewegen.

»Sei nicht so schreckhaft«, sagte Anna ungeduldig. »Da ist nichts, wovor du Angst haben mußt. Der Krampf in seiner Hand hat sich gelöst, sonst ist nichts geschehen.«

Gertrud, die bis in die Diele hinaus gegangen war, spähte aus der Entfernung in das Schlafzimmer. »Bitte kommen Sie heraus, Jungfer Steinbüschel«, bat sie heiser. »Es ist nicht auszuhalten da drinnen. Und es bringt sicher Unglück, in seiner Nähe zu bleiben, ohne Segen und Sakrament, wie er gestorben ist. Wer weiß auch, was für eine Krankheit er hatte. Vielleicht die Ruhr oder irgendein Fieber, und dann ist es gefährlich, in seiner Nähe zu sein ... O Gott, daran habe ich noch gar nicht gedacht! Vielleicht hat uns dieser Gestank schon krankgemacht!« Mit flatternden Händen stand sie da und drehte den Kopf hin und her, als müsse sie einen Ausweg suchen.

»Nichts wird uns krankmachen. Gar nichts. Sei also ruhig und warte auf mich. Ich komme gleich«, sagte Anna scharf und wandte sich noch einmal der Leiche zu. »Am besten, du betest für den Toten und auch für dich und uns alle«, fügte sie hinzu, während sie ihren Blick noch einmal von dem schweißigen Haar über den gekrümmten Oberkörper bis zu den grotesk unter dem hochgeschobenen Hemd herausragenden Beinen wandern ließ. Ein schlimmer Tod, heftig und sehr plötzlich. – Und er erinnerte sie an einen anderen Tod.

Als sie aus der Diele das monotone Murmeln der Magd hörte, die wieder begonnen hatte, halblaut vor sich hin zu beten, drehte Anna sich so, daß sie mit dem Rücken zum Bett stand. Aufmerksam sah sie sich in Nockenfelds Schlafzimmer um.

Rechts von ihr, unmittelbar beim Kopfende des Bettes, war das hochbeinige, mit winzigen Rosetten aus Bronze verzierte Nachtkästchen, auf dem ein Kerzenleuchter mit einem erloschenen Dochtrest stand, daneben Gertruds Tablett mit einer kleinen eleganten Kaffeekanne, der dazu passenden Tasse und Untertasse, einem Milchkännchen und einer Zuckerschale. Feines Porzellan vom Anfang des Jahrhunderts mit hochgezogenen vergoldeten Henkeln und antiken Motiven. Anna strich mit dem Zeigefinger über den Rand der Tasse, der ebenfalls vergoldet war. In ihrem eigenen Haushalt, das hieß im Haushalt ihres Cousins, gab es nichts Vergleichbares, und soviel sie wußte, hatte auch Sophie Nockenfeld kein solches Service besessen.

Einen Schritt vom Nachtkästchen entfernt befand sich ein Waschtisch aus Mahagoni, dessen aufgeklappte, mit einem Innenspiegel versehene Platte eine eingelassene weiße Schüssel, Rasierzeug, Seifenschale und geschliffene Eau de Cologne-Flaschen sehen ließ. Alles war sauber und trocken. Der dazu gehörende Wasserkrug fehlte, ein Leinenhandtuch war, noch in frischen Bügelfalten, halb über der Ecke des Tisches ausgebreitet. Nockenfeld konnte sich abends nicht mehr gewaschen haben. Und er hatte seine Kleidung nur sehr achtlos abgelegt. Sie hing über einem Sessel mit kurzen geschweiften Beinen und bestickter Sitzfläche, vor dem ein schmutziges Paar Stiefel stand.

Ein zum Teil verglaster Schrank in der Nähe des rechten Fensters, der wie der Waschtisch aus Mahagoni war und wie dieser auf der Vorderseite aufgesetzte, schwarze Halbsäulchen hatte, enthielt offenbar moderne Bücher. Sie waren sorgfältig aufgestellt, bildeten Reihen ohne Lücken und sahen aus, als hätte man sie nach einem bestimmten Prinzip geordnet. Auch die Kommode an der Wand gegenüber, der Schrank neben dem Alkoven und der schräg davor stehende Spiegel waren neu. Als Anna sich bewegte, nahm sie sich in dem goldgefaßten Oval wie einen dunklen Schatten wahr, aus dem sich ihr bleiches Gesicht als heller Fleck abhob, und hinter diesem Schatten, in einem Streifen Morgenlicht, das Bett zwischen seinen mattgrünen Vorhängen. Seitenverkehrt und durch die Schräge des Spiegels ein wenig verzerrt sah sie Jakob Nockenfelds Kopf über die Bettkante hängen. Sie machte zwei Schritte nach vorne, so daß sie sich selbst und das Bett hinter sich aus den Augen verlor, und ging dann um sich blickend durch das Zimmer auf die Tür zu.

Es war ein gut proportionierter Raum mit Möbeln, deren Oberfläche schimmerte, und mit Stoffen in ausgesuchten Farben, die in ihren abgestuften grünen und gelblichen Tönen das Tageslicht aufnahmen und gedämpft zurückwarfen.

Und doch wirkte das Zimmer kühl, dachte sie, beinahe kalt.

Nicht durch die Gegenwart des Toten oder durch die Regenluft, die mit den Böen des Windes hereindrang, sondern durch die Planmäßigkeit, in der alles arrangiert war. Alles war aufeinander abgestimmt, alles wirkte elegant und kultiviert. Gleichzeitig aber schien das Interieur die Persönlichkeit seines Bewohners eher zu verstecken als auszudrücken, und selbst die Bücher und Waschutensilien, eigentlich intime und private Gegenstände, machten den Eindruck, als seien sie Requisiten, die dazu verwandt wurden, eine berechnete Wirkung zu erzielen. Ein Schlafzimmer als Kulisse, überlegte Anna. Eine seltsame Vorstellung.

Die einzigen Dinge, die nicht zu diesem geordneten Arrangement paßten, waren, abgesehen vom Toten selbst, der Nachttopf, die hingeworfene Kleidung und die Stiefel des Toten. Und, sagte sie sich, als sie sich an der Schwelle noch einmal umwandte, die Bilder an den Wänden.

Nachdem sie die Tür hinter sich geschlossen hatte, lehnte sie sich tief einatmend an die Dielenwand. Die Luft roch abgestanden und nach kaltem Ruß. Die Gerüche des Schlafzimmers waren nicht bis hierher gedrungen, nur ihre eigene Kleidung hatte eine Spur davon aufgesaugt. Sie nahm ihr Taschentuch aus dem Ärmel, hielt es sich unter die Nase und atmete eine Weile langsam ein und aus, während sie der betenden Stimme lauschte, die in einen gleichförmigen Rhythmus gefallen war. Die Stimme klang so monoton wie der Regen.

Eine kleine Öllampe mit mattem Glasschirm, die in Kopfhöhe auf einer Konsole stand, beleuchtete in weißem Zirkel einen Teil des Bodens und der gegenüberliegenden Wand und fiel auch auf Gertruds Gesicht. Ihre Augen waren geschlossen, die Lider so fest zusammengepreßt, daß die Wimpern gerade schwarze Striche bildeten, die aussahen, als seien sie mit einem Kohlestift aufgemalt.

Der übrige Raum, von dem aus sich eine gewundene Treppe nach oben schwang, löste sich in dunklen, unkonturierten

Schatten auf. Anna hob den Blick und versuchte, den Biegungen des Treppengeländers folgend bis zum oberen Flur hinaufzusehen, wo die Treppe in einer Galerie endete. Die Brüstung der Galerie, die, wie sie wußte, aus einem Gitterwerk schlanker gedrehter Stangen und Feldern mit geschnitzten Weinlaubranken bestand, erschien ihr im Dämmerlicht als massive schwarze Balustrade, hinter und über der sich nichts mehr befand. Bevor sie noch ihren Blick aus dem Dunklen zurückgezogen hatte, hörte sie, wie dort oben eine Tür mit einem kurzen, ein wenig nachhallenden Laut zufiel.

Sie straffte ihre Schultern und sagte zu Gertrud: »Wartet Jungfer Josefine in ihrem Zimmer auf mich?«

Ohne die Augen zu öffnen, antwortete Gertrud: »Ja, ich denke, sie ist oben. Sie wollte nicht hier unten warten, bis ich mit Ihnen zurückkomme.«

»Dann gehe ich jetzt hinauf. Du brauchst nicht mitzukommen.«

Sie ging zur Treppe und stieg die Stufen hinauf. Langsam tauchte sie aus dem Bereich des Lampenlichts in die Schatten des oberen Treppenteils, dann der Galerie. Aber anders, als es von unten her ausgesehen hatte, war es hier oben nicht wirklich dunkel. Durch die Ritzen der geschlossenen Läden eines Fensters am Ende des Flurs drang genügend Licht, um Wände, Geländer und Türen vage zu erkennen. Anna klopfte an die zweite Tür, öffnete sie und trat in ein vom dünnen Licht des Morgens erhelltes Zimmer.

Jungfer Josefine saß, gehüllt in ein weites Wollkleid, auf der Kante ihres Bettes wie ein grauer, matter Vogel. Bis auf ein nervöses Zucken um die Augenwinkel wirkte sie teilnahmslos.

»Und, was ist mit ihm?« fragte sie mit schwacher Stimme.

»Ich fürchte, er ist tot.«

»Bist du sicher?«

»Ja.«

»Kannst du dich nicht geirrt haben?«

»Nein. Er ist wirklich tot. Und ich denke, schon seit ein paar Stunden«, sagte Anna.

Josefine schlug die Hände vor ihr teigiges Gesicht und sackte, als lege sich Schrecken und Trauer plötzlich schwer über sie, zusammen. Die runden, abfallenden Schultern sanken nach vorn, der Kopf neigte sich schräg zur Seite. Die Geste war jedoch nicht schnell genug, um vor Anna eine Spur von Erleichterung, ja Genugtuung verbergen zu können, die in den Augen der Jungfer aufgeflackert war. Es waren wäßrige Augen in der Farbe dünnen Eichelkaffees.

Aufmerksam betrachtete Anna die ältliche Frau, die hinter ihren gedunsenen Händen trocken aufschluchzte. Sie kannte Josefine Nockenfeld seit vielen Jahren. Sie hatte auch ihre Tante Sophie gekannt, die am Anfang dieses Sommers endlich gestorben war. Sophie Nockenfeld hatte an einer auszehrenden Krankheit gelitten, die wie eine Made in sie gekrochen war und sie von innen her aufgefressen hatte, so daß sie binnen eines Jahres magerer und magerer geworden war, bis sie zuletzt nur noch ein klägliches Bündel aus trockener Haut und porösen Knochen gewesen war, das mit Milch und Zwiebackbrei hatte gefüttert werden müssen und nicht einmal mehr imstande gewesen war, sich aus eigener Kraft im Bett umzudrehen. Anna entsann sich deutlich des Geruchs nach siechem Körper, der vom Bett der Alten ausgegangen war, ein Geruch, der ihr von vielen Kranken- und Sterbebetten vertraut war und der in ihr immer wieder die gleichen widerstreitenden Gefühle von Mitleid und Abwehr auslöste.

Trotz ihres verfallenden Körpers hatte Sophie Nockenfeld es fertiggebracht, den Menschen in ihrer Umgebung auch weiter herrisch ihren Willen aufzuzwingen. Die Krankheit hatte ihre Selbstsucht nicht brechen können. Sie starb mit sechsundachtzig Jahren, und sie hatte, soweit Anna es beurteilen konnte, ihr Leben genossen.

Ihr Tod war allmählich gekommen und hatte niemanden erschreckt außer der Sterbenden selbst. Als der Pfarrer von St. Kolumba in ihr Zimmer getreten war, um ihr die letzte Ölung zu spenden, hatte sie schon nicht mehr sprechen können. Anna, die zusammen mit ihrer Tante Margarete Claren und Jungfer Josefine am Bett der Sterbenden gestanden und laut das Vaterunser gebetet hatte, erinnerte sich an das eingesunkene, beinahe schon tote Gesicht Sophie Nockenfelds, in dem die starren Augen Wut auszudrücken schienen, Wut über die Lebenden, Wut über ihr Ausgeliefertsein und über die letzten Tröstungen der Kirche, die ihr offenbar keinerlei Trost bedeuteten. Es war Anna gewesen, die ihr diese Augen schließlich schloß und die ihr das Kinn mit einem weißen Leinentuch hochband.

Anna entsann sich sehr genau, daß sie auch in diesem Moment, als der Tod der alten Frau feststand und sie begannen, das Totengebet zu sprechen, einen Zug der Genugtuung in Josefines Miene wahrgenommen hatte. Es war nur die Andeutung eines Lächelns gewesen, ein Zucken um die Mundwinkel – nicht mehr. Anna hatte ihr dieses Gefühl nachempfinden können. Wer an Josefines Stelle wäre nicht erleichtert gewesen?

»Was starrst du mich so an? Du glaubst wohl nicht, daß ich wirklich weine, was? Und du hast recht.«

Josefine hatte die Hände vom Gesicht genommen und richtete sich, indem sie ihre bläulich aufgeschwollenen Altfrauenfüße dicht neben den gefüllten Nachttopf aufsetzte, schwankend vor Anna auf. Sie hatte keine Tränen in den Augen, stellte Anna fest, aber ihr fahles Gesicht war vor Erregung grau geworden und zeigte einen Ausdruck zittrigen Trotzes.

»Also, er ist tot! Na und? Warum nicht? Ja, warum nicht? Ich kann es dir ja jetzt sagen, wenn du es hören willst: Ich mochte ihn nie, schon als Kind nicht. Nie, hörst du? Als damals die Eltern starben und wir hier ins Haus zur Tante ziehen mußten, hat sie sich nur um ihn gekümmert. Von Anfang an. Für mich interessierte sie sich überhaupt nicht. Ihn hat sie geliebt, und mich, mich hat sie nicht einmal beachtet! Er bekam alles von ihr, was er nur wollte. Sie gab ihm Geld, damit er studieren konnte, und auch sonst steckte sie ihm immer wieder etwas zu, hier einen Reichstaler, da einen Goldgulden, hier ein feines Leinenhemd und da ein Paar modische Stiefel. Und ich ging leer aus! Sie hat nicht einmal daran gedacht, eine Mitgift für mich auszugeben! Als er dann an den Quatermarkt zog und seine Praxis aufmachte, mußte ich hier im Haus bei der Tante bleiben, wurde immer älter und immer unansehnlicher.« Mit bebenden Händen strich sie sich über Wangen und Haar. »Und du weißt, wie mein Leben war, Anna. Dieses ewige Nörgeln, diese schrille Stimme. Selbst auf dem Sterbebett hörte sie nicht auf damit.« Heftig atmend hielt sie inne.

»Ich weiß«, sagte Anna, »du hast nach ihrem Tod gedacht, daß du endlich so leben kannst, wie du möchtest, und dann –«

»Und dann war alles wie zuvor oder eigentlich schlimmer, denn als das Testament eröffnet wurde und ich erfuhr, daß ich fast nichts und er alles erben sollte, blieb mir nicht einmal mehr die Hoffnung auf eine eigene Zukunft. O sicher, ich durfte hier im Haus, in meinem Zimmer bleiben, aber das war auch alles. Zu sagen hatte ich wieder nichts. Ach, ich wollte, er wäre nie zurückgekommen.«

Sie blickte in Annas Gesicht und unterbrach sich. Entsetzt drückte sie die Faust vor den Mund: »Aber was sage ich da? Heilige Muttergottes, was mußt du von mir denken? Er ist doch mein Bruder, und er liegt tot da unten.« Sie faßte nach Annas Arm. »Vergiß, was ich gesagt habe, ja? Sag, daß du es vergißt.« Weinend wiederholte sie: »Du mußt es vergessen. Ich habe das alles nicht so gemeint. Ich bin nicht ganz bei mir.« Wieder sank sie in sich zusammen, diesmal offenbar aus echter Verzweiflung.

Im Zimmer war es kalt und klamm, und auch von der kleinen Gestalt, die mit ineinander verkrampften Fingern auf der Bettkante saß, fühlte Anna etwas Klammes ausgehen. Mit einem Blick erfaßte sie den Raum. Es war ein kleines, längliches Zimmer mit einem Fenster, das zur Schildergasse hinausführte und den Eindruck machte, als würde es nie geöffnet. Nachlässig geputzte Scheiben, an deren Innenseite dünne Rinnsale auf die Simse tropften, zeigten einen Ausschnitt der gegenüberliegenden Häuserzeile. Anna konnte ein paar schmale Spitzgiebel unter naßglänzenden Ziegeldächern erkennen. Der Ast einer Kastanie streckte sich wie ein verrenkter Arm vor eine der Scheiben. Neben dem Fenster stand ein Sessel, dessen samtiger Stoff dort, wo man den Kopf anlehnte, einen dunklen, fettigen Fleck aufwies. Gilbige Deckchen, die ohne Geschick gehäkelt waren, lagen auf dem verschossenen Stoff der Armlehnen. Über die Kommode aus Eiche, die sicher schon sechzig oder siebzig Jahre alt war, war eine dünne Leinendecke gebreitet, auf der Wasserkrug und Seifenschale eine Vielzahl von Flecken hinterlassen hatten. Außer einem Kruzifix über der Tür und einem kleinen Stich der Muttergottes aus der Kupfergasse, der neben dem Bett hing, gab es als Wandschmuck nur noch ein Miniaturbild in schmalem schwarzem Rahmen, das die Mutter Josefines, eine Frau mittleren Alters mit müdem Gesicht, darstellte. Zwischen Rahmen und Wand steckte eine Efeuranke, deren Blätter verdorrt und grau von Staub geworden waren.

Nichts im Raum war gepflegt, nichts zeugte von Sorgfalt oder wies auf ein bestimmtes Interesse seiner Bewohnerin hin. Das ganze Zimmer strömte Freudlosigkeit aus, dachte Anna beinahe mitleidlos, die Freudlosigkeit einer schwachen, untüchtigen Frau, die weder den Mut gefunden hatte, sich gegen aufgezwungene Umstände zu wehren, noch die Gelassenheit, sich in sie zu fügen. Manche Frauen stickten ihre Sehnsüchte in feinen Batist, häkelten ihre Ängste in zarte Kragen oder rieben ihre Intelligenz in die Politur von Mahagonimöbeln. Jungfer Josefine hatte nicht einmal das getan.

»Leg dich am besten wieder ins Bett und versuche, etwas

warm zu werden«, sagte Anna, »ich mache dir gleich in der Küche einen Becher heiße Milch.«

»Aber was wird jetzt werden? Wir können ihn doch nicht einfach so liegenlassen.«

»Nein, natürlich nicht. Aber laß du nur. Ich kümmere mich um alles. Du bist jetzt zu aufgeregt. Ich denke, es ist am besten, wenn du einfach hier in deinem Zimmer bleibst und dich ausruhst. Ich gehe nach unten, schicke Gertrud zu meinem Cousin und komme dann wieder zu dir.«

»Mein Gott, Doktor Elkendorf! An einen Arzt habe ich noch gar nicht gedacht.« Josefine schluchzte wieder auf. »Meinst du wirklich, daß er kommen muß? Was soll er denn hier noch? Er kann doch nichts mehr tun.«

»Er wird sich den Toten ansehen und außerdem mit dir und Gertrud sprechen wollen. Das ist nun mal so.«

Während Josefine sich in ihr zerdrücktes Kissen zurücklehnte und mit fahrigen Händen versuchte, die Bettdecke über den Körper zu ziehen, verließ Anna den Raum.

Auf dem Weg zur Küche überlegte sie, daß ihr die Atmosphäre dieses Zimmers fast mehr Unbehagen bereitet hatte als die verkrümmte Leiche auf ihrem beschmutzten Laken. Es war nicht allein die Trostlosigkeit des Raumes, auch nicht die bedrückende Ausstrahlung von Unterwürfigkeit, die von Jungfer Josefine schon immer, solange sie sie kannte, ausging, es mußte vielmehr dieser neue Ton von Haß und Frohlocken sein, der sich in die weinerliche Stimme mischte und dem schwammigen Gesicht einen bislang unbekannten, unangenehmen Zug gab.

»Du kannst jetzt gehen und Doktor Elkendorf holen«, sagte sie zu Gertrud, die sie am Küchentisch sitzend und den Rosenkranz betend vorfand. »Er müßte jetzt schon aufgestanden sein. Therese richtet ihm wahrscheinlich gerade sein Frühstück. Sag ihm, er soll schnell kommen, und sag ihm auch gleich, daß Doktor Nockenfeld tot ist.« Leise, mehr zu sich selbst, setzte sie hinzu: »Ich glaube, er wird sehr überrascht sein.«

Einen kurzen Moment sah sie vor sich, wie Nockenfeld am vorhergehenden Abend beim Abschied in der Diele gestanden hatte – groß, schlank, die übrigen mit einem halben Lächeln betrachtend. Im nachhinein meinte sie sich zu erinnern, daß er ausgesehen hatte wie jemand, der sich als Sieger fühlte.

Nachdem Gertrud gegangen war, von Kopf bis Fuß von einem weiten, gewachsten Umhang bedeckt, hängte Anna einen Topf mit Milch über die Herdöffnung. Das Feuer, das Gertrud frühmorgens angefacht hatte, glühte nur noch in einem großen Kohlestück, so daß Anna, um die Milch heiß machen zu können, erst vorsichtig Späne, dann ein paar Holzscheite auflegen mußte.

Die Küche war kaum wärmer als das übrige Haus. Auch hier hatte sich eine feuchte Kälte eingenistet, die nicht nur von den Fenstern hereinzog, sondern auch von den quadratischen schwarzen Fliesen des Bodens aufstieg. Anna blickte an sich herunter und stellte überrascht fest, wie durchnäßt sie war. Bei ihrem hastigen Aufbruch war sie ohne Schirm in den strömenden Regen hinausgelaufen, und Haube, Umschlagtuch und Kleid hatten sich voll Wasser gesogen. Erst jetzt spürte sie die unangenehme Feuchtigkeit ihrer Kleidung. Ungeduldig zog sie ihre gefältelte Haube aus und schüttelte die Haare so kräftig, daß sie sich aus dem lockeren Knoten, in den sie geschlungen waren, lösten und ihr Haarreif klappernd zu Boden fiel. Mit einem Tuch fuhr sie sich über das Gesicht und versuchte dann ihr Haar, das in nassen Strähnen über die Schultern fiel, trokkenzureiben. Der Regen war bis in den Nacken und in die Furche zwischen den Schulterblättern gelaufen, so daß sie ihr Hemd, wie mit kaltem Schweiß getränkt, am Körper haften fühlte. Sie schob einen Stuhl in die Nähe des Herdes, streckte ihre Füße in die sich allmählich ausbreitende Wärme und wartete auf das Sieden der Milch.

Die Gegenwart des Toten, der nicht weit von ihr entfernt lag, beunruhigte sie nicht wirklich. Sie fürchtete sich nicht vor Toten. Warum auch? Sie glaubte nicht an das Umgehen ihrer Seelen oder daran, daß sie den Lebenden zu schaden suchten und deshalb mit Vorsicht und Furcht behandelt werden müßten, wie Gertrud und vielleicht auch Josefine es sich vorstellten. Nein, tot war tot, dachte sie. Das hieß jedoch nicht, daß man die Verstorbenen verloren hatte oder gar, daß man sie los war. Zwar hatte ihnen der Tod endgültig die Möglichkeit, in der Welt zu handeln, genommen, aber, überlegte Anna, es war oft, als ob ein Teil ihres Wesens, ihrer Wünsche, Sehnsüchte, Forderungen, ihrer Zärtlichkeit und ihrer Bosheit lebendig blieben. Die Menschen ihrer Umgebung schienen diesem Erbe, denn eine Art Erbe war es wohl, folgen zu müssen oder auch folgen zu wollen, so daß die Schatten, die die Toten hinterließen, manchmal fast stärker wirkten, als der Wille und die Kraft der Lebenden es je getan hatten. Die Toten, ihre Spuren und ihr Erbe blieben also, im Guten wie im Schlechten. Die, die geliebt hatten, blieben – manchmal zu sehr – durch die Erinnerung, die man an ihre Liebe hatte, die gehaßt hatten, hinterließen ein Erbe aus Haß, das vielleicht weiter Haß erzeugte. In jedem Fall waren die Hinterbliebenen nie frei – auch wenn sie es selbst glaubten.

In der Stille des Raumes, in der nur die brennenden Holzscheite knisterten und der Regen gegen das Fenster rauschte, meinte Anna für einen Augenblick die Stimme von Sophie Nockenfeld zu hören. Es war eine unzufriedene Stimme ohne Tiefe gewesen, die, gleich, was sie sagte, stichelnd und verletzend geklungen hatte. Nein, dachte Anna, Jungfer Josefine war nach dem Tod ihrer Tante nicht frei geworden, und sie würde es auch jetzt nach dem Tod ihres Bruder nicht werden.

Als sie das leise Summen der siedenden Milch hörte, stand Anna auf, reckte kurz ihren steif gewordenen Körper und strich sich die immer noch feuchten Haare unter die Haube. Ihre Füße waren eiskalt geblieben, und sie spürte deutlich das Stechen des Hühnerauges am rechten kleinen Zeh, das sie seit

Wochen quälte. Sie schlüpfte aus ihrem flachen Lederschuh und rieb den schmerzenden Zeh am Strumpf des anderen Beines. Wie wichtig der Schmerz eines Hühnerauges selbst gegenüber einem plötzlichen, schrecklichen Tod sein konnte – wenn es das eigene Hühnerauge war und wenn einem der Tote nicht nahe stand, dachte sie und mußte beinahe auflachen.

Nachdem sie die Milch mit Honig verrührt hatte, stellte sie den Krug und zwei Becher auf ein Tablett. Das Tablett in den Händen blieb sie zögernd stehen. Sie wäre lieber nicht mehr zu Josefine zurückgekehrt. Das klamme Zimmer und die aufgedunsene Gestalt flößten ihr Widerwillen ein, und sie fragte sich, ob es nicht besser sei, hier in der Küche auf Gertrud und Cousin Bernard zu warten und schließlich, ohne sich weiter um Josefine und ihren toten Bruder zu kümmern, nach Hause zu gehen. Dann aber sah sie wieder die verkrümmte Leiche, den Kot und das Erbrochene vor sich, in dem sie auch Spuren ihrer Gerichte erkannt hatte, und dachte an diesen anderen Tod, den sie gesehen hatte und der schon einige Jahre zurücklag.

Während sie noch so dastand, wurde ihr mit einem Mal klar, was ihre Gedanken bedeuteten. Und plötzlich war ihr Wunsch, nach Hause zu gehen, verschwunden. Statt dessen spürte sie eine Unruhe in sich, die ihr fremd war. Sie dachte an Nockenfelds Gesicht, wie es lebend und wie es tot ausgesehen hatte, und fragte sich dabei, ob sie wohl recht mit ihrer Vermutung hatte. Und wenn sie recht hatte …?

Im Herdfeuer hinter ihr brach ein Stück Holz, und die aus dem Innern des Scheites austretende Feuchtigkeit zischte so laut auf, daß es sich anhörte, als sei ein Wasserkessel übergelaufen. Anna warf einen kurzen Blick zurück und verließ dann die Küche. Schon auf der Treppe fielen ihr eine Reihe von Fragen ein, die sie Josefine stellen wollte.

Als sie das Zimmer betrat, lag Josefine reglos in ihrem Bett und starrte mit weit geöffneten Augen zur Decke. Langsam drehte sie den Kopf, sah Anna an und fragte ängstlich:

»Habe ich eben irgend etwas Dummes gesagt? Ich erinnere mich nicht mehr, was es war, aber mir ist, als hätte ich Dinge gesagt, die ich nicht hätte sagen sollen. Dummes, unsinniges Zeug.«

»Nein«, antwortete Anna, »du hast nichts Dummes gesagt. Du warst nur sehr erschrocken und aufgeregt. Das gibt sich wieder, ein plötzlicher Tod ist immer erschreckend.« Sie setzte sich neben Josefine auf den Bettrand und reichte ihr einen Becher Milch. »Trink das, es wird dich beruhigen. In der Milch ist Honig, und warme Milch mit Honig beruhigt immer.«

Auch sich selbst goß sie einen Becher ein und trank durstig in kleinen, schnellen Schlucken. »Ich habe Gertrud zu Cousin Bernard geschickt. Ich denke, er wird bald hier sein«, sagte sie dann. »Bis er kommt, hätte ich dich gerne etwas gefragt. Glaubst du, du fühlst dich gut genug, um mit mir zu reden?«

»Was soll das?« fuhr Josefine aus ihrem Kissen auf. »Du hast doch gerade selbst gesagt, ich brauche Ruhe. Also laß mich auch in Ruhe! Ich will nicht reden, ich will auch nicht denken. Laß mich allein, laßt mich alle allein! Ich will niemanden hier haben!«

Ihr Ausbruch endete so schnell, wie er gekommen war. Sie verstummte, und ihre Augen begannen, unsicher zu flackern. »Nein, Anna, nein«, sagte sie klagend, »geh nicht. Du mußt bei mir bleiben, ich fühle mich so elend.« Sie griff nach Annas Hand und umklammerte sie. »Frag mich ruhig, ich werde versuchen, dir zu antworten.« Sie schloß die Augen und wandte den Kopf zur Wand, ihre Finger jedoch hielten Annas Hand weiter fest.

»Kannst du mir sagen, ob dein Bruder krank war?« fragte Anna.

»Krank? Wie meinst du das?«

»Hat er über irgendwelche Beschwerden geklagt, oder hat er Medikamente genommen?«

»Ob er geklagt hat? Ich weiß nicht. Wir haben nicht viel

miteinander gesprochen. Immer nur ganz kurz und immer nur das Nötigste.«

»Aber du mußt ihn doch tagsüber öfters gesehen haben. Schließlich habt ihr zusammen in einem Haus gewohnt«, sagte Anna.

»Zusammen gewohnt! Was heißt das schon. Ich bin ihm nur selten begegnet. Mein Essen habe ich mir meistens hier in mein Zimmer bringen lassen, so daß ich ihn eigentlich nur in der Diele und auf der Treppe getroffen habe. Wenn er etwas von mir wollte, ließ er mich holen.«

»Das heißt, du hast ihn nicht irgendwann einmal sagen hören, er fühle sich krank?«

»Nein, nie. Und so, wie er aussah, schien er mir ganz gesund zu sein. Aber ehrlich gesagt, ich habe nie darüber nachgedacht. Sicher, er war nicht mehr der Jüngste, aber ich glaube, er war in vielem noch sehr unternehmungslustig.« Sie schlug ihre Lider auf und lachte bitter. »Es hätte mich nicht gewundert, wenn er mit seinen über fünfzig Jahren noch eine junge Frau ins Haus geholt hätte.«

»Also, du meinst, er war nicht krank?«

»Das kann ich nicht sagen. Ich kann nur sagen, ich weiß nichts davon. Vielleicht war er krank und wollte nicht darüber sprechen. Mir hat er jedenfalls nichts davon gesagt. Es ist natürlich möglich, daß er mit jemand anderem darüber gesprochen hat. Aber wenn man recht überlegt«, sie warf Anna einen schnellen Blick zu, »ist es sehr wahrscheinlich, daß er krank war, denn sonst wäre er ja jetzt nicht tot.«

»Gibt es denn Medikamente, die er genommen haben könnte?«

»Natürlich gibt es die. Schließlich war mein Bruder Arzt. Sein Studierzimmer ist voll von Mitteln, die er hätte schlucken können. Das kannst du dir doch denken, bei euch im Haus wird es nicht anders sein. Ja, ich glaube, er hat mit den übrigen Dingen aus Paris eine Menge Medikamente mitgebracht.

In besonderen Kisten, zusammen mit medizinischen Büchern und Instrumenten. Aber genau weiß ich es nicht. Ich ging ihm bei seinem Einzug möglichst aus dem Weg. Bloß hier vom Fenster aus habe ich beobachtet, wie die Wagen abgeladen wurden und die Lastenträger Gepäck hereinschleppten, und im Vorbeigehen an den Zimmern konnte ich sehen, was ausgepackt wurde. Es war eine Unmenge von Dingen. Nicht nur Dinge, die er als Arzt brauchte, sondern Möbel für die einzelnen Räume, Geschirr, Lampen, sogar Stoffe. Und Bilder. Sie sind unten, im hinteren Abstellraum, verstaut. Nur ein paar ließ er in der Zwischenzeit aufhängen. Auch die in seinem Schlafzimmer, die du vielleicht gesehen hast, gehören dazu. Aber die meisten sind noch so verschnürt, wie sie geliefert wurden.«

»Er hatte also viele Arzneien hier im Haus. Aber ob er selbst ein Medikament genommen hat, weißt du nicht?«

»Nein, das weiß ich nicht. So wenig, wie ich ihn gesehen habe, hätte er den ganzen Tag über Pulver, Pillen, Tinkturen, Säfte, Elixiere, Tropfen oder was auch immer nehmen können, ohne daß ich auch nur die leiseste Ahnung davon gehabt hätte. Und«, fügte sie, plötzlich wieder in sich zusammensinkend, hinzu, »er ist schließlich auch gestorben, ohne daß ich etwas gemerkt habe.«

»Du hast also nichts aus seinem Zimmer gehört?«

»Nichts, gar nichts, überhaupt nichts.« Sie begann heftig zu schluchzen.

»Hast du ihn denn gehört, als er nach Hause kam?«

»Nein, auch nicht. Ich bin früh zu Bett gegangen, ich war müde. Oder eigentlich war ich nicht wirklich müde, ich war nur alles so leid. Wie soll ich dir das erklären? Ich weiß, solche Gedanken sind eine Sünde, aber seit Wochen schon erscheint mir alles so sinnlos und leer – das Haus hier, dieses Zimmer mit seinen alten Möbeln und vor allem ich selbst.« Mit einer heftigen Bewegung schlug sie sich auf die Brust. »Ich selbst komme mir so leer vor. Hier drinnen, verstehst du? Kennst du dieses Gefühl, Anna? Nein, ich glaube, du kennst es nicht. Und überall, draußen und im Haus, war es so kalt, mich hat gefroren, und deshalb habe ich einen Stein in der Küche warm gemacht, hab ihn mir ins Bett gepackt und bin dazu gekrochen. Es war noch etwas dämmrig, und ich konnte lange nicht einschlafen. Der Regen war ja viel stärker noch als jetzt, und der Wind schlug immer wieder die Zweige der Kastanie aus dem Garten nebenan gegen das Fenster. Ich bin jedesmal aufgeschreckt. Schließlich fielen mir aber doch die Augen zu, und ich wachte erst auf, als ich Gertrud die Treppe heraufkommen hörte.«

»Erinnerst du dich denn, wann du ihn zum letzten Mal gesehen hast?« fragte Anna vorsichtig.

Josefines Gesicht wurde starr, zeigte dann rote, nervöse Flecken.

»Das muß gewesen sein, kurz bevor ich zur Kirche ging. Ja, richtig. Es war, als ich mich gerade auf den Weg machen wollte, um rechtzeitig zur Abendandacht in St. Alban zu sein, wo ich deine Tante Margarete treffen wollte. Wir gehen immer zur Abendandacht nach St. Alban.« Sie unterbrach sich, und Anna sah, wie ihr vorstehender Adamsapfel unter der welken Haut des Halses auf- und niederzuckte. Ein Hals wie der eines gerupften Kapauns. Dick und doch faltig. »Er kam aus seinem Schlafzimmer und sagte, daß er abends bei euch, ich meine, bei deinem Cousin, eingeladen sei. Er schien gutgelaunt zu sein, vielleicht, wenn ich es mir recht überlege, sogar besser noch als sonst. Ich wartete einen Moment, ob er noch etwas von mir wollte. Aber er sagte nichts mehr, also drehte ich mich um und ging. In der Kirche wartete deine Tante schon auf mich. Sie saß auf der Bank, auf der wir nun schon seit Jahren nebeneinander sitzen, und las im Gebetbuch. Ich war froh, daß sie da war. Ich bin immer froh, wenn ich sie sehe.«

»Und als du zurückkamst, war er schon gegangen?«

»Nein, nein. Ich bin mit deiner Tante zurückgekommen, sie

hat in der Küche mit mir noch eine Tasse Kaffee getrunken, wollte dann aber bald nach Hause, um dir in der Küche zu helfen. Als sie ging, war mein Bruder noch da. Ich habe ihn aber nicht mehr gesehen, nur gehört. Später, nachdem er weg war, legte ich mich schlafen. Das war um neun, ich habe im Vorbeigehen auf die Standuhr in der Diele gesehen.«

Anna hob den Kopf und lauschte. Von der Treppe her den Flur entlang kamen Schritte näher. Kurz darauf steckte Gertrud ihren Kopf ins Zimmer und sagte außer Atem: »Der Doktor ist gekommen. Ich habe ihn gleich unten in das Zimmer geführt. Das war doch richtig so?«

Anna nickte, strich Josefine leicht über den Ärmel und ging dann die Treppe hinunter in die Diele. Als sie am Zimmer des Toten vorbeikam, sah sie durch die geöffnete Tür ihren Cousin, der vorgebeugt neben dem Bett stand. Er hatte den Toten an den Schultern gefaßt und versuchte, ihn aus seiner schrägen Lage zu ziehen und geradezurücken.

Sie wandte sich ab und trat in die Schildergasse hinaus.

Aus dem strömenden Regen war in der Zwischenzeit ein kräftiges Nieseln geworden, das in kurzer Zeit in alle Ritzen der Häuser und der Kleidung kriechen und sich auf Brust und Lunge legen würde. Als Anna den Kopf hob und nach oben blickte, sah sie in einen tiefhängenden, steingrauen Himmel. Er bestand nicht aus einzelnen, sich zusammendrängenden Wolken oder Wolkenhaufen, sondern schien eine undurchdringliche, erstickende Masse zu sein – wie grauer Brei oder wie Erbrochenes. Sie schüttelte sich und ging schnell, über Pfützen und Unrat hinwegsteigend, über das letzte Stück der Schildergasse, bog links in die Hohestraße, dann drei Häuser weiter wieder nach links in den Perlenpfuhl ein, den sie in Richtung der Streitzeuggasse entlangging.

Köln war schon längst erwacht. Aber es war ein müdes, lustloses Erwachen gewesen. Die Luft roch muffig, und man spürte trotz des Regens keine Frische. Aus vielen Schornsteinen quollen die Rauchschwaden der früh am Morgen entzündeten Herdfeuer, die sich, statt in den Himmel aufzusteigen und sich aufzulösen, in die Gassen zwischen die Häuser drückten. Um die rauchig-feuchte Kälte nicht eindringen zu lassen, waren die meisten Fenster und Türen geschlossen. Die Zeilen der Häuser wirkten hinter dem Schleier aus Nieselregen leblos, und nur hin und wieder deutete die halboffene Tür eines Ladens oder einer Werkstatt auf Betriebsamkeit hinter den Mauern hin.

Je nach den Gebäuden, Gärten oder Läden, an denen Anna vorbeikam, mischten sich spezielle Gerüche in die Luft. Vor einer Fleischerei roch sie die Ausdünstungen von abgestandenem Blutwasser, das wohl gerade erst aus dem Laden nach draußen geschüttet worden war und sich jetzt auf Gehsteig und Straße mit den Regenlachen vermengten. Aus einem Gemüsegarten, in dem vor allem Lauch und Zwiebeln gezogen wurden, drangen scharfe Gerüche, die durch den Gestank sich zersetzenden Komposts und durch die Miasmen einer Kotgrube überlagert wurden. Bei manchen Gerüchen, wie denen, die aus der Bäckerei an der Ecke zur Herzogstraße und dem gegenüberliegenden Käseladen strömten, schnupperte sie gierig – sie merkte, daß sie hungrig war.

Tief und genußvoll einatmend sagte sich Anna, daß sie Köln genügend gut kannte, um von überall auch mit geschlossenen Augen, nur von ihrem Geruchsinn geleitet, den Weg nach Hause zu finden.

Während sie vorwärtshastete und die nieselnde Nässe sich wie ein Gespinst über ihr Gesicht legte, fühlte sie sich immer belebter. Die eingeatmete Luft prickelte in ihren Lungen, an Hals und Schläfen spürte sie das Blut pulsieren. Selbst ihr stechendes Hühnerauge und der Schmerz ihrer verkrampften Schultern machten ihr ihren Körper lustvoll bewußt. Es war wohl wirklich so, daß man sich nach einem Todesfall besonders lebendig fühlte. Der Tod eines anderen steigerte das eigene Gefühl, zu leben. Wie ein Lebenselixier. Man sah die Farben intensiver und hörte die Töne klarer. Alle Sinne waren wacher, als könne man das Erlöschen eines Lichtes vergessen, indem man den Blick auf andere, hellflammende Lichter richtete. Deshalb wurde nach Begräbnissen so ausgiebig gefeiert, ging es ihr durch den Kopf, deshalb steckte einem am Grab oft das Lachen im Halse. Und deshalb wirkte der Besuch am Totenbett bei manchen Menschen, so sündig es auch sein mochte, wie ein Aphrodisiakum.

Sie bog in die Streitzeuggasse ein und klopfte an die Tür des Elkendorfschen Hauses. Nach einer Weile hörte sie innen die schlurfenden Schritte Thereses, gleichzeitig ihre Stimme, die ungeduldig rief: »Ich komme ja schon, nur einen Augenblick.«

»Ich bin es.«

»Ach, da sind Sie endlich«, sagte Therese, während Anna die Diele betrat und mit einem erleichterten Seufzen ihre Haube abnahm. »Nun sagen Sie bloß, wo Sie gewesen sind. Was war denn so dringend, daß Sie in aller Frühe aus dem Haus mußten? Es kann ja wohl kaum eine Geburt gewesen sein, denn dann wäre der Doktor gegangen.«

»Nein, eine Geburt war es nicht, eher das Gegenteil.«

»Was soll das heißen?« fragte Therese und folgte Anna in die Küche, in der gerade Flammen aus der Öffnung des Herdes nach oben flackerten und einen hellen Schein in den Raum warfen, so daß auf den Kupferpfannen neben dem Herd schnelle, blendende Lichtreflexe aufzuckten. Als das Feuer einen Augenblick später zusammenfiel, verschwanden die rotgelben Lichtflecken, und die unruhige Helligkeit wurde von dem fahlen Tageslicht abgelöst, das durch die beiden Fenster zum Hof hereindrang.

Mit einem Blick stellte Anna fest, daß Therese mit dem Spülen und Aufräumen des Geschirrs vom letzten Abend fast fertig war. Die Weingläser und Karaffen standen poliert auf einem Tablett, daneben stapelten sich Teller und Schüsseln. Blankgeriebenes Silberbesteck lag ausgebreitet auf einem Leinentuch, bereit zum Einsortieren in die Lade. Die Weinflaschen waren ausgewaschen und in einem Korb neben der Anrichte verstaut. Auf dem Herd stand ein Messingkessel mit kochendem Wasser, mit dem Therese wohl die letzten schmutzigen Tiegel und Töpfe, die in einem großen, halb mit Wasser gefüllten Holzbottich aufgeschichtet waren, spülen wollte. Die wenigen Reste der Mahlzeit hatte Anna selbst am Abend zuvor auf den Abfallhaufen im Hinterhof geschüttet. Ihre Küche war sauber, es war kaum mehr eine Spur der gestrigen Arbeit zu sehen.

»Gott sei Dank, endlich ein warmer Fleck! Ich bin naß bis auf die Knochen.« Anna griff nach einem Tuch und versuchte, zum zweiten Mal an diesem Morgen, ihre Haare trocken zu reiben. »Du glaubst nicht, wie klamm es in diesem Haus gewesen ist. Und dazu noch der Tote.«

»Welches Haus? Was für ein Toter?« Therese, die Kaffee hatte einschenken wollen, drehte sich abrupt um. Einen Moment stand sie, Kaffeekanne und Annas Steinguttasse in den Händen, bewegungslos da.

»Ich war bei Nockenfeld«, antwortete Anna und drückte ihr Gesicht in das Leinentuch, dessen steife Frische sie rauh auf ihrer Haut spürte.

»Bei Nockenfeld? Sie meinen, bei Jungfer Nockenfeld?«

»Ja, bei ihr auch. Aber vor allem war ich bei ihm. Oder eigentlich kann man das auch nicht sagen, ich war gar nicht bei ihm, ich habe ihn mir nur angesehen.« Sie nahm das Tuch vom Gesicht und sah zu Therese hinüber. »Er war tot, er lag tot in seinem Bett.«

Therese stellte das Geschirr ab und ließ sich auf einen Hokker fallen. Ihr Gesicht, lang und trotz ihrer sechzig Jahre fast faltenlos, zeigte Erstaunen, dann Zweifel. »Heilige Muttergottes«, sagte sie, indem sie sich mit ihrem knochigen Gesäß auf der Sitzfläche nach hinten schob. »Das glaube ich nicht. Das kann nicht wahr sein. Er war doch derjenige, der als letzter gekommen ist? Auf den die anderen gewartet haben, nicht? Wir mußten für ihn extra noch einmal die Morchelsuppe warm machen.« Sie machte ein Kreuz. »Und der ist tot? Nein, das kann nicht sein. Er wirkte überhaupt nicht krank, kein bißchen. Und er hat gut gegessen. Von der Pastete und vom Fleisch hat er zweimal genommen, da bin ich mir sicher.«

Anna schlug ihre Haarsträhnen, die ihr bis auf die Oberarme reichten, über die Schultern nach vorn und begann, die Spitzen mit einem frischen Handtuch zu trocknen. Die langen Locken an den Schläfen, die sie am Tag zuvor eingedreht hatte, hatten sich aufgelöst, so daß ihr das Haar jetzt dünn und fransig ins Gesicht fiel.

»Er lag in seinem Bett wie ein toter Fisch, den man in einem zu kleinen Topf gekocht hat – verkrümmt und verbogen. Und alles, was er gestern hier gegessen hat, war erbrochen. Ich glaube, sein ganzer Magen hat sich entleert.«

»Erbrochen, was er hier gegessen hat?« Thereses Mund zog sich zusammen, als schmecke sie plötzlich etwas Bitteres. Sie saß einen Augenblick ganz still, fuhr sich dann mit der Hand an die Stirn. »Und wieso ist er gestorben, ich meine, an was ist er gestorben? Kann es das Fieber, das umgeht, gewesen sein?«

Anna, die Haube und Tuch zum Trocknen über eine Stange neben dem Herd hängte, wandte sich kurz um und sagte: »Das weiß ich nicht. Jungfer Josefine ließ mich holen, weil sie so erschrocken war. Sie dachte wohl nicht daran, daß es besser gewesen wäre, gleich nach Cousin Bernard oder irgendeinem anderen Arzt zu schicken. Ich konnte nichts anderes tun, als ihr sagen, daß ihr Bruder tot ist und daß sie einen Doktor rufen muß.«

»Also deshalb hat Gertrud eben den Doktor geholt.«

»Ja.«

Kopfschüttelnd stand Therese auf, nahm den Kessel vom Herd und goß das brodelnde und zischende Wasser vorsichtig auf die Tiegel im Bottich. Als ein Spritzer ihre Hand traf, gab sie einen ärgerlichen Laut von sich, griff nach einem Eimer und goß kaltes Wasser nach. Anna sah zu, wie Thereses breite, rissige Hände in das Wasser tauchten. Auf der Oberfläche des Spülwassers schwamm eine Unzahl kleiner Fettaugen, die sich allmählich zu immer größeren Augen vereinigten.

Einen Moment lang überlegte Anna, ob sie mit Therese über die Gedanken, die ihr zum eigenartigen Tod Nockenfelds gekommen waren, sprechen sollte.

Therese war ihr seit der Kindheit vertraut. Eigentlich hatte sie immer, solange sie denken konnte, zu ihrem Leben gehört. Sie stammte aus dem Viertel am Eigelstein, aus einem armseligen Hof von Kappesbauern, und war, fast noch ein Kind, einige Zeit vor Annas Geburt als Magd in den Haushalt ihrer Mutter gekommen. Thereses harte Hände, ihr Gesicht mit den kleinen, dunklen Augen, die ungewöhnlich tief unter der Höhlung des Stirnknochens lagen und manchmal, in Momenten der Unsicherheit, einen dumpfen, reglosen Ausdruck annehmen konnten, gehörten zu Annas frühesten Erinnerungen. Zu Empfindungen, die sich fest mit dem Aroma von frischgebakkenen, in warme Milch gestippten Wecken und dem seifigfeuchten Geruch kochender Wäsche verbunden hatten. Auch zu Geräuschen wie dem Knarren von Fensterläden, die früh, beim ersten Morgenlicht über der Stadt, aufgeriegelt und geöffnet wurden. Nachdem Annas Mutter gestorben war und Cousin Bernard seine Praxis eröffnet hatte, war Therese zusammen mit Anna zu ihm gezogen. Therese als Hausmagd, Anna als seine Haushälterin.

Nein, dachte sie mit einem Blick auf Thereses müdes Gesicht, es war besser, sie nicht zu beunruhigen.

»Ist Tante Margarete schon unten gewesen?« fragte sie stattdessen.

»Noch nicht. Aber sie ist schon auf. Ich habe ihr vor einer halben Stunde heißes Wasser gebracht und dann, etwas später, das Frühstück. Sie war schon angezogen und hat sicher schon angefangen zu sticken.«

»Sie hat also nicht gehört, daß Gertrud da war und warum sie den Doktor holen wollte?«

»Nein, sie war oben und weiß nichts.«

»Gut. Mach du hier weiter«, sagte Anna. »Ich gehe erst einmal in mein Zimmer und ziehe mir trockene Kleider an. Danach muß ich der Tante wohl sagen, was geschehen ist. Kaffee trinke ich später.« Sie nahm einen großen, blauen Tonkrug, schöpfte den Rest heißen Wassers aus dem Kessel hinein und wandte sich zur Tür. »Wenn sie es hört, wird sie wohl gleich zu Jungfer Josefine hinüber wollen.«

In ihrem Zimmer stand das Fenster, das sie sofort nach dem Aufstehen aufgeklappt hatte, noch weit offen. Der vertraute Morgengeruch nach Schlaf, Träumen und nächtlichem Atem war von der feuchten Luft der Stadt draußen verdrängt worden. Anna streckte den Kopf aus dem Fenster, um auf die Gasse sehen zu können. Ein vierrädriger, von einem schweren Pferd gezogener Karren kam aus der Richtung, aus der sie selbst kurz vorher gekommen war, und hielt knarrend und rumpelnd vor der Schmiedewerkstatt zwei Häuser weiter. Der Schmied, ein langer, breitschultriger Mann mit einer Lederschürze, trat aus seiner Tür und griff das Pferd beim Halfter, während sein neuer Geselle, den Anna bisher nur vom Sehen kannte, von hinten auf den Karren kletterte und sich anschickte, Säcke, die wohl Holzkohle und Kohlenbrocken enthielten, abzuladen. Drei Dominikanermönche in ihren weißen Kutten, die Kapuzen tief in die Stirn gezogen, schritten wie aufgeplusterte Täuberiche die Gasse entlang, machten einen weiten Bogen um das scharrende und stampfende Pferd und verschwanden dann aus Annas Blickfeld. Im Haus gegenüber öffnete sich die Tür. Frau Pelzer und ihre Enkelin, ein kleines, schmales Mädchen, das seit einer fiebrigen Krankheit im letzten Jahr ein Bein nachzog, kamen aus dem Hausflur. Sie gingen trotz des Regens langsam und bedächtig, wobei die alte Frau der Kleinen über Pfützen und schlammige Wegstellen hinweghalf. Eine Schar Hühner, die geduckt unter einem tropfenden Fliederstrauch am Rand der Gasse hockte, stob gackernd auseinander, als die beiden vorbeikamen. Anna sah, wie das Mädchen lachte und mühsam humpelnd versuchte, einer mageren Henne mit aufgeregt gesträubtem Gefieder nachzulaufen. Sie lächelte und spürte, wie das alltägliche Bild der Straße sie beruhigte. Alles war wie immer.

Nachdem sie ihre feuchte Kleidung ausgezogen hatte, wusch sie sich Gesicht, Hände und Achselhöhlen mit einer Seife, die sie selbst mit Lavendelessenz parfümiert hatte. Auch Lavendelgeruch erinnerte sie an ihre Kindheit, an den Duft, der von dem weichen, unter dichten Kleiderschichten verborgenen Körper ihrer Mutter ausgegangen war und der jede ihrer Bewegungen begleitet hatte. Ein tröstlicher Geruch, auch nach so vielen Jahren. Merkwürdig, dachte Anna, daß man diese Dinge nie vergaß, daß eine Bewegung, ein Geruch, die Färbung einer Stimme ganz plötzlich lange vergangene Geschehnisse und Gefühle zurückbringen konnte. Und lange verstorbene Menschen. Natürlich nur für einen flüchtigen Moment und nur in den Gedanken. Als seien Erfahrungen und Gefühle irgendwo konserviert und warteten darauf, geöffnet zu werden wie Wein oder eingemachte Früchte.

Mit einem plötzlichen Schlag fiel einer der Fensterflügel zu, so daß sie zusammenfuhr. Schnell schlüpfte sie in ein frisches Leinenhemd, zog ein leichtes Schnürkorsett, dann ein dunkles Baumwollkleid darüber. Ihre immer noch feuchten Haare steckte sie unter eine blaue, mit einem gerüschten Rand verzierte Haube, die sie häufig im Haus trug und die ihr Gesicht, wie sie meinte, ein wenig schmaler machte. Während sie die Haube zurechtrückte, musterte sie ihr Porträt, das der Maler Maximilian Fuchs, der Mann ihrer Cousine Jeanette, im Auftrag ihrer Mutter vor, ja vor über zwanzig Jahren gemalt hatte.

Es war ein ovales, lebensgroßes Brustbild, das sie in einem weißen, damals modischen Kleid à la greque zeigte, einem Kleid aus sehr leichtem Musselin, das weit ausgeschnitten und unter dem Busen gerafft war und Hals und Brustansatz hervorhob. Ein feiner, durchsichtiger Schleier, den Fuchs bei den Porträtsitzungen sorgfältig drapiert hatte, fiel locker vom Hinterkopf auf die linke Schulter. Kleine, mit der Lockenschere mühsam gekräuselte Fransen bedeckten seitlich die breite Stirn, ließen die Ohren und die runde Kinnpartie frei. Eine kräftige Nase, dunkle, damals, wie sie fand, noch zu empfindsame Augen, ein vorsichtiger, eigentlich nicht häßlicher Mund. Insgesamt das ungeprägte Gesicht eines jungen Mädchens, von dem sie zwar wußte, daß sie es einmal gewesen war, in dem sie sich aber nur noch wenig wiedererkannte.

Entschlossen zog sie die Bänder der Haube fest und wandte sich zur Tür.

Als sie an das Zimmer klopfte, das neben ihrem lag, verließ sie das Gefühl der Ruhe wieder. Sie war sich nie klar darüber geworden, ob sie Margarete Claren, ihre und Bernards Tante, bloß respektierte oder auch fürchtete.

Jungfer Claren war fromm. Sie hatte lange Jahrzehnte den Haushalt ihres Bruders geführt, der Seelsorger am vornehmen Damenstift St. Maria im Kapitol gewesen war. Immer noch, fand Anna, wurde sie von einer Ausstrahlung umgeben, in der sich der geistliche Stand des Bruders, der erst im Jahr zuvor nach monatelangem Siechtum gestorben war, widerspiegelte. Cousin Bernard sagte gelegentlich mit einem ironischen Lächeln, in der Nähe der Tante meine er immer, brennende Altarkerzen und rauschende Priestergewänder zu riechen.

Tatsächlich rauschte ein schwerer Seidenstoff, als Anna das Zimmer betrat. Und es war tatsächlich ein Stoff, der für das Gewand eines Priesters, eines Dechanten an St. Alban, vorgesehen war. Der weiße, mit feinen Gold- und Silberfäden durchzogene Damast war in einem Sticktischchen eingespannt und bewegte sich leicht, als der Luftzug der geöffneten Tür ihn streifte.

Am Sticktisch, der unmittelbar vor dem einzigen Fenster des Raumes stand, so daß zu jeder Tageszeit das volle Licht von draußen auf ihn fallen konnte, saß, mit rundem Rücken und tiefgebeugtem Kopf, Tante Margarete. Sie war so dünn, daß sich zwischen den beiden scharf hervortretenden Sehnen an ihrem Nacken eine tiefe Furche zeigte. Das spärliche Haar war einfach, ohne Scheitel, nach hinten gestrichen, und durch die Strähnen hindurch sah man die weißliche Kopfhaut. So, von der Seite betrachtet, wirkte Margarete Claren sehr verletzlich. Alt, fleischlos und mit Knochen, die sich, fein und brüchig, durch die Haut nach außen zu drücken schienen und dabei Gesicht und Handrücken eine von kleinen Altersflecken noch betonte perlmuttfarbene Transparenz gaben. Ihre Haltung hatte jedoch nichts Müdes an sich. Im Gegenteil, in ihrer Magerkeit war eine zähe Energie verborgen, die kaum je erschlaffte. Anna hatte Margarete Claren nie krank gesehen, nie kraftlos und nur selten müde. Sie führte zwischen einem kleinen Hausaltar zu Ehren der Heiligen Agnes, auf dem auch ein Porträt ihrer vor Jahren als junges Mädchen verstorbenen Pflegetochter Marie stand, ihren Meß- und Andachtsbesuchen und ihrem Stickrahmen ein Leben, das ihrer innersten Kraft offenbar so entsprach, daß diese sich nicht zu vermindern schien. Tante Margarete würde ewig leben, dachte Anna. Sie würde noch beten und sticken, wenn Bernard und sie selbst schon lange tot waren.

Anna schloß die Tür und trat neben sie. Fasziniert sah sie einen Moment lang zu, wie sich die schnakenartigen Finger ihrer Tante über die Seide bewegten und mit winzigen Stichen einen kleinen dunklen Bogen stickten. Es war die rechte Augenbraue eines Christuskindes, das unter ihrer Nadel Farbe und zartes Relief erhielt. Nur die Haare und der Heiligenschein um den

Kopf waren schon ausgearbeitet, die Gesichtszüge des Kindes aber, bis auf diese Augenbraue, noch leer. Auch die Gestalt der Maria in goldenem Gewand, mit langem Haar und einer kostbar verzierten Krone war, bis auf das Gesicht, fertig.

»Guten Morgen, Tante«, sagte Anna und zog einen Stuhl heran, um sich neben den Sticktisch setzen zu können. »Du hast zu Ende gefrühstückt?«

Jungfer Claren hob kaum den Kopf. »Guten Morgen«, antwortete sie. »Ich hatte nicht viel Hunger. Du kannst das Tablett mit hinunternehmen, wenn du gehst. Laß mir bitte nur die Milch da, mehr will ich im Augenblick nicht.«

Die Scheibe Brot und der kleine Pfannkuchen, den Therese gebacken hatte, lagen unberührt auf ihrem Teller. Jungfer Claren aß nie viel, und manchmal fastete sie auch außerhalb der eigentlichen Fastentage.

»Ich komme gerade von Jungfer Josefine. Sie hat mich heute sehr früh holen lassen.«

Die Hand, die die Sticknadel hielt, blieb in der Luft über dem Kopf des Jesuskindes schweben, sank dann herab. Anna sah durch die Kneifergläser in Jungfer Clarens graue Augen, die sich ihr blinzelnd zugewandt hatten.

»Dich holen lassen? Warum? Geht es ihr nicht gut?«

»Erschrick nicht, Tante. Es ist etwas sehr Trauriges geschehen.«

»Etwas mit Josefine?«

»Mit ihrem Bruder.«

Die grauen Augen blinzelten stärker.

»Er ist tot. Sie haben ihn heute morgen tot in seinem Schlafzimmer gefunden.«

»Im Schlafzimmer?«

»Ja. In seinem Bett.«

»In seinem Bett«, wiederholte Jungfer Claren langsam.

»Ja.«

»Sein Bett steht genau da, wo auch das Bett der alten Sophie

Nockenfeld gestanden hat, ich habe es im Vorbeigehen, als die Tür einmal offen war, gesehen. Ein schönes Bett in einem schönen Raum, nicht wahr? Und da ist er gestorben?« Sie schwieg, schüttelte den Kopf wie abwesend und strich mit der Hand über die Stickerei vor sich.

»Ja«, sagte Anna und wartete.

Eine Weile sprach keine von beiden. Dann nahm Margarete Claren ihren Kneifer ab und blinzelte mehrmals hintereinander, als bemühe sie sich, klar zu sehen.

»Und Josefine? Was ist mit ihr?« fragte sie.

»Nun, sie ist aufgeregt und weint. Du kannst dir vorstellen, daß sie sich nach dem Schrecken kaum auf den Beinen halten kann. Ich habe ihr gesagt, sie soll in ihrem Zimmer bleiben. Was kann sie in diesem Zustand schon anderes tun? Bernard ist hinübergegangen, um den Toten zu untersuchen, und er wird auch alles Notwendige veranlassen, denke ich.«

»Ich muß zu ihr«, sagte Jungfer Claren und stand auf. »Sie wird mich brauchen.«

Einen Augenblick blieb sie neben ihrem Sticktisch stehen und sah auf das unfertige Gesicht des Christuskindes. Dann steckte sie die Nadel neben die Figuren fest in den Stoff und breitete eine dünne Decke über die Stickerei.

Anna war ebenfalls aufgestanden. Sie half der kleinen Gestalt neben sich in eine Wolljacke und reichte ihr einen mit Perlenstickerei verzierten Beutel, in den Jungfer Claren ihr Andachtsbuch und ihren Rosenkranz steckte. Bevor sie ihr Zimmer verließ, trat sie zum Bild der Heiligen Agnes und bekreuzigte sich. Anna bemerkte einen schwarzen Trauerflor um das Porträt Maries und einen kleinen frischgeschnittenen Strauß Rosen davor. Ende August, erinnerte sie sich, war Marie gestorben. Ihr Todestag, den Tante Margarete nie vergaß, mußte jetzt zehn, oder waren es elf, Jahre zurückliegen.

Rasch und fast geräuschlos wandte sich Jungfer Claren zur

Tür und trat ohne zu zögern auf den Flur. Von der Türschwelle aus sah Anna ihr zu, wie sie die schmalen Stufen hinunterstieg und einen Moment später in der Biegung der Treppe verschwand.

KAPITEL 3

Mittwoch, 27. August, Morgen bis Nachmittag

»Von den Sterbeurkunden.
Keine Beerdigung darf geschehen ohne eine von dem Civilstandsbeamten auf nichtgestempeltem Papiere und unentgeltlich ertheilte Erlaubniß; dieser darf dieselbe nicht eher geben, als nachdem er sich zu dem Verstorbenen verfügt hat, um sich von dem Ableben zu versichern. (…) Sind Zeichen oder Spuren eines gewaltsamen Todes oder andere Umstände vorhanden, welche den Verdacht eines solchen erregen: so darf die Beerdigung nicht eher geschehen, als nachdem ein Polizeibeamter, mit Zuziehung eines Doctors der Arznei- oder Wundarzneikunde, über den Zustand des Leichnams und über die Umstände, welche hierauf Bezug haben, wie auch über die Nachrichten, die er über die Vornamen, den Namen, das Alter, das Gewerbe, den Geburts- und Wohnort des Verstorbenen hat einziehen können, ein Protocoll aufgenommen hat.«
Aus: Code Civil (Civilgesetzbuch), 1820, Cap. IV, Art. 77 u. 81

Das Zimmer war fast quadratisch. Vor einem der Fenster stand ein repräsentativer, mit Schriftstücken und Akten bedeckter Schreibtisch aus dunklem Wurzelholz. Nicht weit von ihm entfernt befand sich ein breiter Schrank, durch dessen Glastüren Arzneiflaschen und Töpfe mit Chemikalien, ärztliche Instrumente und einige Uringläser und Aderlaßschalen zu erkennen waren. An zwei Seiten des Raumes zogen sich Regale entlang, in denen medizinische Werke und Sammlungen von Gesetzestexten teils sorgfältig aufgereiht, teils in Stapeln übereinandergehäuft waren. Auf vielen der Regalborde wie auch einigen langen Vitrinen, die an den beiden anderen Wänden standen, lagen in verschiedensten Formen und Farben unzählige versteinerte Tiere und Pflanzen, Mineralien, Steine, Muscheln und Schneckenhäuser. Die meisten von ihnen waren mit der kleinen, runden Schrift Merrems gekennzeichnet, viele aber offensichtlich noch ungeordnet und unbestimmt. In verglasten Hängekästen glitzerten die Flügel aufgespießter Käfer und Schmetterlinge, von denen manche auf den ersten Blick noch zu zittern schienen, so, als ob sie die Versuche nicht aufgeben konnten, der Nadel in ihrem Körper zu entkommen. Nach längerem Hinsehen jedoch sahen alle so tot und künstlich aus, als hätten sie nie gelebt.

Elkendorfs Augen wanderten über die von Doktor Theodor Merrem zusammengetragene naturwissenschaftliche Sammlung. Sie blieben an einer Anhäufung von bläulichen Kristallen in der neben ihm stehenden Vitrine hängen, die mit ihren halbdurchsichtigen Facetten das schräg einfallende Morgenlicht einfingen und dabei eigenartig veränderten.

»Tot?«

Rasch konzentrierte Elkendorf sich auf das ungläubige Gesicht seines Gegenübers, in dem sich die Lider weit öffneten und die Ader an der linken Stirnseite anzuschwellen begann. Er meinte, bei genauem Hinsehen sogar den Rhythmus des Herzschlages wahrzunehmen. Merrem, dachte er mit einer Spur von Ressentiment, war ein sehr erfolgreicher Mann, ehrgeizig und dabei leicht erregbar, der aber mitunter auch Momente plötzlicher, allerdings nur scheinbarer Passivität zeigen konnte. Ein Mann mit zu viel und zu leicht fließendem Blut, dem ein gelegentlicher Aderlaß kaum schaden konnte. Eine Sekunde lang sah Elkendorf sich mit einem schmalen, scharfen Messer eine Ader im Oberarm Merrems öffnen, einem weißen

Arm mit nicht allzu festem Fleisch, aus dem das Blut, hellrot und dünn, in die untergehaltene Schüssel sprudelte.

Trotz seines Ressentiments war Elkendorf sich jedoch bewußt, daß Merrem ein effektiver Verwaltungsbeamter war und als Medizinalrat der Königlich-Preußischen Regierung das aus Reichsstadt und französischer Zeit stammende, marode Gesundheitswesen in Stadt und Regierungsbezirk Köln schnell und umfassend reformiert hatte. Elkendorf verdankte seine Ernennung zum Stadtphysikus von Köln unter anderem auch Merrems Fürsprache und glaubte ihn zu respektieren – dennoch überfielen ihn in Merrems Gegenwart manchmal unklare Ängste, hin und wieder meinte er, auch den Ehrgeiz seines Vorgesetzten geradezu sinnlich spüren zu können und sich dann gegen ein von Merrem ausgehendes, beinahe fiebriges Gefühl der Unrast wehren zu müssen.

»Tot?« wiederholte Merrem in einem Ton, der Überraschung und Mißmut miteinander verband, und sank langsam in seinen Schreibtischstuhl. »Das ist doch nicht Ihr Ernst!« Erregt fuhr er sich mit der Hand über den Hinterkopf. »Machen Sie keine Scherze mit mir, Elkendorf.«

»Mir ist nicht nach Scherzen zumute, Herr Medizinalrat. Nein, Nockenfeld ist tatsächlich tot.«

Merrem schien es plötzlich trotz seines Hausrockes aus dickem Samt zu frösteln. Er griff nach der vor ihm stehenden Tasse, um einen Schluck daraus zu trinken, setzte sie jedoch angewidert wieder ab. Der Morgenkaffee war kalt geworden, und der Milchrahm hatte eine glibbrige Hautschicht gebildet, die am Inneren der Tasse festklebte. Elkendorf, der sich bei dem bloßen Anblick ekelte, wandte sich ab und ging zu einem schmalen Spiegel, der an der Wand zwischen den Fenstern hing. Er blickte in sein angespanntes Gesicht, das mit unrasierten Wangen und nachlässig gekämmtem Haar ungesund wirkte. Schräg hinter sich sah er die Augen Merrems auf sich gerichtet. Obwohl er auf die Frage, die folgen mußte, wartete, zuckte er doch leicht zusammen, als Merrem sagte:

»Also tot, sagen Sie. Und woran ist er gestorben?«

Elkendorf griff unter seinen Kragen, schob die Halsbinde zurecht und antwortete, indem er dem Blick seines Vorgesetzten auswich: »Das ist die Frage.«

»Das ist immer die Frage – oder doch meistens, finden Sie nicht?« entgegnete Merrem mit ironisch hochgezogener Augenbraue.

»Nun sicher, aber ich meine hier ein etwas spezielleres Problem.« Elkendorf hatte sich umgedreht und war zum Schreibtisch Merrems zurückgekehrt.

»Was soll das heißen, ein spezielleres Problem?«

Halb abgewandt, mit dem Gesicht zu einem der Fenster, erwiderte Elkendorf: »Was ich sagen will, ist, ich glaube, daß ich Nockenfeld obduzieren muß.«

Das hitzige Gesicht über dem braunen, weichen Samt wurde dunkelrot, die Stirnader pulsierte stärker. Merrem hieb mit der flachen Hand auf die Tischplatte und stand auf.

»Um Gottes willen, Elkendorf, wieso obduzieren?«

»Sehen Sie, Herr Medizinalrat« – Elkendorf sprach zögernd – »es war ein sehr plötzlicher Tod, und einige Dinge sind auffällig, gewissermaßen merkwürdig, wenn ich es so formulieren darf.«

»Merkwürdig! Merkwürdig ist vieles, Elkendorf. Ich wäre Ihnen dankbar, wenn Sie sich präziser ausdrücken würden.«

»Nun, Nockenfeld ist, so sieht es für mich aus, nicht einfach an einem Schlag oder einem Stickfluß gestorben.«

»Sondern?«

»Ich glaube, er starb an einer Vergiftung.«

»An einer Vergiftung? Wie kommen Sie auf diese abstruse Idee?« Merrems Stimme klang nicht mehr nur überrascht und ungeduldig, sie hatte plötzlich etwas Gedehntes und doch Drängendes.

»Es gibt eine ganze Reihe von Anzeichen, die darauf hinweisen«, sagte Elkendorf langsam. »Wenn ich kurz meinen Eindruck zusammenfassen darf?«

»Ich bitte darum.«

»Ich wurde heute morgen kurz nach sieben Uhr in Nockenfelds Haus gerufen. Seine Schwester, oder genauer die Hausmagd, hatte ihn tot gefunden. Was ich bei meiner Untersuchung feststellen konnte, ist folgendes: Die Leiche Nockenfelds lag im Bett seines Schlafzimmers. Der Mageninhalt war in grünlicher Masse erbrochen. Urin und Stuhl waren unwillkürlich abgegangen. Bemerkenswert ist, daß der Körper sich in Krämpfen gewunden haben muß, wahrscheinlich hat es ihn geradezu im Bett herumgeschleudert. Die Muskeln des Kiefers und die Nakkenmuskeln sind verkrampft, die Beine angezogen. Die Augen sind nach oben unter die Lider gedreht. Meiner Ansicht nach war er seit etwa vier Stunden tot. Das heißt, er dürfte etwa um drei Uhr nachts gestorben sein.«

Einen Augenblick war es still, dann sagte Merrem:

»Nun gut, das hört sich alles sehr unerfreulich an. Der arme Nockenfeld scheint einen scheußlichen Tod gestorben zu sein. Aber Vergiftung, Elkendorf, wieso denken Sie an eine Vergiftung? Ich würde zunächst eher an den akuten Anfall eines gastrischen Fiebers denken. Schließlich ist ein solches Fieber gerade im Umlauf. Auch dabei treten starkes Erbrechen und Durchfall auf, und das kann, wie Sie ja selbst wissen, durchaus zum Tod führen.«

Merrem war dicht herangetreten, so daß Elkendorf seinen Augen, die immer noch weit geöffnet waren, nicht mehr ausweichen konnte.

»Ja, bei alten, sehr schwachen Personen«, erwiderte Elkendorf und bemühte sich, Merrems Blick standzuhalten. »Bei Menschen, die nicht genügend Kraft haben, diese Attacken zu überstehen. Aber Nockenfeld? Ich glaube nicht, daß er an einem bloßen gastrischen Anfall gestorben ist. Nein, dazu sah er gestern abend zu gesund aus. Oder hatten Sie den Eindruck, daß er krank oder in irgendeiner Weise geschwächt war?«

»Nein, überhaupt nicht, nein. Er schien mir eher sehr agil zu sein. Gesunde Gesichtsfarbe, gute Laune, ausgezeichneter Appetit. Nicht, daß ich gestern darüber nachgedacht hätte, aber im nachhinein würde ich sagen, er wirkte völlig gesund.« Merrem unterbrach sich und fuhr dann fort: »Oder vorsichtiger ausgedrückt, ich habe keine Anzeichen einer Krankheit wahrgenommen. Er kann natürlich trotzdem an einer Krankheit, ihm bekannt oder unbekannt, gelitten haben. Wenn wir zum Beispiel eine Schwäche des Herzens annähmen, wäre ein Tod nach heftigem krampfartigem Erbrechen durchaus möglich, das ist Ihnen doch klar?«

»Sicher wäre das möglich. Es wäre auch einiges andere möglich. Und mir wäre es, weiß Gott, lieber, wenn ich diagnostizieren könnte: Schlag aufgrund eines akuten gastrischen Anfalls.«

Elkendorf ging unruhig zum Fenster und sah auf die grauen Regenböen hinaus, die Kaskaden von Wasser gegen die Scheiben und auf das Fensterbrett trieben. Es schien etwas Aggressives von diesem Regen auszugehen. Ein Regen, der überall eindringen wollte, überall hineinkroch, sich anschickte, alles zu überströmen und alles mitzureißen. Während er versuchte, das Prasseln des Regens zu ignorieren, das wie die scharfen Schläge einer Vielzahl von Peitschen klang, sagte er: »Aber es gibt leider sehr deutliche Anzeichen, die auf etwas anderes hindeuten. Die extremen Krämpfe, die Starre, überhaupt das Gewalttätige des Ausbruches. Es muß ihn innerhalb kürzester Zeit überfallen haben, und zwar mit solch abrupter Heftigkeit, daß ihm nicht einmal mehr Zeit blieb, aufzustehen, in die Diele zu gehen und um Hilfe zu rufen. Nein, es gibt deutliche Symptome einer Vergiftung, und«, Elkendorf biß sich auf die Unterlippe, »dieser Meinung ist im übrigen auch unser Kollege Doktor Hensay. Es war tatsächlich er, der zuerst von einer möglichen Vergiftung sprach.«

»Ach, Doktor Hensay, der Arzt des Bürgerhospitals. Jung und ambitioniert.« Merrems Stimme hatte einen Unterton von Ärger. »Sie haben ihn zur Untersuchung hinzugezogen?«

Elkendorf löste seinen Blick vom Fenstersims, auf dem die schweren, heftig aufschlagenden Regentropfen ein sich ständig wandelndes Muster entstehen ließen, das ihn an Pockenpusteln erinnerte. Pusteln, die anschwollen, dann unvermittelt aufbrachen und in sich zusammenfielen. Er hatte schon lange keine akuten Pocken mehr gesehen.

Er drehte sich zu Merrem um und sagte: »O nein, das habe ich nicht. Er hat sich selbst hinzugezogen. Er wohnt wie Nokkenfeld in der Schildergasse, im Haus gegenüber, und kam, kaum daß ich zehn Minuten dort war, zu meiner Untersuchung des Toten hinzu. Die Hausmagd Nockenfelds hatte seiner Magd alles erzählt, so daß er die Nachricht mit dem Kaffee zum Frühstück serviert erhielt.« Elkendorf zuckte die Achseln. »Ich konnte ihn nicht gut abweisen, als er sich als hilfsbereiter Kollege genötigt sah, mir beizustehen.«

Merrem schwieg einen Augenblick und fragte dann: »Also, ihm sind zuerst Anzeichen einer Vergiftung aufgefallen?«

»Er hat als erster davon gesprochen. Ich bin mit meinen Meinungsäußerungen vorsichtiger, dessen können Sie sicher sein. Ich selbst habe nichts zu den Ergebnissen meiner Untersuchung gesagt.«

»Zu niemandem?«

»Nein, zu niemandem.«

»Auch nicht zu Nockenfelds Schwester?«

»Auch nicht zu ihr. Schon gar nicht zu ihr. Sie ist eine schwächliche, kranke Person – immer gewesen – und im Augenblick in einem Zustand, daß man kaum mit ihr sprechen kann. Natürlich völlig aufgelöst und verzweifelt. Schließlich war es ihr einziger Bruder und, wie ich glaube, auch überhaupt der einzige nahe Verwandte. Sie ist jetzt völlig allein.«

Nach einer kurzen Pause fuhr er mit einer Stimme, in die er einen Ton von Bestimmtheit zu legen versuchte, fort: »Herr Medizinalrat, ich denke, wir müssen den Tatsachen ins Auge sehen. Es gibt Anzeichen für eine Vergiftung Nockenfelds, und es wird uns nichts anderes übrigbleiben, als diesen Anzeichen nachzugehen. Zudem«, setzte er hinzu, »ist eine Klärung in meinem persönlichen Interesse – Nockenfeld war schließlich gestern bei mir, an meinem Tisch, zu Gast.«

»Sie meinen ...« Merrems Stimme verengte sich.

»Ich meine, es sieht aus, als habe Nockenfeld sein letztes Essen bei mir eingenommen, und das könnte bedeuten –«

»Aber lieber Elkendorf«, unterbrach ihn Merrem und hob abwehrend die Hände, »verdorbene Lebensmittel in Ihrem Haus? Das ist doch kaum möglich.«

»Ich danke Ihnen für Ihr Vertrauen, Herr Medizinalrat. Ich selbst bin mir so gut wie sicher, daß die Lebensmittel in meinem Hause nicht verdorben waren. Ich würde fast meine Hand dafür ins Feuer legen. Aber, wie soll ich es formulieren ... Ich glaube nicht, daß Nockenfeld an einer Vergiftung durch Nahrungsmittel gestorben ist. Die Symptome seines Todes sehen eher nach einer anderen Art der Vergiftung aus – um so mehr, als sich weder bei mir selbst noch, wie ich sehe, bei Ihnen noch bei einem der anderen Gäste seit gestern abend irgendwelche Beschwerden gezeigt haben.«

»Woher wissen Sie das? Haben Sie es überprüft?«

»Von Nockenfeld aus habe ich sofort kurze Besuche bei allen gemacht, die am gestrigen Essen teilgenommen haben. Bis auf Willmes, der das Haus – anscheinend völlig gesund – schon früh verlassen hatte, waren alle anwesend und ohne irgendwelche Anzeichen einer plötzlichen Krankheit. Wallraf lag noch im Bett und fühlte sich schwindelig. Das ist allerdings seit längerem nichts Ungewöhnliches, er fühlt sich fast jeden Morgen schwach. Und auch DuMont klagte, außer über sein chronisches Leiden, über keine besonderen Beschwerden.«

»Sie haben Ihnen den Tod Nockenfelds mitgeteilt?«

»Ja. In aller Kürze und ohne mich auf ein näheres Gespräch einzulassen. Alle waren erschrocken, wie man es bei einem unerwarteten Todesfall eben ist, und zu überrascht, um präzise Fragen stellen zu können.«

Einige Minuten sprach keiner von beiden. Schließlich erhob sich Merrem und griff nach einer seiner vielen Pfeifen, die zwischen den Papierstapeln des Schreibtisches in mehreren Ständern aufgereiht waren. Es war eine Pfeife aus honigfarbenem Holz mit großem, bauchigem Kopf und langem, geschwungenem Stiel, von der ein harziges Tabakaroma ausging. Merrem rieb den Pfeifenkopf am Ärmel seines Rocks, als wolle er das polierte Holz noch glänzender machen. Er hauchte auf das Holz, rieb es noch einmal über den Samt und öffnete dann eine bemalte Porzellandose, um die Pfeife mit dünngeschnittenem Tabak zu stopfen, den er sich regelmäßig von einem der besten Tabakhändler der Stadt, einem Verwandten von Marcus DuMont, schicken ließ. Elkendorf waren diese Gesten vertraut. Merrem vollzog das Ritual des scheinbar bedächtigen Polierens einer Pfeife immer dann, wenn er vor einer unangenehmen Entscheidung stand.

»Nun also«, sagte Merrem endlich, »es sieht so aus, als hätten Sie recht. Es muß wohl alles seinen ordnungsgemäßen Gang gehen. Das heißt, ich selbst werde es in diesem Fall übernehmen, den Polizeipräsidenten zu informieren. Struensee wird dann das für diese Sektion der Stadt verantwortliche Polizeibüro, das Büro Am Andreaskloster, benachrichtigen. Ich denke, Sie sollten sich mit dem dortigen Polizeikommissär in Verbindung setzen – Kommissär Glasmacher ist, wie Sie wissen, ein vernünftiger Mann – und ihn, sobald er den offiziellen Auftrag zur Untersuchung des Falles hat, zum Haus Nockenfelds begleiten. Ich glaube nicht, daß seine Inspektion der Wohnung und die erste Befragung der Hausbewohner lange dauern wird, so daß Sie die Leiche vermutlich ziemlich rasch zur Obduktion bringen lassen können. Machen Sie alles, was Sie für notwendig halten. Und bitte, ich erwarte so schnell wie möglich Ihren Bericht.«

Die Pfeife war gestopft und mit einem Fidibus, den Merrem an einem Öllämpchen auf seinem Schreibtisch entzündet hatte, angesteckt. Elkendorf wurde entlassen.

Im Flur begegnete er Luise Merrem. Ihm fiel auf, wie sorgfältig sie bereits am frühen Vormittag gekleidet war. Sie trug ein hochgeschlossenes Morgenkleid, dessen weißer, dichtgekrauster Spitzenkragen den Hals bis zum Kinn und den ein wenig zu starken Kiefermuskeln bedeckte. Die weiten Ärmel waren ungewöhnlich lang und fielen beinahe bis zum Ansatz der Finger. Als Elkendorf sich über die Hand beugte, die sie ihm mit einer Geste gemessener Zurückhaltung reichte, schob sich der Ärmel zurück. Die Manschette eines seidenen Hemdes wurde sichtbar, die das Handgelenk fest umfaßte und jeden Blick auf die Haut des Armes verhinderte. Außer einem schmalen Ehering trug sie keinen Schmuck.

Luise Merrem galt als sehr streng in ihren Sitten, und anders als ihr Mann wirkte sie, wann immer man sie sah, gelassen und distanziert. Sie stammte aus einer wohlhabenden Kaufmannsfamilie und hatte einiges an Geld in die Ehe eingebracht. Vielleicht beruhten sowohl ihre Gelassenheit wie auch der Ehrgeiz ihres Mannes auf dieser Tatsache, dachte Elkendorf, während er sich an eine Szene erinnerte, die er vor einigen Wochen beobachtet hatte.

Merrem hatte zusammen mit Elkendorf, Matthias De Noel und Marcus DuMont einen Besuch bei dem Antiquar und Kunsthändler Imhoff gemacht, um sich in dessen Geschäft in der Marzellenstraße einige Neuerwerbungen anzusehen. Zwischen Wänden voller Bücherregale und Schränken mit Stichen und Miniaturen zeigte Imhoff verschiedene botanische Werke aus dem siebzehnten und achtzehnten Jahrhundert, die für jeden Kenner und Liebhaber eine Augenweide sein mußten. Auch ein Werk der Maria Sibylla Merian von 1705 mit kunstvollen, akribisch gestochenen Bildern war darunter. Sie zeigten pelzige Raupen, deren Fühler und Härchen man geradezu unter den Fingern zu spüren meinte, erstarrte Puppen, die unter ihrer Eingeschnürtheit lebten, wuchsen und sich veränderten, aufbrechende Kokons, aus denen sich die bizarren Köpfe großer Motten herausdrückten, Schmetterlinge in exotischer Farbenpracht und seidigem Schimmer, die in erschreckender und faszinierender Metamorphose aus all diesen Raupen und Maden entstanden waren.

Elkendorf hatte die beweglichen Hände Merrems betrachtet, die den Lederband befühlten und erst langsam, dann immer rascher durch die Seiten des Buches blätterten, nur hie und da anhielten, um ein Bild näher ans Licht zu halten. Seine Lippen mit der Zunge befeuchtend hatte Merrem sich nach dem Preis erkundigt. Am Abend darauf war Elkendorf in den Salon Merrems geführt worden und hatte gerade noch gehört, wie Luise Merrem mit ihrer ruhigen, kühlen Stimme sagte: »... und dieses Buch, ich glaube, es wäre eine völlig unnütze Anschaffung, meinst du nicht? Aber wenn du es gerne möchtest, was könnte ich dagegen haben?« Merrems Augen waren fest auf ihren blütenweißen, geklöppelten Halskragen geheftet gewesen. Er hatte geschwiegen.

»Doktor Elkendorf. Guten Morgen«, sagte Luise Merrem nun, schob ihren hochgewölbten Leib nach vorn und legte die rechte Hand stützend auf den Rücken, »Sie sind schon so früh bei meinem Mann? Dabei haben Sie sich ja erst gestern abend gesehen. Wie ich hörte, war es ein ausgezeichnetes Diner mit anregenden Gesprächen über Kunst und Wissenschaft. Und es gab Morchelsuppe mit Krebsen und die berühmte Pastete Ihrer Cousine. Ich wollte, unsere Köchin wäre in der Lage, auch nur etwas annähernd Vergleichbares auf den Tisch zu bringen.

Sie haben Glück, Doktor Elkendorf – ein Junggeselle und trotzdem ein beneidenswert geführter Haushalt. Verständlich, daß Sie nicht die Notwendigkeit fühlen, sich nach einer Ehefrau umzusehen. Oder tun Sie es doch?«

Sie streifte Elkendorf mit einem gelassenen Blick, nickte vage mit dem Kopf und ging mit dem typischen, unbeholfen wirkenden Schritt einer Hochschwangeren auf die offenstehende Tür ihres Salons zu. Ehe er antworten konnte, hatte sie ihn mit einer leichten Handbewegung verabschiedet. »Grüßen Sie Ihre Cousine und Ihre Tante von mir«, sagte sie bereits halb abgewandt.

Elkendorf machte eine Verbeugung, die Tür schloß sich.

Unten vor dem Haus überlegte er mit einem Gefühl des Unbehagens, was Luise Merrem ihm hatte sagen wollen. Hatte sie sagen wollen, er lebe über seinen Stand, besser als sie und ihr Mann, oder meinte sie, die Tatsache, daß er unverheiratet war, sei für einen Arzt und Stadtphysikus eigentlich unpassend? Oder hatte sie gar nichts Bestimmtes andeuten und ihn nur verunsichern wollen? Wenn es das war, so hatte sie ihre Absicht erreicht – er war verunsichert.

Während der Gedanke an die schwangere, kühle Frau Merrem verblaßte und von der Erinnerung an das tote Gesicht Nokkenfelds verdrängt wurde, bog er von der Zeughausgasse in den Berlich ein, an dessen Beginn sich auf beiden Seiten der Straße Gemüsebeete und Obstwiesen, Weingärten und schmale Kartoffeläcker entlangzogen. In den Furchen der Beete stand Regenwasser und bildete kleine, schlammige Tümpel. An manchen Stellen hatte der Regen niedrige Pflanzen wie Salat, Rüben und Spinat fast vollständig überschwemmt, so daß sie nur noch mit einigen schlaffen Blättern aus der lehmigen Nässe hervorragten. Der Boden unter den Apfel- und Birnbäumen war mit kleinen, unreifen Früchten bedeckt, von denen viele schon zerfallen waren und sich in eine faulig-gärende Masse verwandelt hatten. Nur wenige Früchte waren an den Zweigen geblieben, und auch diese sahen kümmerlich und fleckig aus.

Elkendorf zog seinen Hut tief ins Gesicht und versuchte, schneller in den dichter bewohnten Teil der Straße zu gelangen, um nahe der Häuser Schutz vor den kalten Regenböen zu finden. Als er den Berlich, schließlich auch die Filzgasse hinter sich gelassen hatte und an der Ecke zur Streitzeuggasse gerade in Richtung seines Hauses einbiegen wollte, nahm er in einiger Entfernung, fast schon auf der Hälfte der Richmodstraße, eine Frauengestalt wahr, in der er seine Cousine zu erkennen glaubte. Ein plötzlicher Regenguß jedoch verwischte das Bild der Frau in weitem Umhang nach einem kurzen Augenblick. Nach einem weiteren Moment hatte er die Gestalt ganz aus den Augen verloren. Die letzten Schritte zu seinem Haus lief er beinahe, so sehr fror es ihn.

Auf sein Klopfen öffnete ihm Therese, die offenbar gerade aus der Küche gekommen war. Sie rieb die Hände an ihrer blauen Kattunschürze, auf der Fett- und Wasserflecken ein eigenartiges, unappetitliches Muster erzeugt hatten. Elkendorf hatte plötzlich einen schalen Geschmack im Mund und spürte den dringenden Wunsch nach heißem Kaffee mit viel Zucker.

»Therese«, sagte er, »du wirst schon von Anna gehört haben, daß Doktor Nockenfeld, einer meiner Gäste gestern abend, heute nacht gestorben ist.«

»Jungfer Anna hat es mir gesagt, Herr Doktor.«

»Kannst du sie holen? Ich möchte mit ihr sprechen.«

»Sie ist nicht zu Hause.«

»Wo ist sie denn hingegangen?«

»Sie ist vor ein paar Augenblicken aus dem Haus. Sie wollte zu Jeanette Fuchs. Sie hatte ihr versprochen, heute zu kommen und das Neugeborene anzusehen.«

»Richtig, das hat sie mir gestern gesagt. Ich habe nicht mehr daran gedacht. Dann war sie es doch, die ich eben von weitem gesehen habe. Aber wenn sie zu Jeanette gegangen ist, heißt das, daß sie so bald nicht zurückkommt.«

»Sie wird wohl erst am Nachmittag wieder hier sein. Oder soll ich sie holen gehen? Wenn ich ihr nachlaufe, erwische ich sie vielleicht noch.«

Elkendorf dachte an Thereses schwerfälligen Gang und sagte: »Ach, laß nur. Wer weiß, ob du sie findest. Und bis zum Fuchsschen Haus ist es ein ziemliches Stück. Da müßtest du ja bis zum Ende der Sternengasse laufen. Nein, das würde nichts nützen. Bis Anna dann hier ist, wäre ich schon wieder fort. Ich kann nicht so lange warten.« Er zögerte und sagte dann: »Aber du könntest mir rasch ein paar Fragen beantworten.«

»Ich?« fragte Therese überrascht und steckte die Hände in die Taschen ihrer Schürze.

»Ja. Ich komme einen Moment mit in die Küche. Ich hoffe, du hast heißen Kaffee für mich, ich bin ziemlich naß geworden und will schnell etwas Warmes trinken.«

An der Küchentür blieb er stehen. Die Küche war aufgeräumt. Alle Geräte standen oder hingen an ihrem Ort, Tisch und Anrichte waren sauber gewischt, die Bottiche, in denen gespült wurde, waren leer. Sogar die Kübel für das gebrauchte Wasser waren ausgeleert. Mit den Augen suchte er die Karaffen und Weinflaschen und fand sie gesäubert und übereinander gestapelt in einem alten Weidenkorb unter dem Küchentisch.

Nachdem Therese ihm eine Tasse Kaffee eingeschenkt hatte, nahm er drei Löffelchen gestoßenen Zucker und setzte sich mit der Tasse in der Hand auf einen Stuhl neben dem Herd.

»Du hast doch gestern mit Anna in der Küche gearbeitet und das Essen mit ihr zusammen vorbereitet«, sagte er.

»Ja, sicher. Wie immer.« Therese stand vor ihm, die Hände tief in den Schürzentaschen vergraben.

»Natürlich, wie immer.« Elkendorf rührte langsam in seiner Tasse und versuchte, seine Gedanken zu ordnen. »Ich weiß nicht genau, wie ich es ausdrücken soll – aber, nun, ich möchte wissen, ob dir irgend etwas an den Nahrungsmitteln, die ihr verwendet habt, aufgefallen ist.«

»Was soll mir denn aufgefallen sein?«

»Zum Beispiel, ob irgend etwas nicht mehr frisch gewesen ist?«

»Sicher war alles frisch!«

»War vielleicht etwas mit dem Fleisch? Hat es vielleicht schon gerochen?«

»Nichts hat gerochen! Uns kommt kein schlechtes Fleisch ins Haus.« Therese trat zwei Schritte zurück und zog dabei die Schultern zusammen. »Wir kaufen immer frisches, gesundes Fleisch, das müssen Sie doch wissen!« sagte sie aufgebracht. »Fettes, gutes Ochsen- und Rindfleisch bekommen wir von Jakob Kleins Hof an der Alten Wallgasse und Hühner von den Geflügelhändlerinnen hier in der Stadt. Mal von der einen, mal von der andern. Mir selbst sind die Jung- und Suppenhühner von Jungfer Paffrath in der Bayardsgasse am liebsten, weil ich genau weiß, wie sie gefüttert und gehalten werden und ich sie mir, wenn ich will, noch im Stall von der Stange weg aussuchen kann. Oft schlachten wir sie selbst, ich rupfe sie, nehme sie aus und sehe mir dabei immer genau an, wie die Eingeweide sind. Mir entgeht nichts! Da können Sie sicher sein! Keine Maden, keine Flecken im Fleisch und keine auf der Haut. Nein, Herr Doktor, wir nehmen nur Geflügel, das gesund aussieht und von dem wir wissen, wo es herkommt. Wir kaufen keine verlausten Tiere mit mickrigem Gefieder oder gemausertem, räudigem Hals!«

Während sie rasch sprach, war sie noch einen Schritt zurückgewichen, so daß sie nun in einiger Entfernung von Elkendorf neben dem Abwaschbottich stand. Von den dunklen Deckenbalken über ihr hingen große Zöpfe aus Zwiebeln und Knoblauchknollen, dazwischen Bündel getrockneten Liebstökkels und Thymians herab, die mit ihren faserig raschelnden Spitzen Thereses Haube und Schultern berührten und ihren

Kopf in einen dunkelgrün, gelb und grauweiß gefleckten Hintergrund zu betten schienen. Die Kräuterbüschel drehten sich, als sie weitersprach und dabei Kopf und Schultern bewegte. »Auch das Fleisch«, sagte sie, »das wir beim Schlachter kaufen, ist immer frisch. Ihre Cousine ist darin sehr eigen. Wir nehmen doch kein altes, verdorbenes Fleisch! Und bei Wildbret ist Jungfer Anna besonders vorsichtig. Reh- und Hasenfleisch, Rebhühner, Schnepfen, Krammetsvögel, wilde Enten und Birkhühner, das alles läßt sie sich nur von Leuten liefern, die sie seit langem kennt oder die man ihr empfohlen hat.«

»Sicher, Therese, das weiß ich doch«, unterbrach Elkendorf ihren Redeschwall, obwohl er es so genau gar nicht wußte. »Und trotzdem. Irgend etwas könnte gestern nicht so gewesen sein wie sonst. Vielleicht war die Milch oder die Butter oder das Schmalz nicht ganz in Ordnung.«

»Es war alles in Ordnung. Es war alles frisch, alles sauber.«

»Und die Krebse, die Morcheln? Kann damit etwas nicht gestimmt haben?«

»Was soll damit nicht gestimmt haben? Sie waren so wie immer. Sie sahen aus wie immer, sie rochen wie immer, und die Suppe war auch wie immer – höchstens ein wenig salziger als sonst, das muß ich zugeben.« Thereses Stimme war höher geworden, und ihre Hände schienen sich in der Schürze zu Fäusten geballt zu haben.

In betont ruhigem Ton fragte Elkendorf weiter: »Ist es möglich, daß ihr gestern Kupfergeschirr benutzt habt, das nicht richtig gesäubert war? Grünspan am Kupfergeschirr ist giftig, das wißt ihr doch?«

Er sah, wie sich die Augen der Magd verengten und einen starren Ausdruck bekamen.

»Giftig?« sagte sie leise. »Giftig war in unserer Küche noch nie etwas. In keiner Küche, in der ich gearbeitet habe, auch nicht in der Küche von Jungfer Annas Mutter. Die ganzen Jahrzehnte nicht, seit ich dort Ostern 1776 in Dienst gegangen bin.« Sie nahm die Hände aus der Schürze und legte sie fest ineinander verschränkt vor ihren Bauch. »Verdorbenes Fleisch, schlechte Pilze und Gift – das gibt es bei uns nicht. Und«, ihre Stimme wurde noch eine Nuance leiser, »es ist nicht recht, so etwas auszusprechen oder auch nur zu denken.«

Unwillkürlich senkte auch er seine Stimme: »Dann wirst du auch nicht darüber sprechen. Außer zu Anna sagst du zu niemandem etwas über das, was ich dich jetzt gefragt habe, hörst du?«

Therese gab keine Antwort, aber am Ausdruck ihres Gesichtes meinte er zu erkennen, daß sie verstanden hatte. Vielleicht hatte sie sogar mehr aus seinen Fragen herausgehört, als er beabsichtigt hatte.

Während Therese die Kaffeekanne vom Herd nahm, um ihm nachzuschenken, sagte sie: »Man hat heute morgen, seit Sie weggegangen sind, dreimal nach Ihnen gefragt. Der Knecht von Ölmüller Palm in der Fleischmengergasse klopfte, kaum daß Sie aus dem Haus waren. Er wollte ein Rezept für seinen Herrn. Dasselbe wie letzten Monat. Er will später noch einmal wiederkommen. Witwe Jürgans vom Krummen Büchel hat ihre Tochter geschickt und läßt um einen Besuch in den nächsten Tagen bitten. Sie hat wohl starkes Reißen in den Gliedern und meint, daß sie eine Salbe zum Einreiben und ein Pulver für den Schlaf braucht. Johann Roth kam gegen neun Uhr und konnte vor Aufregung und Müdigkeit kaum sprechen. Sie sollen so schnell wie möglich kommen und nach seiner Frau sehen. Es geht ihr wieder schlechter. Sie schreit vor Schmerzen.«

Mit Widerwillen dachte Elkendorf an den Regen, die schreiende Frau, den toten Nockenfeld und wieder an den Regen. Er erhob sich und leerte seine Tasse im Stehen.

»Ich werde ihr kaum mehr helfen können«, sagte er, »aber ich gehe trotzdem gleich hinüber.«

Es war ein ärmliches Haus, kaum mehr als eine Hütte, die hinter Marsilstein inmitten der Weingärten und nicht weit vom Rinkenpfuhl lag. Von dort, der Pferdeschwemme des Viertels, stiegen zu jeder Jahreszeit mephitische Dünste auf, die häufig von riesigen, tanzenden Mückenschwärmen begleitet wurden und sich dumpf und krankheitserregend über Vieh und Menschen ausbreiteten. Immerhin war die Luft hier noch besser als einige Straßen weiter am Perlengraben, wo seit Jahrhunderten Weißgerber und Leimsieder lebten, wo Häute gekälkt und geschabt und Knochen gekocht wurden, Fäulnisstoffe ins Wasser sickerten und der Geruch verwesenden Fleisches sich tief in die Lungen setzte.

Als Elkendorf den schlammigen Pfad zu Johann Roths Haus entlangging, hüllte ihn plötzlich ein Schwarm Fliegen ein, der sich träge von einer grünlichschillernden, morastigen Jauchelache gelöst hatte und nun, immer lauter und schneller schwirrend, um ihn herum und vor ihm her zog. An der Haustür drängte sich durch das surrende Geräusch der Fliegen ein verzweifeltes Schreien.

Agnes Roth, Gemüsekrämerin, eine Frau von kaum dreißig Jahren, war von einem Krebs befallen, der ihr den Unterleib zerfraß. Sie war zum erstenmal vor etwa einem Jahr zu Elkendorf gekommen, weil sie einen stechenden Schmerz spürte und seit kurzem blutigen Ausfluß hatte. Da sie wie viele Frauen ihre Scham nicht untersuchen lassen wollte, mußte er seine Diagnose nach ihrer Beschreibung der Beschwerden fällen. Er hatte ihr Umschläge und ein Pulver zum Einnehmen verordnet, aber er wußte schon damals ziemlich sicher, was sich in ihr ausbreitete und daß man nichts dagegen unternehmen konnte. So war es auch gewesen, und nun lag sie im Sterben. Sie starb sehr schwer und sehr lange, denn sie hatte einen kräftigen Körper gehabt. Die schreiende Stimme, die er an der Haustür hörte und vor der er am liebsten seine Ohren verschlossen hätte, war hoch mit einem vibrierenden Ton und klang wie die Stimme einer Gebärenden oder einer Gefolterten. Die Stimme hatte noch Stärke, stellte er fest, aber sie artikulierte keine Worte mehr. In solchen Schmerzen hatten Kranke keine Worte mehr, auch wenn sie bei vollem Bewußtsein waren.

Der Körper der Frau war so abgemagert, daß er unter der Bettdecke aus filziger Wolle kaum auszumachen war. Als er an ihr Bett trat, merkte er, daß sie versuchte, ihm den Kopf zuzuwenden. Aber ihre Augen irrten umher, verfehlten seinen Blick, fanden nichts, an dem sie sich hätten festhalten können. Anders als er gedacht hatte, waren ihre Lippen nur einen Spalt geöffnet. Sie schrie bei fast geschlossenem Mund.

Elkendorf öffnete seine Tasche und nahm eine Glasflasche heraus, die mit einer braunen, opiumhaltigen Flüssigkeit gefüllt war.

»Geben Sie ihr davon jede Stunde einen Löffel voll. Es wird ihr ein wenig helfen«, sagte er zum Ehemann der Sterbenden, der bleich und mit eingesunkenen Augen neben dem Bett saß. »Und lassen Sie den Pfarrer kommen«, fügte er leise hinzu.

Er hatte den hohen Ton ihrer Stimme noch im Ohr, als er bereits an St. Aposteln vorbei war, und selbst das schrille Kreischen eines Lastkarrens, dessen niedrige Räder unmittelbar neben ihm im Rinnstein bremsten, bis sie schliddernd zum Stehen kamen, konnten den besonderen Klang dieser Schreie nicht verdrängen.

An der Ecke zur Schildergasse hielt er vor einem dreistöckigen, schäbig wirkenden Haus an, in dessen Putz der Regen, da, wo die Nässe eingedrungen war, große, dunkle Flecken gezeichnet hatte. Elkendorf legte den Kopf so weit in den Nakken, daß sein Hut sich fast vom Kopf gelöst hätte, und fixierte, gegen den Regen zwinkernd, die Wetterfigur auf dem obersten Absatz des Stufengiebels. Es war ein großer Stern, auf dessen metallenen Strahlen bei Sonnenschein Reste einer goldenen Bemalung aufblitzten und so dem gesamten ehemaligen Kaufmannshaus einen Hauch alten Ansehens verliehen. Jetzt sah der Stern schwarz aus und gegen die felsgrauen, geballten Wolken wie ein Stück plump gegossenen Eisenschmucks. In den Windböen, die über ihn hinwegfuhren, bebte er, aber er drehte sich nicht. Sein Mechanismus mußte festgerostet sein, so daß er die Richtung des Windes nicht mehr anzeigen konnte.

Nachdem Elkendorf seinen Hut abgenommen hatte, trat er durch die weit offenstehende Tür in die Gastwirtschaft Zum goldenen Stern und atmete den Schwall von Bierdunst ein, der ihn in der Schankstube empfing. Seine engen durchnäßten Hosenbeine hatten sich fest an die Waden gesaugt, und vom Saum des dicken Umhangs tropfte das Regenwasser auf den Dielenboden, auf dem gestreuter Sand, Stroh und Straßenschmutz einen schmierigen Belag gebildet hatten.

Die Wirtschaft war nicht voll, aber wie immer um diese Zeit belebt. Elkendorf grüßte den Wirt und nickte in Richtung des Tresenendes, an dem er einen Nachbarn aus der Streitzeuggasse sitzen sah. Er gesellte sich nicht zu ihm, sondern nahm im hinteren Raum, in dem einige Tische standen, mit dem Rücken zum Zimmer allein in einem Winkel Platz.

Geschützt vor Blicken und in sich gekehrt trank er Kaffee mit einem Glas Rum und aß dunkles Brot, auf das er dicke Scheiben Holländer Käse legte. Während er langsam kaute, hörte er mit halber Aufmerksamkeit auf die Geräusche, die ihn umgaben, wandte sich auch nicht um, als er die Stimmen einiger neu hinzukommender Gäste erkannte.

Nachdem er die Käsebrote bis auf ein hart gebackenes Stück Kruste aufgegessen hatte, schob er den Teller beiseite und sah auf seine Taschenuhr. Es war zwar schon nach elf Uhr, aber, überlegte er, wohl immer noch zu früh, um zum Polizeikommissariat zu gehen. Möglicherweise war Kommissär Glasmacher noch nicht informiert. Um sich die Zeit zu vertreiben, holte er sich vom Nachbartisch eine Ausgabe der Kölnischen Zeitung, eine Zeitung vom Vortag, wie er ärgerlich feststellte, und begann ohne Konzentration zu lesen.

Es war bereits nach der Mittagsstunde, als Elkendorf schließlich aufstand und seine Rechnung beglich.

Er brauchte nicht bis zum Polizeibüro Am Andreaskloster zu gehen. Schon auf dem Weg dorthin, während eines besonders heftigen Regenschauers, der einsetzte, als er gerade gegenüber der Baustelle zum neuen Appellationsgerichtshof war, sah er Kommissär Glasmacher auf sich zukommen. Er erkannte von weitem die schlanke Figur in blauer Uniform, mit langen Beinen und breiten, aber nicht zu breiten, eckigen Schultern. Einen Augenblick betrachtete Elkendorf die biegsame Taille des Kommissärs, die offenbar, wie es seit kurzem auch für Männer als modisch galt, geschnürt war. Dann sagte er, eigentlich ohne es zu wollen, in schroffem Ton: »Guten Tag, Kommissär. Ich nehme an, Sie sind unterwegs zu Doktor Nockenfelds Haus?«

Die Hand des Kommissärs hatte einen leichten, kühlen Griff, seine Stimme war zurückhaltend. »Ja. Ich habe vor knapp einer halben Stunde den Auftrag bekommen, die Umstände von Doktor Nockenfelds Tod zu untersuchen.«

»Wie ich erwartet habe. Ich war gerade unterwegs zu Ihnen ins Kommissariat. Wenn Sie einverstanden sind, begleite ich Sie und sehe mir gemeinsam mit Ihnen den Toten noch einmal an.«

Glasmacher nickte und meinte nach einer Weile: »Eine unschöne Sache, wie es aussieht.«

»Ja«, antwortete Elkendorf lakonisch.

»Sie haben ihn gekannt?«

»Flüchtig.«

»Aber er war gestern abend Ihr Gast?«

»Ja.«

»Allein?«

»Nein, nicht allein, zusammen mit einigen anderen Bekannten«, sagte Elkendorf.

»Und wer waren die anderen Gäste, wenn ich fragen darf?«

»Sicher dürfen Sie. Ich hatte Professor Wallraf, Kaufmann

Lyversberg, Medizinalrat Doktor Merrem, Doktor Günther, Verleger DuMont, Herrn Willmes und Herrn De Noel eingeladen. Alles gute Bekannte von mir.«

»Aber Doktor Nockenfeld kannten Sie nur flüchtig, sagen Sie?«

»Ja, ich hatte ihn viele Jahre nicht gesehen.«

»Weshalb haben Sie ihn eingeladen?« Glasmachers Stimme klang, als ob er um Entschuldigung für seine Hartnäckigkeit bitten wollte.

»Er war früher einmal an der Kölner Universität Wallrafs Student gewesen. Ich wollte dem Professor mit seiner Einladung eine Freude machen.«

»Also Professor Wallraf kannte ihn?«

»Ja. Er konnte sich gut an ihn erinnern.«

»Kannten ihn die anderen Gäste?«

»Persönlich, meinen Sie?« Elkendorf zögerte. »Ja, ich glaube, alle kannten ihn.«

Glasmacher wandte sich zu Elkendorf, als wolle er noch weitere Fragen stellen, besann sich dann aber und fiel in Schweigen. Dankbar für diesen Augenblick der Ruhe, versuchte Elkendorf, sich zu entspannen und sich innerlich auf die zweite Begegnung mit dem toten Nockenfeld einzustellen.

Als sie vor dem Haus des Toten angekommen waren, hatte der Regen nachgelassen. Dennoch schoß das Wasser noch in dickem Strahl aus einem gebrochenen Regenrohr, das vom Dach des Nachbarhauses auf das Pflaster führte, wo sich in einer Vertiefung zwischen losen Steinen eine flache, schnell wachsende Pfütze gebildet hatte.

Nockenfelds Haus, das vorher seiner Tante Sophie gehört hatte und jetzt wohl seiner Schwester Josefine gehören würde, war größer und aufwendiger als Elkendorfs eigenes Haus. Es war Mitte des letzten Jahrhunderts von Nockenfelds Großvater gebaut worden und trug die Verzierungen dieser Zeit. Portal und Fenster hatten geschwungene Bögen, und auch der Giebel, auf den steinerne, urnenähnliche Vasen aufgesetzt waren, folgte dem gleichen leichten Schwung.

Bis auf eines waren alle Fenster des Hauses fest geschlossen, und ihre kleinen Scheiben, eingelassen in hohe, frischgestrichene weiße Fensterkreuze, wirkten durch den dunstigen Beschlag an ihrer Innenseite und den Regen, der außen an ihnen hinablief, undurchsichtig und blind. Nur die Flügel eines Fensters, es war das linke Fenster im Erdgeschoß, standen weit offen. Das Seitenteil eines grün-weiß gestreiften Vorhangs war nach draußen geweht worden und hing nun naß und schlaff, wie festgeklebt, über dem Sims. Es war das Fenster des Zimmers, in dem der Tote auf sie wartete.

Nach einem Moment des Zögerns drückte Elkendorf gegen die nur angelehnte Tür, bedeutete dem Kommissär mit einer Geste, voranzugehen, und folgte ihm dann in die Diele, von der Schlafzimmer, Salon und Wirtschaftsräume ausgingen und eine Treppe nach oben führte. Als sie das Schlafzimmer Nokkenfelds betraten, schien es Elkendorf noch so zu sein, wie er es morgens verlassen hatte. Nur das Gesicht der Leiche wirkte wächserner, gelber, irgendwie toter als noch Stunden zuvor. Der beißende Geruch hatte sich trotz des weit geöffneten Fensters nicht verflüchtigt.

Elkendorf beobachtete, wie der Kommissär sich zunächst von der Tür aus aufmerksam umblickte, schließlich zum Alkoven hinüberging und sich über den Toten beugte. Glasmachers junges Gesicht, dessen ungewöhnlich helle Haut durch dunkle, langgezogene Brauen betont wurde, zeigte Anspannung und Neugier, nichts sonst. Seine Miene veränderte sich auch nicht, als er in den geöffneten Mund Nockenfelds sah, dann den ganzen verkrümmten Körper in Augenschein nahm. Erst während er Bettkissen und Laken untersuchte und die Spuren von Erbrochenem und Exkrementen betrachtete, gab er mehrmals ein irritiertes Grunzen von sich. Schließlich wandte er sich den Kleidungsstücken zu, die auf der Rückenlehne eines

Sessels lagen. Die halbhohen, mit Wildlederstulpen besetzten Stiefel Nockenfelds standen vor dem Sessel in der Mitte des Zimmers, einer einen Schritt vor dem anderen, so, als habe ihr Besitzer sie im Gehen ausgezogen.

Glasmacher warf einen kurzen Blick auf die Stiefel und hob mit spitzen Fingern nacheinander die einzelnen Kleidungsstükke empor: »Hose, Rock, ein Strumpf, der zweite Strumpf, Weste, Halsbinde, Hemd. Hosenbeine und Strümpfe sind etwas feucht. War es das, was er bei Ihrem Diner trug?«

»Ich denke ja.«

»Erkennen Sie es?«

»Es ist sicher derselbe Rock und dieselbe Weste. Und auch an diese seidene Halsbinde erinnere ich mich. Ich weiß, daß ich gestern abend überlegt habe, ob die Farbe nicht eine Spur zu schillernd, zu auffällig für einen Mann in seinem Alter ist.«

»Er hat sich also noch relativ ruhig ausgezogen und ins Bett gelegt, meinen Sie nicht?« sagte Glasmacher und sah Elkendorf fragend an. Seine Augen waren fast mandelförmig und konnten sich, ohne ihre Form zu verändern, ohne die Lider zusammenzuziehen oder die Pupille zu verengen, in sich selbst verschließen.

»Es sieht so aus.«

Der Kommissär bückte sich und zog unter dem Bettkästchen einen Nachttopf aus Porzellan hervor, der, soweit Elkendorf es aus der Entfernung sehen konnte, mit einem zarten, grünen Rankenmuster verziert war. Er hob den Deckel und sagte: »Er hat offenbar auch noch, bevor er sich niederlegte, uriniert. Zumindest sieht es so aus. Der Topf kann natürlich schon länger voll sein. Und dazwischen schwimmt Erbrochenes.« Er setzte den Deckel wieder auf und schob den Topf mit dem Fuß beiseite.

»Hier ist ein Tablett mit Kaffeekanne, Untertasse, Tasse, Milchschale und Zucker. Die Kanne ist voll, in der Tasse ist keine Spur von Kaffee.« Glasmacher hatte begonnen, das Nachtkästchen zu mustern. »Neben dem Tablett steht ein Kerzenleuchter, in dem die Kerze völlig niedergebrannt ist, so daß nur noch ein fast verkohlter Rest des Dochtes vorhanden ist. Ich denke, das war die Kerze, mit der Doktor Nockenfeld zu Bett gegangen ist und die weiterbrannte, als er schon tot war – bis das Wachs verbraucht war.«

»Anzunehmen«, erwiderte Elkendorf und nickte.

»Außerdem ist die Platte des Nachtschränkchens unmittelbar neben dem Tablett etwas verschmiert.« Glasmacher fühlte über das polierte Holz. »Mit etwas Klebrigem.«

»Ach ja?« Was war es nur, ging es Elkendorf vage durch den Sinn, das ihn jedesmal, wenn er mit Glasmacher zusammenarbeitete, schroff und wortkarg werden ließ? Nichts im Verhalten des Kommissärs war in irgendeiner Weise unfreundlich oder anmaßend. Er war lediglich vielleicht ein wenig distanziert, ein wenig kühl – wie seine Hand, die sich bei einer Begrüßung, kaum hatte man sie gefaßt, schon wieder zurückzog, so daß nur ein unbehagliches Gefühl von, ja von was? zurückblieb. Elkendorf drängte die Welle von Unsicherheit, die in ihm aufzusteigen drohte, beiseite und konzentrierte seine Gedanken auf Glasmachers berufliche Effektivität. Erst vor einigen Wochen hatte der Kommissär ihn in eine Wohnung in der Glockengasse rufen lassen, wo man morgens eine Dienstmagd in ihrer Kammer mit einem toten Neugeborenen gefunden hatte. Die Magd, ein dünnes, erschöpftes Mädchen, war – wie hatte es anders sein können – ledig gewesen. Er hatte in einer Obduktion klären sollen, ob das Kind vor oder während der Geburt gestorben war oder ob die Mutter es nach der Geburt getötet hatte. Glasmacher hatte die Untersuchung des schäbigen kleinen Zimmers und seiner armseligen Einrichtung genauso gründlich und bedächtig geführt, wie er es auch eben jetzt tat.

Als der Kommissär langsam durch den Raum ging, folgte ihm Elkendorf mit den Augen, registrierte, was er betrachtete, und musterte dabei gleichzeitig Glasmachers Gesichtszüge und

Bewegungen. Beide besahen sich so die eleganten Möbel: das breite, komfortable Bett, den Waschtisch, den Bücherschrank, den hohen Spiegel, der vom Blickwinkel Elkendorfs aus ein Bild der hochgezogenen, nackten Knie der Leiche zurückwarf. Die Möbel waren elegant und kostspielig – und sicher nicht aus einer Kölner Schreinerwerkstatt. Nockenfeld mußte sie mitgebracht haben. Sie waren jedenfalls neu im Haus, denn Elkendorf hatte sie bei seinen früheren Besuchen der alten Sophie Nockenfeld oder auch bei Jungfer Josefine nie gesehen.

Während er nachdachte, war der Kommissär vor zwei großen Gemälden in strengen, breiten Goldrahmen stehengeblieben, die dicht nebeneinander an der dem Bett schräg gegenüberliegenden Wand hingen.

Es waren Alpträume in Rot. Auf schwarzem und kraftvoll leuchtendem rotem Hintergrund bogen sich in Schmerzen verkrümmte, geschundene Männerleiber. Die fast nackten Körper lagen wehrlos, rückwärts gebogen oder zur Seite verdreht, auf Dornen, die ihnen in Bäuche, Lenden, Arme und Beine getrieben wurden. Durchbohrt, aufgespießt, gekreuzigt, genagelt starben sie langsam, während strahlend rotes Blut aus ihren Wunden rann, über Leiber und Erde sprenkelte und sich in kleinen Lachen sammelte. Rot wie Burgunder und rot wie Rubine. Mit ungerührten Mienen schlugen Schergen die schwertlangen Dornen tief in die Körper hinein, stachen Augen aus oder würgten die Sterbenden mit bloßen Händen. Prunkvoll gekleidete Männer beobachteten die Folterungen und schienen Anweisungen für weitere Qualen zu geben. Auf einem der Bilder sah auch Christus dem Gemetzel zu.

»Was für Bilder in einem Schlafzimmer!« sagte Glasmacher. »Ich glaube nicht, daß sie mich einschlafen ließen.«

»Die Marter der Zehntausend«, erwiderte Elkendorf. »Aus der kölnischen Schule, würde ich sagen. Die beiden Gemälde gehören, wie Sie sicher gemerkt haben, zusammen. Ich habe sie mir schon heute morgen angesehen. Wirklich sehr schön, und sehr gut erhalten.«

»Kunstwerke, ich weiß, es sind Kunstwerke. Aber ich verstehe trotzdem nicht, wieso dieser Doktor Nockenfeld sie ausgerechnet hier vis à vis seinem Bett aufgehängt hat.« Glasmacher schüttelte den Kopf. »So etwas gehört, wenn überhaupt irgendwohin, dann in eine Kirche, nicht in ein Schlafzimmer. Oder etwa nicht?«

»De gustibus non est disputandum«, antwortete Elkendorf und fügte nach einem Blick in Glasmachers Gesicht hinzu: »Über Geschmack läßt sich nicht streiten.«

»Wenn Sie das sagen, Doktor Elkendorf. Aber ich denke doch, es gibt andere Bilder, die man im Haus haben möchte, Porträts aus der Familie, historische Motive, Landschaften, vielleicht etwas Heiteres oder auch Heroisches. Meine Frau hätte zum Beispiel gern ein Bild der Kinder, das sie so festhält, wie sie jetzt sind. Und ich, ich würde mir, wenn ich es bezahlen könnte, ein Porträt von uns beiden bei Beckenkamp oder Willmes bestellen. Ich in Uniform mit einem Schriftstück in der Hand, meine Frau, wie sie mit einer Handarbeit beschäftigt im Hintergrund sitzt.«

»Nockenfeld war offenbar anderer Ansicht. Werfen Sie einmal einen Blick auf das kleine Gemälde neben dem Fenster.«

Glasmacher blieb vor dem Bild stehen und nickte: »Ja, Sie haben recht, er hatte wohl einen eigenen Geschmack.«

Auch dieses Bild schwelgte in roten Farben. Ein karmesinroter Fußboden, Säulen mit hellroten Kapitellen, ein roter Umhang, ein roter Gürtel und ein rotes Tamburin. Im Mittelpunkt der abgeschlagene Kopf eines Mannes auf einem Tablett.

»Der Tanz der Salome«, sagte Elkendorf, »Sie erinnern sich? Salome tanzt vor König Herodes und erhält zum Lohn den Kopf Johannes des Täufers. Die Geschichte wird von einem der Evangelisten berichtet.«

»Sie tanzt und bekommt einen abgeschlagenen Männerkopf

als Geschenk?« Der Kommissär lachte ungläubig. »Nein, daran erinnere ich mich nicht. Warum sollte ich auch? Es gibt so viele Märtyrer- und Heiligengeschichten, gerade hier in Köln. Und die meisten sind schrecklicher als alles, was ich in meinem Beruf je gesehen habe. Verstehen Sie mich nicht falsch, Doktor Elkendorf, aber ich bin evangelisch, eigentlich sogar reformiert, und erst seit 1818 in Köln. Diese ganzen Heiligen und Heiligenlegenden sind mir fremd und werden mir wohl immer fremd bleiben.«

Er trat zu Elkendorf, der einige Schritte weit vom Bild entfernt stand und aus dieser Entfernung auf den in seinem Blut liegenden Männerkopf starrte. Die Augen des Toten waren geschlossen, die braunen Haare ringelten sich über Stirn und Schläfen. Die Frau, der ein Diener das Tablett mit dem Kopf des Johannes entgegenhielt, hatte ihren Körper sinnlich gebogen, einen Fuß tänzelnd leicht auf dem roten Fußboden aufgesetzt und schlug noch das Tamburin. Ihr Gesicht wirkte ungerührt, zeigte vielleicht einen Hauch von Genugtuung.

»Eigentümlich und sicherlich interessant«, sagte Glasmacher mit einem Heben seiner breiten Schultern. »Aber zurück zu unserem momentanen Problem.«

Elkendorf nickte und wandte sich dem Alkoven und dem anderen toten Männergesicht mit seinen offenen und nach oben verdrehten Augen zu.

»Wann ist Nockenfeld gestern von Ihnen fortgegangen? Können Sie sagen, wieviel Uhr es war?«

»Es muß gegen Mitternacht gewesen sein. Die Gäste sind nicht allzu lange geblieben, weil Professor Wallraf früh nach Hause wollte. Mit ihm brach, wie das meist so ist, auch die übrige Gesellschaft auf. Nockenfeld war übrigens der letzte, der ging. Alle anderen waren schon ein Stück die Straße hinunter, als er sich verabschiedete. Er stand da, unter meiner Tür, und sah den anderen einen Augenblick nach. Es regnete in Strömen. Dann ging auch er. Seltsam, wenn ich daran denke.«

»Er ist allein gegangen, nicht mit einem der anderen?«

»Nein, er war allein, als er ging. Natürlich kann er noch jemanden eingeholt haben. Sie waren ja schließlich alle nur ein paar Schritte voraus. Aber gesehen habe ich es nicht. Und eigentlich glaube ich es auch nicht. Nockenfeld wirkte beim Abschied, wie soll ich es sagen, er wirkte so distanziert, so uninteressiert an einem Gespräch. Er sah aus, als wollte er allein sein.«

»Er wollte allein sein, meinen Sie«, sagte der Kommissär und hielt seinen Blick auf die weißen, blinden Augäpfel des Toten gerichtet. »Fühlte er sich vielleicht krank?«

Elkendorf formulierte seine Antwort vorsichtig: »Ich könnte nicht sagen, daß ich diesen Eindruck hatte. Aber selbstverständlich ist es möglich.«

Glasmacher schwieg einen Moment, strich sich mit der Hand über das kurze, dichte Haar und fragte schließlich: »Seit wann lebte Doktor Nockenfeld in Köln? Ich glaube nicht, daß ich ihm schon einmal begegnet bin. Und von ihm gehört habe ich auch nicht, wenn ich mich recht erinnere.«

»Das ist wohl möglich. Nockenfeld war zwar Kölner. Er ist hier geboren, hat hier studiert und praktiziert. Aber das war lange vor Ihrer Zeit. Noch in den Jahren der Reichsstadt und der Franzosenzeit. 1813 zog er fort.«

»Wissen Sie, wohin?«

»Nach Paris.«

»Und weshalb?«

»Ich denke, er wollte wohl fort aus der Provinz, wie viele andere auch. Aber Genaues kann ich Ihnen nicht sagen. Ich war damals noch sehr jung und kannte ihn kaum.«

»Wann haben Sie ihn wiedergesehen?«

»Nun, vor einigen Tagen. Meine Tante ist seit langem eine Freundin der Schwester Nockenfelds. Von ihr wußte ich, daß Doktor Nockenfeld vor kurzem das Vermögen seiner Tante und dieses Haus geerbt hat und daß er zurückgekommen ist, um das Erbe anzutreten. Ich machte einen Besuch bei ihm und lud ihn zu mir ein.«

»Er lebte nicht allein hier?«

»Nein, seine Schwester Josefine wohnt im Haus. Außerdem gibt es eine Magd, die schon bei der alten Jungfer Nockenfeld, der Tante, in Dienst war.«

»Ich werde mit der Schwester und auch mit der Magd kurz sprechen müssen«, sagte Glasmacher und wandte sich zur Tür. »Wären Sie so freundlich und würden mich begleiten?«

Elkendorf zuckte mit den Achseln und ging voraus in die Diele. Auf sein Rufen kam die Magd und führte sie einen kurzen dunklen Flur entlang in die Küche, in der es unangenehm nach kaltem Kaffee und feuchtem Holz roch. Neben dem Herd, in einem wäßrigen Tageslicht, das durch keine Lampe oder Kerze erhellt wurde, saß unter einer farblosen Wolldekke Josefine Nockenfeld. Sie sah verweint aus, hatte rote Flekken im Gesicht und rieb sich immer wieder mit einer Hand über Stirn und Augen, als versuche sie etwas, das sich darüber gelegt hatte, fortzuwischen. Wie konnte sie bloß so aufgedunsen sein und gleichzeitig so ausgemergelt aussehen, fragte sich Elkendorf und streifte mit einem Blick die geschwollenen Fuß- und Handgelenke der Jungfer, die unter ihrer Decke hervorsahen wie die Gelenke einer dicken, uralten, abgenutzten Puppe.

»Jungfer Nockenfeld«, sagte er, »es tut mir leid, Sie in Ihrem Kummer stören zu müssen, aber ich muß Sie auf eine etwas unangenehme Entwicklung vorbereiten.«

Miene und Haltung der Jungfer blieben unbewegt, sie schien ihn und den Kommissär kaum wahrzunehmen.

Elkendorf entschloß sich, schnell weiterzusprechen: »Bei der Untersuchung Ihres Bruders heute morgen konnte ich nicht feststellen, was der Grund für seinen plötzlichen Tod war. Es ist in solchen Fällen üblich, eine genauere Untersuchung vorzunehmen, um die Todesursache zu klären. Aber beunruhigen

Sie sich nicht, es wird alles seinen vorgeschriebenen Gang gehen.«

»Seinen vorgeschriebenen Gang?« sagte sie in fragendem Ton. Ihre Hand drückte sich nun fest auf die Stirnmitte, so daß die Augen halb verschattet waren.

»Polizeikommissär Glasmacher ist hier und wird Ihnen einige Fragen stellen. Ich verspreche Ihnen, daß es nicht lange dauern wird. Danach lassen wir den Toten fortbringen.«

»Fortbringen?« sagte sie erneut wie ein Echo und warf Glasmacher einen Blick zu, in dem sich Verzweiflung und Ergebenheit spiegelten.

»Er wird fortgebracht, damit ich eine genauere Untersuchung vornehmen kann.«

Jungfer Josefine sagte nichts. Ihr kleiner, schwammiger Körper blieb reglos, und auch die Augen veränderten sich nicht.

»Verzeihen Sie, Jungfer Nockenfeld«, sagte Glasmacher sich verbeugend, »es geht mir nur um ein paar Fragen, die Sie rasch beantwortet haben werden.« Er sah auf ihre fleckigrote Haut und fuhr in einem fast beiläufigen Ton fort: »War Ihr Bruder krank?«

»Krank? Ich weiß nicht. Er hat nicht viel gesprochen, er lebte sehr für sich. Aber vielleicht war er krank, und ich wußte es nicht.« Verstört, als werde sie von diesem Gedanken überwältigt, schluchzte sie auf und wischte sich wieder über die Augen.

»Wann ist er gestern nach Hause gekommen? Hat er nachts hier im Haus noch etwas gegessen oder getrunken?«

»Das weiß ich nicht. Ich habe oben in meinem Zimmer geschlafen und nichts gehört. Ich gehe früh zu Bett und schlafe fest. Auch Gertrud, unsere Magd, war schon lange im Bett. Wir haben ihn nicht mehr gesehen. Wenn er gerufen hat, so habe ich ihn nicht gehört. Und deshalb habe ich ihm auch nicht helfen können. Gott verzeih es mir!«

Sie schluchzte wieder, begann dann krampfhaft zu zucken.

Einen Blick des Kommissärs beantwortete Elkendorf mit einem Kopfschütteln und sagte: »Das war auch schon alles, Jungfer Nockenfeld. Versuchen Sie jetzt zu schlafen. Es war ein schlimmer Morgen für Sie.«

»Der schlimmste, den ich je erlebt habe«, gab sie schwer atmend zur Antwort.

In der Diele wartete die Magd, die mit gesenkten Augen und vor dem Leib verschränkten Armen auf Glasmachers Fragen antwortete.

»Nein«, sagte sie. »Ich habe ihn beim Zurückkommen nicht gesehen, ich habe nur die Haustür zuschlagen hören, sie dröhnt durch das ganze Haus, bis zu mir in die Kammer oben. Das war nicht lange nach Mitternacht. Das weiß ich sicher, weil kurz vorher der Nachtwächter die Zeit rief. Nein, er hat nichts mehr gegessen, er hat sich jedenfalls nichts mehr aus der Küche geholt, das hätte ich morgens gemerkt.« Sie hob den Kopf, schob ihr weiches Kinn nach vorne und sah rasch von einem zum anderen. Ihre Augen wirkten flach und glatt. »Kann ich jetzt gehen?« fragte sie. »Die Jungfer braucht mich. Ihre Tante, Herr Doktor, war seit heute morgen bei ihr, aber vor einer halben Stunde ist sie gegangen. Sie sagte, sie wolle für ein paar Augenblicke ins Freie und käme gleich zurück. Solange sie nicht wieder da ist, muß ich bei Jungfer Josefine bleiben. Ihr geht es nicht gut, das haben Sie sicher gesehen.«

Sie blieb stehen, ohne sich zu bewegen. Als Elkendorf nickte, drehte sie sich um und ging zurück in die Küche.

Eine halbe Stunde später lag die Leiche Doktor Jakob Nokkenfelds, in ein dunkles Tuch eingeschlagen, auf einer Tragbahre im Flur des Hauses. Draußen im Regen wartete ein geschlossener Pferdewagen. Die Bahre wurde eingeladen. Elkendorf stieg auf und setzte sich neben sie.

KAPITEL 4

Mittwoch, 27. August, Vormittag bis Nachmittag

»Was die Gebärenden betrifft, so bleiben die Schwangern bei Annäherung der letzten Periode meist in Gesellschaft von Nachbarinnen oder Verwandten, um die bereits in Kenntniß gesetzten Hebammen oder Geburtshelfer zu Hülfe zu rufen. (...) Auch betragen sich die Kreißenden meist folgsam gegen die Hebammen, wie sie sich dann auch selten in gefährlichen Umständen den Hülfsleistungen des Geburtshelfers widersetzen. Unbemittelte Wöchnerinnen sieht man hier so wie auf dem Lande oft einige Tage nach der Geburt wieder mit den häuslichen Arbeiten beschäftigt, ohne daß sie sich dadurch Schaden zufügen. Die bei den katholischen Wöchnerinnen der bemittelten und wohlhabenden Stände gleich mit der Kindtaufe verbundenen Schmausereien und überhäuften Wochenvisiten, welche so oft Veranlassung zu Diätfehlern, zur Ruhestörung der Wöchnerinnen und der neugebornen Kinder gaben, sind mit Recht während der letztern Jahre in Verfall gekommen.«
Aus: Bernard Elkendorf, Medizinische Topographie der Stadt Köln, 1825, S. 345ff.

Das Kind schrie wie am Spieß. Unbeeindruckt wusch die Wikkelfrau, eine dürre, alterslose Person aus dem Viertel um den Hafen, sein winziges Hinterteil mit einem feuchten Lappen, streute Bärlappsamen in die Falten, kleidete es in Hemd und Leibchen und legte ihm eine leinene Windel so um, daß die

Glieder gestreckt waren, die Arme gerade anlagen. Mit einer weiteren Windel aus Flanell wickelte sie den gesamten Körper von den Zehen bis zum Hals fest ein und schnürte das Bündel mit einem Band zu.

Im Schreien färbte sich das Gesichtchen violett, und der geöffnete Mund entblößte einen zahnlosen, blassen Gaumen. Im Mundwinkel bildeten sich weißliche Bläschen gestockter Muttermilch, die der Säugling gerade aufgestoßen hatte.

»Es hört sich nicht so an, als wäre deine Tochter als eingeschnürter Brotlaib glücklich«, sagte Anna und zog das weiche Häubchen, das sie als Geschenk mitgebracht hatte, über den Kopf der Neugeborenen. Der Kopf fühlte sich flaumig an wie ein frisch geschlüpftes Küken und roch nach Kinderhaut und Mandelwasser.

»Mag sein. Aber glaub mir, Kinder sind in diesem Zustand am angenehmsten. Sie sind zwar auch dann nicht geräuschlos, aber sie liegen wenigstens still«, antwortete Jeanette Fuchs müde. Sie saß zurückgelehnt in ihrem ehelichen Bett, das zugleich ihr Wochenbett war. Das rotblonde Haar, wellig und an der Stirn feucht von Schweiß, reichte bis über den aus einem Stillkorsett fast hervorquellenden Busen und ließ sie sehr jung aussehen. »Außerdem kann man nur durch das feste Schnüren verhindern, daß Rückgrat und Knochen sich verkrümmen. Das ist nun einmal so.«

Anna sah zu, wie die Wickelfrau das immer noch schreiende Bündel in die Wiege legte, sich daneben setzte und begann, ruhig und gleichmäßig am Wiegenband zu ziehen. Allmählich wurde das Schreien schwächer, ging in ein Glucksen über. Die Augen des Säuglings schlossen sich.

Im Zimmer war es warm, da man den Kachelofen aus Rücksicht auf Mutter und Kind geheizt hatte. Das Rauschen des Regens wirkte in seiner Monotonie fast einschläfernd, und doch meinte Anna auch etwas Beunruhigendes darin zu hören. Vielleicht, weil die Gerüche der Wöchnerinnenstube und das Geräusch der auf ihren Holzkufen hin- und herscharrenden Wiege Erinnerungen an andere Kindbettnerinnen und ihre Neugeborenen weckten.

Es herrschte eine eigenartige Atmosphäre in diesen Wochenstuben, in denen Schmerz und nach Schweiß riechende Todesangst gerade erst verschwunden waren, sich aufgelöst hatten in Dankgebete und eine noch über Tage hinweg zu spürende Erleichterung. Jede Geburt hatte etwas Erschreckendes, dachte Anna, ohne daß sie dieses Erschreckende genau hätte in Worte fassen können. Es waren nicht allein die Schreie der Kreißenden, die Angst in ihren Augen, das Blut, der Schleim, die Ausdünstungen des sich aufbäumenden Körpers, es war, ja es war dieses entwürdigende Ausgeliefertsein der Gebärenden. Nicht einem Menschen ausgeliefert sein, den man um Milde und Barmherzigkeit hätte bitten können, sondern einem Vorgang, einem natürlichen und gottgewollten Vorgang, der sich vollzog, ohne daß Einspruch oder Flehen von Nutzen gewesen wären. In Schmerzen sollst du gebären, hieß es in der Bibel. Sie hatte diesen Satz immer zum Fürchten gefunden.

Unmittelbar neben Jeanettes Bett über dem Nachttischchen hing eine Darstellung der Geburt Mariens, vor Hunderten von Jahren auf eine Holztafel gemalt, die, wie sich Anna erinnern konnte, früher – bis zur Enteignung der Kirchen und Klöster – auf dem Marienaltar im Seitenschiff von St. Ursula gestanden und dort mit anderen Tafeln in einem Bilderzyklus die Lebensgeschichte Mariens erzählt hatte. Sie hatte das Bild schon als Kind geliebt und es bei den Marienandachten im Mai oft genau betrachtet. Es zeigte ihre Namenspatronin Anna, die Mutter Mariens, wie sie kurz nach der Geburt klein und zart unter der kostbaren, prangend roten Decke eines breiten Ehebettes lag. Die Heilige Anna war umgeben von Frauen mit weißen, herzförmigen Gesichtern und ebenso weißen, überlangen Händen, die sie mit aufmerksamer Gelassenheit umsorgten. Eine der Frauen gab ihr das nackte Neugeborene in den Arm, eine andere goß Wasser in eine Waschschüssel, wieder andere legten Trockentücher bereit oder holten frische Wäsche aus einer Truhe hervor. Ein ruhiges Bild mit einem goldfarbenen Hintergrund und sanften, hellen Farben, in dem nichts von überwundenem Schmerz zu spüren und kein beschmutztes Laken zu sehen war.

Annas Blick löste sich vom friedvollen Bild der Geburt einer heiligen Tochter durch eine heilige Mutter und fiel auf ein Häufchen zusammengeknüllter Baumwolltücher, die man in einen Korb neben Jeanettes Bett geworfen hatte. Sie waren fleckig von frischem, kaum angetrocknetem Blut. Über die Blutflecken krochen Stubenfliegen, die angeregt von der Zimmerwärme leise summten, ihre Flügel putzten und hin und wieder plötzlich wie erschreckt aufschwirrten, um sich dann erneut zwischen den Falten der Tücher festzusetzen. Auch über das Gesicht des Kindes krabbelte eine Fliege, in einem raschen Zickzackweg, der schließlich am besabberten Mundwinkel endete. Durch eine leichte Handbewegung der Wickelfrau wurde sie fortgescheucht.

»Kannst du schon aufstehen?« fragte Anna.

»Ich gehe nur zum Nachtstuhl und zurück, und auch das nur ganz vorsichtig. Ich muß aufpassen, daß die Blutungen nicht wieder anfangen. Ich habe schon zuviel Blut verloren.« Jeanette streckte die Hände vor – Hände mit eierschalenfarbener Haut, die von blauen, feingeästelten Adern durchzogen war. Auch die Fingernägel und Fingerkuppen hatten einen bläulichen Ton wie zu lange liegengebliebenes Fleisch. »Deshalb bin ich auch so müde. Wenn ich auf dem Nachtstuhl war, werde ich fast ohnmächtig vor Erschöpfung.«

Jeanette drehte sich ein wenig zur Seite und zog die Beine mit einer vorsichtigen Bewegung näher an ihren Körper. Die Schattierungen der dunkelgelben Seidendecke, unter der sie lag, änderten sich mit ihrer Bewegung. Neue ineinanderlaufende Faltenwürfe bildeten sich und ließen an der Oberfläche des

Stoffes wechselnde Lichtreflexe entstehen. Anna strich mit der Hand über die Seide und genoß die kühle Glätte. Der Stoff war makellos sauber, das Kopfkissen blütenweiß und so frisch bezogen, daß es noch kaum zerdrückt war.

»Hast du noch Schmerzen?« fragte sie.

»Ach, Schmerzen.« Jeanette legte die Hände auf die Bettdekke, dahin, wo sich ihr immer noch angeschwollener Bauch befand. »Im Vergleich zu dem, was ich bei der Geburt durchzustehen hatte, kann ich jetzt nicht mehr von Schmerzen reden. Es war meine fünfte Geburt – nicht gezählt die vier Fehlgeburten –, und sie war schlimmer als alle vorhergegangenen. Die Wehen dauerten endlos lange – ich dachte, ich verliere meinen Verstand. Erst meinen Verstand und dann mein Leben.« Sie verzog den Mund zu einem Lächeln, das Selbstironie, aber auch eine Spur Selbstmitleid enthielt. »Das Kind lag falsch. Fast wären die Beine zuerst gekommen, und dann hätte es die Geburt wohl nicht überlebt. Aber die Hebamme konnte es noch im Bauch drehen, und so kam der Kopf doch zuerst.« Sie blickte zur Wiege und bekreuzigte sich. »Es fühlte sich an, als würde sie mir den Leib zerreißen. Und dabei habe ich die letzten Wochen über so viel gebetet wie schon lange nicht mehr, außerdem hat meine Mutter drei Bittmessen zu Ehren der Muttergottes lesen lassen, Kerzen aufgestellt und eine Wallfahrt nach Kevelaer gelobt. Alles für meine glückliche Niederkunft.« Sie unterbrach sich und schien, die Augen halbgeschlossen, konzentriert in sich hineinzuhorchen. »Ich glaube, die Blutung hat ganz aufgehört«, sagte sie und fuhr fort: »Ich bin nicht mehr jung. Schon eine ganze Zeit nicht mehr. Wenn ich daran denke, daß meine Mutter ihr letztes Kind mit sechsundvierzig Jahren bekommen hat, mir vielleicht auch noch ein oder zwei Geburten bevorstehen!« Wieder hielt sie inne, holte dann tief Atem und setzte hinzu: »Aber im Grunde kann ich nicht klagen, schließlich habe ich diese Geburt wie die vier davor überlebt, und das Glück hatte nicht jede, mit der wir aufgewachsen sind.«

Gerade vor einem Jahr war Jeanettes jüngste Schwester im Kindbett gestorben. Sie hatte einige Tage nach der Niederkunft zu fiebern begonnen, und nach einer Woche war sie tot gewesen. Das Kind, ein Junge, hatte sie nur um ein paar Tage überlebt.

»Du hast wieder Lene Kemperdieck gerufen?«

»Wen sonst? Ich wüßte nicht, was ich ohne sie gemacht hätte.«

Lene Kemperdieck, dienstälteste Hebamme Kölns, zog seit einem halben Jahrhundert Kinder auf die Welt. Sie war immer, bei jedem Wetter, in weite, schwarze Kleider und Umschlagtücher gehüllt, unter denen die festen Speckwülste von Brüsten und Hinterbacken bebten, und sah wie eine fette, schwarze Henne aus, wenn sie breitbeinig und ein wenig ruckartig die Straße entlangging oder im Gespräch gackernd lachte und dabei den Kopf rasch vor- und zurückbewegte.

»Sie war schließlich bei all meinen Geburten dabei und hat schon mich und meine Schwestern auf die Welt gebracht. Keine andere ist so vorsichtig – und es kommt selten vor, daß ihr Mutter oder Kind bei der Geburt sterben.«

»Du hättest auch einen Arzt zur Geburt rufen können«, meinte Anna. »Es ist nicht mehr so ungewöhnlich, wie es einmal war. Einige Ärzte sind fast in Mode gekommen.«

»Ja, ich weiß, Doktor Hensay zum Beispiel. Tatsächlich hat Maximilian vor ein paar Wochen, als ich mich am Ende der Schwangerschaft schon sehr elend fühlte, darauf gedrängt, ihn zu holen. Er sollte mich untersuchen und dann auch, statt einer Hebamme, bei der Geburt dabeisein. Aber ich will keinen Mann als Geburtshelfer. Ich will nicht, daß ein Arzt mich nach dem fragt, was in meinem Körper vorgeht, nach all diesen Dingen, über die man sonst nie mit einem Mann spricht. Ich würde es nicht ertragen, verstehst du.« Jeanettes Gesicht war während der letzten Sätze bleich geworden, und ihre Züge spannten sich, als sie mit leiser, plötzlich hart klingender Stimme fortfuhr: »Kein Arzt soll mich unbekleidet sehen, kein Arzt soll während der Geburt in meiner Nähe sein und mich beobachten, als wäre ich ein Stück Vieh. Ich könnte es nicht ertragen, daß er mich berührt. Ich will nicht, daß er mit seinen Händen in mich eindringt.« Der ganze Körper, der ausgestreckt, die Beine fest geschlossen, unter der Bettdecke lag, schien steif zu werden. Es war fast, als erwarte er eine Berührung, die er abwehren müsse. Anna beugte sich vor, als Jeanette mit kaum hörbarer Stimme noch etwas sagte. Sie glaubte zu verstehen: »Ich will, daß kein Mann mich mehr berührt.«

Einige Minuten lang herrschte Schweigen, in der das Scharren der Wiege unangenehm laut zu hören war. Die Wickelfrau, die rhythmisch und ohne einen Moment innezuhalten am Wiegenband zog, hatte während des Gesprächs nicht aufgeblickt. Sie schien unbeteiligt vor sich hin zu sehen, und doch meinte Anna, ein wißbegieriges Aufblitzen unter den halbgesenkten Lidern wahrzunehmen.

Allmählich löste sich Jeanettes Spannung, und ihr Gesicht bekam wieder Farbe. Sie bewegte die Beine, wandte ihren Kopf zu Anna und sagte mit einer Stimme, die ruhig und nüchtern klang: »Also habe ich Lene gerufen und nur zugelassen, daß Doktor Hensay mir ein Stärkungsmittel verschrieben hat und täglich einen Besuch bei mir macht. Darauf hat Maximilian bestanden.«

Vorsichtig drehte sie sich langsam auf die Seite. Dann faßte sie in den Ausschnitt ihres Korsetts, rückte ihre Brüste zurecht und zog das Korsettband am Ausschnitt ein wenig fester an. »Verzeih«, sagte sie, »aber sie sind so schwer, daß sie mir das Gefühl geben, ins Bett gedrückt zu werden. Ich weiß oft einfach nicht mehr, wie ich mich legen soll.«

Als sie wieder ruhig lag, schloß sie die Augen und sagte mit müder Stimme, in der Anna jedoch einen Beiklang von Schärfe und Vorwurf zu hören glaubte: »Du hast dir das ja alles erspart, indem du ledig geblieben bist. Vielleicht war das gar nicht so dumm von dir.«

Als Anna schwieg, fuhr sie fort: »Erinnerst du dich noch, wie wir in unserer Schulzeit bei den Ursulinerinnen überlegt haben, ob wir nicht auch Nonnen werden sollten? Ich war mehr dafür als du – ich war ja auch viel frommer und bin es eigentlich immer noch. Und dann habe ich doch geheiratet, ganz jung, und einen so viel älteren Mann … Aber eigentlich«, setzte sie nach einer kleinen Pause hinzu und richtete sich mit einem Ruck in ihren Kissen auf, »im großen und ganzen, wenn ich alles überdenke, war es vielleicht doch nicht falsch.« Ihre Augen schweiften langsam und abschätzend über das Mobiliar des Raumes, schienen aber gleichzeitig auch nach innen gewandt zu sein, als versuche sie Regungen und Sehnsüchten in ihrem Innern nachzuspüren und sie mit der Wirklichkeit ihrer Umgebung zu vergleichen und messe so das Gelingen ihres Lebens am Interieur ihres Schlaf- und Kindbettzimmers.

»Wenn du das hier meinst«, sagte Anna und folgte Jeanettes Blick, »kannst du dich nicht beklagen.«

Das Schlafzimmer der Eheleute Jeanette und Maximilian Fuchs war ein großer Raum, der selbst bei diesem Wetter nicht düster wirkte. Über die beiden Fenster waren leichte Draperien aus weißem Voile so arrangiert, daß sie die Fensterscheiben freiließen und den Blick in einen langgestreckten Garten lenkten. Derselbe Stoff spannte sich als Himmel über der Wiege aus Mahagoni und über dem Kopfende des Ehebettes. Ein breites Bett, in dem es sich bequem lag. Meistens jedenfalls. Nicht während der Geburten und vielleicht, sofern sie das, was Jeanette geflüstert hatte, richtig verstanden hatte, auch sonst nicht immer.

»Wir sind nicht unbemittelt, Maximilian und ich«, hörte sie Jeanette sagen. »Sein Vermögen und die Einkünfte aus seiner Arbeit und unserem Geschäft sind nicht schlecht. Du siehst, was hier alles hängt, und das ist schließlich nur das Schlafzimmer.«

Wieder folgte Anna den Blicken ihrer Cousine und betrachtete die Bilder, die dicht an dicht rundum die Wände bedeckten. Bilder in vergoldeten oder schwarzen Rahmen, gefaßt in Kirschholz oder Mahagoni, rund, quadratisch, rechteckig und oval. Kupferstiche neben Ölgemälden und Aquarelle neben Zeichnungen, Schattenrisse unter breiten Porträts, Landschaften abwechselnd mit Stilleben, Genreszenen oder Blumenstücken. Heitere Bilder und düstere, kühle gotische Tafelbilder, drastischer, üppiger Barock, manierierter Rokoko – alle Techniken, alle Stilrichtungen waren vorhanden, denn Maximilian Fuchs war Zeichner, Maler, Restaurator. Außerdem Händler und natürlich Sammler.

Das ganze Haus war überflutet von Bildern, und aus seinem Atelier im Erdgeschoß, dessen große Fensterfront auf den Garten hinaussah, drang der Geruch von Farben, Harzen und Ölen in alle Winkel. Auch hier im Schlafzimmer, das über seinem Atelier lag, war der durchdringende, mitunter etwas stechende Geruch wahrzunehmen, der, wenn man ihm nachgab, im Geist die unterschiedlichsten irgendwann einmal auf Gemälden gesehenen Farben und Formen aufsteigen ließ.

»Es sind die Bilder«, sagte Jeanette, »nicht das Vermögen, nicht das komfortable Leben, das ich seit meiner Heirat führen kann, es sind die Bilder, die für mich von Bedeutung sind, die Bilder, die ins Haus kommen und durch unsere Hände gehen. Ich glaube, ich habe in den mehr als zwanzig Jahren, seitdem ich verheiratet bin, Tausende von Bildern in den Händen gehalten.« Ihre Augen waren weit geöffnet und betrachteten ein Gemälde, das zwischen den ovalen Porträts zweier ernst und ein wenig einfältig blickenden Frauen über einer kleinen Kommode hing.

Es war ein Stilleben, das, gemalt in ruhigen weißen und gelbbraunen Tönen, ein hohes halbgefülltes Trinkglas, ein angebrochenes Brot und ein Stück Fisch zeigte. Die Szene wirkte, als hätte sich jemand eine Mahlzeit richten lassen, einen Schluck und einige Bissen genommen und wäre dann, womöglich gegen seinen Willen und mit Bedauern, gegangen. Ein melancholisches Bild, das jedoch keinen Schmerz auslöste, nur eine leichte Trauer.

»Ich werde Bilder nie satt«, sagte Jeanette gedankenverloren und ohne ihren Kopf zu wenden. »Verstehst du, es regt mich an, sie zu betrachten, und gleichzeitig beruhigt es mich. Ich muß daran denken, daß die Menschen und Dinge, die sie darstellen, längst vergangen sind, ebenso wie die Maler, die sie gemalt haben. Und daß diejenigen, die die Bilder nach uns sehen werden, noch nicht einmal geboren sind.«

»Das findest du beruhigend?«

»Ja ... Ich glaube, ja.«

Die Tür sprang auf, und Hanne, Jeanettes älteste Tochter, kam herein. Hinter ihr standen die drei jüngeren Kinder des Hauses und versuchten drängelnd, einen Blick auf ihre Mutter und die neue Schwester zu werfen. Hanne, die mit beiden Händen ein Tablett hielt, drückte die Tür entschlossen mit Ellbogen und Rücken zu.

»Ich bringe euch etwas zu essen«, sagte sie und stellte Kaffeegeschirr, eine Schale mit Brei und einen Teller mit Waffeln auf das Tischchen vor dem Bett.

Jeanette sah ihre Tochter, die neugierig auf den schlafenden Säugling spähte, kurz an und sagte zu Anna: »Den Brei da soll ich dreimal am Tag essen. Aber es ekelt mich schon, wenn ich ihn bloß sehe. Ein Brei aus Rahm, Eiern und Zucker, Zimt und Zitrone. Nimm dir, soviel du magst. Wenn man nicht gerade damit gemästet wird wie eine Martinsgans, schmeckt er ausgezeichnet.«

An die Wickelfrau gewandt meinte sie: »Du kannst mit Hanne in die Küche gehen und zu Mittag essen. Solange das Kind schläft und Jungfer Steinbüschel bei mir ist, brauche ich dich nicht.«

Die Tür schloß sich hinter der Frau, die mit hungrigen Augen auf Brei und Waffeln geblickt hatte und dann, den Kopf gesenkt und die Arme eng an den mageren Leib gedrückt, hinausgegangen war.

Unvermittelt in die Stille hinein sagte Jeanette: »Doktor Hensay ist heute morgen hier gewesen, um nach mir zu sehen. Ich hörte, wie er zu Maximilian sagte, daß Jakob Nockenfeld in der Nacht gestorben sei und daß Cousin Bernard ihn – den Toten, meine ich – untersucht habe. Stimmt das?«

»Ja.«

»Nockenfeld ist also tot. Ich habe es nicht glauben können.« Sie faßte sich mit der Hand an die Schläfe. »Wieso war er überhaupt in Köln? Ich dachte, er sei in Paris«, fragte sie und ihre Stimme klang, als seien Lippen und Gaumen trocken.

»Das stimmt. Er lebte wohl tatsächlich in Paris. Aber seit ein paar Wochen war er wieder hier.«

»Seit ein paar Wochen schon? Das wußte ich nicht ... Und jetzt ist er tot.«

»Ja.«

»Aber weshalb war er wieder hier? Und wie ist er gestorben?«

Anna betrachtete prüfend das flächige, mit blassen Sommersprossen übersäte Gesicht ihrer Cousine, aus dem sie die Augen über den dunklen Schatten der Erschöpfung plötzlich sehr wach ansahen.

Sie zögerte mit einer Antwort und schob sich statt dessen einen Löffel Brei in den Mund. Sie spürte auf der Zunge ein festes Klümpchen Mehl, das sich beim Rühren des Breis nicht gelöst hatte, und zerdrückte es am Gaumen. Es schmeckte muffig.

»Maximilian und ich waren früher mit Doktor Nockenfeld bekannt«, sagte Jeanette. »Wußtest du das?«

»Ja. Es fiel mir auf dem Weg zu dir ein.«

Mit einem Ruck steckte Anna den silbernen Dessertlöffel in das Häufchen Brei auf ihrem Teller. Fein ziseliert rankte sich auf dem Löffelgriff eine Blumengirlande um die Initialen J.F. Mit dem gleichen Muster, in Plattstich gestickt, waren auch die Servietten verziert. Bevor sie noch zum Sprechen ansetzte, fuhr Jeanette fort: »Seit heute morgen, seit Doktor Hensay hier war, konnte ich kaum an etwas anderes als an Nockenfeld denken und daran, daß er tot ist.« Sie setzte sich auf, beugte sich zu Anna und fragte mit eindringlicher Stimme: »Weißt du, wie er gestorben ist, Anna?«

»Wie er gestorben ist? Das kann ich dir sagen, wenn du es wirklich wissen willst.« Anna hielt Jeanettes Blick einen Moment lang fest, sah dann auf die eierschalenfarbenen Hände mit den bläulichen Fingerspitzen, die ruhig auf der Bettdecke lagen.

»Du brauchst keine Angst zu haben, ich bin nicht zu krank, um es zu hören.«

»Wie du willst«, erwiderte Anna, zögerte noch einmal und sagte schließlich: »Nockenfeld ist plötzlich und auf sehr unschöne Weise gestorben.«

Jeanettes Augen wurden leer. Sie ließ sich zurücksinken und lag eine Weile reglos, so daß Anna sie beunruhigt beobachtete.

»Ist dir nicht gut?« fragte sie. »Habe ich dich erschreckt?«

»Nein, nein, das hast du nicht.« Jeanettes Stimme klang spröde. »Sprich nur weiter. Ich möchte alles hören, was du von seinem Tod weißt.«

»Also hör zu: Doktor Nockenfeld war gestern zusammen mit einigen anderen Freunden Bernards bei uns zum Abendessen eingeladen. Ich habe wie immer gekocht, und wie immer wurde gut gegessen und getrunken. Gegen Mitternacht gingen die Gäste. Auch Nockenfeld. Früh morgens ließ mich seine Schwester holen, weil ihn die Magd tot im Bett gefunden hatte. Jungfer Nockenfeld war völlig ratlos und dachte, ich könnte ihr helfen, aber ich konnte mir nur den Toten ansehen.« Sie hielt inne.

»Und?«

»Er lag verkrümmt in seinem Erbrochenen und seinem Kot.« Wieder machte Anna eine Pause, überlegte und sagte dann rasch: »Und, um es kurz zu machen, ich glaube, daß er an einer Vergiftung gestorben ist.«

»Eine Vergiftung, mein Gott«, erwiderte Jeanette schwach. Sie hob den Kopf und sah Anna mit einem verwirrten und zweifelnden Blick an. »Und du meinst, sein Tod hat etwas mit deinem Essen gestern abend zu tun? Das ist doch nicht möglich! Das kannst du nicht im Ernst glauben.«

»Nein, das glaube ich auch nicht. Du weißt, wie sorgfältig ich bei allem bin, was meine Küche angeht. Bei mir ist Fleisch und alles andere immer frisch. Pilze und Krebse – die gab es gestern abend – mache ich selbst sauber oder sehe mir wenigstens das, was Therese oder Tante Margarete geputzt und geschnitten haben, noch einmal genau an. Nein, ich denke nicht, daß Nockenfelds Tod irgend etwas mit meinen Gerichten zu tun hat. Jedenfalls nicht unmittelbar.«

Anna schwieg. Ihre Augen folgten dem Fliegenschwarm, der, aufgescheucht von einem Luftzug oder einer Bewegung, gerade wieder seinen Platz auf den blutigen Tüchern verlassen hatte und sich nun über der Wiege, nicht weit vom Kopf des Säuglings, in einem zuckenden Gewirbel um sich selbst drehte. Unter die grauen Stubenfliegen hatte sich auch eine Schmeißfliege gemischt, deren dicker Leib blau-metallisch glitzerte, als sei er mit winzigen Fischschuppen bedeckt.

»Nun«, fuhr sie fort, »ich habe mir heute morgen also die Leiche angesehen, Jungfer Josefine zu beruhigen versucht und schließlich nach Cousin Bernard geschickt. Bei diesem auffälligen Zustand der Leiche wäre früher oder später auf jeden Fall ein Arzt gerufen worden. Auch der Zivilstandsbeamte, den man zu jedem Todesfall kommen lassen muß, um die Personalien des Toten und die Umstände des Todes aufzunehmen, hätte mit Sicherheit einen Arzt, wenn nicht sogar sowieso den Stadtphysikus geholt. Deshalb dachte ich, es ist am besten, wenn ich Bernard sofort Bescheid gebe.«

»Und er kam gleich?«

»Er war innerhalb einer halben Stunde da. Ich saß noch an Josefines Bett, und als ich aus ihrem Zimmer kam, hatte er gerade mit der Untersuchung der Leiche begonnen. Er hat es nicht gern, wenn man ihn bei seiner Arbeit stört, also bin ich gegangen, ohne ihn anzusprechen. Und seitdem habe ich ihn nicht mehr gesehen, ich weiß also nicht, was er festgestellt und was er angeordnet hat. Aber ich denke, die Anzeichen einer Vergiftung waren deutlich genug. Wenn sie mir aufgefallen sind, dann hat er sie mit Sicherheit auch erkannt.«

Jeanettes Augen hatten sich etwas zusammengezogen, die Lider mit den kurzen, hellen Wimpern zuckten. Als aus der Wiege ein leises, prustendes Geräusch zu hören war, stand Anna auf und gab ihr einen sachten Stoß, so daß sie anfing zu schaukeln. Über die Wiege gebeugt sah sie, daß die Augen des Säuglings offen waren und große, dunkle Pupillen zeigten. Seine Wimpern, noch recht spärlich und dünn, hatten die gleiche Farbe wie die Wimpern und Haare seiner Mutter. Sie strich mit dem Finger über die kleinen, feuchten Lippen, die sich sofort bewegten, als wollten sie saugen, und sah einige Sekunden lang konzentriert in das noch faltige Gesicht, das ohne Unruhe zu zeigen auf etwas zu warten schien. Dann drehte sie sich zu Jeanette um, räusperte sich und sagte: »Ich glaube nicht, daß Nockenfeld an meinen oder irgendwelchen anderen verdorbenen Lebensmitteln gestorben ist. Ich glaube, daß er ermordet wurde.«

Sie lauschte auf den Ton ihrer Stimme, die von dem immer noch gleichmäßigen, aber merklich stärker gewordenen Rauschen des Regens fast überdeckt wurde. Auch das Licht im Raum hatte sich verändert, es war eine Nuance fahler geworden, da der Regen dichter fiel und die Fensterscheiben matt und stumpf machte.

Jeanette lag still und hatte beide Hände an die Schläfen gelegt, als fühlte sie im Innern ihres Kopfes einen Druck, den sie vertreiben wollte.

»Habe ich dich jetzt erschreckt?« fragte Anna, ging zum Bett hinüber und sah auf den angespannten Körper vor sich hinab. »Willst du nicht etwas Kaffee trinken? Er wird kalt.«

»Nein, nicht jetzt. Gleich ... Du hast mich überrascht. Und ich frage mich, ob du weißt, was du da sagst.«

»Ich denke, das weiß ich.«

»Wenn es einen Mord gibt, muß es auch einen Mörder geben, nicht?«

»Ja.«

»Ermordet. Mord. Mörder«, sagte Jeanette langsam, fast als koste sie jede Silbe genußvoll aus. »Merkwürdig eigentlich, aber über Mord oder Mörder – im wirklichen Leben – habe ich noch nie nachgedacht. Viele Menschen, die man kennt, die einem nahestehen, sieht man sterben. Sie sterben an allen nur denkbaren Krankheiten, an einer Geburt oder einfach am Alter. Oder durch ganz gewöhnliche oder vielleicht auch ganz ungewöhnliche Unglücksfälle. Man kann an so vielem sterben, nicht wahr? So lächerlich es auch ist, aber man kann zum Beispiel daran sterben, daß man sich verschluckt. Einer meiner Onkel starb, als ich noch ein Kind war, weil er sich beim Essen verschluckte.« Sie lachte, die Hände immer noch an den Schläfen, kurz auf. »Kannst du dir das vorstellen? Ich erinnere mich, daß wir zu Abend aßen. Er saß mir gegenüber, zwischen uns stand eine flache Schüssel mit Kartoffeln. Er lachte mit vollem Mund laut über etwas, das mein Vater gesagt hatte. Plötzlich, mitten im Lachen, fing er an zu husten und zu würgen. Sein dikkes Gesicht mit den wabbeligen Backen blähte sich auf, wurde erst dunkelrot, dann purpur. Ich sehe noch genau vor mir, wie die Augäpfel hervortraten, seine Hände an den Hals fuhren und verzweifelt am Hemdkragen rissen. Das Ganze dauerte nur Augenblicke, aber ich hatte den Eindruck, als sei die

Zeit eingefroren. Niemand schien sich zu bewegen, nichts war zu hören, nur dieses Gesicht mir gegenüber wurde immer röter und das Röcheln lauter. Schließlich fiel sein Kopf nach vorn auf den Teller mit Spargel in Petersiliensauce. Die Sauce spritzte bis auf meinen Ärmel, und die kleinen grünlich-fetten Sprenkel ließen sich nie mehr herauswaschen. Ich kann bis heute keine Petersiliensauce mehr essen.«

Jeanettes Stimme war leise geworden, mit beiden Händen hatte sie erst nach ihrem Hals gefaßt, sich dann über die Kehle gerieben. Nach einer Weile setzte sie hinzu: »Was ich damit sagen will, ist, daß ich schon den Tod vieler Menschen miterlebt habe. Aber Mord? Mit Mord bin ich noch nie in Berührung gekommen.«

Sie unterbrach sich und beobachtete die gerade aufschwirrenden Fliegen, die sich nach einem Moment wieder auf die blutigen Tücher setzten. Plötzlich zog sie ihre Schultern zusammen. »Aber vielleicht ist das gar nicht wahr«, meinte sie mit abgewandtem Blick. »Woher will man schließlich wissen, ob alle, die man hat sterben sehen, auch wirklich einen natürlichen Tod gestorben sind? Wie soll man wissen, ob jemand an einem Fieberschweiß oder vielleicht an einem Gift, das ihm eingegeben wurde, gestorben ist? Ob jemand durch Ungeschicklichkeit die Treppe hinuntergefallen ist und sich das Genick gebrochen hat oder ob er von jemanden gestoßen wurde? Kann es nicht sein, daß es mehr Morde gibt, als man glaubt? Morde, die man nicht vermutet, die nie aufgedeckt und deshalb auch nie bestraft werden? Morde aus Neid, Haß, Besitzgier oder Eifersucht, aus dem Wunsch nach Rache oder dem Wunsch, frei zu sein? Und aus Liebe oder was man dafür hält. Vielleicht sogar auch aus bloßem Ekel.« Sie sah ihre Cousine an.

Beide schwiegen einige Zeit. Schließlich sagte Jeanette: »Er war ein seltsamer Mensch.«

»Wer war seltsam?«

»Jakob Nockenfeld. Du hast ihn nicht gekannt, damals, als er noch in Köln lebte, oder?«

»Ich hatte nie mit ihm zu tun, aber ich wußte natürlich, daß er Arzt war und am Quatermarkt wohnte. Er sah, als er jung war, sehr gut aus, und ich muß sagen, er hat auch gestern abend gut ausgesehen. Elegante Kleidung, teure Stiefel, noch dichtes dunkles Haar. Ich erinnere mich auch noch, daß er früher, das heißt vor mehr als dreißig Jahren, als ganz junger Mann, einen Zopf trug. Einen ungepuderten Zopf, der flach am Nacken anlag und bis über die Schultern fiel. Wie das bei vielen damals, bevor die Franzosen kamen, noch Mode war. Jetzt war sein Haar halblang, mit langen, schmalen Koteletten.«

»Also à la mode, wie er immer war. – Und gerade er stirbt in seinem Erbrochenen!«

Anna erwiderte nichts. Sie trank von ihrem Kaffee und sagte dann: »Eigentlich weiß ich nichts über Nockenfeld.«

»Aber Tante Margarete ist doch mit Doktor Nockenfelds Schwester befreundet, und du bist doch auch ab und zu bei ihr und der alten Sophie gewesen.«

»Nicht oft. Und Tante Margarete hat Jakob Nockenfeld eigentlich nie erwähnt. Jedenfalls kann ich mich nicht erinnern. Ich habe sie auch nie nach ihm gefragt. Warum sollte ich? Es gab keinen Grund dafür.«

Anna hatte, während sie sprach, noch einmal ein wenig Brei genommen. Er war von den eingerührten Eidottern dunkelgelb, fast ockerfarben. Oder war auch Safran untergemischt? Safran wirkte krampflösend und beruhigend. Sie ließ den Brei auf der Zunge zergehen und versuchte, den samtig-herben, kaum spürbaren Geschmack von Safran herauszuschmecken. Ja, richtig, das tiefe Gelb mußte von echtem indischem Safran stammen.

»Erst vor kurzem hat Tante Margarete von Nockenfeld gesprochen«, fuhr sie dann fort. »Vor ein paar Wochen, mittags beim Essen, sagte sie zu Cousin Bernard, daß er wieder nach Köln zurückgekommen sei, weil er das Haus und den Großteil des Vermögens von Sophie Nockenfeld geerbt habe. Ich denke, sie wußte schon länger, wie die Bestimmungen des Testaments waren, aber Jungfer Josefine wollte wohl nicht, daß darüber geredet wurde. Sie hoffte anscheinend bis zuletzt, daß ihr Bruder nicht zurückkehren, vielleicht sogar, daß er zu ihren Gunsten auf das Erbe verzichten würde. Aber das hat er nicht getan.«

Anna nahm die Kaffeekanne, die ein dünnes Gemisch aus echtem Kaffee und Zichorienaufguß enthielt, und füllte ihre Tassen.

»Trink«, sagte sie zu Jeanette, »du brauchst viel Flüssigkeit. Und nimm von dem Brei. Er ist wirklich nicht schlecht. Nur ein bißchen klumpig. Dein Mädchen hat das Mehl nicht richtig gesiebt und den Brei nicht lange genug gerührt.«

»Das tut sie nie. Unsere Saucen und Cremes haben immer Klümpchen.« Vorsichtig und mit deutlichem Widerwillen nahm sie ein wenig Brei und spülte ihn mit einem großen Schluck Kaffee hinunter.

»Du weißt, wie Tante Margarete ist. Man weiß selten, was in ihr vorgeht, aber diesmal, als sie über das Testament der alten Sophie sprach, war sie fast außer sich. Sie war so erregt, daß sie ihr Glas umstieß und die Milch über Tischdecke und Kleid lief«, fuhr Anna fort.

»Nockenfeld wieder in Köln und als Haupterbe seiner Tante!« sagte Jeanette leise und schloß die Augen.

»So sah es gestern noch aus, ja.«

»Und für Jungfer Josefine, dieses armselige Geschöpf, hätte sich das ganze Ducken und Dulden am Ende doch nicht gelohnt.«

Anna goß Rahm, dickflüssigen, fetten Rahm, in ihre Tasse und begann vorsichtig umzurühren, so daß sich spiralförmige Spuren durch den Kaffee zogen, der rasch milchigbraun wurde. »Das lohnt sich selten«, sagte sie.

»Was sagte Cousin Bernard zum Testament?«

»Er war überrascht, aber im Grunde fand er es natürlich

richtig, daß der männliche Verwandte der Haupterbe ist und Jungfer Josefine gegenüber ihrem Bruder zurückstehen sollte.«

»Natürlich, was wäre auch anderes zu erwarten gewesen.« Jeanettes Stimme klang bitter. »Und Bernard hat Nockenfeld eingeladen?«

Anna nickte. »Du kennst diese Diners bei uns. Wenn keine Frauen unter den Gästen sind, brauche ich nicht mitzuessen und auch keine Honneurs zu machen, ich bin in der Küche und sorge für das Menu. Therese und Tante Margarete helfen mir beim Kochen, Therese trägt außerdem im Eßzimmer auf, und ich werfe nur ab und zu einen Blick hinein, um zu sehen, ob alles ohne Schwierigkeiten abläuft.« Anna leerte ihre Tasse und schenkte sich nach. »Gestern war es wie sonst auch. Es kamen acht Gäste, darunter auch Professor Wallraf. Und Nockenfeld sollte, so sagte mir Cousin Bernard, eine Überraschung für den Professor sein. – Soweit ich sehen konnte, war es das auch.«

»Das kann ich mir denken.«

Als Anna sie fragend ansah, sagte Jeanette: »Soviel ich weiß, hat Professor Wallraf ihn die ganzen Jahre weder gesehen noch von ihm gehört. Dabei war Nockenfeld einmal einer seiner besten Studenten.«

»Was weißt du eigentlich von Nockenfeld? Hast du ihn näher gekannt?«

Jeanette streckte sich langsam und legte ihre Arme eng an den Körper. Ihr Gesicht war in den letzten Minuten wieder blasser geworden, die Augen schmal und angestrengt. Das Sprechen schien ihr Mühe zu machen.

»Näher? Nun, vielleicht eine Zeitlang. Er kaufte Bilder bei uns.«

»Er kaufte Bilder?

»Ja.«

»War er Sammler?«

»Ja. Deshalb hatte Maximilian gelegentlich mit ihm zu tun.

Er traf ihn bei Kunstauktionen und bei Einladungen von Händlern. Er hat auch ein paarmal für ihn restauriert. Und dieses Bild hier«, sie wandte den Kopf schräg zur Seite und wies auf die Darstellung der Geburt Mariens, »hat er von Nockenfeld gekauft – Nockenfeld verkaufte auch hin und wieder etwas. Maximilian hat es mir vor meiner ersten Niederkunft geschenkt – als eine Art Segenswunsch, denke ich. Seitdem hängt es hier und soll uns Glück bringen.« Sie schlug die Arme übereinander, als ob sie fröstele, und bat: »Sei so gut und gib mir das Wolltuch von dort drüben. Mir ist plötzlich kühl geworden.«

Während Anna ihr das Tuch um die Schultern legte, sagte sie: »Nockenfeld hat also Bilder gesammelt. Das wußte ich nicht.«

»Er kaufte Gemälde und Bücher. Wie so viele damals zur Zeit der Säkularisation. Kannst du dich noch an diese Jahre erinnern?«

»Sicher.« Anna nickte langsam und betrachtete nochmals die Darstellung der Geburt Mariens. »Natürlich erinnere ich mich. Kirchen und Klöster wurden geschlossen, die Orden aufgelöst …«

»Und der Kunsthandel wurde überschwemmt von jahrhundertealten Bildern und Altargeräten und geistlichen Handschriften. In jedem Trödelladen konnte man Gemälde kaufen, die aus irgendeiner der Kölner Kirchen oder Kapellen stammten. Inkunabeln aus dem fünfzehnten Jahrhundert, Tafelbilder aus dem vierzehnten oder fünfzehnten und Gobelins aus dem siebzehnten Jahrhundert – es war alles zu haben. Ich weiß noch genau, wie im aufgelösten Cäcilienkloster das staatliche Depot für beschlagnahmtes Kirchengut eingerichtet wurde, die Räume waren schließlich bis in jede Ecke vollgestopft mit Bildern und Möbeln. Das meiste aber wurde unter der Hand gehandelt, ohne die Kontrolle der Behörden und gegen die Gesetze. Maximilian, der gute Verbindungen zur Geistlichkeit hatte und ziemlich genau wußte, wo es bedeutende oder wenigstens interessante Kunstwerke gab, kaufte die Bilder geradezu schockweise, und dabei war er nur einer der kleineren Fische. Nicht vergleichbar mit Kaufmann Lyversberg, den Brüdern Boisserée oder etwa auch mit Professor Wallraf. – Es war eine verrückte Zeit und für uns der eigentliche Einstieg in den Kunsthandel.«

»Wie für andere auch.«

»Sicher. Nicht ohne Pikanterie, wenn man darüber nachdenkt, daß alle unsere Kunstsammlungen aus der Enteignung des Kirchengutes entstanden sind und aus dem sich anschließenden Zusammenraffen, Horten und Spekulieren.«

Anna lehnte sich in ihrem Sessel zurück und dachte einen Augenblick an die Selbstgefälligkeit eines Kaufmann Lyversberg oder eines Matthias De Noel. Und an die verschrobene Bonhomie Professor Wallrafs.

»Also, du kanntest Nockenfeld durch euren Kunsthandel. Aber war er nicht auch euer Arzt?«

Jeanette schüttelte heftig den Kopf. »Nein, nein«, sagte sie. »Wir haben Nockenfeld nie konsultiert.«

»Aber du hast ihn öfters gesehen?«

»Ich? Nein, ich sah ihn nur hin und wieder bei Einladungen oder in der Sonntagsmesse in St. Aposteln. Und ich begleitete Maximilian manchmal, wenn Nockenfeld zu sich einlud.« Sie stockte und sagte dann wie abwesend, den Kopf zur Seite gewandt: »Er hatte etwas an sich ... eine seltsame Art. Er konnte mich so eigenartig ansehen, fordernd und gleichzeitig sehr kühl. Ich hatte dabei fast den Eindruck, er wolle mich mesmerisieren. Für einen Moment dachte ich dann immer, er sähe mir in die Seele. Aber so war es nicht – selbst wenn er mir in die Augen sah, sah er immer nur sich selbst.« Sie verstummte.

»Du mochtest Nockenfeld nicht?« fragte Anna und bemerkte gleichzeitig aus dem Augenwinkel, wie sich die Tür einen Spalt öffnete. Bevor Jeanette antworten konnte, klopfte es, die Tür ging weiter auf, und Witwe De Noel, Matthias De Noels

Mutter, trat ein. Sie grüßte mit einer wedelnden Geste ihrer Hände, die an dünnen Gelenken saßen und wie regennasse, ausgelaugte Weidenblätter wirkten.

»Sie sehen blaß aus, Frau Fuchs«, sagte sie als erstes. »Kein Wunder! Aber es geht Ihnen bereits besser, und das Kind ist gesund, wie ich hörte.« Dann fügte sie hinzu: »Einen guten Tag, Jungfer Steinbüschel« und setzte sich mit einer merkwürdig schlüpfenden Bewegung in den samtbezogenen Fauteuil, der nicht weit von der Wiege stand. Sitzend raffte sie ihren Rock ein wenig nach oben, so daß sich neben den nach innen geschwungenen Beinen des Sessels nach außen gebogene Waden entblößten, an denen schwarze, zu lose befestigte Strümpfe ringförmige Falten warfen.

Sie begann, in einer großen Tasche aus schwarzem Tuch zu kramen und zog schließlich ein zusammengelegtes Päckchen heraus, das sich, nachdem sie es auseinandergefaltet hatte, als ein gelb-weiß gestreiftes Kinderkittelchen entpuppte. Sie hielt es vor sich und drehte es hin und her, um es Jeanette zu zeigen.

»Ein Geschenk für das Neugeborene«, sagte sie. »Das Kleid soll Ihrer Tochter Glück bringen, so wie es der meinen Glück gebracht hat. Ich habe es selbst vor mehr als dreißig Jahren für meine Tochter genäht. Aus bester haltbarer Seide. Wie Sie sehen, ist der Stoff noch so gut wie neu.«

Sie reichte das Geschenk der neben ihr stehenden Anna, die es an Jeanette weitergab. Tatsächlich glitt der Seidentaft, von dem ein feiner Geruch nach Seife und Essigwasser ausging, schmiegsam durch die Finger, und nirgends waren verschossene oder fleckige Stellen zu sehen.

»Zu freundlich von Ihnen, sich von einem Erinnerungsstück zu trennen«, sagte Jeanette. »Ich werde an Sie und Ihre Tochter denken, wenn ich das Kind in diesem Kleidchen sehe. – Aber nehmen Sie doch von den Waffeln, und ich lasse auch gern frischen Kaffee kommen.«

»Danke, keinen Kaffee. Ich hatte heute schon genug. Ich will auch nicht lange stören«, erwiderte Witwe De Noel, beugte sich vor und griff nach einer Waffel. Nachdem sie ein kleines Stück abgebissen hatte, sagte sie: »Ein eigentümliches Ereignis, nicht wahr?«

Es verging ein Moment, bis Jeanette fragte: »Eigentümlich?«

»Ja, und so unerwartet.« Maria De Noel sah von einem Gesicht zum anderen. Ihre Hände bewegten sich unruhig. »Aber Sie wissen doch ...? Ich nahm an ...« Sie stockte. »Ich dachte, ich hätte den Namen Nockenfeld gehört, als ich vor der Tür stand.«

»Ach, Sie sprechen von Nockenfelds Tod. Sie haben schon davon gehört?«

»Ja, ja, ich spreche von Nockenfelds Tod«, wiederholte Witwe De Noel. »Ihr Cousin war heute morgen bei uns und wollte dringend mit meinem Sohn sprechen. Er sagte, daß Nockenfeld in der Nacht gestorben sei.«

Sie nahm noch einen Bissen und kaute ihn langsam, wobei sie die Lippen nicht schloß und dadurch dunkle Zahnlücken zeigte, die das Verwaschene der Züge ihres altmodisch gepuderten, weichlichen Gesichts noch betonten. Ohne ihr Kauen zu unterbrechen, sprach sie weiter, mit einer leisen, unmodulierten Stimme, die Wörter und Sätze fast ineinanderfließen ließ und an eine gleichmäßig gedrehte Handmühle erinnerte. Es war schwierig, dieser Stimme zu folgen, ohne die Aufmerksamkeit zu verlieren.

»Er war noch nicht alt, vielleicht zehn Jahre älter als Matthias, nicht wahr? Ja, ich erinnere mich noch an ihn als Kind und als jungen Mann. Ein hübscher Junge, ohne Frage, und schon früh sehr erfolgreich. Soviel ich mich entsinne, muß er 1795 oder 1796 an der medizinischen Fakultät promoviert haben, wo er wohl ein bevorzugter Schüler von Professor Wallraf war.«

Sie schluckte, und es gab einen schmatzenden Laut, als löse

sich die gekaute Waffel nur schwer von Zähnen und Gaumen. Ungeniert von diesem Geräusch rieb sie sich über die Lippen und schluckte wieder. »Und nach dem Studium begann er sofort hier in der Stadt zu praktizieren. Sie beide werden sich kaum daran erinnern, Sie sind fast noch zu jung. Oder nicht? Sie erinnern sich tatsächlich? Nun, er war eine eindrucksvolle Erscheinung. Sicher auch ein Grund, warum seine Praxis so gut ging, trotz der schlimmen Armut und den wenigen in der Stadt, die genügend Geld hatten, um einen studierten Arzt zu konsultieren. Wer ließ denn damals einen Mediziner kommen, wenn er krank war? Sogar bei uns kam das nur selten vor, und dabei waren wir weiß Gott wohlhabend genug.« Die leiernde Stimme war plötzlich hoch und präzise geworden, der Kopf hatte sich aus den Falten des Fichus gestreckt – selbstgefällig und argwöhnisch, als müsse er sich einem erwarteten Widerspruch entgegenrecken. Dann wurde er wieder eingezogen, und Witwe De Noel sprach weiter: »Wir nahmen unsere alten Hausmittel, und nur gelegentlich, in besonderen Fällen, kam der alte Barbier Servatius Bölling aus der Schafenstraße. Ich kann mich seiner noch gut entsinnen.«

»Aber Nockenfelds Praxis ging gut?« unterbrach Anna sie.

»Ja, o ja. Doktor Nockenfeld schien trotz der Konkurrenz seiner Kollegen viel zu tun zu haben. Vielleicht«, fuhr sie fort, und ein unerwartet stechender Blick traf Anna – ein Blick unter dicklichen Lidern hervor, die denen ihres Sohnes Matthias so ähnlich waren – »vielleicht, weil er so franzosenfreundlich war.« Sie wandte sich ab und stieß geräuschvoll Luft auf. »Ich meine, natürlich waren wir damals alle franzosenfreundlich. – Warum auch nicht? Es waren doch für viele gute Zeiten! Zumindest einige Jahre lang, bis die Kriege begannen. Kaum jemand war anderer Meinung. Denken Sie nur an Professor Wallraf und seine Lobgedichte auf den Kaiser. O ja, man war wohl allgemein franzosenfreundlich, auch wenn man es heute nicht mehr wahrhaben möchte unter den neuen Herren.« Ihr

Kopf reckte sich wieder empor, bis zwischen Haar und Fichu eine schwitzige, bleiche Nackenfalte zu sehen war.

»Und Nockenfeld war es in besonderer Weise, meinen Sie?«

Wieder ein rascher Blick: »Vielleicht, sagte ich, vielleicht. Verstehen Sie mich nicht falsch, er war beileibe kein Revolutionär! Er gehörte nicht zu denen, die die Franzosen als Befreier vom Joch des Adels und der Patrizierherrschaft begrüßten und halfen, den Baum der Freiheit auf dem Neumarkt und die Statue der Vernunft in der Jesuitenkirche aufzustellen. Nein, nichts davon. Ich habe nie dergleichen gehört.« Sie machte mit ihren laschen Händen eine unbestimmte Bewegung. »Nein, Nockenfeld beging keine Sottisen, er verhielt sich ruhig wie die meisten. Ein strebsamer, politisch unauffälliger, intelligenter Mann, so habe ich ihn in Erinnerung. Und er war ein guter Arzt. War er nicht auch Arzt im Kloster St. Gertrud, in dem Ihre Tante Schaffnerin war? Ich meine, mich daran zu erinnern.«

Sie sah Jeanette fragend an, stieß erneut auf und fuhr sich dabei durch das verblichene Brünett ihres Haares, das in einer Frisur aufgesteckt war, wie sie vor Jahrzehnten modern gewesen war. Anna kannte Maria De Noel nicht anders als mit diesem immer schon fahlen Haar, dessen dicht an dicht liegende, gebrannte Stirnlöckchen wie an der Kopfhaut angenähte Zwirnschlingen wirkten.

»Verkehrte er in Ihrem Haus, Frau De Noel?« fragte sie.

Die blassen Finger zogen ungeschickt an den Bändern der Witwenschleife, die sich, von ihrer Trägerin ungewollt und unbemerkt, ein wenig lösten und nun wie Enden eines seltsamen Trauerflors vom Kopf abstanden.

»Kaum, wir luden nur wenig ein. Die regen Geschäfte damals, die Krankheit meines Mannes, schließlich sein Tod … Nein, wir führten kein großes Haus. Mein Sohn sah Doktor Nockenfeld wohl gelegentlich bei Professor Wallraf oder auch bei Kaufmann Lyversberg, denke ich. – Und dann war er irgendwann abgereist. Nockenfeld, meine ich. Nach Paris, so sagte man damals. An was er wohl gestorben sein mag?« Sie stützte beide Hände auf die Armlehnen des Fauteuils und stemmte sich mühsam empor. »Wir werden sehen«, sagte sie. »Und ich muß mich verabschieden, die Hauswirtschaft wartet.«

Dann trat sie an die Wiege und zeichnete mit dem Daumen ein Kreuzzeichen auf die winzige Stirn des Säuglings: »Gottes Segen. Sie wird ihn brauchen können. Wie wir alle«, fügte sie hinzu und wandte sich zum Gehen. »Wie wir alle.«

Die Tür schloß sich hinter ihr. Aus dem Hausflur tönte Kindergeschrei ins Zimmer, kurz darauf die Stimme der Hausmagd, die mit barschen Anweisungen versuchte, Ordnung zu schaffen. Kaum war es draußen ruhig geworden, war aus der Wiege ein Wimmern zu hören. Anna beugte sich über das Kind, das durch die Berührung des zitternden, vermutlich kalten Fingers aufgewacht war. Neben dem mit Rüschen und feiner Stickerei umrandeten Kopfkissen lag ein Nuckel aus Leinen, der mit Kräutertee getränkt war. Als sie ihn in den kleinen, weit geöffneten Mund schob, hörte das Kind auf zu schreien. Es schluckte und begann dann mit aller Kraft zu saugen.

»Weißt du jetzt genug von Nockenfeld?« fragte Jeanettes müde Stimme.

»Ich wüßte gern mehr über ihn.«

»Aber wozu bloß?«

Anna hob den Kopf und sah ihre Cousine an.

»Ich möchte wissen«, sagte sie leise, »wer das war, der gestern mein Menu gegessen hat und dann, so kurz danach, gestorben ist. Mitten in diesen – meinen – erbrochenen Gerichten. Ich will wissen, wer Nockenfeld war.«

»Nur das? Mehr nicht?«

Anna schwieg, dann sagte sie fast flüsternd, aber sehr deutlich: »Nein. Nein, das ist nicht alles. Ich will auch wissen, wie und warum er vergiftet wurde. Und von wem. Ich will es wissen, verstehst du?«

Jeanette hatte die Augen abgewandt und gab keine Antwort. Sie machte den Eindruck, als lausche sie in sich hinein und versuche angestrengt, sich von dem, was sie umgab, abzuschließen.

Anna setzte sich an die Wiege, begann, am Wiegenband zu ziehen und ließ dabei ihre Augen über das Muster des Teppichs wandern, der unter ihren Füßen lag. Langsam folgte ihr Blick den verschlungenen Pflanzenornamenten, den Arabesken aus dunkel- und hellblauen Vögeln, den gelben Blüten, die aus den Blautönen hervorwuchsen und aussahen wie Streublumen bei einer Fronleichnamsprozession.

»Du willst es also wissen!« sagte Jeanette plötzlich. »Nun, wenn du meinst.«

»Was soll das heißen?«

»Nichts weiter, meine Liebe. Nur, denk daran, wenn der Mörder jemand ist, der in eurem Haus ein- und ausgeht und von dem weder du und noch sonst jemand je geglaubt hätte, er könnte morden, was wäre dann?«

Ihre Augen waren weit geöffnet. Sie hatte sich aufgesetzt, das Tuch von den Schultern gestreift und gestikulierte mit beiden Händen. Ihre Müdigkeit schien verschwunden zu sein.

»Was wäre dann?« wiederholte sie heftig. »Wäre nicht alles anders, als es vorher war? Als es jetzt noch ist? Wissen ändert manchmal alles, hast du daran gedacht? Es ändert deine Sicherheit, dein Leben, deine Gefühle. Die Gefühle für die anderen und, was schlimmer ist, auch für dich selbst. Nein, ich wollte es nicht wissen. Und auch du solltest nicht an Nockenfelds Tod rühren. Laß ihn gestorben sein, auf welche Weise und warum auch immer. Du hältst dich doch sonst immer für dich und kümmerst dich wenig um andere. Also, warum willst du jetzt anders sein? Nockenfelds Tod geht dich nichts an.«

»Verstehst du nicht?« Anna ließ das Wiegenband los und stand abrupt auf. »Er lag da mitten im Erbrochenen, und es waren meine Gerichte, die er erbrochen hatte. Meine Gerichte, mein Essen. Wenn einer der Gäste gestern Gift in das Essen oder den Wein gemischt hat, will ich es wissen. Ich will wissen, wie und warum.«

»Ach ja?«

Anna stand neben dem Bett und sah auf das ihr zugewandte Gesicht hinunter. Einen Moment lang schien es so, als wollte Jeanette noch etwas sagen, dann jedoch senkte sie den Kopf und legte sich langsam zurück in ihre Kissen.

Nach einem langen Schweigen fragte Anna schließlich: »Selbst wenn du nicht verstehst, was ich will, kannst du mir jemanden nennen, der mir Auskunft über Nockenfeld geben kann?«

»Deine Gäste fragen willst du wohl nicht?«

»Es sind nicht meine, es sind Bernards Gäste, und keiner von ihnen wird mit mir über Nockenfeld und seinen Tod sprechen wollen. Ich bin schließlich nur die Haushälterin meines Cousins.«

Einige Minuten lang antwortete Jeanette nicht. Dann sagte sie: »Es dürfte eine Reihe von Händlern und Sammlern geben, die sich noch gut an Nockenfeld erinnern.« Sie hielt inne und warf Anna einen Blick zu, in dem wieder eine Spur von Unruhe zu lesen war: »Aber sie werden mit dir als Frau kaum darüber reden wollen. Und wenn du an Maximilian denkst, er wird Nockenfelds Tod nicht einmal mit mir besprechen.«

Während Jeanette wieder schwieg, fiel Anna ein altes Frauengesicht ein, ein Gesicht, das oft am Fenster eines Hauses in der Apostelnstraße zu sehen war und das auf die Stelle blickte, auf der das Gertrudenkloster früher gestanden hatte.

»Und was ist mit deiner Tante?« fragte sie.

»Welche Tante meinst du?«

»Die ehemalige Dominikanerin, von der Witwe De Noel eben sprach. Wenn Nockenfeld Arzt des Klosters war, wird sie ihn gekannt haben.«

»Möglich«, antwortete Jeanette kurz.

»Ich könnte sie fragen.«

»Sie ist schon sehr alt, und man kann nicht immer sicher sein, ob sie noch versteht, was man sagt. Und die Mitschwester, mit der sie zusammenlebt, ist geistig verwirrt.«

Obwohl der Säugling in der Zwischenzeit gestillt worden war und nun von der Wickelfrau in seiner Wiege hin- und hergeschaukelt wurde, schrie er, als Anna sich am frühen Nachmittag verabschiedete, wieder mit aller Kraft.

Nach einem langen, nachdenklichen Blick auf die fast schon schlafende Jeanette Fuchs, die, ihre schlaffen Arme über der Brust gekreuzt und den Kopf leicht zur Seite gedreht, unter ihrer seidenen Bettdecke lag, trat Anna auf den Flur. Im Haus war es sehr ruhig. Auch von außen kamen keine Geräusche, nicht einmal das Rauschen und Trommeln des Regens drang hierher, in das Innerste des Hauses. Anna verharrte einen Augenblick im Dunkel des Flures und genoß die Stille. Sie schloß die Augen, um diese Ruhe noch intensiver zu fühlen. Konzentriert lauschend stellte sie jedoch allmählich fest, daß die Stille in ihr und um sie herum nicht wirklich stumm, sondern von kleinen, mehr oder weniger deutlichen Geräuschen durchzogen war. In ihrem Kopf, in den Partien hinter den Ohren und an der linken Seite der Kehle, pulsierte das Blut und ergab einen leise rauschenden, vibrierenden Hintergrund für andere Laute. Ein Knarzen von sich dehnendem oder sich zusammenziehendem Holz, das vielleicht von den Eichendielen der Treppe stammte, ein Geraschel wie von trockenem, durch einen Luftzug bewegtem Laub oder von einem leisen Flattern, als legten Fledermäuse oder große, dunkle Falter unter den Dachsparren ihre Flügel zusammen.

Als sie an die Haustür trat, hing der Regen vor ihr, als sei er eine Bahn aus Gaze. Wie in einer Grisaillemalerei zerschmolzen Pflaster und Häuser hinter dieser Gaze in einem Grau voller Nuancen und feiner Abstufungen. Es war ein Grau, das lockte, hineinzutauchen und vielleicht in ihm zu verschwinden. So, sagte sie sich, sollte der Tod sein: Man würde eine Tür aufmachen und vor einer grauen Welt stehen. Und dieses Grau müßte so sein wie das des Regens hier.

Sie sah noch einmal in den Schleier vor sich, zog dann ihren Umhang zurecht, öffnete den Parapluie und trat in den Regen hinaus. Kaum war sie einige Schritte gegangen, hob eine Windböe ihren Rock an, und ihre Beine wurden von einem kalten Luftzug gestreift. Einen kurzen Moment schaudernd spürte sie, wie an Beinen, Rücken und Armen eine Gänsehaut entstand. Die Gänsehaut verschwand, und zurück blieb ein wohliges Gefühl der Frische.

Im Regen und Wind ging Anna die Sternengasse entlang und bog dann in einen schmalen Weg, der an St. Peter vorbei auf den Platz vor dem ehemaligen Cäcilienkloster führte. Im Vorbeigehen sah sie an ihrer linken Seite die Mauern erst der St. Peterskirche, dann die der Cäcilienkirche, und als sie den Schirm nach hinten neigte, konnte sie trotz des Regendunstes beide Kirchtürme erkennen. Den Turm von St. Peter, lang und spitz wie ein riesiger versteinerter Lebensbaum, versetzt neben ihm der zwiebelförmige Dachreiter von St. Cäcilie.

Langsamer werdend ging sie an den alten Klostergebäuden vorbei, in denen jetzt das Bürgerhospital untergebracht war, und überlegte, daß es in diesen Gebäuden gewesen war, wo man das beschlagnahmte Kirchengut deponiert hatte. Sie erinnerte sich plötzlich, wie sie eines Morgens, es mußte im Herbst 1802 gewesen sein, auf dem Weg von ihrem Elternhaus in der Breitestraße zu der Wohnung einer Tante am Heumarkt hier vorbeigekommen war, gerade als vor einem der niedrigen Anbauten des Klosters ein Karren ausgeladen wurde, auf dem sich Unmengen alter Möbel und riesige Bilder in geschwungenen goldenen Rahmen getürmt hatten. Das seien Gegenstände aus dem Franziskanerinnenkloster St. Clara am Römerturm, hatte sie einen der Umstehenden, die die Szene neugierig beobachteten, sagen hören. Und dieser beladene Karren war nur einer von vielen gewesen, schließlich mußten aus den Kölner Kirchen und Klöstern Tausende von Bildern und Wertgegenständen zusammengetragen worden sein.

Vom Wind getrieben überquerte Anna rasch den Platz vor den Kirchen und hastete durch das Spitalgäßchen zur Cäcilienstraße. Während sie auf dem schlammigen Trottoir warten mußte, um mehrere Karren und Kutschen vorbeizulassen, erkannte sie im Fenster eines schwarzen, schäbigen Wagens, der langsam und holpernd die Straße in Richtung Rhein hinabfuhr, das Gesicht ihres Cousins. Seine Augen waren ihr zugewandt, fingen ihren Blick jedoch nicht auf. Sie sah dem Wagen einen Moment nach. Dann drängte sie sich zwischen zwei Fuhrwerken, die unter dem Fluchen der Pferdeknechte über das rutschige Kopfsteinpflaster ruckten, über die Straße, ging an den schmalbrüstigen Häusern der Antonsgasse entlang und trat schließlich in die kleine Elisabethkirche.

Im Innern empfingen sie dämmriges Dunkel und ein stockiger Geruch, der ihr von abgestandenem Wischwasser zu stammen schien. Nur einzelne Betende knieten im Kirchenraum. Einige ließen einen Rosenkranz durch ihre Finger gleiten und beteten, den Kopf tief nach unten geneigt, leise wispernd vor sich hin. Als sie mehrere Schritte in die Kirche hineingegangen war, konnte sie die Worte der jungen Frau, die nahe der Eingangstür saß, verstehen: »Heilige Maria, bitte für uns, Heilige Gottesgebärerin, Heilige Jungfrau aller Jungfrauen, Du allerreinste Mutter, Du allerkeuscheste Mutter, Du lieblichste Mutter, Du Mutter des Erschöpfers, Du Mutter des Erlösers, Du Zuflucht der Sünder …«

Dieses eindringliche, fast verzweifelt klingende Wispern und ein Scharren rauher Schuhsohlen auf den glatten Platten des Bodens waren vor dem Hintergrund immer noch böiger Regenschauer die einzigen Geräusche im Raum. Anna tauchte ihre Fingerspitzen in einen Weihwasserkessel, bekreuzigte sich und kniete sich dann in die erste Bank vor einem kleinen Seitenaltar.

Das Altarbild stellte eine Szene des Friedens dar. In einem abgeschlossenen Garten vor einer weiten Hügellandschaft saß Maria, sanft, mädchenhaft, eingehüllt in einen weiten, dunkelblauen Mantel, und hielt ihr nacktes neugeborenes Kind im Schoß. Links und rechts von ihr knieten die Heiligen Jungfrauen Agnes und Katharina, die ihre Augen in gleichmütiger Anbetung auf das Kind gerichtet hatten. Der Kopf Mariens mit seinem langem rötlichblondem Haar, das an das Haar Jeanettes erinnerte, wurde durch den Schein einer Kerze, die seitlich auf dem Altar stand, hervorgehoben, so daß er reliefartig, wie in einen Halbedelstein geschnitten, wirkte. Es war eine Kerze aus mattgelbem Bienenwachs, um die sich eine kunstvoll modellierte Rosenranke mit roten Blütenknospen wand. Gerade eben hatte sich die Flamme in die Nähe einer dieser Blüten gefressen, und Anna beobachtete eine Weile, wie die Rose langsam ihre Form verlor, schmolz und schließlich als roter Wachstropfen den Schaft der Kerze hinunterlief. Es mußte eine Kerze sein, die jemand als Dank oder als Bitte aufgestellt hatte, eine Kerze, wie sie Jeanettes Mutter gestiftet haben mochte, dachte Anna und begann mit dem Beten des Rosenkranzes, mit dem sie selbst für die glückliche Niederkunft Jeanettes danken wollte.

Nach einer knappen Stunde, in der ihre Knie merklich schmerzender und steifer geworden waren, ließ sie das Altarbild und die Kirche der Heiligen Elisabeth hinter sich zurück. Draußen im Regen sah sie noch einen Moment die gleichmütigen Gesichter der heiligen Jungfrauen vor sich, bis sich plötzlich und beinahe gewaltsam die Bilder vor ihr inneres Auge schoben, die sie am Morgen in Nockenfelds Sterbezimmer gesehen hatte.

KAPITEL 5

Mittwoch, 27. August, Abend und Nacht

»Zur Verrichtung der Obduktionen müssen die Kreis- (bzw. Stadt-) Chirurgen folgende Sektions-Instrumente in guter und tadelloser Beschaffenheit stets eigenthümlich besitzen:
4 bis 6 Scalpelle, davon 2 mit gerader, die übrigen mit bauchiger Schneide, 1 Scheermesser, 2 starke Knorpelmesser, wovon eines zweischneidig ist, 2 Pincetten, 1 Pincette mit einem Haken verbunden, 2 einfache Haken, 1 Doppelhaken, 2 Scheeren, eine gerade, die vorne ein Knöpfchen hat – oder ohne Knöpfchen nicht spitzig, sondern abgerundet ist; dann eine krumme oder Richtersche Scheere. 1 Tubulus, 2 Sonden, 1 Säge, 1 Meissel mit Schlägel, 6 krumme Nadeln von verschiedener Größe, 1 Taster-Zirkel, 1 Zollstab.«
Aus: Vorläufige Dienstanweisung für die Kreis-Physiker und Kreis-Chirurgen, Amtsblatt der Königlichen Regierung zu Köln, No 46, 16. November 1819, S. 379.

Elkendorf zog die gekrümmte Stahlnadel ein letztes Mal durch die feste Haut der Bauchdecke. Dann schnitt er den Faden ab und legte Schere und Nadel neben den Obduktionstisch. Mit der flachen rechten Hand strich er über die vom Unterbauch bis zur Halsgrube entlanglaufende Naht, fast so, als wolle er eine gesteppte Stoffbahn geradeziehen – eine überflüssige und lächerliche Geste, wie er selbst spürte.

Die Organe, die sich bis eben im Bauch von Jakob Nockenfeld befunden hatten, steckten nun in Glasbehältern. Weiße, blau umrandete Etiketten lagen bereit, um präzise beschriftet den Inhalt der Glasbehälter auszuweisen. »Jakob Nockenfeld, Magen, entnommen 8.1823«; »Jakob Nockenfeld, Nieren, entnommen; 8.1823.«

Elkendorf beobachtete, wie Stadtwundarzt Ernst Wolff, der ihm bei Amtsgeschäften gelegentlich zur Hand ging, die Etiketten eins nach dem anderen sorgsam aufklebte und die Gläser auf einer Stellage nebeneinander reihte. Wolff war ein ruhiger, stämmiger Mann Mitte der Dreißig, der es liebte, Dinge zu klassifizieren und aufzureihen. Es sei ihm dabei, sagte er häufig, als brächte er Ordnung in das Chaos der Welt. Mit ein wenig Beschriftung ließ sich das Chaos der Welt kaum bewältigen, dachte Elkendorf und wandte sich ab.

Er ging zum Waschtisch, goß aus einem Krug Wasser in die Waschschüssel und begann, sich gründlich die Hände zu waschen. Ihn ekelte es vor Sekretspuren an seinen Fingern. Während er die Hände abtrocknete und die große gewachste Leinenschürze, die er zur Obduktion umgebunden hatte, abnahm, überlegte er seine nächsten Schritte.

Zunächst mußte er Apotheker Sehlmeyer, der die meisten chemischen Analysen für ihn durchführte, bitten zu kommen.

Sehlmeyer war Besitzer der Hofapotheke und ein begeisterter Chemiker, der noch hundert Jahre zuvor sicherlich alchimistischen Spuren gefolgt wäre. Jetzt, in modernen, aufgeklärten Zeiten, versuchte er, mit den Erkenntnissen der neuen chemischen und physikalischen Wissenschaften Schritt zu halten und möglichst viele Experimente selbst in seinem Laboratorium durchzuführen. Erst vor einigen Wochen hatte er einem kleinen Kreis interessierter Freunde – auch Damen waren darunter – ein Experiment mit brennbarer Luft vorgeführt. Sehlmeyer hatte eine Rindsblase mit diesem Gas gefüllt und mit dem aus ihr langsam entweichenden Gas eine Flamme von großer Hitze unterhalten. Plötzlich jedoch, nachdem die Blase schon halb leer war, entzündete sich das restliche Gas in ihr, und mit einer entsetzlichen Explosion platzte sie. Der Schlag, der so laut wie ein Kanonenschuß gewesen war, hatte alle Gegenstände vom Tisch gefegt und das gläserne Gehäuse eines Mikroskops zerschmettert. Elkendorf und die übrigen Anwesenden, die durch die Explosion für kurze Zeit benommen und taub geworden waren, waren vom Mut Sehlmeyers beeindruckt gewesen. Ja, Sehlmeyer war ein unabhängiger Geist, und Elkendorf war sich bewußt, daß er ihn beneidete. Eben wegen dieser Unabhängigkeit, aber auch wegen der exzellenten Ausstattung seines Laboratoriums, das einmalig in Köln war, wegen seiner naturwissenschaftlichen Kenntnisse und seiner Fähigkeit zu geduldiger, akribischer Analyse, die weit über Elkendorfs eigene Möglichkeiten hinausgingen.

Sehlmeyer war der richtige oder eigentlich der einzige Mann in Köln, der für die Suche nach Giftspuren in den Eingeweiden Nockenfelds in Frage kam. Falls es etwas zu finden gab, würde er es finden, und er würde diskret sein. Er war noch nicht lange in der Stadt und kaum eingebunden in das Netz der Verbindungen und Abhängigkeiten, zu dem jeder in Köln gehörte. Sehlmeyer war ein Eigenbrötler, ein trotz seiner Apotheke recht isoliert lebender Eigenbrötler, der chemische Substanzen und ihre Wechselwirkungen den Menschen und ihren Beziehungen vorzog.

Elkendorf trat zu Wolff, der leise vor sich hinsingend begonnen hatte, die benutzten Instrumente mit Wasser und grober, körniger Seife zu reinigen.

»Es ist einfach zu kalt hier, zu kalt und zu düster«, sagte Elkendorf und steckte fröstelnd seine Hände in die Rocktaschen. »Frieren Sie nicht?«

Die Morgue mit ihrem großen Obduktionssaal und den verschiedenen kleineren Räumlichkeiten befand sich in einem Seitengebäude der Kunibertstorburg, das man vor ungefähr zweihundert Jahren, zu welchem Zweck, war vergessen, rechtwinklig an die Torburg angebaut hatte. Von außen wirkte das Gebäude aus grauverputzten Ziegelsteinen mit seinen wenigen Fenstern und dem hohen Stufengiebel unauffällig, innen war es, seiner jetzigen Nutzung nicht unangemessen, unwirtlich und selbst an heißen Sommertagen sehr kühl.

»Nein, eigentlich nicht«, erwiderte Doktor Wolff und lächelte gutgelaunt. »Ich friere nie.«

Die Flamme in der im Laufe des Abends rußig gewordenen Hängelampe über dem Obduktionstisch, der einzigen Lichtquelle im Raum, begann, immer stärker zu flackern, und zwang Elkendorf dazu, einige Male irritiert die Augen zu schließen. Die Winkel und die hochliegende, gewölbte Decke des Raumes verschwanden im Dunkel, und die Regale, die eine vor langer Zeit angelegte Sammlung von anatomischen Kuriosa – in Alkohol gelegte Schlangen, Eidechsen, kleine mißgebildete Tiere und menschliche Föten in verschiedenen Stadien der Entwicklung – enthielten, waren kaum zu sehen. Nur der Tisch trat deutlich ins Licht. Elkendorf betrachtete den Lichtkegel, der gelblich und mit den unregelmäßigen Bewegungen der Flamme zuckend die nackte Leiche beschien. Merkwürdig, daß Medizinalrat Merrem gestern abend gerade die Anatomien Rembrandts erwähnt hatte. Und Nockenfeld, der nun so tot und zugenäht dort lag, hatte beifällig gelauscht und sein rosiges Stück Rinderbraten verzehrt.

Er riß sich aus seinen Gedanken, zuckte die Achseln und sagte zu Wolff: »Wenn Sie fertig sind, könnten Sie dann zur Hofapotheke schicken und Sehlmeyer holen lassen? Ich möchte, daß die Untersuchungen so schnell wie möglich vorgenommen werden.«

»Soll ich Sehlmeyer bei den Analysen helfen?«

»Bieten Sie ihm zumindest Ihre Hilfe an, aber eigentlich arbeitet er am liebsten allein. Er wird die Proben der Organe und Flüssigkeiten mit in sein Laboratorium nehmen, um die einzelnen Untersuchungen dort zu machen. Und ob er Sie dazu einlädt, kann ich nicht sagen. Regeln Sie das mit ihm, Sie wissen ja, wie unzugänglich er manchmal sein kann.«

»Was soll ich ihm sagen, wenn er kommt?«

»Sagen Sie ihm alles, was wir bisher wissen, und geben Sie ihm diesen Zettel. Ich habe erste Anhaltspunkte für ihn notiert. Und richten Sie ihm einen schönen Gruß aus, er soll sein Möglichstes tun.«

Es war spät geworden. Wie am Abend zuvor hatte sich der Wind verstärkt und trieb heftige Regenschauer vor sich her. Es war noch nicht dunkel, denn die Sonne hatte den Horizont noch nicht ganz erreicht. Aber über den Himmel rasten anthrazitfarbene Wolkenhaufen hinweg, deren Ränder nach Westen hin fast schwarz wirkten. Sie waren so dicht, daß man nur mit Mühe erkennen konnte, wo die Sonne stand. Ein diffuses Licht herrschte in den Gassen, ließ Einbuchtungen im Mauerwerk, Eingänge und Fensterwölbungen wie dunkle Höhlungen erscheinen und unbebaute Flächen im Unbestimmten verschwinden. Passanten, die sich wie Elkendorf unter weiten Umhängen verbargen oder Parapluies vor Kopf und Oberkörper hielten, waren ohne Identität, gesichts- und kopflos. Es war eine Stimmung, in der Elkendorf das Verfallene der Stadt, das bei hellem Tageslicht in vielen Vierteln und Straßen klar erkennbar war, eher zu spüren oder zu riechen meinte – faulige, durch die Windstöße emporgedrückte Gerüche aus den zum nahen Rhein laufenden Kanälen und Bächen, ungesunde, aus Hauseingängen dumpf herauswehende Kellerluft, mit morastigem Gestank geschwängerte Böen, die über die ungepflasterten und mit Abfall überhäuften Gassen hinzogen.

Mit einer ärgerlichen Bewegung versuchte er, die Regenrinnsale, die von seinem Kragen über die Ärmel hinunterrieselten, abzuschütteln, gleichzeitig bemüht, seine morbiden Gedanken zu verscheuchen. Beides gelang ihm nicht. Regen wie Melancholie hüllten ihn immer stärker ein, durchtränkten ihn und saugten zugleich jede Wärme aus ihm heraus, bis er sich äußerlich wie innerlich kalt und leer fühlte.

Ein verfluchter Sommer, dachte er, den man quälender empfand als die feuchten Frühlings- und Herbstzeiten, die in Köln so häufig waren. Und auch quälender als die naßkalten Winter mit ihren düsteren, felsgrauen Himmeln, die selten aufbrachen und sich noch seltener in ein befreiendes Azurblau verwandelten. Quälender deshalb, weil man sich so sehr nach Wärme und Helligkeit gesehnt hatte und sich so sehr in seiner Sehnsucht betrogen fühlte. Kein Wunder, daß die Menschen ihre Lebenslust verloren, krank wurden, starben. Günther hatte nur zu recht, wenn er von den Einflüssen des Wetters auf den Menschen sprach, Einflüsse, die allerdings nicht nur den Körper, sondern sicherlich ebenso die Psyche betrafen. Denn nicht nur Katarrhe und Fieber, auch Melancholie und eine unbestimmte Schwere des Geistes und der Seele zeigten sich in Zeiten ohne Sonne, wie der gegenwärtigen, häufiger. Er selbst spürte diese lähmende Stimmung bei lange andauerndem düsterem Wetter oft genug.

Elkendorf atmete laut aus, so daß es sich wie ein Stoßseufzer anhörte, und versuchte erneut ohne Erfolg, seine Gedanken durch ein Schütteln der Schultern frei zu machen.

Er war den Weg von St. Kunibert über die Johannisstraße so schnell gegangen, wie er konnte. Mehrmals war er gestolpert und immer wieder in kotigen Schlamm getreten. Am Ende der Komödienstraße, nicht mehr weit von Medizinalrat Merrems Wohnung, hielt er inne. Er fühlte sich außer Atem, und seine Hände waren empfindungslos vor klammer Kälte.

Als Elkendorf Merrems Arbeitszimmer betrat, saß der Medizinalrat in einem Sessel und beugte sich gerade konzentriert über einen Gegenstand, der vor ihm auf der Schreibtischplatte lag. Er hielt eine Lupe vor die Augen, drehte und wendete das Ding vorsichtig mit seinem Zeigefinger. Im Näherkommen sah

Elkendorf, daß es ein großer Käfer war, den sein Vorgesetzter so aufmerksam betrachtete.

»Setzen Sie sich, Elkendorf«, sagte Merrem, ohne sich in seiner Tätigkeit stören zu lassen. »Setzen Sie sich und berichten Sie, was sich Neues ergeben hat. Kollege Günther ist vor kurzem gekommen und wird Ihren Bericht ebenfalls mit Interesse hören. Und entschuldigen Sie, wenn ich mit dem Sortieren meiner Sammlungsstücke fortfahre. Es hat etwas Beruhigendes an sich, dieses Bestimmen von Lebewesen und Gegenständen der Natur. Etwas Beruhigendes und Entspannendes, finde ich, gerade wenn man durch äußere Ereignisse ein wenig gereizt und aufgeregt ist.«

Die Handbewegungen Merrems erinnerten Elkendorf an die des Stadtwundarztes Wolff, den er im Leichensaal bei seinen Beschriftungen zurückgelassen hatte. Geschickt griff Merrem nach einer kleinen Nadel mit mattschwarzem Kopf, suchte eine günstige Stelle und stach sie mit einem leichten Ruck durch den toten Körper. Dann spießte er den Käfer auf eine grüne Holzplatte, auf der schon einige Exemplare anderer Käferarten befestigt waren. Elkendorf sah, wie Günther, der auf einem Stuhl neben dem Schreibtisch saß und Merrems Handgriffe verfolgte, verächtlich den Mund verzog.

Gerade als Elkendorf der Aufforderung folgen und seinen Bericht beginnen wollte, deutete Merrem auf die Käfer vor sich und erklärte: »Bei diesem Käfer hier, der mir erst letzte Woche gebracht wurde, handelt es sich um ein Exemplar des Scarabaeus nasicornis, des Nashornkäfers, und dies ist, wie Sie sicher erkennen, ein Mistkäfer, Scarabaeus fimentarius. Natürlich sind es keine außergewöhnlichen oder gar exotischen Arten, Käfer sind überhaupt für die meisten von uns zu unscheinbar, als daß man sie beachtet. Aber für ein geschultes Auge sind sie in vielem faszinierend, auch wenn sie die Blicke nicht so auf sich ziehen wie Schmetterlinge. Übrigens habe ich in dem Schaukasten da drüben«, er wies auf einen großen Kasten seitlich des Schreibtisches, »vor kurzem einige neue Falter angeordnet: ein Pfauenauge, Nymphalis io, einen Trauerpfeilschwanz und Sphynx pinastri, einen der seltenen Totenköpfe, beides Schmetterlinge aus der näheren oder weiteren Umgebung Kölns.«

Als Elkendorf und Günther stumm blieben, fuhr er fort: »Im Volksglauben haben die Schmetterlinge viele Eigenschaften. Einige gelten als Krankheitsdämone, die Alpdruck, Fieber oder Pest mit sich bringen oder die Gedanken verwirren können. In anderen sieht man Orakel, durch die Gutes oder Böses angekündigt wird. Manche versteht man sogar als die Verkörperung toter Seelen. Seltsam, finden Sie nicht, diese Beziehung von Ängsten, Phantasien und Sehnsüchten auf kleine, farbigschillernde und aller Wahrscheinlichkeit nach völlig harmlose Insekten?«

»Ja, ja, sicher sehr seltsam«, sagte Günther ungeduldig und wandte sich dann in scharfem Ton an Elkendorf: »Was ist nun mit Nockenfeld? Was hat das alles auf sich? Ich muß gestehen, ich war völlig konsterniert, als Sie heute morgen kamen, sich nach meinem Befinden erkundigten und mir dann diesen traurigen Vorfall mitteilten. Ich war konsterniert und bin es immer noch. Ich hoffe, das Ganze hat einen Grund, ich rege mich ungern grundlos auf.«

Wieder setzte Elkendorf zu einer Antwort an, wieder kam ihm Merrem zuvor: »Ich habe den Polizeipräsidenten früh morgens, kaum daß Sie, Elkendorf, weg waren, aufgesucht. Das Gespräch war nicht besonders erfreulich, das können Sie sich denken. Struensee liebt unangenehme Vorfälle nicht, schon gar nicht, wenn sie innerhalb unserer Kreise geschehen und äußerst häßliche Entwicklungen erwarten lassen. Und nun der plötzliche Tod eines Doctor Medicinae aus alter Kölnischer Familie! Ein Tod, der möglicherweise auf einer Vergiftung beruht! Ich bitte Sie! Natürlich wäre ihm jede andere Erklärung für Nockenfelds Tod lieber als gerade diese. Ruhr, gastrisches

Fieber, Schlag- oder Stickfluß oder was auch immer, alles, bloß kein Gift. Es dauerte eine Weile, bis er zur Kenntnis nahm, daß eine polizeiliche und eine gerichtsmedizinische Untersuchung unumgänglich geworden ist. Aber nachdem er dies einmal akzeptiert hatte, verlangt er jetzt um so dringlicher und nachdrücklicher Ergebnisse.«

Wieder stieß Merrem einen Metallstift in den Körper eines Käfers, bohrte ihn, da er diesmal offenbar nicht glatt durch den hornigen Panzer hindurchgeglitten war, mit einigen vorsichtigen Drehungen tiefer, bis die Spitze des Metalls an der Unterseite des Insekts zwischen den sechs steifen Beinen wie ein unnatürliches siebtes herausragte. »Ich habe gehört«, sagte er nach einer kurzen Pause, »daß Glasmacher die Leiche untersucht und den Verdacht auf eine Vergiftung bestätigt hat. Ich nehme deshalb an, Elkendorf, Sie haben die Obduktion inzwischen durchgeführt.«

»Ja.«

»Und?«

»Im Grunde nichts. Nichts, was mir auf den ersten – und auch zweiten Blick – bei Entnahme und Untersuchung der Organe aufgefallen wäre. Ich konnte nichts Anormales feststellen. Die Schleimhaut von Magen und Darm war unauffällig.«

»Sie haben keine Hypothese, oder sagen wir lieber, keine noch so vage Vorstellung, um was für ein Gift es sich handeln könnte – wenn es sich denn wirklich um Gift handelt?« fragte Merrem weiter.

»Natürlich hatte ich zunächst immer noch die Möglichkeit in Betracht gezogen, daß Nockenfeld sich, möglicherweise bei meinem Abendessen, durch irgendein verdorbenes Nahrungsmittel vergiftet hat. Aber Sie wissen, an einer Vergiftung durch Lebensmittel stirbt man nicht innerhalb von so kurzer Zeit. Soweit wir wissen, entwickelt sich diese Art der Vergiftung relativ langsam und führt erst nach Tagen zum Tod. Trotzdem habe ich auf entsprechende Anzeichen geachtet. Aber es war nichts zu sehen – keine Blutungen, keine entzündlichen Prozesse in Magen und Darm.«

»Haben Sie auch an eine Arsenikvergiftung gedacht?«

»Sicher, Herr Medizinalrat. Arsenik ist in so vielen Produkten, mit denen man täglich in Berührung kommt, enthalten – in Farben, Schminken, Stoffen, in Strümpfen und Leder, so daß Vergiftungen, wie Sie wissen, nicht allzu selten sind. Sie kennen die Symptome: Krämpfe, Erbrechen, Diarrhöe, die letztlich zum Tod führen können. Ja, ich habe an Arsenik gedacht. Ich habe überlegt, ob Nockenfeld irgendwie mit arsenikhaltigem Material in Kontakt gekommen sein oder ob er durch einen unglücklichen Zufall Arsenik, das gegen Mäuse oder Ratten auslag, geschluckt haben könnte. Aber ...« Er hielt inne und räusperte sich.

»Aber Sie glauben nicht, daß es Arsenik war?« sagte Merrem, ohne aufzublicken.

»Nein, ich denke nicht.« Elkendorf setzte sich auf einen Stuhl, der in einiger Entfernung von Günther dicht neben einer Vitrine mit Muschel- und Schneckenhäusern stand. »Soweit ich darüber etwas weiß, und umfassend sind meine Kenntnisse, was Gifte angeht, nun allerdings nicht, stirbt man auch an Arsenik nicht mit dieser Schnelligkeit. Die Krämpfe nach einer Arsenvergiftung ziehen sich normalerweise über Stunden und Tage hin. Außerdem hätten sich in Magen und Darm typische Veränderungen feststellen lassen müssen. Die Magenschleimhaut wäre in diesem Fall blutrot, geschwollen und mit zähem, glasigem Schleim überzogen. Von alledem war nichts zu finden.« Er unterbrach sich und konzentrierte seinen Blick eine Weile auf die behutsamen, beweglichen Finger des Medizinalrates, die ein weiteres Insekt untersuchten. Dann fuhr er fort: »Sehlmeyer dürfte bald in der Morgue sein, um dort mit seinen Vorbereitungen für die chemischen Untersuchungen zu beginnen. Aber vor morgen werden wir sicher nichts Näheres wissen.«

»Glauben Sie, daß er überhaupt etwas Näheres wird feststellen können?« fragte Günther, den Kopf zur Seite geneigt.

»Nun, bei Giften ... Es ist nicht leicht, Gifte zu bestimmen. Denken Sie an die Unzahl giftiger Pflanzen, Pilze, Früchte. Es gibt zu viele davon, und die meisten ihrer Gifte sind im Körper nicht nachzuweisen. Es gibt keine chemischen Analysen, die dazu in der Lage wären. Wenn man nicht im Erbrochenen oder im Inhalt von Magen und Darm erkennbare Teile der Pflanzen findet, ist wenig zu machen.«

»Möchten Sie denn eine Vergiftung tatsächlich nachweisen?« Günther ließ in der nachdrücklichen Betonung des »tatsächlich« etwas Süffisantes, aber auch Dringliches mitschwingen. »Wäre es nicht einfacher, man könnte sie nicht nachweisen, so sehr man sich auch bemühte?«

Elkendorf sah Günther kurz in die Augen, wandte dann seinen Blick zu Merrem. Dieser zog seine über den Schreibtisch gebeugten Schultern zusammen, bevor er auflachte: »Möglicherweise wäre das einfacher, aber dazu ist es jetzt zu spät. Die Untersuchungen sind im Gang, und Sehlmeyer ist ein gründlicher und unbestechlicher Mann. Glücklicherweise oder möchten Sie sagen: leider?«

Zum erstenmal, seit Elkendorf eingetreten war, hatte Merrem seine Tätigkeit unterbrochen. Er legte die Lupe aus der Hand und wischte einige Nadeln beiseite. Langsam, als sei sein Nacken steif geworden, drehte er seinen Kopf zu Günther und schien dessen Halsbinde, die wie am Abend zuvor abgenutzt und ein wenig schäbig wirkte, kritisch zu fixieren.

Es wurde still im Raum. Elkendorf sah erst in die Flamme der Öllampe, schloß dann die Augen und beobachtete die rötlichen, netzartigen Verzweigungen, die er auf der Innenseite seiner Lider wahrnahm. Wie in einem Kaleidoskop bildeten sie bei jeder noch so leisen Bewegung seiner Augäpfel neue Konfigurationen, wurden stärker oder schwächer oder verschwammen ganz.

Er wäre gerne allein gewesen.

Die Stille mit scharfer Stimme durchschneidend, sagte Theodor Merrem plötzlich: »Also, nehmen wir einmal an, Nockenfeld starb durch Gift. Dann wären die nächsten Fragen: Erstens – hat er es durch einen unglücklichen Zufall geschluckt? Oder hat er es – zweitens – bewußt selbst genommen? Oder drittens – wurde er vergiftet? Ist das richtig, meine Herren?«

Elkendorf nickte. »Ja, Herr Medizinalrat, das sind genau die Möglichkeiten.«

»Und was weiter, Elkendorf?« drängte Merrem. »Was haben Sie sich dazu überlegt, denn überlegt werden Sie sich etwas haben. Sie hatten den ganzen Tag Zeit dazu.«

»Nun, ich kann zu diesen Möglichkeiten folgendes sagen: Zu Punkt eins. Ein unglücklicher Zufall ist sicher möglich, und noch können wir auf diese Lösung hoffen. Bevor wir allerdings nicht wissen, um welches Gift es sich handelt, ist dazu wenig zu sagen. Zu Punkt zwei. Es gibt kein Anzeichen für einen Selbstmord. Keine melancholische Stimmung, keinen äußeren Anlaß und keinen Abschiedsbrief – nichts dergleichen. Zu Punkt drei. Es wäre, um es untertrieben zu formulieren, die unangenehmste Möglichkeit – aber wir können sie nicht ausschließen. Im Gegenteil, wir müssen sie sogar, ob wir wollen oder nicht, sehr bewußt ins Auge fassen.«

»Wir sollen also die Möglichkeit annehmen, daß Nockenfeld bewußt vergiftet wurde? Wir sollen denken, er sei ermordet worden? Mord, meinen Sie etwa Mord?« Günther war aufgesprungen und hatte sich dicht vor Elkendorf gestellt, so daß dieser von saurem Mundgeruch gestreift wurde.

»Ja, das ist richtig, es könnte Mord gewesen sein.« Elkendorf schob sich auf seinem Stuhlsitz nach hinten, drückte den Rücken fest gegen die Lehne und verschränkte die Arme vor der Brust.

Günthers gelbliche Haut war über den Wangenknochen und dem Kiefergelenk gespannt, die Augen wurden schmal. »Nach

Ihrem Gesichtsausdruck zu schließen, befürchten Sie, daß er bei Ihrem Abendessen vergiftet worden sein könnte«, sagte er fast höhnisch.

»So ist es.«

»Hat er denn danach nichts mehr gegessen oder getrunken?

Elkendorf hob resigniert die Schultern: »Offenbar nicht, Kollege Günther. Er muß direkt nach Hause gegangen sein. Und dort hat er sich wohl sofort schlafen gelegt. Die Krämpfe begannen, als er schon im Bett war.«

»Also müssen wir vermuten, daß er das Gift tatsächlich bei unserem gemeinsamen Essen zu sich nahm?« Günther beugte sich vor.

»Es scheint so«, erwiderte Elkendorf, während er wieder versuchte, Günthers Mundgeruch auszuweichen.

»Ist Ihnen klar, was das bedeutet?«

»So klar wie Ihnen, Herr Kollege.«

»Es würde bedeuten«, sagte Merrem und ließ die Augen über seine Ansammlung aufgespießter Insekten schweifen, »daß jeder von uns, jeder, der gestern bei Ihnen zu Gast war, in Verdacht gerät, Nockenfeld Gift in das Essen oder die Getränke gemischt zu haben. Richtig?«

»Ja, jeder von uns«, antwortete Elkendorf.

»Mein Gott, meine Herren, Sie sagen das so emotionslos. Ich sehe unsere oder meine Situation keineswegs so gelassen. Ich denke gar nicht daran, mich unter Verdacht stellen zu lassen! Ich weigere mich. Schließlich bin ich Arzt. Und Sie und Sie sind es auch.« Günther deutete mit langem, spitzem Finger erst auf Merrem, dann auf Elkendorf. »Und ich denke doch, weder ich noch Sie kommen für einen Mord in Frage. Zumindest von mir selbst kann und will ich das sagen.« Günthers Stimme klang in ihrer Aufgeregtheit schrill.

Müde und gleichzeitig ungeduldig erwiderte Elkendorf: »Ich verstehe Ihren Standpunkt durchaus. Selbstverständlich wäre niemand von uns dreien fähig, einen Menschen vorsätzlich zu vergiften. Ärzte heilen, Ärzte töten nicht. Ich bin völlig Ihrer Meinung. Etwas anderes zu denken wäre … nun, es wäre inopportun, nicht wahr?«

Während Günther argwöhnisch die Stirn runzelte, drang aus Merrems Richtung ein Laut, der wie ein unterdrücktes, sarkastisches Prusten klang. Besser noch als Elkendorf wußte sein Vorgesetzter, daß auch in Köln nicht wenige Kranke an den gewaltsamen Kuren zugrundegingen, die ihnen ihre Ärzte anrieten oder aufzwangen.

Mit einem fast entschuldigenden Lächeln fuhr Elkendorf fort: »Aber vergessen Sie nicht, wir sind auch diejenigen, die den leichtesten Zugang zu Giften haben. Schließlich ist vieles von dem, was wir als Medikamente verschreiben, von immenser Giftigkeit. Nur die Dosierung entscheidet, ob es dem Patienten hilft oder schadet. Sie werden genauso wie ich im Besitz von Opium, Arsenik oder Quecksilber sein – in reiner Form und in den verschiedensten Verbindungen. Ich zum Beispiel habe gerade heute mittag einer Krebskranken ein Medikament mit einem ziemlich hohen Anteil von Opium gegeben, das ich selbst gemischt habe. Ich hatte alle Bestandteile, die dazu nötig waren, auch die giftigen, im Hause. Und falls nicht, hätte ich sie mir sofort bei einem der Apotheker holen können. Aber das wissen Sie alles selbst, das brauche ich Ihnen nicht zu erklären.«

Er schwieg einen Moment und sagte dann zu Merrem: »Benutzen Sie nicht auch giftige Stoffe zur Tötung oder Konservierung Ihrer Insekten? Ohne Ihnen nahetreten zu wollen, aber ich gehe doch recht in der Annahme, daß Sie hier im Raum zum Beispiel eine arsenikhaltige Flüssigkeit aufbewahren?«

Merrem nickte widerwillig: »Das ist richtig. Außerdem Opium und eine ganze Reihe von Medikamenten, getrockneten Kräutern und Pflanzenextrakten, die, falsch angewandt, tödlich sein können. Natürlich. Aber abgesehen von uns Medizinern

– es ist in Köln immer noch nicht allzu schwierig, sich giftige Stoffe zu besorgen. Für niemanden. Daran sollte ich Sie nicht erinnern müssen. Sie als Stadtphysikus haben oft genug die Situation in den Apotheken beklagt, die schlechte Buchführung über die Arzneistoffe, die geringe Kontrolle durch die Behörden. Haben wir nicht erst gestern abend davon gesprochen?«

Günther fiel dem Medizinalrat ins Wort: »Denken Sie außerdem an die alten Chirurgen und Barbiere, die uns noch geblieben sind, und wenn Sie dazu die Kräutersammler, die weisen Frauen und Hebammen, die Kurpfuscher und Scharlatane zählen, dann haben Sie eine Unmenge von Personen, die einiges – und zwar entweder zuwenig oder zuviel – über Arzneien wissen. Und überhaupt, in welcher Familie gibt es nicht irgendwen, Mann oder Frau, der glaubt, sich mit Kräutern und Heilmitteln auszukennen? Da werden jeden Tag die merkwürdigsten Behandlungen durchgeführt, von denen wir als Mediziner nie etwas erfahren. Uns holt man doch in den meisten Fällen erst, wenn die eigenen Kuren nicht angeschlagen haben oder schlimmer, wenn alles zu spät ist.«

»Also kurz zusammengefaßt, praktisch jeder in Köln kann sich eine giftige Substanz beschaffen. Und das heißt, auch jeder meiner Gäste hätte sich Gift besorgen können.«

»Das ist tatsächlich anzunehmen.« Merrem griff zu einer Pfeife und rieb sie an seinem Ärmel. Diesmal waren es eine Pfeife mit bemaltem Porzellankopf und ein Rockärmel aus dunkelblauem englischem Tuch.

Für eine Weile sprach niemand. Schließlich hielt Merrem im Polieren seiner Pfeife inne und sagte: »Aber wer, um Gottes willen, hatte ein Interesse an Nockenfelds Tod? Warum hätte ihn jemand vergiften wollen? Wem hätte es genutzt? Cui bono?«

Günther ging zum Fenster, wischte mit der Hand über eine der Scheiben, um den feuchten Schleier, der sich auf ihr abgesetzt hatte, zu entfernen. Elkendorf sah, wie sich der Zylinder

der Lampe auf Merrems Schreibtisch in der Scheibe als kleiner, greller Lichtpunkt spiegelte, während das Gesicht Günthers daneben eine bleiche, verschwommene Fläche bildete. Mit dem Rücken zum Zimmer, den Blick in das Dunkle draußen oder vielleicht auch in die eigenen Augen gerichtet, sagte sein Kollege plötzlich überraschend sachlich: »Ich weiß nicht, ob es sinnvoll ist, über das Motiv eines Mordes zu spekulieren, wenn noch nicht einmal feststeht, ob es überhaupt einen Mord gegeben hat. Ich würde Ihnen und mir raten, mit weiteren Überlegungen und Diskussionen bis morgen zu warten. Bis ein Ergebnis vorliegt.«

»Sie haben recht«, antwortete Merrem. »Wir sind voreilig. Über irgendwelche Mordmotive zu spekulieren ist im Moment völlig sinnlos. Allerdings wäre es vielleicht, prophylaktisch gesehen, durchaus von Nutzen, wenn wir versuchten, Näheres über die Person des Toten zu erfahren. Ich denke, wir sollten uns deshalb fragen, wer Nockenfeld eigentlich war und zu wem er nähere Beziehungen hatte.«

Während er noch sprach, ging die Tür auf, und Luise Merrem trat ein. In der Hand hielt sie einen Strickbeutel, aus dem einige lange Nadeln und die Spitze einer Schere heraussahen.

»Guten Abend, meine Herren«, sagte sie, »darf ich mich zu Ihnen setzen? Ich wäre dankbar, wenn ich ein wenig Gesellschaft fände. Ich fühle mich unruhig und irgendwie beinahe mißmutig. Stimmungen, die Ihnen bei einer Frau in meinem Zustand sicher nicht fremd sind. Ich würde mich gerne dort in den Sessel setzen, stricken und Ihnen bei Ihrem Gespräch zuhören.«

Ohne auf eine Antwort zu warten, raffte sie ihr Kleid zusammen und nahm in einem Sessel Platz, der im Hintergrund des Zimmers zwischen einer Vitrine mit Kristallen und einer mit Fossilien stand. Elkendorf bemerkte, daß unmittelbar über ihrem Kopf ein Schaukasten mit Nachtfaltern hing.

»Und lassen Sie sich durch meine Gegenwart nicht stören.

Ich werde ganz still sein«, fügte sie mit einem verbindlichen Lächeln hinzu.

Merrem hatte den Eintritt seiner Frau mit schlecht verhohlenem Unbehagen verfolgt. Er war hinter seinem Schreibtisch aufgestanden und hatte sich ihr zugewandt. Seine abweisende Miene war von ihr übersehen worden.

»Entschuldige, meine Liebe«, sagte er, »aber wir sprechen von Amtsgeschäften. Es wird dich langweilen.«

»Oh, du weißt doch, ich langweile mich selten.«

»Nun denn«, antwortete er achselzuckend. Er setzte sich und bat mit einer Handbewegung auch seine Kollegen, wieder Platz zu nehmen. »Wir waren bei Nockenfeld und der Frage, wer er eigentlich war. Ich sagte ja gestern, er kam kurz nach seiner Rückkehr nach Köln zu mir, um sich vorzustellen und sich Rat zu holen. So habe ich ihn jedenfalls verstanden. Mehr als das, was er mir bei diesem Besuch sagte, weiß ich nicht. Ich selbst hatte ihn bis dahin ja nicht gekannt. Schließlich bin ich erst im Frühjahr 1815 nach Köln gekommen, und da muß er schon einige Jahre fort gewesen sein.«

Günther, dessen Finger hart und knochig in einem einfachen, daher um so nervtötenderen Rhythmus auf das blanke Holz seiner Armlehne trommelten, nickte: »Das ist richtig. Er hat 1813 ziemlich plötzlich seine Praxis und seinen Haushalt aufgelöst und ist fortgezogen. Ich hatte, das muß ich sagen, in den Jahren, in denen ich ihn kannte, nicht viel Kontakt zu ihm. Als frisch Zugezogener – ich kam 1810 hierher – hat man es in Köln nicht allzu leicht. Auch von den Herren Kollegen wird man keineswegs mit offenen Armen empfangen. Und Nockenfeld gehörte, das wurde mir ganz deutlich gemacht, zu einem Kreis von Leuten, zu dem ich keinen Zugang hatte. Die Honoratioren Kölns! Die Kunstbeflissenen! Die Gebildeten!« Das letzte Wort wiederholte Günther, indem er es durch die Nase schnaubte: »Die Gebildeten! Obwohl ich schon einiges, einiges sage ich, publiziert hatte, nahm man mich gesellschaftlich so gut wie nicht zur Kenntnis. So ist es in Köln, erst muß man Beträchtliches an Kapital haben – ob altes oder neues ist dabei übrigens gleichgültig –, und dann gilt: Hast du was, dann bist du was.« Geringschätzig blies er die Lippen auf. »Wie gesagt, ich kannte Nockenfeld kaum. Alles, was ich wußte, war, daß seine Praxis gut lief und daß es ihm finanziell nicht schlecht ging. Ich hörte auch gelegentlich, welche Familien zu seinen Patienten gehörten. Wenn ich mich recht erinnere, waren darunter auch die DuMonts. Einige wenige Male hatte ich mit ihm persönlich zu tun, aber das waren oberflächliche Begegnungen, die kaum der Rede wert waren. Allerdings, nachdem er fort war, übernahm ich die Behandlungen in zwei, drei unserer renommierten Familien, die er bis dahin betreut hatte. Wenn Sie so wollen, hat mir sein Fortzug also einen gewissen Vorteil gebracht.« Günther lachte kurz auf, schlug seine Beine übereinander und wippte mit einer Fußspitze.

Elkendorf musterte den schiefgetretenen Absatz an Günthers wippendem Schuh und sagte mit schwachem Lächeln: »Doktor Jakob Nockenfeld! Er trug enge, weiße Pantalons und hohe Stiefel. Immer schwarz gewichst, immer glänzend, gleich, bei welchem Wetter. Ich habe ihn um seine Kleidung beneidet! Und um seinen Ruf. Er galt als erfolgreich, geschickt, modern, als belesen und wohlhabend. Ich stellte mir vor, später als Arzt so angezogen zu sein und so zu leben wie er.« Er machte eine vage Handbewegung und räusperte sich. »Natürlich war ich zu jung, um ihn wirklich zu kennen. Genauer gesagt, ich kannte ihn persönlich so gut wie gar nicht. Sicher noch weniger als Sie, Kollege Günther. Allerdings hatte Nockenfeld eine Art geschäftlicher Verbindung mit meinem Vater. Mein Vater war, wie Sie wissen, Sakristan an St. Maria in Kapitol. Nach der Säkularisation verkaufte er im Auftrag der Stiftsdamen Bilder, Schriften, Bücher aus Stift und Kirche. Eine Reihe von Gegenständen gingen damals auch an Nockenfeld, soweit ich mich entsinne. Er muß also an Kunst interessiert gewesen sein, vielleicht als Sammler, vielleicht hat er auch nur gekauft, um weiterzuverkaufen, wie viele in diesen Jahren. Genaueres weiß ich beim besten Willen nicht, ich war erst dreizehn, vierzehn Jahre alt.«

»Aber in Paris«, warf Merrem ein, »haben Sie ihn denn nicht in Paris getroffen?«

»Nein. Denn als er nach Paris gekommen sein muß, irgendwann im Herbst 1813, hatte ich gerade promoviert und war dabei, die Stadt zu verlassen und nach Köln zurückzukehren. Ich bin ihm dort nicht begegnet.«

»Und wie erfuhren Sie von Nockenfelds Rückkehr nach Köln?«

»Von meiner Tante, Herr Medizinalrat. Sie ist eine gute Freundin von Nockenfelds Schwester und erzählte mir vor ein paar Wochen, daß er zurückkommen würde, weil er das Haus der alten Sophie Nockenfeld geerbt hat. Das Haus, in dem er heute nacht gestorben ist.«

»Ein unheilvolles Erbe, sozusagen.« Günther trommelte noch immer. »Haben Sie ihn in der Zwischenzeit gesprochen?«

»Ich war vorige Woche bei ihm. Er schien sehr beschäftigt zu sein, und ich blieb nur eine knappe halbe Stunde. Lange genug, um ein Glas Wein mit ihm zu trinken und ihn auf gestern abend einzuladen. Erzählt hat er nicht viel, wenn ich es recht überlege. Er sprach vom Wetter in Paris und von der langen, unbequemen Reise hierher. Das war alles.«

»Und gestern hat er auch nicht viel gesagt. Jedenfalls nichts zu seinem Leben in Frankreich und, soweit ich gehört habe, auch nichts Näheres zu seinen Plänen in Köln.«

»Die sich jetzt ja wohl erübrigt haben«, meinte Merrem trokken und setzte in abschließendem Ton hinzu: »Also, meine Herren, ich schlage vor, wir warten auf die morgigen Ergebnisse. Dann wird sich auch entscheiden, wie Polizeipräsident Struensee weiter vorzugehen gedenkt.« Er erhob sich, trat hinter seinem Schreibtisch vor und sagte, wobei er Günther anblickte: »Lassen Sie es uns für heute genug sein.«

Günther, der den Wink verstanden hatte, lächelte schief. Er stand betont umständlich auf und verbeugte sich knapp in Richtung Luise Merrems. »Ich möchte auf dem laufenden bleiben, Herr Medizinalrat. Vergessen Sie nicht, mich zu benachrichtigen, wenn sich etwas Wichtiges ergibt«, forderte er, wobei seine Miene auszudrücken schien, er sei es gewohnt, daß man ihn und seine Interessen überging.

Nachdem Günther den Raum verlassen hatte, legte Merrem seine Hand leicht auf Elkendorfs Schulter: »Es wird in unserem eigenen Interesse sein, die Entwicklung des Falles nicht aus den Augen zu verlieren. Was auch immer sich morgen oder die nächsten Tage ergeben mag, wir sollten in engster Verbindung bleiben und versuchen, die Angelegenheit im Griff zu behalten. Ich denke, das ist auch in Ihrem Sinne.«

Elkendorf nickte. Sein Blick fiel auf Luise Merrem, die in ihrem Sessel saß und mit ihren Stricknadeln hantierte. Sie strickte an einem weißen, zarten Etwas, das er nicht bestimmten konnte. Ein Damenstrumpf? Eine Kinderhaube?

Nach einer kleinen Pause erwiderte er: »Ich bin heute abend noch bei Nepomuk Lyversberg. Er will in kleinem Kreis sein neuestes Sammelstück vorführen. Ein spektakuläres, ungewöhnliches Bild, habe ich gehört. Ich nehme an, daß ich dort auch auf einige unserer Bekannten treffen werde und daß man von Nockenfeld und von seinem Tod sprechen wird.«

Er griff nach seinem Hut, dessen Filz schwammig vor Nässe war, und verabschiedete sich. Im Hinausgehen hörte er Frau Merrems leise, aber durchdringende Stimme sagen: »Weißt du tatsächlich nicht mehr über Doktor Nockenfeld?«

Elkendorf fühlte sich in seiner feuchten, nach dem langen Tag längst nicht mehr frischen Kleidung unbehaglich. Bevor er auf die Straße hinaustrat, überlegte er einen Augenblick, ob er nach Hause gehen und trockene und der Einladung bei Lyversberg angemessenere Kleidung anziehen sollte. Er entschied sich dagegen, packte seine Arzttasche fest unter den Arm und wandte seine Schritte in Richtung Dom.

Der starke Wind hatte nicht nachgelassen. Gegen die Schwärze des Himmels und den dichten, unablässigen Regen waren die Umrisse des unvollendeten Doms mit seinem massigen Chor und dem stumpfen Torso des Turmes kaum auszumachen. Und doch war die Gegenwart des riesigen, halbverfallenen Gebäudes deutlich zu spüren. Wie der gespenstische versteinerte Schatten eines übermächtigen Wesens hockte es, leicht erhöht, über dem Inneren der Stadt.

Am Dom vorbei hastete Elkendorf über schlecht gepflasterte, enge Gassen mit dicht an dicht stehenden Behausungen, aus denen vereinzelt schwaches, flackerndes Licht nach außen fiel, zum Alter Markt. Die Häuser des Elends hier erinnerten ihn jedesmal an bräunlich-schorfiges Geschwür, das stinkend und ohne aufgehalten werden zu können in- und übereinander wucherte. Morsche Holzhütten, verkommene Fachwerkhäuser, hölzerne Läden klebten aneinander und machten sich gegenseitig das wenige an Raum und Luft streitig. Es waren armselige Schlupfwinkel, in denen Alträuscher verschlissenen Hausrat und abgetragene Kleidungsstücke zu verkaufen suchten und Schuhflicker, verwachsene Bettler und alte Huren, denen keine Hoffnung mehr geblieben war, ihr Dasein fristeten. Es war auch eine gefährliche Gegend für die Gesundheit, eine wahre Brutstätte aller Arten von Haut-, Fieber- und Lungenkrankheiten, denn trotz polizeilicher Anordnungen blieben hier tierische und menschliche Exkremente auf den Gassen liegen, wo sie zum Himmel stanken. Und selbst die Unzahl von Hunden und Katzen, die mager und räudig herumstreunten, konnte der Rattenplage nicht Herr werden.

In den kleinen Straßen, die zum Heumarkt führten, waren nur noch wenige Menschen unterwegs. An manchen Ecken standen Laternen, die beim Einbruch der Dunkelheit angezündet worden waren und schummriges Licht verströmten, bis sie irgendwann während der Nacht, wenn ihr Öl verbraucht sein würde, von selbst verloschen. Hin und wieder begegnete Elkendorf einem einzelnen Leuchtmann, der Kundschaft suchte und ihm mit seiner Blechlaterne Begleitung und Licht für seinen Weg anbot.

Schon aus einiger Entfernung, er war kaum aus der Bolzengasse auf den Heumarkt eingebogen und ein Stück an der Börse vorbeigegangen, konnte Elkendorf den Eingang zum Lyversbergschen Haus am Ende des Platzes erkennen. Nicht weit vom schweren, zweiflügligen Portal standen Laternen, die ein blaßgelbes Licht auf die Hausfassade und das naßglänzende Pflaster der Straße warfen. Es war ein eindrucksvolles Gebäude, eines der vielen mittelalterlichen Relikte Kölns, grau, mit dikken Mauern und kleinen, spitzbogigen Fenstern.

Elkendorf schlug den bronzenen Löwenkopf, der als Klopfer diente, fest an das Holz der Tür. Ein Hausdiener in Livree und gepudertem Zopf öffnete, nahm ihm Umhang und Tasche ab und führte ihn durch lange Fluchten und verwinkelte Gänge, deren altertümliche Atmosphäre der Hausherr bewußt erhalten hatte, in die Ausstellungsräume der Lyversbergschen Sammlung. Die Gemälde- und Kunstsammlung, die Lyversberg seit den neunziger Jahren des achtzehnten Jahrhunderts zusammengetragen hatte, gehörte zu den bedeutendsten in der Stadt. Kein Wunder, denn Lyversberg hatte immer das, was ihm gefiel und was er haben wollte, auch kaufen können.

Und ihm gefiel eine Menge – Gemälde, filigrane Elfenbeinschnitzereien, antikes oder venezianisches Glas –, es mußte nur von ausgezeichneter Qualität und kostbar sein. Elkendorf zweifelte nicht daran, daß Lyversbergs Blick für Qualität ungewöhnlich war und sein Urteil über Kunstwerke weit eher zutraf als die von Irrationalitäten und patriotischen Gefühlen geprägten Einschätzungen Wallrafs. Als erfolgreicher Kaufmann ließ er sich auch in seiner Liebhaberei weder von eigenen Empfindungen blenden noch von Vorspiegelungen anderer täuschen. Schönheit war für ihn Handelsgut, dachte Elkendorf mit einem unbehaglichen Gefühl, ein Handelsgut, dessen Wert sich in Zahlen ausdrücken ließ, je nach den Zeiten in Reichstalern, Francs oder in preußisch Courant. Aber das war es nicht allein. Es war mehr für Lyversberg, es war vor allem auch Symbol von Macht. Denn Kunst war Schönheit, die er sich einverleibte, um sie dann durch eine merkwürdige Metamorphose in eine prunkvolle Darstellung seiner selbst umzuwandeln.

Und dieses pompöse Zelebrieren seiner selbst durch die Kunstobjekte, die er besaß, beeindruckte selbst wider Willen, stellte Elkendorf fest, während er in den unteren Saal der Ausstellung trat. Es war ein weiter, mit Kristallüstern hellerleuchteter Raum, in dem die altdeutschen Gemälde der Sammlung, auf goldgemusterten Seidentapeten zwischen opulent arrangierten Draperien aus dunkelroten Brokaten präsentiert, gezeigt wurden.

Links vom Eingang, in einer Nische, die sofort den Blick auf sich zog, hing Lyversbergs berühmte Kreuzigung Christi, ein Triptychon mit fast quadratischem, an der oberen Kante geschwungenem Mittelteil und schmalen Seitenflügeln, die, wenn man sie schloß, feinste Grisaillemalereien zeigten. Es hatte einige Jahrhunderte lang auf dem Altar der Kartäuserkirche gestanden, bis es Lyversberg als eine seiner ersten großen Erwerbungen gekauft hatte.

Im Vorbeigehen bewunderte Elkendorf die weiten, in reichen Falten fallenden farbenprächtigen Gewänder der trauernden Heiligen unter dem Gekreuzigten, die so plastisch gemalt waren, daß sie fast körperlich greifbar schienen, und genoß, wie schon oft, nicht nur die strahlenden Goldtöne und bläulichen Landschaften des Hintergrundes, sondern vor allem die naturgetreue Darstellung des abgemergelten Körpers am Kreuz. Die Rippenbögen, im Schmerz nach außen gedrückt, waren korrekt und sehr präzise wiedergegeben, die abgezehrten Muskeln und Sehnen an Armen und Beinen in allen Details anatomisch richtig gemalt.

Realistischer noch als der Corpus Christi in dieser Kreuzigung war die Darstellung des vom Kreuz abgenommenen Leichnams auf einem Bild, das in einer Nische an der Wand gegenüber hing. Hier lag der tote Körper mit völlig gelösten Muskeln zurückgelehnt und von Maria an einer Schulter gestützt auf einem in delikaten Cremetönen gehaltenen Laken, wachsfahl, die Wunden rot von gestocktem Blut. Nur die Kopfhaltung war, dachte Elkendorf, nicht ganz gelungen. Bei einer Leiche, bei der die Totenstarre bereits wieder geschwunden war, müßte der Kopf, ohne Unterstützung, wie er hier gemalt war, tiefer zur Seite oder nach hinten gesunken sein. Vermutlich hatte der Maler keinen toten, sondern einen lebenden Körper als Modell benutzt.

Über eine steinerne gotische Wendeltreppe folgte er dem Diener in den oberen Ausstellungssaal mit Werken italienischer, französischer und niederländischer Herkunft. Eilig und mit raschen Blicken nach rechts und links passierte Elkendorf dramatische Landschaften und üppige Frucht- und Geflügelszenerien, meisterhafte Architekturgemälde, eindrucksvolle Porträts und melancholische Stilleben. Eine Kopie der Mona Lisa von Leonardo da Vinci, umrahmt von kleineren und späteren Porträts, bildete den effektvollen Abschluß des Saales.

Schließlich gelangte er zur Hauskapelle, die Lyversberg um 1800 als neugotische Extravaganz in das tatsächlich gotische Gebäude hatte einbauen lassen, um hier seine kostbarsten sakralen Sammelstücke in einer ihnen angemessenen Umgebung zur Geltung zu bringen. Die Dekoration von Wänden und Dekke war von seinem Neffen Matthias De Noel und von Maximilian Fuchs entworfen und ausgeführt worden.

Tagsüber herrschte in dem kleinen Kapellenraum, der die Form eines rechteckigen Erkers hatte, ein dämmriges und farbig getöntes Licht, da der Erker mit einem Maßwerkfenster aus alten bemalten Scheiben verglast war. Die Glasmalereien, die eine Kreuztragung und eine Kreuzigung darstellten, stammten aus den Fenstern des Kartäuserklosters und tauchten den Raum bei einfallender Sonne in ruhige Grautöne und ein sanftes Silbergelb.

Jetzt war der Raum mit einer Vielzahl von Wachslichtern erleuchtet. Eine kleine Gruppe Männer stand in der Mitte der Kapelle mit dem Rücken zur Tür und hatte sich konzentriert einem Bild zugewandt, das auf einer mit schwarzem Samt drapierten Staffelei stand.

Schon von der Tür aus erkannte Elkendorf die lange Gestalt von Marcus DuMont, der in einer für ihn charakteristischen Geste die Schultern leicht zurückgebogen und die Hände auf dem Rücken verschränkt hatte. Neben ihm, in einem gewissen Gegenspiel der Haltung, beugte sich Matthias De Noel mit vorgeschobenem Kopf tief nach vorne. Der Verleger und Kunsthändler Johann Heberle und Maximilian Fuchs standen etwas seitlich und folgten den Handbewegungen ihres Gastgebers, der gerade dabei war, auf Einzelheiten des Bildes hinzuweisen.

»Was sagen Sie zu meinem ungläubigen Thomas, Doktor Elkendorf?« fragte Lyversberg den Neuankommenden. »Wunderbare Farben und eine exquisite Harmonie in der Bildaufteilung, finden Sie nicht?«

Einen Augenblick lang fühlte sich Elkendorf abgestoßen, als Lyversberg seine dicke Hand auf die Finger des Heiligen Thomas legte, deren Spitzen tief in der aufklaffenden Seitenwunde des auferstandenen Christus steckten.

»Eine schöne spätgotische Arbeit. Ich gratuliere Ihnen«, sagte er und ließ seine Augen über die ekstatischen Gesichter der dargestellten Figuren schweifen. In das verzerrte Gesicht seines Gastgebers zu blicken, vermied er.

»Richtig, Elkendorf, es ist ein ausgezeichnetes Bild, sehen Sie nur, die filigrane Malerei hier am unteren Rand!« Heberle zeigte auf Gräser und Blumen, die der Maler Jahrhunderte zuvor mit haarfeinem Pinsel so naturgetreu wiedergegeben hatte, daß sie aussahen, als könne man sie pflücken.

Heberle war ein untersetzter Mann mit dünnem, farblosem Haar, das er von hinten über eine kahle Stelle seines Schädels nach vorne gekämmt hatte. Diese skurrile Eitelkeit und die Manie, den Kopf zwischen die Schultern zu ziehen und das Kinn auf die Brust zu drücken, ließen ihn unbedeutend und ein wenig lächerlich erscheinen. Elkendorf fragte sich, ob Heberle diese Geste irgendwann einmal bewußt einstudiert hatte, um über den bestimmendsten Teil seines Charakters, seine Gerissenheit, hinwegzutäuschen. Denn Heberle war gerissen. Gerissen und jovial. Ohne ein beträchtliches Maß dieser Eigenschaften kam man nicht an die Spitze der Kölner Kunstkreise.

Aufmerksam betrachtete Elkendorf die Hände des Händlers. Rötliche Haut mit blonden Härchen, sommersprossig auf dem Handrücken. Kurze, kräftige Finger, die tasteten, prüften. Festhielten. Oder bei entsprechendem Preis losließen. Seit Jahren liefen die wichtigsten Auktionen in Köln durch diese Hände. Erst waren es nur die Versteigerungen kleiner, unbedeutender Privatbibliotheken gewesen, die Heberle neben seinem Druck- und Verlagsgeschäft betrieb. Später hatte er, eifrig und erfolgshungrig, immer mehr Bereiche des Kunsthandels an sich gezogen. Jetzt versteigerte er riesige Nachlässe und bekannte Sammlungen. Seine Auktionskataloge verzeichneten Hunderte von Positionen: gebundene und ungebundene Bücher, Manuskripte, Holzschnitte, Kupferstiche, Miniaturen, Noten, Zeichnungen, Gemälde, Wachs- und Gipsfiguren. Es gab nichts, was man bei Heberle nicht fand.

»Ich wollte, ich wüßte, woher Sie das Bild haben«, sagte Heberle.

Elkendorf war sich sicher, daß er genau wußte, von wem und wann Lyversberg seinen ungläubigen Thomas gekauft hatte. Auch welcher Preis dafür verlangt worden war und wieviel

Lyversberg schließlich hatte auf den Tisch legen müssen. Vielleicht war Heberle das Bild sogar als erstem angeboten worden, vielleicht hatte er den Handel aus irgendeinem Grund ausgeschlagen.

Elkendorf gestand sich ein, daß er nie begriffen hatte, nach welchen Regeln und Prinzipien Kunstsammler und Sammler überhaupt handelten. Gab es Regeln? Gab es Prinzipien? Zumindest war es keineswegs immer der Wunsch, Macht und Besitz in wertvollen Objekten darzustellen. So einfach war es nicht. Nicht jeder sammelte kostbare Kreuzigungen oder exquisit ausgeführte Folterungen von Märtyrern. Merrem zum Beispiel sammelte mit Leidenschaft tote Käfer, Apotheker Sehlmeyer gepreßte Pflanzen – seine großformatigen, ledergebundenen Herbarien galten als vorbildlich in ihrer Sorgfalt und Präzision der Beschriftung. Andere sammelten Reliquien oder physikalische Geräte, antike Skulpturen oder Mineralien, Münzen, mittelalterliche Handschriften oder moderne Literatur. Manche sammelten alles oder versuchten es zumindest.

Sammeln, dachte er, mußte so etwas sein wie fleischliches Begehren. Eine Gier nach Besitz, nach Lust durch Besitz. Manchmal war das Sündige an diesem Begehren durch Liebe zum Objekt der Begierde gemildert. Allerdings nur manchmal.

»Glauben Sie, daß Heberle wirklich ahnungslos war und von dem Angebot nichts wußte?« flüsterte DuMont nahe an Elkendorfs Ohr und blinzelte durch die Gläser seiner Brille, die seine Augen größer und ausdrucksvoller machten, als sie waren. »Ich nicht.« Dann sagte er laut: »Was ist mit Doktor Nockenfeld?«

Alle Augen wandten sich ihnen zu, und De Noel, der sich neben seinen Onkel gestellt hatte, wiederholte: »Ja, Elkendorf, was ist mit Nockenfeld?«

»Sie wissen es also schon alle.« Elkendorf warf einen Blick auf die Gesichter um sich herum, die angespannt vor unterdrückter Neugier zu sein schienen, und sagte dann: »Nockenfeld ist tot.«

»Ja, das hörten wir. Und er scheint ziemlich plötzlich gestorben zu sein, nicht wahr?« meinte Heberle.

»Sehr plötzlich.« De Noels feiste Wangen zitterten ein wenig. »Gestern abend haben wir noch zusammen mit ihm bei Elkendorf gegessen. Kaum zu glauben, daß er kurz darauf gestorben sein soll! Es war ein so angenehmer Abend. Eine Rebhuhnpastete wie ein Gedicht. Jeder Bissen zerging auf der Zunge.« Er schluckte trocken in der Erinnerung. »Dazu ein hervorragender Rotwein. Jahrgang 1804. Heiliger Himmel, wir waren doch alle so gutgelaunt! Und Nockenfeld wirkte vollkommen gesund.« Kopfschüttelnd fragte er: »Können Sie das verstehen, DuMont? Oder hatten Sie einen anderen Eindruck?«

»Nein, nein, Sie haben entschieden recht. Doktor Nockenfeld sah in keiner Weise krank aus. Im Gegenteil, ich dachte mir gestern noch, wie jung er für sein Alter wirkte. Um so überraschender dieser plötzliche Tod!« DuMont nahm seine Brille ab und fuhr sich nervös mit der Hand über die Augen. Für einen Moment sah sein Gesicht nackt aus.

Heberle zuckte ungeduldig mit den Schultern und insistierte: »Also, er ist sehr plötzlich gestorben. Das wissen wir nun. Requiescat in pace. Aber wieso ist er gestorben? Das wüßte ich nun doch gerne. Der plötzliche Tod eines, selbst nur flüchtigen, Bekannten hat immer etwas Beunruhigendes, wenn Sie verstehen, was ich meine. Man fühlt sich so überrumpelt und unsicher. Als sei der Tod in die unmittelbare Nähe gerückt und stünde unversehens hinter einem.« Unwillkürlich drehte er den Kopf zur Seite, um einen Blick über seine Schulter zu werfen. Hinter ihm stand niemand.

»Wie ich einigen von Ihnen schon heute morgen sagte: Man hat Nockenfeld frühmorgens tot in seinem Bett gefunden. Ich wurde hinzugezogen, habe aber nicht feststellen können, woran er starb.« Elkendorf versuchte, seiner Stimme einen gelassenen Klang zu geben. »Möglicherweise starb er an einem akuten gastrischen Fieber, vielleicht an einem Schlagfluß, vielleicht war die Todesursache auch etwas anderes. Auf jeden Fall eine sehr traurige Geschichte. Schließlich war Nockenfeld gerade nach langer Abwesenheit nach Köln zurückgekehrt.«

»Ich hatte bis gestern abend keine Ahnung, daß er wieder in Köln war.« Lyversberg war einige Schritte nach vorne getreten und warf Heberle einen schnellen Blick zu. Heberle nickte zustimmend und sagte: »Mir war es bis eben neu. Ich war völlig perplex, als De Noel es mir erzählte. Nockenfeld war meiner Erinnerung nach seit 1813, ja, genau – seit Herbst 1813 nicht mehr in Köln.«

»Sie erinnern sich sehr deutlich, Herr Heberle. Haben Sie Nockenfeld näher gekannt?« fragte Elkendorf.

»Näher, was heißt schon näher? Ich hatte mit ihm ein- oder zweimal geschäftlich zu tun. Sie wissen sicher, daß er hie und da Gemälde und Bücher kaufte. Natürlich nicht in großem Stil, nur eben gelegentlich.«

»Richtig«, sagte Lyversberg. »Man begegnete ihm manchmal bei Auktionen oder bei einem der Kunst- und Kuriositätenhändler. Ich hatte nicht den Eindruck, daß er über allzu große finanzielle Möglichkeiten verfügte. Er dürfte sicher einiges an Geld besessen haben, aber es hielt sich doch sehr im Rahmen.«

Fuchs, der ein wenig abseits im Hintergrund stand und die Unterhaltung schweigend verfolgt hatte, warf ein: »Ich glaube, es war nicht so unbedeutend, was Nockenfeld in der Zeit nach 1802 erworben hat. Wenn ich überlege, fällt mir eine ganze Reihe von Gelegenheiten ein, bei denen er Kunstgegenstände – und zwar in verschiedenen Bereichen – gekauft hat. Es ist natürlich jetzt, nach fünfzehn oder sogar zwanzig Jahren, schwierig, sich an Details zu erinnern, aber ich bin mir ziemlich sicher, daß das eine oder andere interessante Objekt an Nokkenfeld gegangen ist. Ich erinnere mich zum Beispiel ...«

Während er sprach, hatten sich Lyversberg und Heberle zu ihm umgewandt, so daß Elkendorf ihre Gesichter nicht mehr sehen konnte. Fuchs' Stimme wurde leiser und gedehnter und brach schließlich ab.

»Nun, sicher, das eine oder das andere!« Lyversberg drehte sich wieder um und ließ seine ungleichen Augen über die Anwesenden wandern, dann über die Bilder auf dem Altar und an den Wänden der Kapelle. Elkendorf sah, wie ein Muskel an der verzerrten Seite seines Mundes zu zucken begann.

Man schwieg noch, als der Hausdiener eintrat und einige der heruntergebrannten Wachskerzen ersetzte. Für einen Moment wehte der Geruch von Weihrauch durch den Raum und erinnerte an die Hausgottesdienste, die hier mehrfach in der Woche zelebriert wurden. Lyversberg war ein religiöser Mann. Nicht nur, daß seine beiden Brüder Kanoniker an St. Andreas waren und seine Schwester als Nonne im Ursulinenkloster lebte, er selbst übte das Amt eines Kirchmeisters an der Pfarre St. Maria im Kapitol aus. Viele der Kölner Geistlichen, Pfarrer, Dechanten, Kapläne und Stiftsherren gingen in seinem Haus ein und aus.

Kaum war der Diener gegangen, sagte DuMont: »Nockenfeld war übrigens einige Zeit der Arzt unserer Familie. Professor Wallraf hatte ihn uns empfohlen, und tatsächlich waren wir sehr zufrieden mit ihm. Meine Frau wurde von ihm bei drei – oder waren es vier? – ihrer Niederkünfte betreut. Und mich selbst hat er bei einem hartnäckigen Katarrh, der mir auf die Lunge geschlagen war, behandelt. Eine scheußliche Krankheit. Eine Zeitlang schien mein Zustand fast hoffnungslos – Fieber, grünlicher Auswurf, verschleimte Säfte. Ich dachte, die Schwindsucht hätte mich gepackt und es blieben mir nur noch Wochen. Aber Nockenfeld brachte mich innerhalb kurzer Zeit wieder auf die Beine.« DuMont hustete und wischte sich mit einem blütenweißen Taschentuch über die Lippen. »Ja, Nockenfeld hatte eine ganz ansehnliche Praxis«, fuhr er fort. »Unter seinen Patienten war, soviel ich weiß, auch eine ganze Anzahl französischer Offiziere und Staatsbediensteten. Ich würde schätzen, daß seine Einkünfte als Arzt weit über dem Durchschnitt lagen.«

»Das dürfte auf seine Erfolge hinweisen, wenn man bedenkt, daß die meisten Mediziner durch ihre Honorare nicht gerade reich werden können. Damals genausowenig wie heute«, bemerkte Elkendorf.

»Möglich. Das können Sie sicher besser beurteilen als ich«, erwiderte DuMont. »Sein eigentliches Einkommen, das ihm einen doch recht großzügigen Lebensstil möglich machte, waren jedenfalls die Revenuen aus einem Erbe. Sein Onkel, der Bruder seiner Mutter, wenn ich mich nicht irre – oder war es der Bruder seines Vaters? – nun, jedenfalls sein Onkel hatte ihm, kurz nachdem Nockenfeld seine Doktorprüfung bestanden hatte, eine ansehnliche Summe hinterlassen. Ja, ja, ich erinnere mich, er lebte durchaus auf großem Fuße.«

Maximilian Fuchs hob den Kopf, öffnete den Mund ein wenig, so daß seine langen, schwärzlichen Zähne zu sehen waren, und starrte auf die Herzwunde des auferstandenen Christus. »Er hatte etwas Eigentümliches an sich«, sagte er.

»Eigentümlich? Was meinen Sie damit?« fragte Elkendorf.

»Nun, eigentümlich ist vielleicht nicht der richtige Ausdruck. Er war merkwürdig distanziert. Irgendwie unnahbar, oder täusche ich mich da?« Fuchs blickte von Lyversberg zu Heberle. Seine kleinen, eng zusammengedrängten Augen glänzten unruhig.

»Unnahbar? Ich weiß nicht«, erwiderte Heberle. »Um das zu sagen, habe ich ihn zu wenig gekannt.«

Lyversberg schien zu überlegen. Nachdenklich rieb er sich über die leise zuckende Wange, nickte dann zustimmend. »Was Heberle sagt, gilt auch für mich. Ich kannte ihn nicht genug, um Genaueres über ihn sagen zu können.« Plötzlich wurde sein Ton bestimmt, als wolle er keinen Widerspruch dulden: »Außerdem war er viele Jahren fort, und nun ist er auch noch tot, also lassen Sie uns das traurige Thema beenden. Werfen Sie statt dessen noch einen Blick auf meinen ungläubigen Thomas. Danach warten einige Flaschen Champagner im unteren Saal auf uns. Machen Sie mir die Freude, mit mir auf meine Neuerwerbung und auf die neugeborene Tochter unseres Herrn Fuchs anzustoßen.«

Ein beifälliges Murmeln wurde laut, während Fuchs geschmeichelt lächelte. Als die Gruppe die Kapelle unter lebhaftem Gespräch verließ, folgte Elkendorf als letzter. Nachdenklich betrachtete er die aufrechten Rücken der Männer vor sich.

Zwei Stunden später stand Elkendorf in der Diele seines Hauses. Er war völlig durchnäßt, erschöpft und immer noch deprimiert. Einiges, was an diesem Abend bei Lyversberg gesagt, oder besser, was nicht gesagt worden war, hatte ihm zu denken gegeben. Er beschloß, am nächsten Tag mit Matthias De Noel zu sprechen.

Gerade als er seinen Umhang abgelegt hatte und schon auf der Schwelle zu seinem Arbeitszimmer stand, hörte er die Tür zuschlagen, die auf den Hof und zum Abort führte. Als er den Kopf wandte, sah er im schwachen Licht eines Nachtlichts, wie seine Cousine Anna, in einen langen Schlafrock gehüllt und das Haar unter ihrer Nachthaube verborgen, auf dem Weg zur Treppe näherkam. Obwohl er wahrnahm, daß sie ihn bemerkt hatte, schloß er rasch und ohne zu grüßen die Zimmertür hinter sich. Er wollte eine Begegnung, die für sie um diese späte Stunde und in dieser Situation peinlich sein mußte, vermeiden.

KAPITEL 6

Donnerstag, 28. August, Vormittag

> *»Wie man den Aal abziehet und ausnimmt.*
> *Man schlage ihn mit einem starken Nagel durch den Kopf an die Wand fest, mache rings um den Kopf herum einen Schnitt durch die Haut, nehme Salz in die Hände, und streife die Haut ab, schneide ihn auf, nehme das Eingeweide heraus, stosse mit einem Drat das Mark aus dem Rückgrat, und werfe Kopf und Schwanz weg.«*
> *Aus: Cölner Köchinn. Oder: Sammlung der besten und schmackhaftesten Speisen für den herrschaftlichen so wohl als bürgerlichen Tisch, Cöln 1806, S. 106.*

Die reifen Zitronen und Pomeranzen lagen schimmernd gelb auf einem Zinnteller. Daneben stand eine Schüssel, die mit weißen, braunen und dunkelgesprenkelten Eiern gefüllt war. Eines der zuoberst liegenden Eier hatte einen haardünnen Riß, aus dem Eiweiß gesickert und angetrocknet war.

Anna nahm das gesprungene Ei, roch einen Augenblick daran und schlug es dann an der Kante ihrer Rührschüssel auf. Säuberlich trennte sie Eiweiß und Eidotter. Das glibbrige Weiß ließ sie in eine Porzellanschale tropfen, das Eigelb gab sie, nachdem sie es aufmerksam betrachtet hatte, in die Schüssel, in der schon mehr als ein Dutzend Dotter schwammen – unbeschädigt und rund, glänzend in satten, orangefarbenen Tönen.

Bedächtig griff sie ein Ei nach dem anderen, schlug es auf, prüfte es, trennte den Inhalt. Schließlich nahm sie einen Holzquirl, stieß ihn zwischen die Dotter und begann, seinen Stiel kräftig zwischen den Handflächen zu reiben. Mit Genugtuung beobachtete sie, wie die glatte Haut der Dotter unter dem Wirbeln des Quirls zerplatzte, die verschiedenen Gelbtöne ineinanderflossen und sich vermischten.

Wie gewalttätig die Zubereitung von Speisen war, dachte sie und stieß den Quirl in das letzte noch ganze Dotter. Man zerdrückte, zerrieb, zerhackte, zerschnitt, zerstückelte. Allein diese Vorsilbe klang wie das Geräusch einer Messerklinge, die gewetzt wurde. Man trieb das Messer in das Fleisch von Früchten oder von Tieren, durchtrennte Muskeln, Nerven, Adern, ließ ausbluten, fing Blut und Körpersäfte auf. Man schälte die Haut von noch warmen Körpern und löste Knochen aus, deren feucht-talgige Absonderung lange an den Händen klebenblieb.

Kochen war eine nützliche Gewalt, eine Gewalt, die immer da war. Jeden Tag.

Sie erinnerte sich noch sehr genau an das erste Tier, das sie getötet hatte. Es war eine Taube gewesen, eine junge Taube, die sich ihr Vater als Vorspeise, gedünstet in einer Kräutersauce, gewünscht hatte. Wenn sie sich konzentrierte, konnte sie noch immer das weiche Gefieder des Tiers in ihren Händen spüren. Warm, ein wenig kitzelnd, darunter ein Herzschlag, der viel rascher gewesen war als ihr eigener. Die Taube hatte zunächst geflattert, sich dann aber in Annas vorsichtigem Griff beruhigt und vielleicht geborgen gefühlt. Als Anna die Finger mit einer schnellen Bewegung um den dünnen Taubenhals gelegt und ihn umgedreht hatte wie ein Taschentuch, das man auswringen wollte, war der kleine Körper innerhalb eines Momentes schlaff geworden, die Augen hatten sich geweitet, dann mit einer grauen Membrane überzogen, und nur ein dünner, sehr dunkler Spalt war offen geblieben.

Ihr Vater, der sein ganzes Leben lang soviel essen konnte, wie er wollte, ohne irgendwo am Körper Fett anzusetzen, hatte das Gericht bis zum letzten Bissen aufgegessen und zum Schluß noch den Teller mit Brotstückchen ausgewischt, um nur ja nichts von der scharfen Sauce übrigzulassen. Anna hatte ihm zugesehen und nach dem Essen die zerlegten, feinknochigen Skeletteile auf den Abfallhaufen in den Hof geworfen. Sie erinnerte sich, daß sie dabei eine Art beklommener Befriedigung empfunden hatte.

Seitdem hatte sie oft getötet. Schon ein einziges Abendessen für zehn Herren konnte bedeuten, daß fünf Hühner, zehn Bachforellen, vier Kaninchen und sechzig Austern gebraucht wurden. Also schlachtete sie. Fette Hennen für die Suppe, Tauben für den Spieß, Kaninchen zum Schmoren, junge Hähnchen zum Braten, manchmal, wenn sie nicht schon tot und gerupft geliefert wurden, auch Enten und Gänse. Sie drehte Hälse um, schnitt Adern auf und schlug Köpfe ab. Schnelle, einfache Tode ohne Qual. Außer natürlich diesem kurzen kleinen Schock, den das Opfer spüren mußte, wenn es starb. Dieser Moment, als die junge Taube in ihren Händen plötzlich fühlte, daß sie nicht geborgen war, und der sich in weitaufgerissenen und eigenartig starr werdenden Augen widerspiegelte. Anders war es, wenn dem noch lebenden Geflügel Essig mit Pfeffer in den Hals gegossen wurde und man es langsam an einer Schlinge verzappeln ließ. Dann würgte und wand sich das Tier eine ganze Weile, bis es schließlich starb, von innen her gewürzt und dadurch außergewöhnlich pikant.

Besonders geschickt war sie darin, Fische zu töten. Kurz vor der Mahlzeit packte sie den Fisch, der bis dahin in einem Bottich voll frischem Brunnenwasser geschwommen war, mit einem rauhen Tuch, sperrte ihm das Maul auf und stach ihm ein spitzes Messer schnell und kräftig durch den Rachen hindurch ins Hirn.

Seltsamerweise hatte sie sich nie daran gewöhnen können, einen Aal zu töten und zu enthäuten. Diese glatten, sich schlängelnden Körper, die endlos lange zuckten, nicht sterben zu wollen schienen und in den Händen ein Gefühl von wollüstiger Kraft hinterließen, waren ihr immer widerlich geblieben.

Mit einem Blick streifte sie den langen, schwarzblauen Schatten, der sich nicht weit von ihr am Boden eines Eimers ringelte. Es war der Schatten eines fetten Aals, den ein Patient ihres Cousins, der an der Frankenwerft wohnte, eine Stunde zuvor als Entgelt für ein Rezept vorbeigebracht hatte. Therese würde ihn später töten, sauber machen und am Spieß braten. Die Pomeranzen-Zitronen-Torte, die sie selbst gerade rührte, war als Dessert für das Abendessen gedacht.

Sie kochte gern, nein – sie liebte es, zu kochen. Eigentlich war sie fast süchtig danach. Schon als Kind hatte sie Stunden damit verbracht, in der Küche zu sitzen und ihre Mutter oder Therese, die damals noch jung und beweglich gewesen war, beim Kochen zu beobachten. Es wurde ihr nie langweilig, zuzusehen, wenn Therese nach Salzwasser riechende Austern öffnete, deren krustige Schalen aussahen wie die verwarzte Haut von Kröten, oder wenn sie die Haut einer gekochten Ochsenzunge abzog, die dann fahl und lappig auf einem Abfallteller in sich zusammenfiel.

Nachdem man ihr erlaubt hatte, beim Kochen zu helfen, hatte sie schnell gelernt, sowohl in der Küche ihrer Mutter wie im aufwendigen Haushalt einer reichen Tante, und sie konnte immer anspruchsvollere, kompliziertere Gerichte und Menufolgen zubereiten. Schließlich war Kochen zu einer Sucht geworden. Kochen, nicht Essen, denn sie selbst aß nicht gern.

Es waren die vielen Farben und Gerüche in einer Küche, die sie faszinierten und die sie mit einem prickelnden Gefühl in Handflächen und Fingerspitzen wahrnahm, so, als könne sie Farbe und Geruch anfassen und festhalten. In einer Küche fühlte sie sich am wohlsten. Vielleicht, überlegte Anna, weil es der einzige Ort war, an dem sie genau wußte, was sie zu tun hatte. Aber möglicherweise war es auch andersherum: Vielleicht wußte sie so genau, was sie zu tun hatte, weil sie sich beim Kochen, Backen und Braten so gut fühlte, so selbstbewußt und fast unersetzlich.

Sie war sich sicher, daß, wer kochte, über das Leben derjenigen entschied, die die Gerichte aßen, denn die Nahrung bestimmte den Zustand von Körper und Seele. Anregende Speisen stärkten einen müden, erschlafften Körper, dämpfende Speisen ließen einen überhitzten, übererregten Menschen ruhiger werden. Der Fluß von Galle, Blut und Schleim wurde durch das Essen beeinflußt, das Gallige in der Konstitution eines Menschen konnte abgeschwächt, das Schwerblütige leichtflüssiger gemacht werden. Sogar die Empfängnisfähigkeit einer Frau und die Zeugungskraft eines Mannes hingen von der Zusammensetzung der Nahrung ab. Und natürlich konnten schädliche Zutaten krank machen und das Leben verkürzen. Giftige Stoffe gab es viele. Und vieles eigentlich Gesunde war ab einer gewissen Dosis oder in einem bestimmten Zustand schädlich. Fleisch zum Beispiel, gutes Fleisch, das nur ein wenig zu alt, ein wenig verdorben sein mußte, genügte, um zu töten.

Aber Essen war mehr als Nahrung oder Medizin. Es war ein Zugriff auf das Leben selbst. Während sie begann, das Eiweiß zu schlagen, und beobachtete, wie in der glasigen Flüssigkeit erste milchige Blasen entstanden, tauchten Worte und Bilder in ihrem Geist auf: Man schlang Erlebnisse in sich hinein, man schluckte böse Erfahrungen hinunter, man würgte an Enttäuschungen, man berauschte sich an Glück wie an gutem Wein. Essen bedeutete Leben. Wie man aß, so lebte man. Und natürlich: Was man aß, was man sich leisten konnte zu essen, das war man. Sie lächelte einen Moment spöttisch, als sie an die von ihr gekochten Diners und an die Beliebtheit ihres Cousins bei den wohlhabenden und kunstliebenden Kölner Herren dachte. Ohne ihre Kochkunst wäre es ihm kaum gelungen, in die Kreise der Lyversbergs und DuMonts vorzudringen. Sie hatte ihm seine gesellschaftliche Stellung erkocht, das wußte sie. Ob er es auch wußte?

Es amüsierte sie auch, daran zu denken, daß sie mit der gleichen Akribie, mit der ein mittelalterlicher Maler seine Farben aufgetragen hatte, gewürztes Öl auf die knusprig-braun werdende Haut einer Ente tupfte, und daß ihr Engagement, das sie in die Zubereitung von Kalbsfüßen in Gallert oder einer ägyptischen Torte mit Obelisken aus Zucker legte, dem Engagement von Engelbert Willmes beim Kopieren eines reitenden Napoleon zumindest glich, wenn nicht sogar überstieg.

Gelegentlich versuchte sie, mit Gemälden zu konkurrieren, indem sie Gerichte, die auf opulenten, niederländischen Bankett- und Dessertstilleben dargestellt waren, nachkochte und sie für die Gäste ihres Cousins so arrangierte, wie sie auf den Bildern aufgebaut waren. Und was war dann eindrucksvoller, das Gemälde, das in symbolträchtiger Künstlichkeit Heringe und Schinken, Käselaibe, Pasteten und Zuckerwerk abbildete, ohne Hunger und Lust zu befriedigen – oder ihre eigene frische, farbige, riechende, schmeckende Mahlzeit? Was war wirklicher? Was war ein Original? Das Abbild einer Mahlzeit oder die Mahlzeit, die eine Kopie des Abbildes einer Mahlzeit war?

Ja, sagte sie sich noch einmal bestätigend, Kochen war ihre Leidenschaft, ihre einzige Leidenschaft. Eine Leidenschaft, die ihr das Gefühl gab, über Leben und Tod zu bestimmen – über Leben und Tod der Geschöpfe, die in ihren Gerichten aufgingen, und über Leben und Tod derjenigen, die diese Gerichte aßen, um selbst am Leben zu bleiben und es dabei genußvoll zu erhöhen.

»Das Eiweiß ist fast fest«, sagte sie, zog den Quirl prüfend aus dem weißen Schaum und drehte sich dann zu Therese um, die gerade vom Hof hereinkam, wo sie den ganzen Morgen an der vom überhängenden Dach geschützten Wand des Hühnerstalles entlang Holzscheite aufgeschichtet hatte. Wie sie so, eine Hand noch auf den Türriegel gelegt, mit hochgekrempelten Ärmeln im halbdunklen Hintergrund der Küche zwischen Stößen von Körben und Bottichen stand, den Kopf nur von der Seite her durch einen Schimmer Herdglut beleuchtet, fühlte sich Anna einen Moment nochmals an holländische Gemälde erinnert, diesmal an Bilder, die düstere und doch heimelige Küchenräume zeigten. Räume mit schwarzweißem Fliesenboden wie diesem hier, Stellagen voller Pfannen und Tiegel und einer Gestalt, deren Gesicht aus dem Schatten heraus in ein das Dunkel durchdringende und doch unbestimmtes Licht gezogen wurde.

»In ein paar Minuten ist der Teig fertig und kann in den Backofen«, setzte sie hinzu. »Wenn du darauf achtest, daß die Hitze gleichmäßig bleibt und der Kuchen nicht zu dunkel wird, kann ich gehen.«

»Sie wollen fort?«

»Ach, nicht lange. Ich bin zu Mittag sicher wieder zurück. Ich will Jeanettes Tante besuchen, die ehemalige Nonne, die in der Apostelnstraße wohnt. Jeanette hat mich gebeten, ihr Grüße auszurichten, und ich denke, ich erledige das heute vormittag.«

»Wie Sie meinen, Jungfer Anna. Mir ist es recht. Der Doktor ist sicher mittags noch nicht zurück, und Ihre Tante will, glaube ich, gleich zu Jungfer Josefine hinüber gehen. Es wird also genug sein, wenn ich für Sie und für mich eine Kleinigkeit zum Essen richte.«

»Mach, was du willst. Ich habe nicht viel Appetit«, sagte Anna und hob den Eischnee vorsichtig unter den Tortenteig, der dabei ein zähes, saugendes Geräusch von sich gab.

»Jungfer Claren auch nicht. Sie hat gestern abend kaum etwas gegessen und heute morgen zum Frühstück auch wieder nicht viel. Und als sie aus der Morgenandacht zurückkam, sah sie so aus, wie ich sie noch nie gesehen habe. So abwesend, als nähme sie mich gar nicht richtig wahr.«

»Nun, die Sorge um Jungfer Josefine macht ihr zu schaffen ... Vielleicht sollte Cousin Bernard nach ihr sehen.«

»Wann denn? Er ist ja nie da. Auch heute morgen ist er schon so früh fort. Ich hatte gerade das Wasser zum Waschen und Rasieren für ihn aufgesetzt und angefangen, die Kaffeebohnen zu mahlen, als ihn der Hausknecht vom Celitinnen-Hospital holen wollte, weil einer der Kranken in der Nacht tobsüchtig geworden ist. Er hat sich nur noch schnell gewaschen, ein Brot hinuntergeschlungen, und weg war er. Ich glaube nicht, daß er tagsüber wiederkommt. Vielleicht wird er noch nicht einmal zum Abendessen hier sein, und dann bleibt der Aal für uns allein.«

»Ich könnte darauf verzichten«, meinte Anna, »und Tante Margarete vermutlich auch. Mir wäre eine Gemüsesuppe lieber.«

»Soll ich den Aal also lassen? Ich kann auch eine Suppe machen, wir haben genug da – Möhren, dicke Zwiebeln, Sellerie, Erbsen und Liebstöckel.«

»Ach, ich weiß nicht ... Nein, nimm den Aal, dann ist er wenigstens hier weg. Und wenn er gehäutet und ausgenommen ist, bis ich zurück bin, wäre ich dir dankbar.« Sie warf einen Blick auf den Eimer, in dem sich der dunkle Schatten, so, als warte er schläfrig, langsam unter der Wasseroberfläche bewegte. Anna hatte einen Moment das Gefühl, der Aal könne sie vom Boden des Eimers aus sehen und ließe kleine schwarze böse Augen über sie huschen. Sie zuckte ungeduldig mit den Schultern und sagte: »Ich mag ihn hier nicht haben. Und bring Tante Margarete Kamillentee und Gebäck nach oben. Es wäre am besten, wenn sie sich ausruhen würde.«

»Sie will sich nicht ausruhen, sie will zu Jungfer Nockenfeld.« Therese schwieg und sagte nach einer Weile: »Sie hat bisher zu mir mit keinem Wort über diese Geschichte mit Doktor Nockenfeld gesprochen. Und so, wie ich sie kenne, wird sie dabei auch bleiben.«

In ihrem Blick und in ihrer Stimme war eine fragende Unruhe zu spüren. Anna sah ihr in die ein wenig zusammengezogenen Augen und erwiderte: »Sie wollte gestern abend, als sie von Jungfer Nockenfeld zurückkam, nicht viel reden. Das einzige, was sie sagte, war, daß man Nockenfelds Leiche zur Morgue in die Kunibertstorburg gebracht und daß Cousin Bernard sie wohl gestern abend obduziert hat.«

»Er hat ihn aufgeschnitten?«

»Ja.«

»Warum?«

»Cousin Bernard konnte bei seiner Untersuchung anscheinend nicht feststellen, woran Nockenfeld gestorben ist.«

»Deshalb hat er ihn sich von innen angesehen?«

»Offenbar.«

»Und was hat er nun festgestellt?«

»Das weiß ich nicht. Ich habe ihn gestern abend nur kurz gesehen, nicht gesprochen.« Anna war einen Augenblick erschrokken gewesen, als sie spät abends, das flackernde Nachtlicht in der Hand, vom Abort gekommen war und Cousin Bernard unerwartet am anderen Ende der Diele gesehen hatte. Aber bevor sie ihn ansprechen konnte, war er, obwohl er sie bemerkt haben mußte, wortlos und ohne zu grüßen in seinem Zimmer verschwunden. Sie hatte den Eindruck gehabt, daß es ihm unangenehm gewesen war, ihr allein und im Schlafrock zu begegnen, und sich innerlich über seine Angst vor ungebührlichen oder unschicklichen Situationen mokiert. Für einen Arzt war er in dieser Hinsicht oft seltsam empfindlich.

Währenddessen hatte sich Therese über einen Wassereimer gebeugt und begonnen, ihre Hände zu schrubben, die vom Holzmehl der Scheite bräunlich überstäubt waren. Als sie sprach, konnte Anna ihr Gesicht nicht sehen.

»Gestern vormittag«, sagte sie, »als Sie gerade zu Jeanette Fuchs gegangen waren, fragte mich der Doktor über das Essen am vorgestrigen Abend aus. Ja, es war ein regelrechtes Ausfragen. Wie bei einem unangenehmen Beichtvater. Er wollte wissen, ob alles, was wir für das Menu gebraucht hatten, in Ordnung war oder ob irgend etwas hätte verdorben sein können – die Krebse, die Pilze, das Fleisch. Und ob vielleicht Grünspan unter das Essen gekommen sein könnte.«

»Das hat er gefragt?«

»Ja, und er sagte etwas von Gift oder einer Vergiftung.«

Als Anna schweigend den Teig weiterrührte, richtete Therese sich auf und trat, die nassen Hände auf den Tisch stützend, neben sie.

»Was hat das zu bedeuten?« wollte sie wissen. Ihre Stimme klang rauh.

»Ich habe dir gestern schon gesagt, daß Nockenfeld in schweren Krämpfen gestorben ist und daß er alles, was er in sich hatte, erbrochen hat.« Anna machte eine Pause, in der sie auch aufhörte zu rühren, und fuhr dann fort: »Es könnte sein – könnte, sage ich –, daß Nockenfeld an einer Vergiftung gestorben ist.«

»An einer Vergiftung? Und deshalb fragt der Doktor nach unserem Kochen?«

»Nockenfeld ist schließlich ganz kurz, nachdem er bei uns gegessen hat, gestorben.«

»Aber keines von unseren Nahrungsmitteln war verdorben! Verdorbenes Essen hat es bei uns noch nie gegeben – das habe ich dem Doktor auch gesagt. Noch nie ist jemand nach einem Essen bei uns krank geworden. Das muß er doch wissen, er sieht doch, wie sauber es hier in der Küche immer ist und wie vorsichtig wir mit allem sind.«

»Ich denke, das weiß er auch.«

»Also, was soll dann das Gerede von verdorbenen Nahrungsmitteln?«

»Wenn es so aussieht, daß Nockenfeld durch eine Vergiftung gestorben ist, muß geklärt werden, was für eine Vergiftung das war. Das heißt eben, man muß herausfinden, ob es schlechtes Essen war oder etwas anderes.«

»Was anderes?« Thereses Augen sahen sie starr an.

»Irgend etwas anderes, das giftig ist.«

Sekundenlang blieb Therese stehen, ohne sich zu rühren. Dann senkte sie den Kopf und sah auf ihre Hände herab, die auf dem Tisch nasse Flecken hinterlassen hatten. Sie griff nach einem Tuch und wischte langsam über die Wasserflecken, bis keine Spur mehr davon zu sehen war. Schließlich drehte sie sich ebenso langsam um und ging in die Diele hinaus. Einen Augenblick später waren ihre Holzschuhe auf der Treppe zu hören.

Nachdenklich lauschte Anna den sich entfernenden Schritten. Dann rührte sie den Teig fertig und füllte ihn in eine runde Kuchenform um. Sie strich die Teigoberfläche mit einem Messer glatt und schob die Form in die Backröhre des Herdes, unter der eine gleichmäßige, ruhige Glut brannte. Nachdem sie die Luftzufuhr geregelt hatte, stand sie ein wenig unbeholfen aus der Hocke auf und schlüpfte in ihren Regenumhang, der am Kragen und an den Schultern noch feucht vom Tag zuvor war.

Als sie die Küchentür öffnete und in die Diele hinausging, sah sie ihre Tante, die offenbar zögernd in der Haustür stehengeblieben war und in den Regen hinausblickte.

»Du willst zu Jungfer Josefine?« fragte sie und trat neben sie.

»Ja.«

»Ich hoffe, es geht ihr heute schon besser.«

»Das wird es wohl. Ich habe ihr Melissentropfen gegeben und denke, daß sie wenigstens einige Stunden geschlafen hat.« Sie hob ihren Kopf, um Anna in die Augen sehen zu können. »Therese sagte mir, du bist bei Jeanette gewesen. Die Blutungen haben aufgehört? Und das Kind ist gesund?«

»Es scheint alles in Ordnung zu sein.«

»Den Heiligen sei Dank!« sagte sie und blickte wieder auf die Straße.

Das Wetter war unverändert. Es regnete, wie es die ganzen letzten Wochen über geregnet hatte. Nur die Intensität des Regens hatte sich in dieser Zeit immer wieder gewandelt. Ein leichtes Nieseln entwickelte sich zu einem Regenschauer, der zu einem heftigen Regensturm wurde. Dann schwächten sich die Sturmböen wieder ab, der Regen strömte dünner, bis er endlich zu einem Sprühregen verblaßte – um nach wenigen Stunden erneut heftigere und durchdringendere Formen anzunehmen.

Jetzt war es ein dichter Strichregen, der vom Himmel fiel. Margarete Claren zog sich ihr Schaltuch über das Haar, daß es bis in die Stirn reichte, und wandte sich nach links. Anna ging in die entgegengesetzte Richtung.

Der Regen schien sanft im Vergleich zu den harten Regengüssen der Nacht und des Morgens, deren Wucht offenbar den großen Ahorn am Ende der Streitzeuggasse gebrochen hatte. Einer seiner fast entblätterten Hauptäste lag wie eine riesige Schlange oder eigentlich, sagte sich Anna, wie ein sich windender Aal, quer über dem Weg, auf dem sich Schlamm und Unrat anstaute. Mitten in diesem Schlamm bissen sich ein paar Straßenköter mit nassem und kotigem Fell um eine tote Katze, deren elend zerrissener Körper kaum noch zu erkennen war. Kleine Jungen, selbst naß, mager und schmutzig, warfen aus sicherer Entfernung Steine in die kläffende Meute und johlten jedesmal auf, wenn sie einen der Hunde getroffen hatten oder wenn der Schlamm besonders hoch aufspritzte.

Anna versuchte mit gerafften Röcken, den Haufen streunender Hunde und streunender Kinder zu umgehen, wobei ihr sandiges Wasser in die halbhohen geschnürten Schuhe lief, und beschleunigte dann ihre Schritte. Erst als sie das Ende der Richmodstraße erreicht hatte, wurde sie langsamer, da die Gassen hier um den Neumarkt trotz des Wetters fast so belebt waren wie sonst und sie achtgeben mußte, um im dichten Gedränge nicht gestoßen und beiseite geschoben zu werden.

Auf dem Neumarkt selbst, dessen mit Linden umsäumte Fläche nur noch aus lehmigem Morast und großen Lachen bestand, exerzierte wie meist um diese Zeit eine Kompanie Soldaten, so daß sich das Brüllen der Kommandos, das Antwortgeschrei und Säbelgeklirr in den übrigen Straßenlärm mischte und der Szenerie etwas Aufgeregtes und fast Aggressives verlieh.

Und über allem lag der Geruch von Pferdemist. Er kam in Schwaden vom Exerzierplatz, auf dem die Pferde des Militärs in langen Reihen angebunden standen, zog über die mit Pferdeäpfeln bedeckten Straßen und quoll aus den Rinnsteinen empor, in denen der aufgeweichte Mist mehr als knöcheltief angeschwemmt war.

In Köln roch es immer und überall nach Pferden. Der Geruch ihrer Exkremente und Ausdünstungen war nicht wegzudenken aus der Luft der Stadt. Man nahm ihn nur selten bewußt wahr, dachte Anna, so sehr war man an ihn gewöhnt. Ein warm-dumpfer Geruch, der mit dem Bild schwerer, dampfender Körper verbunden war und der im Sommer bei heißem Wetter in einen gärigen, stechenden Gestank übergehen konnte.

Versteckt unter ihrem großen Parapluie zwängte sich Anna durch das Gewühl und gab sich dabei mit einem widerstreitenden Gefühl von Abscheu und Genuß der Melange aus Hast, Lärm und Gestank hin, die um sie herum herrschte.

So war der Alltag in den Straßen von Köln, seit sie sich erinnern konnte – schmutzig und grob und voll lauter Menschen. Unabhängig davon, wer in der Stadt herrschte. Ob der alte, bezopfte, reichsstädtische Rat, die französischen Revolutionstruppen und nachfolgenden Bürokraten mit ihrem Reformeifer oder die preußischen Beamten. Die Menschen in ihrer engen Betriebsamkeit und ihrer bescheidenen Lebensgier veränderten sich nicht.

Gegenüber der Apostelnkirche blieb Anna stehen und ließ ihren Blick einen Moment lang auf dem eindrucksvollen und vertrauten Bild ruhen – dem fast orientalisch wirkenden Chor, den Giebeln und Minarettürmchen darüber, hinter denen die Kuppel und der schwere Glockenturm im fallenden Regen nur schwach, nur als graue Schatten zu erkennen waren. Wenn man genauer hinsah, bemerkte man auch an diesem Gebäude deutliche Spuren des Verfalls. Aus manchen der vorgesetzten hohen Bögen waren Stücke herausgebrochen, so daß sich die Lücken wie helle Schrunden in einer graugelben Haut aus Stein ausnahmen und das wuchtige Mauerwerk beinahe kränklich aussehen ließen. Gräser und Kräuter hatten sich zwischen den Steinen festgesetzt, vor allem da, wo es schon kleine Sprünge und Risse gab, wo die Zeit den Untergrund mürbe gemacht hatte wie alt gewordenen, abgelagerten Lebkuchen. Dort lockerten sie das scheinbar so feste Gefüge weiter mit ihren Wurzeln, drangen immer tiefer vor, bis sie schließlich zusammen mit der scharfen Säure des Taubendrecks, der in jedem Winkel der Steine in dicken Fladen festsaß, und der Kraft des Regens Schicht um Schicht der Mauer auflösten.

Auch diese riesige Kirche war vergänglich, dachte Anna, auch sie würde verfallen und irgendwann einmal abgebrochen werden wie so viele andere große, alte Gebäude in Köln. Für die Zeit eines Wimpernschlages sah sie die Kirche als eine Ruine vor sich – die Türme eingestürzt, die Mauern aufgerissen.

Blinzelnd drehte sie sich um und betrachtete ein zweistöckiges, neugebautes Wohnhaus, das gegenüber der Apostelnkirche etwas zurückgesetzt in einem großen Garten lag. Hier hatten bis vor knapp zwanzig Jahren die Gebäude des Gertrudenklosters gestanden, die mit Kirche, Kreuzgang, Kapitelhaus, Refektorium, mit Back- und Brauhaus, Holzhof, Obst- und Gemüsegärten ein ausgedehntes Gelände an der alten Römermauer entlang eingenommen hatten. Anna konnte sich noch gut an die Kirche St. Gertrud erinnern, die man durch eine spitzbogige Pforte vom Neumarkt aus über einen mit Gras bewachsenen Vorhof erreichte. Ein Hof, in den die Geräusche von außen nur gedämpft gedrungen waren und der Ruhe und eine angenehm altertümliche Stimmung ausgestrahlt hatte. Von der Straße und vom Neumarkt aus war von der Gertrudenkirche nur der Dachreiter zu sehen gewesen, der zierlich und schlank über Klostermauer und Klosteranlage hinausgeragt hatte.

Nichts war mehr von diesen alten, zum großen Teil aus dem Mittelalter stammenden Bauten geblieben. Alles war bis auf die Grundmauern niedergerissen worden und für immer verschwunden.

Mit einem Gefühl leichter Melancholie zog Anna ihren Umhang fester um sich und bog in die Apostelnstraße ein.

Maria Christina Hutten, Jeanettes Tante, lebte im ersten Stock eines geräumigen Fachwerkhauses, das der Witwe eines Spezereiwarenhändlers gehörte, einer ungewöhnlich korpulenten und stadtbekannt wißbegierigen Frau. Kaum war Anna durch die angelehnte Haustür getreten und halb die Treppe zum ersten Stock hinaufgestiegen, beugte sich von der zweiten Etage ein Kopf mit einer ausladend gerüschten Witwenhaube über das Geländer und beobachtete aufmerksam, wie sie an der Wohnung von Jeanettes Tante klopfte.

»Sie müssen lauter klopfen, sonst hört man Sie nicht«, rief der berüschte Kopf. »Die ehrwürdige Mutter ist ein wenig schwerhörig geworden, und die Magd will oft nicht hören.«

»Danke«, rief Anna zurück und klopfte noch einmal, diesmal mit mehr Nachdruck.

Kurz darauf wurde geöffnet, und die Magd, die sich langsam und zögernd bewegte, führte sie in einen kleinen, weißgekälkten Raum. Auf einer Bank an der rechten Wand des Zimmers saßen dicht nebeneinander zwei alte Frauen in schwarzer Kleidung und schwarzer Haube. Nur eine von ihnen wandte bei Annas Eintritt den Kopf, um ihr entgegenzusehen.

Es war ein sehr altes Gesicht, mager mit tiefliegenden Augen, die einmal dunkelbraun und vielleicht strahlend gewesen waren, jetzt aber farblos und wie ausgebleicht wirkten.

Die Nase, die das Gesicht wohl immer dominiert hatte, war schmal und gebogen, der Mund klein, faltig. Die Unterlippe zitterte ein wenig.

Die andere Frau hatte ihre Haltung nicht verändert. Zusammengesunken, mit gekrümmtem Rücken hockte sie auf der Bank, den Kopf nach unten gebeugt, so daß bloß der Umriß ihres Körpers zu erkennen war. Nur die Hände waren lebendig. Fleischlose Hände mit papierdünner Haut und kurzen, gelblichen Nägeln, die sich in einer ständigen, offenbar endlosen Bewegung umeinanderdrehten und wendeten. Einen Augenblick lang vernahm Anna nichts anderes als das trockene Schaben der alten Hände, wie sie zupften, flatterten, sich aneinanderrieben. Ohne innezuhalten, ohne still zu sein.

In diesen merkwürdigen Laut hinein, der, so leise er war, die Aufmerksamkeit auf sich zog, sagte Anna: »Gelobt sei Jesus Christus, Ehrwürdige Mutter« und versuchte eine ehrerbietige Kniebeuge. »Sie kennen mich vielleicht vom Sehen. Ich bin Anna Steinbüschel, die Cousine von Doktor Elkendorf, dem Stadtphysikus, und die Nichte des verstorbenen Pfarrers Bernard Claren an St. Maria im Kapitol. Verzeihen Sie, wenn ich Sie störe. Aber ich war gestern bei Ihrer Nichte Jeanette und bringe Grüße von ihr.«

»Gelobt sei Jesus Christus, Jungfer«, antwortete Mutter Maria. Ihre Stimme klang, als sei sie gerade aus einem Dämmerschlaf erwacht. »Sie stören uns nicht. Wobei sollten Sie uns auch stören? Der Tag vergeht für uns alte Frauen langsam, und mitunter dehnen sich die Stunden trotz der Gebetszeiten, die wir einhalten, fast endlos. Dazu dieses Wetter, das an die Sintflut erinnert und trübe Gedanken noch trüber macht.« Mit einem kurzen Blick streifte sie die Gestalt neben sich und fuhr dann fort: »Sie waren also bei Jeanette. Ich hoffe, der Armen geht es wieder besser.«

»O ja, es geht ihr gut. Sie ist zwar noch müde und blaß, aber sie fängt an, sich zu erholen. Es war eine schwere Geburt.«

»Das hat man mir gesagt. Ich habe viel für sie gebetet. Für sie und das Kind. Ein gesundes Mädchen, wie ich hörte, das Christine heißen soll. Ein schöner, segensreicher Name, meine ich.«

Aus ihrem weiten Ärmel zog sie ein Taschentuch und betupfte sich die Mundwinkel, in denen sich beim Sprechen feine Speichelfäden gebildet hatten. Mutter Maria hatte keine Zähne mehr, das Zahnfleisch, das Anna sehen konnte, wenn der Mund sich öffnete, war so nackt wie bei Jeanettes neugeborener Tochter. Zahnlosigkeit und Alter gaben ihrer Stimme einen eigenartig zischenden Beiklang, der an siedendes Wasser erinnerte.

Anna nickte: »Ja, man muß hoffen, daß er ihr Segen bringt.«

»Glauben Sie mir, ich würde Jeanette nur zu gerne einen Besuch machen und mir das Kind ansehen, aber ich gehe nicht mehr aus dem Haus. Gehen ist zu beschwerlich für mich geworden, ich habe die Gicht im Körper. Und ich kann meine Mitschwester Franziska nicht allein lassen.«

Mit einer sanften Bewegung strich sie der Frau neben sich über die ruhelosen Hände, die sofort versuchten, diese dritte, vertraute Hand zu fassen, um auch an ihr zu ziehen und zu zupfen. Eine Weile überließ sich Mutter Maria diesem Tasten, dann zog sie ihre Hand vorsichtig zurück und machte eine einladende Geste: »Aber setzen Sie sich doch und trinken Sie eine Tasse Schokolade mit uns. Hin und wieder ein wenig Schokolade – für mich bitter, für Franziska so süß wie möglich – ist eines der seltenen Vergnügen, die wir uns erlauben. Und sie soll unsere Nerven stärken. »Sybille«, rief sie, »mach uns ein wenig Schokolade. Mit heißem Wasser und nur wenig Milch. – Wissen Sie, Franziska ist nicht gesund. Schon seit langer Zeit nicht mehr. Gott hat ihr allmählich den Verstand genommen, und nun sitzt sie hier den ganzen Tag, spricht nicht, starrt vor sich hin und bewegt ihre Hände. Das ist alles, was sie tut. Und ich sitze neben ihr, bete, füttere sie und versuche, ihr Trost zu geben.« Sie unterbrach sich und sagte dann unsicher: »Aber vielleicht meine ich auch nur, daß sie meinen Trost spürt, vielleicht kann man sie in der Welt, in der sie ist, gar nicht mehr erreichen. Aber ich tue, was ich kann. Ich will nicht, daß man sie ins Tollhaus bringt.« Als sie sich wieder die Mundwinkel wischte, zeigten ihre Augen einen Ausdruck tiefer Trauer.

»Sie wird Ihre Nähe spüren, auch wenn sie nicht mehr antworten kann«, sagte Anna und musterte die kleine, dunkle Gestalt, deren Gesicht sie nicht sehen konnte. Aber sie wußte, wie das Gesicht aussah. Sie kannte diese Art von Gesichtern. Sie hatten alle einen ganz speziellen, eindringlichen Ausdruck, nicht leer, sondern so, als ob dieser Mensch auf der Suche wäre, auf einer verzweifelten Suche nach etwas, von dem niemand wußte, was es war. Auch er selbst wußte es nicht.

Während Anna überlegte, hatte sie einen der Stühle nahe an die Bank gerückt und Platz genommen. Der Stuhl war unbequem und ohne Kissen, so daß sie durch die Schichten ihrer Kleidung hindurch spürte, wie die harte Rückenlehne sie gerade unterhalb der Schulterblätter drückte. Sie ordnete ihre Röcke und sah sich dabei im Zimmer der alten Nonnen um.

Es war mit wenigen Möbeln eingerichtet. Ein einfacher Tisch mit vier Stühlen, eine alte Truhe aus Eichenholz, die mit Kissen gepolsterte Bank, davor ein kleiner Tisch auf einem braunen gewebten Wollteppich. Neben der Bank, auf der die Nonnen saßen, hing ein Andachtsbild, das aus mehreren Teilen bestand. Der mittlere Teil zeigte Christus, wie er zwei kreuztragende Frauen in der Tracht der Dominikanerinnen mit den Worten begrüßte: »komt in mynen wyngart.« Über dem Kreuz waren die Worte »Gehorsam. Reynicheit. Woyllich armoyt« zu lesen.

Das Schweigen durchbrechend meinte Anna: »Ein wunderschönes Bild haben Sie dort, Ehrwürdige Mutter. Es ist sicher sehr alt.«

Mutter Maria folgte Annas Blick: »Ja, es ist wirklich uralt. Es soll aus dem fünfzehnten Jahrhundert stammen und eine niederländische Malerei sein. Wir haben es immer sehr verehrt, und es gehört bis heute zu unserem Leben wie kaum etwas sonst. Jetzt ist das Bild sehr dunkel, den Hintergrund kann man kaum erkennen, aber es muß einmal leuchtende Farben gehabt haben. Man sieht es noch an einigen Stellen. Hin und wieder überlege ich, ob ich es nicht Maximilian Fuchs geben soll, damit er es reinigt. Aber dann kann ich mich doch nicht entschließen, es aus der Hand zu lassen. Auch nicht für einige Wochen.«

»Stammt es aus dem Kloster?«

»Es hing in unserer Kirche, an einem der Seitenaltäre. Wahrscheinlich seit Jahrhunderten. Wissen Sie, es war eines der letzten Dinge, die wir, meine Mitschwestern und ich, 1804, als wir das Kloster endgültig verlassen mußten, einpackten. Ich habe den Moment noch so lebendig vor Augen, als sei es gestern gewesen.« Ihre farblosen Augen blickten an Anna vorbei zum Fenster, während sie leise und mehr zu sich selbst weitersprach: »Es war ein kalter Tag, und in der Kirche brannten keine Kerzen mehr. Das Heilige Sakrament war schon fortgebracht, das Ewige Licht gelöscht. Eine unserer Laienschwestern war auf eine Leiter gestiegen und nahm das Bild aus seiner Nische. – Ein trauriger Tag für uns und ein trauriger Tag für Köln.« Sie stieß einen kleinen Seufzer aus und fügte hinzu: »Es waren unselige Zeiten damals.«

»Sie haben das Bild mitgenommen?«

»Ja. Wir konnten uns nicht davon trennen. Wir waren bei der Auflösung des Klosters nur noch zu zwölft, und die meisten waren alt und gebrechlich. Manche zogen zu Verwandten, aber sechs von uns wollten zusammenbleiben und, sofern das unter diesen Umständen möglich war, weiter nach unseren alten Regeln leben. Die anderen überließen uns dieses Bild, und wir stellten es in dem Haus, in das wir gemeinsam zogen, auf. Es war uns eine Erinnerung.« Sie nickte und legte ihre hageren Hände, deren Gelenke knotig verdickt waren, wie im Gebet gegeneinander. »Ja«, wiederholte sie, »eine Erinnerung, aber vor allem eine Hoffnung und eine Verpflichtung. – Und von diesen sechsen, die wir einmal waren, sind nur noch wir beide, Franziska und ich, übriggeblieben.«

Ohne anzuklopfen war die Magd hereingekommen und hatte ein Tablett auf dem Tisch abgestellt. Als sie einschenkte, stieg der Duft des Kakaos aus den Tassen und gab dem dumpfen, kampferartigen Geruch des Zimmers eine neue Färbung.

Bevor sie selbst trank, griff Mutter Maria zur Tasse ihrer Mitschwester, rührte vier Löffelchen Zucker hinein und versuchte dann geduldig, Franziska zum Trinken zu bewegen. Das Gesicht der Kranken hob sich und zeigte genau den Ausdruck, den Anna sich vorgestellt hatte. Ohne daß ihre Hände ruhig wurden und mit geschlossenen Augen schlürfte sie aus der Tasse, die ihr Mutter Maria an die Lippen hielt.

Anna nahm einen Schluck Kakao und spürte, wie seine Bitterkeit ihren Mund zusammenzog. »Es ist viel verlorengegangen in dieser Zeit, nicht wahr, Ehrwürdige Mutter?« sagte sie.

»Ja. Ungeheuer viel. Im materiellen wie im spirituellen Sinne. So vieles, was wir seit frühester Kindheit kannten, was unsere Eltern und unsere Großeltern und deren Eltern und Großeltern gekannt hatten, wurde mit einem Mal wertlos und verschwand wie im Handumdrehen.« Sie stellte die Tasse der Kranken ab, lehnte sich dann zurück und setzte hinzu: »Sehen Sie, aus unserer Familie gingen seit dreihundert Jahren Töchter ins Gertrudenkloster. Nicht in jeder Generation, aber doch in jeder zweiten. Und von heute auf morgen, durch einen Beschluß dieses schrecklichen Menschen, dieses Napoleon«, sie sprach den Namen wie ein unanständiges Wort aus, »war alles fortgefegt und verloren. Und das, wofür wir und Generationen vor uns gelebt haben, gibt es nun nicht mehr. Unsere Tradition, unsere Gemeinschaft, unser Kloster, unser Vermögen – alles verloren. Obwohl – von Vermögen hatte man eigentlich schon seit 1770, 1780 nicht mehr sprechen können, denn ehrlich gesagt, es ging uns schon vor der Besetzung Kölns durch die Franzosen wirtschaftlich recht schlecht. Unsere Pachthöfe und Renten brachten nicht mehr viel ein, und wir hatten kaum noch Nachwuchs. Die Zeiten waren schon lange schlecht für Köln gewesen, aber nach der Besetzung 1794 wurde es schlimmer und schlimmer. Unsere Renten wurden einbehalten, so daß wir oft nicht mehr wußten, wie wir die Rechnungen für Lebensmittel, für Heizung oder für den Arzt bezahlen sollten. Schließlich verkauften wir Gegenstände aus Silber und Zinn, dann auch einen Großteil des Mobiliars. Nur das, was wir täglich brauchten, behielten wir. Wir waren ja, wie gesagt, nicht mehr viele.« Mit einer kleinen Handbewegung umschloß sie die Einrichtung des Zimmers: »Die Möbel in dieser Wohnung sind auch noch aus dem Kloster. Die Truhe dort dürfte über zweihundert Jahre alt sein, sie ist aus Eichenholz und sehr schwer. Sehen Sie den Beschlag und die geschnitzten Blumenranken? Manchmal stelle ich mir vor, daß sie von einem jungen Mädchen aus meiner Familie ins Kloster mitgebracht wurde. Damals, vor mehr als zweihundert Jahren. Verstehen Sie, Jungfer, daß dieser Gedanke mich tröstet, auch wenn er mich gleichzeitig traurig macht?« Sie schwieg und lächelte dann, als wolle sie sich entschuldigen: »Sie müssen die Gedanken und Träume einer alten Frau verzeihen. Vielleicht langweile ich Sie mit meinen Erinnerungen, aber ich freue mich über jeden Besuch, mit dem ich eine Weile sprechen kann. Wir leben sehr zurückgezogen und werden nur noch von Verwandten und vom Geistlichen besucht. Aber«, unterbrach sie sich und blickte verwirrt in Annas Gesicht, »was wollte ich erzählen? Ich glaube, ich habe den Faden verloren.«

»Sie sprachen gerade davon, wie es Ihnen und Ihren Mitschwestern in der Franzosenzeit ging.«

Mutter Maria nickte langsam: »Die Franzosenzeit, ja. Ich war Schaffnerin des Klosters, wissen Sie, und schon 1798 verlangten die französischen Herren von mir, ein Verzeichnis unserer Besitztümer aufzustellen. Damals ging es uns schon so schlecht, daß wir kaum noch Gegenstände aus Edelmetall hatten. Nicht einmal mehr in der Kirche. Sogar auf dem Altar waren die silbernen Leuchter durch Leuchter aus Eisen oder Zinn ersetzt worden. Fast alles Wertvolle oder Schöne war verkauft. Was uns bis zuletzt blieb, waren die Bibliothek und die Bilder. Davon konnten wir uns lange nicht trennen.«

Sie schwieg. Dann gab sie zuerst ihrer Mitschwester noch einmal zu trinken und nahm schließlich selbst einige Schluck Schokolade, in die sie kaum mehr als eine Prise Zucker gestreut hatte.

»Und was geschah mit den Bildern und den Büchern?« fragte Anna.

»Ja, die Bilder und Bücher. Wie groß die Bedeutung dieser Dinge für uns Menschen sein kann. Dabei sollten gerade wir Nonnen unser Herz nicht an Irdisches hängen. Aber«, sie lächelte wieder, »trotz aller Mahnungen – wir tun es doch. Vielleicht war es ein Zeichen des Himmels, daß wir sie schließlich auch verloren.«

»Verloren?«

»Ja, sie gingen uns verloren.«

»Und wodurch?«

»Durch die Not, in der wir lebten.« Mutter Maria atmete tief ein, hustete kurz und fuhr dann mit einer Stimme, die plötzlich lauter und lebendiger als zuvor klang, fort: »Es war im Sommer 1802, ein heißer, stickiger Sommer, wie ich mich genau entsinne. In der Stadt lief seit Wochen eine Epidemie um, an der viele Menschen erkrankten. Es war ein Fieber, das mit Leibkrämpfen und schrecklichen Delirien verbunden war. Auch bei uns im Kloster gab es Kranke. Zuerst zwei Laienschwestern, die in der Küche arbeiteten, dann eine der Chorschwestern, schließlich die Priorin. Wir übrigen Schwestern waren in großer Sorge, und da unsere eigenen Mittel nicht halfen, ließen wir den Arzt holen, den wir immer riefen, wenn wir medizinische

Hilfe über das hinaus brauchten, was wir selbst tun konnten.«

»Welchen Arzt haben Sie denn gerufen?« Anna beugte sich vor, um kein Wort zu überhören.

Die alte Frau zögerte und sagte dann: »Es war ein Doktor Nockenfeld.«

»Nockenfeld?«

»Ja, Doktor Jakob Nockenfeld. Der Bruder von Jungfer Nockenfeld in der Schildergasse. Ein ziemlich junger Mann damals. Sie werden ihn nicht kennen. Er wohnte damals am Quatermarkt und ging später, wie man sagte, nach Paris.«

»Er kam und behandelte Ihre Kranken?«

»Ja, er kam einige Wochen hindurch jeden Tag, manchmal sogar öfter. Je nachdem, wie wir ihn brauchten. Und ich kann nichts Schlechtes über seine Behandlung sagen. Seine Medikamente und Ratschläge halfen, alle wurden wieder gesund. Nur …«, sie schwieg.

»Nur?« wiederholte Anna fragend. Unscharf nahm sie wahr, daß die Tür sich erneut geöffnet hatte und die Magd, groß und schwarz wie ein Schatten, kurz auf der Schwelle stehengeblieben war. Einen Moment später war die Tür wieder geschlossen.

»Nur, wir hatten kein Geld, ihn zu bezahlen, keinen blanken Stüber mehr. Anfangs schien er bereit zu warten und uns sein Honorar zu stunden, doch dann begann er zu drängen. Und schließlich wies er – erst versteckt, dann immer deutlicher – auf unsere Gemälde und unsere Bibliothek hin. Verstehen Sie, es war die Zeit, kurz nachdem das Gesetz über die Verstaatlichung des Kirchengutes in Kraft getreten war und wir all unseren mobilen Besitz – die Reste davon – hätten melden und zur Sammelstelle im Cäcilienkloster bringen lassen müssen. Aber«, sie fuhr sich mit der Hand über die Augen, als wollte sie etwas fortwischen, »wir haben es nicht getan.«

»Sie haben Ihre Besitztümer nicht abgeliefert?«

»Nur das eigentlich Wertlose. Die Gemälde und unsere Bücher – die uralten Handschriften, Psalterien, Gebetbücher, Missalia und unser einzigartiges Antiphonar aus dem vierzehnten Jahrhundert – haben wir einfach behalten und auf dem Speicher des Refektoriums versteckt. Dabei hatten wir noch nicht einmal entschieden, was wir damit machen wollten. Wir stellten uns vor, sie später irgendwie außer Landes zu schaffen, wenn möglich in ein Dominikanerinnenkloster in einem der deutschen Länder. Einige von uns hofften sogar, daß die französischen Zeiten bald vorbei sein würden, daß alles wieder so sein würde wie zuvor und wir in unser altes Leben zurückkehren könnten. So naiv dachten wir damals!« Sie lachte bitter auf. »Nun, jedenfalls wollten wir uns das letzte, was wir noch hatten, nicht einfach nehmen lassen, und so beschlossen wir – alle zwölf gemeinsam –, Bilder und Bücher zu unterschlagen.«

»Obwohl es gegen das Gesetz war?«

»Ja, es war gegen das Gesetz. Aber es war ein gottloser, heidnischer Staat, der unsere Kirche und das Christentum unterdrückte. Daher war unser Beschluß zwar ungesetzlich, aber im Grunde doch rechtens.«

»Und was geschah dann?«

»Dann kam die Krankheit unserer Mitschwestern und mit ihr Doktor Nockenfeld. Woher er wußte, daß wir diese Dinge versteckt hatten, kann ich nicht sagen. Möglicherweise ahnte er es nur, vielleicht hat eine der Schwestern in ihren Delirien darüber gesprochen, auf alle Fälle ließ er uns bald wissen, was er vermutete. Erst in Andeutungen, schließlich immer klarer. Bis er ganz unverfroren sagte, was er wollte. Und er wollte die wertvollsten der Bücher und zumindest einen Teil der Gemälde. Er machte uns klar, daß er, falls wir uns weigerten, die Behörden informieren würde, denn das, sagte er, sei seine Pflicht als loyaler französischer Staatsbürger. Wir waren uns unserer Lage durchaus bewußt: Wir hatten gegen die Gesetze verstoßen, und er drohte uns mit einer Denunziation. So simpel war das.«

Sie schwieg und legte ihre Hand mit einer müden Geste auf den Arm der kranken Frau neben sich, so, als wolle sie bei einer Verbündeten Beistand suchen.

Anna betrachtete die zwei Frauen, wie sie zerbrechlich und traurig nebeneinander auf ihrer Bank saßen. Überbleibsel einer Welt, die zerstört und verloren war. Die eine der beiden mit zerfallendem Geist, eingeschlossen in sich selbst, die andere verloren in ihrer Erinnerung und ohne Kraft für die Gegenwart.

»Und Nockenfeld hat bekommen, was er wollte?«

»Was hätten wir tun sollen? Wer hätte uns helfen können? Nein, nein, wir mußten ihm geben, was er verlangte. So kam er eines Abends, ließ sich in den Speicher führen und suchte dort selbst aus, was ihm gefiel. Ein paar Tage später fuhr er morgens früh, elegant gekleidet und dezent parfümiert, mit einer Kutsche vor und nahm einige Kisten mit Büchern und die meisten unserer Gemälde mit. Wir hatten damals noch vierunddreißig Bilder, das weiß ich noch sehr genau. Acht Bilder hatten wir in der Kirche hängenlassen, sechsundzwanzig auf dem Speicher verstaut. Diese sechsundzwanzig packte Nockenfeld alle ein. Die übrigen acht ließ er uns, und dadurch blieb uns dieses hier erhalten«, sie wies mit einem Kopfnicken auf das Gemälde ihr gegenüber. »Außerdem auch das bedeutendste Bild, das das Kloster überhaupt besessen hatte. Es befand sich auf dem Hochaltar im Chor der Kirche, und selbst Nockenfeld bestand nicht darauf, es mitzunehmen. Sie wissen sicher, welches ich meine. Ein Bild aus dem siebzehnten Jahrhundert, das unsere Patronin, die Heilige Gertrud, darstellt, wie sie Brot an die Armen verteilt. Wir haben es später an die Apostelnkirche gegeben, wo es heute noch steht und, Gott sei gedankt, verehrt wird wie all die Zeit zuvor. Die übrigen sechs Bilder sind verschollen, sie verschwanden irgendwann in den Wirren dieser

Monate, ohne daß wir gemerkt hätten, wie. Ich habe nur noch von einem gehört, das wieder aufgetaucht ist, einem unserer schönsten Gemälde. Waren es nicht zwei Brüder, die es irgendwo fanden und kauften?«

Im Bemühen um Konzentration hoben und senkten sich ihre Lider zitternd. Sie waren so dünn gespannt, daß man fast den Eindruck hatte, die Augäpfel schienen hindurch. Fragend richtete sie die Augen auf Anna.

»Meinen Sie die Kreuztragung Christi?«

»Ja, die meine ich. Das Bild hing am Heilig-Kreuz-Altar unserer Kirche. Ich habe oft davor gekniet und gebetet.«

»Sie haben recht. Es wurde tatsächlich von Brüdern gekauft, den Brüdern Melchior und Sulpiz Boisserée.«

Anna setzte sich auf ihrem harten Stuhl zurück und schloß für einen Moment die Augen. Vage in den Details, aber in den Hauptzügen doch sehr klar sah sie das große Bild vor sich, das sie vor langen Jahren in der Gertrudenkirche, später dann mehrfach im Haus der Boisserées betrachtet hatte.

Sie sah Christus, wie die Henker ihn zur Richtstätte nach Golgatha führten. Sein dornengekröntes Gesicht war zweimal im Bild zu sehen. Einmal neigte es sich unter dem schweren Kreuzbalken blutüberströmt zur Seite, ein zweites Mal war es dem Betrachter als Abdruck von Schweiß und Blut auf dem Tuch, das die Heilige Veronika ausgebreitet in den Händen hielt, in ganzer Fläche zugewandt.

Das Gesicht eines Gefolterten und doch ein so ruhiges Gesicht, sagte sie sich und dachte an das Gesicht des toten Nokkenfeld. Rasch öffnete sie die Augen und sagte: »Zu diesem Kauf gibt es eine kurze Geschichte, Ehrwürdige Mutter, die in Köln immer wieder erzählt wird, wahrscheinlich, weil sie daran erinnert, wie leicht es vor zwanzig Jahren war, Kunstwerke zu finden und zu kaufen … Es muß um 1804 gewesen sein, heißt es, als die Brüder Boisserée am Neumarkt an einer Trage vorbeikamen, auf der unter vielem altem Gerümpel auch dieses

Bild lag – groß und völlig verschmutzt. Bild und Gerümpel gehörten einem Schuster aus der Cäcilienstraße, der irgendwie an die Sachen gekommen war und sie aus seinem Haus fortschaffen wollte, weil sie ihm im Weg waren. Die Boisserées kauften das Bild für ein paar Francs und legten damit, wie sie selbst immer wieder betonen, den Grundstein für ihre heute so berühmte Kunstsammlung.«

Mutter Maria straffte ihre Schultern und löste sich von der Rückenlehne der Bank. Für einen Augenblick saß sie aufrecht mit geradem Rücken und erhobenem Kopf da und sagte mit anklagender, zischelnder Stimme: »Ja, so war das damals. Das Heilige wurde unter Gerümpel begraben, zerstört und verschleudert! Wie wenig ist gerettet worden! Und was vor der Vernichtung gerettet wurde, dient heute ganz anderen Zwekken als dem Gebet und der geistigen Sammlung. Unser Heiland am Kreuz als Augenweide, unsere Märtyrer als geistvolles Vergnügen! Der Herr erbarme sich dieser seelenlosen Welt!«

Vielleicht war die Stimme Mutter Marias zu laut gewesen, möglich, daß das lange Gespräch die Kranke aufgeregt hatte – ihre Handbewegungen, die in den letzten Minuten rascher und fahriger geworden waren, holten nun immer weiter aus, wurden immer heftiger. Leise, stoßweise Laute waren zu hören, in denen Anna verschwommene Silben und verstümmelte Worte zu erkennen glaubte.

Während Mutter Maria sich ihrer Mitschwester zuwandte und begann, ihr beruhigend über Arme und Hände zu streicheln, stand Anna auf und ging zum Fenster.

Da das Haus am Beginn der Apostelnstraße stand, konnte man von diesem Fenster aus sowohl die schweren Mauern des Seitenschiffs der Apostelnkirche sehen wie auch – an den gegenüberliegenden Häusern schräg vorbei über Reste der alten Römermauer hinweg – das Gelände, auf dem sich das Gertrudenkloster befunden hatte. Als sie sich gerade vorzustellen versuchte, wo von diesem Blickwinkel aus die Wohngebäude der Nonnen gestanden haben mußten, fingen die Glocken der Apostelnkirche an, das Angelus zu läuten. Es war Mittag. Während sie sich bekreuzigte, entdeckte sie plötzlich auf der anderen Straßenseite, vor einem Haus mit einem Krämerladen, ihren Cousin. Er stand dort in seinem wadenlangen Mantel, den Kragen über der Pellerine hochgeschlagen, die Beine der Steghose bis zum Mantelsaum dunkel vor Schmutz. Mit einer knappen Bewegung lüftete er, aus Respekt vor dem Gebetsläuten, den Hut und sah dabei zu ihr hinauf. Sie wischte über das Fenster und blickte, ganz nah an die Scheibe gedrückt, zu ihm hinunter. Er schien sie zu erkennen, denn er machte eine grüßende Geste. Hinter sich hörte Anna die Stimme Mutter Marias, die zum Dröhnen der Glocken die Worte des Angelusgebetes sprach, rhythmisch und monoton, wie ein Gebet vor dem Schlaf. Mit einem sprachlosen Murmeln fiel auch die Kranke in den Rhythmus ein. Anna nickte Bernard Elkendorf zu, drehte sich dann um und schloß sich den Stimmen an. »Der Engel des Herrn brachte Maria die Botschaft, und sie empfing vom Heiligen Geist. Gegrüßet seist Du, Maria, Muttergottes …«

Mit dem Ausklingen des Glockengeläutes endete auch das Gebet.

Anna drehte sich um und sagte leise: »Ich danke Ihnen, Ehrwürdige Mutter, für Ihre Freundlichkeit. Ich muß jetzt gehen.«

In sich versunken, nahm keine der beiden alten Frauen von ihrem Abschied Notiz.

Während Anna im Flur der Wohnung ihre Kleidung zurechtzog und ihren Schutenhut aufsetzte, stand plötzlich die alte Magd neben ihr.

»Sie und die Ehrwürdige Mutter haben über Doktor Nokkenfeld gesprochen«, sagte sie. »Ich habe seinen Namen lange nicht gehört. Sehr lange. Und das ist gut so. Ich sage Ihnen, Jungfer Steinbüschel, er hat viel Unglück gebracht. Man täte gut daran, ihn zu vergessen.«

Bevor Anna etwas erwidern konnte, hatte sie sich umgewandt und war, hager und groß, in tiefes Schwarz gekleidet wie die Nonnen, hinter einer Tür verschwunden. Einen Moment später fiel die Tür mit einem unangenehm schleifenden Geräusch zu.

Anna sah noch einige Augenblicke auf die geschlossene Tür und wartete. Als sie aber geschlossen blieb, raffte sie ihre Röcke zusammen und stieg vorsichtig die steile Treppe hinunter.

KAPITEL 7

Donnerstag, 28. August, Mittag und früher Nachmittag

»Während unserer Abwesenheit zu Anfang des Winters (1803/04) waren die aufgehobenen Klöster und Kirchen geräumt worden, und was die ausgestoßenen Bewohner nicht mitgenommen, die Regierungsbevollmächtigten nicht mit Beschlag belegt hatten, war in schnödester Hast an Händler und Trödler verkauft worden. Durch diese gewaltsame Umkehrung kamen gleich mehrere schätzbare, bis dahin unbekannte alte Gemälde zum Vorschein, die von Kennern und Liebhabern, besonders von Canonicus Wallraf und Kaufmann Lyversberg, in ihre Sammlungen aufgenommen wurden. Wir fanden darunter Bilder, welche nicht nur an sich sehr bedeutend waren, sondern auch die größten Erwartungen von dem erregten, was noch im Dunkel und in der Vergessenheit begraben sein könnte. Es war überhaupt ein seltsamer Zustand, alles was wir von Kunstwerken sahen und hörten, erinnerte an den ungeheuern Schiffbruch, aus dem die einzelnen Schätze geborgen worden; wie viel Köstliches konnte in dem Sturm untergegangen sein, wie vieles konnten die bewegten Wellen noch an den Strand spülen.«
Aus: Sulpiz Boisserée, Fragmente einer Selbstbiographie, 1783-1808, S. 26.

In der Nacht hatten ihn drückende Alpträume verfolgt. Schwärzliche Schatten waren über ihn gekrochen und hatten sich wie Bandagen aus dunklem Leinen um ihn gelegt, bis er, halb bei Bewußtsein, geglaubt hatte, kein Glied seines Körpers mehr bewegen zu können. Das Gesicht des toten Nockenfeld war durch seine Träume gezogen, hatte sich erst in die Züge des gekreuzigten Christus, dann in die des geköpften Johannes auf der Schale der Salome verwandelt. Männerköpfe, deren dunkles Haar sich lockte und ringelte wie die Schlangen der Medusa und die in ihm einen tiefen Ekel ausgelöst hatten. Von diesem Ekel war er erwacht. Seine Zunge war pelzig belegt gewesen, die Augen verklebt.

Gut, daß die Magd ihn so früh gerufen hatte und ihn dadurch zwang, die Irritation, die fast einer Verstörung glich, abzuschütteln. Und dennoch – Elkendorf hatte sie selbst jetzt, einige Stunden später, immer noch nicht völlig abgestreift. Immer noch konnte er am Rand seines Bewußtseins die beängstigenden Spuren des Alps fühlen, weniger als klare Bilder denn als Fetzen von Eindrücken und Gedanken, die er mit Worten nicht hätte beschreiben können und die doch eine Art eindringlicher Realität hinter seinen tatsächlichen Sinneseindrücken darstellten.

Und die Sinneseindrücke an diesem Morgen waren intensiv, vielleicht intensiver noch als sonst. Der brühheiße Kaffee, an dem er sich den Gaumen verbrannte, die Regenschauer in den Gassen, die überflutet waren von lehmigem Wasser und herabgerissenen Blättern, schließlich die Krankenstuben mit ihren schwitzigen Ausdünstungen und leidenden Gesichtern. Alles ging ihm sehr nahe und schnitt sich mit Geschmack und Geruch, Farben und Geräuschen scharf in seine Empfindungen ein, so, als hätten die Alpträume der Nacht seine Seele bloßgelegt und sie den dünnen Messern eines Wundarztes ausgeliefert.

Nachdem er im Spital der Celitinnen an der Komödienstraße zusammen mit den Wartnonnen und einem Chirurgen versucht hatte, einen seit dem vorhergehenden Abend schreienden und wütenden Mann zu bändigen, der sich im fortgeschrittenen Stadium der Syphilis befand, hatte er diejenigen seiner Patienten besucht, die fiebrig waren und ihr Bett nicht verlassen konnten. Die Besuche hatten einige Stunden in Anspruch genommen, so daß er bei seinem letzten Patienten, einem jungen Mann mit einem Steinleiden, erst um die Mittagszeit eintraf. Weder der Kranke noch er selbst hatten sich bisher zu einer Blasenoperation entschließen können. Das Risiko einer Öffnung des Bauches, eines Schnitts in die Blase, um die Steine zu entfernen, war groß und der Operationsschmerz kaum zu ertragen. Also verordnete er auch hier nur dämpfende Medikamente, um die Acritäten, die Schärfen in Blut und Urin, die zu den Ablagerungen in der Blase führten, zu vermindern.

Gerade als er das Krankenzimmer verlassen hatte und aus der Haustür auf die Apostelnstraße trat, begann das Angelusläuten aus St. Aposteln. Es schien ihm lauter und gellender als sonst zu sein und durch den Regen zu dringen wie rhythmische Schreie. Aus alter Gewohnheit lüftete er kurz seinen Hut, und sah, während er nach oben auf das gegenüberliegende Fachwerkhaus blickte, hinter einer Fensterscheibe im ersten Stock verschwommen, aber doch erkennbar das Gesicht seiner Cousine. Er machte eine vage Geste, auf die sie mit einem Kopfnikken antwortete, dann wandte sie sich um.

Einige Minuten später entschloß er sich, in einer Eckschenke an der Breitestraße Kaffee mit einem Schuß Cognac zu trinken. Weder Kaffee noch Alkohol jedoch stärkten seine Lebensgeister so, wie er es gehofft hatte. Statt dessen schien schon der erste Schluck die wunde Stelle im Mund erneut zu reizen. Ärgerlich schnalzte er mit der Zunge, schob die Tasse mit dem Handrücken zurück und stand auf. Er legte einige Pfennige auf die zerkratzte Tischplatte und ging nach draußen.

Es drängte ihn nicht, zu Sehlmeyer zu gehen, um sich nach den Ergebnissen der Untersuchungen zu erkundigen. Er war sich nicht einmal sicher, ob er überhaupt wissen wollte, was die Analysen ergeben hatten. Was würde folgen, wenn sich sein

Verdacht bestätigte? Befragungen, Verdächtigungen, Ängste, und schließlich die Aufdeckung von Schuld, zuletzt die Bloßstellung eines Schuldigen. Ein plötzliches Unbehagen überfiel ihn.

Ohne Zweifel, sagte er sich wie zur eigenen Überzeugung, war es notwendig, Maßnahmen zu treffen, um den Mörder zu finden, wenn es sich denn um Mord handeln sollte. Mord war nicht nur die Zerstörung eines menschlichen Individuums, es war die Zerstörung menschlicher Ordnung und damit der Einbruch des Chaos in eine sorgfältig geregelte Welt. Er war wie eine furchtbare Krankheit, die einen Körper befällt, ihn zerstört und vielleicht, in einer Art Epidemie, auch anderes Unheil nach sich ziehen konnte. Dennoch, hatte nicht auch das Gesetz etwas erschreckend Zerstörendes an sich, indem es in der Suche nach dem Mörder Freundschaften und Loyalitäten aufstörte und so vielleicht ein bis dahin tragendes Netz menschlicher Beziehungen zerriß? Oder müßte es ehrlicherweise heißen, ein bis dahin scheinbar tragendes Netz? Denn ein Netz menschlicher Beziehungen, das es zuließ, einen Mord zu planen und auszuführen, konnte nicht wirklich tragfähig sein. Zumindest nicht für alle seine Mitglieder. Nicht für das Opfer und eigentlich auch nicht für den Mörder. Andererseits, was war im Ende zerstörerischer, der Mord oder die Morduntersuchung, und was würde im Laufe der Untersuchung zutage treten?

Elkendorf merkte, wie sein Gedankenfluß, ohne ein befriedigendes Ziel zu erreichen, zu versickern begann. Er wollte keine Entscheidung darüber treffen, was richtig war. Er hatte es immer gehaßt, sich zu entscheiden, und doch sah er sich jeden Tag, immer aufs neue, dazu gezwungen.

Müde stemmte er sich gegen den Wind, der ihn auf der Straße von vorne traf und ihm, wie der Alptraum der Nacht, den Atem lähmte, so daß er für einen Augenblick meinte, wieder von diesem, ihm aus seinem Traum vertrauten Gefühl der Ohnmacht überwältigt zu werden.

Als ihm beim Betreten der Hofapotheke am Beginn der Hohestraße neben dem üblichen Geruchsgemisch Hunderter von Chemikalien und Kräutern auch der beißende Geruch verbrannten Schwefels in die Nase stieg und die Vorstellung von gelblichen Schwaden und blasigen, siedend aufsteigenden Flüssigkeiten in bauchigen Retorten heraufbeschwor, änderte sich seine Stimmung unvermittelt. Vielleicht, weil dieser Geruch ihn auf irgendeine Weise an die wissenschaftliche Neugier und die Unbestechlichkeit Sehlmeyers erinnerte.

Elkendorf ging vom Laden aus, in dem der Geselle Sehlmeyers gerade einen Kunden bediente, durch das Magazin mit seinen Regalen voller Salbentöpfe und Vorratsbehälter in das Laboratorium der Apotheke. Trotz eines geöffneten Fensters waren hier tatsächlich noch Reste schwefeligen Rauches zu sehen, die in einer dünnen Spur in Augenhöhe durch den Raum zogen.

»Ah, Elkendorf«, sagte Sehlmeyer und fächelte mit den Händen, um den Abzug des Rauches zu beschleunigen, »da sind Sie ja. Ich dachte schon daran, nach Ihnen zu schicken.«

Elkendorf trat in die Nähe des Fensters, wo ein kalt-feuchter Luftzug die Spur des Schwefelrauchs traf und halb nach draußen zog, halb nach innen in den Raum hinein drückte. Während ihm der Rauch die Kehle verengte und er sich bemühte, einen kratzenden Hustenreiz zu unterdrücken, sah er durch das Laborfenster in den Hinterhof. Der Ausschnitt der Fensteröffnung gab nur den Blick auf zwei große, überlaufende Regentonnen frei, die in knöcheltiefen, schwarzen Pfützen standen. Um die Holzplanken der Tonnen, die moosig und angefault waren, schlossen sich von Rost fast zerfressene Metallreifen.

Ohne sich Sehlmeyer zuzuwenden, sagte er: »Ich war seit dem frühen Morgen unterwegs bei Krankenbesuchen, Sie hätten mich also gar nicht erreichen können. Außerdem wollte ich Ihnen Zeit lassen und Sie nicht allzu sehr drängen. Ich nehme an, die Untersuchungen waren nicht einfach.«

»Vor allen Dingen waren sie unappetitlich, wie diese Art von Analysen nun einmal sind. Und eigentlich schlagen sie mir immer auf den Magen. Ich kann dann einige Tage lang kein Fleisch und keine Blutwurst essen – wenn Sie verstehen, was ich meine. Man hat dann trotz aller Abhärtung doch unschöne Assoziationen, denen man versuchen sollte, aus dem Weg zu gehen. Ich werde die nächsten Tage also von Gemüse und Kartoffeln leben, vermutlich wird es mir nicht schaden.« Sehlmeyer hob die Schultern und fügte hinzu: »Aber Sie sind gekommen, um über etwas anderes als meinen Magen zu sprechen, Elkendorf. Und Sie können gespannt sein. Ich habe eine interessante Neuigkeit für Sie.«

Sein plumpes Gesicht, aus dem die dicken, stets feuchten Lippen hervorquollen wie ein knorpeliges Gewächs, hatte sich dicht vor Elkendorfs Augen geschoben. »Ich sehe, Sie fühlen sich unbehaglich. – Man kann es Ihnen im übrigen immer ansehen, wenn Sie sich unbehaglich fühlen. Und in einem Augenblick werden Sie sich, glaube ich, noch unbehaglicher fühlen.« Als er kurz auflachte, öffneten sich seine Lippen mit einem leichten Schmatzen.

»Also, sagen Sie schon, was sich ergeben hat«, forderte ihn Elkendorf auf und versuchte, die dicke, unförmige Gestalt seines Gegenübers zu ignorieren. Trotz seiner Bewunderung für Sehlmeyers Fähigkeiten hatte er sich nie mit dessen Körperlichkeit abfinden können.

»Zunächst einmal: Sie hatten recht. Es war Gift. Sie hatten auch recht, als Sie vermuteten, daß es kein Arsenik war. Die chemischen Analysen haben keinerlei Spuren davon aufgedeckt.« Sehlmeyer unterbrach sich, zog die Luft prüfend ein und schloß dann einen Fensterflügel, der im Wind hin- und hergeschlagen hatte.

»Aber Sie haben etwas gefunden?«

»O ja, eine Kleinigkeit, könnte man im wahrsten Sinne des Wortes sagen. Eine winzige Spur. Winzig, aber entscheidend.

Einen Augenblick, ich zeige es Ihnen.« Er drehte sich um und ging mit überraschend behenden Schritten ans Ende seines Arbeitstisches, der sich lang und tief unter den beiden Fenstern des Laboratoriums hinzog. Dort griff er nach einem Glasschälchen, auf dem Elkendorf aus der Entfernung einiger Meter nur ein paar kleine, dunkle Punkte ausmachen konnte.

»Na, Elkendorf, erkennen Sie, was das ist?« fragte Sehlmeyer ironisch lächelnd und hielt ihm die Glasschale entgegen. »Sie könnten es wissen.«

Elkendorf musterte die dunklen Punkte, die sich aus der Nähe gesehen als winzige pflanzliche Reste entpuppten. Stückchen von Blättern? Oder von Wurzeln? Nein, von Körnchen. Es mußten Bruchstücke von Samenkörnern sein.

»Es ist ein Samen«, sagte er mit belegter Stimme, »ein Samen beziehungsweise kleine Stücke davon. Nicht wahr?«

»Genau, lieber Elkendorf. Richtig geraten.« Sehlmeyer lachte auf und fuhr sich mit der Zunge über die Lippen. »Aber nun sagen Sie noch, was für Samen.«

»Sie wissen, daß ich das nicht sagen kann. Soweit reicht mein botanisches Wissen nicht, daß ich aus diesen kleinen Resten rekonstruieren könnte, um was für eine Pflanze es sich gehandelt hat. Und wenn Sie es gerne hören wollen – das können nur Sie!«

Elkendorfs Blick schweifte über das Regal im Hintergrund des Raumes, in dem Sehlmeyer die vielen Bände seines berühmten Herbariums gestapelt hatte. Hohe, dickleibige, in Leinen gebundene Bücher, die Tausende von getrockneten und gepreßten Pflanzen enthielten. Etwa zwölftausend verschiedene Pflanzen hatte Sehlmeyer gesammelt, mehr als irgend jemand sonst in Köln, so daß die Sammlung für naturwissenschaftlich interessierte Reisende neben der Wallrafschen Naturaliensammlung, der oryktognostischen Sammlung des Apothekers Heis und der Konchylien- und Mineraliensammlung des Malers Meinertzhagen zu den wichtigsten Sehenswürdigkeiten der

Stadt gehörte. Er stieß einen halblauten Seufzer aus und meinte: »Seien Sie so gut und sagen Sie, was Sie wissen.«

»Immer mit der Ruhe, Elkendorf! Immer mit der Ruhe. Geben Sie sich doch einen Moment lang Mühe. Sie müßten es wirklich erkennen, denn Sie besitzen selbst getrocknete Teile dieser Pflanze. Und zwar als Arznei. Ich habe noch vor kurzem eine Porzellandose damit in Ihrem Arbeitszimmer gesehen, da, wo Sie die Behälter mit zerstoßenen Kräutern und flüssigen Kräuterextrakten aufbewahren. Ich gebe Ihnen einen Hinweis – die Dose befindet sich auf dem mittleren Bord Ihres Glasschrankes in der hinteren Reihe bei den giftigen Substanzen. Ein wenig verstaubt und halbvoll. Ich erinnere mich ziemlich genau, weil ich vor ein paar Wochen, bei meinem letzten Besuch bei Ihnen, einen Blick auf Ihre Arzneibestände geworfen habe, um zu sehen, ob ich Ihnen nicht bald wieder einiges liefern sollte.«

»Also ist es kein seltenes Gift?« unterbrach ihn Elkendorf ungeduldig.

»Nein, es ist nicht selten. Man kann die Pflanze überall auf Ödland und an Wegrändern finden, auch hier in der Kölner Umgebung. Es ist eine krautige einjährige Pflanze, die bis etwa Hüfthöhe wächst. Die Blätter sind eiförmig zugespitzt, buchtig gezähnt, die Blüten weiß, trichterförmig, fünfzipfelig. Blütezeit Juni bis September. Die Fruchtkapsel ist stachelig. – Sie wissen es immer noch nicht? Nun, ich will Sie nicht länger auf die Folter spannen – es handelt sich um Datura stramonium, den gemeinen Stechapfel, ein Mitglied der Familie der Nachtschattengewächse, der Solanaceae.«

»Mein Gott, Stechapfel. Natürlich, das war es!« Für einen Augenblick sah Elkendorf den toten Nockenfeld in allen Details vor sich: die Gesichtszüge, die Lage des Körpers, die Ausscheidungen. »Stechapfel! Er bewirkt schwerste Krämpfe, Erbrechen grünlicher Substanz. Stuhl und Urin können nicht mehr gehalten werden. Der Vergiftete ringt nach Luft, knirscht mit den Zähnen, windet sich und schreit. Der Tod erfolgt im Sopor unter Trachealrasseln durch schließliche Atemlähmung. Nockenfeld starb am Gift des Stechapfels. Sie haben völlig recht, Sehlmeyer. Daß ich nicht selbst darauf gekommen bin! Und jetzt erkenne ich auch den Samen, er hat eine besondere Form.«

»Ich dachte mir, daß Sie ihn erkennen würden. Schließlich benutzt man Stechapfel ja doch gelegentlich als Medikament und natürlich auch zu einer«, Sehlmeyer hüstelte manieriert, »nun, zu einer Leistungssteigerung in gewissen Bereichen.«

»Sicher, es ist eine Arznei, die ich auch verabreiche, vor allem bei schweren Fällen von Pleuritis. Allerdings nur selten und nur sehr, sehr vorsichtig. Eben wegen der Giftigkeit der Pflanze. Und in diesem anderen Bereich, den Sie so dezent andeuten, in diesem Bereich habe ich es noch nie verschrieben und würde es auch nicht tun. Als Aphrodisiakum ist Stechapfel viel zu gefährlich.«

»Völlig Ihrer Meinung, Elkendorf, dennoch kann man es sich leicht bei einem Apotheker, einem Arzneihändler oder einer Kräuterfrau besorgen. Und Sie können sicher sein, daß eine ganze Reihe von Männern hier in der Stadt Stechapfelblätter, Wurzeln oder zerstoßenen Samen einnehmen, um ihrer gelegentlichen oder chronischen Schwäche abzuhelfen. Möglicherweise im Einzelfall mit traurigen Folgen, vor denen dann der Arzt oder Bader hilflos und kopfschüttelnd steht, weil er nicht weiß, was die plötzlich aufgetretenen Krankheitssymptome ausgelöst hat.«

»Ich weiß, was Sie sagen wollen: Praktisch jeder kann sich in den Besitz von Stechapfel bringen, seine Bestandteile zerkleinern oder einen Extrakt daraus herstellen. Oder er kann sich ihn bereits als zu Arznei bereitetes Produkt kaufen.«

»Richtig«, sagte Sehlmeyer. »Übrigens habe ich nicht nur diese paar Samenteilchen gefunden. Ich denke, auch winzige

Reste von Blättern des Stechapfels entdeckt zu haben. Allerdings könnte ich es nicht sicher behaupten, denn schließlich hat Nockenfeld an diesem Abend noch andere Pflanzen gegessen – Gemüse und Kräuter, die ich zum großen Teil nicht bestimmen kann, weil der Verdauungsprozeß schon zu weit fortgeschritten war.«

»Und in welcher Form hat er Ihrer Meinung nach das Gift zu sich genommen?«

»Nun, ich vermute, Sie wissen, daß alles an Datura stramonium giftig ist, nicht nur der Samen. Auch die Blätter und die Wurzeln. Und während die Blätter schwach riechen und leicht salzig-bitter schmecken, ist der Geruch des Samens ziemlich unangenehm und sein Geschmack bitter. Deshalb benutzt man als Arznei im wesentlichen die Blätter und nimmt nur einige Samen dazu. So mache ich es, und so wird es von Apothekern meistens gemacht. Ich denke deshalb, es waren fast ausschließlich Blätter, die er, fein zermahlen und getrocknet, gegessen hat. Samen beziehungsweise Samenteile sind nur in geringster Menge darunter gewesen, und wir können von Glück sagen, daß diese winzigen Spuren überhaupt zu finden waren. Die einzigen übrigens, die ich in Magen, Darm und den Proben des Erbrochenen entdeckt habe. Wären sie nicht vorhanden gewesen, hätten wir höchstens einen Verdacht auf Vergiftung durch ein Nachtschattengewächs äußern, ihn aber nicht beweisen können. Und es wäre nicht möglich gewesen zu bestimmen, welches der Nachtschattengewächse es war. Sie wissen, daß zum Beispiel auch Tollkirsche, Atropa belladonna, als Gift in Frage gekommen wäre. Ja, die Bestimmung von Giften im menschlichen Körper ist sehr schwierig und in vielen Fällen gar nicht möglich. Die heutigen chemischen Analysen sind, bei allem wissenschaftlichen Fortschritt, dazu nicht in der Lage.«

»Und durch eine Autopsie lassen sie sich auch nicht nachweisen, da der Befund an den Organen nicht spezifisch genug ist … Ich nehme an, daß Sie nach der Untersuchung der Eingeweide nicht sagen können, mit welchem Getränk oder Gericht er es eingenommen hat?«

»Damit Sie wissen, wo und wann er sich vergiftete oder vergiftet wurde! Ha, Elkendorf, wenn es so einfach wäre. Aber außer, daß er es aller Wahrscheinlichkeit während des Abendessens eingenommen hat, kann ich nichts sagen. Wenn ich das könnte, käme es einem Wunder gleich. Nein, ich habe mit den Untersuchungen heute nacht mein Bestes getan, und damit werden Sie zufrieden sein müssen.«

Elkendorf nickte. »Ihren schriftlichen Bericht über die Analyse schicken Sie bitte noch heute an Medizinalrat Merrem. Er wollte so rasch wie möglich informiert werden.«

»Ich bin selbst gekommen, um mich über das Ergebnis zu unterrichten. Guten Tag, meine Herren.«

Unbemerkt war Theodor Merrem in das Laboratorium eingetreten. Er stellte seinen tropfenden Parapluie in eine Ecke, legte den Hut ab und öffnete seinen grauen Umhang, der ihm bis auf die Knöchel fiel.

»Dieser verdammte Regen«, sagte er und strich sich über den Nacken, der offenbar trotz allen Regenschutzes naß geworden war. »Ich wollte, es wäre endlich damit zu Ende. Sogar auf dem kurzen Weg von der Zeughausgasse bis hierher haben meine Stiefel so viel Wasser aufgesaugt, daß sich die Füße anfühlen, als ginge ich barfuß durch die Nässe.«

Verdrossen blickte er an Sehlmeyer und Elkendorf vorbei zum Laborfenster, an dem der feine, unaufhörliche Regen in dünnen, sich breit verzweigenden Rinnsalen über Scheiben und Fenstersprossen hinablief. Dann konzentrierten sich seine Augen auf den Apotheker, der abwartend neben ihm stand: »Nun, was haben Ihre Analysen ergeben, Herr Sehlmeyer?«

»Stechapfel, Herr Medizinalrat.« Sehlmeyer sprach nun knapp und sachlich. »Ich konnte eindeutig Reste von Stechapfelsamen in den Eingeweiden des Toten feststellen.«

Er zeigte ihm die Schale mit den Samenteilchen. Merrem warf einen flüchtigen Blick darauf.

»Stechapfel. Ein starkes Gift«, sagte er und hob resigniert die Schultern, seine Lider flatterten einen Moment. »Ich hatte, ehrlich gesagt, auf ein anderes Ergebnis gehofft. Ein Ergebnis, das zumindest die Möglichkeit eines natürlichen Todes offengehalten hätte. Aber bei Stechapfel ist ein natürlicher Tod schwer denkbar. Oder was glauben Sie, Elkendorf?«

»Es bleibt die Möglichkeit eines unglücklichen Zufalls. Nokkenfeld könnte das Mittel aus Versehen oder in einer Überdosierung als Aphrodisiakum eingenommen haben.«

»Sie meinen, er hätte ein Medikament nehmen wollen – aus seinem eigenen Bestand – und sozusagen zur falschen Flasche gegriffen? Das halte ich für völlig unwahrscheinlich. Schließlich war Nockenfeld Arzt.« Sehlmeyer schüttelte erregt den Kopf. Das Licht fiel von den Fenstern seitlich auf sein Gesicht, und Elkendorf konnte deutlich die narbige Haut Sehlmeyers wahrnehmen, auf der sich Blatter an Blatter reihte, grob eingekerbt, mit weißlichen, gewölbten Rändern, die hie und da rötliche Reizungen zeigten. »Ein solcher Mißgriff würde einem Arzt nicht unterlaufen. Das ist undenkbar.«

»Undenkbar nicht, aber unwahrscheinlich, da gebe ich Ihnen recht«, erwiderte Elkendorf.

»Und eine irrtümliche Überdosis? Wäre das möglich?« Merrem faßte in die Seitentasche seines Rockes, zog ein zartumhäkeltes Taschentuch heraus und fuhr sich damit über Stirn und Nacken.

»Möglich, aber bei ihm als Arzt kaum anzunehmen«, meinte Sehlmeyer. »Ein Arzt und ein Apotheker würden sich in der Dosis nicht irren – zumindest nicht, wenn das Medikament für sie selbst bestimmt ist. – Und bevor Sie jetzt nach Selbstmord fragen, Herr Medizinalrat, denken Sie an den ausgesprochen scheußlichen Tod, den man durch eine Vergiftung mit einem Nachtschattengewächs stirbt. Kein Mensch und schon gar nicht ein Mediziner nähme Stechapfel, um sich selbst zu töten. Nie und nimmer!«

Elkendorf nickte langsam: »Sehlmeyer hat vermutlich recht. Es sieht so aus, als müsse man Selbstmord weitgehend ausschließen. Und auch ein unglücklicher Zufall dürfte kaum wahrscheinlich sein. Um so mehr, als Nockenfeld das Mittel offenbar nur während des Diners eingenommen haben kann. Vorher wäre zu früh für die Wirkung gewesen, und danach hat er nichts mehr gegessen oder getrunken.«

»Richtig«, sagte Sehlmeyer und berührte die Samenteilchen in der Glasschale einzeln mit seinem kurzen, dicken Zeigefinger, der von braun-schwärzlichen Flecken, Wirkungen der Chemikalien, mit denen er täglich hantierte, übersät war. »Sie werden sich wohl oder übel mit dem Gedanken abfinden müssen, daß ihm das Gift von jemandem verabreicht wurde. Frank und frei gesagt: Nockenfeld wurde ermordet.«

Für eine Weile sprach niemand. Elkendorf beobachtete, wie das Gesicht des Medizinalrates erst blaß, dann rot wurde und die Ader an seiner Stirn sichtbar zu pulsieren begann.

»Hätten Sie nicht ein Glas Cognac für uns, Herr Sehlmeyer«, sagte Merrem schließlich, »ich glaube, ich könnte jetzt einen Schluck gebrauchen.«

»Ich auch«, gab Sehlmeyer zur Antwort und holte aus seinem Sekretär drei einfache Wassergläser und eine Karaffe, die in ihrer bauchigen Form fast einem Uringlas glich. Auch der Inhalt hatte weniger die goldbraune, warme Farbe guten Cognacs, sondern war von einem trüben Gelb. Wie das Wasser eines Blasenkranken, dachte Elkendorf und sagte: »Für mich nur wenig, bitte.«

»Wie Sie wollen.« Sehlmeyer goß die Gläser für Merrem und sich selbst voll, das dritte Glas füllte er nur zweifingerbreit und reichte es Elkendorf. Seine Hand war nicht groß, aber so fett, daß das Glas fast in ihr verschwand.

Merrem hatte inzwischen seinen Cognac in zwei Schlucken

getrunken und Hut und Schirm an sich genommen. »Ich danke Ihnen für Ihre Bemühungen und für Ihren Cognac, Herr Sehlmeyer«, sagte er und zu Elkendorf gewandt: »Wir sollten gehen, um das Weitere in die Wege zu leiten.« Mit einem kurzen Kopfnicken verabschiedete er sich von Sehlmeyer.

Als Elkendorf im Hinausgehen einen Blick zurückwarf, sah er Sehlmeyer reglos im Raum stehen, die kleine Glasschale wieder in der Hand haltend und mit einem Zug um den Mund, der fast wie ein Lächeln wirkte.

Draußen vor der Apotheke, unter dem durch die vorkragenden oberen Geschosse gebildeten Regenschutz, blieb Merrem stehen.

»Ich werde Struensee gleich Bericht erstatten«, sagte er. »Aber ich kann Ihnen jetzt schon die Entscheidung weitergeben, die er mir heute morgen mitteilte. Er sagte, falls Sehlmeyers Analyse den Verdacht auf Gifttod bestätige, sollten vorläufig Sie als Stadtphysikus die Untersuchung führen. Er wird die Polizei für die nächsten zwei Tage zurückziehen und in diesem Sinne auch Glasmacher instruieren. Damit, Elkendorf, sind Sie zunächst einmal auf sich allein gestellt, aber selbstverständlich bleiben Sie und ich in engstem Kontakt. Und seien Sie so diskret und so vorsichtig wie möglich. Es wäre entsetzlich, wenn einer Ihrer Gäste, ich meine, einer von uns ...«

Er öffnete seinen Parapluie und trat unter dem Dach hervor auf die Hohestraße. Ihr Pflaster aus blauschwarzen Steinen sah im Regen sehr dunkel aus, wie mit einer dünnen, matten Lasur überzogen, die sich im Aufschlagen des Regens in Wellen zu werfen schien und die Straße in eine unruhige Fläche verwandelte.

Als ein Taubenschwarm dicht neben ihm aufflatterte, stieß Merrem einen ärgerlichen Ausruf aus und machte einen Schritt zur Seite, nahe an den Rinnstein. Ohne sich noch einmal umzusehen, grüßte er dann kurz mit der freien Hand und wandte sich nach links. Elkendorf blickte der untersetzten Gestalt, die sich mit dem ihr typischen, federnden Gang entfernte, einige Augenblicke nach. Merrem ging weiter eng am Rinnstein der Straße entlang, so als sei er festgelegt auf diese klare, wenn auch schmale und glatte Linie, die das Trottoir von der Gosse trennte.

Während Elkendorf geistesabwesend auf die rasche Strömung sah, mit der das Wasser, gurgelnd und glucksend, aus dem Rinnstein in eine Kanalöffnung abfloß, zwang er sich, innerlich wie äußerlich eine straffe Haltung anzunehmen. Er wollte, so wie er es sich am vorherigen Abend vorgenommen hatte, Matthias De Noel, dem Neffen Nepomuk Lyversbergs und Vertrauten Wallrafs, einen Besuch abstatten.

Kaum fünfzehn Minuten später erreichte er St. Maria im Kapitol, dann die Königstraße, in der De Noel zusammen mit seiner Mutter im Haus der Familie lebte. Für Elkendorf war es das Viertel seiner Kindheit, die Gegend, in der er geboren und aufgewachsen war und die er besser kannte als alle übrigen Teile der Stadt. Das Haus der De Noels gehörte zu seinen frühen Erinnerungen, denn anders als das Küsterhaus von St. Maria, das mit kleinen Zimmern und steilen Treppen eng an die Wirtschaftsgebäude des Damenstiftes angebaut war und ihm schon als Kind zusammen mit einer Art dumpfer Nestwärme auch ein Gefühl der Begrenztheit und Geschlossenheit eingeflößt hatte, war das Haus der Kaufmannsfamilie De Noel für ihn der Inbegriff von Weitläufigkeit und Wohlhabenheit gewesen und hatte damit in ihm Sehnsucht nach Erfolg geweckt.

Wohlhabenheit und Geräumigkeit strahlte es immer noch aus, wie es mit breiter Front in der Häuserzeile der Straße stand, flankiert von zwei schmalbrüstigen Gebäuden, zwischen die man es, wahrscheinlich an Stelle ähnlicher mittelalterlicher Häuser, am Ende des siebzehnten Jahrhunderts gebaut hatte. Auf dem geschwungenen Giebel, von dem das Regenwasser in zwei breiten Güssen auf das Pflaster prasselte, stand die Jahreszahl 1697.

Als Elkendorf von der gegenüberliegenden Straßenseite auf das doppelflüglige, von einem breiten Rundbogen überwölbte Portal zuging, dachte er daran, daß hinter dieser soliden Fassade nicht immer alles so solide gewesen war, wie es ausgesehen hatte.

Tatsächlich waren die Geschäfte der De Noels schon vor dem Ende des letzten Jahrhunderts nicht mehr allzu gut gegangen, und es war schwierig gewesen, den aufwendigen patrizischen Lebensstil, an den die Familie gewöhnt war, bis in die napoleonische Zeit hinein aufrecht zu erhalten.

Das goldgerahmte Porträt des Ehepaars De Noel, das Elkendorf beim Betreten der Diele empfing, da es direkt gegenüber dem Portal hing, schien diese Stimmung von Resignation und gedrückter Erwartung auszustrahlen, die, bei aller Contenance nach außen, über Jahre hinweg im Haus geherrscht haben mußte. Es zeigte das Paar, wie es mit ernster Miene nebeneinander an einem Schreibtisch saß, sich nahe und doch aneinander vorbei blickend. Konzentriert, aber mit ratloser Miene hielt der Mann einen Federkiel in der Hand. Die Finger der Frau waren mit einem Strickzeug beschäftigt. Ihr Blick unter fahlem Haar und weißer Haube war leer.

Unmittelbar neben dem Bild der Eltern hing ein Porträt, das Matthias De Noel von sich und seiner Schwester gemalt hatte. Während Elkendorf wartete, daß die Magd seinen Besuch meldete, betrachtete er das Bild genauer, als er es in den letzten Jahren getan hatte.

Die Geschwister waren sehr jung dargestellt, fast noch als Kinder. Wie die Eltern, so sahen sich auch die Geschwister weder an noch berührten sie sich. Die Schwester, die eine hochaufgetürmte Frisur und ein festliches Seidenkleid trug, saß vor dem Klavier. Ihr Bruder stand hinter ihr, schlank, die Beine lässig gekreuzt, einen Arm auf ihre Stuhllehne gestützt. In den Händen hielt er ein aufgerolltes Papier und eine Tuschefeder, so, als hätte er gerade eine Studie oder Skizze unterbrochen.

Seine Gedanken schienen ganz mit sich und den eigenen Träumen befaßt.

Matthias De Noel mußte damals, überlegte Elkendorf, vor allem davon geträumt haben, Maler zu werden. Und, soweit er sich erinnerte, war es Nepomuk Lyversberg gewesen, der das Talent seines Neffen gefördert und ihn in die Kunst- und Künstlerkreise Kölns eingeführt hatte.

Elkendorf wandte sich um und blickte De Noel entgegen, der die geschwungene Treppe herunterkam und dabei im Gehen seine rote Weste zuknöpfte. Auf der untersten Stufe blieb er stehen und drückte den Kopf nach hinten, so daß sich dabei zwar sein Doppelkinn straffte, dafür aber im Nacken, unterhalb des Haaransatzes, mehrere ausgeprägte fleischige Falten entstanden.

»Sie haben Professor Wallraf durch Ihren Onkel kennengelernt, nicht wahr, De Noel?«

»Guten Tag, Elkendorf«, sagte De Noel und räusperte sich.

»Ja, natürlich, entschuldigen Sie. Einen guten Tag.«

»Ob ich Wallraf durch Lyversberg kennengelernt habe? Warum fragen Sie?«

»Ach, ich stand hier vor Ihren beiden Familienbildern und dachte an die Zeit, als Sie anfingen, Kunstunterricht zu nehmen. Das dürfte so um 1795 gewesen sein, oder irre ich mich?«

De Noel trat näher und stellte sich neben Elkendorf. Mit seinen immer noch schwarzen Augen, die jetzt unter dicklichen Lidern lagen, ihren intelligenten und zugleich selbstgefälligen Ausdruck jedoch behalten hatten, betrachtete er sein jüngeres Ebenbild.

»Es war 1795, das stimmt. Sie haben ein gutes Gedächtnis.«

»Nun, ich erinnere mich wirklich ziemlich genau. Ich sah Sie manchmal auf der Straße mit einer großen Zeichenmappe unter dem Arm. Sie sahen genauso aus wie auf diesem Bild hier. Kniehosen, Schnallenschuhe, eine gemusterte Weste und ein kurzer, enger Rock. Und dazu diese schulterlangen Haare, die Sie wie ein Heiliger auf einem mittelalterlichen Tafelbild getragen haben.«

»Ich habe mich so porträtiert, wie ich mich damals selbst sah – als angehenden Künstler.«

»Sie wußten tatsächlich so früh, was Sie werden wollten?«

»Ich hatte von klein auf viel gezeichnet, und mit Talent, denke ich. Mein Onkel sah zufällig einige meiner Zeichnungen, nahm sie mit und zeigte sie Beckenkamp. Sie können sich vorstellen, was das für mich bedeutete. Beckenkamp, der für den Adel malte und Persönlichkeiten wie die Kurfürsten von Köln und von Trier porträtiert hatte!«

De Noel zog seine Mundwinkel nach unten und fuhr sich mit der Hand durch die dunklen, dichten Locken. Bei dieser Geste fielen die Ärmel von Rock und weißem Leinenhemd zurück. Handrücken und Handgelenk waren mit feinen, schwarzen Haaren besetzt, die sich, kam es Elkendorf in den Sinn, wohl über den ganzen Körper hinzogen und auf der Brust und dem Unterleib eine dichte, krause Behaarung bilden mußten. Nackt hatte er den Körper De Noels nie gesehen, nur gelegentlich, wenn er an heißen Sommertagen die Ärmel hochgeschoben hatte, hatten sich kräftige, schwarz behaarte Arme entblößt.

»Als mir mein Onkel dann sagte, daß Beckenkamp mich für nicht unbegabt hielte, wurde mir buchstäblich übel vor Begeisterung. Wie empfindlich und überschwenglich man in der Jugend ist, Elkendorf«, bemerkte er und machte eine lässige Handbewegung, mit der er sowohl seine Jugend wie auch die mit ihr verbundenen Hoffnungen beiseite zu schieben schien. Dennoch drückte sich in dieser Geste etwas anderes als nur überlegene Gelassenheit aus. War es Bitterkeit?

Mit einem erneuten Blick auf die so distanziert gemalten Gesichter der Kaufleute De Noel fragte Elkendorf: »Sie waren wohl ein Kuckuck im Nest Ihrer Eltern?«

»Das könnte man so sagen. Einen Künstler hat es in dieser Familie noch nie gegeben. Sie wissen doch, wie es bei hiesigen Philistern mit den Künsten ist – man spielt ein wenig Klavier, man singt ein wenig, man zeichnet oder malt ein wenig. Von allem nur ein wenig. Bloß nichts gründlich und schon gar nicht als Profession. Immer nur in den Mußestunden oder aber natürlich in Gesellschaft. Da darf man zeigen, daß man Talent hat, daß man könnte, wenn man wollte.« Er lachte auf und drehte sich mit drei schnellen Schritten um, so daß er den Familienbildern den Rücken zukehrte. Es dauerte einen Moment, bis er weitersprach: »Es war vor allem meine Mutter, die sich gegen mich und meine künstlerischen Ambitionen stellte. Sie und ihre Angst um das Geschäft und ihr bürgerliches Auskommen. Nun, vielleicht kann man sie verstehen, schließlich war mein Vater nie sehr gesund – ehrlich gesagt, auch nicht sehr geschäftstüchtig –, und außer mir war kein Sohn da, der die Firma hätte weiterführen können. Wie auch immer, sie weigerte sich, gutes Geld aus der Firma in ein so unsicheres Geschäft wie ein Künstlerleben zu stecken, und Lyversberg war nicht bereit, mehr als einen recht begrenzten Beitrag zu meinem Unterricht zu leisten. Und so bin ich ein zwar begabter, aber nur dilettierender Maler geblieben.«

Elkendorf warf einen Blick auf das Profil De Noels, in dem fleischige Wangen und Kinn miteinander verschmolzen, und sagte: »Ich wußte nicht, daß Sie so unzufrieden sind, De Noel. Sie wirken sonst doch ganz anders.«

»Ach, zufrieden, Elkendorf, wer ist schon zufrieden? Sind Sie zufrieden, sind mein Onkel oder Professor Wallraf zufrieden? War vielleicht Nockenfeld zufrieden?« Wieder fuhr er sich durchs Haar. »Der als letzter, das kann ich Ihnen versichern. Nein, nein, so einfach ist das nicht, und das wissen Sie selbst genau. Wenn man ehrgeizig ist, will man Erfolg, und jeder Erfolg macht hungrig nach einem weiteren Erfolg. Das ist wie eine unendliche Treppe, von der Sie oft nur die nächsten Stufen oder vielleicht die nächste Windung, aber niemals das Ende sehen.« Der bittere Unterton war unverkennbar, als er hinzusetzte: »Nein, Zufriedenheit ist Stillstand oder sogar Rückschritt, immer aber eine Schwäche, glauben Sie mir.«

Er wandte den Kopf und betrachtete noch einmal das ausdruckslose Gesicht seiner Mutter und das ratlose seines Vaters. Dann sagte er: »Kommen Sie, Elkendorf, gehen wir nach oben. Ich lasse uns eine kleine Erfrischung bringen. Es ist inzwischen nach Mittag, und Sie sind sicher schon lange auf den Beinen.«

Nachdem er kurz hinter einer Tür zu den Wirtschaftsräumen verschwunden war, ging De Noel die Treppe hinauf. Als er auf dem Flur des ersten Stockwerks ankam, hielt er inne und wartete, bis Elkendorf, der einige Schritte hinter ihm geblieben war, neben ihm stand.

»Wenn Sie schon hier sind, könnten Sie sozusagen en passant einen kurzen Blick auf meine Neuerwerbung werfen. Sie ist zweifellos nicht so wertvoll und aufsehenerregend wie die, die Lyversberg uns gestern vorführte, aber doch auf ihre Weise eine Kostbarkeit.« Er zog eines der vielen Fächer eines mit antiken Szenen bemalten Kabinettschranks auf, der an der Wand des Flurs stand, und nahm vorsichtig einen kleinen Gegenstand heraus. »Einen Moment Geduld, lassen Sie uns erst in meine Studierräume gehen, dort brennen Lampen, und Sie können die Gemme in allen Details bewundern«, sagte er.

De Noels Studierräume bestanden aus drei großen hintereinanderliegenden Zimmern, deren verbindende Flügeltüren geöffnet waren, um so den Eindruck einer weitläufigen, luftigen Zimmerflucht zu schaffen. Überhaupt hatten die Räume etwas Leichtes. Honigfarbener Dielenboden, der im Fischgrätmuster gelegt war, hellgrüne, dezent gestreifte Stofftapeten, hohe Sprossenfenster ohne Rouleaus oder Vorhänge, nur mit durchscheinendem Tuch drapiert, Lampen, die ein strahlendes Licht verbreiteten. Große Spiegel verteilten sich im ersten Zimmer, in das Elkendorf mit seinem Gastgeber eintrat, so geschickt, daß sie das Zimmer um ein Vielfaches des realen Raumes erweiterten und dabei die auf Säulen aufgestellten Büsten und Statuen in ein verwirrendes optisches Spiel unwirklicher und unwirklich scheinender Formierungen einbetteten oder auflösten.

Und trotz dieses Sinnverwirrenden wirkte der Raum nicht überladen. Im Gegensatz zu den meisten Sammlern hatte De Noel der Versuchung widerstanden, seinen Besuchern zu viele Sammelstücke auf einmal zu präsentieren. Er hatte mit Bedacht ausgewählt, seine Objekte – Möbel, Bilder und vor allem Antiken – sorgfältig arrangiert und dabei darauf geachtet, daß ihre Individualität und jeweilige Aura zur Geltung kam. In unregelmäßigen Abständen tauschte er Objekte aus und arrangierte die Einrichtung der Räume neu. Er behandelte seine Sammlung, die er präzise katalogisiert hatte, wie der Konservator eines Museums, und, sagte sich Elkendorf, würde zweifellos einen ausgezeichneten Leiter des Wallrafianums abgeben.

De Noel stellte sich unter eine der Lampen und hielt den Gegenstand aus dem Kabinettschrank ans Licht, so daß Elkendorf jede seiner Einzelheiten klar erkennen konnte. Es war eine Gemme aus Achat, kaum größer als ein Daumennagel, die einen nackten, liegenden Satyr zeigte. Das lüstern grinsende, animalische Gesicht, die kräftigen Arme und Brustmuskeln, die in Bocksfüße auslaufenden Beine, sogar das Geschlechtsteil traten präzise aus dem Stein hervor, braun-grau auf einem weißlichen Hintergrund. Während er wie gebannt auf den Satyr starrte, hatte er plötzlich den Eindruck, daß etwas Böses von ihm ausging, etwas Böses und doch Faszinierendes, das aus der Schamlosigkeit des Bocks hervorkroch und sich in den Betrachter hineinwühlen wollte, um ihn genauso schamlos und lüstern zu machen. Rasch zog Elkendorf die Hand zurück, mit der er den Stein hatte berühren, seine leichten Erhebungen hatte abtasten wollen wie die Haut eines Skrofulösen. Nein, nicht wie die eines Skrofulösen, eben nicht wie die eines Kranken, dachte er mit einem unklaren Gefühl der Schuld.

Er hob den Kopf und sah in das Gesicht, das dicht neben ihm war. De Noels leicht geöffnete, weiche Lippen waren zu einem seltsamen Lächeln verzogen, seine Augen hatten sich an der winzigen, präzisen Gestalt des Satyrs festgesaugt, als wolle er sie in einen Teil von sich selbst verwandeln. Oder war sie schon ein Teil von ihm? Wieder sah Elkendorf das krause, schwarze Haar auf De Noels Unterleib vor sich, das er nie gesehen hatte und das ihm plötzlich so nah und so bekannt vorkam. Erschrocken trat er einige Schritte zur Seite, fort von der Gemme mit ihrer beunruhigenden Ausstrahlung und fort von De Noel.

Auch De Noel hob den Blick. Während seine Finger vorsichtig und unaufhörlich über die leicht erhabene, glänzende Oberfläche des Steins strichen, nahm er den Gesprächsfaden, den er in der Diele unterbrochen hatte, wieder auf.

»Ich bin sicher, daß Lyversberg, wenn sich meine Eltern nur eine Spur interessierter an meiner künstlerischen Laufbahn gezeigt hätten, am Ende doch noch für mein Studium aufgekommen wäre. Es wäre für ihn ein leichtes gewesen, mir eine erstklassige Ausbildung und einen guten Beginn als Maler zu ermöglichen.«

»Er war damals schon sehr wohlhabend«, sagte Elkendorf.

»Das kann man wohl sagen. Er war nicht einfach bloß wohlhabend, er war – mit Verlaub gesagt – steinreich. Und das ist er noch heute. Die wirtschaftlichen Krisen und politischen Umbrüche der letzten dreißig Jahre haben ihn und seinen Reichtum kaum berührt. Denken Sie nur an sein Haus. Als er es Ende letzten Jahrhunderts kaufte, war es ziemlich heruntergekommen, jedenfalls im Inneren, das Gemäuer selbst hat die Jahrhunderte recht gut überstanden. Er ließ es in kurzer Zeit und mit allem nur denkbarem Aufwand umbauen. Ich entsinne mich noch sehr genau daran, obwohl ich noch ein halbes

Kind war. Es war wie eine Art Mysterium. In modrige, finstere Räume, in denen sozusagen der Geist der vergangenen Jahrhunderte verkörpert war – der Geist, oder besser gesagt, der Muff der Kölner Geschichte –, drang moderner Geschmack, das Licht der Kunst und der Musen. Alles möglich geworden durch Geld, Geld und wieder Geld.« De Noels Stimme hatte den bitteren Klang verloren, statt dessen schwang Anerkennung, aber auch mehr als bloß eine Spur Neid in ihr mit. »Und man muß zugeben, daß Lyversberg mit diesem ganzen klassischen und gotischen Ambiente in originaler mittelalterlicher Architektur einen effektvollen Rahmen für seine Sammlung geschaffen hat. Dies hier«, er wies auf den Raum, in dem sie standen, »ist nichts dagegen.«

»Lyversberg hat sehr früh zu sammeln begonnen. Er muß einer der ersten gewesen sein, die Kunst aus kirchlichem Besitz kauften und sie damit vor der Zerstörung retteten.«

»Wenn Sie es so formulieren wollen, ja«, erwiderte De Noel und streifte Elkendorf mit einem schnellen Seitenblick. »Er war vielleicht tatsächlich der erste, der sich für mittelalterliche Malerei interessierte, noch vor Wallraf und sicher vor den Brüdern Boisserée. Und seit dieser Zeit ist er ein enthusiastischer Sammler geblieben. Warum auch nicht? Er hat Geld genug und kann kaufen, was er will. Für uns andere ist es nicht so leicht. Für uns bleibt oft nur das, was er übrigläßt.«

Nach einer Pause zuckte er die Achseln, betrachtete den lüsternen Satyr in seiner Hand noch einmal eingehend und legte ihn dann auf einer Etagere ab. »Aber so ist es nun einmal«, sagte er. »An dieser Situation wird sich nichts ändern. Im übrigen habe ich um Tee gebeten. Wo bleibt er nur so lange?«

Während er noch ungeduldig an einer Klingelschnur neben der Tür zog, trat das Hausmädchen ein. Als De Noel die Kanne vom Tablett nahm und zwei Schalen füllte, stieg blasser, in der Luft zitternder Dunst auf, und das herbe Aroma frisch aufgebrühten Tees verbreitete sich wie dünner, fast farbloser Rauch.

»Es ist indischer Tee, eine spezielle, unter uns gesagt, sehr teure Sorte, die ich mir alle Vierteljahre aus Amsterdam schikken lasse. Ich brauche Tee, um meinen Geist zu stimulieren.« Er reichte Elkendorf eine Schale und setzte hinzu: »Exquisiten Tee in exquisitem Porzellan, wenn ich das selbst bemerken darf, in originalem Meißener aus dem Anfang des letzten Jahrhunderts. Ich habe Kanne und Schalen letztes Jahr auf einer Auktion ersteigert. Leider nur diese drei Stücke, mehr wurde nicht angeboten. Wunderbare Chinoiserien, nicht wahr?«

Elkendorf sah zu, wie De Noel beide Hände um seine Schale legte, die Augen schloß, Dampf und Aroma des Tees einatmete und dann vorsichtig einen genüßlichen Zug schlürfte. Seine schwarzen Wimpern waren lang und sehr dicht, die Augenbrauen geschwungen und über der Nasenwurzel zusammengewachsen.

»Ihr Onkel und Wallraf«, bemerkte Elkendorf, »sind sich bei allen Unterschieden des Charakters und der Lebensgeschichte doch auch sehr ähnlich, finden Sie nicht?«

De Noels dickliche Lider blieben geschlossen, vibrierten aber ein wenig. »Es sind beides Sammler«, antwortete er. »Was ihre Ähnlichkeiten erklären dürfte.«

»Und wie ist die Beziehung zwischen den beiden selbst?« fragte Elkendorf weiter.

»Kompliziert, würde ich meinen. Eine interessante Mischung aus Respekt und Abneigung, mit allen Abstufungen dazwischen.« De Noel lachte. »Letztlich ist allerdings Wallraf in der schwächeren Position, da er bei meinem Onkel beträchtlich verschuldet ist.« Immer noch die Schale in der Hand, setzte er sich in einen Fauteuil, schlug die Beine übereinander und sagte, indem er seinen Gast ironisch ansah: »Sie wußten sicher nicht, daß der ungläubige Thomas, das Bild, das wir gestern gemeinsam bei Lyversberg bewundert haben, aus Wallrafs Besitz stammt?«

Überrascht antwortete Elkendorf: »Nein, das wußte ich

nicht.« Er folgte einer Geste De Noels und setzte sich in einen Sessel ihm gegenüber.

»Wallraf hat es 1803 gekauft und jetzt sehr ungern abgegeben. Aber seine Schulden bei Lyversberg waren so hoch, daß er sich nicht gegen dessen Druck wehren konnte. Mein Onkel kann sehr unangenehm werden, wenn er seine Interessen durchsetzen möchte und vor allem, wenn er sich geschädigt oder bloßgestellt sieht. Unangenehm und nachtragend.« Er räusperte sich und sagte dann: »Tja, Elkendorf, so sind die Verhältnisse unter unseren großen Sammlern – nicht anders als unter unseren Kaufleuten und Bankiers.«

»Wenn Sie es so sagen«, erwiderte Elkendorf, »und doch ist Professor Wallraf eine außergewöhnliche Persönlichkeit.«

»Mag sein.« De Noel lächelte. »Für mich war es auf jeden Fall ein außergewöhnliches Glück, daß er mich zu seinem Vertrauten machte. Noch dazu als Neffe seines schärfsten Konkurrenten. Ja, Wallraf verdanke ich vieles. Ohne ihn wäre ich vermutlich im grauen Alltag meines Geschäftes untergegangen. Und seine Sammlung – Sie wissen, was mir seine Sammlung bedeutet.«

Als er innehielt, die Teeschale langsam absetzte und dann seine Augen über die Spiegel und gespiegelten Kunstwerke des Raumes gleiten ließ, sagte Elkendorf: »Sie meinen Wallrafs beziehungsweise Ihr Museumsprojekt?«

»Ja, das meine ich. Es mag Ihnen seltsam erscheinen, aber für mich ist das zukünftige Wallrafianum zum Mittelpunkt meines Lebens geworden.« De Noel hatte aufgehört zu lächeln. Er saß aufrecht in seinem Sessel, die Hände auf die gepolsterten Lehnen gestützt, den Kopf wieder leicht in den Nacken gelegt. Sein Mund war straff, die Iris sehr dunkel. »Sehen Sie«, sagte er, »Lyversberg hat mich nie als seinesgleichen betrachtet. Er fühlt sich generös, wenn er mir als seinem Neffen hin und wieder einen kleinen Auftrag oder einen wenig bedeutenden Ankauf vermittelt. Mit Wallraf ist das anders. Zugegeben, auch für ihn war ich lange Zeit nur einer seiner Anhänger, so wie Engelbert Willmes, Marcus DuMont, Maximilian Fuchs oder auch Jakob Nockenfeld. Aber jetzt ...« Er stockte und schwieg.

»Aber jetzt sind Sie Wallrafs engster Vertrauter?« vollendete Elkendorf den Satz.

Mit einem Ausdruck von Befriedigung lehnte sich De Noel im Fauteuil zurück: »Ja, so ist es. Ich bin sein engster Vertrauter. Und ich bin der einzige, der seine Sammlung und ihren Wert wirklich kennt. Niemand außer mir, nicht einmal Wallraf selbst, hat einen wirklichen Überblick über den gesamten riesigen Bestand.«

Nach einer kurzen Pause setzte er hinzu: »Er ist alt und krank, und er weiß, daß er nicht mehr lange zu leben hat. Ich finde es, unter uns gesagt, überhaupt erstaunlich, daß er noch lebt. Nun, ich hoffe, er wird uns noch einige Zeit erhalten bleiben. Jedenfalls ist er sich völlig klar darüber, daß er mich braucht, und er vertraut darauf, daß ich ihm nach seinem Tod mit dem Wallrafianum das Denkmal errichten werde, das ihm zu Lebzeiten wohl versagt ist.«

»Es wird ein Denkmal sein, das ihn unsterblich macht«, sagte Elkendorf, während er ein Gefühl wachsender Unsicherheit in sich aufsteigen spürte.

De Noel legte den Kopf zur Seite und begann, leise zu lachen, und seine Schultern, seine cremefarbene gerüschte Halsbinde, seine fleischigen Wangen bebten im Rhythmus des Lachens mit.

»Ja«, erwiderte er, »da haben Sie recht. Man sammelt schließlich, um mit seiner Sammlung den Tod zu überleben, und wer es schafft, die Stadt zur Annahme seiner Sammlung zu bewegen, sie dann noch dazu bringt, ein Museum dafür einzurichten, der hat sich unsterblich gemacht. Wenigstens in Köln. Ja, das könnte man durchaus als Sieg betrachten. Ein letzter entscheidender Sieg nach einem jahrzehntelangen, eigentlich lebenslangen Kampf um Anerkennung, Besitz und Einfluß.«

»Und um Kunst?«

Die feisten Wangen bebten stärker. »Aber ja, auch um Kunst, vor allem natürlich um Kunst. Und um Fortschritt und um Wissenschaft und um – was Sie wollen. Sicher, ja. Hat nicht Marcus DuMont auf Ihrem Diner so schön über diese Dinge, die er unser aller Prinzipien nannte, gesprochen?«

»Ja, und Nockenfeld hat sich darüber mokiert.« Elkendorf setzte seine Teeschale, aus der er nur wenig getrunken hatte, ab, erhob sich und ging einige Schritte im Zimmer auf und ab. Es war nicht kalt, in der Nähe des eleganten gußeisernen Ofens sogar sehr warm, dennoch fröstelte er bei gleichzeitig hitzigen Händen. War es der Alptraum der Nacht, der ihn plötzlich wieder bedrückte? Diese merkwürdig eindringliche Impression von Männerköpfen mit dunklem, sich ringelndem Haar?

Unvermittelt tauchte vor seinem inneren Auge das Bild auf, das er eben erst und nur für einige wenige Sekunden gesehen hatte – das glänzende Bild des liegenden, nackten, bocksgesichtigen Satyrs. Er schüttelte den Kopf, drehte sich abrupt um und richtete seinen Blick auf De Noel, der ihn mit verhaltenen, wie emaillierten Augen beobachtete.

»Ich muß gestehen, daß ich die Gesellschaft gestern bei Lyversberg sehr irritiert verlassen habe«, zwang er sich zu sagen. »Man war so merkwürdig zugeknöpft, was Nockenfeld anging.«

»Zugeknöpft?«

»Ja.«

»Sie glauben, man hätte Nockenfeld besser gekannt, als man zeigen wollte?«

»Genau. Und ich frage mich, warum das so war.« Mit einem raschen Blick auf den schweigenden De Noel fuhr er fort: »Als ich Nockenfeld letzte Woche zu meinem Diner einlud, wußte ich nicht viel von ihm. Aber nun habe ich den Eindruck, als gäbe es einiges, was ich vielleicht über ihn hätte wissen sollen. Ich bin neugierig geworden, verstehen Sie?« Er setzte sich wieder und griff nach seiner Teeschale. Der Tee war abgekühlt und glitt an der wunden Stelle in seinem Gaumen vorbei, ohne sie schmerzhaft zu reizen. Während er sich nachschenkte, sagte er: »Ich denke mir, daß Sie Nockenfeld gut gekannt haben. Sie müssen ihm schließlich in Wallrafs Kreis häufig begegnet sein. Im übrigen bin ich mir sicher, daß auch Lyversberg und Johann Heberle einiges über ihn wissen. Selbst wenn Nockenfeld nur ein bescheidener Dilettant unter den hiesigen Sammlern war, dürften sie ihn nicht nur zur Kenntnis genommen, sondern ihn auch genau abgeschätzt und eingeordnet haben.«

»Meinen Sie?«

»Sicher. Gerade Heberle und Lyversberg wissen immer sehr genau, mit wem sie es zu tun haben. Sie hätten nicht so viel Erfolg, wenn sie anders wären.«

De Noel sah eine Weile aufmerksam in seine Teeschale und zuckte dann mit den Achseln: »Vielleicht ist es für manche nicht einfach, über Nockenfeld zu sprechen.«

»Nicht einfach? Wieso?«

»Lassen Sie es mich so sagen«, erwiderte De Noel zögernd, »Nockenfeld war ein geschickter Mann, der seine Interessen sehr gut gegen die Interessen anderer durchsetzen konnte und der, was die Methoden anging, dabei wenig Skrupel hatte. Es könnte sein, daß einige sich nicht gern an ihn erinnern.«

De Noel machte keine Anstalten, weiterzusprechen, und Elkendorf wartete einen Moment, bis er schließlich fragte: »Das ist sehr allgemein gesagt, könnten Sie auch etwas präziser sein?«

»Präziser in Hinblick auf Lyversberg?«

»Zum Beispiel.«

De Noel senkte den Kopf und betrachtete intensiv seine Hände, die er, die Finger leicht verschränkt, auf seinen Unterleib gelegt hatte. Die elfenbeinfarbenen Hände mit ihrer schwarzen Behaarung bildeten einen seltsamen Kontrast zum Stoff der Weste, einer zinnoberrot schimmernden, mit winzigen purpurnen Blüten bestickten Seide. Als spüre er Elkendorfs Blick, schob De Noel seine Hände seitlich unter die Umschläge seines Rockes, so daß sie nicht mehr zu sehen, sondern nur noch als kleine Ausbuchtungen des Tuchs in der Nähe der Achselhöhlen zu erkennen waren. Er schwieg, hob dann plötzlich den Kopf und begann, über Elkendorf hinwegsehend, schnell und ein wenig atemlos zu sprechen:

»Was Lyversberg und sein Verhältnis zu Nockenfeld betrifft, war alles im Grunde ganz einfach. Es drehte sich, wie es bei Lyversberg sehr häufig der Fall ist, um Rivalität, Macht und um Geld. – Sehen Sie, die Ereignisse, um die es hier geht, fanden in der Zeit der Säkularisation statt. Ich brauche Ihnen nicht zu schildern, was ich damit meine. Was ist damals nicht alles geschehen! Die Räumung der Kirchen, die Verwandlung von Klostergebäuden in Pferdeställe, der Abriß von romanischen und gotischen Gebäuden. Verstaatlichung, Zerstreuung und Zerstörung der Kunst. Überall erlesenste Kunstwerke, die herrenlos, oder zumindest fast herrenlos, waren. Wer hier zugreifen wollte, hatte, weiß Gott, Gelegenheit, zuzugreifen. Trotz der französischen Gesetze. Und man griff zu! Übrigens mit einem doppelten Gefühl der Befriedigung, denn man wußte, indem man sich die Kostbarkeiten der Kunst aneignete, rettete man sie vor der Vernichtung. Oder anders herum betrachtet, wer Kunst rettete, dem gehörte sie. O ja, die Zeit der Säkularisation war auch eine rauschhafte Zeit. Sie weckte im Chaos des Untergangs einer Epoche neue Leidenschaften und mit diesen Leidenschaften auch neue Lust. Wissen Sie, Elkendorf, wie lustvoll es sein kann, ein Kunstwerk zu sehen und sofort im Innersten zu fühlen, genau zu fühlen, daß man es besitzen muß? Daß man es zum Leben braucht und erst zur Ruhe kommt, wenn man es in Händen hält, jederzeit verfügbar wie einen willigen Geliebten? Ja, es ist diese stetige Verfügbarkeit eines Kunstwerks, nach der wir uns so leidenschaftlich sehnen, und Sammler sind, lassen Sie sich das gesagt sein, die leidenschaftlichsten Menschen, die es gibt.«

Er hielt inne. Als er weitersprach, hatte seine Stimme die erregte Intensität der letzten Minuten verloren, statt dessen klang sie heiser und gepreßt. »Der Preis für diese Art von Leidenschaft ist, wie für jede andere auch, sehr hoch. Man bezahlt sie mit seinem Seelenfrieden. Denn es gibt keinen Frieden mehr, wenn man darum kämpfen muß, seine Begierden zu erfüllen und zu gleicher Zeit darum, sie nicht übermächtig werden zu lassen. Glauben Sie mir, ich weiß, wovon ich rede. Ich kenne diesen Trieb, der sich in uns windet wie ein Wurm und uns foltert, bis man das Objekt des Begehrens endlich besitzt, nur um uns, kaum daß wir es halten, aufs neue zu drängen und zu quälen.«

De Noels Gesicht war weiß geworden, die Arme hatte er fest um seinen Körper gelegt, die Hände schien er tief unter den Achseln vergraben zu haben. Er flüsterte fast, als er fortfuhr: »Manchmal denke ich, Sammeln ist wie eine Krankheit. Nicht wie eine Krankheit, die auszehrt, sondern wie eine, die aufschwemmt, gedunsen und dabei unersättlich macht. Es gibt nie Ruhe, nie andauernde Befriedigung, nur diese unendliche Treppe, die nirgendwohin führt.«

Seine Stimme brach ab. Man hörte die Regengüsse, die vom Giebel auf das Pflaster vor dem Haus schlugen und klangen, als zerbrächen sie den Stein.

Nach einer Weile lachte De Noel auf und warf einen Blick auf die sie umgebenden Kunstwerke. In seinem üblichen glatten Tonfall sagte er dann: »Immerhin ist dieser Trieb, sofern man ihn steuert, durchaus gesellschaftsfähig, nicht wahr, Elkendorf? – Aber verstehen Sie als Nichtsammler überhaupt, wovon ich rede?«

Elkendorf machte eine unbestimmte Handbewegung. »Vielleicht«, antwortete er. »Zumindest kenne ich viele Sammler. In

Köln ist es schließlich kaum möglich, keine Sammler unter seinen Bekannten zu haben.«

»Nur zu wahr. Köln ist, weiß Gott, mit Sammlern jeder Art gesegnet.« De Noel beugte sich vor und griff nach seiner Teeschale.

»Allerdings«, setzte Elkendorf hinzu, »sind sie mir noch nie in dieser Rigorosität und, fast möchte ich sagen, in dieser moralischen Nacktheit gezeichnet worden. Noch dazu von einem Sammler selbst.« Er schloß die Augen bis auf einen Spalt. »Und wie paßt Nockenfeld in dieses Bild?« fragte er dann.

Über den Rand der Schale sah De Noel ihn aufmerksam an. Eine Weile schien er zu überlegen, bis er schließlich die Teeschale mit einer bedächtigen Bewegung absetzte, sich reckte und wieder ein wenig atemlos sagte: »Auf den ersten Blick könnte man meinen, daß er sehr gut in diese Szene paßte. Eigentlich gehörte er zu unseren Kreisen, wenn Sie verstehen, was ich meine. Und doch – wie Maximilian Fuchs gestern richtig bemerkte, spürte man von ihm immer Distanz ausgehen. Allerdings hätte man nicht sagen können, warum das so war. Zumindest zunächst nicht.«

»Er sammelte Kunstwerke?«

»O ja, das tat er. Aber anders als die anderen Sammler hatte er dabei etwas eigentümlich Verstecktes. Er hatte kein Interesse daran, seine Sammelstücke zu zeigen.«

»Man wußte nichts von seiner Sammlung?«

»Man wußte, daß er gelegentlich Kunstwerke kaufte. In seinem Haus gab es einige ausgezeichnete Bilder und eine kleine, recht gute Bibliothek, die man natürlich kannte. Aber wie ausgeprägt seine Sammelgier war und wie skrupellos er sich dabei verhielt, davon hatten wir, weder mein Onkel noch ich noch, soviel ich weiß, sonst jemand, eine Ahnung. Jedenfalls nicht, bis ...« Er stockte.

»Bis?«

»Bis zu einem für Nockenfeld sehr ungünstigen Zufall.«

Wieder unterbrach er sich. Elkendorf wartete, die Augen auf De Noels Lippen gerichtet, deren Konturen nicht mehr weich, sondern scharf umrissen aussahen. Mit einer Stimme, aus der Elkendorf eine Nuance von Ironie herauszuhören meinte, fuhr De Noel fort: »Um Ihnen das Verhältnis von Lyversberg zu Nokkenfeld verständlich zu machen, muß ich ein wenig ausholen. – Sie wissen wahrscheinlich, wie man während der Säkularisation vorging, um sich möglichst frühzeitig Kunstwerke und Wertgegenstände aus dem Besitz der Kirche zu sichern. Nein? Nun, es war so, daß manche Sammler und Händler schon vor den eigentlichen Säkularisationsgesetzen im Juni 1802 über einzelne Stücke oder auch ganze Bestände Absprachen mit der Geistlichkeit trafen, also vor der eigentlichen Beschlagnahme durch die Behörden. Es gab eine ganze Reihe solcher Geschäfte, obwohl der Verkauf von Kirchengut schon seit 1798 verboten war.« Mit einem Blick vergewisserte er sich, daß Elkendorf, der reglos und mit halbgeschlossenen Augen dasaß, seinen Erklärungen folgte.

»Es war in dieser Zeit«, sagte er, »im Frühjahr 1802, als mein Onkel gemeinsam mit Heberle geheime Verhandlungen mit dem Karmeliterkloster am Waidmarkt aufnahm. Die Karmeliter besaßen, wie Sie wahrscheinlich nicht wissen, einen eindrucksvollen Schatz an Kunstwerken. Alles an Gemälden und illustrierten Handschriften, was Sie sich nur vorstellen können. Ich erinnere mich an ein langes Regal mit Reihen kostbar ausgeschmückter Gebet- und Andachtsbücher, die aus dem vierzehnten und fünfzehnten Jahrhundert stammten und Miniaturen zum Leben Christi, Mariae und der Heiligen enthielten. Sogar ein hebräisches Buch war darunter, das illustrierte Texte zum Pessachfest enthielt. Die meisten dieser Bücher waren in sehr gutem Zustand, zeigten herrliche, wie frisch gemalte Farben auf ausgezeichnet erhaltenem Pergament. Ich kann Ihnen nur sagen, es war ein Hochgenuß, sie anzusehen: exakt gemalte Drolerien und rankendes Pflanzenwerk, strahlende Goldschraffuren, Himmel in Lapislazuli, Gewänder in Purpur.«

De Noels Miene war beweglich geworden, seine Augen glitten hin und her, und seine Hände flatterten erregt, als wollten sie nach imaginären Büchern und Bildern greifen. Nach einer Atempause sagte er mit einer Stimme, die wieder nüchtern und sachlich wirkte: »Das und eine Vielzahl von ausgezeichneten Gemälden wollten Lyversberg und Heberle kaufen. Sie machten also den Geistlichen ein Angebot und leisteten eine gewisse, nicht unerhebliche Summe als Vorauszahlung. Der Transport des Ganzen war schon in die Wege geleitet, als plötzlich Polizei im Kloster erschien und eine vollständige Liste der Bücher und Kunstwerke vorlegte, die für das Geschäft mit Lyversberg und Heberle vorgesehen gewesen waren. Den Ordensleuten wurde befohlen, diese Gegenstände vorzuzeigen und sie dann in Kisten zu verstauen. Was blieb ihnen anderes übrig, als dem Befehl zu folgen? Und so wurde alles zusammengetragen, verpackt und schließlich, nur einige Stunden später, abgeholt und weggefahren. Auf Nimmerwiedersehen, wie man glaubte.«

Als De Noel weitersprach, meinte Elkendorf, ein kleines, unterdrücktes Lachen in seiner Stimme zu hören.

»Lyversberg und Heberle«, sagte De Noel, »wurden von diesen Ereignissen völlig überrascht, und mein Onkel geriet in einen solchen Zustand der Wut, wie ich ihn bei ihm weder vorher noch nachher je erlebt habe. Was ihn so aufbrachte, war, denke ich, vor allem die Tatsache, daß er so völlig hilflos war. Wie sollte er schließlich auch, illegal, wie sein Vorgehen gewesen war, Einspruch gegen die Maßnahmen der Behörden erheben? Und da er nicht wußte, wer ihn verraten hatte, bestand noch nicht einmal die Möglichkeit, sich zu rächen.«

»Wußten Sie selbst von dieser ganzen Geschichte?« fragte Elkendorf.

»Ich wußte es, und Maximilian Fuchs wußte es. Fuchs hatte die Qualität der Gemälde im Auftrag meines Onkels noch an

Ort und Stelle im Kloster geprüft, und mich hatte mein Onkel ins Vertrauen gezogen, weil ich ihm beim Ordnen und Verzeichnen der Objekte helfen sollte.«

»Und wie die Behörden über den geplanten Verkauf informiert worden waren, wurde nicht bekannt?«

»Nein. Niemand von uns erfuhr irgend etwas darüber. Auch die Verbindungen meines Onkels zu den Behörden nutzten in diesem Fall nichts. Sehen Sie, Elkendorf, man vertraute in diesen Zeiten nur wenigen, und vielleicht wäre es am besten gewesen, man hätte niemandem vertraut.«

Seine Stimme hatte das unterdrückte Lachen verloren und wirkte erneut bitter. Er sprach rasch und konzentriert weiter: »Wer der Verräter gewesen war, stellte sich erst Jahre später heraus, als 1813 zwei der Bilder des Karmeliterklosters plötzlich in einer Kunstauktion in München wieder auftauchten. Es war nicht allzu schwierig für Lyversberg, den Weg der Gemälde von München bis nach Köln zurückzuverfolgen, obwohl sie einige Male den Besitzer gewechselt hatten. Schon einige Wochen nach dem Auftauchen der Bilder wußte er, wer sie aus Köln verkauft hatte. Nun, wer glauben Sie wohl, war es? – Genau, Doktor Jakob Nockenfeld.«

»Also war es Nockenfeld gewesen, der das geplante Geschäft mit dem Kloster denunziert hatte?«

»Und sich dabei zumindest einige der Kunstwerke, wenn nicht sogar einen großen Teil davon, aneignete. Wahrscheinlich erhielt er sie, sozusagen als Variante der dreißig Silberlinge, zu einem besonders günstigen Preis. – Übrigens war unter den Bildern auch eine Darstellung des Judas. Kurios, nicht wahr?«

»Und was unternahm Lyversberg, nachdem er den Denunzianten kannte?«

»Ich weiß es nicht. Ich weiß es wirklich nicht. Er hat mit mir nicht mehr über die Angelegenheit gesprochen, auch nicht 1813, als er Nockenfelds Machenschaften entdeckte. Ich hörte davon erst viel später durch Heberle. Ich erinnere mich nur, daß Nockenfeld im September 1813 plötzlich aus Köln verschwand. Lyversberg hat seinen Namen nie mehr erwähnt.«

»Wußte Wallraf von dieser Geschichte?«

»Ich glaube nicht. Ich wenigstens habe mit ihm nie darüber gesprochen, schließlich war Nockenfeld sein Lieblingsschüler, und ihn als Verräter entlarvt zu sehen, hätte ihn, denke ich, zutiefst erschüttert. Nein, außer meinem Onkel, Maximilian Fuchs und mir weiß nur noch Heberle von dieser unangenehmen Geschichte.«

»Von welcher unangenehmen Geschichte weiß ich?«

Die kleine, vorgebeugte Gestalt Johann Heberles stand in der Flügeltür zum nächsten Raum. Die fransigen Haare, in denen Regentropfen hingen, fielen ihm in die Stirn.

»Lupus in fabula! Wenn man vom Teufel spricht ... Kommen Sie ruhig näher, Heberle. Sie haben schon abgelegt? Warten Sie, ich rücke noch einen Sessel heran, dann können Sie sich zu uns setzen.« De Noel hatte sich erhoben und war auf seinen neuen Gast zugegangen.

»Danke, ich habe nicht viel Zeit. Ich bin bloß auf einen Sprung vorbeigekommen, um mir die Medusa anzusehen, die Ihnen Wallraf ausgeliehen haben soll. Wer weiß, ob ich Gelegenheit habe, sie mir noch einmal in Ruhe zu betrachten, wenn er sie wieder bei sich hat.«

»Wallrafs Medusa? Sie steht dort drüben. Heben Sie nur das Tuch hoch, das darübergeworfen ist. Ich habe sie für ein, zwei Wochen hier bei mir, damit ich sie zeichnen kann. Wie schnell sich sogar ein solch banaler Vorfall in Köln herumspricht!«

Mit ein paar schnellen Schritten war Heberle zu einer schulterhohen Stellage getreten, auf der sich ein mit einem schwarzen Stoff bedeckter Gegenstand befand. Er zog an einer Falte des Tuchs, das nach unten glitt und ein in Marmor erstarrtes Schreckenshaupt enthüllte. Riesige, blinde Augen und sinnliche Lippen in einem breiten Gesicht, um das sich ineinanderverschlungene, sich ringelnde Nattern wanden. Wie Hörner ragten oberhalb der Schläfen Flügel aus dem Kopf.

Ja, Wallrafs Medusa war es, die er im Traum gesehen hatte, ging es Elkendorf durch den Sinn. Es war ihr Natternhaar, ihr Blick gewesen.

»Wunderbar«, sagte Heberle und tastete mit beiden Händen über das wuchtige Gesicht aus milchig-weißem, halbtransparentem Marmor. »Wunderbar, aber natürlich in einzelnen Partien etwas ungeschickt restauriert. Trotzdem ... einfach herrlich.« Ohne sich umzudrehen, setzte er hinzu: »Und was soll ich gewußt haben?«

Elkendorf und De Noel wechselten einen Blick. Als Elkendorf schwieg, sagte De Noel: »Wir sprachen gerade von Nockenfeld. Ich habe Elkendorf die alte Geschichte erzählt, Sie wissen schon.«

Die tastenden Hände Heberles hielten einen Moment inne, fühlten dann weiter über die sich windenden Schlangen: »Lyversberg hat nie darüber sprechen wollen, und ich denke, es wäre ihm nicht recht, wenn wir, Sie und ich, jetzt darüber sprächen. Allerdings muß man auch konstatieren, daß sich, was Lyversberg will, offenbar doch nicht immer realisieren läßt. Besonders in diesem Fall, denn schließlich ist Nockenfeld tot, und ein Gespräch über ihn ist kaum zu vermeiden. Nicht wahr, Doktor Elkendorf? Vor allem nicht, nachdem er an Gift gestorben ist.« Brüsk wandte er sich um und sah mit schnellem Blinzeln von einem zum anderen.

De Noel lachte ungläubig: »Nockenfeld soll an Gift gestorben sein? Wer sagt das?«

»Doktor Hensay. Er kam heute mittag in mein Geschäft und erwähnte dabei, daß die Leiche Nockenfelds Anzeichen von Vergiftung aufweise und daß Sie, Elkendorf, eine Obduktion und Apotheker Sehlmeyer chemische Analysen durchgeführt hätten. Oder ist das falsch?«

Bevor Elkendorf antworten konnte, sagte De Noel heiser: »Und ich dachte, Sie wollten sich, sozusagen ganz privat, ein Bild von Nockenfeld machen, einfach deshalb, weil er, kurz nachdem er Ihr Gast war, gestorben ist!«

»Elkendorf ist königlicher Beamter und Gerichtsmediziner, De Noel. Er wird eine Menge Fragen stellen müssen. Vielleicht sogar in Zusammenarbeit mit der Polizei, nicht wahr?«

»Aber wieso? Ich verstehe nicht.« De Noels Gesicht war bleich, seine Unterlippe zitterte.

»Seien Sie nicht weltfremd! Ein Tod durch Vergiftung muß polizeilich untersucht werden. Hensay sagte, er habe Kommissär Glasmacher aus dem Haus Nockenfelds kommen sehen. Er wird die Leiche inspiziert und mit Nockenfelds Schwester gesprochen haben. Und ich würde vermuten, daß er in nicht allzu langer Zeit auch bei Ihnen erscheinen wird.«

»Bei mir? Warum bei mir?«

»Überlegen Sie doch! Sie kannten Nockenfeld über Jahre hinweg und waren bis zu seiner Abreise freundschaftlich mit ihm verbunden, oder nicht? Nun sucht man Informationen über ihn, will wissen, wer er war und in welchen Verhältnissen er lebte. Vermutlich auch, wer etwas gegen ihn gehabt haben könnte.«

Mit einem Ruck stand De Noel auf und stellte sich dicht vor den Sessel, in dem Elkendorf saß.

»Nun ja«, sagte Elkendorf und sah an De Noel und Heberle vorbei zum Kopf der Medusa, »es ist nun einmal so, daß jeder plötzliche Tod untersucht werden muß. Insbesondere natürlich ein Tod, der durch eine Vergiftung verursacht wurde. Und Heberle hat recht, Sehlmeyer hat definitiv Gift festgestellt.«

»Was für Gift?«

»Stechapfel. Ganz einfach Stechapfel.«

De Noel fuhr sich mit der Hand an den Hals und begann, mit fahrigen Fingern seine Binde zu lockern: »Aber das ist doch ein Aphrodisiakum und kein Gift!«

»Wenn man eine Prise zuviel nimmt, ist es tödlich«, sagte Elkendorf.

»Also hat er es selbst genommen?« Die Erleichterung in De Noels Stimme war nicht zu überhören.

»Nun, lassen Sie es mich deutlich sagen: Alles deutet darauf hin, daß er das Gift vorgestern abend in meinem Haus, bei unserem gemeinsamen Diner zu sich genommen hat. Und das würde heißen – nicht freiwillig.«

De Noels Halsbinde war gelöst, ihre Enden hingen zerknittert über Weste und Rockkragen hinunter. Mit der rechten Hand versuchte er, ohne daß es ihm bewußt war, auch den Kragen seines Hemdes zu lockern. »Jemand hat es ihm verabreicht? Sie meinen, einer Ihrer Gäste?« fragte er halblaut.

»Das ist eine Frage, die Doktor Elkendorf in dieser Klarheit wohl noch nicht formulieren wollte«, warf Heberle ein, der, immer noch vorgebeugt und unter den feuchten Stirnfransen hervorblinzelnd, neben Wallrafs Medusenkopf stand.

»Richtig, Heberle. Noch weigere ich mich, mir vorzustellen, daß einer meiner Gäste, einer meiner Freunde ... Ich hoffe, daß Sie mich verstehen. Aber ich bin, wie Sie sagten, in staatlichem Dienst. Ich bin gezwungen, an Möglichkeiten zu denken, die mir als Privatmann fernliegen. Sie sehen mich also in einer sehr peinlichen Situation, denn Polizeipräsident Struensee und Medizinalrat Merrem haben beschlossen, daß vorläufig ich die Untersuchungen zu Nockenfelds Tod führen soll.«

»Also nicht die Polizei selbst?«

Heberle trat näher. Seine blinzelnden Augen hatten eine wäßrig-gelbe, unangenehm gallertartige Konsistenz.

»Nein, Kommissär Glasmacher wurde zurückgezogen. Man möchte die Untersuchung so diskret wie möglich halten. Schließlich kam Nockenfeld aus einer alten Familie, und alle Beteiligten ... nun, alle Beteiligten sind angesehene Bürger der Stadt. Man meint anscheinend auch, daß es in meinem besonderen Interesse als Gastgeber des unseligen Diners liegen müsse, herauszufinden, wer Nockenfeld war und weshalb er starb.« Elkendorf senkte den Blick und betrachtete seine Hände. »Aber«, setzte er hinzu und spürte die Unsicherheit in seiner Stimme, »ich denke, es dürfte schließlich in unser aller Interesse sein, die Angelegenheit zu klären.«

»Ja, dürfte es das? Sind Sie sich sicher?« Matthias De Noel schluckte mehrmals trocken und wandte sich dann mit einer heftigen Bewegung ab. »Aber machen Sie doch, was Sie wollen.« Die Tür hinter sich zuschlagend verließ er das Zimmer und seine Besucher.

»Tja«, meinte Heberle, »wenn Sie das noch können! Ich wünsche Ihnen jedenfalls viel Erfolg dabei.«

Mit einem Blick, der halb aufmunternd, halb zynisch wirkte, folgte er De Noel nach draußen.

Elkendorf erhob sich langsam. Unschlüssig blieb er einige Minuten mitten im Raum stehen. Schließlich bückte er sich, hob das schwarze Tuch auf, das Heberle achtlos auf den Boden hatte fallenlassen, und legte es behutsam über Wallrafs Medusa. Als er kurz darauf im strömenden Regen vor dem Haus stand, fragte er sich, warum er das getan hatte.

KAPITEL 8

Donnerstag, 28. August, früher Nachmittag

»Weiße Spitze schön zu waschen.
Weiche die Spitzen in laulicht Wasser, und schmiere sie dick mit Seifen ein, beschwere sie mit etwas, daß sie gepreßt werden, laß sie also über Nacht weichen, des andern Tages drucke sie wohl aus, daß der größte Schmutz davon gehe, dann nimm ein ander laulicht Wasser, schmiere die Spitze wieder mit Seifen, und lege sie in das Wasser, decke ein Tüchlein darüber, daß das Wasser darüber hergehe, setze es zum Feuer, und lasse es langsam aussieden, alsdann wasche es aus diesem Wasser sauber aus, und setze es noch einmal mit Wasser zum Feuer und lasse es aufwallen, wasche sie daraus, so werden sie schön weiß werden, nach diesem lege sie in kaltes Wasser, und lasse sie über Nacht liegen, kannst du sie auf eine Bleiche legen, ist es noch besser.«
Aus: Nützliche und geprüfte ökonomische Wissenschaften und Geheimnisse (...). Nebst einer Menge anderer Wissenschaften zu einer Haushaltung und Beförderung der Gesundheit. Zusammen getragen von J.J.H. Liebhaber der Oekonomie, Köln, bei Joh. Georg Balthasar Schmitz 1803, S. 6 f.

Der weiße Musselin war leicht und nachgiebig, dabei fest genug, um auch häufigerem Waschen gut standzuhalten. Als Anna ihn vorsichtig zwischen Daumen und Zeigefinger rieb, war nichts Rauhes, nichts Stumpfes zu spüren. Die Oberfläche war fast so glatt wie frisch ausgerollter Teig. Sie bewegte den Ballen, auf den der Stoff gewickelt war, einige Drehungen weiter, zog ihn in eine straffe Bahn und überlegte, wie viele Ellen sie wohl für zwei Herrenhemden mit hohem, breit fallendem Kragen brauchen würde. Unschlüssig blickte sie auf und musterte ein Hemd, das, über eine Schneiderpuppe gezogen, nicht weit von ihr entfernt ausgestellt war. Es war aus kräftigerem Stoff, als sie ihn in den Händen hielt, und in genau dem Schnitt, den sich ihr Cousin für seine Hemden erbeten hatte. Ein sehr modischer Schnitt, mit leicht betonter Taille, weiten, an der Achsel angekrausten Ärmeln und eben diesem hoch in den Nacken reichenden, mit biegsamem Fischbein verstärkten Kragen, dessen vorgeschriebener eleganter Schwung beim Nähen so schwierig zu erzielen war.

Während sie auf Witwe Dülken, die Besitzerin des Weißzeuggeschäftes, wartete, die in einen der hinteren Lagerräume gegangen war, um noch eine besondere Sorte Leinen zu holen, betrachtete Anna eingehend die feinen, kaum sichtbaren Stiche, mit denen das Modellhemd genäht war. Sie waren winzig und gleichmäßig, wie die Stiche in den Stickereien Tante Margaretes und bewiesen wie diese eine solch perfekte Kunstfertigkeit, daß Anna die Finger der Weißnäherin, unter denen das Hemd entstanden war, vor sich zu sehen meinte, schnakenartig wie die ihrer Tante und genauso beweglich.

Gerade als sie die Ärmelnaht näher an die Augen hob, um sie genauer betrachten zu können, wurden die Geräusche, die von der Großen Budengasse kamen, vernehmlicher, und ein kalter Luftstrom zog in den Raum. Die Ladentür hatte sich geöffnet, und bevor sie sich umdrehen konnte, sagte eine Stimme hinter ihr: »Ach, Jungfer Steinbüschel, wie schön, Sie zu treffen.« Die Stimme klang, als würde Zucker zerstoßen.

Anna ließ den Ärmel fallen und griff nach der Hand, die ihr entgegengestreckt wurde.

»Frau Medizinalrat«, sagte sie, indem sie den Kopf mit einer leichten Verbeugung senkte.

»Gestern morgen, als Ihr Cousin bei uns im Haus war, habe ich ihm einen Gruß für Sie aufgetragen. Ich hoffe, er hat ihn ausgerichtet.«

Wie unförmig Luise Merrem geworden war, dachte Anna. Eine trichterartige Gestalt – an den Kopfseiten schmal geschnürter Schutenhut, gerade Schultern, von denen ein flaschengrüner Mantel in einem nach unten immer breiter werdenden Faltenwurf herabfiel. Sie mußte kurz vor der Niederkunft stehen. Ihrer sechsten, und vier der Kinder lebten noch.

»Nein, das konnte er nicht, wir haben uns nur im Vorübergehen gesehen und nicht miteinander gesprochen. Er ist im Moment viel außer Haus, nicht einmal zum Mittagessen kam er heute zurück. Sie wissen wahrscheinlich …«

»Ja, ich weiß. Doktor Nockenfelds Tod.«

Ohne ihren Regenmantel abzulegen, setzte Luise Merrem sich in einen Sessel, der zwischen zwei Tischen mit geklöppelten und gehäkelten Deckchen stand. Sie hob den Kopf, so daß sich unter der Hutkrempe hervor dunkle und angestrengte Augen zeigten, deren Pupillen im trübe durch das Ladenfenster einfallenden Licht verschwommen wirkten. Sie zogen sich einen Moment zusammen, um dann allmählich größer und klarer zu werden. »Sie haben die Leiche gesehen, wie ich hörte«, sagte sie.

»Ja.«

»Und das noch vor Ihrem Cousin und vor dem Polizeikommissär?«

»Ja.«

»Jungfer Nockenfeld hat Sie holen lassen, nicht wahr? Die Arme, es muß eine schlimme Situation für sie sein – der gerade zurückgekehrte, nach langer Zeit wiedergewonnene Bruder so plötzlich tot im Bett. Vermutlich ist sie völlig verzweifelt.« Die dünnen, beinahe gestrichelt wirkenden Brauen über den dunklen Augen hoben sich.

Als Anna nichts sagte, fuhr sie fort: »Und Sie, Jungfer Steinbüschel, Sie vor dem Bett eines toten Mannes! Und das, nachdem er nur einige Stunden vorher Gast bei Ihrem Diner gewesen ist. Wirklich unerfreulich, und eigentlich auch sehr unschicklich.«

»Es war vor allem erschreckend.«

»Das kann ich mir denken.«

Luise Merrem lehnte sich schwerfällig in ihrem Sessel zurück, zog die Schleife, mit der ihr Hut unter dem Kinn gebunden war, auf und nahm ihn ab. Der Hut hatte die Haare festgedrückt, so daß ihr Kopf sehr klein und durch den gerade gezogenen Mittelscheitel wie eingekerbt erschien.

»Einen Vergifteten zu sehen«, sagte sie und spitzte ihre Lippen, »ist sicherlich erschreckend. Nicht, daß ich dabei aus Erfahrung mitreden könnte.«

Während sie den Blick auf Annas Gesicht gerichtet hielt, begann sie ihren Mantel aufzuknöpfen. Die dreifache Spitzenkrause der Chemisette, in der ihr langer Hals noch länger aussah, mußte kostspielig gewesen sein, ebenso wie ihr Kleid, das sich in hellem Grün über dem dicken Leib bauschte.

»Ein Vergifteter?« Anna gab ihrer Stimme einen erstaunten Klang.

»Sie wissen es noch nicht? Hat es Ihnen Ihr Cousin nicht gesagt? Ach nein, natürlich. Sie sagten, Sie haben ihn nicht gesehen. – Nun, ganz unter uns: Doktor Nockenfeld ist an Gift gestorben.« Ihr Blick, der forschend und kühl war, ließ Annas Augen nicht los. »Apotheker Sehlmeyer hat heute nacht Nockenfelds Leiche untersucht und dabei Gift in den Eingeweiden festgestellt. Reste von Stechapfel, genauer gesagt.«

»Stechapfel?«

»Ja. Mein Mann war immer noch bestürzt, als er es mir eben

sagte.« Luise Merrem schwieg einen Augenblick, bevor sie fragte: »Wußten Sie, daß Stechapfel giftig ist?«

Zögernd antwortete Anna: »Ja. Ja, ich denke doch. Stechapfel, Tollkirsche, Goldregen – das sind giftige Pflanzen. Wie viele andere auch. Natürlich, jeder weiß das, oder fast jeder. Man warnt Kinder, davon zu essen.«

»Richtig. Selbst ich habe mich daran erinnert, obwohl ich von diesen Dingen, Insekten, Fossilien und Pflanzen, keine Ahnung habe. Es hat mich, zum Leidwesen meines Mannes, muß ich sagen, nie auch nur eine Spur interessiert. Wenigstens nicht in dieser Form der aufgespießten, getrockneten Objekte, denen jedes Leben ausgepreßt worden ist. Zum Glück kann ich mich auf die Tatsache zurückziehen, daß ich eine Frau bin. Als Frau muß es mich nicht interessieren. Oder denken Sie doch?« Augen und Mund zeigten ein leichtes Lächeln, das beinahe einen provokanten Zug hatte.

»Aber wie kann Doktor Nockenfeld Stechapfel zu sich genommen haben?« Wieder gab Anna ihrer Stimme einen ungläubigen Unterton. »Läßt Sehlmeyers Ergebnis wirklich keinen Zweifel?«

»Sie kennen ihn doch. Er würde keine solche Aussage machen, wenn er sich nicht sicher wäre. Das Gift war in Magen und Darm und – verzeihen Sie, wenn ich unappetitlich werde – im Erbrochenen.«

»Das heißt, Nockenfeld muß es gegessen oder getrunken haben.«

»Logischerweise, Jungfer Steinbüschel.« Nach einer kleinen Pause sagte sie: »Es muß ein schrecklich schmerzhafter Tod sein, dieser Gifttod. Unbarmherzig und schmutzig.«

Ihre Augen, die sie bislang unverwandt auf Anna gerichtet hatte, glitten nun über die dicken Stoffballen, die überall im Raum auf Tischen und in Regalen aufgetürmt waren. Weiße Spitze, weißer Damast, weißer Seidenchiffon, weißer Tüll, weißer Flor, weißes Leinen für Bettlaken. Der Blick konnte in der

Fülle des Weiß versinken wie in weißen Wolken oder einem Berg frisch gerupfter Gänsefedern.

Manchmal ließ sich die Weiße eines Stoffes beinahe fühlen, dachte Anna, die den Augen Luise Merrems gefolgt war. Intensiv gebleichtes Weiß, grob gewebtes Weiß, weißes Tuch, das wie Mehlstaub aussah oder duftig wie Holunderblüten war. Rauhes oder kostbar schimmerndes Weiß. Sie mochte dieses Gefühl der Weiße. Raschelte weißes Tuch nicht auch auf eine besondere Weise, wenn man es auseinanderfaltete oder zusammenlegte? Weiße Stoffe hatten auch einen ganz besonderen, unverwechselbaren Geruch. Einen weißen Geruch. Nach Sauberkeit natürlich, und nach Makellosigkeit. Nichts konnte so beschmutzt wirken wie ein Laken, das einmal makellos weiß gewesen war.

So wie das Laken, auf dem Jakob Nockenfeld gestorben war.

Luise Merrem konnte dieses Laken nicht gesehen haben, und doch hatte Anna den Eindruck, als stelle sie sich mit konzentriertem Blick auf die weißen Stoffe im Geiste gerade dieses Laken vor, und darauf Nockenfeld, wie er stöhnend und in Krämpfen starb.

Ja, überlegte Anna, Krämpfe und Delirien, das paßte zu Stechapfel. Tatsächlich war es auch Stechapfelgift gewesen, an das sie gedacht hatte, als sie vor der Leiche gestanden hatte. Stechapfel oder Tollkirsche.

Vor vielen Jahren hatte sie ein Kind so sterben sehen. Die dreijährige Tochter einer Nachbarin, die irgendwo, in einem verödeten Garten vielleicht, die Früchte des Stechapfels gegessen hatte und noch mit Resten der Pflanze in der Hand nach Hause gekommen war, weiß vor Übelkeit und mit zitternden Gliedern. Obwohl man ihr sofort Brechnußaufguß eingeflößt hatte, um ihr Erbrechen noch zu verstärken, war das Mädchen schließlich nach stundenlangen Krämpfen gestorben. Die kleine Leiche in ihrem gestreiften Zwillichkleidchen hatte wie hingeworfen auf dem Bett gelegen, bleich und mit erbarmungswürdig verdrehten Armen und Beinen.

»Hat Sehlmeyer festgestellt, in welchem Gericht oder Getränk das Gift gewesen ist?« fragte sie.

»Soviel ich weiß, nein. Wenn man darüber nachdenkt, ist es doch interessant, wie wenig Wissenschaft, und diese chemischen Untersuchungen gehören doch wohl zur modernen Wissenschaft, im Ernstfall zu sagen vermag.«

Sie unterbrach sich unvermittelt, beugte sich mit einem leise ächzenden Laut nach vorne und legte beide Hände auf ihren hochgewölbten Leib. Mit weit geöffneten Augen atmete sie einige Male tief ein. »Es ist bald soweit«, sagte sie nach einer Weile fast beiläufig und fuhr dann mit ihrer entschiedenen, kühlen Stimme fort: »Übrigens weiß man wohl auch nicht, warum er das Gift genommen hat. Und das Warum erscheint mir hier wie meistens die entscheidende Frage zu sein. Wie und wann ist doch sekundär gegenüber dem Problem des Warum. Finden Sie nicht, Jungfer?«

»Mag sein, aber vielleicht weiß man das Warum oft erst, wenn man das Wie und das Wann kennt.«

»Da haben Sie allerdings recht, obwohl auch das Umgekehrte gilt: Wenn man das Wie und Wann weiß, kennt man auch das Warum. Aber wie auch immer, im Fall des Todes von Doktor Nockenfeld kann man bisher keine dieser Fragen beantworten. Mein Mann ist sehr beunruhigt.« Wieder stieß sie ein leises Stöhnen aus und rieb sich dabei vorsichtig massierend über den Leib, als versuche sie einen plötzlichen, krampfartigen Schmerz zu vertreiben. »Es beunruhigt auch Ihren Cousin«, sagte sie dabei und warf Anna einen kurzen Blick unter halbgesenkten Lidern zu, »und ich würde mich wundern, wenn Sie selbst nicht auch beunruhigt wären. Schon der Tod eines Mannes, der am Abend zuvor Gast Ihres Hauses war, muß unangenehm sein, aber ein vergifteter Toter? Ich jedenfalls bin froh, daß Nockenfeld vorgestern nicht bei uns zu Gast war, wenn Sie verstehen, was ich meine.«

»Ich verstehe Sie sehr gut, Frau Medizinalrat. Und Sie haben recht, ich bin beunruhigt. Obwohl ich mich für mein Essen in jeder Hinsicht verbürgen kann. Stechapfelgift gibt es in meiner Küche nicht und hat es nie gegeben.«

»Das glaube ich Ihnen aufs Wort. Aber was Sie oder ich glauben, dürfte nicht entscheidend sein. Ich fürchte, Jungfer Steinbüschel, bis man weiß, warum Nockenfeld gestorben ist, werden Sie und Ihr Cousin mit einigen Gerüchten leben müssen. Und wie ich leider sagen muß, nicht nur Sie beide. Man wird sich, da können Sie sicher sein, auch für die Eingeladenen interessieren. Man wird mit Interesse hören, daß so viele Honoratioren der Stadt anwesend waren. Professor Wallraf, Verleger DuMont, Kaufmann Lyversberg ...«

»Und Ihr Mann, Frau Medizinalrat.«

»Ja, auch mein Mann.« Luise Merrem neigte den Kopf und heftete die Augen auf ihre in festgeschnürten Halbstiefeln steckenden Füße, um die sich kleine Pfützen gebildet hatten. Ihre Miene verriet nicht, was sie dachte.

Beide sprachen nicht weiter. Gedämpft zogen von draußen die Geräusche des Regens und die Geräusche von Menschen, die sich im Regen bewegten, herein. Man hörte platschende Schritte, Stimmen, Wortfetzen. Ein Pferd wieherte. Jemand schrie. Es waren naßklingende, vom Regen gefärbte Laute, die Bilder einer von Regen überströmten und von Nässe durchsikkerten Stadt heraufbeschworen.

Während Anna mit dem Rücken an eine Vitrine gelehnt dastand und auf die feuchten Stiefeletten Luise Merrems starrte, kam Witwe Dülken durch die seitlich hinter dem Ladentisch gelegene Tür zurück in den Raum. Aus den Wasch- und Bügelräumen ihres Geschäftes brachte sie einen intensiven Geruch nach Seifenwasser und kochender Wäsche mit sich.

In einer ruhigen, fließenden Bewegung, von Kopf bis Fuß so

weiß wie ihre Waren gekleidet, erschien ihre Figur wie eine Art weißer Schatten, dessen cremefarbene Konturen dort, wo sie stehenblieb, unscharf wirkten und sich mit der Weiße der Umgebung, den Stoffen und Spitzen, verwischten.

Warum hatte noch nie jemand das Bild einer Weißzeugverkäuferin in ihrem Laden gemalt, ging es Anna durch den Sinn. So, wie es wirklich, wie es in diesem Moment war. Dieses Spiel der Schattierungen und fließenden Formen, die im diffusen Licht des Ladens sanfte, friedliche Bilder weckten. Trügerische Bilder? Vielleicht – oder eigentlich sogar sicher. Es sei denn, auch das Gesicht der Händlerin würde so gemalt, wie es wirklich aussah. Die eckige Stirn, der fleckig gerötete, matte Teint, die knochige Nase. Ein unschönes, aber keineswegs dummes Gesicht. Realistisch und geschäftstüchtig, so wie die Frau war, die das größte Weißzeug- und Galanteriewarengeschäft in Köln führte und Arbeit an eine ganze Reihe von Weißnäherinnen, Stickerinnen, Klöpplerinnen, Wäscherinnen und Plätterinnen ausgab. An Frauen und Mädchen, auch an Kinder, die stückweise und je nach Qualität für ihre Arbeit bezahlt wurden. Es war keine romantisch-sentimentale Frau, trotz ihrer schleifchenbesetzten Haube, dem plissierten Brusttuch, das bis auf die eng geschnürte Taille fiel, und dem weiten, in Puffen und Falbeln endenden Rock.

»Sie kommen gerade richtig, Frau Medizinalrat«, sagte Witwe Dülken. »Die Windeln und Jäckchen, die Sie bestellt haben, sind fertig. Ich hole Sie Ihnen gleich aus dem Magazin.«

»Sehr freundlich. Und hätten Sie auch ein Glas Zuckerwasser für mich? Ich würde gern einen Schluck trinken und mich hier ein wenig ausruhen.«

»Es ist mir eine Ehre, Frau Medizinalrat. Lassen Sie sich Zeit. Es ist heute, wie auch die letzten Tage, nicht viel los im Geschäft. Das Wetter, wissen Sie. Niemand geht gern auf die Straße.«

»Deprimierend, ja. Man könnte melancholisch werden. Und

das in meinem Zustand. Ich wäre nicht erstaunt, wenn das Kind durch den Regen und die dumpfe, feuchte Luft dickblütig würde und ein müdes Gemüt bekäme.«

»Sie sollten Süßes essen, das stärkt das Kind und sein Blut.«

»Ich weiß. In Zucker gebrannte Mandeln, gesüßten Anis- und Fencheltee, Milch mit Ei und Honig. Außerdem Umschläge mit Brandwein und Kümmel auf den Leib. Ich tue, was ich kann. Aber schließlich, das müssen Sie zugeben, gibt es auch dafür Grenzen.« Ein ungeduldiger Ausdruck flog über ihr Gesicht. »Nicht alles läßt sich im vorhinein bedenken und bestimmen. Auch von einer Mutter nicht. Gott allein weiß, so glauben wir doch, was er gibt und warum er es gibt.«

»Er wird Ihnen ein gesundes Kind geben, Frau Medizinalrat, und eine leichte Geburt.«

»Wir wollen es hoffen. Aber jetzt, wenn ich bitten darf, ein Glas Zuckerwasser.«

Sie waren wieder allein im Laden. Anna warf einen prüfenden Blick auf die unruhig gewordene Miene Luise Merrems, deren Augen nervös im Raum umherschweiften, schließlich aber Annas Blick auffingen.

»Windeln, Kinderjäckchen, Zuckerwasser, eine leichte Geburt«, sagte sie in ihrem eigentümlichen, leicht spöttischen Ton, »das sind unsere Weibergedanken. Und natürlich Suppen und Strickzeug. Wie banal und wie beruhigend, nicht wahr? Was soll in diesen Gedanken ein toter Doktor Nockenfeld, insbesondere ein vergifteter?«

»Es gibt für uns nicht nur Suppen und Strickzeug, Frau Medizinalrat, es gibt auch Totengebete und Leichenwäsche. Der Tod ist uns oft sehr nahe, finden Sie nicht?«

Luise Merrems Augen waren schmaler geworden. »Möglich«, erwiderte sie, indem sie nachlässig mit einer Schulter zuckte. »Wahrscheinlich haben Sie recht. Außerdem gebe ich zu, daß Nockenfeld ein durchaus interessantes Thema ist. Zweifellos interessanter als Windeln und Anistee.«

»Kannten Sie ihn denn?« fragte Anna überrascht.

»Persönlich, meinen Sie? Nein, nein. Ich bin mit meinem Mann erst ein paar Jahre, nachdem er von hier fortgezogen war, nach Köln gekommen.«

»Aber Sie wissen, wer er war?«

»O ja, natürlich. Köln ist klein, und die Zahl der Mediziner begrenzt. Nicht daß ich mich für Gerüchte über die Kollegen meines Mannes besonders interessiere, aber als Frau des Medizinalrates kann man nicht vermeiden, hie und da etwas über ihren Ruf und ihre Vergangenheit zu hören. Im übrigen sind oft interessante Geschichten, fast möchte ich sagen, menschliche Studien darunter, die uns zu denken geben können. Finden Sie nicht?«

»So ist es wohl manchmal, ja. – Und zu Doktor Nockenfeld gab es interessante Geschichten?«

»Mir kamen im Laufe der Zeit einige zu Ohren, ohne daß ich mich allerdings in jedem Fall für ihre Wahrheit verbürgen könnte. Aber sein Name fiel öfters in all den Jahren, die ich hier bin, in diesem oder jenem Gespräch, so daß ich mir allmählich ein Bild von ihm gemacht habe, keine detaillierte Zeichnung, aber immerhin etwas wie einen Schattenriß.«

»Ach ja?« Anna war einen Schritt näher getreten.

»Er muß«, fuhr Luise Merrem fort, »eine bemerkenswerte Persönlichkeit gewesen sein, wenn auch mit einigen recht unangenehmen Seiten. Ich habe mich, als ich hörte, er sei wieder in Köln, sofort gefragt, wie er wohl mit seinen Kollegen hier auszukommen dachte.«

»Glaubten Sie, er würde Schwierigkeiten haben?«

»Das hätte ich erwartet, ja.«

»Warum?«

»Nun, soviel ich gehört habe, war er sehr ehrgeizig.«

»Ehrgeiz ist unter Medizinern nicht ungewöhnlich.«

»Richtig. Aber Doktor Nockenfeld war es offenbar mehr als im üblichen Sinne. Er scheint es geradezu genossen zu haben,

Konkurrenten aus dem Weg zu schaffen und Rivalen zu besiegen.«

»Tatsächlich?«

Luise Merrem lehnte sich im Sessel zurück und legte ihre Hand über die Augen, so daß Anna nur noch den unteren Teil ihres Gesichts, den kleinen Mund und die kräftige Kieferpartie, sehen konnte. »Ich muß zugeben, daß Nockenfeld und die Geschichten um ihn immer wieder meine Phantasie beschäftigt haben. Ich kann mir gut vorstellen, wie er damals war, als die Franzosen kamen, jung und hungrig nach Einfluß und Macht. – Auf seine Weise wird er sein Ziel wohl erreicht haben.«

»Auf was für eine Weise?«

Luise Merrem nahm ihre Hand von den Augen und suchte Annas Blick. »Er war, ganz schlicht gesagt, Zuträger für die Franzosen«, antwortete sie und lächelte. »Macht auszuüben ist einfach, wenn man sich den Mächtigen zur Verfügung stellt. Und da Nockenfeld offenbar keine Skrupel hatte, standen ihm damals viele Möglichkeiten offen.«

»Ich verstehe Sie nicht ganz, Frau Medizinalrat.«

»Nein? Nun, überlegen Sie selbst. Ein gebildeter Mann und geschickter Arzt, der alle in Köln praktizierenden Mediziner und Heilkundigen kannte und außerdem durch seine Herkunft und seinen Beruf Zugang zu den besten Familien hatte. Was dürfte er nicht alles gewußt haben! Die private und berufliche Vergangenheit seiner Kollegen mit allen dunklen Punkten. Die politische Einstellung – franzosenfreundlich oder nicht – aller seiner Bekannten. Ich sage Ihnen, er muß über einen reichen Fundus an Wissen verfügt haben ... Soweit ich gehört habe, hat er ihn auch genutzt.«

Sie drückte ihren Rücken jetzt so weit zurück, wie es ihr der Sessel erlaubte, schob den Kopf nach hinten, bis er auf der hölzernen Kante der Lehne auflag, und heftete ihren Blick auf die Stuckverzierungen der weißen Decke über sich. Trotz dieser scheinbar gelassenen Haltung blieben ihre Füße fest auf den Boden gestemmt.

»Sie erinnern sich vielleicht«, fuhr sie fort, »daß die Franzosen um 1800 mit ihren Reformen im Gesundheitswesen begannen und dabei als erstes Mediziner, Wundärzte, Apotheker und auch Hebammen überprüften. Wer die Kontrolle bestand, konnte weiter praktizieren, wer nicht, bekam keine Approbation mehr. Ich weiß noch genau, welche Aufregung und Angst plötzlich unter den Medizinern herrschte. Jeder, auch mein Vater, der Arzt in Aachen war, befürchtete, den Anforderungen der Reform nicht gewachsen zu sein und damit Beruf und Einkommen zu verlieren. Stellen Sie sich vor, was für ein interessantes Feld sich in dieser Zeit jemandem wie Doktor Nockenfeld bot. Er brauchte den Behörden nur über die Kunstfehler eines Mediziners oder die ungesetzlichen Tätigkeiten einer Hebamme zu berichten, vielleicht auch die antifranzösischen Bemerkungen eines Apothekers weiterzugeben, und schon hatte er, mit nicht mehr als ein paar Worten, über Karrieren und Lebensläufe entschieden.«

Die Stimme, mit der sie weitersprach, verlor allmählich ihre Kühle, statt dessen tauchte in ihr, so schien es Anna, eine unklare, verschwommene Sehnsucht auf. Die nach oben gewandten Augen jedoch sahen aus wie kleine, glatte Spiegel, in denen sich nichts von dem zeigte, was Luise Merrem vielleicht fühlen mochte.

»Diese Macht«, sagte sie, »muß für ihn so etwas wie ein Rausch gewesen sein. Ein heimlicher Rausch, denke ich mir, den man einsam genießen kann, ohne Mitwisser oder doch nur mit solchen, die durch Schuld oder Angst selbst an die Heimlichkeit gebunden sind. Ja, das war es wohl, was Nockenfeld wollte. Diese faszinierende Macht, in andere Leben einzugreifen, die Pläne anderer zu durchkreuzen, anderen Niederlagen und Verletzungen zuzufügen. Was könnte reizvoller sein? Man läßt hier eine Bemerkung fallen, da einen Satz, und schon geraten Menschen und Beziehungen in Bewegung. Es muß so sein, als ob man die Fäden zu einem weitverzweigten Netz spannt und wie eine Spinne unsichtbar in einem dunklen Winkel sitzt, um jedes Vibrieren, jedes Zittern der Opfer wahrzunehmen und auszukosten.«

Luise Merrem hatte ihr Gesicht halb zur Seite gewandt. Ihre Augen, über die sich die Lider fast geschlossen hatten, blickten durch eine Vitrine mit geklöppelten Spitzenjabots und Fichus mit opulenten Weißstickereien hindurch zum Ladenfenster. Ihr Profil zeichnete sich scharf gegen den Hintergrund ab. Wie sie da auf ihrem Fauteuil saß, mit zurückgelehntem Kopf und mit sich langsam über dem aufgeblähten, schwangeren Leib bewegenden Händen, wirkte sie phlegmatisch und gierig zugleich.

»Und Sie glauben tatsächlich, daß man nichts von dieser Spinne im Netz wußte?« fragte Anna.

»Damals kannte man weder die Spinne noch ihr Netz. Wer etwas wußte, denke ich, wagte nichts zu sagen, weil er sich sonst selbst geschadet hätte. Außerdem«, Luise Merrem lachte auf, »Sie dürften doch selbst wissen, wie Mediziner sind. Heißt es nicht, daß trotz aller Konkurrenz letztlich eine Krähe der anderen kein Auge aushackt? Auch wenn es einen Verdacht gegeben hätte, glauben Sie wirklich, man hätte ihn gegen einen Kollegen, einen Absolventen der ehrwürdigen Universität zu Köln und Freund des verehrten Professor Wallrafs, laut werden lassen? Nein, glauben Sie mir, das hätte man nicht.« Sie schwieg einen Moment und setzte dann hinzu: »Eine irgendwie einfältige Haltung, nicht wahr? Erst später, nachdem Doktor Nockenfeld fort war – oder eigentlich wohl, nachdem die Franzosen fort waren –, tauchten allmählich diese verschiedenen Geschichten auf, die ich peu à peu auch zu hören bekam und die für viele von Nockenfelds Bekannten und Patienten erschrekkend gewesen sein müssen. Aber auch erhellend, denn sie erklärten offensichtlich eine Reihe von Vorfällen, die bis dahin nicht hatten erklärt werden können.« Sie lachte noch einmal.

»Ist das nicht ein merkwürdiges Phänomen, diese plötzlichen Enthüllungen zu einer Person, die man zu kennen geglaubt hatte? Als ob man ein besticktes Kopfkissen wendet und unvermittelt statt des langbekannten, gefälligen Musters ein ganz neues, verwirrendes sieht, das aber bei genauem Betrachten der Stiche und Vernähungen erst das Muster der Außenseite verständlich macht. – Ich sage Ihnen, das Bloßlegen der verdeckten Seite des Doktor Nockenfeld hat mit Sicherheit für einige seiner Bekannten böse Überraschungen gegeben, und für manche wäre es vermutlich besser gewesen, sie hätten die Wahrheit über ihn und seine Aktivitäten nie erfahren. Oder vielleicht doch nicht? Womöglich ist die Wahrheit jedes Erschrecken und jede Enttäuschung wert. Was denken Sie?«

Sie unterbrach sich, als sie Witwe Dülken mit einem Tablett kommen sah, nahm das angebotene Glas entgegen und trank einen kleinen Schluck.

»Danke«, sagte sie kühl, »und wenn Sie nichts dagegen haben, würden wir gern noch ein paar Minuten allein sein.«

Anna wartete, bis die weißgekleidete Gestalt wieder in der Tür zum Magazin verschwunden war, und sagte dann: »Es hat also böse Überraschungen für einige hier in Köln gegeben.«

»Ja.« Luise Merrem stockte, als sei sie unschlüssig, ob sie weitersprechen sollte.

Anna beobachtete, wie sie sich auf ihre Unterlippe biß, die zu zucken begonnen hatte. »Für wen?« fragte sie.

Mit einem abrupten Ruck beugte sich Luise Merrem vor, so daß das Glas in ihrer Hand kippte und ein Spritzer Wasser ihren Schoß traf. Ohne darauf zu achten, erwiderte sie: »Für Doktor Günther zum Beispiel.«

»Doktor Günther?«

»Ja, Johann Jakob Günther, unseren ehrgeizigen Publizisten.«

Anna dachte an das magere Gesicht Günthers und die grauen Hände, mit denen er beim Essen Messer und Gabel fest umklammerte. Bevor sie etwas erwidern konnte, sagte Luise Merrem:

»Sehen Sie, Jungfer Steinbüschel, ich kenne seine Frau recht gut. Frau Günther stammt aus dem gleichen Ort wie ich, und das verbindet. Sie wissen sicher, wie sehr sie sich zur Decke strecken muß mit ihren sechs Töchtern, die alle gleich aussehen mit diesen festgesteckten Schneckenfrisuren über den eine Spur zu großen Ohren. Keine von ihnen ist bisher verheiratet, und ohne Mitgift werden sie auch kaum unter die Haube zu bringen sein. Und dann dieser magere, emsige Ehemann, der immer nur schreibt, ohne daß es ihm je viel Geld einbrächte. Ja, ich weiß, wissenschaftliche Publikationen bringen nie Geld ein, das ist mir durch die Arbeit meines Mannes nur zu bekannt … Nun, vor nicht allzu langer Zeit erzählte mir Frau Günther in einer ihrer niedergedrückten Stimmungen eine Geschichte, die zeigt, wie Doktor Nockenfeld vorging. Und die Ihnen vielleicht auch erklärt, was dem galligen Charakter des Herrn Günther zugrunde liegen mag. Er ist ein sehr verbitterter Mann, wie Sie vermutlich gemerkt haben. Bitter und voller Haß auf alle, die erfolgreicher sind als er. Er haßt meinen Mann, und übrigens haßt er auch Ihren Cousin. Am meisten aber haßte er Nockenfeld.« Sie lachte leise.

»Aber Nockenfeld lebte doch in Frankreich, Günther kann ihn seit Jahren nicht gesehen haben!«

»Und? Was macht das? Muß man jemanden sehen, um ihn zu hassen? Nein, Haß bleibt und wächst auch ohne Nähe.«

»Wissen Sie, weshalb er ihn haßte?«

»Nockenfeld hat seine Karriere zerstört. Deshalb. Ich sehe an Ihrem Gesicht, Jungfer Steinbüschel, daß ich ausführlicher werden muß. Also. – Es muß um 1810 gewesen sein, kurz nachdem Günther nach Köln gezogen war. Er hatte damals schon eine jahrelange Praxis als Arzt hinter sich und war mit seinen wissenschaftlichen Veröffentlichungen wohl recht erfolgreich. Trotzdem, als er sich an die Zentralschule hier in

Köln bewarb, an der zu dieser Zeit neben anderen Koryphäen auch Professor Wallraf unterrichtete, wurde er abgelehnt. Sehr schroff, wie Frau Günther sagte, und ohne daß ein Grund dafür angegeben wurde.« Sie hielt inne. Nach einer kurzen Pause sprach sie weiter. »Doktor Günther erfuhr erst Jahre später, daß es Nockenfeld gewesen war, der gegen seine Berufung Einspruch erhoben hatte.«

»Und was hatte er gegen ihn vorgebracht?«

»Aha, das interessiert Sie, nicht wahr, Jungfer? – Nockenfeld wußte offenbar von einem Vorfall in Doktor Günthers beruflicher Vergangenheit, einem peinlichen oder auch schrecklichen Vorfall, je nach dem, wie man ihn betrachten möchte. Für den Patienten schrecklich, für den Arzt peinlich, vielleicht könnte man es so sagen. Es war an sich eine ganz einfache Geschichte, wie sie jedem Arzt passieren kann. Doktor Günther hatte einige Jahre zuvor einem Schwerkranken erst ein Purgativ und, als sei das noch nicht ausreichend gewesen, danach noch ein starkes Brechmittel verschrieben. Der Mann starb an Erschöpfung, nachdem er stundenlang abgeführt und stundenlang erbrochen hatte. Ein Kunstfehler, wie die Mediziner sagen, mehr nicht, verstehen Sie? Doch Nockenfeld gelang es, den Fall zu dramatisieren und die gesamte ärztliche Reputation Günthers in Frage zu stellen. Günther hat ihm das nie vergessen. Er ist ein sehr penibler Mensch mit einem ausgezeichneten Gedächtnis. Der Haß eines solchen Menschen kann sich tief einfressen.«

»Und sich schließlich rächen?«

»Wer weiß?« Luise Merrem schwieg und blickte gedankenverloren vor sich hin. Dann sagte sie: »Was ich mich übrigens immer gefragt habe: Muß Nockenfeld nicht anziehend für Frauen gewesen sein? Es heißt, daß er sehr gut ausgesehen hat. Dieses Aussehen, dazu sein Geld – kaum vorstellbar, daß das ohne Wirkung auf Frauen geblieben ist.«

»Er war unverheiratet, als er von Köln fortzog, und war es anscheinend auch noch, als er jetzt zurückkam.«

»Daß er ledig war, heißt nicht, daß es keine Frauen in seinem Leben gab.« Luise Merrem sprach leise und faßte nach ihrer Brosche, die unterhalb der Halskrause, wo die Chemisette aus dem Ausschnitt des Kleides hervorsah, befestigt war und die Form und Größe, wenn auch nicht die Farbe ihrer Augen hatte.

Anna sah zu, wie ihre wachsfarbenen Finger mit der Brosche zu spielen begannen, den Verschluß lösten, dann wieder schlossen. »Darüber weiß ich nichts«, antwortete sie.

»Aber Sie haben ihn doch gekannt?«

»Vom Sehen. Ich weiß wenig über ihn selbst, obwohl ich natürlich seine Schwester kenne.«

»Ach ja, seine Schwester. Wie geht es Jungfer Josefine? Die Arme. Der einzige Bruder. Es kann nicht leicht für sie sein. Aber Ihre Tante, Jungfer Claren, wird ihr zur Seite stehen, nehme ich an.«

»Das wird sie wohl.«

»Ich denke, das Erbe des Bruders dürfte Jungfer Josefine entschädigen. Sie wird endlich das Haus und dazu noch sein Vermögen erben, oder haben Sie etwas anderes gehört?«

Anna schüttelte verneinend den Kopf. »Sie hat lange auf eigenes Vermögen gewartet.«

»Ja, die Zeit kann sehr lang werden, wenn man auf ein Erbe und damit auf die Freiheit warten muß. Wie ein endloser Saum, der vor einem liegt. Kennen Sie dieses Gefühl? Man säumt das Leinentuch für einen großen Eßtisch und denkt dabei, man versäumt mit jedem Stich das Leben. Diese dünnen, feinen Fäden des Stoffes, die vor einem liegen wie riesige Hindernisse und tiefste Abgründe.«

Vor Annas innerem Auge erschien das Bild einer langen Stoffbahn, noch nicht oft genug gebleicht, um blendend weiß zu sein, aber von zarter Struktur und mit einem gleichmäßigen eingewebten Muster. An den Rändern war sie zu einem schmalen Einschlag geheftet, der darauf wartete, mit präzisen Zierstichen endgültig festgenäht zu werden. Sie meinte zu verstehen, was Luise Merrem sagen wollte.

»Nun, ich nehme an, Jungfer Josefine wird versorgt sein. Wer sollte sonst erben, wenn es keine Frau Nockenfeld und kein Kind gibt?« hörte sie ihr Gegenüber sagen und nahm gleichzeitig wahr, daß das Licht im Laden, in dem keine Lampe und keine Kerzen brannten, eine Schattierung dunkler wurde. Als sie sich umdrehte und zum Ladenfenster hinüberblickte, sah sie eine schwarze Gestalt, die sich von außen dicht gegen die Scheibe drückte. Ein nur undeutlich erkennbares Gesicht starrte in den Raum, das durch das regendunstige Glas wie ein gelblich-blasses, an den Rändern zerfließendes Oval wirkte. Eine Hand wischte die Nässe beiseite, das Gesicht erhielt spähende Augen und einen Mund, der sich bewegte, als würde er sprechen. Einen Moment später öffnete sich die Tür, und Helene Kemperdieck kam herein, schwarz und von Kopf bis Fuß mit Regentropfen bedeckt.

»Einen guten Tag, die Damen«, sagte sie in ihrem an eine Henne erinnernden glucksenden Ton. »Sind Sie es also doch. Ich war mir nicht sicher, der Laden ist so schummrig, von draußen kann man kaum etwas erkennen. Aber ich dachte mir schon, Frau Medizinalrat, daß ich Sie hier finde. Ich komme gerade von Ihnen zu Hause, und Ihr Mädchen meinte, Sie seien sicher hier. Hatten Sie vergessen, daß Sie mich zu sich bestellt haben? Statt dessen sind Sie ausgegangen! Ich muß schon sagen, bei diesem Wetter in Ihrem Zustand und ohne Begleitung ist das nicht ungefährlich. Die Straßen sind voller Schlamm und das Pflaster so glatt, als hätte man Öl darüber gegossen. Ein Wunder, daß Sie nicht gestürzt sind. Was sagt bloß der Herr Medizinalrat zu Ihrem Leichtsinn?«

»Ach, Frau Kemperdieck, lassen Sie es gut sein. Mein Mann ist zu beschäftigt, um zu wissen, wo ich bin und was ich mache. Und seien Sie nicht ungehalten mit mir, ich mußte heute einfach nach draußen, gleichgültig bei welchem Wetter. Lieber

Nässe und kalten Wind, als dieses Herumsitzen und Warten in engen Räumen, unruhig und unzufrieden, wie ich momentan nun einmal bin. Ich wollte, es wäre auch für dieses Mal schon wieder vorbei. Und ich denke, länger als ein paar Tage kann es nicht mehr dauern, nicht wahr?«

»Zwei Wochen noch hatten wir gerechnet, Frau Medizinalrat. Also seien Sie geduldig und warten Sie ab. Es ist doch nicht Ihr erstes!«

»Eben. Je mehr Geburten ich erlebe, desto mehr fürchte ich sie. Ich glaube auch nicht, daß ich mich je daran gewöhnen werde. Wie war es denn bei Jeanette Fuchs? Ihr geht es besser, hörte ich, aber es stand auf Messers Schneide.«

»Es war schwierig, zugegeben. Das Kind mußte gedreht werden. Aber der Schmerz wird bald vergessen sein.«

»So schnell vergißt sich das Elend nicht, liebe Frau Kemperdieck, das wissen Sie genau. Und was ist mit dem Kind, bleibt es am Leben?«

»Es ist gesund. Ihres wird genauso sein, alle Anzeichen sprechen dafür.«

»Ihr Wort in Gottes Ohr. – Übrigens kommen Sie gerade recht, um uns eine Frage zu beantworten.«

»Ja?«

»Wir sprachen, als Sie hereinkamen, von Doktor Nockenfeld.«

»So, Doktor Nockenfeld«, sagte Lene Kemperdieck und ging zum Ladentisch. Dort stellte sie ihren zusammengeklappten Schirm so ab, daß der geschnitzte Vogelkopf, der den Griff bildete, lang und gestreckt in den Raum blickte. Die punktförmigen schwarzen Pupillen in den eingesetzten Augen aus hellem Perlmutt hatten den schläfrig-lauernden Ausdruck eines satten Reihers.

»Sie wissen, wen ich meine?« fragte Luise Merrem und sah zu, wie die Hebamme ihren schwarzen Hut aus der Stirn schob, daß er schräg auf dem Hinterkopf zu sitzen kam, dann mit beiden Händen in die Falten ihres Regenmantels faßte und versuchte, die Spuren des Regens von ihm abzuschütteln. Durch die heftige Bewegung lösten sich Kaskaden von Wasserperlen, trafen Vitrinen und weiße Tuchballen, sprangen auf den hell lasierten Dielenboden, wo sie eine Maserung winziger Sprenkel bildeten. Schließlich lehnte sie sich mit dem Rücken an den Ladentisch und sagte: »Sicher. Er war Arzt hier in Köln. Allerdings ist das schon einige Jahre her.«

»Sie wissen, daß er tot ist?«

»Er soll seit kurzem wieder in Köln gewesen und gestern im Haus der Nockenfelds gestorben sein. – So wurde es mir jedenfalls heute mittag im Gebärhaus erzählt. Einige der Hebammen dort konnten sich noch gut an ihn erinnern.«

»Nun, wir fragten uns, ob er wohl verheiratet war?«

»Jesus Maria, woher soll ich das wissen?«

»Liebe Frau Kemperdieck, Sie hören und sehen so viel, und das seit mehr als vierzig Jahren.«

»Mag wohl sein.«

»Also, war er verheiratet?«

»Ich wüßte nicht, daß er je geheiratet hätte. In der Zeit hier in Köln sicherlich nicht.«

»Und später?«

»Nachdem er von hier fort war? Davon habe ich nie etwas gehört. Und ehrlich gesagt, Doktor Nockenfeld als Ehemann ist mir schwer vorstellbar. Kaum jemand, der sich an eine Frau bindet, es sei denn natürlich, verzeihen Sie mir die Bemerkung, sie wäre sehr reich. Nein, auf mich wirkte er eher unstet, was Frauen betraf, und im Grunde«, sie kniff die Augen zusammen, »im Grunde hatte er nur Interesse für sich selbst. – Aber wieso fragen Sie?«

»Wir fragten uns, ob seine Schwester ihn wohl beerben wird.«

»Wer sollte sonst erben? Sicher, die Nockenfelds waren einmal eine weit verzweigte Familie von Kaufleuten. Wein-, Tabak- und Lederhändler waren es, glaube ich. Aber in den letzten beiden Generationen ist die Familie schnell geschrumpft, eingetrocknet wie Pilze in einer Dürrezeit, könnte man sagen. Als ich ein Kind war, gab es nur noch einen Advokaten Nokkenfeld und einen Posamentenmacher Nockenfeld am Augustinerplatz, ein merkwürdiger alter Mann, der immer mit sich selbst sprach. Außerdem – lassen Sie mich einen Moment nachdenken – außerdem nur noch einige Jungfern Nockenfeld.« Sie ruckte mit dem Kopf, daß der Strohhut noch ein wenig weiter nach hinten rutschte, und stieß ein kurzes Lachen aus: »Sie waren alle auf die eine oder andere Weise schrullig, und bis auf den Bruder der alten Sophie, dem Vater von Doktor Nockenfeld und Jungfer Josefine, blieb jeder von ihnen ledig und ohne Nachkommen, so daß nach Sophie Nockenfelds Tod in gerader Linie nur noch diese beiden übriggewesen sein dürften. Die Eltern sind vor langer Zeit gestorben, und Geschwister, die über das Kindesalter hinaus gelebt hätten, gab es nicht. Auch von Cousins und Cousinen wüßte ich nichts.«

»Haben Sie ihn gut gekannt?«

»Doktor Nockenfeld? Als Hebamme kennt man alle Ärzte. Manchmal besser, als man möchte.«

»Und wie war er als Arzt?«

»Wie wird er gewesen sein! Wie sie alle sind – oder verzeihen Sie, Frau Medizinalrat, Jungfer Steinbüschel, wie die meisten sind.« Sie griff sich mit beiden Händen unter den Umhang und hob ihren großen Busen an, der, durch kein Korsett geformt und gestützt, bis auf die kurze, kaum vorhandene Taille herabhing. Hüstelnd atmete sie tief ein und verschränkte dann wie erleichtert die Hände vor dem Bauch.

Anna bemerkte, wie Luise Merrem diese Hände mit angespanntem Mund und einem unerwartet ängstlichen Ausdruck in den Augen beobachtete und sich gleichzeitig unruhig auf ihrem Sessel nach vorne schob. »Und wie sind die meisten?« wollte sie wissen.

»Was darf eine alte Hebamme wie ich schon dazu sagen?« Lene Kemperdiecks Gesicht mit der kleinen, eingedrückt zwischen den dicken, festen Wangen sitzenden Nase rötete sich, und nach einem Moment, nachdem sie rasch in die Augenpaare vor sich geblickt hatte, wurde ihr Mund straff. »Aber wenn Sie es wirklich wissen wollen … Sehr von sich eingenommen, das sind die meisten. Von sich eingenommen und dünkelhaft. Und wenn ich Tausende von Kindern auf die Welt gebracht hätte, jeder studierte Herr, der ein paar Vorlesungen über Geburtshilfe gehört und einige Male sein neues Wissen am Phantom ausprobiert hat, glaubt, mehr zu können und zu wissen als ich. Ich sage Ihnen, die Doktoren würden die Arbeit der Hebammen am liebsten ganz übernehmen und die Geburten alle selbst besorgen – mit ihren lateinischen Worten, ihren Zangen, Messern und Haken. Ob sie auch selbst gebären wollten, erlaube ich mir allerdings zu bezweifeln.« Heftig stieß sie den Atem aus und fügte mit erregter Stimme hinzu: »Sicher bin ich froh, wenn ich einen Arzt rufen kann. Dann nämlich, wenn ich sehe, daß nichts mehr zu machen ist. Aber nicht deshalb, weil ich glaube, er kann helfen – was soll er schon machen, wenn das Becken der Frau zu eng ist, so daß das Kind nicht heraus kann? Da ist auch für ihn nicht mehr zu machen als für mich – nichts nämlich. Man kann nur beten und warten, bis Frau und Kind tot sind. Und wenn die Frau jung und kräftig ist, dauert das Tage. Nein, er kann nicht mehr als ich. Ich brauche ihn nur, um mir bestätigen zu lassen, daß mir kein Fehler unterlaufen ist, daß ich alles, was möglich war, getan habe. Nur deshalb habe ich einen der Herren Mediziner nötig. Ansonsten vertraue ich auf meine Augen, meine Ohren und vor allem auf meine Hände.«

Als müsste sie die Bedeutung ihrer Hände unterstreichen, streckte sie beide nach vorne. Runde Hände mit kurzen, dicken Fingern, die sie fächerförmig spreizte und langsam drehte, so daß einmal die Innenseiten, dann die Außenseiten zu sehen waren. Langsam und selbstgefällig sagte sie: »Ja, meinen Händen kann ich vertrauen. Es sind starke Hände, sind es immer gewesen, auch wenn man es ihnen nicht ansieht. Und sie sind so feinfühlig, als wäre ihre Haut nur hauchdünn. Manchmal denke ich, ich könne mit ihnen das Leben selbst ertasten. Verstehen Sie, was ich meine? Da ist dieser Leib vor mir, und ich schließe die Augen und berühre seine Haut, spüre jede Bewegung, jeden Atemstoß. Ich kann fühlen, wenn der Körper hitzig wird, wenn die Körpersäfte zu fließen beginnen und sich der Leib öffnet.« Sie warf den Kopf nach hinten, so daß ihr Hut, der bereits seit einigen Momenten unsicher gebebt hatte, zur Seite rutschte und, nur noch vom Kinnband gehalten, auf der linken Schulter liegenblieb und ihr streng nach hinten geklammertes Haar sichtbar wurde. »Zeigen Sie mir die Doktoren, die dieses Gefühl in ihren Händen haben. – Ich sage Ihnen, es gibt sie nicht. Sie haben nur ihre Zangen!«

Bewegungslos, ohne die Augen von den kurzen, sich drehenden Händen lösen zu können, stand Anna neben ihr. Sie fühlte, wie sich die Stimme der Hebamme zunächst fast zaghaft, dann immer dreister in ihren Kopf drängte. Erst schien es, als wolle sie sich bloß als dröhnender und schriller Laut einnisten, unbekümmert um Worte und Begriffe, dann aber begann sie sich Raum zu schaffen. Wie die kurzen, runden Hände drehte und wendete sie sich in Annas Geist, rieb an Empfindungen, riß an Gefühlen und zerrte schließlich Erinnerungen hervor, die sie tief in sich vergraben hatte. Wie giftige Pflanzen schossen verhaßte Bilder empor und wucherten in Gedankenschnelle so übermächtig über alle Grenzen, die ihre Seele gezogen hatte, hinweg, daß sie einige atemlose und verzweifelte Augenblicke lang glaubte, wieder, wie damals, nicht mehr als ein Bündel Schmerz zu sein. Und über sich sah sie durch einen Schleier von Ekel, jedoch präzise bis zu jeder Pore und jeder Falte, das Gesicht des Mannes, der schwitzend und mit einem Ausdruck von Befriedigung seine Hände unter ihrem hochgeschobenen Rock hervorgezogen hatte. Es war ein Ekel auch vor sich selbst.

Durch diese Bilder hindurch nahm sie plötzlich die Stimme Luise Merrems wahr, die scharf akzentuiert sagte: »Wir wissen, was wir an Ihnen haben, Frau Kemperdieck. Und ich hoffe, man wird bei mir keine Zangen brauchen.«

Die gewaltsame Szene, die ihren Geist gerade noch beherrscht hatte, wurde mit einem Mal fremd, rückte in immer größere Entfernung und war, schneller noch, als sie gekommen war, verschwunden. Außer einem stechenden, unfruchtbaren Schmerz im Unterleib hatte dieses Auferstehen der toten Vergangenheit, die noch immer nicht tot genug war, nichts zurückgelassen, und auch dieser Schmerz würde, wußte sie, rasch wieder vergehen.

Ein Blick auf die Frauen vor ihr versicherte ihr, daß nichts von ihrem Eintauchen in sich selbst nach außen gedrungen war. Lene Kemperdieck stand noch so da, wie sie einen Atemzug zuvor gestanden hatte, ein lebhaftes, groteskes Bild schwarzgekleideten Selbstbewußtseins und gerechter, aber unziemlicher weiblicher Empörung, während Luise Merrem mit weit geöffneten Augen von unten in das Gesicht der Hebamme sah. Unter ihrer Kühle war etwas Drängendes und Angespanntes zu spüren.

»Aber«, sagte sie, und auch ihre Stimme hatte einen Unterton von Unruhe, »zurück zu Doktor Nockenfeld: Er war von sich eingenommen, meinen Sie?«

»Er war sehr jung, als er mit seiner Praxis begann. Das muß noch in den neunziger Jahren gewesen sein, nicht lange, nachdem die Franzosen die Stadt besetzt hatten. Er kam frisch von der Universität und hatte noch nicht viel Blut gesehen. Schon gar kein Frauenblut! Und ich, ich war damals schon seit Jahren Hebamme, konnte zwar nicht lesen und schreiben – das habe ich bis heute nicht gelernt –, aber wie das Ungeborene im Leib liegt und wie eine Frau kreißt, das wußte ich. Nun, ich denke, er wird das Nötigste schnell begriffen haben, jedenfalls ist er schon nach ziemlich kurzer Zeit recht erfolgreich gewesen. Viele der besseren Familien hier haben ihn konsultiert, die DuMonts zum Beispiel, und viele der Franzosen.«

»Man hat ihn also geschätzt?«

»Anscheinend.«

»Auch als Geburtshelfer?«

Lene Kemperdieck hob mit einer abfälligen Geste die Schultern. »Ja«, sagte sie kurz.

»Doktor Nockenfeld als Geburtshelfer. Das kann ich mir eigentlich nicht recht vorstellen«, meinte Luise Merrem zweifelnd.

»Warum nicht, Frau Medizinalrat?«

»Es dürfte ihm das Freundliche, Beruhigende, das man sich von einem Geburtshelfer wünscht, gefehlt haben, denke ich mir.«

»Das dürfte es wohl, ja. Aber«, Lene Kemperdieck machte eine unbestimmte Handbewegung, »mitunter, wenn es ihm wichtig erschien, konnte er eine merkwürdig eindringliche Ausstrahlung, fast etwas Mesmerisierendes an sich haben. Ja, mesmerisierend ist genau das richtige Wort dafür! Diese blaugrauen Augen, die schräg und ein wenig eng zusammenlagen! Beinahe frostig, aber doch mit einer Art Kraft, der man sich nur schwer entziehen konnte. Für manche mag das faszinierend gewesen sein. Nicht unbedingt zu ihrem Besten, würde ich sagen.«

»Sie meinen, man konnte ihm nicht vertrauen?«

»Wem man vertrauen kann, darf oder soll – darüber ließe sich lange reden, Frau Medizinalrat. Aber es gibt Situationen, in denen man jemandem vertrauen muß, und Krankheit oder Schwangerschaft sind solche Situationen.«

Sie unterbrach sich. Mit zwei Schritten stand sie vor Luise Merrem. Die Falten ihres schwarzen Umhangs bewegten sich raschelnd, und als sie sich vorbeugte, stieg ein intensiver Geruch nach Kampfer aus den Schichten ihrer Kleidung auf. Mit gepreßter Stimme setzte sie hinzu: »Ich kann Ihnen eines sagen – es wird Ihnen nicht unbekannt sein. – Ärzte und Hebammen wissen sehr viel über ihre Patienten. Oft mehr als ihr Beichtvater. Wir kennen ihre Krankheiten, die, von denen jeder wissen darf, und diejenigen, die verborgen bleiben sollen. Wir kennen auch oft genug die verborgensten Geheimnisse der Patienten. Das kommt daher, weil wir die Menschen in ihren schwachen Stunden sehen, in den Stunden, in denen sie nicht immer stark genug sind, ihre wohlgehüteten Geheimnisse zu bewahren, all dies Verstohlene, all diese Gedanken, Wünsche und Taten, die sie sonst so sorgfältig zu verbergen wissen – vor allen, häufig sogar vor sich selbst. Weil das so ist, kann ich nur jeder Frau raten, sich sehr genau zu überlegen, in wessen Hände sie sich begibt, wenn sie Hilfe braucht.«

»Ja, Sie haben recht. Falsche Hände können für eine Frau gefährlich sein.«

»Lebensgefährlich, Frau Medizinalrat. Ich habe es oft genug gesehen.«

Ein wenig bleich geworden, doch immer noch hartnäckig fragte Luise Merrem weiter: »Und Doktor Nockenfelds Hände waren lebensgefährlich?«

Helene Kemperdieck richtete sich jäh auf und trat an den Ladentisch zurück. Ihre Züge hatten jeden Ausdruck verloren. Es war, als befinde sie sich plötzlich wieder jenseits der beschlagenen, von Rinnsalen durchzogenen Scheibe des Ladenfensters, hinter der ihr Gesicht ohne Individualität gewesen war. Auch ihre Lippen bewegten sich geräuschlos wie hinter Glas.

»Nichts für ungut«, sagte sie einen Augenblick später brüsk, »aber ich habe nichts andeuten wollen. Davon weiß ich nichts und will ich auch nichts wissen. Das sind alte Geschichten, wenn es Geschichten sind. Ich habe nur ganz allgemein gesprochen. Nur ganz allgemein.«

»Wie schade«, meinte Luise Merrem, »ich dachte schon, ich

könnte ein neues Detail zu dem, was ich über Doktor Nockenfeld gehört habe, hinzufügen. Übrigens ein Detail, das zu ihm gepaßt hätte, finde ich.«

Sie hob ironisch eine Braue und verzog den Mund zu einem schmalen Lächeln. Ihre Augen lächelten nicht, bemerkte Anna.

»Haben Sie viel über ihn gehört?« fragte die Hebamme.

»Genug, um mir ein Bild zu machen. Ein attraktiver, ehrgeiziger, erfolgreicher Mann, so stelle ich ihn mir vor«, sagte Luise Merrem immer noch lächelnd, aber mit halbgesenkten Lidern, unter denen die Iris zu glitzern schien.

»Ach, so stellen Sie ihn sich vor?« Bedächtig begann Lene Kemperdieck ihr Kinnband zu lösen, nahm den verrutschten Hut ab, schüttelte ihn aus und setzte ihn mit Nachdruck wieder auf. Es schien, als ob sie aufbrechen wollte.

Die Stimme Luise Merrems hielt sie fest. »Was ist«, wollte sie wissen, »wenn die Geheimnisse der Kranken und Schwangeren in falsche Hände geraten?«

Statt zu antworten, faßte Lene Kemperdieck nach dem Griff ihres Parapluies, den sie so hielt, daß der größte Teil des geschnitzten Vogelkopfes verdeckt war und nur das äußerste Ende des Schnabels, spitz und scharf, aus ihrer Hand hervorsah. Dann zuckte sie mit den Achseln.

Luise Merrem wandte den Kopf zur Seite und blickte an Anna vorbei zum Fenster, das immer noch vom Regen verschleiert war. Nach einem kurzen Moment drehte sie sich wieder zurück. »Und Sie, Frau Kemperdieck«, sagte sie, »hat Sie Ihr Wissen nie in Versuchung geführt? Sie kennen doch sicher den Spruch ›Wissen ist Macht‹?«

Der schwarze Umhang wogte, die Spitze des Schirms wurde mehrfach auf den Boden gestoßen. »Ich bin immer eine gute Christin gewesen«, antwortete die Hebamme und stieß den Schirm noch einmal auf, »und ich habe nie etwas getan, was ich nicht auf mein Gewissen hätte nehmen können.«

»Anders als Doktor Nockenfeld?« Luise Merrems Stimme war ruhig und gelassen. Ihr Teint schimmerte wächsern.

Einige Sekunden lang war es still.

»Doktor Nockenfeld ist tot, Frau Medizinalrat«, sagte Lene Kemperdieck schließlich. »Es lohnt sich nicht, weiter über ihn zu sprechen.«

Während die Augen beider Frauen sich ineinandergetaucht festhielten und Luise Merrem leise zu lächeln begann, trat Anna einige Schritte vor, so daß sie dicht neben der Hebamme stand.

»Ja, er ist tot«, bemerkte sie, »aber sehen Sie, Nockenfeld war am Abend vor seinem Tod Gast in unserem Haus, bei einem Diner meines Cousins. Es ist fast unvermeidlich, sich über ihn Gedanken zu machen.«

Langsam und doch ruckartig drehte sich Lene Kemperdieck um und musterte Anna, als nehme sie ihre Gegenwart erst jetzt zur Kenntnis.

»Er war bei Ihnen zu Gast? Zu einem Diner?« fragte sie mit gedehnter Stimme.

Anna nickte.

»Wie seltsam.«

»Seltsam? Weshalb?«

»Nun, ich dachte nur so. Ich wußte nicht, daß Doktor Elkendorf ihn kannte.«

»Er selbst kannte ihn tatsächlich kaum, aber Nockenfeld war ein ehemaliger Schüler von Professor Wallraf und ein Bekannter der meisten übrigen Gäste.«

»Ach.« Lene Kemperdieck schwieg eine Weile, ehe sie fortfuhr: »Ja, ich erinnere mich, man hat ihn jahrelang häufig mit dem Professor gesehen. Aber, wie dem auch sei, ich denke, Sie sollten nicht über Doktor Nockenfeld grübeln. Wir alle müssen sterben, die einen früher, die anderen später. Und nach Doktor Nockenfeld wird bald kein Hahn mehr krähen.«

»Vielleicht haben Sie recht, Frau Kemperdieck«, sagte Luise Merrem unvermittelt, stand auf, schlug ihren Mantel zu und begann, die Knöpfe zu schließen. »Ich fange an, müde zu werden«, meinte sie, »es wird am besten sein, wenn ich nach Hause gehe. Jungfer Steinbüschel, seien Sie so freundlich und richten Sie Witwe Dülken aus, sie soll mir die Wäsche für das Kind nach Hause bringen lassen. Wenn Frau Kemperdieck recht hat, werde ich sie wohl erst in zwei Wochen brauchen. Nein, begleiten Sie mich nicht. Ich bin noch fest genug auf den Beinen und möchte gern allein sein. Der Wind draußen wird mich wieder frischer machen.«

Anna ging zur Ladentür und zog sie auf. Luise Merrem dankte mit erhobenem Kinn und trat dann auf die Große Budengasse hinaus. Gerade als Anna die Tür wieder schließen wollte, sah sie ihren Cousin vorbeigehen. Er überquerte die Budengasse an der Ecke der Hohestraße, hatte die Arzttasche unter den Arm geklemmt und den Mantelkragen hochgeschlagen. Von wo er wohl kam und wohin er gehen mochte, überlegte sie, ließ dann die Tür zuschlagen und wandte sich um.

Lene Kemperdieck stand immer noch am Ladentisch und starrte in Gedanken versunken auf den Griff ihres Parapluies. Langsam fuhren ihre Finger über den Vogelkopf, betasteten den geschwungenen Schnabel und den langen Hals, der Anna mit einem Mal an den Hals Luise Merrems erinnerte. Ohne aufzublicken, fragte die Hebamme schließlich: »Wie geht es übrigens Ihrer Tante? Ich habe sie schon länger nicht mehr gesehen.«

»Sie macht sich Sorgen um Jungfer Nockenfeld. Sie wissen doch, daß Sie mit ihr befreundet ist.«

»Richtig, richtig.« Schnell wie bei einem Huhn senkten und hoben sich ihre Lider, und wie bei einem Huhn waren die Lider aus dunkelgrauer, dehnbarer Haut. »Doktor Nockenfelds Tod wird seiner Schwester im Augenblick natürlich nahegehen. Allerdings möglicherweise auch nicht zu sehr. Er war kein allzu liebenswürdiger Bruder. Sie dürfte den Verlust bald verschmerzt haben. Und Ihre Tante wird, so denke ich doch, keinen Grund haben, über den Tod Doktor Nockenfelds zu trauern.« Lene Kemperdieck schnaubte, holte umständlich ein großes, blau umrandetes Tuch aus ihrem Mantelärmel hervor und wischte sich damit über Nase und Wangen.

»Es ist, weiß Gott, kühl«, sagte sie, »und trotzdem schwitze ich. Aber ich gebe zu, dieses Gespräch über Doktor Nockenfeld hat mich aufgeregt. Was weiß Frau Merrem schon von unseren Verhältnissen hier in Köln und vor allem von dem, was vor zehn, zwanzig Jahren war. Das geht sie alles nichts an. Und von Doktor Nockenfeld und seinen Geschichten sollte sie allemal die Hände lassen. Überhaupt sollte man ihn so schnell wie möglich vergessen.« Wieder stieß sie heftig mit ihrem Schirm auf den Boden.

»Vielleicht«, erwiderte Anna langsam und beobachtete das Gesicht neben sich. »Aber sehen Sie, Frau Kemperdieck, Doktor Nockenfeld starb an Gift.«

Lene Kemperdiecks Kopf ruckte nach hinten. »An Gift?«

Mit einem Ächzen, das wie ein unterdrückter Protestlaut klang, ließ sich die Hebamme schwer auf den Sessel fallen, auf dem eben noch Luise Merrem gesessen hatte. Sie war dunkelrot geworden, und der Schweiß trat ihr aus allen Poren, so daß die Haut glänzte, als sei sie mit Fett eingerieben.

»Gift! Heilige Muttergottes. Davon habe ich nichts gewußt. Ich war vom frühen Morgen bis in den Mittag hinein bei einer Geburt im Severinsviertel. Und als ich danach im Gebärhaus war, hat man mir nur gesagt, Doktor Nockenfeld sei tot. Von Gift war keine Rede! Wenn ich das gewußt hätte, kein Wort hätte ich zu Frau Merrem über ihn verlauten lassen. Und wie gut, daß ich nicht mehr gesagt habe«, sagte sie leise und dann sehr laut: »Nein, von Doktor Nockenfeld weiß ich nichts, nichts. Und sagen Sie auch Jungfer Nockenfeld und Ihrer Tante, daß ich nichts weiß.«

Mit der einen Hand die Röcke zusammenraffend, sich mit

der anderen auf den Schirm stützend, erhob sie sich mühsam. Klein und dick stand sie vor Anna, eine schwarze Gestalt in diesem weißen Raum, den Kopf weit nach hinten gedrückt, der nasse Hut wieder ein wenig zur Seite gerutscht. Ihre kleinen, schwarzen Augen waren erschreckt und argwöhnisch aufgerissen. Einen Moment hatte Anna den Eindruck, daß sie noch etwas sagen wollte. Aber sie murmelte nur »Einen guten Tag noch«, preßte die Lippen zusammen und ging zur Tür.

Während Lene Kemperdieck auf die Straße trat und kurz darauf als ein dunkler Schatten am Fenster vorbeiglitt, kam Witwe Dülken aus den hinteren Räumen des Ladens. Auf den Armen trug sie einen Stapel weißer Wäsche.

»Frau Medizinalrat ist schon fort?« sagte sie. »Wie schade. Sie wollte doch ihre Kinderwäsche mitnehmen.«

»Sie läßt sich entschuldigen. Sie war plötzlich sehr erschöpft und wollte gehen. Sie möchten ihr die Sachen nach Hause bringen lassen.«

»Gern. Und wie ist es mit Ihnen, Jungfer Steinbüschel? Haben Sie sich für einen Stoff entschieden?«

Anna warf einen kurzen Blick auf die Auswahl der Hemdenstoffe auf dem Ladentisch und wandte sich dann zur Tür: »Nein«, sagte sie, »nein, ich glaube, das habe ich noch nicht.«

Als sie einige Minuten später im dünnen Licht des Nachmittags die Hohestraße entlangging, spürte sie für einen Augenblick wieder das ihr bekannte kurze Stechen im Unterleib. Diesmal jedoch kam der körperliche Schmerz allein, und die verstörenden Bilder der Vergangenheit drängten sich nicht auf. Sie blieben nur als vage, kaum erkennbare Schemen im Hintergrund ihres Bewußtseins, so daß sie nicht gegen sie anzukämpfen brauchte, sondern nur ihre Gedanken auf etwas anderes, Naheliegendes lenken mußte, um dann zu warten, bis der Schmerz vorbei war.

Sie konzentrierte sich und dachte an Nockenfeld und an Luise Merrem, die ihn nicht gekannt hatte und die dennoch in der Lage war, ein so genaues Bild von ihm zu entwerfen. Sie ließ den kühlen und zugleich gierigen Tonfall nachklingen, in dem Luise Merrem bohrend gefragt und Nockenfelds Charakter kommentiert hatte, ohne wahrzunehmen, wie sie dabei eigene Neigungen und Wünsche verriet. Anna vergegenwärtigte sich noch einmal die spöttischen Augen über dem aufgeblähten Leib und fühlte, wie ihr Schmerz einer unbestimmten Erregung wich. Langsam fuhr sie sich mit der Zunge über die Lippen.

Doktor Günther, überlegte sie dann, der Kollege ihres Cousins, der bei jedem Diner, zu dem er eingeladen war, nicht genug von ihren Gerichten essen konnte und der nie von Frau oder Töchtern sprach, immer nur von sich selbst und seinen Publikationen, hatte also Grund gehabt, Nockenfeld zu hassen. Grund genug, um ihn zu vergiften? Während sie auf die Pflastersteine vor ihren Füßen starrte, versuchte sie sich Günthers Haß vorzustellen, einen bitteren Haß, der, wie Luise Merrem meinte, aus enttäuschtem Ehrgeiz und gekränktem Stolz stammen mußte.

Als sie nach einer Weile den Kopf hob, stellte sie fest, daß sie auf dem Weg nach Hause in die Streitzeuggasse bereits bis St. Kolumba gegangen war. Sie blieb am Rinnstein stehen, überlegte einen Moment und änderte dann ihre Richtung. Aus dem, was Luise Merrem gesagt hatte, ergab sich, daß Nockenfeld außer Günther noch andere geschädigt oder gekränkt hatte. Wenn Lene Kemperdieck sich recht erinnerte und Nockenfeld Arzt der DuMonts gewesen war, mußte Trinette DuMont mehr über ihn wissen.

KAPITEL 9

Donnerstag, 28. August, Nachmittag

»Ein altes Gemählde frisch zu machen.
Wische das Gemählde mit laulichtem Wasser und spanischer Seife, alsdann wische es mit einem leinen Lappen oder Schwamm sauber ab, dann nehme Eyerweiß, zerschlage es in einer Schüssel zu Schaum, nehme etwas Canarizucker und stoße ihn ganz klein, thue diesen unter das Eyerweiß, und bestreiche mit einem Pinsel oder Schwamm das Gemählde damit über und über, und lasse es trocknen. Oder:
Nimm ein viertel Pfund dickes weißes Harz, 2 Loth Gummi, 2 Loth Leinöl, 1 Loth Terpentin laße den Harz beym Kohlfeur schmelzen und seihe es durch, den Gummi laße in gemeinem Oel liegen, bis es zergehet, hernacher seihe ihn durch, dann mische alles durcheinander, und koche es bey gelinden Feuer, wann es zu dick, gieße noch etwas Leinöl darunter, und überstreiche mit einem Pinsel das Gemählde.«
Aus: Nützliche und geprüfte ökonomische Wissenschaften und Geheimnisse (...). Nebst einer Menge anderer Wissenschaften zu einer Haushaltung und Beförderung der Gesundheit. Zusammen getragen von J.J.H. Liebhaber der Oekonomie, Köln, bei Joh. Georg Balthasar Schmitz, 1803, S. 73f.

»Ich sage Ihnen, Elkendorf, Nockenfeld war ein Schwein, ein blasiertes, erpresserisches, gieriges Schwein. Jemand, der den Hals nicht voll genug bekommen konnte und der alle, die ihm im Wege standen, beiseite drückte. Ohne Rücksichten, ohne Mitleid, mit allen ihm zur Verfügung stehenden Mitteln. Und nach außen hin – charmant, ironisch und immer ein wenig distanziert. Das war unser Doktor Jakob Nockenfeld! Ich jedenfalls bedaure nicht, daß er tot ist!«

Engelbert Willmes war, die Palette noch in der linken Hand, von seinem Hocker vor der Staffelei aufgesprungen. Die rechte Hand, in der er einen langen Pinsel hielt, hatte er theatralisch über seinen Kopf gereckt. In dieser Pose blieb er einen Moment stehen, ließ dann den erhobenen Arm nach unten fallen und warf sich wieder auf seinen Hocker. Durch die Bewegung des Arms hatte der Pinsel, von Willmes unbemerkt, eine zinnoberrote Spur auf seinem grauen Leinenkittel gezogen, so daß es aussah, als quelle Blut durch einen frischen Schnitt.

»Sie überraschen mich, Willmes«, sagte Elkendorf und musterte die erregte Miene seines Gegenübers. »Ich dachte, Sie seien mit Nockenfeld befreundet gewesen.«

»Befreundet! Wer soll mit Nockenfeld befreundet gewesen sein?«

»Nun, Sie. Und De Noel, DuMont, Wallraf, Lyversberg. Sie alle, dachte ich.«

»Mein Gott, lieber Elkendorf, da dürften Sie sich gewaltig geirrt haben.« Willmes stieß ein kehliges Lachen aus. »Obwohl – was für die anderen gilt, dazu will ich nichts sagen. Ich jedenfalls war nicht mit ihm befreundet, das kann ich Ihnen versichern.«

»Ich verstehe Sie nicht. Noch vorgestern abend, bei meinem Diner, schienen Sie so froh gewesen zu sein, Nockenfeld wiederzusehen. Sie wirkten so kameradschaftlich und amüsiert.«

»Sie sind tatsächlich naiver, als ich dachte, Elkendorf. Ich weiß nicht, wofür Sie mich halten, aber ich denke, ich bin ein soziabler Mann und weiß, in Gesellschaft die Contenance zu wahren. Mit Nockenfeld befreundet!« wiederholte er mit einem nochmaligen Auflachen, »was haben Sie für Vorstellungen!«

»Aber Sie gehörten doch mit De Noel und Nockenfeld zusammen zu Wallrafs Schüler- und Freundeskreis. Ich nahm an, daß Sie ihn schätzten.«

»Sie nahmen an! Ich gebe Ihnen den guten Rat, nicht so viel anzunehmen. Wenn Sie in Ihrer Profession auch einfach nur annehmen, statt zu beobachten und zu analysieren, dann Gnade Gott Ihren Patienten.«

Ärgerlich schüttelte Willmes den Kopf, atmete heftig aus und schien sich dann allmählich zu beruhigen. Schließlich drehte er sich seiner Staffelei zu, rückte die Palette zurecht und tauchte den Pinsel, einen sehr feinen Pinsel mit dünnen, zarten Haaren, wieder in die zinnoberrote Farbe. Als er die Spitze des Pinsels auf der Leinwand aufsetzte, zeigte seine Hand, die die Farbe mit leichten, kaum merklichen Bewegungen auftrug, keinerlei Unsicherheit.

Elkendorf trat hinter ihn und betrachtete über seinen Kopf hinweg das Bild, das auf der Staffelei stand. Er blickte in einen dunklen Küchenraum, in dem eine junge Frau in weißer Schürze und roter Jacke am Tisch stand und in einem Mörser Gewürze zerstieß. Vor ihr lag übereinandergehäuftes Fleisch. Die Rückenpartie eines Schweines, gerupftes Geflügel und Singvögel, die noch ihr Gefieder trugen, ein Hase, dessen Vorderläufe steif in die Luft ragten, dazwischen Spargelbündel und Artischocken. So rot wie die Jacke der Köchin leuchteten aus dem Hintergrund eine Schüssel voller Himbeeren und eine gesottene Languste, die sich, grazil und grotesk, auf einer Platte streckte.

»Ja, sehen Sie nur genau hin. Faszinierende Rottöne, nicht wahr? Sie wissen, wie sehr ich Rot liebe. Rot in allen Nuancen und Tonwerten. Von fast schwarzem, nächtlichem Purpur bis zum hellsten Hauch eines Rosa. Und hier taucht es in so vielen verschiedenen Abstufungen auf. Sehen Sie, wie das Blut zartrosa durch die Poren dieses schlaffen Geflügelhalses schimmert? Und dieses kräftigere Karmesinrot an der Schnittstelle des Schweinefleischs? Geschickt gemalt, wirklich geschickt gemalt. So realistisch, daß man fast meinen könnte, Fleisch und Blut zu riechen.«

Obwohl Willmes ihn nicht sehen konnte, nickte Elkendorf. »Siebzehntes Jahrhundert, niederländische Schule«, sagte er. »Ich habe das Bild bei Wallraf gesehen. Sie restaurieren es?«

»Ja, es ist an einigen Stellen beschädigt. Nichts Schwerwiegendes, aber hier und da gibt es kleinere Farbausbrüche, die zum Teil mehr schlecht als recht retuschiert worden sind. Wahrscheinlich hat man es irgendwann einmal falsch gelagert oder unsachgemäß gereinigt. Es ist fast nicht zu glauben, mit welchen Mitteln manche Leute ihre Gemälde zu säubern versuchen. Wie Sie sehen, bin ich gerade dabei, einzelne kleine Fehlstellen im Rot zu bearbeiten. Ja, Restaurierungen, Kopien und Radierungen nach Gemälden, davon lebe ich nun einmal. Meine eigenen Bilder sind bedauerlicherweise nicht besonders gefragt. Sicher, manchmal bekomme ich einen Auftrag, wenn ein biederer Kaufmann sich und seine ebenso biedere Gattin – möglichst mit all ihren steifen Löckchen und wohl arrangierten Spitzenbändern – verewigt sehen will oder wenn einer Ihrer Berufsgenossen meint, ohne sein geistreich blickendes Ebenbild im Studierzimmer nicht mehr auskommen zu können. Aber das ist auch alles.«

»Arbeiten Sie viel für Wallraf?«

»Nur gelegentlich. Die meisten seiner Aufträge bekommt Fuchs, schon seit vielen Jahren, und einiges erledigt auch De Noel. Im übrigen bringen Restaurierungen für Wallraf nicht viel ein, er zahlt nur wenig, und meistens vergißt er das auch noch. Sie kennen ihn ja.«

»Ich behandle ihn manchmal umsonst, obwohl eigentlich Kollege Günther sein Hausarzt ist.«

»Wenn Sie sich das leisten können!« Willmes beugte sich nach vorn, rutschte auf die äußerste Kante seines Hockers und betrachtete mit zusammengekniffenen Augen die zarten Brustfedern eines Rotkehlchens, das, den Bauch nach oben, zwischen dem übrigen Geflügel lag. »Hier ist noch ein winziger Riß im Farbauftrag«, murmelte er, »hier und an den Scheren der Languste.« Er lehnte sich wieder zurück und begann, auf seiner Palette nach der richtigen Farbe zu suchen.

»Sie und De Noel gehören, soviel ich weiß, schon seit langem zu Wallrafs Kreis, nicht?«

»Ja.« Willmes tupfte den Pinsel in weiße Farbe.

»Und Nockenfeld gehörte auch dazu?«

»Ja.« Die weiße Farbe wurde auf einem kleinen Fleck am Rand der Palette mit einem dunklen Rotton vermengt. »Nokkenfeld gehörte dazu. Stimmt. Mir scheint diese Zeit so weit in der Vergangenheit zu liegen, fast, als hätte es sie nie gegeben. Dabei ist das alles noch nicht lange her. Zehn, zwölf Jahre, mehr nicht. Aber für mich ist es wie eine Ewigkeit.«

Der Pinsel zog kleine Kreise, glitt hin und her, vollführte winzige Wirbel, bis jede Spur des Weiß verschwunden war.

Elkendorf bemerkte, daß auf Willmes' Palette nur rote Farbpigmente frisch aufgelegt waren, rote Farben in verschiedenen Nuancen, dazu Kremserweiß und Elfenbeinschwarz. Die Rottöne waren nach ihren Schattierungen vom dunkelsten bis zum hellsten Ton im Oval der Palette nebeneinander angeordnet, das Weiß befand sich neben dem Daumenloch, das Schwarz ihm gegenüber. Zwischen den frischen Farbhäufchen, die feucht-ölig, wie Wundsalben aus Pflanzenfett, glänzten, zeigten sich die matten Spuren früherer Farbauflagen. Moosige Pigmente, Ultramarinblau, Lichtgelb, das sich in dunkle Ockertöne verwischte.

Die Palette selbst schien Elkendorf fast wie ein Gemälde zu sein. Ein Gemälde aus lauter Farbtupfern und Farbflecken, das, ohne Konkretes abzubilden, die Augen auf sich zog und im Geist Phantasiebilder entstehen ließ.

»Nockenfeld gehörte dazu, obwohl er, wie Sie sagten, ein Schwein war?« fragte er und betrachtete die dichte Haarmähne vor sich, die, dunkelblond und weich, über den Kragen des Leinenkittels fiel, wo sie, in einer geraden Linie abgeschnitten, endete. Er legte die Hand auf Willmes' Schulter.

Der Pinsel hielt inne, bewegte sich dann sofort weiter.

»Sie brauchen nicht so süffisant zu fragen«, gab Willmes zur Antwort. »Vielleicht können Sie sich denken, daß ich nicht von Anfang an wußte, wie er wirklich war. Ich war noch recht jung, als ich mit ihm zu tun bekam. Das war 1811, nachdem ich vom Studium in Paris zurückgekehrt war. Vom Sehen kannte ich ihn natürlich schon seit der Kindheit, so wie man in Köln jeden irgendwie vom Sehen kennt. Ich war damals fünfundzwanzig Jahre alt, Matthias De Noel ein paar Jahre älter als ich und Nokkenfeld schon Mitte dreißig. Eine Zeitlang waren wir tatsächlich eng miteinander verbunden, so merkwürdig mir das heute auch scheint.«

Er streckte seinen Arm und sein Oberkörper neigte sich nach vorne. Durch diese leichte Bewegung glitt Elkendorfs Hand von seiner Schulter. Während er vorsichtig begann, am äußersten Rand der Vogelbrust Farbe aufzutragen, sprach er weiter. Seine Stimme wirkte verändert, sie hatte einen blassen, gepreßten Klang.

»Daß Nockenfeld nun tot ist, macht mir seltsamerweise diese ganze Zeit beinahe noch unwirklicher, als es schon seit langem der Fall ist. Dabei habe ich damals alles so drängend und so leidenschaftlich empfunden. Ja, an dieses Gefühl der Leidenschaft erinnere ich mich noch sehr gut, und ich weiß noch genau, wie zerrissen ich mich fühlte. Zerrissen von vielerlei, am meisten aber von meinen eigenen Sehnsüchten. Heute erscheint mir das alles, als hätte sich eine bräunliche Patina darübergelegt und die Empfindungen gedämpft und gebrochen.«

Unvermittelt hörte er auf zu malen. Er steckte den Pinsel, ohne ihn zu reinigen, mit dem Griff nach unten in einen Krug, in dem schon andere Pinsel standen, auseinandergefächert wie Blumen in einer Vase, legte die Palette aus der Hand und erhob sich. Dann drehte er sich mit einem Schwung um, so daß sein Kittel flatterte, und suchte Elkendorfs Augen: »Ich will versuchen, Ihnen die damalige Situation zumindest in Umrissen zu schildern«, sagte er. »Was mir in mancher Hinsicht nicht leichtfällt, denn Leidenschaften, auch wenn sie verflossen sind, entziehen sich gern einer klaren Skizzierung – und als Maler ist man nun einmal gern präzise.«

Er unterbrach sich und begann, im Raum auf und ab zu gehen, den Kopf gesenkt, die Hände auf den Rücken gelegt, wie in Gedanken verloren. Nach einer Weile fuhr er fort: »Als ich von meinem Kunststudium zurückkam, war ich enthusiasmiert und enttäuscht zugleich. Ich hatte gesehen, wie erfolgreich Davids Malerei im napoleonischen Paris war, hatte auch die ersten Anfänge der neuen romantischen Schule in Rom erlebt und mußte mir eingestehen, so bitter die Erkenntnis auch für mich war, daß ich selbst nie mit diesen Leistungen würde konkurrieren können. Nie«, sagte er heiser und mit vibrierender Stimme. »Ich habe einfach nicht die Kraft und nicht das Talent dazu.«

Er blieb stehen, warf den Kopf nach hinten und fuhr sich mit beiden Händen durchs Haar. Mit einem Seitenblick auf Elkendorf fügte er hinzu: »Sie sehen, ich bin offen zu Ihnen. – Nun, immerhin träumte ich noch von einigem Erfolg in Köln, also von Anerkennung sozusagen in lokalem Rahmen, und dachte, in die Fußstapfen von Beckenkamp treten zu können, der sicher nicht genial ist, aber doch durchaus seine Meriten in der Kunst hat. Das war alles, was ich mir schließlich noch auf künstlerischem Gebiet wünschte, und, lassen Sie mich das gleich sagen, nicht einmal das hat sich erfüllt.«

Er nahm die Wanderung durch sein Atelier wieder auf, schritt die staubiggrauen, von Farb- und Ölflecken bedeckten Dielen entlang, vom Fenster zur Tür und von der Tür zum Fenster zurück. Er wirkte wie ein Schauspieler, dachte Elkendorf, der Nachdenklichkeit und Einsicht zu mimen hatte und fürchtete, sie nicht deutlich genug auszudrücken.

Nach mehrmaligem schweigendem Hin- und Herschreiten hielt Willmes vor dem großen, vielscheibigen Fenster inne, das eine Wand des Ateliers ausfüllte und bis in das Dach hinaufreichte. Er stand so, daß er in den Regen, der in Schauern vorbeitrieb, hinaussehen konnte, dabei aber Elkendorf den Kopf im Profil zuwandte. Elkendorf betrachtete das Bild, das sich ihm bot – ein Profil mit kräftiger Nase, hohem Haaransatz und angespannter Kehle vor einer regenverschleierten Aussicht auf die Dächer Kölns. Es wirkte wie ein schwarzer, mit Kohle gezeichneter Umriß, der hinterlegt war von einem noch nassen, lebendig fließenden Aquarell graubrauner Töne und schräger, ineinander verlaufender Linien.

An der Gestalt vor ihm vorbeiblickend sah er weit im Hintergrund den in Dunst gehüllten und nur als bleifarbenen Streifen erkennbaren Rhein, vor dem, durch eine starke, den Regen verwehende Böe, Groß St. Martin auftauchte, für einige Sekunden bloß, jedoch merkwürdig scharf und klar gezeichnet. Kurz darauf hatten neblige Schwaden den schlanken Helm des Turmes und die Spitzen der beiden Trabantentürmchen, die sich wie lange Pinzetten in den Himmel reckten, wieder verdeckt.

Was für ein schmerzhafter Unterschied lag zwischen diesem dumpfen Ausblick auf eine aschfarbene Stadt und den lichtdurchfluteten Landschaften, die sich im Hintergrund so vieler Bildnisse des sechzehnten Jahrhunderts öffneten! Helle, filigrane Türme und Schlösser an glänzend sich schlängelnden Flüssen, unter Himmeln, deren ätherische Bläue mehr Heiligkeit verströmte, als es den Gewölben von Kirchen je möglich sein würde.

Einen Augenblick noch folgte Elkendorf den Phantasiebildern unwirklicher und längst vergangener Welten, dann riß er sich aus seinen Gedanken.

»Ich war also selbstkritisch«, tönte Willmes' Stimme mit zurückgenommenem Vibrato weiter in den Raum, »aber ich war dennoch ehrgeizig. Und so überlegte ich, wenn ich schon nicht als Künstler reüssieren würde, warum nicht als Kunsthändler und Sammler wie Lyversberg oder Wallraf? Sie sehen, auch ich hatte meine jugendlich-naive Phase! Als Wallraf mich in seinem Kreis aufnahm, dachte ich, ich sei diesem Ziel näher gekommen, denn Wallraf begann, alt zu werden, kränkelte schon damals und hatte keinen Erben. Nichts leichter, als sich ihm angenehm und unentbehrlich zu machen und schließlich alles zu erben, meinte ich. Nur – ich war mit diesem Gedanken nicht allein. Da war noch Matthias De Noel, und da war Doktor Jakob Nockenfeld. De Noel, der sich hatte zwingen lassen, die Träume seiner Jugend gewissermaßen auf dem Altar der Familiengeschäfte zu opfern, der sich deshalb um seine künstlerische Zukunft betrogen fühlte und bereit war, verbissen um ein neues Ziel für seinen Ehrgeiz zu kämpfen. Und Nockenfeld …«

Mit einer leichten Bewegung drehte Willmes den Kopf ganz dem Fenster zu, so daß Elkendorf sein Profil nicht mehr sehen konnte. Erst nach einer kleinen Pause sprach er weiter. »Mit Nockenfeld war es anders, und doch auch wieder nicht. Er hatte Erfolg in seinem Beruf, soviel ich weiß, auch Vermögen, und doch genügte ihm das alles nicht. Er wollte mehr. Auch Nockenfeld wollte Wallrafs Sammlung, und er wollte sie um jeden Preis. Wir drei hatten also das gleiche Ziel vor Augen, und wir waren uns auch sonst, würde ich heute sagen, in manchem nicht unähnlich. Wahrscheinlich haben wir uns gerade deshalb schon nach kurzer Zeit so sehr gehaßt. Es war keine bloße Abneigung, verstehen Sie, Elkendorf, es war wirklicher Haß.«

Unvermittelt wandte Willmes sich um und ging mit großen Schritten bis in die Mitte des Raumes. Mit weit ausgreifenden Armen und geöffneten Händen begann er, sich langsam um sich selbst zu drehen, so daß die Sohlen seiner Schuhe über die Dielen scharrten und sein grauer Kittel wie die Flügel eines großen Falters aufflatterten.

»Sehen Sie sich um«, sagte er emphatisch, indem er seine Augen aufriß und die Brauen nach oben zog. »Sehen Sie sich nur genau an, was hier überall steht und hängt – an den Wänden, in jedem Winkel und in jeder Ecke! Nirgendwo auch nur eine Handbreit freier Fläche. Und alles ist Kunst. Gekaufte, gehandelte, lustvoll gejagte, gierig angehäufte, dann wieder verlorene und wiederum erjagte Kunst. Man versackt in dieser Kunst wie in einem Bordell, und wie in einem Bordell verliert man in ihr seine Seele. Glauben Sie mir, so ist Kunst, und so wirkt der Umgang mit ihr auf uns alle. Man läßt sich als Unschuldiger mit ihr ein, harmlos und nur ein wenig neugierig, und dann verwandelt sie uns. Sie lockt und gurrt und beginnt schließlich, an uns zu saugen und zu reiben. Bis man sich fallenläßt und sich ihr hingibt, zögernd erst und dann immer hemmungsloser, und zuletzt ist es so, als suhle man sich in der Sünde selbst, mit einem verzweifelten Gefühl von Gier und Angst und Leidenschaft, das nicht enden will. Ja, genau so ist es. Es läßt nicht mehr los, bis man seine Seele verloren hat.«

Er hielt in seiner Drehung abrupt inne und blieb neben einer Staffelei stehen, auf der ein kleines, quadratisches Gemälde, wohl der mittlere Teil eines gotischen Flügelaltars, stand. Der gekehlte, von Rissen durchzogene Rahmen umschloß ein Bild, dessen Farben von schmerzender Intensität waren und zugleich mit ihrer sanften Transparenz beruhigten.

Während Willmes mit den Fingerspitzen zärtlich über die Oberfläche des Rahmens strich und dabei kleinsten, dem Auge verborgenen Farbablösungen und Verletzungen des Holzes nachspürte, bemerkte er in nüchternem Tonfall: »Ein herrliches Bild, nicht wahr?«

Elkendorf nickte schweigend. Der nackte, gefesselte Körper des Heiligen Erasmus schimmerte in einer erregend unirdischen Blässe, und die geometrische Komposition der Seilwinde, mit der ihm die Henkersknechte das Gedärm aus dem Unterleib zogen, unterstrich meisterhaft die qualvollen Krümmungen des Gefolterten. Als er Willmes auflachen hörte und die Augen hob, sah er einen scharfen, sarkastischen Blick auf sich gerichtet. Wie bei etwas Unerlaubtem ertappt, fuhr er zusammen.

»Sehen Sie, Elkendorf, was ich meine?« sagte Willmes lachend, »Kunst ist mörderisch.«

Willmes lachte eine Weile weiter, legte dann seine Hand auf Elkendorfs Arm und sagte: »Ich wollte Sie nicht beunruhigen, ich wollte nur, daß Sie besser verstehen. Aber zurück zu De Noel, Nockenfeld und mir selbst. Vielleicht versuchen Sie sich vorzustellen, wie wir uns damals fühlten. Wir drei im diesem wirren, hektischen Kunstmarkt voller Aufregungen und Entdeckungen, auf dem, falls man die Verbindungen und das Geld hatte, so gut wie alles zu kaufen war, was die Jahrhunderte boten. Es war eine Zeit, in der Lyversberg reicher und reicher wurde und Wallraf begann, konkrete Museumspläne für seine immer größer werdende Sammlung zu schmieden. Und gleichzeitig einen Vertrauten suchte, dem er seinen ganzen Besitz schließlich übergeben konnte. Jeder von uns dreien hoffte, er würde dieser Auserwählte sein.« Er lachte kurz auf. »Auserwählt, o ja! Sie glauben nicht, wie geschickt sich Wallraf verhielt, wie er zeitweise den einen, dann wieder den anderen mit besonderer Gunst auszeichnete, so daß keiner von uns seine Hoffnungen verlor und wir beflissene Adlaten unseres verehrten Professors blieben. Nach außen hin allerdings trat unsere Konkurrenz nie offen zutage, wir schienen, insofern haben Sie recht, Freunde zu sein, brüderlich in Liebe zur Kunst vereint. Ha! Für Wallraf müssen diese Jahre überaus amüsant und belebend gewesen sein. Er ließ sich mit seiner endgültigen Entscheidung Zeit. Und wir, wir warteten. Sie wissen, manchmal wartet man sehr lange auf die Erfüllung eines Traumes.«

Er ging zu einem Tisch neben dem Fenster, auf dem in verstaubtem, aber eindrucksvollem Durcheinander Dosen und Flaschen mit Pulvern aller Farben, mit Harzen, Ölen und Leimen standen. Alte Lappen, verklebt von Farbresten, Pinsel mit harten und unbiegsam gewordenen Borsten, Spachtel jeder

Größe und offenbar lange nicht gebrauchte Paletten häuften sich auf beiden Seiten des Tisches. In der Mitte, auf einem freigeräumten Platz, befand sich ein flaches Porzellangefäß, das mit einer Glasplatte bedeckt, aber nicht ganz verschlossen war, denn schmale Holzkeile, die zwischen Gefäß und Deckel geschoben waren, hielten einen Spalt zur Lüftung offen. Willmes nahm die Platte ab und tauchte einen kleinen Schlagbesen in die ölige, hellgelbe und klare Flüssigkeit. Prüfend zog er den Besen wieder heraus und ließ das Öl, das an ihm hing, in die Schale zurücktropfen. Die Tropfen waren lang und dünn wie Fäden aus gelbem Licht.

»Das ist Leinöl«, sagte er, »rohes, kaltgeschlagenes Leinöl bester Qualität. Können Sie das nussige Aroma riechen? Das Öl steht hier, damit es dickflüssig wird, denn erst wenn es zäh und geschmeidig wie Honig ist, hat es die richtige Konsistenz zum Anreiben der Farben. Allerdings braucht das Öl Sonne zum Eindicken. In der jetzigen Regenluft geht der Prozeß kaum vorwärts, und ich fürchte, es wird Wochen dauern, bis ich es verwenden kann.«

Willmes schlug das Öl einige Sekunden vorsichtig, deckte es wieder mit der Glasplatte ab und griff dann zu einem Messingmörser. Er füllte ihn mit groben, ockerfarbenen Körnern, die beim Einschütten trocken raschelten.

Elkendorf sah ihm eine Weile zu, bevor er schließlich fragte: »Also Sie, De Noel und Nockenfeld warteten. Und dann?«

»Dann? Dann wollte einer von uns nicht mehr warten. Er war ungeduldig geworden und hatte sich entschlossen, das Spiel zu beschleunigen. Sie kennen doch das alte Kinderspiel ›Ene mene muh, und raus bist du‹? So war das.«

»Und wer war raus?«

»Ich.«

Der Stößel hieb in den Mörser, daß die Farbkörner aufflogen und winzige Partikel Sienagelbs in die Luft wirbelten. Es sah aus, als steige eine Wolke aus Blütenstaub auf.

»Ich sehe, daß Sie überrascht sind, Elkendorf. Ich war es auch, glauben Sie mir. Tatsächlich kam mein Fall aus Wallrafs Gnade rasch – und aus heiterem Himmel. Plötzlich, es war im Frühling 1813, spürte ich eine kühle Distanz in seinem Verhalten, fast könnte man sagen, eine gewisse Abwehr, die ich mir nicht erklären konnte. Nicht, daß Wallraf mich aus seinem Kreis ausgeschlossen hätte, keineswegs, aber ich wurde nicht mehr zu vertraulichen Beratungen und intimen Gesprächen eingeladen. Ich wartete einige Zeit ab und versuchte, mir seine Haltung durch eine momentane Stimmung zu erklären, die vorübergehen würde. Aber sie ging nicht vorüber.« Wieder stieß er heftig in den Mörser. »Gleichzeitig fing ich gelegentlich Blicke Nockenfelds auf, die mir zu denken gaben. Es waren scharfe Blicke aus kühlen Augen. Ich erinnere mich recht gut an diese Augen. Sie hatten, könnte man sagen, die Farbe von römischem Glas.«

Willmes hielt inne und sah, die Lider halb zusammengekniffen, zum Fenster hinüber in das Grau des Regens. »Es dürfte interessant sein«, sagte er nachdenklich, »solche Augen zu malen. Man müßte mehrere Schichten von unterschiedlichen, transparenten Blau- und Grautönen übereinanderlegen, so daß sie sich zu einem intensiven und doch eisigen oder besser glasigen Farbton addieren. Der Effekt wäre dann so, als blicke man durch ein bläuliches Glas auf das vereiste Wasser eines Teichs. – Aber verzeihen Sie, Elkendorf, ich schweife ab. Nun, als ich nach einigen Wochen De Noel schließlich fragte, ob etwas vorgefallen sei, von dem ich nichts wüßte, gab er mir eine Erklärung. Sie war mit einer Spur Schadenfreude gemischt, daran erinnere ich mich noch sehr gut.«

Ein kurzer Seitenblick streifte Elkendorf, dann setzte Willmes knapp hinzu: »Nockenfeld hatte Wallraf ein angebliches Gerücht über mich hinterbracht. Er behauptete, man spreche über illegale, unmoralische Praktiken in meinen Geschäften.«

»Illegal und unmoralisch? Was sollte das heißen?«

Willmes hatte den Griff des Stößels fest umschlossen. Metall schliff über Metall, und die Farbkörner knirschten und splitterten unter dem Druck des Werkzeugs.

»Sehen Sie, Elkendorf, ich bin Kopist. Ich lebe vom Kopieren, und ich kopiere ausgezeichnet, wenn ich das selbst sagen darf. Ich denke, ich könnte viele der Bilder, die Sie hier im Atelier sehen, so kopieren, daß so gut wie niemand das Original von der Kopie unterscheiden könnte. Außerdem bin ich in der Lage, den Stil verschiedener Meister zu imitieren, ich könnte – könnte, sage ich – also Bilder anfertigen, die sozusagen Originale anderer Maler wären, wenn Sie verstehen, was ich meine. Schütteln Sie nicht den Kopf, als wären Sie fassungslos. Es ist eine Kunst, die viel Arbeit und viel Sensibilität erfordert.« Wieder knirschten die Farbkörner im Mörser. »Nockenfeld also hatte Wallraf berichtet, es würde getuschelt, daß ich Kopien und falsche Originale bekannter Meister aus meiner eigenen Hand in den Handel gebracht hätte. Unsinn natürlich, wie Sie sich denken können. Aber Wallraf fragte nicht nach der Wahrheit. Offen gesagt glaube ich kaum, daß ihn ein illegaler Handel sonderlich gestört hätte, nein, es war der Gedanke, diese Geschäfte seien bekannt geworden, der ihn aufbrachte. Er fürchtete, Gerüchte um mich brächten auch ihn in zweifelhaften Ruf. Deshalb ließ er mich fallen.«

»Aber weshalb haben Sie sich nicht verteidigt?«

»Wie denn? Ich hätte meine Unschuld nur beteuern, nicht beweisen können. Im übrigen weigerte sich Wallraf, die Angelegenheit mit mir zu diskutieren. Er hatte seinen Entschluß gefaßt, und dagegen gab es für mich keinen Einspruch mehr. Mein Traum war ausgeträumt, ich war aus der Konkurrenz um seine Sammlung ausgeschieden. Es blieben nun nur noch De Noel und Nockenfeld.«

Willmes' Handbewegungen waren ruhiger geworden. Langsam drückte er den Stößel in die schon feiner gewordene Masse der Farbteilchen und drehte ihn kraftvoll mahlend hin und her.

»Ich erinnere mich, wie hilflos ich mich fühlte«, sagte er und senkte den Kopf, so daß seine Haare nach vorn fielen und das Gesicht wie einen Vorhang bedeckten. »Aber dann bemerkte ich Veränderungen in der Beziehung zwischen De Noel und Nockenfeld. De Noel schien in Nockenfelds Gegenwart nervös zu werden, er wirkte plötzlich, als sei er auf der Hut. Ich fragte mich, ob Nockenfeld nun eine Schlinge um den Hals seines letzten Konkurrenten gelegt hatte und sie allmählich zuzog. Logischerweise konnte es nicht anders gewesen sein.«

Er blickte auf und lachte. »Das alles hätten Sie nicht vermutet, wie? Ja, Nockenfeld dürfte viele Opfer gehabt haben. Wenn Sie mich fragen, ich würde denken, daß eine Reihe Ihrer Gäste irgendwann einmal schmerzhafte Erfahrungen mit ihm gemacht hat. Nicht nur ich oder De Noel. Und Sie, Sie hatten keine Ahnung.« In sein Lachen mischte sich eine häßliche Note. »Stadtphysikus und Gerichtsmediziner in Köln und ein Unschuldslamm! Aber vielleicht werden diese Tage nach Ihrem unglückseligen Diner für Sie noch zu einer Art Erleuchtung, warten Sie es ab.«

Er lachte weiter, brach dann mit einem unangenehmen Räuspern ab. »Um die Geschichte hinter uns zu bringen – nach mir stand also tatsächlich De Noel auf der Abschußliste. Von meiner neuen Position eines bloßen Beobachters sah ich nun, wie er begann, Unheil für sich zu wittern, wie er spürte, daß Nokkenfeld einen Schlag gegen ihn plante. Es dauerte nicht lange, bis er wußte, in welcher Weise der Schlag fallen sollte. Und ich wußte es auch. Die Andeutungen, die kleinen Stiche und Hiebe Nockenfelds waren für uns beide deutlich genug. Sie zielten alle in die gleiche Richtung.«

Elkendorf fühlte, wie sich etwas in ihm langsam zusammenzog. Er schloß einen Moment die Augen und sah ein zitterndes, bewegungsloses Insekt vor sich, das in einem riesigen

Netz klebte. Es war bocksbeinig und hatte die dunklen, aufgesperrten Augen des Satyrs.

»In welche Richtung?« fragte er und ging an der Darstellung des gefolterten Heiligen Erasmus vorbei zu einem Wandbord, auf dem große Glasgefäße standen, die mit verschiedenen Farbpigmenten gefüllt waren. Während er ein Gefäß voll feinkörnigem, tiefblauem Steinrieb herabnahm und es vorsichtig schüttelte, meinte er Willmes' Blick heiß wie ein Schmerzpflaster zwischen seinen Schultern zu spüren.

»Können Sie sich das nicht denken? Ich meine, gerade Sie ...?« hörte er Willmes' Stimme sagen.

»Wieso gerade ich?« Das Blau war azurfarben. Oder war es wie Lapislazuli? Es verführte die Augen, sog den Blick in sich hinein, so wie blaues, eisiges Wasser den Blick schluckte und ins Endlose auflöste. Gegen ein solches narkotisches Blau konnte man sich nicht wehren, selbst wenn man den Willen dazu hatte.

»Ich dachte, Sie als Mediziner und natürlich als klassisch gebildeter Mann ... Platon, Sie wissen ...« Willmes unterbrach sich und schien nach Worten zu suchen: »Wie soll ich es ausdrücken? De Noels Interesse an antiken Jünglingsstatuen, verstehen Sie? Und an Jünglingen überhaupt, das wollte ich andeuten. Oder besser, ich wollte sagen, daß Nockenfeld in dieser Hinsicht Anspielungen machte – und daß De Noel sie zu verstehen schien.«

Das Glas mit blauem Pulver noch in der Hand, wandte sich Elkendorf um. Ihre Augen trafen sich, glitten rasch aneinander vorbei.

»Ich sah dem Spiel genau zu«, sagte Willmes und lächelte. »Es war ein interessantes, grausames Spiel. De Noel verhielt sich wie eine Motte, deren Flügel das Netz der Spinne schon berührt hatten, die ahnte, wo der Feind lauerte, es aber nicht mehr wagte, sich zu bewegen, sondern gelähmt auf das nahende Unheil wartete. Ich wartete auch, denn der Moment, in dem De

Noel Wallrafs Gunst verlieren würde, konnte nicht mehr weit sein. Bei all seiner Aufgeklärtheit hat Wallraf schließlich ein gerütteltes Maß philiströser Züge. Und Jünglinge? Lebendige, nicht gemalte oder gemeißelte, Jünglinge in einer, sagen wir, unplatonischen oder vielleicht allzu platonischen Beziehung zueinander? Nein, nicht in Wallrafs engstem Kreis, zumindest nicht, wenn darüber geredet werden könnte.« Sein plötzliches Kichern wirkte fast anstößig. »Es konnte also nicht mehr lange dauern, bis von uns dreien nur noch einer – Nockenfeld – übrigblieb. Aber, lieber Elkendorf, die Wirklichkeit ist mitunter so unkalkulierbar wie ein Traum. Plötzlich war Nockenfeld verschwunden. Ohne Ankündigung, von heute auf morgen. Abgereist, fort. Nach Paris, hieß es.«

Der Stößel hieb zum letzten Mal in die Farbpartikel und wurde dann mit einer nachlässigen Geste auf den Tisch geworfen. Die Glasplatte über der Schale zitterte.

»Und niemand wußte, warum?«

»Ich jedenfalls wußte es nicht, und ich weiß es bis heute nicht. Aber ehrlich gesagt, ich machte mir auch keine Gedanken mehr darüber. Schließlich kam für mich Nockenfelds Verschwinden aus Köln zu spät. Was mich betraf, hatte er sein Gift schon verspritzt.«

»Aber De Noel profitierte von Nockenfelds Fortzug«, sagte Elkendorf langsam und stellte das Glas, in dem das Blau wie Sand rieselte, zurück auf das Bord. »Glauben Sie, er mußte nun, bei seiner Rückkunft, Angst vor ihm haben?«

»Nun, Wallraf lebt noch, und wenn Nockenfeld der geblieben ist, der er war, hätte es ihm vielleicht Vergnügen bereitet, das Spiel von damals weiterzuführen und De Noel, dem künftigen Konservator unseres künftigen Wallrafianums, zu guter Letzt doch noch den Goldtopf aus der Hand zu schlagen.«

Willmes nickte mehrmals, hob die Achseln und breitete die Arme aus. »Ja«, sagte er und warf Elkendorf einen langen Blick zu, »ich an De Noels Stelle hätte Angst gehabt.«

Wie zähflüssiges, schmieriges Leinöl fühlte Elkendorf diesen Blick, der wissend und mit einer deutlich wahrnehmbaren Nuance amüsierter Bosheit vermischt gewesen war, an sich kleben, als er von Willmes' Haus An der Rechtsschule zur Hohestraße ging. Immer wieder fuhr er sich mit der Hand über das Gesicht, als könne er mit der Nässe des Regens auch dieses schlierige Gefühl fortwischen, von dem er sehr wohl wußte, daß es nicht auf seiner Haut, sondern irgendwo in seinen Gedanken saß.

Im Gehen sah er, wie der Regen an den Häuserfassaden herabwusch, wie er an manchen Stellen brüchige Putzteilchen mit sich nahm, hie und da auch schon größere Flecken von Stein- oder Ziegelmauern freigelegt hatte. Rostige Spuren liefen von den Jahreszahlen aus Metall, die an vielen der Häuser in Höhe des ersten oder zweiten Stockes über der Linie der Fenster angebracht waren und an das Jahr des Hausbaues oder der Hauserneuerung erinnerten. Er stellte den Kragen des Regenumhangs hoch und blickte, den Kopf in den Nacken gelegt, unter dem Rand seines Hutes her in den fallenden Regen hinein. Sein Gesicht wurde naß, und das Wasser lief in dünnen Fäden von den Wangen über die Ohren in den Haaransatz und von der Kehle in den Ausschnitt des Hemdes. Noch einmal wischte er sich über das Gesicht, sah zum Eingang der Probstei hinüber, in der Wallraf, vergraben in seiner Sammlung, lebte, und entschied, nicht zu ihm zu gehen. Um diese Zeit am Nachmittag legte sich Wallraf gewöhnlich wieder zu Bett, falls er es seit dem Morgen überhaupt verlassen hatte, und würde auf eine Störung mit Verwirrtheit und Erregung reagieren. Er mochte es in den letzten Wochen immer weniger, wenn man ihn unerwartet aufsuchte, und öffnete häufig nicht einmal mehr die Tür. Günther hatte vor kurzem bemerkt, daß es gelegentlich sogar für ihn als Wallrafs Arzt schwierig sei, ins Haus eingelassen zu werden. Dabei wurde Wallraf nicht nur körperlich schwächer, auch sein Geist ermüdete rasch und schien sich manchmal zu verwirren. Namen und Ereignisse entfielen ihm, konnten dann aber ganz unvermittelt wieder klar in seinem Gedächtnis auftauchen. In diesem Zustand durfte man Wallraf keiner Beunruhigung aussetzen, überlegte Elkendorf. Die Nachfragen und Vermutungen über Nockenfelds Tod, immerhin der Tod seines ehemaligen Schülers, mußten soweit wie möglich von ihm ferngehalten werden, das war man ihm schuldig.

Mit einem Gefühl der Resignation bog Elkendorf rechts in die Hohestraße ein. Merrem wartete auf ein Ergebnis seiner Untersuchung, also würde ihm nichts anderes übrigbleiben, sagte er sich, als auch noch mit Marcus DuMont zu sprechen. Allerdings, was würde sich schon Neues ergeben? Weitere unangenehme Enthüllungen zu Nockenfelds Charakter vermutlich, und damit verbunden weitere Enthüllungen über den Kreis derjenigen, die er bisher seine Freunde genannt hatte. Er gestand sich ein, daß er das Gespräch, das noch vor ihm lag, fürchtete und ihm am liebsten unter irgendeinem Vorwand aus dem Weg gegangen wäre. Aber es fiel ihm kein Vorwand ein.

Das Wohnhaus der DuMonts lag neben den Verlags- und Redaktionsräumen, war jedoch durch einen großen Hof von ihnen getrennt. Elkendorf ging am Eingang zu den Büros vorbei und klopfte kurz darauf an eine schwere Haustür, in die auf Kopfhöhe ein kleines Fenster eingelassen war. Er mußte einige Zeit warten, bis ein Gesicht hinter der Scheibe erschien, das ihn mißmutig betrachtete. Schließlich wurde die Tür geöffnet und Elkendorf eingelassen.

Einige Minuten später saß er dem Verleger Marcus DuMont gegenüber. Der Raum, in dem sie sich befanden, war heiß und die Luft so trocken, daß sich Elkendorfs eben noch nasse Haut schon nach wenigen Augenblicken über den Wangenknochen zu spannen begann. Große exotische Pflanzen in Kübeln hängten ihre harten Blätter zwischen Möbel, die düstere, halbschattige Sitzwinkel bildeten. Es roch nach pilziger Erde und verdorrtem, totem Moos, so, als lägen irgendwo zwischen der

Wirrnis der lebenden Pflanzen modernde Blätterhaufen, unter deren von der Hitze ausgetrockneten Hülle sich schimmlige Wucherungen entwickelt hatten. Das Tageslicht fiel, gefiltert von den Auswüchsen riesiger Kakteen, von groben, fächerartigen Blättern und dichten Büscheln seltener Gräser, durch die drei verglasten Seitenwände des ebenerdigen Erkers, der zum Garten hin an das DuMontsche Haus angebaut war. Das Licht war dünn, blaß und changierte in grünlichen, manchmal bis ins blau-violette reichenden Tönen, so daß es menschliche Haut fahl und beinahe leichenhaft erscheinen ließ.

Elkendorf sah auf seine linke Hand, die er auf das Knie des übergeschlagenen Beines gelegt hatte. Das Licht zeichnete Flekken auf den Handrücken, die wie Reste grindigen Schorfs aussahen. Rasch bewegte er die Hand und legte sie neben sich auf die Stuhllehne. Er hob den Blick und richtete ihn auf die Gestalt, die ihm schräg gegenüber saß.

Das schmale Gesicht mit scharfen Falten von der Nase zu den Mundwinkeln wirkte im eigentümlichen Licht des Glaserkers verfallen. Die Haut schien aus bleichem, dünnporigem Leder zu sein, die Lippen zeigten feine Risse. Marcus DuMonts Finger waren ineinander verschränkt, verkrampften sich von Zeit zu Zeit, lösten sich dann wieder. Sie waren sehnig, und in den Krämpfen bildeten sich die Knöchel weiß, die Furchen dazwischen dunkel heraus.

»Es ist heiß hier drinnen«, sagte er mit einer Stimme, die eine merkwürdig brüchige Schärfe hatte. »Aber Sie wissen, Elkendorf, daß ich diese Hitze brauche. Sie ist wie ein Lebenselixier für mich, nach dem ich beinahe süchtig geworden bin. Ich fühle mich lebendiger, wenn ich hier sitze und warte. Warte, daß die Hitze ganz langsam und sanft und doch brennend durch die Haut eindringt, sich bis zu den Knochen und weiter in die Knochen hineinfrißt, um dort diesen ständigen Schmerz, der mich verfolgt, auszuglühen. Glüht man nicht auch Geschwüre mit einem heißen Eisen aus? Ja, ich weiß, für Sie ist es zu heiß, Ihr Blut wird dick und träge, aber für mich ist es noch immer nicht heiß genug. Ich wollte, die Luft um mich her knisterte vor Hitze und es wäre gleichzeitig dunkel. Genauso müßte es sein, eine dunkle, glühende Hitze, in der der Schmerz schrumpft wie die Haut ägyptischer Mumien. Haben Sie schon einmal eine Mumie gesehen? Ja? Sicherlich in Paris. Die Mumien, die der siegreiche Kaiser von seinem Zug nach dem Orient mitgebracht hat. Faszinierend, finden Sie nicht, diese verschnürten bräunlichen Bündel, die man aufwickeln kann wie einen Säugling und die dann den Toten so eigentümlich konserviert entblößen. Dunkelbraun, mit flachsigem Fleisch und spinnenartigen, verklebten Hand- und Fußknochen. Ohne Eingeweide, ohne Hirn ... Ja, faszinierend, sich das vor Augen zu halten.«

Er rieb die Lippen übereinander, so daß ein tonloses Geräusch entstand, das weniger einem Schmatzen als einem Schaben ähnelte. »Ich hörte, daß jetzt auch Doktor Nockenfeld ohne Eingeweide ist. Allerdings, nehme ich doch an, ohne die Hoffnung zu haben, mumifiziert zu werden.«

»Ich glaube nicht, daß er diese Hoffnung jemals hatte, DuMont.«

»Nein, sicher nicht. Verzeihen Sie, ich wollte nicht makaber klingen. Aber Sie müssen zugeben, daß dieses Bild des toten Nockenfeld, aufgeschnitten und ohne seine Innereien, zu denken gibt.« Seine Lippen rieben sich wieder aneinander. »Überhaupt, wie sieht ein Mensch innerlich aus? Ich habe schon öfters darüber nachgedacht und mich gefragt, ob ich Sie bitten soll, mich einmal zu einer Obduktion zuzulassen. Als Zuschauer, als wissenschaftlich interessierten Zuschauer.« DuMonts Lider senkten sich halb über seine Augen. »Ich würde gern sehen, wo die Organe liegen, das Herz, der Magen, die Leber. Wie die Adern verlaufen und wie dick die Haut über dem allem ist. Die menschliche Haut kann nicht sehr dick sein, nicht wahr?«

»Sie ist so dick wie die eines Schweines«, antwortete Elkendorf kurz.

»Eines Schweines? Merkwürdig, daß Sie das sagen.«

»Nun, so ist es.« Nach einer Pause setzte er hinzu: »Ich wollte mit Ihnen über Nockenfeld sprechen, DuMont.«

»Ja?« erwiderte DuMont. Er saß reglos, nicht einmal die Hände verkrampften sich, die Augen blieben halb geschlossen.

»Sie sagten gestern abend bei Lyversberg, er sei eine Zeitlang Ihr Arzt gewesen. Kannten Sie ihn persönlich gut?«

Nichts bewegte sich in diesem Gesicht. Es erinnerte Elkendorf plötzlich an ein Reptil, das auf einem glühendheißen Stein saß und vor Hitze erstarrte, an einen Lurch, nein, wie hieß es noch – Chamäleon, ja, das war es, an ein Chamäleon.

»Ich dachte, ich würde ihn kennen«, sagte DuMont und bewegte den faltigen Hals, so daß sich sein Kopf langsam nach rechts, dann nach links drehte, schließlich wieder gerade ausrichtete und zur Ruhe kam.

»Aber?«

»Man kennt niemanden wirklich, lassen Sie sich das gesagt sein. Die Menschen, mit denen man umgeht, sind alle Trugbilder, Chimären. Niemand ist so, wie man ihn sieht. Niemand. Selbst von den Nächsten und Geliebtesten, wenn Sie denn Nächste und Geliebte haben, Elkendorf, fangen Sie nur einen Schatten auf. Einen vibrierenden Schatten, der fließende Konturen hat und sich nicht halten läßt. Niemals und durch nichts.«

»Durch nichts und niemals«, wiederholte er nach einer Weile, während der Elkendorf sich von stechenden Hitzewellen um und in sich überflutet fühlte.

»Und Nockenfeld war ein solcher Schatten für Sie?« fragte er.

»Ja, o ja. Ein schwarzer Schatten.«

»Als Sie gestern bei Lyversberg von ihm sprachen, klang es anders. Es klang, als ob Sie ihn geschätzt hätten.«

»Gestern bei Lyversberg! Man muß das Dekor wahren, nicht? Alle haben gestern das Dekor gewahrt, und Lyversberg vielleicht am meisten. Was immer man voneinander weiß, man spricht nicht über alles. Nicht offen, meine ich. So sind die Regeln der Gesellschaft, in Köln wie überall, Elkendorf. Das dürften Sie wissen.« Noch immer war seine Miene reglos, die Stimme bis auf diese kleine brüchige Schärfe ohne Ausdruck.

»Und was wissen Sie, DuMont?«

Einige Minuten herrschte Schweigen. Dann begann sich die Haltung DuMonts zu verändern, fast so, als sei frisches Blut in seine Glieder geströmt. Sein Körper richtete sich im Sessel auf, die Arme umfaßten die gepolsterten Lehnen, und seine Augen öffneten sich weit. Die Adern unter der porösen Haut wirkten praller als noch einen Moment zuvor.

»Sehen Sie, Elkendorf«, sagte er, und seine Stimme klang klar und präzise, »als Publizist und Herausgeber der Kölnischen Zeitung weiß man so ziemlich alles, was es in Köln zu wissen gibt. Ob man will oder nicht. Ich bin Jurist, ich bin Verleger, beides sind Professionen mit Verantwortung gegenüber der Öffentlichkeit. Ich denke, ich weiß, was Diskretion ist und wie ich sie handhaben muß. Sie wissen, daß es eines meiner Prinzipien ist, das bürgerliche Subjekt in seiner Integrität zu schützen. Ich bin gegen jede Form der Willkür, gegen jede Form der Bloßstellung im politischen wie übrigens auch im privaten Bereich, und nehme auch im vorliegenden Fall für mich in Anspruch, selbst zu entscheiden, was ich von meinen Kenntnissen über Doktor Nockenfeld öffentlich mache.«

Er hob seine Hände und machte, die Handflächen nach außen gedreht, eine abwehrende Geste: »Daß Doktor Nockenfeld an Gift gestorben ist, habe ich selbstverständlich schon gehört, und ich weiß auch, in welcher Funktion Sie hier sind – wie Sie sich denken können, gibt es immer jemanden, der mich informiert. Nun, ich bin bereit, das Meine zu tun, um diesen schrecklichen Fall aufzuklären. Aber Sie müssen mir nachsehen, wenn ich mich in meiner Auskunft auf das beschränke, was mich – in Hinblick auf Doktor Nockenfeld – selbst betrifft. Über andere und deren mögliche Beziehungen zu ihm möchte ich mich nicht äußern.«

»Ich verstehe«, erwiderte Elkendorf. Er wandte den Kopf zur Seite und blickte an großen, rundköpfigen Kakteen und einem Busch mit rauhem Stamm und ledrigen Blättern vorbei auf die Glasfenster des Erkers. Pflanzen im Innern und Regen außen behinderten die Sicht. Der Raum wirkte trotz seiner drei Glaswände wie abgeschlossen gegen die Außenwelt. Einen Moment fühlte Elkendorf sich gefangen, spürte, wie die heiße Luft durch seine Luftröhre zog und ein kurzes, ausdörrendes Reißen in seinen Lungen auslöste.

»Das, was ich Ihnen über Doktor Nockenfeld und mich sage«, fuhr DuMont fort, »könnten Sie übrigens genausogut auch von anderer Seite erfahren. Die Geschichte ist nicht unbekannt in Köln. – Wie schon gesagt, war Doktor Nockenfeld unser Arzt. Von Beginn meiner Heirat an, bis er die Stadt verließ. Eine interessante Zeit war das damals, politisch gesehen. Erinnern Sie sich, Elkendorf? Was haben wir nicht alles von Napoleon erwartet! Rückkehr gesetzlicher Sicherheit, die Wiederherstellung kirchlicher und religiöser Autorität – verbunden allerdings mit einem erheblichen Maß an Liberalität – und vor allem wirtschaftlichen Aufschwung nach all den Jahrzehnten des Niedergangs. Ja, endlich wirtschaftlichen Aufschwung! Entsinnen Sie sich dieser Hoffnungen?«

DuMonts Lider zuckten mehrmals hintereinander über die Augen. Durch die Brillengläser hindurch konnte Elkendorf die ungesunde Farbe der Lidfalten sehen, die sich tief über die Augäpfel einschnitten und in eine dünne, früh schlaff gewordene Haut an den Schläfen übergingen.

»Ja«, sagte er, »ich erinnere mich sehr gut. Unsere Provinzstadt mit ihren Hoffnungen! Ich selbst bin damals, auch mit großen Erwartungen, nach Paris gegangen. Das Paris Napoleons! Sicher erinnere ich mich.«

»Ja, man hatte hohe Erwartungen, und zum Teil schienen sie sich tatsächlich zu erfüllen. Die Tabakfirma der DuMonts profitierte zum Beispiel von der Entwicklung, und ich als Jurist konnte die Rechtsreform Napoleons nur begrüßen. Aber das hieß nicht, daß ich dem Regime kritiklos gegenüber gestanden hätte! Zu vieles blieb im argen, zu vieles wurde unterdrückt. Ja, ich war immer ein unabhängiger Geist, so, wie ich es heute noch bin.«

DuMonts Mund war schmal geworden, die rechte Hand hatte er sich auf den Leib gelegt. Haut und Augen sahen aus, als hätte er große Schmerzen. »Allerdings muß man sich fragen, was uns von unseren Hoffnungen geblieben ist«, sagte er nach einer Weile. »Wir sind, Elkendorf, in vielem eine enttäuschte Generation. Unsere Vorstellungen von politischer und bürgerlicher Freiheit haben schwere Einbußen erlitten, unter den Franzosen wie unter den Preußen. Aber das werden Sie als Mann, dessen Hoffnungen im preußischen Staatsdienst endeten, besser wissen als ich. Oder nicht? Also genug davon, wir wollen nicht politisieren. Letztlich jedoch, erlauben Sie mir noch diesen Satz, letztlich muß man versuchen, an seinen Idealen festzuhalten, an den Idealen von Freiheit, Wissenschaft und Kunst. Auch wenn Doktor Nockenfeld meinte, sich darüber mokieren zu müssen. Doktor Nockenfeld! Er hatte nie Ideale, das ist sicher.« Er stockte und sagte leiser: »Aber das wußte ich damals nicht.«

Er räusperte sich, zog ein Taschentuch aus seiner Rocktasche und spuckte mit gesenktem Kopf hinein. Es klang nach zähem Schleim. Dann griff er nach dem Medizinfläschchen, das auf einem Tisch neben ihm stand, und träufelte bräunliche Flüssigkeit auf einen Löffel. In die heiße Luft mischte sich der stechende Geruch von Chemikalien. Als er schluckte, verzogen sich seine Mundwinkel angewidert nach unten. Er wischte sich über die Lippen und steckte das Taschentuch wieder ein. DuMont spuckte nie in einen Spucknapf, sondern stets in blütenweiß gebleichte, von einem schmalen Zierrand eingefaßte Taschentücher, die allerdings schon nach kurzem Gebrauch zusammengeknüllt waren, klebrig vor Feuchtigkeit.

»Die Tropfen hat mir Doktor Günther verschrieben«, sagte er. »Ich soll sie jede Stunde nehmen.« Die Augen auf Elkendorf gerichtet, der sich in seinen Sessel zurückgelehnt hatte und die Hitze des Raumes immer drückender spürte, sagte er dann: »Ich selbst habe die repressiven Maßnahmen der französischen Behörden einige Jahre lang sehr deutlich gespürt – 1809 bekam ich die Anweisung, den Druck der Kölnischen Zeitung einzustellen, und sie blieb bis zum Januar 1814, das heißt, bis zum Einmarsch der antifranzösischen Verbündeten, verboten.«

»Und warum wurde Ihre Zeitung verboten?« fragte Elkendorf und versuchte, die Stiche in seiner Lunge zu ignorieren.

»Gründe wurden mir nicht mitgeteilt, aber es war klar, daß die Behörden meiner politischen Überzeugung mißtrauten. Wie dieses Mißtrauen entstanden war, konnte ich mir allerdings nicht erklären, schließlich war ich in meinen Äußerungen immer sehr diskret gewesen, das können Sie sich denken. Ich fragte mich, wer mich hintergangen haben könnte, und begann, meine Umgebung zu beobachten. Eine scheußliche Lage, die uns leider auch heute nicht unvertraut ist.« Er räusperte sich wieder, schluckte aber diesmal den Schleim hinunter. »An Doktor Nockenfeld habe ich nicht gedacht, das muß ich gestehen. Er war für mich als unser Arzt völlig unverdächtig.«

»Es war also Nockenfeld, der Sie denunzierte?«

»Ja. Er berichtete den Behörden von Äußerungen und Korrespondenzen, die man wohl als staatskritisch oder staatsfeindlich einstufte. Offenbar hat er mich bespitzelt, bis er Köln verließ.« Zum erstenmal lachte DuMont und sagte, während sich seine Hände verkrampften und die Knöchel weiß wurden: »Man sollte also in der Wahl seines Arztes nicht nur aus medizinischen Gründen vorsichtig sein. – Aber die Geschichte ist lange vorbei, und sie hat mir und meinen Geschäften nicht wirklich geschadet.« Nach einer kleinen Pause setzte er mit präzise akzentuierter Stimme hinzu: »Ich habe Nockenfeld verachtet, Elkendorf. Verachtet, nicht gehaßt!«

»Und nach diesen Erfahrungen hätten Sie sich mit seiner Rückkunft arrangieren können?«

»Man arrangiert sich mit vielem in Köln. Zunächst war ich nur verblüfft über seine Unverfrorenheit. Ich konnte kaum glauben, daß er an Ihrem Tisch erscheinen würde, daß er sich unter Männer wagte, von denen ihn einige in denkbar böser Erinnerung haben mußten.«

Abrupt, die Hand immer noch auf den Leib gedrückt, stand Marcus DuMont auf. »Ich habe genug gesagt und möchte Sie jetzt bitten zu gehen. Ich muß nachher noch hinüber in die Redaktion und sehen, ob alles für den Druck der morgigen Zeitung fertig ist. Ihnen einen guten Tag und viel Erfolg, Elkendorf. Sie finden den Weg nach draußen sicher allein.«

Elkendorf musterte die fahlen, eingesunkenen Augen DuMonts, verbeugte sich dann und ging durch Hitze und grünlich-blasses Licht zur Tür, die den Erker vom Salon des Hauses trennte. Selbst der Messinggriff der Tür war trocken und heiß, so daß er sich beim Öffnen unangenehm brennend in die Handfläche eindrückte. Aufatmend durchquerte er Salon und Diele und hastete auf das Portal zur Straße zu.

Vor dem Eingang trafen die Regentropfen sein Gesicht wie kleine, spitze, eisige Nägel. Seine Hosenbeine waren in der Hitze fast trocken geworden, aber in den Stiefeln spürte er immer noch Feuchtigkeit, die rasch kalt wurde und die Waden hinaufkroch. Gleichwohl blieb er noch einige Augenblicke auf dem holprigen Pflaster vor dem DuMontschen Haus stehen und lauschte auf den metallischen Schlag der Pressen, der aus der Druckerei im Hinterhaus herausdröhnte.

Es war später Nachmittag, und die Hohestraße wirkte schon

beinahe leblos. Süßlich und auf unangenehme Art betäubend strömte aus einer Brauerei ein paar Häuser weiter der Geruch von Maische. Zwei Brauknechte in kurzen gewachsten Umhängen und breiten Filzhüten rollten leere Bierfässer von einem Handkarren über den Rinnstein durch den Torbogen der Brauerei. Einer von ihnen drehte sich nach einer Frau um, die gerade am Karren vorbeiging, und rief einen Gruß. Die graugekleidete Frau erwiderte den Ruf mit einem kurzen Heben ihres aufgespannten Schirms. Als sie ihn nach einigen weiteren Schritten schloß, erkannte Elkendorf seine Cousine. Noch immer in seine Gefühle von Kälte und Irritation vertieft, folgte er ihr mit abwesendem Blick, wie sie in den Eingang einbog, der zu den Redaktions- und Druckereiräumen des Verlages führte. Als sie verschwunden war, setzte er seinen Hut auf das naß gewordene Haar und ging bis zur nächsten Kreuzung, um dort den Weg nach rechts in die Minoritenstraße einzuschlagen.

Er wäre gern nach Hause gegangen, und mit einem sehnsüchtigen Gefühl dachte er an sein Studierzimmer und die Karaffe, die dort auf seinem Schreibtisch stand. Fast meinte er, den rauchigen, beruhigenden Geschmack des Cognacs auf der Zunge zu spüren, als ihm sein Arzneischrank einfiel und die Porzellandose mit der Aufschrift »Datura stramonium«. Der Geschmack in seinem Mund wurde bitter, so daß er angewidert und mit trockenem Gaumen schluckte.

Nervös geworden zwang er sich dazu, seine Schritte zu beschleunigen und den ersten seiner nachmittäglichen Krankenbesuche in Angriff zu nehmen. Wieder würden diese Besuche bei Schwerkranken bedeuten, in von Schmerz erstarrte Gesichter zu sehen, den Gestank von abgestandenem Urin und saurem Kohl in schlecht gelüfteten, engen Wohnungen zu riechen. Beim alten Freiherrn von Geyr, der an Gichtanfällen litt und es liebte, sein unleidliches Temperament an seiner Familie wie seinem Hausarzt auszulassen, würde man ihm wie immer ein Glas Burgunder reichen, und wie immer mit einer Geste, die herablassend wirkte und auch so gemeint war und die er stets mit einer leichten, dankbar erscheinenden Verbeugung quittierte. Es war nie guter Burgunder, niemals auch nur annähernd von der Qualität, wie er sie selbst in seinem Keller lagerte.

Nach dieser unvermeidlichen Routine seines Berufes aber wollte er sich ein kleines persönliches Vergnügen gönnen, um sich für die unerfreulichen Ereignisse des Tages zumindest ein wenig zu entschädigen. Bei dem Gedanken, später auf einen Sprung in Heberles Geschäft vorbeizusehen und ein paar medizinische Werke, die er sich hatte zurücklegen lassen, durchzublättern, fühlte er sich wie belebt. Möglicherweise, dachte er, kam ihm Heberle im Preis doch noch entgegen. Allerdings – wahrscheinlich war es nicht.

KAPITEL 10

Donnerstag, 28. August, Nachmittag

»Wir sahen dergleichen Wandmalereien beim Niederlegen von Kirchen, was in jener Zeit in Köln sehr oft geschah. Man untergrub zu diesem Zweck ein paar Pfeiler, stützte dieselben mit hölzernen Streben, zündete dann die Hölzer an, und im Augenblick wo die Pfeiler zusammenbrachen, sahen wir die Kalkdecke von den Wänden und Gewölben sich loslösen, unter welcher die bemalten Flächen wie in einem Blitz hervortraten, um dann für immer zu verschwinden. Es ergab sich oft auch, daß durch die Erschütterung zugleich die Kalkdecke, die die alten Bilder bedeckt hatte, von den anstoßenden Theilen des Gebäudes herabfiel, welche noch einige Tage stehen blieben, ehe an sie ebenfalls die Reihe der Zerstörung kam. Die Wandgemälde die auf diese seltsame, traurige Weise uns vor die Augen kamen, bestanden meist aus einzelnen Figuren auf einfarbigen rothen, blauen oder andern oft teppichartigen Feldern; diese Abtheilungen folgten in mehreren Reihen übereinander, die Figuren schienen am häufigsten nicht überlebensgroß, selten waren sie in einer Gruppe oder Handlung vereinigt.«
Aus: Sulpiz Boisserée, Fragmente einer Selbstbiographie, 1783-1808, S. 32f.

Über allem in den Räumen des Verlages DuMont-Schauberg lag ein feiner, faseriger Papierstaub und ein Geruch nach Druckerschwärze, der sich mit der von der Straße hereindringenden regengeschwängerten Luft zu einer schweren und dabei die Nerven anregenden Mischung verband. Dazu kam das rhythmische, hin und wieder für einen Moment stockende Geräusch der Handpressen, das dumpf und einförmig durch die Büros und Werkstätten bis nach draußen zog. Geruch, Staub und Lärm bildeten eine dichte, ineinander verwobene Einheit, in die Anna, als sie von der Eingangstür des Verlags den Flur hinunter bis zum Büro des Redakteurs entlangging, einzutauchen meinte wie in eine eigene Welt. Dicke Papierbündel, zu schiefen Stapeln aufgeschichtet, häuften sich auf dem Fliesenboden zwischen Regalen, in denen Akten, zu Makulatur gewordene Drucke und beiseitegelegte Konzepte untergebracht waren. In einem Winkel standen einige Bottiche, aus denen es süßlich nach Knochenleim roch.

Ein Junge in verschmiertem Leinenkittel und schlammigen Holzpantinen drängte sich an Anna vorbei. Mit seinem Eimer, der eine ölige Flüssigkeit enthielt, streifte er ihren Umhang, stieß einen unwilligen Laut aus und verschwand auf einer Stiege am Ende des Flurs.

Anna klopfte an die letzte Tür auf der rechten Flurseite, öffnete sie und trat ein.

Trinette DuMont saß mit dem Rücken zu ihr am Schreibtisch ihres Mannes, wo sie in letzter Zeit immer häufiger zu finden war. Sie war eine untersetzte Frau in einem streng geschnittenen Kleid aus schwarz-rot gestreifter Seide, deren kräftiger Nacken durch einen kunstvoll hochgeschlagenen Knoten betont wurde. Statt einer Haube trug sie über Haarknoten und Scheitel eine vielfach ineinandergeschlungene schwarze Tüllschleife. Spitzenbänder, so schwarz wie der Tüll, hingen über filigranen Ohrringen aus geschwärztem Eisen. Am linken Arm, der seitlich auf dem Tisch aufgestützt war, sah Anna einen breiten, geflochtenen Armreifen, den sich Trinette DuMont aus den Haaren ihrer vier früh gestorbenen Kinder hatte anfertigen lassen und immer, zu jeder Kleidung, trug.

»Einen Augenblick noch«, sagte Trinette Dumont, blätterte die vor ihr liegende Zeitung um und machte einen dicken Federstrich am Seitenrand. »Den Artikel können wir, denke ich, übernehmen. Damit werden wir keine Probleme haben. Bringen Sie ihn hinüber zum Setzen, er wäre der letzte für heute.« Sie nahm das Zeitungsblatt und streckte es, ohne sich umzuwenden, nach hinten. Als niemand danach griff, drehte sie sich um.

»Jungfer Steinbüschel«, sagte sie irritiert, »Sie sind es! Ich dachte, es sei unser Korrektor oder der Laufjunge.«

Ihre hellen, grünlich irisierenden Augen musterten Anna erst fragend, schienen sich dann aber unter eine glänzende, beinah glasurartige Oberfläche zurückzuziehen und abzuwarten. Trinette DuMonts Augen waren so veränderlich wie ihre Gesten und ließen Gefühle und Stimmungen in rascher, unberechenbarer Folge auftauchen und ebenso rasch wieder verschwinden. Es war schwierig, diesem Wechsel zu folgen, und noch schwieriger, Echtheit und Intensität der Stimmungen einzuschätzen. Dies um so mehr, als das Gesicht an den seitlichen Partien von präzise geformten, mit Zuckerwasser gestärkten Haarrollen eingefaßt war, die es in einen engen, unnachgiebig wirkenden Rahmen preßten und den Eindruck erweckten, als sei die Beweglichkeit der Mimik gekünstelt.

»Störe ich, Frau DuMont?«

»Nicht mehr, Jungfer. Ich bin gerade fertig geworden. Oder doch fast fertig.«

»Ich will Sie nicht von Ihrer Arbeit abhalten, ich kam nur gerade am Haus vorbei und dachte, ich frage nach, wie es Ihrem Mann geht. Er schien Schmerzen zu haben, als er vorgestern abend bei uns war.«

»Danke der Nachfrage«, antwortete Trinette DuMont langsam und sah Anna dabei nachdenklich an. Dann schloß sie das Tintenfaß, rückte ihren Stuhl zurück und stand auf. Die Seide ihres Kleides, die mit Leinen unterfüttert war, bewegte sich steif. »Er fühlt sich tatsächlich nicht gut, wissen Sie«, fügte sie hinzu, »oder besser gesagt, es geht ihm miserabel. Sie wissen, Jungfer, diese Affektion der Lunge und die Schmerzen in den Knochen, dazu seine Magenkrämpfe! Wenn es keine Sünde wäre, ich könnte manchmal an Gott und den Heiligen verzweifeln!«

Während sie sprach, vollführte sie mit ihren Händen leichte Bewegungen, die jedoch unvermittelt schnell und heftig wurden, um so jeden Satz und jedes Wort mit einer Geste zu unterstreichen. Die schwarzen Ohrringe, die die Form langgezogener Kreuze hatten, begannen zu schaukeln, und die Schleifenbänder über ihrer Stirn zitterten. Schließlich glitt der Reif aus dunkelblonden Haaren den Arm hinab und verfing sich in den schwarzen Spitzen der Manschette.

»Heute war er überhaupt noch nicht im Verlag, dabei müßte er dringend einen Blick auf die Titelseite der morgigen Zeitung werfen. Schließlich ist es schon Nachmittag, und es bleibt nicht mehr viel Zeit. Wir haben nur drei Pressen, und für den Druck und das Falzen von immerhin inzwischen zweitausend Zeitungsexemplaren brauchen unsere Leute ganze zwölf Stunden. Wenn alles gutgeht!« Sie hob beschwörend beide Arme, legte sich dann die rechte Hand auf die Herzgegend. »Aber ich will nicht klagen«, sagte sie. »Der Verkauf läuft, und Gott sei Dank bin ich die Arbeit gewohnt, schließlich habe ich das Zeitungsgeschäft sozusagen von klein auf gelernt. Allerdings, seit Polizeipräsident Struensee im Amt ist und die Pressezensur mit einer Engstirnigkeit und Intoleranz ausübt, die ihresgleichen sucht, wird unsere Arbeit immer schwieriger.« Sie griff nach einer flachen Tabatiere, aus der sie mit schnellen, geübten Fingern eine Prise Schnupftabak nahm. »Lassen Sie es sich gesagt sein, Jungfer, Struensee will nicht nur die Kontrolle über unsere Zeitung, er will die Kontrolle über die ganze Stadt.«

Mit einem plötzlichen abschätzenden Seitenblick auf Anna

unterbrach sie sich, streute den Tabak auf ihren linken Handrücken und zog ihn mit kräftigem Atem in die Nase. Dann kniff sie die Augen zusammen und nieste heftig. Die gestärkten Haarrollen veränderten ihre Position dabei nicht.

»Ich denke oft, daß die Restriktionen in den letzten Jahren und das Ende unserer Hoffnungen auf Pressefreiheit meinen Mann mehr zermürbt haben, als er sich wohl selber eingestehen möchte.«

»Es geht ihm also schlechter?« fragte Anna.

»Das Regenwetter, wissen Sie. Er verträgt es nicht, und deshalb hält er sich in diesen Tagen meist bei seinen merkwürdigen Pflanzen im Gewächshaus auf, in dieser trockenen Hitze, die mir, wenn ich mich zu ihm setze, schon nach kurzer Zeit jede Kraft aus dem Körper saugt.«

Sie wandte den Kopf zum Fenster, das zur Hälfte geöffnet und mit einem Holzblöckchen festgestellt war, so daß sich der Flügel in den Windböen zwar bewegte, aber nicht zuschlagen konnte. Durch das vorragende Hausdach konnte kein Regen in den Raum dringen, aber feuchte Luft zog in Schwaden herein und mischte sich mit der von einem Kachelofen ausgehenden Wärme. Während sie in den Regen hinaussah, sagte sie: »Mir sind regnerische Tage immer lieber gewesen als sonnige. Seltsam, nicht wahr? Ich glaube, es ist vor allem dieser Geruch der Feuchtigkeit, der für mich bei Regen alles intensiver macht. Jedes Aroma, jeden Duft. Alles, die ganze Stadt hat einen besonderen Geruch bei Regen.« Trinette DuMont legte den Kopf zur Seite, drehte sich um und fragte: »Verstehen Sie, was ich meine?«

Sie hatte recht, überlegte Anna. Regen gab den Dingen einen ganz eigenen Charakter. Er änderte nicht nur ihren Geruch, er änderte auch ihr Aussehen. Vieles sah im Dunst eines Regenmorgens fremd aus und weckte ein unruhiges Gefühl. Man war gezwungen, genau hinzusehen, um sich in dem, mit dem man eigentlich vertraut war, zurechtzufinden, und manchmal entdeckte man dann in diesen plötzlich fremdgewordenen Formen Neues, bisher Unbekanntes.

»Ja«, antwortete sie und beobachtete, wie der gefühlvolle Ausdruck, der in Trinette DuMonts Augen aufgetaucht war, von plötzlicher Nüchternheit verdrängt wurde.

»Ich wußte, daß Sie mich verstehen, Jungfer Steinbüschel. Sie sind, wenn ich so sagen darf, überhaupt eine verständige Frau. – Aber bitte, legen Sie doch ab und machen Sie es sich bequem, hier auf dem Kanapee.« Sie ging zur Tür, öffnete sie mit einem Ruck und rief hinaus: »Die Texte sind fertig!«

Ein hagerer Mann mit einer grauen Filzkappe und einer großen Warze auf der Schläfe erschien, nahm die Blätter, die Trinette DuMont ihm reichte, und verschwand wieder, ohne etwas gesagt zu haben.

Als Anna sich gesetzt hatte, fiel ihr Blick auf ein Bild an der gegenüberliegenden Wand. Es war eine Ansicht von Köln, vom Kunibertstor her gesehen, auf der der Rhein breit und glatt und fast wie ein riesiger See in einen tiefen unbestimmten Horizont verschwamm. Die Silhouette der Stadt mit Domruine, St. Maria ad Gradus, Groß St. Martin, St. Severin, der Bottmühle und dem Bayenturm zog sich in einem weitgeschwungenen Bogen entlang des Flusses hin, auf dem man in großer Entfernung die zart wie Spitzen gemalten Wimpel von Segelschiffen erkennen konnte.

»Ist Ihnen schon einmal aufgefallen«, sagte Anna in leichtem Plauderton, »daß es auf Bildern nie regnet? Auf Landschaftsbildern gibt es zwar oft Wolken, grau aufgetürmte, irgendwie drohende Wolken, die den Eindruck machen, es sei ein Gewitter im Anzug oder es müsse stürmen – aber Regen? Regen gibt es in diesen Landschaften nie.« Sie schwieg eine Weile und fügte dann hinzu: »Ich könnte mir ein Bild von Köln vorstellen, wie es aus meinem Zimmer zu sehen ist. Schmale Häusergiebel und ineinander verschobene Ziegeldächer, die im Regen gefleckt aussehen, als seien sie mit den unterschiedlichsten

Farbtönen, von Scharlachrot bis Moosgrün, überzogen. Und darüber ein Himmel, der fast keine Farbe hat und aus dem ein unaufhörlicher, dünner Regen fällt.«

Trinette DuMont sah sie eindringlich und abschätzend an und setzte sich dann mit einer schnellen Bewegung neben sie auf das Kanapee. Aus der Nähe schillerten die grünlichen Töne ihrer Augen fast unangenehm, so daß Anna versucht war, den Blick abzuwenden.

»Nicht schlecht, wie Sie das beschreiben, Jungfer Steinbüschel«, meinte sie und legte ihre Hand, deren Finger mit streifigen Tintenspuren bedeckt waren, auf Annas Arm. »Ich wußte gar nicht, daß Sie eine poetische Ader haben. Haben Sie schon einmal daran gedacht, eine kleine Skizze oder ein Gedicht zu schreiben? Versuchen Sie es, ich sehe es mir gerne an. Wenn es mir gefällt, könnten wir es drucken. Etwas von einer weiblichen Hand wäre durchaus eine Abwechslung. Natürlich müßte es etwas Beschauliches und Empfindsames sein. Einige Gedanke zum Regen – zu Köln im Regen – wären nicht übel.«

Bevor Anna antworten konnte, hatte Trinette DuMont schon weitergesprochen, wobei ihre Stimme den Plauderton Annas aufzunehmen schien. »Übrigens haben Sie recht, wenn Sie feststellen, daß es keine Bilder von regnerischen Szenen gibt. Tatsächlich habe ich einmal daran gedacht, Beckenkamp oder Willmes zu bitten, das Bild unserer Straße im Regen zu malen. Unser Haus an einem Tag wie heute. Aber es wäre zu ungewöhnlich, ich glaube nicht, daß sich jemand dazu bereitfände.«

»Meinen Sie denn, man kann Regen nicht malen?«

»Warum sollte man ihn nicht malen können? Nein, ich denke nicht, daß es eine Frage der Technik ist. Wenn man ihn malen wollte, könnte man es auch.« Wieder sah sie zum Fenster hinaus. Es war für einen Moment windstill geworden, und der Regen fiel gerade, in schweren, einzelnen Tropfen, die man durch die Fensteröffnung für den Bruchteil eines Augenblicks in ihrem Fall verfolgen konnte. »Nein, ich glaube eher, daß Regen für unsere Kunst nicht dramatisch genug ist. Sturm, wilde Wolkenberge, unendliches Meer – ja, das ist dramatisch. Aber Regen? Regen ist zu wenig eindrucksvoll. Er ist zu gewöhnlich, zeigt sozusagen eine untheatralische Vergänglichkeit, wie wir sie jeden Tag haben. Und dabei ist gerade diese alltägliche Vergänglichkeit, meine ich, die eindrucksvollste überhaupt, eindrucksvoller als alles andere.«

Ohne ihren Blick zu senken, faßte sie den geflochtenen Reif an ihrer Spitzenmanschette und begann ihn langsam zu drehen. Ihr Gesicht zeigte nun einen flüchtigen Ausdruck von Melancholie. »Vielleicht ist die Angst vor dem Vergänglichen auch der Grund, warum die meisten Porträts die Menschen in Innenräumen zeigen, da, wo es kein Wetter gibt und alles sicher und beständig wirkt. In ihren vier Wänden und zwischen ihren Möbeln. Merkwürdig, wenn man darüber nachdenkt, nicht? Eine Welt, ein Menschenleben ohne Wetter. Ob wir uns das im geheimen wünschen? Keine Hitze, keine Kälte – nur ein wohltemperiertes Dasein, mit kleinen Ausblicken durch ein Fenster oder durch eine Türöffnung auf das, was draußen ist?«

»Vielleicht. Draußen ist schließlich nicht nur Regen«, erwiderte Anna.

»Das ist wahr. Es könnte nicht nur naß, es könnte auch gefährlich sein. Vielleicht nimmt man es deshalb lieber erst gar nicht zur Kenntnis.« Trinette DuMonts Stimme war plötzlich unsicher geworden. Sie zitterte ein wenig, während ihre Hände über die festen Haarrollen strichen, die sich selbst unter dieser Berührung nicht bewegten. »Und doch ist Doktor Nockenfeld gerade in seinem Schlafzimmer, in seinem Bett gestorben, nicht?«

»Ja.«

»Durch Gift, sagte mir mein Mann.«

»Ja«, wiederholte Anna und bemühte sich, gelassen zu wirken, dabei aber keine Nuance der Veränderung in Trinette DuMonts Zügen und Bewegungen zu übersehen.

»Gift! Eine traurige Geschichte, das Ganze, oder nicht?« Sie warf Anna einen kurzen Blick zu und schloß dann für einen Moment die Augen. »Natürlich werden wir nicht darüber berichten«, setzte sie hinzu. »Selbst wenn wir wollten, würde uns der Polizeipräsident daran hindern, denn, soviel ich gehört habe, soll die Angelegenheit mit äußerster Diskretion behandelt werden. Und vermutlich ist es richtig so. Es ist besser, diese Dinge bleiben in den Kreisen, die es angeht – unseren Kreisen. Schließlich war Doktor Nockenfeld früher einmal ein bekannter Mann in Köln. Ich hätte übrigens nie gedacht, daß er zurückkommen würde.«

Im Sprechen war sie aus ihrer Ecke des Kanapees näher herangerückt, so daß ihr Kleid, das in den Hüften gebauscht war, nun den größten Teil der Sitzfläche bedeckte. Anna zog vorsichtig ihren Rock näher an sich heran und fragte beiläufig, als sei es ihr gerade eingefallen: »Er ist doch Ihr Arzt gewesen?«

»Das wissen Sie? Nun, das dürften viele wissen. Ja, er war sogar ziemlich lange unser Hausarzt. Professor Wallraf hatte ihn uns als Geburtshelfer empfohlen. Er war schon bei meiner ersten Niederkunft dabei und schließlich auch bei den folgenden. Zumindest pro forma, denn wirklich gebraucht habe ich ihn nie, die Hebamme hat ihre Arbeit gut genug ohne ihn gemacht.«

»Professor Wallraf hat ihn empfohlen?«

»Nockenfeld war in gewisser Weise sein Protegé. Und er war tatsächlich ein guter Arzt. Ich habe nicht vergessen, daß er meinen Mann von einem Gallenfieber kuriert hat, als wir die Hoffnung schon fast aufgegeben hatten. Im übrigen war er ein gebildeter Mann. Er gehörte in diesen Jahren zum engsten Kreis um Wallraf und war auch häufig bei uns zu Gast. Tatsächlich wurde er mit der Zeit zu einer Art Freund des Hauses, könnte man sagen. Ein anhänglicher, loyaler Freund, dachten wir. Ich erinnere mich genau, wie sehr ihn unsere neuesten Publikationen und die Pläne, die mein Mann für den Verlag machte, interessierten. Ja«, sagte sie, und einen Moment lang ähnelte ihre Miene überraschend den schmerzlichen Zügen ihres Mannes, »daran hatte er wohl tatsächlich ein reges Interesse.«

»Nockenfeld hat Sie also enttäuscht?«

»O ja, Jungfer Steinbüschel, beträchtlich. Allerdings sozusagen im nachhinein, denn solange er in Köln lebte, waren unsere Beziehungen unverändert freundschaftlich. Noch 1813 war er bei meiner Niederkunft dabei, und einige Wochen vor seinem Fortzug gehörte er zu den Gästen eines unserer Diners. Ich weiß noch genau, daß es einen riesigen Kalbsbraten gab und er mich besonders charmant zu meiner Küche beglückwünschte. Das war das letzte Mal, daß ich ihn gesehen habe. Danach war er zu unserer Überraschung plötzlich fort, und wir hörten nichts mehr von ihm.« Sie preßte die Lippen zusammen, und ihre Augen glitten schnell und beobachtend über Annas Gesicht.

»Er soll auch Kunstsammler gewesen sein«, sagte Anna.

»So scheint es, mein Mann und ich wußten allerdings nicht viel darüber. Aber später hieß es, er hätte einiges zusammengerafft und dabei wenig Skrupel gehabt. Es soll ihm sogar bei irgendeinem Kunsthandel gelungen sein, Lyversberg und Heberle zu hintergehen.«

»Lyversberg und Heberle wurden von Nockenfeld hintergangen? Davon habe ich noch nie etwas gehört.«

Ein scharfer Blick traf Anna. »Es dürfte ja auch schon an die zwanzig Jahre her sein. Nockenfeld hat damals offenbar recht unfeine Mittel angewandt. Allerdings sind unfeine Mittel im Kunstgeschäft nicht selten – in keiner Branche übrigens, auch nicht in der unsrigen. Im Geschäftsleben darf man nicht empfindlich sein, schon gar nicht in Zeiten wie der Säkularisation.« Offensichtlich erregt schlug Trinette DuMont mit der flachen Hand auf das Polster der Sitzbank, so daß aus dem dunklen, an manchen Stellen angeschabten Samt kleine Wolken grauen, pudrigen Papierstaubs aufwirbelten. »Ja, man konnte damals mit Kirchenbesitz – Grundstücken, Gebäuden und Kunstschätzen – gute Geschäfte machen. Allein Kaufmann Lyversberg hat, wenn ich mich recht erinnere, Tausende von Immobiliengeschäften abgewickelt und nicht schlecht dabei verdient.«

Das Grün ihrer Augen war dunkler geworden, und ihre Stimme klang heiser. »Aber auch in der Skrupellosigkeit gibt es Grenzen«, sagte sie heftig, »und die sind da, wo es sich um Freundschaft handelt. Ein Verrat an Freunden ist nicht zu verzeihen.«

Kaum hatte sie ausgesprochen, zog sie wie erschrocken den Atem ein. Sie sah Anna von der Seite her an und stand dann mit einem Ruck auf. Die hintere Partie ihres Kleides war zerdrückt und so weit hochgezogen, daß Anna ihre schwarzen, gemusterten Strümpfe bis auf die Hälfte der Waden sehen konnte. Trinette DuMont griff in den Rock ihres Kleides, lockerte und bauschte ihn, bis er den von der Mode vorgeschriebenen glockigen Bogen bildete, der von der geschnürten Taille über die ausgestellten Hüften bis einen Fingerbreit über den Boden ging.

»Ach, diese Kleider«, sagte sie, »sie werden jedes Jahr weiter und schwerer. Ich wollte, die Mode wäre so bequem geblieben, wie sie es noch vor zehn Jahren war. Aber auch hierbei scheint es nur Rückschritte zu geben. Schnürleib und Korsett sind wieder da, verbiegen uns das Rückgrat und verbieten uns jeden freien Atemzug.« Wie zur Illustration atmete sie tief ein, bis ein leises knarzendes Geräusch zu hören war. »Haben Sie das gehört?« fragte sie, während sie den Atem geräuschvoll ausstieß, »das sind die Nähte meines Korsetts. Wenn ich zu tief einatme, spannen sie sich so sehr an, daß ich fürchten muß, sie reißen. Und dabei schnüre ich mich nur sehr vorsichtig.«

Während sie vor dem Kanapee hin und her ging, sprach sie weiter: »Die Mode war besser, damals vor zehn, fünfzehn Jahren. Das übrige? Was meinen Sie, Jungfer Steinbüschel?« Als Anna nicht antwortete, fuhr sie fort: »Die Kleider waren nicht geschnürt, aber die Presse war kaum weniger eingeengt als jetzt. Und man konnte sich unter den Franzosen genausowenig dagegen wehren wie heute unter den Preußen. – Wir mußten also auch hinnehmen, daß man uns 1809 die Konzession für unsere Zeitung entzog und sie jahrelang einbehielt.«

Sie unterbrach sich und atmete nochmals hörbar aus. Mit einer Hand zupfte sie an den paspelierten Rüschen, mit denen ihr Kleid unterhalb des Kragens verziert war.

»Um es kurz zu machen, es war Doktor Nockenfeld, der uns wegen angeblicher antifranzösischer Agitation denunziert hatte. Aus welchen Gründen er das tat? Ich weiß es wirklich nicht. Neid? Intrigensucht? Ich kann mir einfach nicht vorstellen, was in ihm vorgegangen sein mag und, ehrlich gesagt, ich will es auch nicht. Sieht bei meinen Niederkünften zu, ißt meinen Kalbsbraten und denunziert uns! Ein mir völlig unverständlicher Charakter, sofern man dabei noch von einem Charakter sprechen kann. Und wegen dieses Mannes jetzt eine solche Unruhe. Weil er an Gift gestorben sein soll!« Ihr eben noch schillernder Blick wurde starr. »Er hat es durch ein unglückliches Versehen selbst genommen, glauben Sie mir«, sagte sie leise.

»Möglicherweise auch nicht«, erwiderte Anna und beobachtete Trinette DuMonts Augen, die noch einen Moment starr blieben und dann zur Seite glitten.

Während sie sprachen, war der Lärm der Pressen lauter geworden. Offenbar hatte man die Türen zur Druckerei geöffnet, so daß der tiefe, eintönig stampfende Rhythmus sich nun in einer durchdringenden Vibration bemerkbar machte. Dazwischen klang das Quietschen von Rädern. Ein Handkarren wurde durch den Flur gezogen. Trinette DuMont trat zur Tür, öffnete sie und sah hinaus. »Ah«, meinte sie, »das Papier wird geliefert. Höchste Zeit, wir warten seit einer Woche darauf.« Dann schloß sie die Tür und blickte an Anna vorbei unruhig durch den Raum. »Mein Mann hat unter Nockenfelds Verrat sehr gelitten«, sagte sie. »Er ist ein dünnhäutiger, sehr verletzlicher Mensch, unfähig, jemandem auch nur ein Haar zu krümmen. Wenn man ihn kränkt, neigt er dazu, sich zu verschließen. Quält sich, ohne sich zur Wehr setzen zu können.« Aus den Augenwinkeln sah sie Anna an und wiederholte: »Er kann sich nicht wehren, verstehen Sie?«

Sie hob den Kopf und lauschte einen Augenblick, bevor sie wiederum die Tür öffnete. »Ich komme gleich«, rief sie hinaus. »In einer Minute bin ich fertig.« Sie kam zurück ins Zimmer und setzte sich, halb Anna zugewandt, auf ihren Stuhl am Schreibtisch.

»Die Anzeigen sind noch nicht durchgesehen«, sagte sie. »Ich muß wenigstens einen Blick darauf werfen, bevor sie in die Druckerei gehen. Also, wenn Sie mich einen Moment entschuldigen würden.«

Sie griff nach einigen Notizen, die sie langsam durchblätterte und offenbar sorgfältig las. Fast schien sie vergessen zu haben, daß sie nicht allein war. Kurze Blicke, die Anna von Zeit zu Zeit streiften, verrieten jedoch, daß sie sich sehr wohl ihrer Gegenwart bewußt war. In diesen Blicken stieg zudem allmählich eine ängstliche Spannung auf, so, als fühle sich Trinette DuMont gedrängt, etwas zu sagen, könne sich aber nicht dazu überwinden.

Anna entschloß sich, in ihrer Ecke des Kanapees sitzenzubleiben und zu warten. Sie sah über die schwarze Tüllschleife auf dem Kopf vor sich hinweg durch den offenen Fensterflügel in den Himmel, der dunkelgrau war wie angelaufenes Zinn. Schwarze Sprenkel zogen unter den Wolken hin, kreisten durcheinander und bildeten allmählich eine feste Form. Es mußten Schwalben sein, die sich viel früher als sonst für ihren Flug nach Süden sammelten.

Sie hatte sich nicht geirrt. Kaum zehn Minuten waren vergangen, als Trinette DuMont plötzlich den Kopf hob, eine Weile aus dem Fenster sah und dann ihre Papiere aus der Hand legte. Sie stand auf, ging mit schnellen Schritten zum Kanapee und setzte sich dicht neben Anna, dichter als vorher, so daß sie durch die Schichten der Kleidungsstücke hindurch die Wärme des Körpers neben ihr spüren konnte. Trinette DuMonts hochgepreßte Brust hob und senkte sich heftig, die schwarzen, kreuzförmigen Ohrringe schaukelten und drehten kleine Kreise. Fast hätte Anna nach ihnen gefaßt, um sie zur Ruhe zu bringen, aber sie bezwang sich und ließ die Hände locker in ihrem Schoß liegen. Sie wandte den Blick von den baumelnden Kreuzen und sah in ein Gesicht, das zwischen den gestärkten Haarrollen blaß geworden war. Eine der Rollen hatte sich ein wenig verschoben, und diese leichte Unordnung gab den Zügen etwas überraschend Anrührendes.

»Wie schon gesagt, Jungfer Steinbüschel«, sagte Trinette DuMont, nahm Annas Hände und drückte sie fest, »ich denke, Sie sind eine verständige Frau und wollen nur das Beste. Und das Beste ist oft das Einfachste. Ich bin mir sicher«, wiederholte sie, während ihre Augen eindringlich um Bestätigung baten, »Nockenfeld hat das Gift aus Versehen genommen. Auch Ihr Cousin wird mir schließlich darin zustimmen.«

Anna zog langsam ihre Hände aus Trinette DuMonts Griff. »Dazu kann ich nichts sagen«, erwiderte sie, »und was mein Cousin denkt, weiß ich nicht.«

Sie beobachtete, wie der flehende Ausdruck in den Augen vor ihr verschwand. Einen Moment war das Gesicht Trinette DuMonts leer. Wieder wartete sie, und währenddessen spürte sie ein Gefühl erregender Genugtuung in sich aufsteigen, das sie, wurde ihr bewußt, vor kurzem schon einmal empfunden hatte.

Sie ließ ein wenig, nur ein wenig von diesem Gefühl in ihren Augen auftauchen und lächelte innerlich, als Trinette DuMont zurückzuckte.

»Sie beobachten mich so eigenartig«, sagte sie unsicher, »ich weiß nicht, was Sie denken, Jungfer.«

»Was soll ich schon denken? Ich habe Nockenfeld nicht gekannt. Und ich weiß nicht, wie und warum er gestorben ist.«

»Aber Sie wollen es doch wissen? Deshalb sind Sie doch hier!«

»Weshalb soll ich hier sein?«

»Wegen Nockenfeld! Ich dachte, Sie seien hier, um über ihn und seinen Tod zu sprechen.«

»Das dachten Sie?«

»Ich dachte, Ihr Cousin hätte Sie geschickt. Ich dachte, er wollte wissen, was Nockenfeld mit meinem Mann, ich meine, mit uns zu tun hatte. Ist das falsch?« Trinette DuMonts Stimme war nur noch ein Flüstern.

»Mich schicken? Wieso sollte er?« sagte Anna. »Er schickt mich nie in seinen Geschäften, er spricht mit mir noch nicht einmal über sie.«

»Ich glaube Ihnen kein Wort, Jungfer. Sie sind gekommen, um mich auszufragen. Und ich habe Ihnen gesagt, was es zu sagen gibt. Nichts davon ist schließlich geheim oder eine Schande für uns.«

Anna blickte ihr in die Augen, beugte sich rasch vor und sagte: »Ihr Mann hat Nockenfeld gehaßt, nicht wahr?«

Einen Moment lang war es ganz still im Raum, dann sprang Trinette DuMont auf. »O nein«, rief sie, »so ist es nicht, so ist es ganz und gar nicht.« Ihre Stimme war laut geworden und hatte einen scharfen, beinahe wütenden Ton angenommen, der jedoch die Angst, die in ihr lag, nicht überdecken konnte. »Mein Mann hat mit all dem nichts zu tun, sage ich Ihnen. Sagen Sie das auch Ihrem Cousin, Jungfer.«

Sie brach ab, und ihre grünlichen Augen sahen wieder in den Regen hinaus. Als Anna reglos blieb, fuhr sie heiser fort: »Da gibt es andere, die man nennen könnte.«

»Andere?«

Trinette DuMont hob die Schultern und schwieg.

»Sie meinen vielleicht Doktor Günther?« fragte Anna.

»Günther? Wieso Doktor Günther?« Plötzlich lachte sie auf, und jeder Anflug von Angst war aus ihrer Stimme verschwunden. »Nein«, sagte sie, »ich dachte nicht an Doktor Günther, ich dachte an jemanden, der daran gewöhnt ist, immer das zu bekommen, was er will. Verstehen Sie?«

Anna schüttelte langsam den Kopf. »Nein, das verstehe ich nicht.«

Trinette DuMont wandte sich vom Fenster ab. Sie griff nach ihrer Tabatiere und legte sich mit hektischen Bewegungen eine Prise auf den Handrücken. Gierig saugte sie den Tabak ein und atmete ohne zu niesen mehrfach heftig ein und aus.

»Lyversberg«, sagte sie schließlich halblaut. »Denken Sie an Nepomuk Lyversberg. Und lassen Sie meinen Mann in Ruhe. Er hat mit Nockenfelds Tod nichts zu tun. Nicht das Geringste.«

Luise Merrem hatte recht, dachte Anna, als sie einen Augenblick später auf die Straße trat und ihren Parapluie aufspannte, Nockenfeld mußte ein Mann mit vielen Feinden gewesen sein.

Also nicht nur Doktor Günther, nicht nur die Nonnen des Gertrudenklosters hatten unter Doktor Nockenfeld gelitten, auch Marcus DuMont, Nepomuk Lyversberg und Auktionator Heberle waren durch seine Skrupellosigkeit geschädigt worden, überlegte sie und sah an den Häuserfassaden empor in einen Himmel, der anders war, als sie ihn eben im Gespräch mit Trinette DuMont beschrieben hatte. Nicht farblos grau, sondern aufgewühlt von zerfetzten, gezackten Wolken, deren Farbtöne an grünschwarze Galle erinnerten. Und dicht unter diesen Wolken, beinahe noch ein Teil von ihnen, waren fast schwarze Dächer und Gauben, deren mit gelblichen Flechten überzogene Ziegel aussahen, als wären sie von Schwefel oder Grünspan zerfressen. Einen Moment beobachtete sie noch, wie die Mitte eines bleifarbenen Wolkenhaufens aufriß und ein plötzlich durch diesen Riß sickerndes, dunkelviolettes Licht die spitz gezähnte Kontur der Dachfirste verschärfte, dann wandte sie sich zur Alten Mauer an der Apostelnkirche, in deren Nähe sich die Buch- und Antiquitätenhandlung Heberle befand.

Das Geschäft der Heberles lag mit seinen zwei großen Schaufenstern zwischen dem Laden eines Perückenmachers und dem eines Gewürzkrämers. Eine kleine Treppe führte zu einer mit reichen Schnitzereien verzierten Tür, die selbst eine Antiquität darstellte. Heberle hatte sie aus einem gotischen Haus, das abgerissen worden war, ausbrechen und hier einbauen lassen, wie überhaupt viele Türen seines Geschäfts und seiner Wohnung die einzigen Reste ehemals prachtvoller Bauten vergangener Jahrhunderte waren.

Nachdem Anna die Ladentür hinter sich geschlossen hatte, konnte sie sich kaum bewegen, so eng war es zwischen den Regalen, und als sie sich mit vorsichtigen Schritten durch einen der Zwischenräume zwängen wollte, fegte ihr Mantel über einen Stoß Bücher, der anfing zu beben und dann, bevor sie es verhindern konnte, mit einem fast menschlich stöhnenden Laut in sich zusammenfiel.

»O Verzeihung«, sagte sie und bückte sich, um die verstreuten Bände wieder zu einem Stapel aufzuschichten.

»Lassen Sie nur, Jungfer Steinbüschel«, rief eine knochig klingende Stimme aus dem Hintergrund. »Nicht Sie, wir müssen uns entschuldigen. Es ist hier immer alles zu gedrängt, und im Moment bereiten wir auch noch eine Auktion für den nächsten Monat vor.«

Anna richtete sich auf und sah suchend in die Richtung, aus der Stimme und Schritte rasch näherkamen.

Das Geschäft der Heberles war groß und langgestreckt. An allen Wänden in Erdgeschoß wie Galerie zogen sich engbestückte Bücherschränke und Bücherborde bis zur Decke, während sich in der Raummitte ein Labyrinth langer Regale und

Gestelle ausgebreitet hatte, durch das schmale, zum Teil von Bücherstapeln, Tischchen und Hockern verstellte Gänge führten. Von den Ladenfenstern, die halbhoch mit purpurnem Samt verhängt waren, floß nur wenig und vom Samt unnatürlich rot gefärbtes Tageslicht herein. Die beschirmten Öllampen, die vereinzelt im Raum standen, warfen zwar einen hellen Schein auf ihre unmittelbare Umgebung, doch die meisten Gänge und Winkel lagen in tiefen Schatten, so daß der Raum zerklüftet wirkte, zerfallen in beleuchtete und unbeleuchtete Bereiche.

Bevor Anna weiter in das Labyrinth der Regale vordringen konnte, tauchte hinter einem mannshohen Schrank am anderen Ende eines Ganges Katharina Heberle auf. Anders als ihr Mann war sie groß, eckig, mit dickem, steingrauem Haar, das sie schmucklos unter einem gehäkelten Netz zusammengefaßt trug.

»Ich bin gerade dabei«, sagte sie, »die Bücher, die wir versteigern wollen, nach Bereichen zu sortieren und für den Katalog aufzunehmen. Insgesamt werden wohl tausend Bände zur Versteigerung gehen: Schöne Literatur, Naturwissenschaft, Philosophie, Historisches und Juristisches. Daneben wie immer auch Gemälde, Kunstobjekte und verschiedene Kuriositäten.«

Wendig trotz ihrer Größe, bog sie um Bücherstapel, Büsten und Tische. Auf den Händen trug sie, wie den Körper eines Kindes, etwas, das Anna, während Frau Heberle näherkam, als ausgestopftes Krokodil erkannte. Grüngraue, matte, schuppig aussehende Haut. Ein in einer leichten Seitenbewegung erstarrter Hinterleib. Stumpfe, breit vom Körper abstehende Beine. Ein flacher, fahler Bauch, der aussah wie die Unterseite eines erfrorenen Frosches und den beinahe unanständigen Wunsch weckte, ihn zu betasten.

»Könnten Sie das bitte einen Moment halten«, fragte Katharina Heberle und legte ihr das tote Tier in die Arme. Das Krokodil war überraschend leicht, und seine ledrige Oberfläche fühlte sich an wie lange gedörrtes Fleisch. Auch sein Geruch war ähnlich, trocken und etwas salzig.

»Wenn Sie es festhalten, kann ich rasch den Staub entfernen«, sagte Katharina Heberle und nahm aus ihrer Rocktasche einen dicken Pinsel, mit dem sie begann, Hautfalten und Winkel des Körpers, in denen sich feiner Schmutz abgelagert hatte, zu säubern. »An sich ist es gut erhalten, nichts ist beschädigt, und es hat auch noch alle Zähne.«

Sie sah Anna über den schuppigen Kiefer des Krokodils hinweg an und lachte ohne Heiterkeit auf, wie sie häufig am Ende eines Satzes lachte, anscheinend grundlos und mit einem überraschend hohen Schlußton. Ihr Gesicht sah teigig aus, wirkte dabei aber nicht weich und formbar, sondern hart wie getrockneter Salzteig. Auf ihren Wangen verästelten sich haarfeine rotbläuliche Adern.

»Wer weiß, wann und wie es nach Köln gekommen ist«, setzte sie hinzu. »Wir haben es jedenfalls zusammen mit ein paar ausgestopften Ibissen, die aus Ägypten stammen sollen, und einigen römischen Statuetten gekauft. Leider muß man nun einmal oft das Kostbare mit dem Wertlosen kaufen und dann sehen, wie man das belanglose Zeug wieder los wird. Obwohl – für Ausgestopftes gibt es eine ganze Anzahl von Liebhabern in Köln, und ich denke, das Krokodil wird schnell einen Käufer finden. Exotisches ist immer gefragt, ob es sich nun um chinesisches Porzellan, Schnecken aus dem Indischen Ozean oder Elefantenzähne handelt. Hatten wir übrigens alles schon.« Sie sprach rasch und pointiert, schnitt Worte und halbe Sätze voneinander ab, so daß es klang, als würden Knochen in Teile gehackt.

Schnell pinselte sie noch einmal über das geöffnete Maul und zwischen die gelben Zähne, die in langen, tatsächlich lükkenlosen Reihen ins Leere bissen, und fuhr abschließend über die in hornige Wulste eingebetteten braunen Glasaugen.

»Fertig«, sagte sie dann. »Sie können es jetzt auf die Konsole hier hinten stellen, Jungfer.«

Während Anna das ausgestopfte Tier vorsichtig abstellte, fragte sie: »Kann ich Ihnen zur Hand gehen, Frau Heberle? Ich hätte ein, zwei Stunden Zeit.«

»Ja? Das wäre sehr freundlich von Ihnen. Sie könnten mir die Bücher aus dem letzten Regal dort anreichen, damit ich mir die Titel notieren kann. Sie fangen am besten mit dem obersten Bord an, nehmen jedes Buch einzeln heraus und wischen einmal kurz mit einem Tuch über die Außenseite.«

Sie rückte ein niedriges Holztreppchen heran und setzte sich selbst an eine Schreibplatte, die aus einem zierlichen Schrank mit verglastem Aufsatz herausgeklappt war. Die Platte war zu schmal für Lampe, Tintenfaß, Papier und Katharina Heberles lange, knochige Unterarme, so daß sie nur die Handgelenke auflegen konnte, während ihre Ellbogen sich steif vom Körper abspreizten. Ihre Hände waren schwer und gipsfarben.

»Die Bücher werden Sie interessieren«, sagte sie, während sie einige Papierbögen zusammenstieß und dann zur Feder griff. »Sie stammen aus der Bibliothek von Doktor Goswin Peipers, die auch eine ausgezeichnete Sammlung medizinischer Literatur enthielt. Wir haben Teile davon bei der Versteigerung nach seinem Tod Anfang des Jahres erworben und wollen jetzt einiges davon auf die Auktion geben. Sie werden vor allem für unsere Mediziner von Interesse sein.«

Anna hatte inzwischen Mantel und Hut auf einen Ständer gehängt und war auf die oberste Stufe des Treppchens gestiegen. Sie nahm das erste Buch vom Bord und schlug es auf. Sie las den Titel halblaut, schloß es wieder und wischte über Einband und Schnitt. Das Papier war grobkörnig, gröber, als es bei modernen Büchern der Fall war, und der mit Leder überzogene Buchrücken, der die Farbe alter, wettergegerbter Borke hatte, zeigte Risse und Aufschürfungen. Das Buch roch nicht viel anders als das tote Krokodil, es fühlte sich auch kaum anders an.

»Das Leder der Einbände ist ziemlich brüchig. Eigentlich müßte es behandelt werden«, sagte sie, als sie den ersten Stoß Bücher zum Schreibtisch brachte.

»Ich weiß, ich weiß. Ich werde mich in den nächsten Tagen darum kümmern.«

Während Katharina Heberle die Bände aufblätterte, sagte sie: »Das hier sind alles ziemlich bekannte und verbreitete Werke. Lehrbücher, wie sie ein Medizinstudent für sein Studium braucht. Also simple Darstellungen zu Anatomie und Chirurgie, wirklich nichts Besonderes. Höchstens interessant durch die vielen Abbildungen. Haben Sie hineingesehen? Auf den ersten Blick sind sie erschreckend, diese aufgeschnittenen Körper, aber dann doch faszinierend. – Ich weiß, anatomische Bücher sind nicht für Frauen gedacht, wir gelten als zu empfindsam für derlei Dinge. Aber ich stelle bei mir doch gelegentlich fest, daß ich mich für Dinge interessiere, für die ich eigentlich zu empfindsam sein sollte. Möglicherweise bin ich eben nicht so empfindsam, vielleicht sind wir aber alle nicht so empfindsam, wie man es uns nachsagt. Oder vorschreibt. Sind Sie beim Hühnerschlachten empfindsam? Sind Frauen beim Gebären empfindsam?« Katharina Heberle war seit über zwanzig Jahren verheiratet und hatte viele Geburten durchgestanden. Keines der Kinder war am Leben gewesen oder hatte länger als einige Stunden gelebt.

Sie öffnete eines der Bücher, blätterte, bis sie auf eine bestimmte, ihr offenbar bekannte Seite stieß und drehte es dann so, daß Anna die ganzseitige Abbildung sehen konnte. Es war ein Stich, der eine Frau darstellte, allerdings nur den Leib, ohne Kopf und ohne Arme und Beine. Die weich geschwungene Form des Busens und der Hüften ähnelte dem Torso einer antiken Göttin.

Dann klappte der schwere Zeigefinger Frau Heberles einen

Teil des Bildes nach oben, und plötzlich war das Innere des Torsos aufgedeckt. Als handele es sich um ein geschlachtetes, zum Ausweiden gerichtetes Tier, lagen die Organe der Frau frei – in der Mitte die Gebärmutter, in der sich ein Fötus, den Kopf nach unten, zusammenrollte. Linien, die wie Pfeile in den Organen steckten, führten zu lateinischen Beschriftungen am Rand.

Anna wandte ihren Blick ab.

»Interessant, sich einmal von innen zu sehen, nicht wahr?« meinte Katharina Heberle, ließ das Vorblatt zurückfallen und schloß das Buch wieder. »Allerdings ist der Stich nicht sonderlich gut gelungen. Zu grob ausgeführt, um von künstlerischer Bedeutung zu sein. Wie das ganze Buch. Eben, wie ich schon sagte, ein einfaches Lehrbuch. Aber es werden auch einige wirkliche Raritäten zur Versteigerung kommen. Werke zur Pharmakologie und Pflanzenheilkunde zum Beispiel, mit ausgezeichneten colorierten Stichen.«

»Bücher zur Pflanzenheilkunde? Dafür würde sich wahrscheinlich Apotheker Sehlmeyer interessieren. Er ist immer auf der Suche nach Ausgaben, mit denen er Lücken in seiner Bibliothek schließen kann«, sagte Anna.

»Richtig, Sehlmeyer! Ich muß daran denken, ihm eine Einladung zur Auktion zu schicken. Übrigens, weil Sie gerade auf Sehlmeyer zu sprechen kommen – ich hörte, er hat festgestellt, daß Doktor Nockenfeld an Gift starb. Ist das richtig?«

»So scheint es zu sein, ja.«

»Sie wissen es nicht genau?« Katharina Heberle hob den Kopf und ließ ihre runden Augen, das einzig Lebendige in ihrem Gesicht, noch runder werden.

»Nein.«

»Ich hätte gedacht, Sie als Cousine des Stadtphysikus wüßten mehr als wir anderen.«

»Kaum. Ich sehe meinen Cousin nicht viel, und wenn, ist er nicht mitteilsam. Er spricht nie viel mit mir.«

»Auch wenn es Sie betrifft oder doch betreffen könnte?«

Anna, die wieder das Treppchen emporstieg, hatte ihre Augen auf die abgenutzten Stufen vor sich gerichtet. »Wie meinen Sie das?« fragte sie.

»Nun, verzeihen Sie, aber Doktor Nockenfeld war zuletzt Gast in Ihrem Haus. Und Gift … ein unangenehmer Gedanke für eine Hausfrau. Und selbstverständlich auch ganz allgemein nicht angenehm. Obwohl, in Zusammenhang mit Doktor Nokkenfeld …«, sie stockte und schien sich ganz auf die Angaben zu konzentrieren, die sie in gestochen scharfen, gleichmäßigen Buchstaben niederschrieb. Dann tauchte sie die Feder ins Tintenfaß, streifte sie sorgfältig am Rand ab, so daß ein Tropfen schwarzer Flüssigkeit ins Glas zurücklief, und bemerkte gleichzeitig: »Ihr Cousin hatte auch meinen Mann eingeladen, aber er hatte andere Verpflichtungen. Glücklicherweise, bin ich versucht zu sagen. Immerhin sind jedoch Professor Wallraf, Maler Willmes und Marcus DuMont zum Diner gekommen, nicht wahr?«

»Ja, außerdem Doktor Günther, Medizinalrat Merrem, Herr Lyversberg und Matthias De Noel.«

»Ach, tatsächlich, auch Kaufmann Lyversberg und sein Neffe. Was für ein seltsames Paar, denke ich immer.«

»Finden Sie?« Anna wischte über einen stockfleckigen Einband, blies auf den Buchschnitt und hielt den Atem an, als der modrige Staub aufstieg.

»Gott, nun ja. Lyversberg so reich und unersättlich – und De Noel so unersättlich und nicht reich genug.«

»Herr De Noel ist ziemlich wohlhabend.«

»Sicher, aber im Vergleich zu seinem Onkel! Die Situation muß für ihn nicht einfach zu ertragen sein. Dazu dieses ewige Warten!«

»Welches Warten?«

»Das Warten auf Wallrafs Tod, meine ich.«

»De Noel wartet darauf, daß Wallraf stirbt?« sagte Anna und streifte Katharina Heberle mit einem raschen Blick.

»Worauf sonst? Der Tod seines Onkels würde ihm nichts einbringen. Lyversberg hat leibliche Erben, denen sein Vermögen und seine Sammlung zufallen, aber Wallrafs Bilder werden einmal De Noel gehören.«

»Ich denke, Wallrafs Sammlung geht an die Stadt, als Grundstock für ein Museum? Sein Testament ist doch seit Jahren bekannt, jeder kennt es, er selbst spricht oft genug davon.«

»Richtig«, erwiderte Katharina Heberle, »aber De Noel wird der Direktor dieses Museums sein. Wußten Sie das nicht?«

»Doch, ja. Aber ...«

»Und darauf wartet er jetzt schon seit etlichen langen Jahren, wird dabei immer feister und immer ungeduldiger in seinen farbig-glänzenden Seidenwesten. Verstehen Sie mich nicht falsch, Jungfer Steinbüschel, ich will nichts gegen ihn sagen. Aber er ist doch völlig besessen von seinem Wallrafianum. Als könnten Köln und wir alle nicht ohne Wallrafs Museum leben und nicht ohne Matthias De Noel als dessen Direktor.«

»Sammler sind immer eigentümlich, meinen Sie nicht?«

Katharina Heberle lachte, diesmal ein kleines, kurzes Lachen, das rasch wieder erstickte. »Wem sagen Sie das? Ich denke, ich kenne alle Sammler in Köln – ich kenne ihre absonderlichen Neigungen, ihre manchmal abstrusen Wünsche, vor allem aber kenne ich die ihnen allen gemeinsame Gier, die sie umgibt wie der goldene Nimbus die Köpfe von Heiligen auf alten Tafelbildern.« Sie nickte, als fände sie in dieser Vorstellung einen besonderen Reiz. »Mittelalterliche Tafelbilder, Rembrandtsche Zeichnungen, Skulpturen, antike Büsten, Gemmen und Kameen! Mir bedeutet das alles nichts. Nein, ich glaube, ich schätze das, was man Kunst nennt, richtig ein: Kunst oder ausgestopftes Krokodil – für mich ist da kein Unterschied!«

Sie deutete mit einer ihrer gipsfarbenen, schweren Hände in einen Winkel hinter sich, in dem einige Bilder mit der bemalten Seite zur Wand aufgestellt waren. Die staubigbraunen

Rückseiten verrieten weder etwas über die Sujets der Gemälde noch über ihren Wert.

»Wenn Sie sich diese hochbezahlte Kunst näher ansehen, was ist es am Ende schon? – Die Gemälde, für die Lyversberg ein Vermögen ausgibt, sind im Grunde nicht mehr als geleimtes Holz und beschichtete Leinwand, von der man meist nicht weiß, wer sie wann beschichtet hat. Und bei den sogenannten antiken Büsten handelt es sich fast ausschließlich um Kopien von Kopien von Kopien, bei den Statuen um verwitterten Stein oder rissige Güsse, an denen, meiner Erfahrung nach, immer irgendwelche Teile fehlen. Mal ist es der Kopf, mal sind es die Arme und mal die Beine. Oft genug ist es alles zusammen.« In ihren reglosen Zügen waren die Augen nun rund wie die eines Kauzes, und ihre Stimme raspelte hart, als sie fortfuhr: »Kunst? Schöpfung? Vision? Erhabenheit? Ich bitte Sie! Das habe ich schon tausendmal gehört und weiß immer noch nicht, was es bedeuten soll. Ich komme aus einer Kaufmannsfamilie, bin Händlerin und werde nie etwas anderes sein.«

Sie machte eine Pause und ließ ihre Augen über die geschlossenen Buchreihen in den Regalen links und rechts ihres Schreibschrankes schweifen. Auf Anna, die sie von oben, von der höchsten Stufe des Treppchens aus betrachtete, wirkte sie, als säße sie in einer Höhle, deren dunkle, haut- und lederfarbige, bräunlich-grün gefleckte Wände sich aus Büchern aufschichteten, festgefügt und doch jederzeit veränderbar.

»Allerdings«, setzte Katharina Heberle hinzu und klopfte mit der Hand auf den Stapel neben sich, »was Bücher angeht, bin ich mir selbst nicht ganz sicher, das muß ich zugeben. Bücher haben etwas an sich … Ich habe mich in letzter Zeit tatsächlich schon manchmal bei dem Wunsch ertappt, bestimmte Bücher nicht verkaufen, sondern behalten zu wollen. Ist das nicht irritierend?«

»Vielleicht steckt Gier an – wie Flecktyphus«, sagte Anna und wich den Augen Katharina Heberles aus, die sich nach ihr umwandte, offenbar unschlüssig darüber, wie sie die Bemerkung verstehen sollte.

»Ja, mag sein«, erwiderte sie dann. »Immerhin scheint sie nicht so tödlich wie Typhus zu sein. Im Gegenteil, Gier erhöht das Lebensgefühl, denke ich oft. Je gieriger man ist, um so lebendiger ist man. Wenigstens für eine Zeitlang. Wie es endet, ist allerdings eine andere Frage.«

»Und mit dieser Gier machen Sie Ihre Geschäfte, Frau Heberle?« fragte Anna, während sie die Stufen hinunterstieg und einen weiteren Stoß Bücher neben dem Schreibschrank ablegte.

Katharina Heberle richtete sich vor ihrer Schreibplatte auf, schob die Ärmel ihres Kleides ein wenig zurück, so daß an der Innenseite ihrer Handgelenke knotige, blaue Adern sichtbar wurden, und setzte die Ellbogen auf das äußerste Ende der Armlehnen auf. In aufrechter Haltung wurden ihre eckigen Schultern, die nicht durch Rüschen oder Krausen verdeckt waren, sondern sich im enganliegenden Oberteil des Kleides heraushoben wie die Kanten eines hölzernen Ständers, noch ausgeprägter. In ihrem stark akzentuierten Ton, dessen Stakkato nüchtern klang, sagte sie: »Irgend jemand muß damit Geschäfte machen, also warum nicht wir? Und man lebt nicht schlecht von der Habsucht der Sammler! Sie würden sich über die Summen wundern, die mancher bereit ist zu zahlen, um sich eine kleine oder große Ekstase des Kaufens und Besitzens zu verschaffen. Manchmal Summen, die ihn an den Rand des Ruins treiben. O ja, Jungfer Steinbüschel, von dieser Jagd nach Besitz und nach Ekstase leben wir, das ist richtig.«

»Im übrigen«, sagte sie nach einer kurzen Pause, und ihre steingrauen Augen schlüpften einen, dann noch einen Wimpernschlag unter lange, straffe Lider, »im übrigen hat es seinen Reiz, die Süchte und Sehnsüchte anderer zu befriedigen. Vielleicht, denke ich mitunter, befriedigt man dabei so ganz nebenher auch die eigenen. Verstehen Sie, was ich meine? Man nährt sozusagen den Wahn eines anderen, ohne die eigene Seele zu belasten. Wer weiß, würde ich nicht die Gier anderer zufriedenstellen, vielleicht wäre ich dann selbst auf der Jagd nach seltenen Exemplaren und ungewöhnlichen Ausgaben. Glücklicherweise aber, Jungfer, sind die Rollen für mich anders verteilt.« Sie griff nach einem neuen Bogen Papier und sagte, nachdem sie ihn auseinandergefaltet und mit einer Handbewegung geglättet hatte: »Nein, nein, auf moralisierende Bemerkungen lasse ich mich nicht ein. Wir verdienen unser Geld mit Kunst und Kuriositäten nicht anders als die Tuchhändler und Schneider, die diese bemerkenswerten und im Grunde völlig entbehrlichen Westen an Herrn De Noel liefern. Also was ist dagegen zu sagen?«

»Nicht nur die Westen Herrn De Noels sind bemerkenswert«, sagte Anna nach einer Weile, »auch seine Sammlung ist beeindruckend, das müssen Sie zugeben. Ich war vor kurzem zusammen mit Jeanette und Maximilian Fuchs bei ihm, um einige antike Büsten, die er gerade gekauft oder neu arrangiert hatte, anzusehen.«

»Ja, seine Antiken! Hat er auch neue griechische Jünglingsstatuen? Ja? Nun, ich weiß, wo er sie gekauft hat. Er kann von Glück sagen, wenn sie echt sind. Allerdings, echt ist in unserer Branche das, was für echt gilt, und wenn man intensiv an die Echtheit seines Eigentums glaubt, wird es eines Tages wohl auch echt werden.« Sie lachte, diesmal mit tatsächlicher Erheiterung. »Echt genug für ein Museum allemal«, sagte sie, während sie abgehackt und in hoher Tonlage weiterlachte. »Nichts trügt so sehr wie ein Kunstwerk, finde ich immer, und dabei soll, so heißt es doch, in der Kunst die Wahrheit liegen. Die Wahrheit!« Sie brach abrupt ab und wischte sich über die Augen, die beim Lachen feucht geworden waren. Während sie weiterschrieb, fuhr sie fort: »Also, De Noel hat seine Antiken neu arrangiert, sagen Sie. Nun ja, das macht er öfters, und er hat, das ist richtig, darin eine geschickte Art. Seine Ausstellungsräume machen Eindruck. Aber, glauben Sie mir, so sehr sich De Noel auch bemüht, seine Stücke wirkungsvoll aufzustellen, mit den Antiken Wallrafs können sie nicht konkurrieren. Denken Sie allein an die Medusa des Professors. Häßlich, aber echt. Mein Mann ist ganz fasziniert davon. – Schlangen statt Haar, und dieser Mund! Ein seltsames Frauenbildnis! Allerdings könnte man sagen, daß die Bilder mancher heiliger christlicher Frauen mit ihren leidenden Gesichtern und reizvollen Körpern beinahe noch befremdlicher sind.«

Ohne Übergang und ohne im Schreiben innezuhalten sagte sie: »Apropos, das erinnert mich daran, daß Doktor Nockenfeld eine besondere Vorliebe für Bilder mit Heiligen im Martyrium hatte. Er kaufte gern grausame Bilder, das fiel mir damals schon auf. Ja, ja, ich weiß, die meisten unserer religiösen Bilder wirken barbarisch. All diese leidenden, gemarterten Menschen, und unser Heiland selbst, gegeißelt, das Kreuz tragend, ans Kreuz geschlagen, vom Kreuz genommen, unterm Kreuz beweint. Alles kunstvoll gemalt und nach Prinzipien der Ästhetik gestaltet. – Erinnern Sie sich, daß es bei Schiller heißt, der ästhetische Sinn verwerfe alles Schändliche und Gewalttätige, so daß das Schöne der Tugend dient?«

»Nein«, sagte Anna.

Katharina Heberle hob den Kopf und wies mit der Feder auf ein Bild, das einige Schritte entfernt, angelehnt an eine Gipsbüste, auf einem Tisch stand. »Sehen Sie bloß dort drüben«, sagte sie, »diese Geißelung Christi. Diese Zartheit des blassen Hauttons, auf dem die feinen Geißelwunden mit ihren Blutperlen hervorleuchten wie ein Muster aus eingelegten winzigen Granatsteinen – ich zitiere Lyversberg, der es letzte Woche noch so formuliert hat. Und er hat recht, das Bild ist ausgezeichnet gemalt. Trotzdem, für mich ist es vor allen Dingen das Bild einer Folterung. Und das soll nun Entzücken und Tugend auslösen? Nun, nicht bei mir. Geht es Ihnen anders?«

Sie drehte sich zu Anna um, die das leidende Gesicht Christi betrachtete und dabei meinte: »Man muß bedenken, daß die Bilder jahrhundertelang über Altären hingen und die Frömmigkeit der Menschen steigern sollten.«

»Heute hängen sie nicht mehr in Kirchen, sondern in Salons. Um Steigerung der Frömmigkeit geht es schon lange nicht mehr«, erwiderte Frau Heberle schroff und wandte sich wieder ihrer Liste zu. »Immerhin gibt es natürlich auch die vielen sanften Madonnen mit diesem mädchenhaft-reinen Gesichtsausdruck, die von strahlenden Engeln in goldenen Gewändern aufgesucht werden oder ein lächelndes Kind auf dem Schoß halten. Aber, wie gesagt, Doktor Nockenfeld zog das leidende Sujet vor. Friede und lächelnde Jungfrauen lagen ihm offenbar nicht so sehr. Und Kinder? Na, ich weiß nicht.«

»Er war immerhin Geburtshelfer.«

»Ja, das war er. Er soll nicht ungeschickt gewesen sein. Obwohl auch da … Ich erinnere mich, daß ich hörte …«

Das gläserne Glockenspiel am Eingang klingelte, als die Ladentür geöffnet wurde. Kurz darauf war die Stimme des Ladendieners zu hören. »Guten Tag, Doktor Elkendorf! Sie wollen sich einige Bücher aus Doktor Peipers Sammlung noch einmal ansehen, nicht wahr? Ich habe Sie Ihnen auf dem Tischchen dort neben der Lampe beiseite gelegt. Ach, Sie sind ganz naß! Regnet es immer noch so stark? Ja, ich sehe schon. – Wissen Sie, wenn man den ganzen Tag zwischen all den Büchern sitzt, merkt man vom Wetter nichts. Es könnte immerzu regnen oder auch nie. Aber warten Sie, ich nehme Ihnen Hut und Tasche ab.«

Es wurde still. Tatsächlich war vom Regen nichts zu vernehmen, keine heftigen Schauer oder Regenböen, nicht einmal ein leises Rauschen. Nachdem eine Weile vergangen war, hörte Anna die leise fragende Stimme ihres Cousins, ohne jedoch zu verstehen, was er sagte. Der Ladendiener antwortete: »Der Preis? Er hat sich, seitdem Sie das letzte Mal hier waren, nicht geändert.« Wieder der fragende Ton Bernard Elkendorfs, dann die laute Erwiderung: »Sicher können Sie sich die Sache noch überlegen. Aber es gibt noch andere Interessenten dafür. Nur unter uns: Doktor Günther …«, die Stimme wurde ebenfalls leise und unverständlich.

Schließlich ertönte wieder das Glockenspiel, und die Tür klappte ins Schloß.

Katharina Heberle, die währenddessen weitergeschrieben hatte, hielt inne und drehte die blakende Flamme der Öllampe höher, bis sie wieder ein stärkeres, jedoch unruhiges Licht auf Schreibplatte und Umgebung warf. »Wir sprachen eben von der Eigentümlichkeit der Sammler, nicht?« sagte sie.

»Wir sprachen von Doktor Nockenfeld.«

»Richtig. Und von Lyversberg und De Noel. – Kannten Sie Doktor Nockenfeld?«

»Nein, eigentlich nicht.«

»Dann wissen Sie auch nicht, wie Lyversberg und De Noel zu ihm standen? Oder besser, wie das Verhältnis der drei zueinander war?«

Anna schüttelte den Kopf und sah in graue, runde Augen, die sie mit nichts anderem als einem gewissen sachlichen Interesse zu betrachten schienen.

»Wollen Sie es wissen? Nun, das ist kurz gesagt: Kaufmann Lyversberg haßte Doktor Nockenfeld wie die Pest. Mit einigem Grund, meine ich. Und sein Neffe dürfte ihm in diesem Haß nicht nachgestanden haben. Gleichfalls aus guten Gründen, wenn auch aus anderen. Immerhin also ein Punkt, in dem sich die beiden einig waren. Oder eigentlich, wenn ich darüber nachdenke, wäre es sogar möglich, daß sie in ihrem Haß konkurrierten wie in anderen Bereichen auch.« Sie lachte abgehackt.

Im fleckigen Lichtschein der Lampe schienen Katharina Heberles reglose Züge beweglich zu werden. Linien und Formen der Stirn, der Nase, selbst des Ohres veränderten sich in einem huschenden künstlichen Mienenspiel, dem keine wirkliche Bewegung, nur das Flackern der Flamme zugrunde lag. Es roch drückend nach rußig verbrennendem Öl. »Und Matthias De Noel haßt seinen Onkel, weil er reich ist, Lyversberg wiederum verachtet seinen Neffen, wie er die meisten Menschen verachtet.« Sie warf Anna einen Blick zu und sagte: »Interessant, diese Beziehungen unter gebildeten Männern, nicht wahr? Und interessant, daß sie beide, Onkel und Neffe, bei der letzten Mahlzeit Doktor Nockenfelds zugegen waren.«

Während Katharina Heberle sprach, hatte sich Anna auf einen Hocker gesetzt, der nicht weit vom Schreibschrank entfernt stand. Ohne etwas zu sagen, sah sie, die letzten Bücher aus dem obersten Bord mit beiden Armen im Schoß festhaltend, ihr Gegenüber aufmerksam an. Einen Moment später wandte sich das vom zuckenden Lampenschein bewegte Gesicht ab, die schwere Hand griff zur Feder, die nun in einem fast rhythmisch anmutenden Ablauf in die Tinte tauchte, dann eine Zeile lang über das Papier glitt, wieder eintauchte, wieder leise kratzend schrieb.

»Ich habe noch nicht verstanden, warum Lyversberg Doktor Nockenfeld haßte«, sagte Anna und setzte nach einer kleinen Pause hinzu: »Oder war es wegen dieses Betrugs vor zwanzig Jahren?«

Während sie sprach, war die Lampe plötzlich aufgeflackert. Mit einem kurzen, leisen Zischen verlöschte die Flamme nun. Nur einen Moment noch war ein fadendünnes helles Glühen, wie ein winziger, gezackter Blitz, unter dem Zylinderglas zu sehen, dann war das Licht verschwunden. Innerhalb einiger Atemzüge wurde der Raum um Schreibschrank und Hocker merklich dunkler und enger, die bücherbesetzten Regale rückten näher, schienen oben zusammenzuwachsen und sich nach unten zu senken. Obwohl Katharina Heberle nur zwei Schritt weit entfernt saß, konnte Anna ihre Züge nicht mehr erkennen. Aus dem dämmrigen Licht traten bloß noch das teigfahle Gesicht, die großen Hände und die Umrisse der Gestalt hervor.

Schon im Erlöschen des Lichtes hatte Katharina Heberle ihre Arbeit unterbrochen und ihren Stuhl so gedreht, daß sie Anna das Gesicht zuwandte. Ihre gipsfarbenen Hände, die das geschwungene Ende der Armlehnen bis in die untere Kehlung hinein umfaßten, wirkten wie klobig aufgesetzte, seltsam unpassende Verzierungen des Stuhls.

»Richtig«, sagte sie, ohne das Verlöschen der Lampe weiter zu beachten, »es war vor etwa zwanzig Jahren. Es ging damals um den Kunstbesitz des Karmeliterklosters, wissen Sie. Lyversberg wollte das Geschäft nicht allein machen und bot uns eine Beteiligung an. Ja, der Handel hätte uns einiges eingebracht, obwohl Lyversberg natürlich die fettesten Bissen für sich reserviert hatte. Und es waren wirklich fette Bissen darunter, daran erinnere ich mich sehr gut. Wir würden uns heute alle zehn Finger danach lecken. Spätmittelalterliche Handschriften, Inkunabeln, frühe Schriften aus der Zeit kurz nach Einführung des Buchdruckes. Dazu einige ausgezeichnete Kreuzigungen aus dem fünfzehnten Jahrhundert, die wir gerade jetzt für hohe Summen verkaufen könnten. Außerdem die verschiedensten Heiligen, Märtyrer und Marien, und so weiter und so fort. Ach ja, an zwei zueinandergehörende Darstellungen des Martyriums der Zehntausend erinnere ich mich auch noch. Keine großen Bilder, aber für Liebhaber von besonderem Reiz. Sie hingen in der Klosterkirche rechts an zwei Pfeilern und waren vom Kerzenruß all der Jahrhunderte ziemlich schwarz geworden. Ich habe sie mir zusammen mit Maximilian Fuchs angesehen und erinnere mich, daß er sagte, sie müßten dringend gesäubert werden, würden dann aber sicher in ungewöhnlich schönen Rottönen leuchten.«

Sie unterbrach sich mit einem Räuspern, das so abgehackt klang wie ihre Sätze. Bevor Anna sich entschließen konnte, etwas zu bemerken, sprach sie schon weiter: »Nun, diese Aussage haben wir nicht überprüfen können, denn wir haben weder die beiden Bilder noch irgend etwas anderes aus dem Klostergut in die Hände bekommen … Merkwürdig eigentlich, wenn man darüber nachdenkt: Die Bilder und die Bücher des Klosters sind verschwunden und schließlich auch seine Kirche. Ich erinnere mich noch sehr genau an ihren Abriß, dem mein Mann, Lyversberg und ich zugesehen hatten. Ich weiß noch, wie sich in dem Augenblick, in dem die vorderen Pfeiler zusammenbrachen, die Kalkdecke von den Wänden und Gewölben löste und unter dieser Schicht große Wandmalereien hervortraten, die einen Moment später genauso herabgefallen waren wie der Kalk. So war das damals, und wenn man nicht durch eigene Anschauung wüßte, wo die Kirche einmal gestanden hat, nichts würde heute noch daran erinnern.«

Ihr hohes Lachen verriet kein Bedauern und keine Bitterkeit, höchstens eine Spur von Verwunderung. Ansonsten war es leer wie meist. Nach einem weiteren Räuspern setzte sie hinzu: »Ich selbst entsinne mich allerdings jedesmal an diese alte Geschichte, wenn ich am Waidmarkt vorbeikomme, dort, wo die Reste des Klosters noch zu sehen sind, und ich bin mir sicher, daß es Lyversberg nicht anders geht.«

Anna überlegte einen Augenblick und sagte dann: »Wenn ich Sie richtig verstanden habe, schlossen also Ihr Mann und Kaufmann Lyversberg mit dem Karmeliterkloster einen Handel ab, der dann aber nicht zustandekam.«

»Richtig.«

»Aber warum nicht? Und was hat die ganze Geschichte mit Nockenfeld zu tun?«

»Viel, Jungfer Steinbüschel. Viel.« Die schemenhafte, eckige Gestalt legte ihren Kopf zurück, so daß sich das weißliche, nach hinten gelehnte Gesicht verkürzte und die Kehle als eine Art bleicher Strang über dem dunklen Rumpf sichtbar wurde.

»Nockenfeld«, sagte Katharina Heberle, »verriet das Geschäft an die Behörden und wurde dafür mit einem Teil der Gegenstände entlohnt.« Sie stockte, und als sie weitersprach, war die Nuance von Neugier, dann von Begehrlichkeit in ihrer Stimme nicht zu überhören: »Es würde mich übrigens nicht wundern«, sagte sie, »wenn er die wertvollsten Bilder und Bücher noch immer in seinem Besitz gehabt hätte. Wissen Sie etwas darüber?«

»Nein. – Sind Sie sicher, daß es Nockenfeld war, der Sie verriet?«

»Darauf können Sie Gift nehmen«, meinte Katharina Heberle mit Nachdruck, unterbrach sich dann aber mit einer knappen Handbewegung: »Verzeihen Sie, das wollte ich nicht sagen, es schickt sich nicht in dieser Situation! – Daß es Nockenfeld war, steht außer Zweifel. Allerdings erfuhren wir von seiner Rolle erst nach einiger Zeit.«

»Nicht sofort nach der Beschlagnahmung?«

»Nein, nein. Erst 1813, im Sommer, August 1813. Kurz bevor Nockenfeld nach Paris ging. Ich erinnere mich, wie Lyversberg die Nachricht brachte. Es war genau um die Mittagszeit, an einem kaum erträglich schwülen Tag. Einem dieser Kölner Tage, an denen man sich nur langsam bewegt, weil die Luft aus feuchter, warmer Watte zu bestehen scheint. Wir hatten alle Fenster im Haus geöffnet und warteten wie die ganze Stadt auf Wind und vor allem auf Regen. Auch die Haustür war offen, so daß Lyversberg nicht klopfen mußte und wir ihn erst bemerkten, als er plötzlich im Zimmer stand. Kreidebleich und außer sich vor Wut. Ich ließ ihn mit meinem Mann allein und ging ins Nebenzimmer. Von dort hörte ich seine eifernde Stimme, die sich fast überschlug vor verletzter Eitelkeit. ›Also Nockenfeld war es, ausgerechnet Nockenfeld!‹ sagte er. Und: ›Das wird er mir büßen, und wenn ich Jahre warten muß!‹« Mit Nachdruck wiederholte sie: »Ja, genau das sagte er. – Es sollte mich nicht wundern, wenn der Schlagfluß, der ihn kurze Zeit danach traf und der diese schreckliche Entstellung in seinem Gesicht zurückließ, von eben dieser Erregung herrührte.«

Nur mit Mühe gelang es Anna, ihre Stimme ruhig wirken zu

lassen, als sie fragte: »Glauben Sie, daß er ihn hat büßen lassen?«

»Kaum, schließlich war Doktor Nockenfeld bald darauf nicht mehr hier. Lyversberg hat ihn und diese ganze peinliche Klostergeschichte nie wieder erwähnt. Also schwiegen wir auch. Und von Nockenfeld wußten wir nur, daß er in Paris lebte, ansonsten hörten wir nichts mehr von ihm – bis es hieß, er sei wieder in der Stadt, habe geerbt und wolle bleiben. – Ja, Jungfer Steinbüschel, so war also der gerade verstorbene Doktor Nockenfeld! Wir alle haben ihn falsch eingeschätzt. Alle, die wir mit ihm zu tun hatten. Ich, mein Mann, Kaufmann Lyversberg, Professor Wallraf. Und Matthias De Noel …« Sie verstummte.

»Ja, und De Noel?«

»De Noel dürfte ihn am Ende auf seine Art kennengelernt haben, aber …«

»Aber?«

»Was hätte er unternehmen können? Wie wehrt man sich gegen jemanden, der etwas, was man verbergen muß, weiß und droht, es zu verraten?«

»Sie meinen …«

»Genau. Das meine ich.«

Anna sah die Augen De Noels vor sich, wie sie langsam und genußvoll über die antiken Jünglingsstatuen seiner Sammlung glitten. Und plötzlich fielen ihr auch die langen Blicke ihres Cousins ein, mit denen er De Noel bisweilen beobachtete. Das Unbehagen, das sie dabei empfand, wurde rasch von einer erregenden Spannung abgelöst. Einige Augenblicke gab sie dem Gefühl nach und ließ ihre Gedanken schweifen, dann konzentrierte sich auf ihr Gegenüber.

»Sehen Sie«, sagte Katharina Heberle, »De Noel wartete schon damals, lange vor 1813, auf Wallrafs Erbe, er durfte sich seine Stellung als Wallrafs Vertrauter nicht durch Gerüchte gefährden lassen. Also schwieg er über das, was er über Nockenfeld möglicherweise wußte. Er schwieg aus lauter Angst, könnte man sagen.«

»Nockenfeld scheint ein gefährliches Spiel gespielt zu haben. Ich meine, auch gefährlich für ihn selbst.«

»Ich denke, er war ein Hasardeur, und Hasardeure genießen das Risiko ihres Spiels. Man setzt hoch und immer höher, gewinnt und gewinnt …«

»Und am Ende verliert man?«

»Nockenfeld jedenfalls hat das Spiel offenbar zuletzt verloren.«

»Meinen Sie, irgend jemand hat sich an ihm gerächt?«

»Oder jemand hat ihn beseitigt, bevor er wieder sein altes oder auch vielleicht ein neues Spiel beginnen konnte.« Katharina Heberles Kopf neigte sich ein wenig zur Seite, ansonsten veränderte sich ihre Haltung nicht.

Anna stellte sich vor, daß die grauen, runden Augen, die sie nicht sehen konnte, sich schlossen, oder nein, daß sie aus dem Dunkel heraus aufmerksam in ihre Richtung spähten.

Dann sagte Katharina Heberle plötzlich: »Ich hätte einiges dafür gegeben, Lyversberg, Wallraf, De Noel und Nockenfeld zusammen an einem Tisch zu sehen. Wie hat er sich bei Ihrem Diner verhalten, Jungfer Steinbüschel? So distanziert wie früher?«

»Ich habe ihn nur von weitem gesehen. Ich war die ganze Zeit in der Küche.«

»Natürlich, Sie waren in der Küche. Schade. – Wissen Sie, er hatte oft so ein Lächeln um den Mund, das nie bis in die Augen stieg. Und Hände mit langen Fingern, deren Nägel immer ganz gerade geschnitten waren … Es wird einige Frauen geben, die sich an diese Hände erinnern, vermute ich. Wenn sie noch leben.«

Sie beugte sich vor, so daß Anna ihre Augen jetzt wie zwei dunkle Flecken erkennen konnte.

»Sie verstehen, was ich sagen will?«

Unwillkürlich beugte sich Anna ebenfalls nach vorn. Sie antwortete zögernd: »Nein.«

Ihre Gesichter waren sich sehr nahe, und Anna stieg der talgige Geruch, der von Katharina Heberles Haaren ausging und von einem Hauch süßlich mit Rosenöl parfümierten Puders durchsetzt war, in die Nase. Vorsichtig drehte sie den Kopf zur Seite, ohne jedoch die Züge vor sich aus den Augen zu lassen.

»Nein«, wiederholte sie, »ich weiß nicht, was Sie meinen.«

»Sie sagten eben, Nockenfeld sei Geburtshelfer gewesen, und das ist richtig. Aber er war auch etwas ganz anderes … Gelegentlich verhinderte er Geburten, verstehen Sie?«

Anna zog den Atem ein und richtete sich starr auf. Lange, spitz zulaufende Finger griffen nach ihr, drückten auf ihre Schultern, glitten die Seiten herab, bis sie auf den Hüften liegenblieben und sie nach hinten preßten. Sie glaubte, kalten Schweiß zu riechen, ihren Schweiß, der binnen eines Augenblicks aus ihrer Haut gekrochen war und sie selbst ekelte, als sei er eine fremde, aufgezwungene Feuchtigkeit. Auch der stechende Schmerz im Unterleib war wieder da und mit ihm eine Flut von Bildern.

Nein, es war nicht ihre Schuld gewesen, sagte sie sich, wie sie es sich schon Hunderte von Malen zuvor gesagt hatte. Sie hatte das Kind nicht gewollt, sie hatte noch nicht einmal gewußt, daß man so, auf diese Weise, geschwängert wurde. Niemand hatte das Kind gewollt. Also war das, was geschah, auch niemandes Schuld gewesen. Nicht ihre jedenfalls, nein, sagte sie fast hörbar, nicht ihre. Und doch überfiel sie immer wieder derselbe Schmerz, und immer wieder tauchte das erregte Gesicht des Mannes über ihr auf. Nicht des Mannes, der das Kind gezeugt hatte, an sein Gesicht konnte sie sich schon lange nicht mehr erinnern, sondern das desjenigen, der es getötet hatte. Es war, meinte sie manchmal in einer Welle von Abscheu, das lustvollere der beiden Gesichter gewesen.

»Erschrecken Sie nicht, Jungfer«, sagte Katharina Heberle, die ihr die Hände auf die Schultern gelegt hatte, und lachte wieder auf, »Nockenfeld war und ist nicht der einzige, der dieses Metier ausübte. Es gibt genug Männer und Frauen, die bereit sind, eine ungewünschte Schwangerschaft zu beenden, das wissen Sie so gut wie ich. Vielleicht sogar besser – ich meine, als Cousine des Stadtphysikus.«

Immer noch starr sitzend antwortete Anna: »Ja, ich weiß.«

»Nun, also. Nockenfeld war einer von ihnen. Er tat es wohl nicht oft, nur wenn ihm das Mädchen gefiel oder wenn sie gut zahlte.«

»Woher wissen Sie das alles?« fragte Anna und zwang sich, ruhig zu atmen.

»Von Lene Kemperdieck. Sie sprach vor ein paar Jahren einmal davon. Sie sagte auch, daß eines der Mädchen, ein sehr junges Mädchen, starb, nachdem sie bei Nockenfeld gewesen war.« Katharina Heberle lehnte nun wieder in ihrem Stuhl, die Hände auf die Schreibplatte gelegt, den Kopf, den Anna nur als unbestimmte Kontur wahrnahm, nach unten gebeugt. Sie sah offenbar, ohne etwas sehen zu können, vor sich hin. »Hebammen wissen in dieser Hinsicht, denke ich, alles, was es zu wissen gibt, und gerade Lene Kemperdieck kennt mehr Geheimnisse, als Sie und ich uns vorstellen können. Und ich möchte mir diese Dinge auch gar nicht vorstellen, man verlöre ja das letzte bißchen Glauben an die Menschen, das man noch hat.«

Sie schwieg, aber es dauerte nicht lange, bis ihre beinharte Stimme sagte: »Er soll keinen leichten Tod gestorben sein, heißt es. Ist das richtig?«

»Ja.«

»Vielleicht war das Gottes Strafe.«

Anna spürte, wie ihr saure Flüssigkeit aus dem Magen in die Kehle stieg. So, wie an dem Morgen, als sie vor Nockenfelds Leiche gestanden hatte. Sie meinte auch wieder, den Gestank von Kot, Urin und Erbrochenem zu riechen und zu hören, wie Gertrud neben ihr Gebete murmelte.

»Vielleicht«, antwortete sie.

Im Hintergrund des Geschäftes, irgendwo zwischen den Regalen, kamen Schritte näher. Stimmen wurden laut und Schubfächer gezogen. Katharina Heberle mußte kaum ihre Stimme heben, um überall im Raum verständlich zu sein. »Könnte man mir bitte eine Lampe bringen«, sagte sie. »Die hier bei mir ist ausgegangen.«

Eine Männerstimme antwortete: »Ja, sofort«, und Katharina Heberle sprach zu Anna gewandt ein wenig gedämpft weiter: »Wie dem auch sei, ich bin gespannt, was alles in Nockenfelds Nachlaß auftauchen wird. – Sagen Sie, sind Sie nicht mit seiner Schwester bekannt? Falls sie die Erbin ist, könnten Sie dann nicht ein gutes Wort für uns einlegen? Wir zahlen Höchstpreise, das wissen Sie.«

Den Bücherstapel immer noch umklammernd, stand Anna von ihrem Hocker auf. Fast wäre sie mit einem Fuß in ihrem Rocksaum, der schon am Morgen lose gewesen war, hängengeblieben und gestolpert, doch es gelang ihr, das Gleichgewicht zu halten. Sie legte die Bücher auf den Stuhl zu den anderen und fragte: »Ist es nicht ein wenig zu früh, mit Jungfer Josefine über den Verkauf ihres Erbes zu verhandeln?«

»Besser zu früh als zu spät. Pietät ist eine schöne Regung, aber für unser Geschäft taugt sie nichts. Wer sagt mir, daß die Konkurrenz pietätvoll ist? Nein, wenn wir nicht sofort unsere Interessen deutlich machen, haben wir das Nachsehen. Lyversberg und Wallraf werden, wie einige andere auch, schon jetzt ihre Finger nach Nockenfelds Nachlaß ausgestreckt haben, da bin ich mir ganz sicher.«

Während sie noch sprach, fiel ein matter Schein in den Gang zwischen den Regalen, in dem sie saßen. Dann zuckten Streifen aus Licht und Schatten über die Bücherwände, es wurde heller, und nachdem der Ladendiener die gewünschte frisch geputzte und gefüllte Lampe auf die Schreibplatte abgestellt hatte, war Katharina Heberle wieder deutlich sichtbar aus dem Zwielicht aufgetaucht.

Ihr Gesicht schien unverändert zu sein, es war fahl und reglos. Es zeigte auch keinen Ausdruck, als sie erneut zur Feder griff und damit bedeutete, daß für sie das Gespräch über Nokkenfeld beendet war. Sie sagte nur noch: »Man wird sehen, Jungfer, wie sich die Dinge entwickeln. Wir jedenfalls werden uns nicht die Rosinen aus dem Kuchen nehmen lassen, da können Sie sicher sein. Schließlich haben wir nicht mehr das Jahr 1802. Die Zeiten, in denen wir auf Geschäfte gewartet haben, sind vorbei. Das Auktionshaus Heberle ist seit langem etabliert. Oder anders gesagt, ohne uns läuft im Kölner Kunsthandel nichts mehr.«

KAPITEL 11

Donnerstag, 28. August, Abend

»Aal am Spieß zu braten.
Stecke den zubereiteten, mit Pfeffer und Salz wohl eingeriebenen und eine Stunde in Essig gelegenen Aal an ein Spieß, umwinde ihn mit Lorbeer und Saleiblättern (Self), spicke ihn mit Zitronenschaale, wende ihn beim langsamen Feuer fleißig herum, und begiesse ihn während dem Braten mit Butter, Wein, worinnen Salz, Pfeffer, etwas Essig und Salbei gemengt wird, und gebe diese Sauce, wozu man auch noch etliche Sardellen thun kann, durch ein Haarsieb getrieben zum Aal auf den Tisch.«
Aus: Cölner Köchinn. Oder: Sammlung der besten und schmackhaftesten Speisen für den herrschaftlichen so wohl als bürgerlichen Tisch, Cöln 1806, S. 106.

Es war kurz nach sieben Uhr, als Elkendorf in der Küche seines Hauses stand, in der es durchdringend nach Fisch roch. Nach fettem, gebratenem Aal und einer Mischung aus Lorbeer und Salbei. Elkendorf sah zu, wie Therese den Bratspieß gleichmäßig drehte, aus einer Kelle Flüssigkeit über ihn goß und ihm dann noch einmal einen Schwung versetzte. Sudspritzer und Aalfett tropften in die Flammen, so daß das Feuer zischte und sich ein Aroma von Wein und Essig verbreitete. Für einen kurzen Moment schien sich der Aal zu krümmen, als sei er lebendig, und sich in den emporleckenden Feuerzungen um den Spieß zu winden. Tatsächlich aber konnte nichts toter sein, denn der Spieß steckte in seinem Körper, war wie ein zweites

Rückgrat der ganzen Länge nach durch ihn hindurch getrieben. Die schwarzblaue Fischhaut war abgezogen und lag zusammen mit dem abgehackten Kopf, dessen Maul offenstand, in einem Eimer.

»Es gibt gebratenen Aal«, meinte Therese erklären zu müssen und trat vor dem spritzenden Fett einen Schritt zurück. »Ich hoffe, Sie haben Appetit. Der Fuhrknecht vom Hafen hat ihn heute morgen als Bezahlung für Ihre Hilfe gebracht. Er hat ihn gestern aus dem Rhein gezogen und war froh, Ihnen einen Gefallen tun zu können. Der Aal ist schön fett und ganz frisch. Ich hatte meine Not, ihn totzukriegen.«

»Was gibt es dazu?«

»Sauce, Kartoffeln und Rote Rübensalat.«

»Und zum Dessert?«

»Pomeranzentorte. Und Kaffee, wenn Sie möchten.«

»Gut«, sagte er lustlos. »Ich habe den Tag über nicht viel gegessen.« Er sah sich in der Küche um und fragte dann: »Wo ist Anna?«

»Fort. Sie ist nach dem Mittagessen gegangen und bis jetzt noch nicht zurück. Ich weiß nur, daß sie Stoff für Ihre Hemden kaufen und dann noch Besuche machen wollte. Bei wem, hat sie mir nicht gesagt.«

»Besuche? Sie geht doch sonst kaum fort. Außerdem ist es schon ziemlich spät. Mir ist es nicht recht, wenn sie um diese Zeit noch allein außer Haus ist.«

Als ihm bewußt wurde, daß es keinen Sinn hatte, mit der Magd über das Verhalten seiner Cousine zu sprechen, zuckte er mit den Achseln, ging zur Anrichte und griff nach einer Rotweinflasche, die schon geöffnet für ihn bereit stand. Er roch an der Flaschenöffnung und meinte im Aroma des Weins eine muffige Nuance wahrzunehmen. Solange die Geschichte mit Nockenfeld auf ihm lastete, würde ihm wohl kein Wein und kein Gericht so schmecken wie bisher, dachte er ärgerlich, goß sich trotzdem ein Glas ein und trank es gegen seine Gewohnheit mit einem Zug aus.

Als er sich, das Glas noch in der Hand, umdrehte, stellte er fest, daß seine Tante in die Küche gekommen war. Sie stand mit der Kelle in der Hand neben Therese und hatte das Begießen des Aals übernommen. Sie wandte kurz den Kopf zu ihm und sagte: »Guten Abend, Bernard. Du bist endlich da. Hattest du viel zu tun?«

»Von morgens früh bis gerade eben. Kein Wunder, daß ich todmüde bin und mir kalt ist. Aber eigentlich war mir den ganzen Tag kalt. Außer bei meinem Besuch bei Marcus DuMont. In seinem Glashaus ist es so heiß, daß man meinen könnte, es müßten ihm die Adern platzen. Aber er sitzt stundenlang dort, ohne zu schwitzen und ohne daß seine Haut auch nur einen Ton röter würde.« Er goß sich ein zweites Glas ein, nippte diesmal nur daran, während er geistesabwesend zusah, wie das Aalfett spritzte und im Feuer verdampfte.

»Du warst bei Herrn DuMont?«

»Nur kurz. Ich hatte mit ihm zu reden.«

»Geht es ihm nicht gut?«

»Nicht besonders. Sein übliches Leiden, nur um einiges schlimmer im Moment. Er wirkt eingefallen und erschöpft.«

Im nachhinein war er der Meinung, daß DuMont, zusätzlich zu seinen chronischen Lungenaffektionen, unter akuten gastrischen Koliken litt, die ihm aufs Herz schlugen, und daß die Tropfen, die Günther verordnet hatte, wohl kaum nützlich sein würden. Aber das war nicht seine Sache, er dachte nicht daran, einem Kollegen ins Handwerk zu pfuschen.

»Das Regenwetter setzt DuMont mehr zu als anderen«, fuhr er fort. »Und dann noch diese Sache mit Nockenfeld. Er hat ihn offenbar früher gut gekannt.«

»Ja, Nockenfeld war Hausarzt bei den DuMonts.«

»Das wußtest du?«

Seine Tante nickte, während sie Therese half, den Spieß aus

seiner Verankerung über dem Feuer zu nehmen. »Ich habe mich gerade daran erinnert«, sagte sie.

Es gab ein sattes, schmatzendes Geräusch, als Therese den Aal vom Spieß zog. Er glitt auf eine längliche Steingutplatte, auf der er, leicht gewunden, zwischen im Sud bräunlich gewordenen Gewürzen, Lorbeer- und Salbeiblättern, zu liegen kam. Ein feiner Kräuterdunst stieg von der Platte auf.

»Hast du Sardellen in die Sauce getan, Therese?« fragte Elkendorf.

»Nein, Herr Doktor.«

»Warum nicht?« sagte er ungeduldig. »Du weißt doch, ich esse Aal nur mit Sardellensauce.«

»Wir hatten keine Sardellen da.«

Beide Frauen sahen ihn an und schienen zu warten. Einen Augenblick lang fühlte er sich wie getadelt und merkte gleichzeitig, daß sein Ärger wuchs. »Dann esse ich in Gottes Namen den Aal eben ohne Sardellensauce«, sagte er scharf, nahm noch einen Schluck Wein und setzte sich an den Tisch.

Während er versuchte, den aufsteigenden Unmut zurückzudrängen, der, wie ihm vage bewußt war, aus seiner Unzufriedenheit mit sich selbst kam, sagte er zu Tante Margarete: »Dabei fällt mir ein, daß du Sophie Nockenfeld lange gekannt haben mußt.«

Langsam ging sie zum Tisch und setzte sich auf ihren Platz ihm gegenüber. »Gekannt sicher«, antwortete sie. »Mehr oder weniger. Wie man sich eben in Köln so kennt. Man sieht sich, man grüßt sich.«

»Nicht näher?«

»Nein, ich sah sie erst häufiger, nachdem ich mich mit Josefine angefreundet hatte. Und Josefine lernte ich eigentlich erst kennen, als sie zum Gottesdienst nach St. Maria im Kapitol kam und zu deinem Onkel Bernard als Beichtvater gewechselt war. Das ist jetzt ungefähr zehn Jahre her. Damals haben wir uns angewöhnt, zusammen zu Messen und Andachten zu gehen, was wir, wie du weißt, heute noch tun. Aber Sophie Nokkenfeld bin ich von Anfang an aus dem Weg gegangen. Sie war mir nicht sympathisch, verstehst du.«

Sie griff nach ihrer Serviette, faltete sie auseinander und legte sie sich über den Schoß. Sie sah sehr klein aus, wie sie da auf dem Stuhl saß, die Schultern nach vorn gebeugt, trotz ihres offensichtlichen Bemühens, sich gerade zu halten. Er hatte den Eindruck, daß ihr Rücken sich in der letzten Zeit stärker verkrümmt hatte. Möglicherweise hatte sie auch Schmerzen, wie die meisten alten Frauen, deren Körper schrumpfte und sich verbog, aber er erinnerte sich nicht, daß sie darüber geklagt hätte. Überhaupt hatte er schon lange nicht mehr mit ihr gesprochen, weder mit ihr noch mit Cousine Anna, ging es ihm durch den Sinn. Er fand keine Zeit dazu, oder er war zu müde. Die gemeinsamen Essen waren selten und kurz, und niemand von ihnen sprach viel. Es war ihm so nicht unangenehm, eigentlich war es ihm sogar lieber. Er wollte nicht mit Dingen der Hauswirtschaft oder mit Klagen der Frauen belastet werden. Trotzdem spürte er plötzlich wieder eine Art von Unbehagen. So, als müsse er sich selber tadeln, weil er irgendwelchen Ansprüchen, unklaren, unausgedrückten Ansprüchen, nicht gerecht wurde.

»Es ist angerichtet«, sagte Therese und unterbrach ihn damit in seinen Gedanken. Sie stellte die heiße Platte auf den Tisch und begann, den Aalkörper in dicke Stücke zu schneiden. Das knirschende Geräusch, das jedesmal entstand, wenn ihr Messer das Rückgrat durchtrennte, klang, als würde ein morscher Knochen gebrochen. Öliger Saft, von den Kräutern grünlich gefärbt, drang in kleinen glitzernden Tropfen aus den abgeschnittenen Scheiben.

»Bist du Jakob Nockenfeld früher persönlich begegnet, Tante?« fragte Elkendorf und steckte sich die Serviette in den Hemdkragen.

»Kaum. Als ich anfing, Josefine zu besuchen, war er schon fort aus Köln.«

Er wollte Therese gerade ein Zeichen geben, ihm aufzulegen, als ihm das übliche Gebet vor dem Essen einfiel. »Möchtest du nicht beten, Tante?« sagte er und versuchte, sie seine Ungeduld nicht spüren zu lassen.

Sie nickte, schwieg noch einen Moment, während sie die Hände faltete und die Augen schloß, und sagte: »Aller Augen warten auf dich, o Herr, und du gabst ihnen Speis zur rechten Zeit. Ehre sei dem Vater, und dem Sohn und dem Heiligen Geist, Amen.«

»Amen«, wiederholte Therese, die neben Elkendorfs Stuhl stand, und bekreuzigte sich. Fast noch aus der Bewegung des Kreuzschlagens heraus nahm sie einen Löffel und legte die erste Scheibe, das Stück des Aals, das unmittelbar hinter dem Kopf kam, auf seinen Teller.

Als er das sauer riechende, in einer Pfütze aus Öl liegende Fischstück vor sich sah, spürte er, wie sein Appetit schwand, und erst nachdem er so viel Sauce darübergegossen hatte, daß von Form und Konsistenz der Aalscheibe nichts mehr zu erkennen war, sah er sich in der Lage, das Stück zu zerschneiden und zu probieren. Langsam kauend fragte er: »Hat Sophie Nockenfeld gelegentlich von ihrem Neffen gesprochen?«

»Ab und zu fiel sein Name. Sie hat wohl viel von ihm gehalten. Aber an Näheres kann ich mich nicht erinnern.«

Er nahm sich von den Kartoffeln und griff dann nach der Schüssel, in der die fein geschnittenen Rüben in ihrem dünnen, dunkelroten Saft lagen. Tante Margarete sah auf seinen Teller und schien konzentriert zu verfolgen, wie der Rübensaft eine rote Spur um die von Sauce bedeckte Aalscheibe zog und sich langsam in die mehligen Kartoffeln sog. Als Therese ihr auflegen wollte, wehrte sie mit der Hand ab. »Nur ein bißchen von den Kartoffeln. Keinen Aal und keine Rüben.«

»Aber das geht nicht. Sie müssen essen«, erwiderte Therese, »Sie haben schon die ganzen letzten Tage viel zu wenig gegessen.«

»Ist dir nicht gut, Tante?« Elkendorf warf einen Blick auf das Gesicht ihm gegenüber. Er meinte jetzt festzustellen, daß es unter der kleinen, grauen Haube hagerer als sonst aussah.

»Doch, ja. Es geht mir gut. Ich habe nur keinen Appetit. Das Wetter, denke ich, es nimmt einem jeden Lebensgeist.«

»Verzeihen Sie, Jungfer Claren, wenn ich das sage«, warf Therese ein, »aber das ist es sicher nicht allein. Sie schlafen auch nicht richtig, ich höre Sie nachts hin und her gehen. Vielleicht lassen Sie sich von Doktor Elkendorf ein Mittel verschreiben, etwas zur Kräftigung und zur Beruhigung.«

Margarete Claren hob den Kopf und sagte mit Nachdruck: »Laß, Therese. In meinem Alter ist es nicht ungewöhnlich, wenn man wenig schläft und wenig ißt. Also bitte, ich wünsche dazu keine Kommentare. Und von dir, Bernard, brauche ich auch keine Medizin.«

Wortlos reichte ihr Therese die Schüssel mit Kartoffeln und wandte sich ab.

Nach einer Weile, in der niemand sprach, kam Elkendorf wieder auf seinen Gedankengang zurück. »Und Jungfer Josefine?« wollte er wissen. »Hat sie von Nockenfeld erzählt?«

»Nein, nichts.«

»Nichts? Die ganzen Jahre nicht?«

»Ich glaube nicht.«

»Seltsam. Er war doch ihr einziger Bruder.«

»Soviel ich weiß, war auch Jakob Nockenfeld nicht sehr sympathisch.«

Überrascht legte Elkendorf die Gabel aus der Hand. »Ja«, antwortete er, »das scheint tatsächlich so gewesen zu sein. Allerdings wußte ich es nicht. Ich hatte keine Ahnung davon.«

»Weißt du viel über Menschen, Bernard?«

Irritiert hob er den Kopf. Lag in der Stimme seiner Tante ein Vorwurf? Aber ihr Gesicht war ruhig wie immer. Aus den Augenwinkeln nahm er wahr, daß sich Therese, die am Herd stand, zu ihnen umgedreht hatte und sie beobachtete.

Er nahm einen Schluck Wein und sagte dann lauter, als er bisher gesprochen hatte: »Was weiß man schon von seinen Mitmenschen? DuMont sagte mir eben, daß man im Grunde nie etwas wirklich über sie weiß. Er meinte, jedes Bild, das man sich von einem anderen macht, sei letztlich ein Trugbild. Alles sei nur eine Chimäre.«

»Das sagte er?«

»Ja. Und ich denke, er hat recht.« Seine Stimme wurde leiser, und er fügte hinzu, ohne sich an seine Tante zu wenden: »Es ist merkwürdig, aber in den letzten Tagen scheint sich vieles verändert zu haben. – Die Menschen scheinen sich verändert zu haben. Oder waren sie immer anders, als ich dachte?«

Er griff wieder zur Gabel, doch bevor er weiteraß, fragte er: »Warst du heute wieder bei Jungfer Josefine, Tante?«

»Seit heute vormittag bis eben.«

»Man hat ihr inzwischen wohl gesagt, wie die Dinge stehen?«

»Kommissär Glasmacher war bei ihr und hat ihr von der Obduktion und von dem Gift, das man gefunden hat, berichtet.«

»Und wie hat sie es aufgenommen?«

»Sie fing an zu weinen, aber ich bin mir nicht sicher, ob sie wirklich verstanden hat, was er sagte. Sie ist noch immer verwirrt und weiß kaum, was sie tut. Doktor Hensay hat ihr Bettruhe verordnet.« Sie machte eine kleine Pause und fuhr dann fort: »Im übrigen kam mittags eine Nachricht von Notar Rolfers. Rolfers aus der Spulmannsgasse, weißt du. Doktor Nokkenfeld hat bei ihm sein Testament hinterlegt. Es wird übermorgen eröffnet.«

»Ach, Nockenfelds Testament! Ich hatte schon überlegt, ob Jungfer Josefine ihn beerben wird …«

Bevor er weitersprechen konnte, wurde er von zwei festen Schlägen an die Haustür unterbrochen. Auf seinen Wink ging Therese rasch nach draußen in die Diele. Binnen einer Minute war sie zurück.

»Es ist Herr Medizinalrat Merrem«, sagte sie. »Er meint, es sei dringend.«

Elkendorf warf seine Serviette neben den Teller und stand auf. Mit einem kurzen Blick auf seine Tante bekreuzigte er sich und murmelte: »Dank sei Dir für Speis und Trank. – Ich komme«, sagte er dann und wandte sich, schon an der Tür, noch einmal um: »Beunruhige dich nicht weiter. Jungfer Josefine wird den Schreck bald überwunden haben.«

Theodor Merrem stand in der Diele neben der Treppe zum ersten Stock. Eine Hand hatte er auf den gedrechselten pinienförmigen Aufsatz gelegt, in den der Schwung des Geländers auslief. Sie sah auf dem schwarzgebeizten Eichenholz sehr bleich aus.

»Da sind Sie ja, Elkendorf. Sie saßen bei Tisch? Verzeihen Sie, wenn ich Sie beim Essen störe, aber ich denke, wir müssen über den Stand der Dinge sprechen. Struensee möchte morgen meinen Bericht.«

»Wie Sie meinen, Herr Medizinalrat. Darf ich Sie in mein Studierzimmer bitten?«

Während er an Merrem vorbei zu seinem Zimmer ging, bemerkte er seine Cousine, die offenbar gerade ins Haus gekommen war und, noch in ihren grauen Regenmantel gekleidet, auf der obersten Stufe der Treppe stand. Der Schatten des Treppenpfostens fiel hart und dunkel auf ihr Gesicht, so daß es aussah wie in zwei Teile zerschnitten.

Elkendorf nahm die kleine Öllampe, die die Diele beleuchtete, öffnete die Tür zu seinem Zimmer und ließ seinen Besucher eintreten. Es war ungemütlich kühl, und die Luft roch abgestanden. Er stellte die Lampe auf eine Etagere, räumte, um Platz zu machen, hastig einen Stapel Papiere vom einzigen bequemen Sessel im Raum und nahm Merrems Hut und Mantel entgegen.

Noch ehe Merrem sich gesetzt hatte, erkundigte er sich, sichtlich nervös: »Nun, Elkendorf, hat sich seit heute mittag irgend etwas ergeben, was Licht in die Sache bringen könnte?«

»Licht? Ich weiß nicht. Ich weiß wirklich nicht. Ich habe vielmehr den Eindruck, je mehr ich über Nockenfeld erfahre, um so verwirrender wird alles.«

»Sie meinen, Sie haben keinen Hinweis darauf gefunden, was geschehen sein könnte?«

Elkendorf rückte einen Stuhl heran und setzte sich. »Das Problem ist wohl eher, daß ich zu viele Hinweise gefunden habe«, erwiderte er und hatte selbst den Eindruck, daß seine Stimme hilflos klang.

Als Merrem schwieg, fuhr er fort: »Nockenfeld scheint ein eigentümlicher Mensch gewesen zu sein. Ich habe wenig Gutes über ihn gehört.«

»Sie meinen, er war unbeliebt?«

»Ich meine, daß man ihn gehaßt hat. – Gehaßt und gefürchtet.«

»Tatsächlich? Mein Gott, wie ärgerlich«, sagte Merrem heiser und drehte seinen Kopf ein wenig zur Seite, so daß er über Elkendorfs Schulter hinwegblickte. Hinter Elkendorf hing das Bild des von Dämonen gepeinigten Heiligen Antonius, dessen rote Farbtöne im Licht der Lampe so stark leuchteten, daß sie über den ganzen Raum eine Art leichter, rötlicher Fluoreszenz verbreiteten.

Elkendorf wartete, bis Merrem ihm seinen Blick wieder zugewandt hatte. »Man haßte ihn nicht zu Unrecht«, sagte er, »wenn das zutrifft, was man mir erzählt hat.«

»Wollen Sie sagen, daß auch einer Ihrer Gäste ihn gehaßt hat?«

»Einer?« Elkendorf hob seine Stimme, die rauh und heftig wurde. »Wie es aussieht, haben ihn fast alle gehaßt! Er hat Lyversberg verraten und übervorteilt, DuMont geschädigt, Willmes denunziert und De Noel unter Druck gesetzt. Jeder von ihnen hat ihn verachtet und gehaßt.«

»Mein Gott«, sagte Merrem wieder und fügte hinzu: »Sie sehen mich tatsächlich überrascht.«

»Bloß überrascht, Herr Medizinalrat? Ich sage Ihnen, ich bin entsetzt. Und beschämt dazu. In was für eine groteske Situation habe ich mich gebracht! Ich lade zu einem Abendessen unter Freunden ein, Freunden, die ich doch alle seit langen Jahren kenne, und habe nicht den leisesten Hauch einer Ahnung davon, wie viele profunde Abneigungen und bittere Rivalitäten es unter ihnen gibt. Und mehr noch. Einer meiner Gäste greift zu Gift und verabreicht es einem anderen der Gäste – offenbar in meinem Beisein, unter meinen Augen.«

Er stand auf, nahm zwei Gläser von einem Tischchen und füllte sie aus seiner Cognac-Karaffe. »Ein widerlicher Gedanke. Überhaupt, die ganze Geschichte widert mich an. Glauben Sie mir, Herr Medizinalrat, ich habe keinerlei Interesse an diesen unerfreulichen persönlichen Angelegenheiten, die ich nun so plötzlich und unerwartet zu hören bekomme. Was gehen mich De Noels intime Vorlieben an, Willmes' anrüchige Geschäftspraktiken, Lyversbergs Gier oder DuMonts Verbitterung? Nichts, sage ich Ihnen. Gar nichts!«

Die beiden Gläser in der Hand trat er ans Fenster und starrte blicklos auf die angelaufenen Scheiben, hinter denen außer einer verschwommenen Dunkelheit nichts zu sehen war.

»Seit Nockenfelds Tod ist mir«, sagte er wie zu sich selbst, »als schleiche etwas Unbekanntes in die Gesichter der Menschen um mich her, als tauchten plötzlich Wunden und Narben und Gebresten in ihnen auf. Seelische Verwachsungen, Lähmungen, Wucherungen, Hypertrophien und Fäulnis. Krankheiten jeder Art. Gab es sie immer schon, frage ich mich. Habe ich sie nur nicht gesehen? Und wenn es sie gab, warum habe ich sie bisher nicht wahrgenommen? Will ich sie überhaupt wahrnehmen?« Nach einem Moment des Schweigens drehte er sich brüsk um, stellte sich neben Merrem und sagte halblaut: »Nein, ich will diese seltsamen, diese erschreckenden Nachtseiten der Menschen nicht sehen. Und ich wollte, bei Gott, ich hätte auch Nockenfeld nie gesehen!«

Merrem nahm ihm ein Glas aus der Hand, schwenkte es ein wenig hin und her und hob es, wie um mit Elkendorf anzustoßen. Als Elkendorf sich nicht bewegte, trank er rasch einen Schluck und sagte dann: »Jeder von uns hat diese Nachtseiten, Elkendorf, ist Ihnen das nicht bewußt? Jeder von uns. Wir sind Tagmotten und Nachtmotten zugleich, denke ich manchmal, Falter, die sich dem Sonnenlicht mit hellen Flügeln angleichen und mit dunklen Flügeln der Nacht. Und Schwarz, tiefes, nächtliches Schwarz, kann eine faszinierende Farbe sein, finde ich. Kennen Sie nicht diesen Reiz, den Dunkles auslöst? Dunkles, Verbotenes? Regungen wie Haß, Gier oder Lust? Trägt nicht alles, was uns begeistert, die Farben der Nacht?« Er hob den Blick und suchte Elkendorfs Augen: »O ja, ›die Lust hat eignes Grauen, und‹ – lassen Sie mich zu Ende zitieren – ›und alles hat den Tod‹.« Er nahm noch einen Schluck und schnalzte anerkennend mit der Zunge. »In den Schatten der Nacht lebt es sich anders als im Tageslicht, und manchmal wissen wir von dem, was wir nachts tun, am Tage nichts mehr oder, was letztlich auf dasselbe hinausläuft, wir wollen nichts mehr davon wissen. Und glauben dann, daß es verschwunden sei oder, besser noch, daß es sich nie ereignet habe. Als könne man Vergangenes durch Vergessen ungeschehen machen oder könne Schatten, die sich weit über das eigene Ich ausgebreitet haben, wie mit einem Kleiepflaster abdecken.«

Merrems Stimme war leiser als sonst und ohne seine übliche nervöse Unrast. Nur seine bleichen, beweglichen Finger spielten unruhig mit dem Stiel des Cognacglases.

Elkendorf riß sich von der Bilderflut los, die die Stimme in ihm entstehen ließ. »Und wenn es so wäre, wie Sie sagen«, erwiderte er, »ich möchte nichts von diesen schwarzen Schatten wissen.«

»Auch nichts von Ihren eigenen Schatten?«

Elkendorf blieb stumm.

»Man könnte sie aus dem Dunklen hervorholen und beleuchten.«

»Und präparieren?« Elkendorf lachte auf. »Auf Metallstifte spießen wie Ihre Insekten?«

»Ja, vielleicht.« Merrem leerte sein Glas und stellte es beiseite. Er lächelte ironisch. »Obwohl es natürlich leichter ist, Insekten aufzuspießen als unsere nachtschwarzen Schatten oder die unserer Freunde. Und ich gebe Ihnen auch recht, es ist zweifellos angenehmer, nur die Tagseiten der Menschen um uns herum wahrzunehmen. Sicherlich auch weniger schmerzlich. Allerdings, lieber Elkendorf, im vorliegenden Fall geht es nicht um unsere Annehmlichkeiten. Also lassen wir die philosophischen Betrachtungen über die Nacht und ihre Geschöpfe und wenden wir uns den Realitäten zu. Wenn ich Sie recht verstanden habe, sind Sie der Meinung, daß vier Ihrer Gäste, Lyversberg, Willmes, De Noel und DuMont, ein Motiv hatten, Nockenfeld zu töten?«

Elkendorf nickte. »Zumindest diese vier, wenn Sie mir den Zynismus, zu dem ich mich fast gezwungen sehe, erlauben.«

Als er aufsah, hatte er einen Moment den Eindruck, daß Merrem seinem Blick auswich.

»Vier hatten also ein Motiv. Haben Sie schon überlegt, ob jeder der vier auch Gelegenheit hatte, Nockenfeld das Gift zu geben? Schließlich reicht ein bloßes Motiv nicht aus, man muß auch die Möglichkeit haben –« Merrem räusperte sich, »die Tat auszuführen.«

Elkendorf ging zu seinem Stuhl zurück und ließ sich langsam darauf nieder.

»Sie waren selbst bei diesem Diner dabei, Herr Medizinalrat«, sagte er, »und Sie erinnern sich zweifellos an die Sitzordnung, in der wir Platz genommen hatten, und an das, was gegessen wurde, auch an die Reihenfolge, in der die Gerichte gebracht wurden. Aber erinnern Sie sich auch an nähere Einzelheiten? Können Sie sagen, wer wem welche Schüssel reichte, wer wem einschenkte, wer sich zu wem hinüberbeugte? Wissen Sie noch, wie wir, nachdem sich die Tischrunde aufgelöst hatte, zusammensaßen und zusammenstanden?«

»Ja«, antwortete Merrem, »sicher entsinne ich mich an einzelne Situationen. Aber ob ich den ganzen Abend von acht Uhr bis Mitternacht in allen Details rekapitulieren könnte? – Nein, natürlich kann ich das nicht. Können Sie es?«

»Nein.« Elkendorf schwieg eine Zeitlang und sagte dann: »Wenn ich versuche, mir diesen unseligen Abend zu vergegenwärtigen, erinnere ich mich vor allem an ein merkwürdiges Gefühl, ein Gefühl der Irritation, das mich mehrmals ganz überraschend überfiel und das ich nicht näher bestimmen oder einordnen konnte. Verstehen Sie, alles schien wie sonst zu sein, und doch war irgend etwas anders. Es herrschte eine Art vage Spannung, die ich zwar spürte, aber nicht erklären konnte.« Er leerte sein Glas und schenkte sich sofort nach.

Auch Merrem ließ sich nachfüllen. »Hatten Sie den Eindruck, daß diese seltsame Stimmung, die Sie wahrnahmen, von Nockenfeld selbst ausging?« fragte er.

»Nein. Ich bin mir sicher, daß die Spannung schon da war, bevor er kam. Sie trat genau in dem Augenblick auf, meine ich, als ich ihn als Gast ankündigte.«

Merrem blickte mit halbgeschlossenen Augen vor sich hin. »Ja, ich entsinne mich. Als Sie sagten, Sie warteten noch auf Nockenfeld, wurde es sehr still im Raum. Alle schwiegen, und Wallraf schien nicht zu wissen, wer Nockenfeld ist. Er brauchte eine ganze Weile, bis er sich erinnerte. Wallraf versteht häufig nicht mehr, was man sagt.«

»Ja, alles schwieg, irgend jemand zog erregt den Atem ein, und ich hatte für einen Augenblick das Gefühl, etwas Unschickliches gesagt zu haben. Aber dieser Moment dauerte nur Sekunden.« Elkendorf suchte den Blick seines Gegenübers: »Haben Sie die Situation noch vor Augen, Herr Medizinalrat?

Sie selbst erwähnten Ihr Gespräch mit Nockenfeld über seine Zukunftspläne, man zeigte Interesse, und kurz darauf setzten wir uns zu Tisch.«

»Richtig. Etwa eine halbe Stunde später kam Nockenfeld. Wir waren gerade mit der Suppe fertig, so daß sie ihm, extra noch einmal heiß gemacht, nachgereicht werden mußte. Ihre Magd brachte ihm einen Teller davon, kurz nachdem er sich gesetzt hatte. Er aß sie ziemlich schnell auf, und sie schien ihm zu schmecken. – Sie war auch tatsächlich ausgezeichnet, nur, wenn Sie die Bemerkung erlauben, etwas zu stark gesalzen.« Merrem griff in seine Rocktasche, zog ein grünes Futteral heraus und klappte es auf. In cremeweißes Seidenfutter gebettet lag eine neue Meerschaumpfeife mit Silbereinsatz und einem Stiel aus hellem Weichselholz und schwarzem Horn. Vorsichtig nahm er sie in die Hand und begann, ihren Kopf an seinem Ärmel zu reiben.

Elkendorf wandte den Kopf ab, um die monotone, beinahe zwanghafte Bewegung nicht sehen zu müssen. Dennoch nahm er sie aus den Augenwinkeln wahr und hörte das leise, glatte Geräusch, das seine Nerven bis in die Fingerspitzen reizte.

»Alles an diesem Abend«, sagte Elkendorf, »schien Nockenfeld zu schmecken. Er hat von allen Gerichten mit Appetit gegessen und einiges an Wein getrunken. Und ich hatte nicht den Eindruck, daß ihm irgend etwas unangenehm oder auch bloß sonderbar schmeckte – der bittere Geschmack von Stechapfel muß im übrigen nicht unbedingt auffallen. Nein, ich habe nichts Ungewöhnliches in seinem Verhalten bemerkt. Genausowenig wie im Verhalten der anderen. Die mokanten Sticheleien, die kleinen Eitelkeiten und Empfindlichkeiten, die geäußert wurden, wirkten auf mich so wie immer. Ich hatte sie nie ernst genommen – warum sollte ich es an diesem Abend? Ich glaubte, man nähme Nockenfeld freundlich auf und begrüße ihn als eine Bereicherung unseres Kreises!« Elkendorf lachte und spürte dabei einen dumpfen Druck im Magen, dann einen galligscharfen Geschmack auf der Zunge. Er nahm noch einen Schluck Cognac und behielt ihn eine Weile im Mund, bevor er ihn hinunterschluckte. Der scharfe Geschmack blieb, und die wunde Stelle im Gaumen begann plötzlich wieder zu brennen.

»Als Bereicherung unseres Kreises hat man ihn, wie es aussieht, gerade nicht empfunden! Und dabei verhielten sich alle so zuvorkommend ihm gegenüber. Erinnern Sie sich? Willmes begrüßte ihn mit einem kameradschaftlichen Schlag auf die Schulter, plauderte angeregt mit ihm und brachte ihm später ein Glas Wein. De Noel schenkte ihm mehrfach nach, Lyversberg reichte ihm nach Tisch eine Tasse Mokka. DuMont sah ich mit einer Karaffe Madeira neben ihm stehen. Selbst Günther rückte ihm gegen Ende des Abends näher.«

»Und Wallraf gab ihm Zucker in seine Tasse. Eine liebenswürdige Geste von ihm. Mir fiel dabei auf, was für einen interessanten, fast anrührenden Kontrast der grauhaarige, gebeugte Kopf Wallrafs neben Nockenfelds dunklem Haar bildete.« Merrems Hand hielt im Polieren der Meerschaumpfeife inne, setzte die Bewegung dann nach einer kleinen Pause fort.

»Sie stimmen mir also zu. Nichts war auffällig, nichts war ungewöhnlich, jeder der Anwesenden verhielt sich so wie immer. Und trotzdem dieses befremdliche Gefühl der Spannung! – Im nachhinein ist meine Irritation verständlich genug! Schließlich saßen ein Opfer und ein Mörder an meinem Tisch. Mein Gott, was für ein Gedanke!«

Als Elkendorf aufsah, bemerkte er, daß Merrem aufgehört hatte, seine Pfeife zu reiben. Ohne sie zu stopfen, verstaute er sie wieder in ihrem Futteral, das er mit leichtem Druck schloß und auf seinen Schenkeln ablegte. Dann tastete er über die Flächen und Kanten des Futterals, als wäre es ihm nicht möglich, seine Finger auch nur einen Augenblick ruhig zu halten.

»Schrecklich, ja«, sagte Merrem mit ausdruckslosem Gesicht, »wirklich schrecklich. Aber lassen Sie uns nun den Stand unserer Überlegungen zusammenfassen, wir müssen endlich weiterkommen, Struensee drängt auf ein Ergebnis. – Wie Sie erklärt haben, hatten vier Ihrer Gäste ein Motiv, Nockenfeld zu töten. Lassen Sie uns also logisch vorgehen und diese vier als Verdächtige betrachten, deren Kreis wir reduzieren müssen, um den tatsächlichen Täter zu ermitteln. Wir haben uns schon gefragt, wer von ihnen die Gelegenheit hatte, Nockenfeld das Gift zu verabreichen, und mußten feststellen, daß offenbar jeder der vier diese Gelegenheit hatte. Jeder kam ihm nahe genug, um ihn zu vergiften. Stimmen Sie mir zu, Elkendorf?«

Elkendorf nickte.

»Aber wer von ihnen hatte überhaupt das Gift zur Hand? Wer konnte überhaupt Gift bei sich haben? Und das heißt, wir müssen uns fragen, wer von ihnen wußte, daß Nockenfeld unter den Gästen sein würde? Schließlich ist davon auszugehen, daß man, wenn man zu einem Diner unter Freunden geht, üblicherweise kein tödliches Gift bei sich hat. Zumindest stelle ich mir vor, daß man sich für einen Giftmord entsprechend vorbereiten muß.« Merrem lachte heiser und sagte dann: »Wenn ich mich recht erinnere, sollte Nockenfeld eine Art Überraschungsgast für Professor Wallraf sein, aber ich hatte den Eindruck, daß auch einige der anderen Gäste nichts von Nockenfelds Anwesenheit an diesem Abend wußten.«

»Sie wollen damit sagen, daß derjenige, der Nockenfeld vergiftete, sich das Gift vorher besorgen und zum Diner mitbringen mußte?«

»Genau das meine ich. Er muß von Nockenfelds Anwesenheit gewußt und das gemeinsame Essen als eine günstige Gelegenheit angesehen haben.« Er räusperte sich wieder. »Eine günstige Gelegenheit für sein Vorhaben, meine ich.«

Elkendorf lehnte sich zurück und ließ seine Augen über die Gegenstände schweifen, die auf einem Wandbord neben Merrems Sessel aufgereiht waren. Ein ausgestopfter weißer Rabe stand neben einer verstaubten Gipsbüste des Hippokrates, ein altes, mit verziertem Leder überzogenes Mikroskop neben einem kostbaren, goldenen Reliquienostensorium, in dem sich ein in verblichenen Stoff gehüllter Knochensplitter des Heiligen Bernard befand. Die Reliquie hatte Elkendorf von seinem Patenonkel Pastor Claren zur Promotion erhalten, den weißen Raben von Wallraf nach der Ernennung zum Stadtphysikus. Büste und Mikroskop hatte er sich selbst zu Beginn seines Studiums in Paris gekauft.

»Theoretisch wäre das richtig«, sagte er und sah weiter an Merrem vorbei. »Praktisch jedoch können wir durch diese Überlegung keinen der vier von einem Verdacht ausschließen. Denn tatsächlich kann jeder von ihnen von Nockenfelds Kommen gewußt haben, auch wenn ich es gegenüber keinem von ihnen erwähnt habe. Möglicherweise hat es sogar Nockenfeld selbst in Gesprächen erwähnt.« Er hielt inne und setzte dann mit gedämpfter Stimme hinzu: »Im übrigen, Herr Medizinalrat, gibt es einen Gesichtspunkt, der Ihren logischen Schluß aufhebt. Der Mörder mußte nicht im vorhinein von Nockenfelds Anwesenheit wissen, er mußte sich nicht auf den Mord vorbereiten, denn er hätte sich das Gift noch an diesem Abend selbst, und zwar innerhalb einiger Minuten, verschaffen können.«

»Wie meinen Sie das?« fragte Merrem überrascht.

»Sehen Sie sich um, Herr Medizinalrat.«

Mit einer kleinen Geste wies Elkendorf in den Hintergrund des Raumes. Merrem folgte der Handbewegung und drehte sich in seinem Sessel um, bis er die beiden breiten Glasschränke im Blick hatte, die neben der Tür standen. Es waren Schränke aus polierter Esche mit Doppeltüren, durch die man eine Anzahl Borde sehen konnte, auf denen dicht an dicht die verschiedensten Gefäße aus Porzellan, Glas oder Holz standen, alle mit Stöpseln oder Deckeln fest verschlossen, alle beschriftet.

»Ich verstehe«, sagte Merrem. »Sie haben Stechapfel hier in diesem Zimmer.« Er stand auf und ging zu den Schränken.

»Ja, als grobes Pulver, in dem auch Stücke von Samen sind. Dort im rechten Schrank auf dem dritten Bord von oben. In der hinteren Reihe. Sehen Sie die Dose?«

Merrem hatte die Glastür aufgemacht und, über eine Reihe kleinerer brauner und grüner Fläschchen hinweg, nach einer hohen, runden Porzellandose gegriffen. Sie war weiß und auf der Vorderseite mit einem Blattmuster verziert, das einen ovalen Kranz bildete. In diesem Oval klebte ein wenig schräg und schon halb abgelöst ein Etikett, auf dem in Elkendorfs Schrift mit Tinte die Bezeichnung »Datura stramonium« geschrieben war. Er hob den Deckel, sah hinein und bewegte dann die Dose leicht kreisend, so, als ob er noch immer sein Cognacglas schwenke.

»Sie ist ungefähr halbvoll«, sagte er.

»Sie begreifen die Situation, Herr Medizinalrat. – Jeder der Gäste kennt mein Studierzimmer, jeder von ihnen weiß, wo meine Arzneien stehen, jeder konnte daher wissen, wo er das Gift finden würde. Sehlmeyer brachte mich gestern auf diesen Gedanken. Er erinnerte sich genau daran, in welchem Schrank, sogar auf welchem Brett die Dose steht.«

»Schließen Sie den Schrank nicht ab?«

»Selten.«

»Sehr nachlässig von Ihnen.«

Elkendorf hob bedauernd die Schultern.

»Haben Sie überprüft, ob jemand die Dose geöffnet hat?«

»Ich konnte weder feststellen, ob die Dose bewegt noch ob sie geöffnet worden ist noch ob etwas von der Substanz fehlt. Ich glaube, sie ist schon seit langem ungefähr halbvoll. Und Sie wissen, man braucht nicht viel davon, um jemanden zu vergiften. Eine größere Prise genügt.«

»Fazit ist also, man hätte während des Abends hier in dieses Zimmer gehen, aus der Dose mit Stechapfelpulver eine Prise entnehmen und bei Gelegenheit in Nockenfelds Teller oder Glas streuen können.«

»Genau so. Eine kräftige Prise, einfach in die Rocktasche, das hätte gereicht.« Elkendorf legte die Fingerspitzen der rechten Hand zusammen, als hielte er zwischen ihnen eine feinkörnige oder pulvrige Substanz, und steckte sie rasch in seine Tasche.

Merrem nickte langsam: »Ja, das wäre möglich. Aber wer hatte die Gelegenheit, allein hierher zu gehen? Wir waren doch alle den ganzen Abend zusammen.« Er stockte und fuhr dann laut und ärgerlich fort: »Aber natürlich, wie dumm von mir! Es haben einige das Eßzimmer verlassen, um zum Abtritt im Hof zu gehen.«

»Nicht nur einige, alle waren draußen. Als erster Willmes, noch während des Essens, daran erinnere ich mich deutlich. Später jeder von uns. Schließlich war es ein langer Abend, und es wurde viel getrunken.«

Ihre Augen trafen sich und hielten sich einen Moment lang fest. Elkendorf bemerkte, daß sich trotz der Kühle des Zimmers kleine Schweißperlen auf Merrems Stirn gebildet hatten. Sie sahen wie Fieberbläschen aus.

»Ist Ihnen klar, daß wir mit unseren Überlegungen nicht viel weiter gekommen sind? Vier Personen haben ein Motiv, und alle vier hatten die Gelegenheit, sich das Gift zu beschaffen und es Nockenfeld zu geben. Und Struensee wartet.«

»Und auf was wartet er, Herr Medizinalrat?«

»Was meinen Sie damit?«

Elkendorf spürte, wie das Unbehagen, das ihn seit Nockenfelds Tod verfolgte, sich in schmerzhafte Wut verwandelte, die ihn wie eine Welle überflutete. Das Gesicht vor ihm schien aufgeblasen und leer zu sein und übte dennoch einen kaum erträglichen Zwang auf ihn aus. Im Versuch, sich gegen diesen Zwang zu wehren, stieß er hervor: »Sie sagten, Struensee dränge, er warte auf ein Ergebnis meiner Untersuchungen. Aber wissen Sie auch sicher, auf was er genau wartet? Glauben Sie, er wartet auf einen des Mordes geständigen oder überführten

Marcus DuMont, Engelbert Willmes, Matthias De Noel oder gar Nepomuk Lyversberg? Oder nicht eher auf ein Ende der Untersuchung mit dem beruhigenden Ergebnis, alles sei unklar und auch nicht aufzuklären? Wartet er auf die Wahrheit? Sollen wir wirklich die Wahrheit suchen?«

Er unterbrach sich und sah Merrem an, der gedrungen und schwitzend neben ihm stand und erneut sein Pfeifenfutteral aus der Tasche gezogen hatte. Als er es öffnen wollte, entglitt es seinen Händen, fiel auf den Boden und rollte halbaufgesprungen unter den Schreibtisch. Mit einem kurzen Fluch blickte Merrem ihm nach und wandte sich dann zu Elkendorf.

»Sicher weiß ich, was er hören will«, sagte er heiser. »Er drängt, läßt mich mehrmals am Tag zu sich bitten und zeigt sich erregt und beunruhigt. – Vor allem aber spricht er von Diskretion, von der Notwendigkeit, an das Interesse der Allgemeinheit zu denken, und von Formen übergeordneter Gerechtigkeit. Glauben Sie, ich wüßte nicht, was das heißen soll? Ich kann es Ihnen sagen! Er will die Wahrheit wissen, er will wissen, ob DuMont, Lyversberg, Willmes oder De Noel einen Giftmord begangen haben! Ob, wie und warum. Und Sie und ich sind dazu da, ihm dieses Wissen zu beschaffen. Aber er behält sich vor, zu entscheiden, was dann geschieht. Er allein wird darüber entscheiden, niemand sonst.«

»Und was möchten Sie selbst, Herr Medizinalrat?«

»Seien Sie nicht wieder naiv, Elkendorf! Wen interessiert, was ich will! Sie? Nun, ich kann Ihnen darauf eine Antwort geben. Ich will das, was meine Pflicht ist, und meine Pflicht ist, das zu tun, was angeordnet wird. In unserer jetzigen Situation heißt das, daß Sie und ich klären, wer Nockenfeld umgebracht hat, und dieses Wissen an Struensee weitergeben.«

Elkendorf lachte gezwungen. »So einfach ist das also.«

»So einfach ist das! Vergessen Sie Ihre Skrupel beim Aushorchen Ihrer Freunde und Ihre Angst davor, die Bosheit der Menschen um sich herum wahrzunehmen. Das sind manierierte Attitüden, mit denen Sie nicht weit kommen werden.« Merrems Stimme hatte jeden verbindlichen Ton verloren. Sein angespannter Körper drückte nicht nur Energie, sondern auch verhaltene Aggressivität aus.

Elkendorf schloß die Augen bis auf einen Spalt, durch den er nur noch seine eigenen Hände sah, die er zu hilflosen Fäusten geballt auf den Unterleib gelegt hatte. Er spürte, wie seine Wut langsam in sich zusammenkroch und ein kaltes, taubes Gefühl hinterließ, als hätte man ihm das Blut mit einer Aderpresse abgedrückt.

Lange sprach keiner von beiden. Schließlich stand Elkendorf auf, bückte sich nach dem Pfeifenfutteral, klappte es zu und sagte: »Was schlagen Sie vor? Ich denke nicht, daß ich durch weitere Gespräche mehr als bisher erfahren könnte. Ich bin schließlich nicht in der Lage, regelrechte Verhöre durchzuführen oder irgendeine Form von Druck auszuüben. Dazu müßte die Angelegenheit der Polizei übergeben werden.«

»Das will Struensee bislang noch nicht.«

»Also?«

Merrem sah eine Weile vor sich hin und hob dann den Kopf. »Ich überlege gerade«, sagte er, »ob es nicht möglich wäre, daß alle Beteiligten, das heißt, alle, die Gäste Ihres Diners waren, zusammenkämen. Nur dieser Personenkreis, und in einer ganz ähnlichen Situation.«

Elkendorf hielt immer noch Merrems Futteral, das sich kühl und samtig anfühlte, in der Hand. »Und an was dachten Sie?« wollte er wissen.

»Ich denke an ein Essen bei Ihnen. In Ihrem Salon und an Ihrem Tisch, so wie vorgestern abend. Verstehen Sie?«

Als Elkendorf nicht antwortete, griff Merrem nach seinem Futteral.

»Laden Sie für morgen mittag ein«, sagte er. »Ich bin sicher, daß alle kommen werden. Aus Neugier, aus Unsicherheit – oder aus Furcht.«

Kaum war Merrem gegangen und Elkendorf von der Diele in sein Zimmer zurückgekehrt, öffnete sich die Tür wieder, und Therese blickte herein. »Sie haben nicht fertiggegessen, Herr Doktor«, meinte sie. »Soll ich Ihnen noch etwas bringen? Aal und Kartoffeln oder ein Stück Pomeranzentorte?«

»Nein«, antwortete Elkendorf. Allein der Gedanke an Essen würgte ihn im Hals.

KAPITEL 12

Freitag, 29. August, Vormittag

»Von der Erbschaft.
Erbschaften eröffnen sich durch den natürlichen und durch den bürgerlichen Tod. (…)
Um Erbe zu sein, muß man nothwendig in dem Augenblicke der Eröffnung der Erbschaft existiren. Nicht erbfähig sind demnach:
1) Derjenige, der noch nicht empfangen ist;
2) das Kind, welches nichtlebensfähig geboren wird;
3) derjenige, der bürgerlich todt ist. (…)
Unwürdig, Erben zu sein, und als solche von der Erbschaft ausgeschlossen, sind:
1) Derjenige, welcher verurtheilt worden ist, weil er den Verstorbenen getödtet oder denselben zu tödten versucht hat;
2) derjenige, welcher wider den Verstorbenen eine Capitalanklage erhoben hat, die durch ein Urtheil für verläumderisch erklärt worden ist;
3) der großjährige Erbe, welcher den an dem Verstorbenen begangenen Mord, obgleich derselbe ihm bekannt war, nicht gerichtlich denunciirt hat.«
Aus: Code Civil (Civilgesetzbuch), 1820, Cap. III, Art. 718, 725 u. 727

Die Standuhr in der Diele hatte gerade neun Uhr geschlagen, als Anna das Haus verließ. Es war wieder ein trüber Morgen mit heftig strömendem, kaltem Regen, der die Luft schwer machte und alles in Grau tauchte. Durch dieses Grau schritt sie die Streitzeuggasse entlang in Richtung des Neumarkts. Während sie ging, wurde ihr bewußt, wie erregt sie war. Sie fühlte sich, als hätte sie auf leeren Magen zuviel und zu starken Kaffee getrunken. Ihr Herz schlug rasch, sie atmete flach, und ihre Schritte waren hastig. Fast hatte sie den Eindruck, es seien es der Rhythmus der Windböen und der peitschende Regen, die ihr Herz antrieben, nach einiger Zeit aber merkte sie, daß die Erregung allein aus ihr selbst kam.

Gesprächsfetzen und Sätze, die sie in den letzten Tagen gehört hatte, gingen ihr durch den Sinn, verwirrten sich, bildeten dann plötzlich eine Art verschlungenes Muster, das sich jedoch sofort wieder, kaum daß sie glaubte, es zu verstehen, in verzerrte Bruchstücke und vage Eindrücke auflöste. Und nicht nur, was man ihr gesagt hatte, vor allem auch das, was sie gesehen hatte, drängte sich in ihren Geist: Gesichter, Mienenspiele, Gesten – und Gemälde.

Sie bemühte sich, gleichmäßig zu gehen, und versuchte dabei, ihre Gedanken zu beruhigen und in kleine logische Schritte zu unterteilen. Wo war sie seit Nockenfelds Tod gewesen, fragte sie sich, mit wem hatte sie gesprochen, was hatte man zu ihr gesagt? Langsam begann sie, die Ereignisse der vergangenen Tage zu ordnen und die Szenen, die sie erlebt hatte, systematisch vor ihrem inneren Auge zu wiederholen. Ihre Erinnerung konnte von jeher bildhafte Eindrücke lange festhalten, länger und exakter, als es ihr oft lieb war, und so gelang es ihr auch jetzt, sich die Situationen, Gesichter und Stimmen der letzten zwei Tage ins Gedächtnis zurückzurufen und sie, fast wie in einer genauen Wiederholung, an sich vorbeiziehen zu lassen. Blitzartig jedoch mischten sich ungerufene Bilder darunter, zerrissen die Gedankenkette, zerflossen zu dünnen Fäden und verschmolzen erneut ineinander, um sich schließlich wieder zu verdichten.

Obwohl ihr der Wind fast den Atem nahm, traten einzelne Szenen allmählich immer deutlicher hervor. Sie verschwanden nicht mehr, sondern fügten sich aneinander. Es war beinahe so, dachte sie, als sei sie in eine fremde Küche gekommen, nachdem man dort ein kompliziertes Gericht gekocht hatte, und müsse nun aus dem Zustand der Küche, aus Resten und Utensilien auf das Rezept schließen und die verschiedenen Zutaten, ihr Verhältnis zueinander und die Reihenfolge ihrer Vermischung rekonstruieren, um schließlich genau zu wissen, wie das Gericht zubereitet worden war.

Sie fuhr sich mit der Zunge über die Lippen, die warm waren und feucht von Regenluft, und dachte mit diesem intensiven, neuen Gefühl der Erregung in sich nochmals an die Färbung einiger der Stimmen, an ängstliche oder mißtrauische Seitenblicke oder auch leere oder scheinbar leere Augen, die ihr in ihren Gesprächen begegnet waren.

Es war eine Fülle an Details, die sie über Nockenfeld erfahren hatte, überlegte sie – und nicht nur über ihn.

Ihre Erregung wuchs, und ihr wurde klar, daß sie sich so lebendig fühlte wie an dem Morgen, als sie von Nockenfelds Totenbett durch den Regen nach Hause gegangen war. Aber zu diesem Gefühl des Lebendigseins hatte sich noch etwas anderes hinzugesellt. Etwas Lustvolleres, Befriedigenderes. Es war wie eine beunruhigende und aufreizende Faszination, eine Mischung aus satter Genugtuung und aufgeregter Erwartung. Jedenfalls ein Gefühl, das ihr neu war. Oder doch nicht?

Eine unscharfe Erinnerung tauchte am Horizont ihrer Gedanken auf, verschwamm jedoch, als sie sie zu fassen versuchte. Es war eine Erinnerung, die, empfand sie vage, mit einer Spur von Schuld verbunden war. Noch einmal bemühte sie sich, dem unbestimmten Eindruck nachzugehen, zwang sich zur Konzentration, und unvermittelt, für den Bruchteil eines Augenblicks, sah sie ganz deutlich eine Szene vor sich, die sie im Hochsommer vor zwei Jahren erlebt hatte.

Es war heiß gewesen, die Luft dumpf, getränkt von Staub und den Ausdünstungen von Menschen und Tieren. Sie stand eingeschlossen mitten in einer dichtgedrängten Menge auf dem Neumarkt. Alle Köpfe um sie herum waren nach oben gewandt. Es herrschte eine atemlose Stille, in die in kurzen Abständen grelle Trommelwirbel einfielen. Zwischen den Pfeilern eines hohen Gerüstes spannte sich ein Seil, auf dem eine Gauklerin balancierte. Schmächtig, in weißen Strümpfen und einem weißem kurzem Kleid lief sie über den Köpfen der Menge das Seil entlang, drehte sich, streckte sich, stockte, lief wieder einige Schritte, beugte sich links, dann rechts zur Seite. Dann, gerade als sie sich mit kleinen, wippenden Sprüngen dem Gerüst näherte und sich dabei noch einmal mit einer Hüftbewegung zur Seite wandte, schien sie jählings das Gleichgewicht zu verlieren. Sie schrie auf, ruderte mit den Armen – und stand einen Moment später wieder gerade und sicher auf dem Seil.

In diesem einen kurzen Moment ihrer Unsicherheit war aus der Menge, in der Anna stand, ein Laut aufgestiegen, der sich angehört hatte wie ein böses, gieriges Grunzen. Die Menge hatte gegrunzt wie ein Tier. Und sie selbst hatte genauso gegrunzt wie alle anderen.

Als sie sich durch die Menschen gezwängt hatte und hastig nach Hause gegangen war, hatte sie gewußt, daß sie für einen winzigen Augenblick gehofft hatte, die Frau fallen und sterben zu sehen. Alle hatten es gehofft.

Überwältigt von dieser plötzlichen Erinnerung, blieb Anna stehen, genau gegenüber der Stelle, an der damals die Gauklerin getanzt hatte. Sie lehnte sich mit dem Rücken an die Wand eines gewölbten Hauseinganges, die sie hart und kalt durch den Mantel hindurch spürte, und fragte sich mit einem Mal, was ihr die Nachforschungen über Nockenfelds Leben und seinen Tod tatsächlich bedeuteten.

Sie wußte noch genau, was ihr durch den Kopf gegangen war, als sie vor seiner Leiche gestanden hatte. Sie hatte sich erst – erschrocken – gefragt, warum er ihre Gerichte erbrochen hatte, und dann, als ihr der Gedanke an Gift gekommen war, warum er überhaupt gestorben war, warum er hatte sterben müssen oder sollen. Sie erinnerte sich, wie sie sich über das entstellte Gesicht Nockenfelds gebeugt hatte und plötzlich mit großer Dringlichkeit hatte wissen wollen, was für ein Mensch er gewesen war. Sie war sich schon in diesem Moment sicher gewesen, daß er weder durch ein Versehen gestorben war noch sich selbst getötet hatte. Nein, sie hatte seltsamerweise sofort gewußt, daß er ermordet worden war. Eigenartig, dachte sie, dieses Gesicht, das unter ihr gelegen hatte, über das sie sich hatte beugen müssen, erinnerte sie plötzlich an irgendein anderes, aber sie konnte sich nicht entsinnen, an welches.

Es war nicht eigentlich die Angst gewesen, überlegte sie weiter, als Köchin seiner letzten Mahlzeit für Nockenfelds Tod verantwortlich gemacht zu werden, dieser Gedanke hatte sie nicht wirklich beunruhigt. Es war das Bedürfnis gewesen, zu wissen, was vor sich gegangen war. Sie hatte es einfach wissen wollen, nur für sich selbst, so, wie sie mit der Begrenzung auf sich immer zufrieden gewesen war.

Es war ihr zuerst schwer gefallen, Fragen zu stellen und auf Antworten zu warten oder zu drängen, denn sie machte ungern Besuche, sprach auch nicht gern und war lieber allein. Aber dann, und zwar, wie sie sich eingestand, sehr schnell, hatte sie diese Scheu verloren und angefangen, die Gespräche zu genießen. Sie hatte sich offenbar, wurde ihr mit einem Gefühl der Beklommenheit klar, seit Nockenfelds Tod verändert.

Noch immer fest gegen die Mauer gelehnt, streckte sie eine Hand unter dem Schirm hervor und hielt sie mit der Innenfläche nach oben in den Regen. Binnen kurzem hatte sich in der Handmuschel eine kleine, kalte Lache gebildet. Sie drehte die Hand um und beobachtete, wie das Wasser die Finger entlanglief und schließlich in fünf Linien von den Fingerspitzen auf den Boden rann. Abrupt zog sie die Hand zurück, ballte die Finger zur Faust und steckte sie, naß wie sie war, in ihre Manteltasche.

Also war die Suche nach einem Mörder anders, als sie es sich gedacht hatte. Es war eine Suche, die nicht zuließ, daß man nüchtern und unbeteiligt blieb. Im Gegenteil, dieses Beobachten und Zuhören, oder besser Ausspähen und Aushorchen, dieses Ansammeln von Wissen schien tatsächlich etwas Berauschendes auszulösen, irgendeine Art von Faszination – und von Gier.

Sie hörte wieder Luise Merrems Stimme, wie sie von der Macht Nockenfelds sprach, die sich auf das gegründet hatte, was er über andere wußte. In ihrer Stimme hatte Sehnsucht mitgeschwungen, und sie hatte dabei wie eine phlegmatische und doch wachsame Katze ausgesehen, die auf eine Maus wartet, um mit ihr ein reizvolles, tödliches Spiel zu spielen.

Gier beschränkte sich somit nicht nur auf Gegenstände, auf Gemälde, Antiken und Elfenbeinschnitzereien, auf tote Insekten oder gepreßte Pflanzen, sie konnte auch auf das Wissen über Menschen ausgerichtet sein. Und wenn es so war? Lebte man nicht gut mit Gier? Zumindest eine Zeitlang, wie Katharina Heberle lakonisch gesagt hatte. Aber was dauerte schließlich schon länger als eine Zeitlang? Sie fühlte sich jedenfalls seit Nockenfelds Tod lebendiger, als sie es die ganzen letzten Jahre über getan hatte.

Nicht nur Kochen, Braten und Backen war also faszinierend, dachte sie und leckte sich wieder die Lippen, es gab anderes, Berauschenderes. Statt Kaninchen oder Suppenhühnern den Leib zu öffnen, konnte man, wenn man geschickt war, unter die glatte, respektable Haut der Menschen sehen. Man hatte dann ihre Seelen vor sich, aufgeschnitten wie auf einem Fleischbrett, und konnte ihre Zusammensetzung untersuchen, als lägen dort Tierkörper, deren Muskeln und Sehnen sich isolieren, Herz und Nieren sich heraustrennen ließen.

So entblößt und ohne Haut sah sie jetzt Jakob Nockenfeld vor sich. Aber nicht nur er, auch diejenigen, mit denen sie gesprochen hatte, und diejenigen, über die gesprochen worden war, schienen ihr nackt zu sein. Ja, Kaufmann Lyversberg, Marcus und Trinette DuMont, De Noel, Doktor Günther, die Heberles, Luise Merrem, Jungfer Nockenfeld und Jeanette Fuchs – sie alle waren nackt, nackt wie gesengte, aufgesägte Schweine, dachte sie mit einer Spur Bosheit. Und sie stellte überrascht fest, daß sie diese Bosheit genoß.

Die Suche nach der Wahrheit war also berauschend, und sie machte böse. Warum auch nicht, wenn man sich dabei stark und lebendig fühlte?

Mit einem Ruck stieß sie sich von der Hauswand ab und ging jetzt langsam und mit ruhigerem Herzschlag zur Sternengasse. Es würde interessant sein, jetzt, nachdem sie so viel über Nokkenfeld gehört hatte, noch einmal mit Jeanette zu sprechen, mit Jeanette, die behauptet hatte, sie wüßte nichts über ihn und könne sich kaum an ihn erinnern. Und die bei dem Gespräch über ihn so bleich und angespannt geworden war.

Als sie nicht lange danach in das Fuchs'sche Schlafzimmer trat, blickte Jeanette irritiert von dem Buch auf, in dem sie las. Sie wirkte nicht erfreut, ihre Cousine zu sehen.

»Und, wie geht es dir jetzt? Bist du inzwischen klüger geworden?« fragte sie ohne Umschweife und mit deutlichem Sarkasmus.

Sie saß, eine leichte Decke um die Knie geschlagen, in einem Fauteuil, einen Schritt von ihrem Nachtstuhl aus Mahagoni entfernt, dessen Sitz mit dem gleichen nachtblauen Samt wie die übrigen Sessel im Zimmer überzogen war. Das Negligé-Kleid aus weichem Musselin, das sie trug, stand vorne, wo es zu knöpfen war, ein wenig offen und brachte so das darunterliegende Unterkleid effektvoll zur Geltung. Auch die diagonalen Falten entlang des Dekolletés schmeichelten ihrer Figur, indem sie ihre Brüste betonten und strafften. Gesicht, Oberkörper und das Buch, das geöffnet in ihrem Schoß lag, waren in einen gelben Lichtkreis getaucht, hinter dem sich ein in Abstufungen immer dunkler werdender Hintergrund erstreckte. Trotz des Halbdunkels bemerkte Anna, daß sich Wiege und Säugling nicht im Zimmer befanden. Offenbar an ihrer Stelle, dachte sie ironisch, hatte man Jeanettes Papagei auf seiner Sitzstange neben ihr Bett gestellt. Anna mochte den Papagei nicht. Nicht sein grelles Grün, nicht seinen Geruch und schon gar nicht die fast schmerzhaft schrillen Laute, die er von Zeit zu Zeit in unberechenbaren Abständen ausstieß.

Auch jetzt, als Anna durch das Zimmer ging und sich ihrer Cousine gegenüber in einen Sessel setzte, schrie er durchdringend. Nach dem Schrei konnte man hören, wie er sein Gefieder aufplusterte, sich schüttelte und dann mit harten, hornigen Krallen die Sitzstangen entlangtrippelte. Das Geschrei des Säuglings war unaufdringlicher gewesen, sagte sich Anna und wandte sich Jeanette zu, die, seit sie sie zuletzt gesehen hatte, kräftiger geworden zu sein schien. Ihre Haut war immer noch blaß, hatte jedoch den bläulich-transparenten Ton verloren.

»Ob ich klüger geworden bin? Mag sein«, erwiderte sie vage.

»Wie meinst du das?«

»Nun, es gibt offenbar viel über Nockenfeld zu erfahren, mehr, als ich mir vorgestellt hatte.«

Jeanette legte das Buch neben sich und faltete ihre Hände im Schoß. »Ich hörte, daß du recht hattest«, sagte sie langsam. »Nockenfeld ist tatsächlich an Gift gestorben.«

»Ja.«

»Und du möchtest immer noch wissen, warum er gestorben ist?«

Anna ignorierte ein kurzes, plötzliches Pochen in ihrer linken Schläfe. Sie nickte, und das Pochen verschwand.

»Kein Zweifel? Keine Unsicherheit?«

»Nein.«

»Nun, wenn du es so sagst, wird es wohl stimmen. – Warst du bei Tante Maria?«

»Ja, gestern«, sagte Anna und rief sich die kleine, weißgekälkte Kammer in Erinnerung, in der die beiden alten Nonnen nebeneinander gesessen waren, in Sichtweite ihres alten Klosters, das außer für Maria Christina Hutten für niemanden mehr zu sehen war.

»Es ist eine sehr merkwürdige Welt, in der deine Tante und ihre Mitschwester leben. Ich war nur ungefähr eine Stunde bei ihnen, aber ich hatte das Gefühl, es sei eine Ewigkeit gewesen. Die Zeit scheint dort sehr langsam zu vergehen, fast so, als hätte sie keinen Anfang und kein Ende.« Einen Augenblick lang meinte sie, wieder das schabende Geräusch der sich unentwegt aneinanderreibenden, dürren Hände zu hören. »Für deine Tante ist die Vergangenheit wirklicher als die Gegenwart, und für ihre Mitschwester gibt es keine Zeit mehr, weder eine vergangene noch eine gegenwärtige.«

»Ich weiß. Tante Maria hat sich nie wirklich von ihrem Kloster getrennt, mit einem Teil ihrer selbst lebt sie immer noch dort. – Was hat sie dir erzählt?«

»Nun, sie redete über ihr vergangenes Leben, über das Kloster und die französischen Jahre. Ich denke, sie war froh, mit jemandem sprechen zu können, und es war nicht schwer, das Gespräch auf Nockenfeld zu lenken. Als sie die Auflösung des Klosters und den Verlust des Klosterbesitzes beschrieb, kam die Rede fast von allein auf ihn. Ich brauchte nur ein- oder zweimal nachzufragen.«

»Und? Was sagte sie?«

»Sie erzählte eine im Grunde ganz einfache Geschichte.« Anna hielt inne und versicherte sich, daß Jeanettes Augen auf sie gerichtet waren, dann fuhr sie fort: »Nockenfeld hatte als Arzt der Nonnen erfahren, daß sie ihre Bibliothek und ihre letzten Kunstschätze im Kloster versteckt hatten, statt sie wie vorgeschrieben bei den französischen Behörden abzuliefern. Er schlug ihnen einen Handel vor: Er wollte auf eine Anzeige verzichten, wenn er ihre Bücher und Gemälde erhielte. Und da sie keinen Ausweg sahen, nahmen sie diesen Handel an. Das ist also der Kern der Geschichte – Doktor Nockenfeld hat vor zwanzig Jahren die Nonnen von St. Gertrud um den letzten Rest ihres Besitztums erpreßt.« Nach einer kleinen Pause setzte sie hinzu: »Übrigens scheint deine Tante den Verlust der Bilder als eine Strafe Gottes anzusehen.«

»Eine Strafe? Wofür?«

»Dafür, daß sie vielleicht doch zu sehr an weltlichen Gütern gehangen hatten. Als Nonnen sollte man nicht einmal Bilder der Heiligen besitzen wollen, denn auch das könnte Begehrlichkeit nach Irdischem sein. So habe ich sie verstanden. – Wie dem auch sei, Nockenfeld jedenfalls hatte keinerlei Furcht vor Begehrlichkeiten, er brachte mit seiner Erpressung die Klosterbibliothek und mehr als zwanzig Gemälde in seinen Besitz. Und darunter müssen auch einige sehr bedeutende gewesen sein.«

Es dauerte einige Minuten, bis Jeanette antwortete. Dann sagte sie, so, als ob sie nachgedacht hätte und sich nun plötzlich erinnerte: »Ach ja, so war es. Jetzt fällt es mir wieder ein. Ich glaube, ich kann mich auch wieder an einzelne Bilder erinnern. Ich war oft in St. Gertrud, weißt du. In meiner Kindheit und auch später, bis das Kloster aufgelöst wurde. Nicht in den Räumen des Klosters selbst natürlich, aber in der Kirche. Wie du sagst, es waren sehr schöne und heute recht wertvolle Bilder dabei.« Sie schloß kurz ihre Augen. »Ich meine mich sogar zu erinnern, daß Maximilian sich für die Bilder interessierte, Tante Maria aber plötzlich sagte, die meisten Gemälde seien abgegeben und nicht mehr zu haben, und die Bilder, die noch in der Kirche hingen – es waren nur noch ein paar –, sollten nicht verkauft werden. Ich glaube, auch sie sind dann später irgendwie verschwunden. Das heißt, eines ist bei meiner Tante, eines in der Apostelnkirche und eines gehört zur Sammlung der Brüder Boisserée.« Ihr Blick wanderte an der gegenüberliegenden Wand entlang und schien die dort hängenden Bilder, die im Dämmerlicht nur als dunkle, kleinere oder größere Flekken zu erkennen waren, abzutasten. »Wir haben damals also keine Bilder aus dem Kloster übernehmen können, aber Maximilian bekam durch Vermittlung meiner Tante immerhin einige der Chorfenster von St. Gertrud. Er hat sie lange selbst behalten und schließlich weiterverkauft.«

»Mit beträchtlichem Gewinn wahrscheinlich.«

»O ja, das ist anzunehmen.«

Ihre Augen trafen sich. Es war Anna klar, daß Jeanette alles, jedes Detail der Verbindung zwischen Nockenfeld und dem Kloster St. Gertrud gewußt hatte. Und Jeanette wußte, daß sie es wußte.

In nüchternem Ton fuhr Jeanette fort: »Bis auf diese drei Gemälde ist keines der Bilder aus dem Kloster je wieder aufgetaucht. Zumindest wüßte ich das nicht. Nockenfeld hat sie also nicht verkauft, so daß sie zuletzt in seinem Besitz gewesen sein müssen. – Und das würde bedeuten, daß sie jetzt seiner Schwester, Jungfer Josefine, gehören.«

»Das könnte es bedeuten, ja.«

»Weißt du etwas über Nockenfelds Sammlung? Hat er Bilder mit nach Köln gebracht?«

»Möglich. Unter vielem anderen waren offenbar auch Gemälde in seinem Gepäck.«

»Nockenfelds Gemälde«, sagte Jeanette mit heiserer Stimme. »Maximilian muß sich darum kümmern!«

»Wenn er es nicht bereits getan hat. Heberle und wahrscheinlich auch Lyversberg sind schon auf dem Sprung wie vermutlich alle Sammler und Händler in Köln.«

Jeanette ignorierte die Schärfe, die Anna in ihrer Stimme hatte mitschwingen lassen, und fragte sachlich: »Jungfer Josefine wird doch die Erbin sein, oder nicht?«

»Ich denke ja, wer sonst? Nockenfeld war anscheinend unverheiratet und hatte keine Kinder. Andere Verwandte gibt es nicht mehr.«

Nach eine Weile, in der keine von beiden gesprochen hatte, bemerkte Anna schließlich: »Die Kunstschätze von St. Gertrud waren im übrigen nicht der einzige Klosterbesitz, den Nockenfeld sich angeeignet hat.«

»Nein?« Jeanette hatte den Kopf halb zur Seite gewandt. Im Schein des Lichts sahen ihre rötlichgelben Wimpern pelzig aus wie die Haare auf dem Rücken einer Raupe.

»Er hat sich auch in den Besitz der Bilder und Bücher des Karmeliterklosters gebracht. Zumindest großer Teile davon. In diesem Fall nicht durch eine angedrohte, sondern durch eine tatsächliche Denunziation.« Während sie weitersprach, musterte sie Jeanette genau. »Wenn du dich bemühst, fällt dir möglicherweise auch diese Geschichte wieder ein. Lyversberg und Heberle waren in sie verwickelt, und falls ich richtig verstanden habe, war es dein Mann, der damals die Bilder, um die es bei diesem Geschäft ging, begutachtete.«

»Ach ja?«

»So wurde es mir erzählt. Von Katharina Heberle selbst übrigens. Sie sagte auch, daß unter den Gemälden des Klosters ausgezeichnete Stücke waren, die heute ein Vermögen wert seien, und daß diese Bilder, bis auf eines, verschwunden sind.«

»Möglich.« Jeanette zuckte mit den Schultern, und für einen Moment wurden die Vertiefungen am Schlüsselbein dunkel wie kleine Höhlen. »Ich erinnere mich vage, daß Maximilian von zwei Gemälden aus dem Karmeliterkloster sprach, die er selbst gern gehabt hätte. Eine Darstellung der Marter der Zehntausend in zwei Teilen, wenn ich mich recht entsinne.«

»In Nockenfelds Schlafzimmer, in dem Zimmer, in dem er starb, hängen zwei Bilder mit der Marter der Zehntausend.«

Jäh richtete sich Jeanette auf. »Bist du sicher? Zwei relativ kleine Tafelbilder, gleich groß und in gleichen strengen Goldrahmen, mit nachgedunkelten, aber ungewöhnlichen Rottönen?«

»Richtig. Allerdings nicht mit dunklen, sondern mit sehr leuchtenden Rottönen.«

»Dann hat Nockenfeld die Bilder reinigen lassen. Maximilian sagte damals schon, sie müßten gereinigt werden, damit die Farben, speziell die Rottöne, zur Wirkung kämen.«

Sie verstummte unvermittelt, und ihre Augen wirkten, als sehe sie in sich plötzlich etwas Erschreckendes, etwas, von dem sie zwar gewußt, das sie aber an den Rand ihres Bewußtseins gedrängt hatte.

»In Gegenwart dieser Bilder ist Nockenfeld gestorben?« fragte sie stockend und griff sich an die Kehle. Anna beobachtete, wie ihre Augen langsam verlöschten und die Hände kraftlos in ihren Schoß fielen. Geduckt, nicht mehr aufrecht, saß sie in ihrem Fauteuil, und ihr ganzer Körper schien in sich zu kriechen und an Umfang zu verlieren.

»Ja, Nockenfeld war so verbogen wie die Leiber der auf den Dornen aufgespießten Märtyrer«, sagte Anna kühl.

Jeanette zuckte zusammen und hob ihre Augen, als suche sie Hilfe. Dann schloß sie die Lider. Die Wimpern zitterten, und das ganze Gesicht wirkte wie zu weiches, fahles Gallert.

Während Anna ihre Augen unverwandt auf Jeanette gerichtet hielt, drang das Geräusch des Regens an ihr Ohr, ein leises Geräusch, wie spröde Stimmen, die, gleichmäßig und doch aufreizend, wisperten und flüsterten. Dazwischen war zu hören, wie der Papagei von Stange zu Stange hüpfte, sich dann aufplusterte und sein Gefieder schüttelte. Sein Schrei schnitt ins Ohr.

Nach einiger Zeit bemerkte Anna: »Nachdem ich bei deiner Tante gewesen war, traf ich im Weißzeugladen von Witwe Dülken zufällig Luise Merrem.«

»Ja?« fragte Jeanette tonlos.

»Sie scheint eine Menge über Nockenfeld zu wissen, obwohl sie selbst ihn gar nicht kannte. Persönlich, meine ich. Aber sie hat viel über ihn gehört, und sie hat offensichtlich ein ungewöhnlich gutes Gedächtnis. Sie ist tatsächlich eine intelligente Frau, ich wußte bisher nicht, wie intelligent.«

»Ja?« wiederholte Jeanette.

»Sie behauptete, daß Nockenfeld auch Doktor Günther denunzierte. Und sie sagte, Doktor Günther habe ihn gehaßt.«

»Das wußte ich nicht.«

»Nein? Dann wußtest du sicher auch nicht, daß Nockenfeld für das Verbot der DuMontschen Zeitung durch die französischen Behörden verantwortlich war?«

»Nein.«

»Und daß Matthias De Noel von ihm unter Druck gesetzt worden ist, hast du davon schon einmal gehört?«

»Mag sein. Irgendwie.«

»Wirklich?« fragte Anna. Sie ignorierte Jeanettes abwehrende Geste und fuhr mit einer Stimme, in die sie einen schneidenden Ton legte, fort: »Bei all dem, was Luise Merrem über Nockenfeld sagte, konnte man spüren, daß sie ihn bewunderte. Merkwürdig, findest du nicht? Sie sprach von seiner Eitelkeit und seiner Gier, aber vor allem von seiner Anziehungskraft und seinem Erfolg, so, als sei es fast ein Verlust für sie, ihn nicht gekannt zu haben. Ich hatte den Eindruck, als beneide sie ihn um die Macht, die er über andere hatte. Sie meinte, er müsse faszinierend gewesen sein.« Sie warf ihrer Cousine einen scharfen Blick zu: »Hast du nicht selbst den Ausdruck mesmerisierend benutzt? Auch Lene Kemperdieck sagte, er habe auf manche Frauen so gewirkt. Allerdings sei diese Wirkung nicht zu ihrem Besten gewesen.«

Plötzliche Röte schoß von der Kehle aufsteigend in Jeanettes Gesicht. Ihre Augen öffneten sich und starrten Anna an: »Du hast mit Lene gesprochen? Was hat sie dir gesagt?«

»Nicht viel. Aber ich weiß, was sie meinte.« Anna hielt inne und beobachtete aufmerksam den Ausdruck von Verzweiflung, der sich in Jeanettes Zügen zeigte. Sie wartete einige Momente ab und fragte dann: »Wußtest du, daß Nockenfeld ganz besondere Behandlungen vornahm? Behandlungen an jungen Mädchen, an Mädchen, die nicht krank waren, sondern bloß unverheiratet und schwanger?«

Mit Genugtuung sah sie, daß Jeanette zu zittern begann. Sie beugte sich vor, sah fest in ihre Augen und wartete wieder. Es dauerte keinen Atemzug, bis Jeanette den Blick senkte.

»Ja, auch das wußte ich«, stieß sie leise hervor. »Aber zu spät, viel zu spät. Da war es schon geschehen, und ich konnte es nicht mehr rückgängig machen. Man kann nie etwas rückgängig machen, verstehst du, nie. Ja, ich habe erfahren, was er tat. Lene Kemperdieck sagte es mir scheinbar ganz nebenbei, so, als sei es nicht wichtiger als andere Neuigkeiten. Aber dabei sah sie mich an, als wolle sie mich warnen. Wenn sie es doch nur früher gesagt hätte!«

Sie faßte nach dem Medaillon, das um ihren Hals hing, und drehte die dünne Goldkette in ihren Händen, bis sie immer enger wurde und sich schließlich so fest um Nacken und Kehle schloß, daß sie schmerzhaft zu spüren sein mußte.

»Er schien so ganz anders als Maximilian zu sein, verstehst du, Anna. Er hatte diese blaugrauen Augen, die mich ansahen, als wollten sie in mich eindringen. Ich glaubte, er liebte mich und es wäre mit ihm anders als mit Maximilian. Und eines Tages habe ich mich vergessen.« Sie ließ die Kette los und hielt beide Hände über den Mund. »Ich war allein mit ihm in seinem Haus und … o Gott, es war so widerlich. Es hat ihm Spaß gemacht, mir weh zu tun. – Ich will nicht daran denken. Nein, ich will nicht mehr daran denken!« Sie schüttelte sich, und ihre Hände flatterten hilflos. »Du kannst dir nicht vorstellen, wie ekelhaft mir danach alles war. Er, ich und auch Maximilian. Ich fühlte mich immer nur schmutzig und hätte mich jeden Tag zehnmal von Kopf bis Fuß waschen können. Endlos, immer wieder. Ich glaube, ich habe mich seitdem nie mehr wirklich sauber gefühlt.«

Sie begann zu weinen, erst leise, dann lauter und wie in

einem Krampf. Als sie den Kopf hob, die Augen rot und tränend, sah sie hager und alt aus. Sie schluchzte hart, fast schreiend auf, und einen Augenblick später schrie auch ihr Papagei. Es klang höhnisch, so, als versuche er eine Parodie ihrer Stimme und ihrer Gefühle. Erschrocken wandte sie den Kopf, sprach dann aber stockend weiter: »Später lächelte er immer, wenn er mich traf, und war sehr freundlich zu Maximilian. Für mich waren es Höllenqualen, verstehst du, aber er hat die Situation genossen. Ich bin mir sicher, daß er sie genossen hat. Als ich dann von Lene Kemperdieck erfuhr, was er tat, konnte ich monatelang nicht mehr richtig essen. Ich habe alles erbrochen vor Ekel, wenn ich nur an ihn dachte. Jahrelang blieb das so, jahrelang …«

»Du wußtest also auch, daß eines der Mädchen gestorben ist. Verblutet, mit zerrissenem Inneren verblutet?«

»Hör auf«, schrie Jeanette, »hör endlich auf! Ich will das nicht hören!« Sie legte die Arme um ihren Oberkörper und wiegte sich langsam vor und zurück. Weinend sagte sie: »Als er plötzlich von heute auf morgen fort war, glaubte ich, ich sei endlich von ihm befreit. Ich dachte, ich könnte ihn vergessen. Doch dann, kurz darauf, sprach Lene Kemperdieck von diesem toten Mädchen. Ein Mädchen, das verblutet war. Und für mich wurde alles noch schlimmer. Seitdem habe ich versucht, nicht mehr an ihn zu denken. Aber«, schrie sie auf, »ich konnte es nicht! Ich konnte es einfach nicht. Er war ein böser Geist, und wie ein böser Geist kam er immer wieder.« Mit bebender Stimme fügte sie flüsternd hinzu, während ihre Augen ins Leere starrten: »Und ich glaube, auch jetzt ist er wieder da.«

Ganz allmählich schien sie sich zu fassen. Sie wurde ruhiger, und ihr Schluchzen verebbte. Plötzlich schlug sie die Decke von ihren Knien und stand auf. Ihr quittengelbes Kleid hing jetzt an ihr, als sei es für jemand anderen, größeren gemacht worden. Mit einem Schritt zur Seite schob sie sich vor die Lampe, so daß ihr Körper das Licht verdunkelte und die Schatten im Raum veränderte.

»Weißt du jetzt genug? Genügt dir, was du über Nockenfeld weißt?« fragte sie beißend.

Anna lehnte sich in ihrem Sessel zurück und erwiderte: »Ich weiß viel, mehr als noch vor einer Stunde, aber ich weiß immer noch nicht, wer ihn ermordet hat.« Dann erhob sie sich langsam, raffte ihre Röcke zusammen und wandte sich zur Tür. »Allerdings kann ich es mir denken«, setzte sie hinzu und ließ ihre Stimme gelassen und distanziert klingen.

Während sie noch mit der Klinke in der Hand an der Tür stand, hörte sie Jeanette hinter sich sagen: »Es ist mir gleichgültig, wer es war. Wer immer ihn auch ermordet hat, er hat zumindest mir einen Gefallen getan. Vielleicht kann ich ihn jetzt endlich vergessen.«

Nein, dachte Anna, das würde sie nie. Genausowenig wie sie selbst das lüsterne Gesicht über sich je vergessen würde. Während sie an dieses Gesicht dachte, an ihre hochgeschobenen Röcke und an blutige Männerhände, wurde ihr langsam bewußt, daß der stechende Schmerz, der diese Bilder immer begleitet hatte, ausblieb. Keine Schmerzen im Unterleib, sagte sie sich, überwältigt von Erstaunen und Erleichterung, und keine drängende, zwingende Flut von Erinnerungen. Nichts, keine Schmerzen, wiederholte sie fast beschwörend halblaut und ging langsam, jeden Schritt vorsichtig setzend, auf die Sternengasse hinaus. Dann wandte sie sich, allmählich schneller werdend, zum Neumarkt und bog von dort in die Schildergasse ein. Sie wollte zu Josefine Nockenfeld.

Es dauerte nur einige Minuten, bis sie vor dem Haus der Nokkenfelds stand. Es wirkte im dunstigen Licht des Vormittags kaum anders, als sie es zuletzt im Morgenlicht gesehen hatte. Grau, abweisend, trotz der geschweiften Formen von Fenstern, Portal und Giebeln nicht anziehend oder gar heiter. Die urnenförmigen Steinvasen, die die Seitengiebel schmücken sollten, sahen aus wie verwitterter, metallener Grabschmuck und schienen, schwer und bleifarben, die Tristesse des gesamten Eindrucks noch zu steigern. Alle Fenster, auch das Fenster zum Schlafzimmer des Toten, waren geschlossen.

Über große, schlüpfrige Steine, die man in eine tiefe vor dem Haus entstandene Lache gelegt hatte, erreichte sie den Eingang, drückte gegen die Klinke und zog, als sich die Tür nicht öffnete, an der Klingelschnur. Einige Augenblicke nach dem blechernen Klang der Schelle hörte sie Schritte. Ein Riegel wurde zurückgeschoben, ein Schlüssel, der sich offenbar nur schwer bewegen ließ, im Schloß gedreht. Schließlich sah das erwartungsvolle Gesicht der Magd durch den Türspalt, das sich sofort enttäuscht verzog.

»Ach, Sie sind es bloß! Ich dachte, es wäre der Pfarrer. Er wollte heute noch kommen, weil er mit der Jungfer über die Totenmesse und die Beerdigung sprechen muß. Sie wissen doch, daß die Beerdigung morgen ist?«

Anna nickte. »Der Leichenbitter war gestern bei uns«, antwortete sie, während sie in die Diele trat.

Gertrud blickte rasch über die Schulter zurück, offenbar um festzustellen, ob sie allein waren. Mit gedämpfter Stimme sagte sie: »Der Pfarrer soll auch das Zimmer aussegnen. Das Schlafzimmer. Sie wissen schon, wegen dem Toten.« Sie schüttelte sich, deutete eine Bekreuzigung an und nahm dann Annas Mantel und Parapluie. »Ist das alles nicht furchtbar?« meinte sie. »Nie hätte ich daran gedacht, daß er an Gift gestorben ist. Wer denkt auch an so etwas?« Sie warf Anna einen Blick zu. »Jungfer Josefine will es nicht glauben. Ihr Bruder kann nicht an Gift gestorben sein, sagt sie. Sie denkt, ihn hat ein Schlagfluß getroffen, ein Schlag nach zuviel Essen und Trinken.« Immer noch leise setzte sie hinzu: »Kommissär Glasmacher war hier und hat ihr die Sache mit dem Gift, mit diesem Stechapfelgift, erklärt. Er sagte, daß Apotheker Sehlmeyer es bei einer Untersuchung gefunden hat. In den Eingeweiden, glaube ich. Ich war gerade in der Diele und räumte Wäsche in den Schrank neben der Tür zum Salon. Weil die Tür ein wenig offen stand, konnte ich alles hören, ob ich wollte oder nicht, verstehen Sie? Ich hörte, wie Jungfer Josefine immer wieder stöhnte: ›Das kann nicht sein, das glaub ich nicht! Nicht mein Bruder, nicht Jakob!‹« Während Gertrud den Mantel aufhängte und den Schirm in einen Ständer stellte, sprach sie erregt, aber immer noch gedämpft weiter. Ihr kleines Kinn bebte dabei befriedigt über das, was sie zu berichten hatte. Ihren Schrecken und ihre Furcht des Morgens, an dem sie Nockenfeld tot im Bett entdeckt hatte, schien sie völlig vergessen zu haben.

»Doktor Hensay war schon zweimal bei ihr«, sagte sie, »und versuchte, sie zu beruhigen. Er sagte, daß sie sich keine Sorgen machen solle, daß alles seinen geordneten Gang gehe und daß man das Beste für sie wolle. ›Vertrauen Sie auf unsere Behörden und auf Doktor Elkendorf‹, hat er gesagt. Aber sie hat nur aufgeschluchzt ... Und dann war heute auch noch ein Bote vom Notar da. Es geht wohl um das Testament. Doktor Nockenfelds Testament, meine ich.«

Sie standen vor der Tür zum Salon. Gertrud öffnete und sagte: »Jungfer Steinbüschel ist hier. Sie fragt, wie es Ihnen geht. Kann sie hereinkommen?«

Man hörte keine Antwort, aber anscheinend hatte Josefine genickt, denn Gertrud stieß die Tür ganz auf und ließ Anna eintreten.

Das Zimmer, das Anna nun sah, war ganz anders als der ihr bisher bekannte, schäbig eingerichtete Wohnraum der alten Sophie Nockenfeld. Fast das ganze Mobiliar, mehr noch, die gesamte Ausstattung mußte neu sein. Beeindruckt sah sie sich um und registrierte Qualität und Eleganz der Möbel. Es waren französische Möbel der napoleonischen Zeit aus poliertem Mahagoni mit schlanken Beinen und vergoldeten Applikationen. Der runde Tisch in der Mitte des Zimmers hatte goldene Löwenfüßchen, die Stühle um ihn herum zeigten Rükkenlehnen, deren durchbrochene Muster an ein Saiteninstrument erinnerten, die beiden Sessel neben einer strengen Chaiselongue, auf der Josefine saß, trugen als Verzierung glänzende Knäufe. Zwei hohe, einander vis à vis hängende Spiegel, deren glatte Rahmen mit Bändern aus schwarzen Intarsien eingelegt waren, warfen sich ihre eigenen Bilder in unendlicher Widerspiegelung zu und ließen den Raum verwirrend tief erscheinen. Ein aus gläsernen Tropfen zusammengesetzter Lüster glitzerte trotz des Dämmerlichts, so daß Anna unwillkürlich nach einer brennenden Lampe oder Kerze suchte. Es gab jedoch keine künstliche Beleuchtung im Raum, die vielfach geschliffenen Glastropfen glänzten fast aus eigener Kraft.

Die Wand hinter der Chaiselongue war mit einer in schwachen Grün- und Gelbtönen gehaltenen Landschaftstapete bedeckt, so daß Josefine in einer merkwürdig fahlen südlichen Szene zu sitzen schien, unter blassen Zypressen und zwischen den Ruinen eines antiken Gebäudes. Auf einem Tischchen in Reichweite Josefines standen, nicht unpassend zu dieser Szenerie, eine Weinkaraffe und ein Glas, das mit einer bernsteinfarbenen Flüssigkeit halbgefüllt war. Es roch nach Orangenessenz und süßem Portwein.

Der graue Vogel hatte also ein mit bunten Federn ausgepolstertes Nest gefunden, dachte Anna und musterte das Gesicht, das sich ihr, gedunsen und rot, über einem alten, abgenutzten Hauskleid zugewandt hatte. Sie stellte fest, daß Josefine ihre Reaktion beim Betreten des Salons sehr wohl bemerkt hatte.

»Wie geht es dir, Josefine? Du siehst besser aus.«

»Ja? Aber es geht mir nicht besser. Ich fühle mich so schrecklich müde und kraftlos. Und mir ist kalt. Sag Gertrud, sie soll im Ofen noch nachlegen.«

»Das mache ich selbst«, antwortete Anna und ging zum Kachelofen hinüber. Während sie einige Kohlebrocken aufs Feuer warf, bemerkte sie im Wärmefach des Ofens eine Kaffeekanne. Es war die Kanne, die Anna zuletzt auf dem Tablett in

Nockenfelds Schlafzimmer, auf dem Nachtkästchen neben der Leiche, gesehen hatte. Der hochgezogene, vergoldete Griff und die Darstellung einer antiken Göttin auf dem streng geformten Körper der Kanne waren nicht zu verkennen.

Langsam schloß sie die Ofentür. Das Feuer brannte kräftig, und im Raum war es warm, wärmer, als sie es je im Nockenfeldschen Haus erlebt hatte, denn solange Josefines Tante die Aufsicht über die Hauswirtschaft gehabt hatte, war man sehr sparsam mit Holz und Kohle umgegangen.

Als sie sich umdrehte, sah sie Josefines verwaschene Augen auf sich gerichtet.

»Daß ich erschöpft bin, ist allerdings kein Wunder. Erst stirbt mein Bruder, mein einziger Bruder, plötzlich und unerwartet, und als ob das nicht ausreichend sei, wird um seinen Tod ein solcher Umstand gemacht. Man holt ihn ab, man ... nun, man untersucht ihn, und dann behauptet dieser Kommissär Glasmacher sogar, man habe Gift gefunden. Wieso Gift? Ich verstehe das alles nicht. Ich will es auch nicht verstehen. Ich will, daß man mich in Ruhe läßt. Ich will endlich allein und in Ruhe in diesem Haus leben. Ist das zuviel verlangt?«

»Du mußt abwarten, Josefine«, entgegnete Anna und setzte sich in einen der Sessel.

»Das sagt deine Tante auch. Ich soll abwarten. Es fügt sich schon alles, sagt sie. Und dasselbe meint auch Doktor Hensay. – Wollen wir hoffen, daß sich alles fügt, wollen wir es hoffen.« Sie nippte an ihrem Portwein und schmatzte mit klebrigen Lippen, senkte den Kopf und strich langsam über ihr dunkles Kleid. Dann legte sie die Hand auf den seidig schimmernden Bezug der Chaiselongue. Während sie ihre Hand auf der Seide betrachtete, blieb ihr Gesicht ausdruckslos, nur um die Mundwinkel zuckte es.

»Dein Bruder war kein angenehmer Mensch, nicht wahr?« fragte Anna abrupt.

Die Haltung Josefines veränderte sich nicht. Der Kopf blieb

gesenkt, der Hals, der Anna wieder an den eines gerupften Kapauns erinnerte, schlaff und faltig. Erst nach einer Weile sah sie auf.

»Nein, das war er nicht«, sagte sie nüchtern. Einen Moment später setzte sie in schrillerem Ton hinzu: »Aber woher weißt du das, du hast ihn doch nicht gekannt?«

»Nein. Aber es wird in der Stadt über ihn gesprochen.«

»Ach, jetzt, wo er tot ist? – Natürlich, da werden sich einige an ihn erinnern. Und man wird die eine oder andere Geschichte über ihn erzählen.«

»Es sind offenbar bei den meisten keine guten Erinnerungen.«

»Wirklich?« Josefine drückte sich an die Kissen in ihrem Rükken, so daß ihre runden Schultern eine Stütze fanden, und atmete leise keuchend. Nach einer Weile, in der sich ihre Hand wie selbständig über den Seidenbezug bewegt hatte, stieß sie heftig hervor: »Gute Erinnerungen! Ich wollte, ich hätte überhaupt irgendwelche guten Erinnerungen an ihn oder an meine Tante. Aber ich glaube nicht einmal, daß ich mich an irgend etwas Angenehmes in meinem Leben entsinnen kann. Vielleicht an meine Mutter – aber als sie starb, war ich so jung, daß ich mich vermutlich mit meinen guten Erinnerungen an sie bloß täusche.« Sie unterbrach sich und fragte dann: »Und? Was sagt man so? Welche Geschichten erzählt man sich? Geht man in Einzelheiten?«

»Ich will dich mit diesen Gerüchten und Geschichten nicht kränken«, sagte Anna und wartete auf Widerspruch.

Tatsächlich antwortete Josefine sofort. »Weshalb soll mich das kränken?« meinte sie spitz. »Ich weiß, wie er war.« Sie beugte sich nach vorn, so daß Anna ihren schalen, nach Orange und Alkohol riechenden Atem wahrnehmen konnte. »Hat man dir von seiner Gier erzählt?« fragte sie mit einer Stimme, die fast hämisch klang. »Von seiner Gier und seiner Skrupellosigkeit?«

»Man hat gesagt, daß er Kunstsammler war, ein fanatischer Sammler und –«

»Ja, und?«

»– daß er andere Sammler und Händler hintergangen und betrogen hat.«

Der kleine, aufgeschwemmte Körper im dunklen Kleid warf sich zurück. Josefine lachte auf: »Die betrogenen Betrüger beschweren sich! Alle diese ehrbaren Kaufleute und Bürger fühlen sich hintergangen! Daß ich nicht lache. Dabei sind sie doch alle Betrüger, jeder einzelne von ihnen. Mein Bruder unterschied sich in nichts von ihnen – außer, daß er geschickter war als sie alle. Geschickter und raffinierter.«

»Ja, das scheint er gewesen zu sein«, sagte Anna und beobachtete den eigentümlichen Glanz, der in Josefines Augen entstanden war.

»So war er, glaub mir, genau so war er!«

»Es heißt auch, er habe Kollegen und Freunde bei den Behörden denunziert.«

»Du meinst die Sache mit DuMont?«

»Nicht nur DuMont. Es gab auch andere Fälle.«

Josefine nickte mehrmals heftig, so daß die unordentlichen Haare, die weder von einem Netz noch von einer Haube gehalten wurden, wirr um ihren Kopf flogen. »Sicher gab es die«, sagte sie. »Sicher.«

Anna flüsterte beinahe vor Erregung, als sie fragte: »Mein Gott, Josefine, hast du das alles gewußt?«

Das teigige Gesicht ihr gegenüber nahm einen schlauen Ausdruck an: »O ja. Immer. Ich habe immer gewußt, was er machte. Da staunst du, nicht wahr? Da würden alle staunen, wenn sie es wüßten. Und er, mein Bruder, hätte am meisten gestaunt. Er hatte ja keine Ahnung davon, daß ich ihn, solange er in Köln lebte, beobachtet habe, daß ich wußte, mit wem er befreundet war, daß ich wußte, wo er sich aufhielt, ahnte, was er vorhatte. Immer, all die Jahre, während ich hier mit Tante Sophie lebte, habe ich ihn nicht aus den Augen gelassen. Keine Minute! Er merkte es nicht, weil er so sehr mit sich selbst beschäftigt war und weil er sich keinen Deut um mich scherte. Ich glaube sogar, er hat mich nicht einmal gesehen, wenn ich vor ihm stand.« Sie hielt inne, um Atem zu holen, und sprach dann keuchend weiter, wobei sie vergessen zu haben schien, zu wem sie sprach. »Man kann viel erfahren, wenn man wirklich will. Man muß nur gut zuhören, wenn die Leute reden, und die Leute reden viel, wenn sie einen für naiv und dumm halten. Ich habe immer gut zugehört, genau beobachtet und mir dann meine Gedanken gemacht. Um mehr zu erfahren, reichte es meistens, gelegentlich eine kleine, bedeutungslos scheinende Frage zu stellen. Und hilflos und dumm, wie ich aussah, hat man mir oft mehr geantwortet, als man eigentlich wollte. Ach, es war ganz leicht zu wissen, was er vorhatte oder was er tat! Ich bin nämlich nicht dumm, und ich weiß genau, was ich will.« Sie lächelte, nahm ihr Glas und trank es mit einem Zug aus.

»Ich liebe süßen Portwein«, sagte sie mit halbgeschlossenen Augen. »Ich habe einen Tropfen Orangenessenz hineingegeben, weil ich auch alles, was nach Orange schmeckt oder riecht, mag. Ich glaube, ich werde mir so oft wie möglich frische Orangen kommen lassen. Und ein Orangenöl für Seife und Parfüm. Oder wären fertige Seife mit Orangenparfüm und fertiges Eau de Toilette mit Orangenduft besser?« Nachdenklich wiegte sie den Kopf hin und her. Anna blieb still. Sie saß reglos in ihrem Sessel. Nach einer Weile, in der ihr Atem immer schwerer geworden war, fuhr Josefine fort: »Tante Sophie wollte nie wissen, wie mein Bruder wirklich war, verstehst du? Er hatte Erfolg, und das war ihr genug. Sie hat mir auch nicht geglaubt, wenn ich ihr von dem, was er tat, zu erzählen versuchte. Sie wollte nichts davon hören und meinte, ich sei nur neidisch auf ihn. Ich gab es dann auf, mit ihr darüber zu sprechen. Aber ich lachte heimlich. Über sie und über das, was ich alles wußte.«

Sie lächelte, und ihr schwammiges Gesicht nahm einen arroganten Zug an. Plötzlich erinnerte sie Anna an Jakob Nockenfeld, so, wie sie ihn am Abend vor seinem Tod gesehen hatte. Arrogant und mit einem unbestimmten Lächeln.

»Ich habe immer gewußt, daß einmal, irgendwann einmal, die Gerechtigkeit siegen würde«, fuhr Josefine fort. »Daß ich schließlich das bekommen würde, was mein Bruder hatte, was er sich all diese Jahre genommen hat und was mir genauso zusteht. Darauf habe ich gehofft. Ohne diese Hoffnung, glaube ich, hätte ich nicht leben können.« Sie lächelte immer noch. »Und gebetet habe ich«, sagte sie. »Mein Gott, was habe ich gebetet! Wenn ich an alle diese Messen und Andachten denke, in denen ich war, an die Rosenkränze und Vaterunser, die Litaneien und Glaubensbekenntnisse, die ich gebetet habe! Soll ich dir sagen, wofür ich gebetet habe? Ja? Ich habe um seine Bestrafung gebetet. Dafür, daß er für seine Eitelkeit und seine Gier und seine Gleichgültigkeit bezahlen sollte. Und um Gerechtigkeit für mich.« Ihr Gesicht hatte sich verzerrt, die Haut war krebsrot und schwitzte fiebrig.

»Hat Tante Margarete das alles gewußt?« fragte Anna und zwang sich, äußerlich ruhig zu bleiben. Vor ihrem Geist waren Bilder der beiden Frauen aufgetaucht. Wie sie zusammen, hager die eine, aufgeschwemmt die andere, abends zur Marienandacht gingen, wie sie in der Kirchenbank dicht nebeneinander knieten, die Köpfe auf die Hände gesenkt, in denen der Rosenkranz Perle nach Perle durch die Finger glitt. Einen Augenblick lang war sie wie gefangen von diesen Bildern und meinte sogar, Kerzenwachs und Weihrauch zu riechen.

Josefines Blick war starr geworden. Sie sog die noch immer klebrige Unterlippe ein, schmatzte und legte dann die Hände in ihrem Schoß übereinander.

»Margarete?« meinte sie zögernd. »Ich glaube, sie hat es nicht gewußt. Aber was Margarete weiß, weiß man nie. Ich jedenfalls nicht. Oder weißt du, was sie denkt, wenn sie da sitzt und stickt? Und wenn sie betet, wofür sie betet?«

Eine Weile sah sie Anna mit einem Ausdruck an, der nicht zu deuten war, dann veränderte sich ihre Miene wieder. Als hätte sie plötzlich einen Entschluß gefaßt, setzte sie sich mit einer heftigen Bewegung auf, daß eines der dunkelgrünen Samtkissen, auf denen sie gelegen hatte, zu Boden fiel. Sie ließ es unbeachtet liegen und füllte ihr Glas nach. Ihre Stimme klang schrill, zugleich aber befriedigt und satt: »Wie auch immer, ich jedenfalls werde die nächste Zeit einige Dankgebete zum Himmel schicken.« Sie nippte am Wein. »Mein Bruder muß in seinem Leben eine Menge zusammengerafft haben. Kostbarkeiten aus den Kölner Kirchen und Klöstern, Bilder, wertvolle Bücher. Sicherlich hat er auch in Frankreich noch vieles dazu gekauft und es gehortet. Er hätte gar nicht anders gekonnt, so wie er war. Also muß er ein Vermögen angehäuft haben, ein größeres, als er es von Tante Sophie je hätte erben können. Wie groß es wohl ist? Was glaubst du?« Sie drehte das Glas zwischen ihren schwammigen Fingern, hielt die Nase schnüffelnd über den Glasrand, nippte noch einmal. »Ich habe in die Abstellkammer gesehen«, sagte sie, und ihre Stimme schwankte, während die Silben undeutlich wurden und sich immer länger zogen. »Hunderte von Bildern stehen dort. In allen Größen. Ich denke, daß sie viel wert sein müssen. Zahlt man nicht hohe Preise für alte Bilder? Was meinst du, was mir Heberle oder Lyversberg dafür wohl zahlen werden? Allein diese Bilder in seinem Schlafzimmer müssen viel Geld wert sein. Viel, viel Geld. – Habe ich schon gesagt, daß Kaufmann Lyversberg heute hier war? Kaufmann Lyversberg in eigener Person. Er kam, um mir zu kondolieren, sagte er.« Sie lachte, verschluckte sich, hustete, bis sie wieder zu Atem kam. »Also hat er mir kondoliert und dann einen Blick in das Sterbezimmer meines Bruders und auf die Bilder dort geworfen. Er hätte sie am liebsten sofort mitgenommen, das war nicht zu übersehen. Auch wenn er nur ganz nebenbei fragte, ob ich mich wohl von den Bildern trennen könne, jetzt, wo mein Bruder nicht mehr sei. Aber ich habe seine Augen beobachtet, und in seinen Augen lag die gleiche Gier, wie ich sie von meinem Bruder kannte. Die gleiche Gier. Ich sagte ihm, daß ich noch nicht daran denken könne, irgend etwas, das meinem Bruder gehört hat, fortzugeben und daß vor allem erst die Testamentseröffnung abzuwarten sei.« Sie schloß die Augen und lächelte wieder, während ihr Oberkörper leicht schwankte. »Ich freue mich auf die Testamentseröffnung. Sie wird morgen sein. Vormittags werden wir meinen Bruder beerdigen, und nachmittags wird sein Testament verlesen. Ja, morgen werde ich erfahren, wie groß sein Vermögen ist.«

Sie schwieg und strich über die vergoldeten Armstützen der Chaiselongue, die die Form geflügelter Wesen hatte. Schließlich legte sie sich zurück in ihre Kissen. Ein Uhrwerk begann sehr hell und rasch zu schlagen. Anna wandte sich zur Seite und sah auf einer Konsole nicht weit von sich entfernt eine golden glänzende Uhr. Ihr Gehäuse schien mit der sinnlichen Statue eines halbnackten Jünglings, der eine Leier hielt, verschmolzen zu sein. Nach elf Schlägen verstummte die Uhr.

Josefine hatte ihre Augen immer noch geschlossen. Anna dachte eine Weile nach und sagte dann: »Abgesehen von diesen Geschichten um deinen Bruder als Sammler gibt es auch noch andere Gerüchte.«

Josefines Lider zuckten, öffneten sich jedoch nicht.

»Um ihn als Arzt, könnte man sagen. Als Arzt, der Frauen behandelt hat«, setzte Anna hinzu.

»Wirklich?«

»Weiß du auch davon?«

Josefine ließ ein lautes Rülpsen hören und drehte sich dann zur Wand hin. »Ach, laß mich endlich in Ruhe«, sagte sie kaum mehr verständlich. »Ich bin müde, ich will schlafen.«

Einen Moment später schien sie tatsächlich eingeschlafen zu sein. Als Anna in die Diele hinausging, nahm sie noch wahr, wie sich Josefines leise keuchender Atem in ein gurgelndes, stokkendes Schnarchen verwandelte. Ein Blick zurück zeigte ihr breite Schirmpinien und hochgewachsene Zypressen, unter denen ein dunkel gekleideter, dicklicher Frauenkörper mit wirrem Haar und aufgeschwollenen Beinen lag. Der süßliche Geruch nach Orangen, der in der Luft stand, als wäre er geronnen, war unerträglich geworden.

Nicht weit von der Salontür wartete, wie vorherzusehen gewesen war, Gertrud. Sie kam näher und sah Anna fragend an.

»Was ist mit ihr? Hat sie sich wieder aufgeregt? Ihre Stimme war so laut.«

»Nichts ist, sie schläft jetzt. Laß sie schlafen. Es ist das beste für sie. Später kannst du ihr vielleicht Melissentropfen bringen. Das wird sie beruhigen.«

»Und was soll ich machen, wenn der Pfarrer kommt? Er kann jeden Augenblick hier sein.«

»Der Pfarrer. Den hatte ich ganz vergessen. Sag ihm, ihr sei nicht gut. Er soll nachmittags wiederkommen.«

»Ich kann doch nicht einfach den Pfarrer wegschicken! Er soll doch das Zimmer aussegnen und wird alles bei sich haben, was er dazu braucht.«

Ein groteskes Bild stieg vor Annas innerem Auge auf: Ein zur Aussegnung feierlich gekleideter Ehrwürdiger Herr, begleitet von einem Meßdiener, traf auf eine leicht schwankende, durch Wein und freudige Erregung hitzige Jungfer Nockenfeld, Hinterbliebene ihres gerade auf schreckliche Weise verstorbenen Bruders. Sie sah die Szene so lebendig vor sich, daß sie fast laut gelacht hätte.

Sie unterdrückte den Lachreiz und sagte: »Du hast recht, das geht nicht. Also ist es wohl am besten, du läßt den Pfarrer in das Schlafzimmer, ohne Jungfer Josefine zu wecken. Sie muß bei der Aussegnung schließlich nicht dabei sein. Sie darf die nächsten Stunden auf keinen Fall gestört werden. Auf keinen Fall, hörst du?«

Gertrud warf einen Blick zur Salontür und nickte vertraulich. »Ja, Jungfer, so ist es wohl am besten.«

Bevor sie noch etwas hinzufügen konnte, sagte Anna: »Ich würde gern noch einmal in Doktor Nockenfelds Zimmer sehen. Ich nehme an, du hast dort inzwischen Ordnung gemacht?«

»Es ist alles sauber. Ich habe das Bettzeug noch an dem Tag, an dem er gestorben ist, gleich nachdem Doktor Elkendorf den Toten abgeholt hat, abgezogen und in Lauge eingeweicht – obwohl ich nicht glaube, daß das Laken je wieder sauber wird. Dann habe ich zusammen mit der Waschfrau die Bettvorhänge abgenommen und Kissen und Matratzen zum Lüften nach hinten an das Fenster zum Hof gebracht. Wir haben den Boden geputzt, alle Möbel abgewischt und schließlich das Zimmer ausgeräuchert. Seitdem gehe ich immer wieder mit einer Räucherpfanne im Zimmer hin und her. Und trotzdem. Ich finde immer noch, daß es nach ihm riecht.« Während sie ins Zimmer traten, schnüffelte sie und fuhr sich mit dem Handrücken über die Nase. »Ich glaube, ich werde mich von jetzt an immer vor allem hier ekeln. Aber vielleicht wird Jungfer Josefine das Zimmer ganz leerräumen und dann abschließen lassen. Wer soll schon darin schlafen wollen?«

Josefine, dachte Anna bei sich. Josefine schien keine Abneigung gegen die Hinterlassenschaft ihres Bruders zu haben. Im Gegenteil. Möglicherweise würde sie gerne in Nockenfelds Bett mit seinen grünseidenen, quastenbesetzten Vorhängen schlafen.

Das Zimmer war tatsächlich völlig sauber. Nichts erinnerte mehr an plötzlichen Tod und Exkremente, auch nicht der Nachttopf, der frisch ausgewaschen vor dem Nachtkästchen stand. Trotz der Möbel wirkte der Raum leer, und ohne Vorhang und Bettzeug sah das Bett in seinem Alkoven wie ausgeschlachtet und fast skelettiert aus. Die Luft roch nach Seifenlauge und verbrannten Kräutern. Jeder andere Geruch war verschwunden oder zumindest überdeckt.

Während sie sich umsah, stellte sie fest, daß jetzt, wo der Tote fehlte, die drei Gemälde an den Wänden alle Aufmerksamkeit auf sich zogen. Ihre Rottöne dominierten über alle anderen Farben und leuchteten wie dünnes, frisches Blut. Nicht abgestoßen wie am Morgen von Nockenfelds Tod, sondern seltsam fasziniert ging Anna auf die Bilder zu. Aufmerksam betrachtete sie, als sie dicht vor der Marter der Zehntausend stand, die Körper der Männer mit ihren Wunden und die Gesichter mit ihrer Qual. Jedes dieser Gesichter schien ihr gleich zu sein und jedes das verzerrte Ebenbild eines Gesichtes, das ihr bekannt war. Ohne Schmerz und ohne Ekel, jedoch mit dem ihr jetzt schon fast vertrauten Gefühl erregter Genugtuung genoß sie nicht nur die Rottöne der Wunden. Und als sie zum Bild der vor dem abgeschlagenen Kopf des Johannes tanzenden Salome hinüberging, meinte sie den Rhythmus des Tamburins, das Salome schlug, und das Rascheln ihres Kleides beim Tanz zu hören.

Anna brauchte eine Weile, bis sie wieder in die Gegenwart des Sterbezimmers zurückfand. Schließlich jedoch wandte sie den Bildern den Rücken zu und trat neben das Bett. Sie wies auf das Nachtkästchen und sagte: »Was ich noch fragen wollte, Gertrud. – Als ich vorgestern morgen hier stand, hier neben dem Bett, ist mir eine Kleinigkeit aufgefallen. Nichts Wichtiges, nur eben eine Kleinigkeit. Auf der Platte des Nachtkästchens, direkt neben dem Tablett mit dem Kaffeegeschirr, war ein feuchter, ringförmiger Abdruck. Kannst du dich daran erinnern?«

Gertrud schüttelte verständnislos den Kopf. »Ein Abdruck? Nein, ich glaube nicht.«

»Könnte dort vorher, in der Nacht oder am Morgen, ein Glas oder ein Becher gestanden haben?«

»O ja, natürlich. Jetzt weiß ich, was Sie meinen. Es war ein Glas, ein Weinglas. Doktor Nockenfeld holte sich jeden Abend, bevor er schlafenging, ein Glas Süßwein aus dem Salon und trank es, wenn er schon im Bett lag.«

»Jeden Abend?«

»Ja, eigentlich immer.«

»Und du hast es an diesem Morgen weggenommen?«

»Ich glaube ja, ich weiß es nicht mehr.« Sie betrachtete einen Moment das Nachtkästchen, dessen Platte saubergewischt war und wie frisch gewachst aussah, blickte dann zur Tür und sagte: »Doch, sicher. Jetzt fällt es mir wieder ein. Ich habe das Tablett abgestellt und das leere Weinglas, wie jeden Morgen, mitgenommen und es dann, nachdem ich plötzlich seinen herunterhängenden Kopf gesehen hatte und vor Schrecken aus dem Zimmer gelaufen war, draußen in der Diele abgestellt.«

»Was ist aus dem Glas geworden?«

»Was schon? Ich habe es wahrscheinlich irgendwann im Laufe des Morgens gespült. Ist es wichtig?«

»Nein, nein. Ich habe mich nur gefragt, ob ich mich recht erinnere.«

Mit einem Blick auf die unsichere Miene Gertruds setzte sie hinzu: »Es ist alles in Ordnung hier. Ich finde auch, man riecht nichts mehr.«

Sie ging, gefolgt von Gertrud, in die Diele, ließ sich Mantel und Schirm geben und verließ das Haus.

Es war düsterer geworden. Riesige bizarre Wolkenformen ballten sich am Himmel, aus dem ein scharfer, schrägfallender Regen strömte. Die Lache vor dem Haus war größer und tiefer als noch eine Stunde zuvor, und auch die Wasserläufe, die den Rinnstein entlang gurgelten, waren stärker geworden.

Während sie über die Lache hinwegstieg, bemerkte sie auf der gegenüberliegenden Seite zwei Gestalten in schwarzen Umhängen näherkommen. Da Köpfe und Oberkörper von einem großen Parapluie verdeckt waren, den eine der Gestalten, offenbar ein magerer, ungelenker Mann, hielt, konnte Anna die Gesichter nicht erkennen. Unter dem Umhang der anderen Gestalt sahen die Falten eines Kleides hervor. Nein, stellte Anna einen Moment später fest, es war kein Kleid, es war eine Soutane. Sie blieb stehen, bis die beiden Männer nahe waren, und beugte dann das Knie. Sie bekreuzigte sich, murmelte, ohne Pfarrer und Meßdiener anzusehen: »Gelobt sei Jesus Christus«, richtete sich wieder auf und schlug den Weg nach Hause ein.

KAPITEL 13

Freitag, 29. August, Mittag und Nachmittag

> *»Wallraf gehört nämlich zu den Personen, die bei einer grenzenlosen Neigung zum Besitz, ohne methodischen Geist, ohne Ordnungsliebe geboren sind, ja die eine Scheu anwandelt, wenn nur von weitem an Sonderung, schickliche Disposition und reinliche Aufbewahrung gerührt wird. Der chaotische Zustand ist nicht denkbar, in welchem die kostbarsten Gegenstände der Natur, Kunst und des Alterthums übereinander stehen, liegen, hängen und sich durcheinander umhertreiben. Wie ein Drache bewahrt er diese Schätze, ohne zu fühlen, daß Tag für Tag etwa Treffliches und Würdiges durch Staub und Moder, durch Schieben und Stoßen einen großen Theil seines Werthes verliert.«*
> *J.W. von Goethe an den preußischen Minister von Schuckmann, 1. November 1815*

Sie saßen fast genau so, wie sie drei Abende zuvor gesessen hatten. Auf der rechten Breitseite des Tisches hatten Lyversberg, Willmes und Medizinalrat Merrem Platz genommen, ihnen gegenüber De Noel, DuMont und Doktor Günther. Bernard Elkendorf saß am Tischende nahe der Tür zur Diele. Der Platz an der Stirnseite des Tisches ihm gegenüber war leer, und niemand würde ihn, wie am fraglichen Abend, verspätet besetzen. Auch der Stammplatz Professor Wallrafs rechts neben Elkendorf blieb frei. Wallraf fühlte sich zu schwach, so hatte er bestellen lassen, um kommen zu können.

In der Mitte des gedeckten Tisches stand, zwischen kristallenen Wein- und Wasserkaraffen, eine Suppenterrine ohne Dekkel, aus der der Griff eines Schöpflöffels herausragte. Die Teller der Gäste waren mit klarer Hühnerbrühe gefüllt. In der Brühe schwammen kleine geröstete Brotstückchen, die bereits anfingen, weich und schwammig zu werden. Keiner der Anwesenden hatte mit dem Essen begonnen.

Bernard Elkendorf tauchte seinen Löffel in die Suppe und blickte gleichzeitig in die Gesichter vor sich. Alle waren ihm zugewandt, niemand sah in Richtung des freien Platzes am anderen Ende des Tisches. Er kannte die jeweilige Eigenart der Mimik in diesen Gesichtern – das Muskelzucken in Lyversbergs hängender Wange, das sich gerade eben verstärkt hatte. Matthias De Noels dickliche Lider mit ihrem trägen Flattern. DuMonts Angewohnheit, die Lippen einzuziehen und dann mit einem trockenen Geräusch nach außen zu stülpen. Willmes' rötlich entzündete Augen, die sich schmal, bis zur Form eines Schlitzes, zusammenziehen konnten, den scharf gezeichneten Mund Johann Jakob Günthers und die pulsierende Stirnader über den hochgewölbten dünnen Brauen des Medizinalrates. Es waren Gesichter, die ihm lange vertraut waren und die er nun trotz aller bekannten Züge als eigentümlich fremd empfand.

Er führte den Löffel zum Mund und schluckte die Brühe, die nicht mehr heiß war und einen faden Nachgeschmack hatte, rasch hinunter. Während er noch überlegte, wie er das Gespräch beginnen sollte, sagte Nepomuk Lyversberg unvermittelt und in ärgerlichem Ton: »Ihre Einladung, Elkendorf, hat mich, gelinde gesagt, überrascht. Und ich nehme an, den übrigen Herren geht es genauso. Ich hätte gedacht, daß wir uns hier erst in einiger Zeit wiedersehen, schließlich hat das letzte Essen bei Ihnen für einen der Eingeladenen sehr unerfreulich geendet. Ich lasse mich nicht gern an diesen Abend erinnern.«

»Richtig. Genauso geht es mir auch. Doktor Nockenfeld ist drei Tage tot, liegt aufgebahrt in St. Kolumba und soll morgen beerdigt werden. Und wir sitzen hier an diesem Tisch und versuchen uns in Konversation und Hühnerbrühe – es ist ja wohl Hühnerbrühe, zumindest riecht es danach. Man könnte die Einladung für einen groben Verstoß gegen die Schicklichkeit ansehen.« DuMont hatte seinen Löffel erst gefaßt, ihn aber während des Redens wieder neben die Serviette gelegt, so, als ob er ihn nicht zu benutzen gedachte.

»Schicklichkeit, ich bitte Sie, DuMont!« warf Willmes ein. »Unser Stadtphysikus dürfte anderes im Kopf haben als schickliches Verhalten. Hier geht es, deutlich ausgedrückt, um einen Gifttoten. Entschuldigen Sie, Elkendorf, wenn ich Ihnen vorgreife, aber ich denke doch, daß wir nicht ohne Grund eingeladen wurden. Vermutlich sind wir hier, weil wir in irgendeiner Weise dazu beitragen sollen, Licht in den Fall Jakob Nockenfeld zu bringen, denn als Fall werden Sie und die Polizei seinen plötzlichen Tod wohl ansehen. Habe ich recht?«

Ungeniert begann er schlürfend seine Suppe zu essen. Zwischen zwei Löffeln fügte er bissig hinzu: »Außerdem, DuMont – Nockenfeld wird nicht wieder lebendig, wenn Sie Ihre Suppe kalt werden lassen. Wobei natürlich noch die Frage wäre, ob Sie – und wir alle – ihn gern wieder lebendig sähen.« Während er lachte, beobachteten ihn die anderen in betroffenem Schweigen.

Die Stille wurde von Nepomuk Lyversberg unterbrochen: »Wir sollen Licht in den Fall bringen?« fragte er. »Wie haben Sie sich das gedacht? Wir kannten Nockenfeld doch kaum, was sollten wir also über ihn und seinen Tod sagen können?«

Er beugte sich vor und ließ seine Augen über die Gesichter der Runde gleiten. Elkendorf sah, wie sein Rücken, der in tiefblaues, fast anthrazitfarbenes Tuch gekleidet war, eine gespannte Kurve bildete.

»Ach Gott, Lyversberg!« erwiderte Willmes ungeduldig. »Nun lassen Sie doch. Kein Mensch hier glaubt, daß Sie und wir alle Nockenfeld nicht kannten. Selbst Elkendorf weiß inzwischen, zumindest in Umrissen, wer Nockenfeld war und in welcher Beziehung wir zu ihm standen. Was glauben Sie, hat er in den letzten Tagen getan? Nun? Ich kann es Ihnen sagen. Er hat Besuche gemacht, er hat beobachtet, Fragen gestellt und zugehört, und dabei ist ihm aller Wahrscheinlichkeit nach einiges zu Ohren gekommen. Wir leben schließlich in Köln, vergessen Sie das nicht, Lyversberg. Und wir sind ein kleiner Kreis, jeder kennt jeden, fast möchte man sagen, seit Generationen. Glauben Sie im Ernst, man könnte hier die grauen oder auch schwarzen Stellen in seinem Leben übertünchen, so wie man eine Leinwand grundiert? Vielleicht einige Zeit, ja, aber auf Dauer? Nein, letztlich kann man nichts im Dunklen lassen, so sehr man vielleicht auch möchte. Einige unserer Nachbarn und Freunde werden es immer erfahren.«

»Was wollen Sie damit andeuten?«

»Nichts, Lyversberg, ich deute nichts an. Ich bin nur der Meinung, daß es in Hinblick auf unsere früheren Beziehungen zu Nockenfeld kaum mehr etwas zu verheimlichen gibt. Also, wenn wir schon alle hier sind, lassen Sie uns die Karten auf den Tisch legen. Was mich betrifft, habe ich Elkendorf bereits gestern alles gesagt, was ich weiß. Es ist lange her, und es macht mir nichts mehr, darüber zu sprechen.«

Der Kopf De Noels wandte sich in einer raschen ruckartigen Bewegung zu Willmes: »Was haben Sie gesagt?«

»Ich habe unserem Stadtphysikus gesagt, daß Jakob Nockenfeld ein Schwein war. Ist jemand anderer Meinung?« Willmes griff nach der Suppenterrine, zog sie zu sich heran und schöpfte sich seinen Teller noch einmal bis zum Rand voll.

»Ein Mensch mit einer Haut wie ein Schwein«, sagte DuMont leise vor sich hin. »Und jetzt ist er tot und die Haut aufgeschnitten und wieder zugenäht. Man näht die Leiche doch nach einer Obduktion wieder zu, oder?«

Matthias De Noel sah ihn mit einem Ausdruck von Degout an. Dann richtete sich sein Blick wieder auf Willmes: »Und was haben Sie noch gesagt? Daß Nockenfeld ein Schwein war, wird nicht alles gewesen sein.«

Willmes hob die Schultern und breitete gleichzeitig die Arme aus. »Ich bin ehrlich gewesen. Ich habe nichts zu verbergen. Die Geschichte, die ich Elkendorf von mir und Nockenfeld erzählte, kennen Sie, und ich denke, Lyversberg wird sie auch kennen. Für die anderen kann ich gerne eine kurze Fassung davon geben, wenn es gewünscht wird.« Er lehnte sich auf seinem Stuhl zurück, so daß seine Haare nach hinten fielen, und sagte, ohne auf eine Antwort zu warten, mit dröhnender, pathetischer Stimme: »Ich kam, wie einige von Ihnen möglicherweise noch wissen, 1811 aus Paris zurück, mit dem Gedanken, hier als Maler Fuß zu fassen. Professor Wallraf nahm mich in seinem Kreis auf, und ich, Matthias De Noel und Jakob Nokkenfeld bildeten eine Zeitlang eine Art Dreigestirn um ihn. Erinnern Sie sich, De Noel? Jeder von uns wollte von Wallrafs Einfluß profitieren, jeder von uns wäre gern zum Erben seiner Sammlung ernannt worden. Und – fast wäre ich versucht zu sagen, jeder von uns hätte sein Herzblut dafür gegeben. Allerdings dürfte wenigstens Nockenfeld gar kein Herz gehabt haben. Aber das wußte ich damals nicht. Er konnte durchaus ein charmanter Bursche sein, wenn er wollte.« Willmes hielt, sich konzentrierend, inne. Der Mund war halb geöffnet, so daß man seine gelblichen, kleinen Zähne, die ein wenig gegeneinander verschoben waren und an manchen Stellen übereinander standen, sehen konnte. »Schon damals, vor zehn, zwölf Jahren war Wallrafs Sammlung, wie Sie wohl alle wissen, einfach exquisit. Denken Sie an die erste Katalogisierung 1810, die Maximilian Fuchs vorgenommen hat – an die tausend Gemälde waren es insgesamt! Hundert Bilder allein von Kölner Malern des zwölften bis sechzehnten Jahrhunderts! Ein phantastischer Bestand, der sich, wie Sie ebenfalls alle wissen, nur mit Lyversbergs Sammlung vergleichen konnte und kann. Ich verbrachte ganze Wochen in der Probstei, versuchte mir einen Überblick über das, was Wallraf dort gehortet hatte, zu verschaffen und habe mich gleichzeitig an all diesen kaum zu beschreibenden Schätzen delektiert. Sie, Lyversberg, werden mir das nachfühlen können.« Unvermittelt hieb er mit der Faust auf den Tisch: »Und alles das im Staub und Moder des Wallrafschen Chaos! Alles im Besitz eines schon damals kränkelnden alten Mannes, der angestrengt nach einem Erben suchte – oder zumindest nach einem Verwalter für das, was er als sein Wallrafianum plante.«

»Aber eines Tages waren Ihre Hoffnungen vorbei und Sie von der Konkurrenz ausgeschlossen«, bemerkte Günther, der bisher geschwiegen und wie Willmes zweimal von der Hühnerbrühe genommen hatte, süffisant. »Warum wohl?«

»Warum? Das kann ich Ihnen sagen.«

»Ich nehme an, Kollege Nockenfeld hatte seine Hand im Spiel?«

»Genau, Doktor Günther. Nockenfeld hatte beschlossen, zunächst einmal einen der zwei Mitbewerber um Wallrafs Gunst auszuschließen. Er hinterbrachte Wallraf das Gerücht, ich verkaufe Kopien als Originale.«

»Und?« DuMont sah angestrengt durch seine Brille. »Traf das zu?«

»Woher soll ich das wissen? Oder genauer: Wie kann ich den Weiterverkauf der von mir angefertigten Kopien als Originale verhindern? Im übrigen, DuMont, wo ist die Grenze zwischen Kopie und Fälschung? Nun, wie dem auch sei, für Wallraf war das Gerücht über mein mögliches Vergehen ausreichend. Vergehen, lieber Himmel! Was leistet man sich nicht alles im Kunsthandel, nicht wahr, Lyversberg? Und auch unser Professor hat in dieser Hinsicht nicht unbedingt die weißeste Weste!« Willmes hielt inne, um sich mit dem Nagel des kleinen Fingers einen Speiserest aus der Lücke zwischen den Schneidezähnen zu entfernen. Er wischte den Finger an seiner Serviette ab und sagte: »Um es kurz zu machen, von heute auf morgen gehörte ich nicht mehr zum innersten Kreis der Wallrafianer. Nockenfeld und De Noel waren nun die alleinigen Konkurrenten. War es nicht so, De Noel?«

Alle Blicke richteten sich auf Matthias De Noel, der, die Ellbogen aufgestützt und die Hände im breiten Schalkragen seines Rockes vergraben, vor seinem immer noch fast vollen Teller Suppe saß. Das dünne Licht, das durch das Fenster eindrang, gab ihm einen fahlen Teint und ließ sein Haar schwärzer als sonst und beinahe künstlich erscheinen.

»Ja, so war es wohl«, erwiderte er, »wenn Sie es so sagen.«

In diesem Moment erschien die Magd, um Terrine und Teller abzuräumen. Man sprach nicht und schwieg auch noch, als sie kurz darauf mit dem ersten Fleischgericht zurückkam.

»Hier ist der Kalbskopf in Zwiebelsauce. Kartoffeln, Sellerie und Salat kommen gleich«, sagte sie und stellte eine große, ovale Fayenceplatte auf den Tisch.

»Ah, Kalbskopf! Und noch nicht zerteilt. Ich hoffe bloß, er ist schön heiß. Er muß innen und auch außen richtig dampfen, sonst schmeckt er nicht.« Engelbert Willmes griff erwartungsvoll und offenbar unbelastet vom Thema des vorangegangenen Gesprächs nach Messer und Gabel.

»Falsch, Willmes. Der Kopf ist zwar nicht völlig zerteilt, aber der Schädel ist geöffnet. Sehen Sie den Schnitt nicht?« Günther deutete mit seinen langen Fingern auf eine haarfeine Linie am Kalbskopf, die durch die über den Kopf gegossene Sauce kaum zu erkennen war. »Der obere Teil der Hirnschale ist geschickt wieder aufgesetzt, sehr geschickt, das kann man nicht anders sagen.«

»Sie haben recht. Ich hätte es fast nicht bemerkt. Natürlich ist es so auch am einfachsten. Man erspart sich sozusagen die Obduktion bei Tisch und kommt leicht an das Hirn. Von dem ich übrigens gerne eine schöne Portion hätte. Und von der Zunge natürlich. Backen und Augen sind mir nicht so wichtig.«

Marcus DuMont warf einen Blick auf die Platte. »Sie können meine Portion haben. Ich glaube, ich werde besser nichts essen. Mir ist nicht gut.«

»Dann trinken Sie wenigstens ein Glas Weißwein, es ist Moselwein. Braunberger, Jahrgang 1818.« Elkendorf nahm eine der Weinkaraffen, die vor ihm standen, und sagte: »Wären Sie so freundlich, Herr Medizinalrat, und würden den Kopf zerteilen, während ich einschenke?«

»Gerne, obwohl ich in diesen Dingen nicht ganz so geübt bin wie Sie, Elkendorf.« Theodor Merrem zog die Platte zu sich heran, griff zum Tranchiermesser, löste das weiche Fleisch an Backen und Schläfen des Kopfes, schnitt die Ohren ab und schälte die Augen mit zwei schnellen, kräftigen Drehungen aus ihren Höhlen. Dann schob er mit einem Löffel den gebratenen Apfel, der im Maul steckte, beiseite, hob den Oberkiefer etwas an und holte die Zunge, die bereits in Portionen geteilt war, heraus. Schließlich nahm er die Schädeldecke des Kalbes ab und legte das Hirn frei. Es war grau und fast glatt und wirkte eigentümlich unberührt.

»Würden Sie mir Ihre Teller geben«, sagte er und stach mit einem Löffel in die graue Masse. »Ich werde versuchen, es gerecht aufzuteilen. Allerdings reicht das Hirn nicht für alle.«

Während er noch Fleisch verteilte und man von den Beilagen nahm, fragte Günther: »Und Sie, De Noel, was war mit Ihnen? Hat Nockenfeld Sie in Ruhe gelassen? Folgt man dem Gedankengang von Willmes, müßte er als nächsten Sie aus der Konkurrenz beseitigt haben. Aber wie wir alle wissen, sind Sie immer noch, mehr denn je, Wallrafs Vertrauter.«

»Das gedenke ich auch zu bleiben, und soweit ich weiß, spricht nichts dagegen.«

»Weil Nockenfeld jetzt tot ist?«

De Noel hatte den Kopf über seinen Teller gebeugt, auf dem eines der beiden Augen des Kalbskopfes lag. Mit einem leichten Schnitt durchtrennte er das nachgiebig-sulzige Gewebe, spießte eines der Stücke auf seine Gabel und tunkte es in die

Zwiebelsauce. Als er die Gabel zum Mund führte, fiel, von ihm unbemerkt, ein Tropfen der Sauce auf seine Weste, gerade einen Fingerbreit neben die locker ins Revers gesteckte Serviette. Anscheinend gelassen kauend antwortete er mit gesenktem Kopf: »Nockenfeld hätte mir nichts anhaben können. Damals nicht und heute nicht. Es gibt nichts, womit er mich vor Professor Wallraf hätte bloßstellen können.«

Fasziniert beobachtete Elkendorf, wie der Saucetropfen in das matt schimmernde Gewebe von De Noels Weste eindrang, sich ausbreitete und den changierenden Tönen der kupferfarbenen Seide einen neuen, dunkleren hinzufügte.

»Nichts? Wirklich nichts?« fragte Günther scharf.

»Nichts, was zugetroffen hätte.« De Noel hob den Kopf und ließ seine Augen rasch über das Gesicht seines Onkels gleiten. Lyversbergs Miene war starr geworden, und die Ungleichmäßigkeit der verzerrten Gesichtshälften trat durch diese Reglosigkeit noch stärker hervor als sonst.

»Also gab es immerhin etwas, was er, ohne daß es zugetroffen hätte, wie Sie sagen, gegen Sie verwenden wollte?« sagte Günther, der dem Blick De Noels gefolgt war und während er sprach das Gesicht Lyversbergs beobachtete.

De Noel schien immer noch zu kauen, obwohl sein Mund längst hätte leer sein müssen. Seine linke Hand hatte sich um die Tischkante gespannt.

»Bei einem Mann wie Nockenfeld gab es das wohl immer. Immer und gegen jeden«, erwiderte er.

»Und gegen Sie?«

»Sie werden nicht lockerlassen, was, Doktor Günther? Sie alle werden nicht aufhören zu fragen, bis Sie das wissen, was Sie wissen wollen.« Lyversbergs rechtes Auge war weit geöffnet, das linke zog sich, von einem faltigen Lid fast bedeckt, nach unten. Sein Gesicht war in Bewegung geraten, und die ganze schlaffe Seite, Lid, Wange und Mundwinkel, bebte. »Was wird es für Sie schon zu wissen geben? Irgend etwas Unerfreuliches, das Nockenfeld meinem Neffen nachsagen und womit er ihn unter Druck setzen wollte. Ohne daß etwas Wahres daran war, lassen Sie sich das gesagt sein! An Andeutungen muß nichts Wahres sein, um dennoch ein Leben zerstören zu können.« Seine Stimme wurde heiser. »Mit einer solchen Andeutung hat Nockenfeld ihm gedroht. Reicht Ihnen diese Aussage, meine Herren, oder wollen Sie auch Einzelheiten hören?«

Alle hatten aufgehört zu essen und sahen Lyversberg an, der sich halb aus seinem Stuhl aufgerichtet hatte und mit zitternden Händen gestikulierte. Ein Bröckchen der grauen Hirnmasse hing an seiner Unterlippe. Elkendorf hatte ihn noch nie so gesehen.

Als niemand anwortete, ließ er sich wieder auf seinen Stuhl fallen und sagte nach einer Weile ruhiger: »Nockenfeld hat meinem Neffen damit gedroht, Wallraf von Beziehungen – angeblichen Beziehungen – zu berichten, die mein Neffe mit Modellen für seine Aktstudien unterhalten hätte. Männlichen Modellen. Ein völlig abwegiger, abstruser Gedanke.« Er versuchte zu lachen und griff wieder zu Messer und Gabel. »Reicht Ihnen dieser Hinweis? Ich denke nicht, daß wir uns noch weiter darüber verbreiten müssen.«

De Noels Teint war noch fahler geworden. Seine Augen waren auf das Tischtuch gerichtet und schienen dem eingewebten Muster, schmalen Streifen, die Weiß in Weiß Quadrate und Rechtecke bildeten, zu folgen. Plötzlich sagte er: »Kaum hatte Nockenfeld damals Willmes aus Wallrafs Gunst entfernt, wandte er sich gegen mich. Er ließ kleine Bemerkungen fallen, machte ironische Anspielungen, sprach von seiner zukünftigen Rolle als Erbe der Sammlung. Mir war klar, was er wollte und wie er es erreichen wollte. Und er wußte, daß ich ihn verstanden hatte. Ich sah auch, daß er die Situation genoß. Er weidete sich geradezu daran. Aber was hätte ich tun sollen? Wie hätte ich mich gegen solche Andeutungen wehren können?«

Wieder schwiegen alle. Der Wind draußen hatte sich gelegt,

und der starke Regen, der noch vor kurzem gefallen war, hatte sich in ein müdes Nieseln verwandelt, das lautlos an den Fensterscheiben hinabkroch und nur ein mattes, gleichförmiges Tageslicht nach innen dringen ließ. In diesem Licht wirkte der Raum ganz anders als am Abend des Diners, als im Schein der Kerzen Lichtkreise entstanden waren, die den Raum in dunkle und helle Zonen eingeteilt hatten. Es waren Zonen gewesen, in denen die Gesichter hell beleuchtet wurden, wenn sie in den Kreis des Lichts gerieten, denen man aber mit einer Bewegung des Kopfes, einem leichten Beiseiterücken entkommen konnte, um ins Zwielicht oder ins Dunkel einzutauchen. Diesen Kontrast von Hell und Dunkel gab es nun nicht. Das Zimmer schien dadurch größer, aber irgendwie auch vager zu sein. Die Konturen der Möbel, die Umrisse der Bilder waren deutlich zu sehen, selbst der Inhalt des Bücherschranks am anderen Ende des Zimmers, mehrere Buchreihen und eine Anzahl Pokale aus rotem, geschliffenem Glas, waren vom Tisch aus zu erkennen. Und doch, dachte Elkendorf, alle Gegenstände wirkten wie von einem halbblinden Spiegel wiedergegeben, ein wenig verwischt und ohne Schärfe. Es fehlten die Akzente, die der Lichtschein der Kerzen gesetzt hatte.

Und hatten nicht auch die Mienen der Gäste am Tisch etwas Blasses, Verwischtes? Zwar konnten sie in keinen Schatten eintauchen, da das dünne Licht keinen Schatten entstehen ließ, und tatsächlich waren ihre Gesichtszüge klar zu erkennen, aber so nah sie auch waren, sie schienen plötzlich einen Schleier über sich ziehen zu können, der offenbar mit realem Licht und realer Dunkelheit nichts zu tun hatte, sondern aus ihnen selbst heraus entstand.

Elkendorf wurde bewußt, so genau er sie auch beobachtete, so sehr er auch in ihren Mienen zu lesen versuchte – er würde nie wissen, was sie dachten.

Es war Willmes, der schließlich die Stille durchbrach: »Genauso war Nockenfeld«, sagte er mit einem Seitenblick auf De

Noel. »Er genoß seine Macht. Und man mußte stark sein, und vielleicht so skrupellos wie er selbst, um sich gegen ihn zur Wehr setzen zu können. Jedenfalls, würde ich sagen, stärker als unser Matthias De Noel es ist. Und auf jeden Fall skrupelloser, als ich es bin.«

»Willmes hat recht.« DuMonts Mundwinkel verzogen sich bitter. »Habe ich es Ihnen nicht gesagt, Elkendorf? Nockenfeld setzte andere unter Druck, hinterging seine Bekannten und Freunde, schadete ihnen, indem er seine Kenntnisse über sie ausnutzte ...«

»Oder erfand Vergehen ...«, warf Lyversberg ein.

»... oder erfand Vergehen anderer, alles um der Macht und seiner eigenen Interessen willen. Wobei es nicht immer um Vorteile im finanziellen Sinne gehen mußte, es reichte ihm wohl häufig das Gefühl, andere verletzt, ihren Lebensweg gestört zu haben. Ein seltsam negativer Geist, wenn Sie mich fragen.«

»Richtig, ein Geist, der stets verneint«, warf Willmes spöttisch ein und spülte seine Bemerkung mit einem Schluck Wein hinunter.

In diesem Moment kam die Magd zurück und nahm die kalt gewordenen Reste des Kalbskopfes mit sich. »Als nächstes Gericht gibt es Schweinskarbonaden mit grünen Erbsen und Reis«, kündigte sie im Hinausgehen an. Draußen hörte man sie sagen: »Man ißt heute nicht viel, Jungfer Anna. Auch von den Karbonaden wird das meiste wohl zurückgehen.«

»Sie hat recht, meine Herren«, bemerkte Elkendorf, »wir haben heute wohl alle keinen besonderen Appetit. Das dürfte zu verstehen sein. Trotzdem bitte ich Sie, greifen Sie wenigstens bei diesem Gang zu.«

Nachdem das panierte Fleisch, das auf einem Bett grüner Erbsen lag und mit Petersilie garniert war, auf dem Tisch stand, beugte sich Günther zu seinem Tischnachbarn und fragte: »Hat Nockenfeld etwa Ihren Lebensweg auch gestört? Ich weiß, er war Ihr Hausarzt und der Geburtshelfer Ihrer Frau, aber ich wüßte nicht, daß er Sie geschädigt hätte.«

DuMont lehnte sich zurück und legte die Hände auf seinem Unterleib übereinander. Sie waren kalkweiß und sahen aus, als bestünden sie nur noch aus Knochen und Sehnen. Als De Noel ihm eine Karbonade auflegen wollte, schüttelte er ungeduldig den Kopf. »Nein, nichts davon.« Dann sagte er zu Günther: »Das hat er durchaus. Er war die Ursache, daß unsere Zeitung einige Jahre lang nicht erscheinen konnte. Wußten Sie das tatsächlich nicht? Ich hätte gedacht, daß es inzwischen fast allgemein bekannt sei, obwohl ich selbst so gut wie nie darüber gesprochen habe.«

»Warum nicht?«

»Es war mir eine zu bittere Erfahrung, eine der bittersten meines Lebens, wenn ich den Tod meiner Kinder ausnehme.« Mit einer Bewegung, in der sich müde Resignation zeigte, nahm er seine Brille ab und drückte die Hand über beide Augen. »Es ist mir leider nie gelungen, Nockenfeld zu vergessen«, sagte er und setzte die Brille, die seine Augen vergrößerte und gleichzeitig verbarg, wieder auf. »Ist es Ihnen nicht ähnlich ergangen, Doktor Günther?«

Überrascht blickte Elkendorf zu seinem Kollegen, der den mageren Hals zwischen die Schultern zog und sich auf seinem Stuhl zurücksetzte. Einen Augenblick schien es fast, als ducke er sich unter einem imaginären Schlag.

»Sie wissen es also offenbar«, antwortete Günther. »Nun, viele werden es wissen.« Er schwieg und begann, mit seinen dünnen, langen Fingern auf dem Tisch zu trommeln. Als er sah, daß alle Augen auf ihn gerichtet waren, fuhr er mit einem kleinen Auflachen fort: »Ich habe die Geschichte, die mich betraf, erst 1817 gehört, als ich mich für eine Medizinalratsstelle bei der preußischen Regierung bewarb. Man sagte mir, es lägen Personalakten von mir aus französischer Zeit vor, in denen mein wissenschaftlicher Ruf und mein praktisches Können als Arzt in Frage gestellt würden. Es hieß weiter, bei den Akten befände sich das Gutachten eines Doktor Jakob Nockenfeld von 1810, das diese Einschätzung detailliert begründe.« Seine Finger hatten aufgehört zu trommeln. Sie lagen ruhig, ein wenig nach innen gekrümmt, auf der weißen Tischdecke. Als Günther die Hand hob, um seine Worte mit einer Geste zu unterstreichen, sah Elkendorf, daß sie leise zitterte. »Ich gebe zu, daß ich völlig überrascht war«, setzte Günther hinzu. »Völlig überrascht. Mein wissenschaftlicher Ruf ist schließlich unanzweifelbar. Ich bin Mitglied verschiedener wissenschaftlicher Gesellschaften, und auch in meiner Praxis als Arzt habe ich mir nichts vorzuwerfen. Ich habe unter meinen Patienten nicht mehr Todesfälle als meine Kollegen. Und das war auch vor fünfzehn Jahren nicht anders. Daß gelegentlich einer der Patienten stirbt, ist nun einmal nicht zu vermeiden. Schließlich sind alle Menschen sterblich, auch Patienten. Und der Fall, auf den sich Nockenfeld anscheinend bezog, ein Todesfall nach einem Aderlaß und einem Purgativ, die ich verordnet hatte, war ein bedauerliches, aber nicht vorhersehbares Ereignis.«

»Was für einen Nutzen hatte Nockenfeld von seinem Gutachten gegen Sie? Wissen Sie das?« wollte DuMont wissen.

»Keinen, denke ich – außer vielleicht der Befriedigung eines Rachebedürfnisses gegen mich.«

»Er wollte sich rächen?« Elkendorf beobachtete, wie Günthers indigniertes Gesicht über der wie immer ein wenig schäbigen Halsbinde plötzlich seinen Ausdruck wechselte. Es wirkte nun selbstgefällig.

»Anders kann ich mir sein Verhalten nicht erklären.«

»Rächen für was?« fragte De Noel.

»Ich hatte einige Jahre zuvor, noch ohne Nockenfeld zu kennen, einen Artikel rezensiert, den er in einer medizinischen Zeitschrift veröffentlicht hatte. Nicht allzu günstig, wie ich zugeben muß.« Mit straffgezogenen Lippen blickte Günther in die Runde. »Er hatte sich darin in reichlich oberflächlicher

Weise über die atmosphärischen Ursachen von Epidemien verbreitet, und ich wies in meinem Artikel, in durchaus moderatem Ton, meine ich, auf die eklatanten Fehler seiner Darstellung hin. Persönlich lernte ich ihn erst kennen, nachdem ich nach Köln gezogen war, und dachte, diese kleine wissenschaftliche Fehde sei für ihn, wie für mich, ohne weitere Bedeutung gewesen. Nun, ich habe mich geirrt. Er wollte sich rächen, und das ist ihm gelungen. Meine Bewerbung als Lehrer an die Kölner Zentralschule wurde 1810 aufgrund seiner Aussage abgelehnt. Und auch meine Bewerbung 1817 bei den preußischen Behörden war erfolglos.« Günther drehte sich zu Medizinalrat Merrem und setzte hinzu: »Das Gutachten des Kollegen Nokkenfeld hatte also eine lange Wirkung. Was einmal bei den Akten liegt, wird man nicht mehr los.« Er schluckte krampfhaft, wobei sich sein Adamsapfel ruckartig bewegte. Dann griff er nach seinem Weinglas und trank es in zwei hastigen Zügen leer.

»Davon hatte ich keine Ahnung«, sagte Elkendorf und versuchte, den Blick seines Vorgesetzten aufzufangen.

Merrem, der gerade das letzte Stück seiner Karbonade gegessen und Messer und Gabel beiseite gelegt hatte, räusperte sich und antwortete langsam: »Das Gutachten findet sich tatsächlich immer noch bei den Akten, das ist richtig. Und nicht nur bei Ihren Unterlagen, Günther, gibt es Briefe von Nockenfeld. Unser Kollege hat sich auch zu anderen Ärzten, zu Chirurgen, Apothekern und Hebammen geäußert. Immer negativ übrigens.« Er räusperte sich wieder. »Und ich muß sagen, daß er augenscheinlich in manchem recht hatte. Er hat die französischen Behörden zum Beispiel auf einige Fälle von haarsträubender Kurpfuscherei aufmerksam gemacht und auch die gefährlichen Praktiken einer Hebamme sowie einen Fall von Mißbrauch eines giftigen Stoffes – von Arsen, wenn ich mich nicht irre – angezeigt.«

»Und jetzt ist er selbst durch den Mißbrauch eines giftigen

Stoffes gestorben – wenn ich die Situation recht verstanden habe«, bemerkte DuMont.

Merrem nickte. »Ja, durch das Gift des Stechapfels. Ein Aphrodisiakum, wie Sie vielleicht wissen, meine Herren.«

»Und ein Mittel gegen Pleuritis«, fügte Günther hinzu. »Es ist einfach zu beschaffen. Man kann es selbst herstellen oder in der Apotheke kaufen.«

»Haben Sie es unter Ihren eigenen Arzneien?« fragte Elkendorf und stand auf, um seinen Gästen nachzuschenken.

»Ich? Nein, nein, ich benutze es nicht«, antwortete Günther. »Habe es nie benutzt. Zu schwierig in der Dosierung und deshalb zu gefährlich.«

»Ich selbst habe Stechapfelpulver«, sagte Elkendorf, während er Engelbert Willmes' Glas füllte. »Es steht in einer Porzellandose in meinem Arbeitszimmer. Im Glasschrank, auf dem mittleren Bord, hinten links. Die Dose ist etwa so hoch wie dieses Weinglas, weiß und trägt ein ovales Etikett, auf dem ›Datura stramonium‹ steht.«

Alle Köpfe bewegten sich in seine Richtung. Willmes, der ihm den Rücken zuwandte, setzte seinen Stuhl zur Seite und drehte sich auf der Sitzfläche halb herum, um so Elkendorf ins Gesicht sehen zu können. In einer Hand hielt er seine Gabel mit einem großen, länglichen Stück Fleisch, an dem die gebakkene Kruste aus Ei und geriebenem Weißbrot lose geworden war und abzubröckeln drohte.

»Was soll das heißen, Elkendorf? Wollen Sie andeuten, Sie selbst hätten ... Aber das wäre ja ... Nein, nein, jetzt verstehe ich, Sie wollen sagen, wir, einer von uns ...« Lyversbergs immer etwas zu hohe Stimme überschlug sich. »Was erlauben Sie sich? Die Tatsache, daß einige der Anwesenden Grund hatten, eine Abneigung gegen Nockenfeld zu hegen, gibt Ihnen kein Recht, zu unterstellen ... Mir fehlen die Worte.«

Willmes schob sich das Stück Karbonade in den Mund, kaute eine Weile und sagte dann: »Herr Jesus, Lyversberg, nun sagen Sie bloß, Sie hätten nicht gemerkt, worum es in unserem Gespräch seit fast einer Stunde geht. Es geht um Mord. Mord, verstehen Sie? Und um die Frage, wer von uns ein Motiv hatte, Nockenfeld zu vergiften. Außerdem darum, wer das Mittel – Stechapfelgift – und die Gelegenheit dazu hatte. Und Elkendorf sagte uns gerade, daß, wenn wir das Gift nicht sozusagen in weiser Voraussicht zum Diner mitgebracht haben, wir uns an seinem Vorrat hätten bedienen können. Das Gift war griffbereit für jeden von uns hier im Haus vorhanden. Also, selbst wenn einer von uns an diesem Abend ganz plötzlich und spontan den Wunsch gespürt hätte, Nockenfeld zu vergiften, hätte das Gift ihm zur Verfügung gestanden. Richtig, Elkendorf?«

»Aber wir waren doch alle die ganze Zeit zusammen. Wir hatten keine Gelegenheit, in Elkendorfs Arbeitszimmer nach einem passenden Gift zu suchen.« DuMont drehte seinen vorgeschobenen Kopf langsam von links nach rechts, während er nacheinander alle Anwesenden eindringlich fixierte. Seine Gesichtshaut wirkte trocken und schartig wie abgenutztes Leder.

»O nein«, entgegnete Willmes. »Wir waren nicht immer alle zusammen. Wenn Sie versuchen, sich zu erinnern, wird Ihnen einfallen, daß jeder von uns einmal oder sogar mehrmals hinausging – schlicht und einfach, um den Abtritt aufzusuchen. Und wenn das ein paar Minuten länger gedauert hat als üblicherweise, wer hätte schon darauf geachtet?«

»Das kann doch nicht Ihr Ernst sein, Willmes! Sie machen sich lächerlich mit Ihren Vermutungen. Überhaupt, warum soll Nockenfeld das Mittel ausgerechnet bei diesem Essen zu sich genommen haben? Er wird es vorher oder nachher geschluckt haben.«

»Nein, Lyversberg«, erwiderte Merrem, »das hat er nicht. Eine Einnahme vor dem Essen wäre zu früh für die Wirkung gewesen, und nach dem Diner hat er nichts mehr zu sich genommen. Er ging von hier aus direkt nach Hause und dort sofort zu Bett.«

Lyversberg legte Messer und Gabel aus der Hand und setzte sich in seinem Stuhl zurück. Willmes musterte ihn einen Moment und sagte dann: »Sie wirken angespannt, Lyversberg. Und vielleicht haben Sie dazu allen Grund. Schließlich sind De Noel, DuMont, Doktor Günther und ich nicht die einzigen hier, die eine Abneigung gegen Nockenfeld hegten, wie Sie es so schön ausdrückten. Wenn wir schon dabei sind, über die Vergangenheit zu sprechen – gab es da nicht auch einen Vorfall, in den Sie verwickelt waren? Ich meine, mich an etwas dieser Art zu erinnern, und zwar ziemlich genau. Und auch De Noel wird sich entsinnen, nicht wahr, De Noel?«

Matthias De Noel hatte den Blick gesenkt. Er schwieg. Mit der rechten Hand schob er langsam das Weinglas vor seinem Teller hin und her.

»Also, Ihr Neffe erinnert sich offenbar nicht, aber andere werden sich erinnern, glauben Sie nicht? Sie sollten die Gelegenheit nutzen, die Geschichte von Ihrer Warte aus zu erzählen. Im Endeffekt macht es einen besseren Eindruck, wissen Sie. Dies nur als freundschaftlicher Ratschlag.« Willmes lachte wieder und warf in der für ihn typischen Bewegung den Kopf zurück.

»Und Sie meinen, es wäre für mich notwendig, einen guten Eindruck zu machen? Glauben Sie mir, mein Ruf ist über jeden Zweifel erhaben. Niemand würde auch nur daran denken, mich mit einem Gifttoten in Verbindung zu bringen.« Wieder überschlug sich Lyversbergs Stimme.

»Sehen Sie, Lyversberg«, erwiderte Willmes, »Sie sind bereits in Verbindung mit einem Gifttoten gebracht. An dieser Tatsache können selbst Sie nichts mehr ändern.«

Lyversberg schien einen Augenblick zu überlegen. Dann richtete er sich in seinem Stuhl auf und blickte von Willmes zu Elkendorf, dann zu Theodor Merrem.

»Nun, ich habe nichts zu verbergen. Bei dem Vorfall, den Sie wohl meinen, handelt es sich um eine Geschichte, die sich vor zwanzig Jahren abgespielt hat. Sie kam mir deutlich wieder in den Sinn, als ich hörte, Nockenfeld sei nach Köln zurückgekehrt. Eine Infamie, wenn Sie mich fragen! Was erwartete er sich von einer Rückkehr? Daß man ihn mit offenen Armen aufnehmen würde? Daß man vergessen hätte, was er angerichtet hat? Natürlich weiß ich seit langem, daß er nicht nur mich, sondern auch eine Reihe anderer denunziert hatte. Über das alles wurde schließlich nach dem Abzug der Franzosen hier und da gesprochen. – Ja, er hat auch mich denunziert. Und in meinem Fall hatte er davon einen klaren Nutzen, denn die Denunziation diente seinem eigenen Vorteil: Er brachte eine Anzahl Bilder, für die ich schon eine ziemliche Summe angezahlt hatte, in seinen Besitz. Ein Hinweis an die Behörden genügte, und alles verschwand, bevor ich die Hand darauf legen konnte. Jahre später, im Sommer 1813, erfuhr ich, daß Nockenfeld der Verräter gewesen war. Aber er war zu diesem Zeitpunkt immer noch ein Günstling der Franzosen, und ich konnte nichts gegen ihn unternehmen. Nichts, verstehen Sie?«

»Sie hätten immerhin uns, Ihre Freunde, vor ihm warnen können«, warf DuMont ein, schob seine trockenen Lippen übereinander und stülpte sie nach außen.

»Und mein Ruf? Was wäre dann mit meinem Ruf gewesen? Meinen Sie, ich will, daß man sich über mich amüsiert? Daß man sagt, Kaufmann Lyversberg hat sich von dieser Ratte betrügen lassen? Ohne sich wehren, ohne zurückschlagen zu können?«

Während Willmes zu lachen begann, sagte Elkendorf: »Und dann verschwand Nockenfeld plötzlich. Es muß genau um diese Zeit gewesen sein, nicht wahr?«

»Kurz darauf, im Herbst 1813, ja«, erwiderte DuMont mit einem verächtlichen Blick auf den lachenden und gleichzeitig kauenden Willmes.

»Warum verschwand er? Weshalb gerade zu diesem Zeitpunkt? Haben Sie ihm gedroht, Lyversberg? Hat irgend jemand von Ihnen ihm gedroht?« Elkendorf ließ seine Augen in die Runde schweifen. Für ein paar Sekunden wirkten seine Gäste, als hätten sie zur Skizzierung einer Tafelrunde posiert und seien in dieser Pose erstarrt. Und wie die Gesichter auf Gemälden oft leer zu sein schienen, leer von Gefühlen und leer von Gedanken, waren auch die Gesichter vor ihm ausdruckslos. Niemand verriet, was in ihm vorging, und niemand antwortete.

Schließlich, nach einer quälend langen Stille, sagte Lyversberg langsam: »Ich dachte immer, daß Professor Wallraf …«

»Wallraf? Wieso?« fragte Elkendorf irritiert. »Was soll mit Wallraf gewesen sein?«

Lyversberg strich sich zögernd über das herabhängende Lid seines linken Auges: »Nun, ich weiß natürlich nichts Genaues«, antwortete er. »Ich kann nur sagen, was ich vermute. – Ich habe immer geglaubt, daß Nockenfeld Köln unter dem, ja, nennen wir es einfach so, unter dem Einfluß Wallrafs verlassen hat.«

»Unter Wallrafs Einfluß?«

Mehrere Stimmen, die die gleiche Frage stellten, überschnitten sich. Die eben noch starre Tafelszene geriet in Bewegung. Köpfe, Oberkörper, Hände begannen sich unruhig zu regen. Ein leises, beharrliches Trommeln wurde hörbar, das, wie Elkendorf mit einem Blick feststellte, Johann Jakob Günther erzeugte, indem er seinen Zeigefinger rhythmisch auf den Tellerrand schlug. DuMont hustete rauh, holte dann sein Taschentuch hervor, um, den Kopf zur Seite gewandt, hineinzuspucken. Willmes sog laut die Luft ein und stieß sie ebenso laut und theatralisch wieder aus.

»Oder auf Druck Wallrafs, auf sein Betreiben, ich weiß nicht, wie ich es ausdrücken soll.« Lyversberg sah die Anwesenden nacheinander an. Als er fortfuhr, wurde seine Stimme überheblich, hatte dabei jedoch einen gezwungenen Unterton: »Außer mir und meinem Neffen scheinen Sie hier alle eine Tatsache nicht zu kennen, eine Tatsache, die vermutlich nicht unwichtig ist, um die Situation zu verstehen. Merkwürdig, denn wenigstens einige von Ihnen sind doch im allgemeinen ausgezeichnet über die Vorgänge in Köln unterrichtet – oder glauben es zumindest zu sein. Möglicherweise überschätzt man aber auch Ihre Kenntnisse. Vielleicht wird tatsächlich mehr, als man gemeinhin glaubt, nicht publik, auch wenn Sie, Willmes, meinen, in Köln könne auf Dauer nichts verborgen bleiben. Wie auch immer, ich denke, daß niemand so sehr mit dem Kunsthandel vertraut ist wie ich. Höchstens noch Heberle, und selbst er ist noch nicht so lange im Geschäft. Und Sie, Willmes, sind bei all Ihrer Schläue, die ich Ihnen keineswegs absprechen möchte, doch nicht so klug, wie Sie glauben. Sie sind ein Maler, oder sagen wir lieber, ein begabter Kopist, aber sicherlich kein Kaufmann. Die wirklichen Hintergründe und Interessen, die vielen Winkelzüge und geschickten Strategien im Geschäft mit der Kunst werden für Sie immer ein Buch mit sieben Siegeln bleiben.« Lyversberg nahm einen Schluck aus seinem Glas und lächelte unvermittelt: »Um es kurz zu machen – Doktor Nockenfeld hat auch Wallraf hintergangen. In beträchtlichem Umfang, und, das muß man ihm lassen, auf recht geschickte Weise.«

»Er hat auch Wallraf betrogen?« Willmes schlug mit der flachen Hand auf den Tisch, daß die Gläser zitterten und DuMont zusammenzuckte. »Das hätte ich ihm nicht zugetraut. Ich hätte gedacht, daß seine Skrupellosigkeit wenigstens vor Wallraf haltmachte. Aber andererseits, warum nicht? Im Grunde sieht es unserem Nockenfeld nur allzu ähnlich.« Scheinbar amüsiert stach er in das letzte Stückchen Fleisch auf seinem Teller, betrachtete es ausgiebig und steckte es dann in den Mund. »Nun sagen Sie schon«, wollte er wissen. »Wie hat er es gemacht?«

»Es war im Grunde ganz simpel. Er hat einfach eine Reihe der Kontakte, die Wallraf geknüpft hatte, für sich genutzt. Er trat in Verhandlungen als Vertreter Wallrafs auf und sicherte sich dabei einen Anteil an den Objekten, ohne daß Wallraf von diesen Sonderabsprachen erfuhr. Ich schätze, daß auf diese Weise im Laufe von zwei bis drei Jahren an die hundert exquisite Bilder an Nockenfeld gegangen sind.«

»Und Sie wußten davon, Lyversberg?« fragte DuMont, während er sich den Mund mit seinem Taschentuch abtupfte. Seine Augen unter der dicken Brille wirkten verletzt.

Lyversberg sah kurz zu Matthias De Noel, der sein wachsfarbenes Gesicht immer noch über den Teller gesenkt hielt. »Ich ahnte es«, sagte er und verfiel in einen dozierenden Ton. »Als ich erfuhr, daß Nockenfeld mich verraten hatte, begann ich zu überlegen, ob er nicht auch in anderen Vorgängen, die ein wenig eigenartig verlaufen waren, seine Hand im Spiel gehabt haben konnte. Wie eben schon gesagt, ist der Kunsthandel ein Bereich, dessen Komplexität man nicht unterschätzen darf. Neben den berechenbaren Momenten gibt es immer auch zahlreiche Imponderabilien, die nicht einfach zu erkennen oder vorherzusehen sind. Man benötigt einiges an Intelligenz und Erfahrung, um Situationen zu verstehen und die Hintergründe des Marktes erklären zu können. Und selbst dann ist nicht immer alles zu erfassen. Manches, gebe ich offen zu, bleibt auch für mich undurchsichtig. – Ich versuchte also, Nockenfeld zu beobachten, stellte Nachforschungen in dem einen oder anderen Fall an, aber es dauerte doch einige Zeit, bis ich Spuren seiner seltsamen Aktivitäten fand. Ich kann Ihnen sagen, er muß sich seit der Säkularisation in den Besitz einer Menge von Kunstwerken gebracht haben. Auf die unterschiedlichste Weise. Und blieb dabei so gut wie immer als Käufer verdeckt. O ja, Doktor Nockenfeld war ein raffinierter Mann, das kann man ihm nicht absprechen – und ein fanatischer Heimlichtuer. Nicht einmal mein Neffe, der sich doch häufig genug in seiner Nähe aufhielt, wußte, was vor sich ging. Ist es nicht so, Matthias?«

De Noel fuhr unter der plötzlich scharf gewordenen Stimme seines Onkels zusammen. »Ja, so ist es«, sagte er langsam, und seine Augen wirkten so sulzig wie das Kalbsauge, das er zuvor zerschnitten hatte.

»Und ich habe ihm nichts von meinem Verdacht und nichts von meinen Nachforschungen mitgeteilt«, setzte Lyversberg hinzu.

»Weshalb nicht?«

»Verstehen Sie, Elkendorf, mein Neffe hätte Wallraf auf Nokkenfelds Machenschaften aufmerksam machen können, und das wollte ich nicht.«

»Sie wollten nicht, daß Wallraf davon wußte? Sie haben nicht mit ihm über Nockenfelds spezielle Geschäfte gesprochen? Ihn nicht gewarnt?« fragte Elkendorf ungläubig.

»Ich Wallraf? Wie käme ich dazu? Glauben Sie, Wallraf hätte mich im umgekehrten Fall gewarnt? Nein, das hätte er nicht, da können Sie sicher sein. Er hätte bloß über meine Dummheit gelacht.«

Theodor Merrem, der zurückgelehnt in seinem Stuhl gesessen und Lyversberg aufmerksam beobachtet hatte, beugte sich unvermittelt vor und sagte schroff: »Also, Sie haben ihm nichts gesagt. Aber Sie denken, er hat es trotzdem erfahren.«

»Ja, genau das denke ich. Wallraf ist in vielem vielleicht weltfremd, aber er ist keineswegs einfältig. Im Gegenteil, er ist auf seine absonderliche Art ein gewiefter und hartnäckiger Gegner. Ich weiß, wovon ich spreche. Ich habe deshalb immer damit gerechnet, daß er eines Tages mißtrauisch wird und Nockenfelds Aktivitäten nachspürt. Und so dürfte es letztlich auch gewesen sein. Er wird von den Vorgängen erfahren und Nockenfeld erklärt haben, daß er keine Förderung und keinerlei Erbe mehr zu erwarten habe. Im Gegenteil, er wird ihm gedroht haben, seinen Ruf zu vernichten. Also entschied sich Nockenfeld dazu, zu gehen und sich einen anderen Wirkungskreis zu suchen.«

Wieder herrschte Schweigen im Raum. Jeder schien über Lyversbergs Eröffnungen nachzudenken.

»Das wäre möglich«, sagte DuMont schließlich zögernd. »Ja, das wäre möglich. Ich habe nie verstanden, warum Nockenfeld damals so von heute auf morgen verschwand. Er lebte doch hier wie die Made im Speck. Aber wenn man annimmt, Wallraf hätte ihn dazu gezwungen, wäre es verständlich. Und Sie haben recht, Lyversberg, nur Wallraf hätte ihn – ohne daß etwas öffentlich geworden wäre – zwingen können.«

»Wallraf muß ihn gehaßt haben«, sagte Günther plötzlich mit dünner, gepreßter Stimme. »Hintergangen von seinem Lieblingsschüler, einem Mann, den er protegierte und den er als Erbe seiner Sammlung in Betracht zog! Er muß ihn gehaßt haben, mehr als jeder andere von uns. Und ich glaube nicht, daß sein Haß seit damals abgenommen hat. Ich glaube, er ist gewachsen und gewachsen. Mit jedem Jahr, das er älter geworden ist, muß er den Stachel im Fleisch tiefer und schmerzhafter empfunden haben. O ja, ich kann mir vorstellen, wie Wallraf sich fühlte all diese Zeit über.« Günthers Stimme bebte vor nur mühsam beherrschtem Gefühl, brach dann und versickerte. »Diese Bitterkeit, dieser Abscheu …«

Alle hatten sich ihm zugewandt und betrachteten ihn. Als er ihre Aufmerksamkeit bemerkte, bewegte er fahrig die Hände, bemüht, ihren Blicken auszuweichen. Schließlich aber reckte er den Hals aus den mageren, zusammengezogenen Schultern und sagte laut: »Ja, ich kann mir diesen Haß sehr gut vorstellen.« Er verstummte.

Lyversberg sah ihn ausdruckslos an, lächelte dann schwach und bemerkte: »Sicher hat er ihn gehaßt. Nicht nur wegen des Betrugs seiner Freundschaft, wenn wir es Freundschaft nennen wollen. Vor allem aber, denke ich, deswegen, weil ihm durch Nockenfelds Geschäfte so vieles entgangen war. Wallraf muß, nachträglich sozusagen, unter dem Verlust der vielen Kostbarkeiten, die in Nockenfelds Hände geraten sind, entsetzlich gelitten haben.« Sein verzerrtes Gesicht nahm einen Ausdruck gieriger Spannung an. »Was sage ich gelitten, er muß Qualen ausgestanden haben, als ihm klar wurde, was sein Vertrauter alles erworben, erpreßt, erschwindelt hatte. Bilder, Bücher und Objekte jeder Art, die alle nun in seiner eigenen Sammlung fehlen. Wie eine Wunde muß sich diese Lücke in seinem Besitz anfühlen, eine Wunde, die sich nicht schließen kann, nicht durch geduldiges Abwarten und nicht durch den Erwerb anderer Kostbarkeiten.«

Auch Lyversberg verstummte, und in der folgenden bedrückenden Stille klang Engelbert Willmes' erneutes, halbunterdrücktes Lachen peinlich.

DuMont nahm seine Brille ab, legte sie vor seinen leeren Teller und starrte mit nackten, wunden Augen über den ihm gegenübersitzenden Willmes hinweg. »Vor zehn Jahren ist Nokkenfeld gegangen – und er ist wiedergekommen. Ist Ihnen aufgefallen, wie selbstsicher er wirkte? Eigentlich sogar überheblicher und unangreifbarer als zuvor. Er schien sich vor keinem von uns zu fürchten. Auch vor Wallraf nicht.«

»Warum sollte er?« erwiderte Lyversberg. »Er war vermögend, er war unabhängig. Sollte er etwa vor gesetzlichen Schritten Angst haben? Sie als Jurist müßten wissen, DuMont, daß solche Schritte gar nicht möglich waren. Weswegen hätte man ihn denn belangen können? Wegen Denunziationen von illegalem Verhalten oder politischer Unzuverlässigkeit in einem anderen, inzwischen vergangenen System? Wegen der Anzeige mangelnden professionellen Könnens eines Kollegen? Oder gar wegen eines übergroßen geschäftlichen Geschicks? Und das alles vor zehn, zwanzig Jahren? Nein, nein, man hätte nichts gegen ihn unternehmen können.«

»Nichts Offizielles vielleicht, da haben Sie recht. Aber was wäre mit seinem Renommee in unseren Kreisen gewesen?«

Willmes hatte aufgehört zu lachen. In bissigem Ton sagte er: »Sie meinen, man hätte ihn gesellschaftlich ignorieren können, DuMont? Sicher ja, das wäre natürlich möglich gewesen. Aber hätten wir das wirklich getan? Nein, sage ich Ihnen, das hätten wir nicht. Schon an Nockenfelds erstem Abend in unserer Gesellschaft haben wir uns so verhalten, wie er es wohl kalkuliert hatte. Wir haben die Contenance gewahrt, wir haben mit ihm gegessen, angestoßen, mit ihm geplaudert, als sei nie etwas Unerfreuliches zwischen ihm und uns gewesen, als sei mit ihm ein alter Freund zu uns zurückgekehrt.« Willmes' Stimme füllte dröhnend den Raum, als er fortfuhr: »Er hat uns richtig eingeschätzt, er hat gewußt, daß wir uns nicht gegen ihn zusammenschließen würden, denn es hätte zunächst bedeutet, uns voreinander in unseren Niederlagen, Schwächen und Verletzungen zu entblößen. Und das, wußte er, hätten wir nicht getan. Er war sich sicher, daß wir, gleichgültig, was wir von ihm und voneinander wußten, schweigen würden und daß, wenn überhaupt, jeder für sich allein versuchen würde, sich gegen ihn zu wehren. So, wie wir das auch früher getan haben.« Er hieb wieder mit der Hand auf den Tisch. »Jakob Nok-kenfeld hat sich nicht geändert, glauben Sie mir, und wir haben auch nicht geändert. Und deshalb hat er sich auf ein neues Spiel mit uns gefreut.« Er unterbrach sich, lehnte sich zurück und strich sich das Haar nach hinten. »Ich kann mir lebhaft vorstellen«, sagte er, »daß er, während er sein Erbe antrat und das Haus seiner Tante bezog, schon darüber nachdachte, wie wir gegeneinander auszuspielen wären, wie er uns einzeln, jeden für sich und uns alle zusammen hintergehen könnte. – Er hatte sicherlich interessante Ideen, und ich würde nur zu gerne wissen, was er als erstes vorhatte.« Sardonisch lächelnd sah er nacheinander in die Gesichter seiner Tischgenossen, die seinen Worten, so hatte Elkendorf den Eindruck, mit einem Ausdruck beherrschten Erstaunens und vager Abwehr gefolgt waren.

»Sie vergessen den einen, der sich offenbar anders verhalten hat als damals«, bemerkte Merrem trocken. »Den, der die Contenance nicht wahrte und statt dessen das Problem Nockenfeld auf eine neue, rigorose Weise zu lösen versuchte – eine Variante im Verhalten, die Nockenfeld, so scheint es, nicht vorhergesehen hat.«

Merrems lakonische Bemerkung bewirkte eine erneute Unruhe, und Nepomuk Lyversberg setzte gerade zu einem weiteren Protest an, als Günther unvermittelt aufstand und steif auf die Tischkante gestützt stehenblieb. Sein aschgrauer Rock, der über der schwarzen Weste aufklaffte, fiel in schlaffen Falten über seinen knochigen Körper, und die langen Rockschöße baumelten lappig um die Schenkel.

»Mir ist eben etwas in den Sinn gekommen«, sagte er, »an das ich nicht mehr gedacht hatte. Aber als Sie gerade über Nokkenfeld und seinen Kunstbesitz sprachen, habe ich mich mit einem Mal wieder erinnert. – Sie wissen, ich bin kein Kunstkenner und kein Kunstsammler, ich weiß daher fast nichts über diese Dinge, die die meisten von Ihnen so sehr beschäftigen. Meine Gebiete sind die Wissenschaft und die Poesie. Es fällt mir daher, muß ich gestehen, häufig nicht leicht, zuzuhören, wenn man über Kunst spricht. Ich weiß, Sie werden es nicht begreifen können, aber offen gestanden, es langweilt mich, gelegentlich ist es mir sogar ärgerlich. Nun, Elkendorf, um ehrlich zu sein, ich habe auch an dem Abend Ihrer Einladung nicht immer zugehört. Ich war zeitweise mit meinen eigenen Gedanken beschäftigt und habe daher auch auf das Gespräch zwischen Wallraf und Nockenfeld nicht so recht geachtet.«

»Welches Gespräch?« fragten Elkendorf und Lyversberg gleichzeitig.

»Es war kurz nach dem Ende der Mahlzeit. Sie standen dort drüben«, Günther deutete auf eine Stelle zwischen Eßtisch und Anrichte, »und Nockenfeld hatte den Professor unter den Arm gegriffen, um ihn zum Sessel zu führen. Ich hörte im Vorbeigehen, wie Nockenfeld, ein wenig ironisch, wie mir schien, das Wort ›Testament‹ sagte, und ich erinnere mich jetzt auch an einen Satz. Er sagte: ›Die Bilder werden alle an Sie gehen, Herr Professor.‹«

Einige Sekunden lang herrschte eisiges Schweigen im Raum. Alle Augen starrten wie gebannt auf die graue Gestalt, die ihre Blicke mit zusammengekniffenen Lippen zurückgab. Dann flüsterte Lyversberg, und seine Stimme klang heiser vor Entsetzen: »Die Bilder sollten alle an Wallraf gehen? An Wallraf? Das ist ja ungeheuerlich, was Sie da sagen.«

Günther zuckte die Achseln: »Es ist das, was ich gehört habe. An mehr kann ich mich nicht erinnern.«

Lyversberg sprang auf, riß sich die Serviette vom Hals und warf sie mit einer ausholenden Geste auf den Boden. Sein Gesicht schien sich völlig aufzulösen, die Züge beider Hälften schmolzen ineinander wie Tusche auf nassem Papier und bildeten schließlich ein einziges zerflossenes Ganzes.

»Mein Gott, das kann nicht möglich sein«, keuchte er. »Wissen Sie, was das bedeuten würde? Ja? Haben Sie auch nur eine Ahnung von den Werten, die dann an Wallraf, an seine Sammlung fielen? Nockenfeld muß fast so viele Kunstwerke besessen haben wie ich. Und das alles für Wallraf! Das kann, das darf nicht möglich sein.«

Während er noch schwer atmend dastand und zitternd vor Wut um sich blickte, hatte sein Neffe Matthias De Noel den Kopf gehoben und die Augen auf Elkendorf gerichtet. Sie wirkten nicht mehr sulzig, sondern waren schwarz und kühl und verrieten das Bemühen, Aussichten und Chancen von Günthers Mitteilung für sich zu berechnen.

»Was wissen Sie von Nockenfelds Testament, Elkendorf? Haben Sie eine Ahnung, was er verfügt hat?« fragte er.

»Soviel ich weiß, liegt das Testament beim Notar und wird morgen eröffnet. Über den Inhalt ist mir nichts bekannt.«

»Ich hätte gedacht, alles fiele an Nockenfelds Schwester.«

»Das dachte ich auch«, antwortete Elkendorf langsam.

Willmes warf den Kopf in den Nacken und begann laut und dröhnend zu lachen. Fast schreiend vor Lachen sagte er: »Wallraf und Nockenfelds Testament. Das ist ja nicht zu fassen! Ausgerechnet der alte Wallraf! Darauf wäre ich nie gekommen. Nie.«

Während Elkendorf sich zwang, das Lachen zu ignorieren, spürte er, wie sein ganzer Körper kalt wurde. Er wandte sich zu Merrem, dessen Gesicht sich purpurrot verfärbt hatte. »Wallraf ist alt geworden«, sagte er unsicher und stockte dann.

»Sie meinen, alt und ... unberechenbar?« Merrems Stimme klang sachlich, dennoch war ein Unterton von Unruhe nicht zu verkennen.

Mit einem klirrenden Geräusch schob DuMont seinen unberührten Teller zurück. »Wallraf«, stieß er hervor, »das kann doch nicht möglich sein.«

In diesem Moment zog ein schwerer Geruch nach heißem Fett und geschmolzenem Zucker über den Tisch. Als Elkendorf aufblickte, sah er seine Cousine neben sich stehen. In den Händen hielt sie eine Platte mit dicken, frisch ausgebakkenen, öligen Krapfen, auf deren von Hitzeblasen aufgequollener Oberfläche kleine, feine Fetttropfen saßen, die an vielen Stellen den nur leicht übergestäubten Puderzucker aufgesaugt und durchdrungen hatten und aussahen wie aus fiebriger Haut ausgetretener Schweiß.

DuMont wandte das Gesicht, das weiß wie seine Hände geworden war, ab und sagte: »O Gott, ich glaube, mir wird übel.«

Elkendorf bemerkte, daß Anna ihn mit einem Blick streifte und dann die Platte einige Schritte von DuMont entfernt auf die Anrichte stellte. Sie beugte sich vor, rückte mit einer raschen Handbewegung zwei Krapfen zurecht und drehte sich dann zur Seite, um zur Tür zu gehen. Als sie auf eine Armlänge nah an ihm vorbeikam, blickte er nach oben in ihr halb abgewandtes Gesicht. Er fühlte und hörte das Rascheln ihrer gestärkten Schürze erst neben, dann hinter sich. Abrupt, fast ohne es zu wollen, drehte er den Kopf, um noch einmal ihr Gesicht zu sehen. Einen Augenblick war ihm gewesen, als habe er auch in ihrer Miene einen fremden, unbekannten Zug bemerkt. Er sah jedoch nur noch ihren Rücken, der durch die geöffnete Tür ins Dunkel der Diele verschwand.

Als sich seine Aufmerksamkeit wieder auf die Tafelrunde richtete, zeigte sich ihm ein leicht verändertes Bild.

Nepomuk Lyversberg hatte sich wieder gesetzt. Seine Hände lagen scheinbar ruhig neben seinem Teller, auf dem die Karbonade nur zu einem kleinen Teil verzehrt, Erbsen und Reis kaum angerührt waren. Sein Blick war auf seinen Neffen gerichtet, der diesem Blick nicht auswich, sondern mit merklich wachsender Härte zurückgab. Ohne seine Augen abzuwenden, tastete De Noel nach Gabel und Messer. Er senkte, nachdem er sie gefunden hatte, für einen Moment den Blick auf seinen Teller, trennte mit einem kräftigen Schnitt ein großes Stück vom restlichen Fleisch ab und sah, indem er es in den Mund schob, wieder in die Augen seines Onkels. Eine kleine Fettspur rann ihm dabei über das Kinn. Es war Lyversberg, der den Blick abwandte.

Engelbert Willmes saß, in einer Hand ein Weinglas, ein wenig zur Seite gerückt und mit übergeschlagenen Beinen auf seinem Stuhl. Seine rotgeränderten Augen glitten unaufhörlich von einem zum anderen, als warte er auf eine neue Wendung im Gespräch und damit auf ein weiteres Stichwort für seinen Sarkasmus. Sein Teller war, bis auf ein kleines Knorpelstück, an dem eine dünne, weißliche Sehne hing, leer.

Günther, der wie Lyversberg wieder Platz genommen hatte, legte bedächtig Messer und Gabel auf seinen mit kleinen Panadenkrümeln übersäten Teller und richtete sie sorgsam parallel zueinander aus. Dann strich er sich über die spärlichen Koteletten, die genau bis an die Kinnlinie liefen, und lächelte in sich hinein.

DuMont schien nichts um sich herum wahrzunehmen. Sein Gesicht war verzogen und wirkte in sich gekehrt, als spüre er körperlichen oder seelischen Schmerzen nach. Das kurze Vorderteil seines zweireihigen Rocks lag so eng an, daß man das mühsame Heben und Senken der Brust verfolgen konnte. Er sah verloren aus.

Hatte die Spannung am Tisch, die noch einige Minuten vorher geherrscht hatte, nachgelassen? fragte sich Elkendorf. Oder hatte sie nur eine andere Form angenommen? Lag hinter dem ruhiger gewordenen Äußeren eine angestrengte Wachsamkeit? Oder machte sich unter dem noch spürbaren Schrecken zugleich schon Erleichterung breit? Erleichterung worüber?

Er selbst spürte keine Erleichterung. Er spürte nichts. Ihm war so, als habe er Opiumtropfen genommen und sehe alles um sich herum mit neuer, künstlicher Schärfe und doch als sei es weit entfernt.

Wallraf, dachte er, wie konnte Wallraf ... wie konnte man glauben, daß Wallraf ... Er hielt seine Gedanken an und versuchte, über den Tisch hinweg den Blick seines Vorgesetzten aufzufangen.

Doch Theodor Merrem hatte den Kopf abgewandt. Er sah zum Fenster hin, durch dessen Scheiben jedoch nichts zu erkennen war, denn sie waren von Essens- und Atemdunst dicht verschleiert.

Noch bevor er ihn ansprechen konnte, hatte sich Merrem bereits mit einer heftigen Bewegung umgedreht. Als habe er plötzlich einen Entschluß gefaßt, klopfte er mit den Fingerknöcheln kurz auf die Tischkante. Dann, nachdem er sicher war, daß alle ihn ansahen, faßte er in seine Westentasche und zog eine Taschenuhr hervor. »Meine Herren«, sagte er und erhob sich, »es ist jetzt kurz vor drei Uhr. Ich denke, wir brechen die Mahlzeit ab, schließlich wird keiner von uns noch weiter essen wollen. Es wurde hier einiges gesagt, das Doktor Elkendorf und mir bisher nicht bekannt war und das geklärt werden muß. Allerdings in aller Diskretion. Sie wissen, wieviel Wert Polizeipräsident Struensee auf Diskretion legt – und nun in einem solchen Fall. Ich glaube, ich muß nicht deutlicher werden. Es ist also größte Vertraulichkeit zu wahren, meine Herren! Und ich erwarte, daß das, was heute hier besprochen wurde, nicht über diese vier Wände hinausdringt, auch in Ihrem eigenen Interesse.« Er machte eine Pause und sah mit einem Ausdruck von Autorität und energiegeladenem Selbstbewußtsein um sich. »Ich wäre Ihnen dankbar, wenn Sie uns jetzt allein ließen. Wie Sie sich denken können, haben Doktor Elkendorf und ich noch einiges zu besprechen. Im übrigen werde ich Sie, jeden einzelnen von Ihnen, über den Fortgang der Angelegenheit so schnell wie möglich informieren.«

Zu Elkendorfs Überraschung erhob sich kein Widerspruch. Selbst Lyversberg sagte nichts, und nach zehn Minuten war Elkendorf mit seinem Vorgesetzten allein.

Nachdem Merrem einige Minuten im Raum hin- und hergegangen war, blieb er schließlich zwischen Eßtisch und Fenster stehen, dicht vor einer Säule mit der Holzfigur eines drachentötenden heiligen Michael, die nun halb hinter, halb über Merrems untersetzter Gestalt hervorragte. Für Elkendorf, der Merrem schräg gegenüberstand, sah es aus, als blicke das Ungeheuer mit aufgerissenem Rachen und halb entfalteten Flügeln ihn über die Schulter seines Vorgesetzten an.

»Also Wallraf hat die Einladung zu diesem Essen heute abgesagt, weil er krank ist?« fragte Merrem übergangslos.

Elkendorf nickte.

»Und wann haben Sie ihn zuletzt gesehen?«

»Vorgestern, Mittwoch. Am Morgen, nachdem ich Nockenfelds Leiche untersucht hatte. Erinnern Sie sich, daß ich Ihnen eben an diesem Morgen sagte, ich sei bei allen Gästen des Diners gewesen, auch bei Wallraf?«

»Richtig, ich erinnere mich. Sie sagten, er habe sich schwach gefühlt und sei im Bett gelegen. War irgend etwas an seinem Verhalten ungewöhnlich?«

»Nein, nichts. Überhaupt nichts. Er war wie immer.«

»Und danach haben Sie ihn nicht mehr gesehen?«

»Nein.«

»Sie haben ihn nicht besucht?«

»Nein. Ich dachte, daß ihn ein Gespräch über Nockenfelds Tod zu sehr beunruhigen könnte.«

»Nun, diese Beunruhigung dürfte wohl jetzt nicht mehr zu vermeiden sein.« Als Elkendorf nicht antwortete, fügte Merrem hinzu: »Ich schlage vor, Sie gehen sofort zu Wallraf. Sie sind sein Schüler, Freund und gelegentlich auch sein Arzt. Sprechen Sie mit ihm, beobachten Sie ihn und versuchen Sie dabei, sich ein Urteil zu bilden. Wir müssen uns sicher sein, verstehen Sie? Ich bleibe hier und warte auf Sie.«

»Und dann?«

»Wir werden sehen.«

Die Wut, die Elkendorf in sich aufsteigen fühlte, war die gleiche wie am Abend zuvor. Bevor sie in seinen Augen auftauchen konnte, wandte er sich ab und verließ das Zimmer.

Noch immer an seiner Wut würgend, ging er einige Minuten später an St. Kolumba vorbei, bog rechts in die Minoritenstraße ein, dann, hinter dem ehemaligen Minoritenkloster, in dem sich jetzt die städtische Armenverwaltung befand, links in die Hohestraße. Kurz darauf war er am Ende der Hohestraße angelangt und sah vor sich das düstere Gebäude der alten Domprobstei liegen.

Es wirkte, dachte er bitter, nicht wie der Wohnsitz des größten Kölner Gelehrten und Kunstsammlers, sondern eher wie ein verkommenes, fast aufgelassenes Zuchthaus. Die Fenster waren in allen Geschossen schwervergittert, die Fensterbänke zerfallen und grün bemoost, den Backstein der Mauern hatte das Alter geschwärzt. An der südlichen Ecke des Baues sprang ein eigentümlicher Erker vor, der von stark ausladenden, mit phantastisch geformten Fratzenköpfen verzierten Kragsteinen getragen wurde.

Als Elkendorf durch den Torbogen der Mauer hastete, die den Innenhof der Probstei von der Straße abgrenzte, fiel ihm zum ersten Mal auf, wie rissig und brüchig das Mauerwerk geworden war. Tiefe Spalten durchzogen es an mehr als nur einigen Stellen, und gerade in Augenhöhe des barocken Bogens hatte sich ein beinahe handbreiter Riß aufgetan, der schräg nach unten lief und von dünnen Regenbächen ausgespült wurde. Elkendorf überquerte, vorbei an römischen Grabsteinen und Resten mittelalterlicher Kapitelle, rasch den Hof und meinte dabei zu fühlen, wie ihn die Fratzen der Kragsteine aus riesigen Augenhöhlen anstarrten. Ausgestreckte Zungen, Hörner, Krallen – alles in dunklem, flechtendurchwachsenem Stein und doch wie nasse lebendige Reptilien schimmernd und bedrohlich.

Am Eingang angelangt, ließ er den riesigen Klopfring aus Eisen zweimal gegen das Eichenholz der Tür fallen. Dann drückte er seinen Körper gegen die Tür und schob sie auf. Noch auf der Schwelle empfing ihn der ihm seit vielen Jahren bekannte Geruch nach altem, feuchtem Gemäuer und Moder. Eine niedrige Talgfunzel brannte im Hintergrund der weiten Diele, deren Geräumigkeit sich nur erahnen ließ, denn jeder verstaubte Winkel war vom Fußboden bis zur Decke mit Kuriositäten und Antiquitäten, mit Kunstgegenständen, Gemälden und Büchern überhäuft. Und so sah es auch auf der Treppe, den Fluren und in allen Zimmern des Hauses aus, obwohl schon ein großer Teil der Wallrafschen Sammlung seit Jahren im ehemaligen Jesuitenkollegium in der Marzellenstraße untergebracht war.

Als Elkendorf sich gerade unter einem von einem Deckenbalken hängenden Teil einer Ritterrüstung vorbeiduckte und dabei beinahe über einen breitgerahmten Kupferstich gestolpert wäre – einer der Tausende von Stichen und Zeichnungen, die Wallraf besaß und irgendwo im Chaos seiner Behausung aufbewahrte –, trat der Professor aus einem Zimmer an der rechten Seite der Diele. Er trug einen losen, fleckigen Morgenrock mit abgeschabtem Samtkragen und eine Nachtmütze, unter der das schmutziggraue Haar in einzelnen borstigen Strähnen hervorsah. Um seine Beine, die in Wollstrümpfen steckten, strich eine schwarz-gelb gescheckte Katze. Es roch plötzlich nach nassem Fell und ungewaschenem altem Körper. Aus der geöffneten Zimmertür drang zudem der Gestank angebrannter Milch.

»Sie kommen mich besuchen, Elkendorf?« sagte Wallraf. »Sehr freundlich von Ihnen, wirklich sehr freundlich. Ich fühle mich nicht wohl, wissen Sie, gar nicht wohl, schon seit Wochen nicht. Und ich mag auch nicht mehr essen, gerade noch ein paar Löffel Milchbrei, das ist alles.«

Während er sprach, hatte er sich abgewandt und ging zurück in das Zimmer, aus dem er gekommen war. Elkendorf folgte ihm, sorgfältig darauf achtend, wohin er trat. Wallraf schlurfte zu einem Sofa und ließ sich in dessen einziger freier Ecke nieder. Die übrige Sitzfläche war von einer mit schmalen Goldstreifen durchwirkten, aber brüchigen und an manchen Stellen ganz verschlissenen Altardecke bedeckt, die locker und in weitem Schwung über die Lehnen des Sofas hinweg bis auf den Boden hing. In ihre Falten hatte Wallraf eine Anzahl römischer Gläser gebettet, Trinkbecher, Salbfläschchen, Pokale, deren zerbrechliche blaßgrüne oder perlmuttene Formen im Weiß-Gold des Untergrundes zu versickern schienen und, als seien sie aus Regen gemacht, fast flüssig in ihren Umrissen wirkten.

Wallraf griff nach einem Glas, das wie ein Fisch geformt war, und hielt es erst nahe vor sein Gesicht, dann weiter davon entfernt.

»Aber am schlimmsten ist«, sagte er, »daß mich meine Augen im Stich lassen. Die Dinge vor mir verschwimmen und sehen so trostlos trüb aus. Ich fürchte, daß ich bald keine Farben mehr werde unterscheiden können. Wenn ich doch wenigstens sagen könnte, es sei dadurch alles um mich her wie ›aus lauter Herbst und Seide und Nichts‹, aber so poetisch ist es nicht, es ist eher so, als bewegte ich mich in einer merkwürdig grauen, immer dunkler werdenden Welt voller Gespinste und Spinnweben. Stellen Sie sich vor, Elkendorf, die Madonnen unseres Stefan Lochner nur noch in Grau! Kein strahlendes Gold mehr, kein Lapislazuli, kein Rubinrot. – Nehmen Sie diese Gläser hier. Ich meine mich zu erinnern, daß dies, das ich vor sieben Jahren bei einer Auktion gekauft habe, einen ungewöhnlich matten Schimmer hat. Einen flimmrigen Ton, der ins Ätherische, Sphärenhafte geht. Aber ich kann ihn nicht mehr sehen. So sehr ich meine Augen auch anstrenge, ich sehe nur eine farblose, matte Form ... Was meinen Sie, lohnt es sich noch, in einer solchen Welt zu leben?« fragte er, und ohne auf eine Antwort zu warten, fuhr er fort: »Aber andererseits – man kann die Dinge immer noch berühren und besitzen, nicht wahr? Und es ist ein unbeschreibbarer Genuß, das alles« – seine Geste umfaßte mehr als nur den Raum und sein Inventar – »zu besitzen, verstehen Sie, Elkendorf. Dieser Genuß hält mich am Leben. Jeden Morgen sehe ich das alles« – wieder die ausgreifende Geste mit magerem, kraftlosem Arm – »und jeden Morgen stärkt mich dieser Anblick so, wie uns ein Gebet stärkt und innerlich hebt.«

Er schien Elkendorfs fragende Miene zu bemerken und setzte, sich vertraulich vorbeugend, hinzu: »Ich verrate Ihnen ein Geheimnis: Ich sage häufig die Kunstwerke, die ich besitze, wie eine Litanei vor mich hin, eine Litanei des Heiligsten und Kostbarsten, das Menschen geschaffen haben und in die sich zu vertiefen wahre Seligkeiten bedeutet. Aber dies nur unter uns, Elkendorf. Kein Wort darüber zu unseren Freunden. Mein Ruf als Sonderling ist schon verbreitet genug.«

Er war mehr als ein Sonderling, dachte Elkendorf und stellte fest, daß er Wallraf zum ersten Mal ohne ein Gefühl der Ehrfucht betrachtete. Wie die seltsam erschreckende Version eines Heiligen Hieronymus im Gehäuse sah sein alter Lehrer aus, eine Version, die vielleicht von Bosch hätte stammen können. Ein verfallender, im Alter beinahe geschlechtslos gewordener oder auch immer geschlechtslos gewesener Mann inmitten eines unüberschaubaren, selbstgeschaffenen Chaos von gelehrten Gegenständen und ästhetischen Phantasmagorien, die schon vor langer Zeit, unbemerkt von ihm, begonnen hatten, eigenständig zu werden und ihn nun wie Lebewesen umdrängten und überwucherten.

Während Elkendorf diesem befremdlichen Eindruck nachsann, legte Wallraf das fischförmige Glas auf den Stoff neben sich, nahm dafür ein Trinkhorn in die Hand, betastete es behutsam von der Spitze über das Muster der aufgelegten Glasfäden bis zum zarten, geschwungenen Rand und sagte dann mit einem kurzen Seitenblick: »Aber setzen Sie sich doch, Elkendorf. Suchen Sie sich irgendwo einen Platz. Vielleicht nehmen Sie die Büste von diesem Stuhl da. Aber seien Sie vorsichtig mit ihr, und passen Sie auf, wohin Sie Ihre Füße stellen.«

»Ich würde Ihnen gerne erst den Puls fühlen, Herr Professor«, erwiderte Elkendorf und faßte nach Wallrafs Handgelenk. Es war knotig von Gicht und wie Arm und Handrücken voller brauner Flecken und kleiner Schwären. Es dauerte eine Weile, bis er den schwachen und unregelmäßigen Pulsschlag gefunden hatte.

»Sie sollten mehr essen, Herr Professor. Fleischsuppe, geschlagenes Ei; ein wenig Taube, ein wenig Weißbrot.«

»Ja, ja, ich weiß. Aber diese Zeiten sind vorbei, Elkendorf. Ich erinnere mich gern an jedes Ihrer opulenten Diners, die immer wahre Kunstwerke waren, aber auch die sind ein für allemal vorbei. Nicht nur für Jakob Nockenfeld, auch für mich.«

Elkendorf ließ die Hand, die er noch gehalten hatte, fallen und sah in Wallrafs Gesicht. Es wirkte müde und erschöpft, zeigte jedoch keinen ungewöhnlichen Ausdruck. Nur im Hintergrund der ausgeblichenen Augen meinte er etwas beunruhigend Wirres auftauchen zu sehen, etwas, das er bei Wallraf noch nie bemerkt hatte. Nach einem kurzen Moment war es verschwunden.

»Ja, Nockenfeld«, sagte Wallraf langsam. »Ich kannte ihn noch aus seiner Studienzeit, wie Sie ja wissen. Ein begabter Mediziner, der im Laufe der Zeit auch ein außergewöhnlicher Kunstkenner wurde. Tatsächlich war er schließlich auf diesem Gebiet so gut, daß ich ihn neben Willmes und De Noel als Erben meiner Sammlung beziehungsweise als Leiter meines geplanten Wallrafianums in Betracht zog. Alle drei schienen mir dafür geeignet zu sein – sie sind sich in mancher Hinsicht recht ähnlich, wissen Sie. Allerdings war Nockenfeld weitaus der intelligenteste und im Kunsthandel der raffinierteste von ihnen. Nun, Willmes schied aus, weshalb, brauchen wir nicht zu erörtern, und Nockenfeld war ganz plötzlich aus Köln verschwunden. Wer blieb, war De Noel.«

»Warum verschwand Nockenfeld?«

Wallraf gab keine Antwort. Er hielt das Trinkhorn dicht vor seine Augen, so daß Elkendorf sie nur noch verzerrt und als seien sie auseinandergerissen erkennen konnte. Eines von ihnen erschien bloß noch als ein kleiner verwischter Fleck, das andere dagegen stülpte sich, wie durch eine Lupe grausig vergrößert, nach außen. Einen Moment erinnerte es ihn an die weißen, blinden Augäpfel des toten Nockenfeld.

Nachdem er einen Moment seine Augen geschlossen und dankbar das Dunkel unter den Lidern genossen hatte, sah er wieder zu Wallraf hinüber. Mit bemüht ruhiger Stimme sagte er: »Ich dachte, Sie seien es gewesen, der ihn gedrängt hat, Köln zu verlassen.«

Wallraf setzte das Glas auf seinem Schenkel ab und blickte Elkendorf mit vorgestrecktem Kopf an. »Ich? Wieso hätte ich das tun sollen?«

»Nun, wir ... ich dachte, Sie hätten erfahren, daß er Sie hintergangen und betrogen hat ...«

»... und hätte ihn aus Enttäuschung und Rachsucht ins Exil getrieben?« Wallrafs plötzliches Lachen klang schnarrend. »Elkendorf, Sie sind eine dramatische Seele – und Sie halten mich für einen Narren. Aber nein, so war es nicht. Auch wenn Sie und Lyversberg es glauben. Es war doch Lyversberg, der Ihnen diese Vermutung nahegebracht hat? Ja? Ich dachte es mir doch. Lyversberg!« Er schnarrte noch einmal. »Nein, so war es ganz und gar nicht. Glauben Sie im Ernst, mir wären heimliche Verhandlungen und Transaktionen Nockenfelds verborgen geblieben? Mir?«

»Sie wußten das alles?« fragte Elkendorf ungläubig.

»Aber selbstverständlich.«

»Und warum haben Sie ihn gewähren lassen?«

»Ich habe ihn nicht nur gewähren lassen, ich habe ihn sogar, nun sagen wir, angestiftet.«

»Angestiftet?«

»Gütiger Gott, Elkendorf. Können Sie sich wirklich nicht denken, was ich meine? Nun, dann muß ich es Ihnen kurz erklären. Das Ganze war ein ausgeklügeltes Abkommen zwischen uns.«

»Zwischen wem?« Elkendorf fühlte sich plötzlich wie auf einem schwankenden Steg, der über eine tiefe Kluft führte. Nichts war fest, alles schien unsicher geworden zu sein.

»Zwischen mir und Nockenfeld natürlich.« Wallraf warf Elkendorf einen ungeduldigen Blick zu. »Ich sehe«, sagte er, »Sie verstehen nicht. Aber es ist ganz einfach. Ich hatte mit Nokkenfeld verabredet, daß er einen Teil der Gemälde, für die ich mich interessierte, kaufen sollte. Und zwar so, daß man weder erfuhr, daß er kaufte, noch daß ich ihn für mich kaufen ließ. – Können Sie mir folgen? Nein? Zugegeben, es ist kompliziert und wirkt wie eine Verschwörung, aber das war es ja tatsächlich auch.«

Er atmete tief ein und streckte die Arme aus. Die Stoffalten wurden gestrafft, die Gläser bewegten sich und stießen aneinander. Es gab einen Laut, der seltsamerweise nicht klirrend war, sondern so, als schleife man mit rauhen Steinen über eine Schieferplatte.

»Sehen Sie«, fuhr Wallraf fort, »meine Sammlung war damals schon riesig, und es gab so viel Neid und Mißgunst gegen mich, daß ich es für klüger hielt, wenn man nicht von jedem meiner weiteren Ankäufe erfuhr. Ich dachte, es sei besser, heimlich zu kaufen, so wie Nockenfeld es für sich selbst schon lange getan hatte.«

»Nockenfeld war also eine Art Strohmann?«

»Jetzt haben Sie verstanden, Elkendorf! Ja, Nockenfeld war mein Strohmann. Er war so geschickt, daß ihm außer Lyversberg niemand auf die Schliche kam, und auch Lyversberg bemerkte es sehr spät. Ja, Nockenfeld spielte tatsächlich ein doppeltes Spiel, aber es war mein – hören Sie, Elkendorf? – mein doppeltes Spiel.«

Er stockte wie irritiert, und seine Augen, die eben noch Schläue und, gestand sich Elkendorf ein, auch einen Hauch von Durchtriebenheit gezeigt hatten, zogen sich plötzlich in sich zurück. Sie wurden stumpf, begannen dann argwöhnisch hin- und herzuirren, als suchten sie etwas. Nach einer Weile straffte sich Wallrafs Gesicht wieder, und er sagte:

»Mein doppeltes Spiel? Ja, das dachte ich. Aber dann war Nockenfeld plötzlich verschwunden und all diese Kostbarkeiten mit ihm. Er hatte einfach alles mitgenommen. Begreifen Sie, Elkendorf? Alles, was er für meine Sammlung – für mich – gekauft hatte. Es hattc also ein Spiel gegeben, das Nockenfeld mit mir spielte und von dem ich nichts wußte. Sein spezielles Doppelspiel.« Er atmete rasselnd ein, sein Kinn fiel herab, und für einige Sekunden klaffte sein Mund wie in unbeherrschtem, greisenhaftem Erstaunen offen. Dann schloß sich der Kiefer wieder, begleitet von einem kleinen knochigen Laut, und Wallraf sagte: »Alles schien mir verloren damals.«

»Es schien Ihnen verloren bis vor drei Tagen, nicht wahr, Herr Professor?«

»Bis vor drei Tagen?«

»Ja«, sagte Elkendorf und zwang sich, seiner Stimme einen

festen Ton zu geben. »Bis zum Diner in meinem Haus. Dem Diner, das Nockenfelds letzte Mahlzeit wurde.«

»Was meinen Sie damit?«

»An diesem Abend sagte Ihnen Nockenfeld, daß er Ihnen seine Sammlung vermacht habe.«

»Das wissen Sie?«

»Man hat es gehört.«

»Wirklich? Ich hatte den Eindruck, niemand hätte darauf geachtet. Ja, man hat richtig gehört. Nockenfeld sagte, er habe nach seiner Ankunft in Köln ein neues Testament zu meinen Gunsten gemacht und ich solle nach seinem Tod alle seine Gemälde bekommen. Das sagte er. Ich dachte, er wolle mich verhöhnen. Verspricht mir, einem alten, todkranken Mann, ein Vermächtnis! Aber man soll Gott und dem Schicksal nicht spotten, Elkendorf. Denn anders als Nockenfeld geplant hat, ist er jetzt tot, und ich lebe. Ich sehe darin eine göttliche Entscheidung, ein göttliches Gericht. Man könnte auch sagen, es war der Blitz Gottes, der niederfuhr. – Und nun wird alles mir gehören, ich muß nur noch bis morgen warten, bis das Testament eröffnet wird. Verstehen Sie, Elkendorf, Nockenfelds Tod kam gerade noch zur rechten Zeit. Ich habe nicht mehr lange zu leben. Und ohne Nockenfelds Bilder – meine Bilder – wäre das Museum Wallraf nicht das, was es mit ihnen sein wird. Jetzt, mit all dem, was ich der Stadt nun hinterlassen kann, wird es ein wahrer Tempel der Kunst sein und das Herzstück Kölns.«

»Jakob Nockenfeld, Herr Professor, ist nicht einfach nur gestorben. Er starb an Gift. Er wurde vergiftet.«

»Ich weiß. Und?«

»Jemand muß ihn vergiftet haben. Jemand, der einen sehr guten Grund dafür hatte.«

Wallraf hob die Augen, und wieder klaffte sein Mund auf. Dann begann er zu kichern. Es war ein seniles, fast obszönes Kichern, das nicht enden wollte. Schließlich schlug er sich mit der flachen Hand auf seinen mageren Schenkel, die andere streckte er mit gekrümmtem Zeigefinger vor.

»Ja genau, Elkendorf«, kicherte er, »ja genau, und Sie meinen, nicht nur Lyversberg, DuMont, Willmes, Günther oder De Noel hätten einen guten Grund dazu gehabt – ja, ich weiß von ihren Geschichten mit Nockenfeld –, sondern auch ich. Besonders ich. Und das bedrückt Sie, bringt Sie fast aus der Fassung. Deshalb sitzen Sie hier so unbehaglich und wie auf Kohlen.« Weiter kichernd fuhr er fort: »Das hätten Sie nicht erwartet, was? Nein, das können Sie sich gar nicht vorstellen. Daß ich jemandem Gift ins Glas – oder war es vielleicht eine Tasse – schütte und ihn dann elendiglich sterben lasse. Allein und ohne den Segen unserer heiligen Mutterkirche, verdammt in alle Ewigkeit. – Aber vielleicht sollten Sie es sich vorstellen können, vielleicht sollte man sich als Mann der Wissenschaft alles vorstellen können, nicht wahr? Denn, Elkendorf, man soll sich zwar in jedem Bemühen um Erkenntnis die Dinge so einfach wie nötig machen, aber bitte, um Gottes und der Wahrheit willen, auch nicht einfacher.«

Wieder schlug er sich auf den Schenkel. »Habe ich Ihnen nicht beigebracht, daß man alles in Erwägung ziehen muß, wenn man eine Sache untersuchen will? Alles, was möglich ist, auch das Unwahrscheinliche? Daß man nicht vor dem Gedanken zurückschrecken darf, daß das, was möglich ist, vielleicht nicht das ist, von dem man wünscht, es sei wirklich? Lieber Elkendorf, denken Sie daran: Immer alle Möglichkeiten betrachten, ganz genau betrachten. Und möglich ist im Verhalten der Menschen zunächst fast alles. Fast alles, sage ich Ihnen. Sicher, vieles ist unwahrscheinlich, aber nur deshalb, weil es ungewöhnlich ist oder auch weil wir es nicht sehen wollen. Aber das Unwahrscheinliche kann durchaus das Wirkliche sein. Ja, nur zu oft stellt sich das, was man für unwahrscheinlich hielt, zuletzt als das Tatsächliche heraus.« Atemlos hielt er inne und zuckte dann noch einige Male mit dem gekrümmten Zeigefinger wie triumphierend durch die Luft.

»Und was ist im Fall von Nockenfelds Tod das Tatsächliche?« fragte Elkendorf. »Ich meine, haben Sie Nockenfeld Gift gegeben, Herr Professor? Gift, Stechapfelgift, aus meinem Schrank?«

Die Stille, die plötzlich im Raum herrschte, war erstickend. Wie dickflüssige Firnis breitete sie sich aus, träufelte in das Sammelsurium der Kunstschätze um Elkendorf und Wallraf herum und schien beide in einen Tropfen aus erstarrendem Harz einzuschließen.

Es dauerte lange, bis Wallraf sich bewegte: »Was sagen Sie da? Stechapfel? Ihr Schrank? Ich weiß nicht. Ich kann mich nicht erinnern. Ich kann mich einfach nicht mehr erinnern.« Seine Stimme war greinend geworden wie die eines in Schmerzen Dahinsiechenden. »Was soll ich getan haben, sagen Sie? Ich sehe eine Mokkatasse vor mir – eine kleine, weiße Tasse mit einem Rand in Venezianisch-Blau – und die Zuckerschale. Ich habe Zucker in seine Tasse gegeben. Ja, das weiß ich. Daran erinnere ich mich genau. Auch noch etwas anderes? Ich weiß nicht. Gift, sagen Sie? Gift? Nein, nein. Ich hätte es tun können, ja. Vielleicht habe ich mir gewünscht, es zu tun. Aber habe ich es wirklich getan?«

Wallraf sah mit wirrem Blick auf und fragte: »Müssen Sie es wirklich wissen? Ist es wichtig?«

Nur allmählich schien er wieder zu sich zu finden. Dann falteten sich seine Hände, und Elkendorf wartete unwillkürlich auf den Beginn eines gemurmelten Gebetes. Aber Wallraf betete nicht, statt dessen sagte er: »All diese vielen Bilder, diese Kostbarkeiten, diese Schätze! Ein Heiliger Gereon, eine Kreuzabnahme, ein Triptychon mit Christus und den zwölf Aposteln, die Marter der Zehntausend, der Tanz der Salome, eine Heilige Barbara, eine Heilige Katharina und viele, viele wunderbare Marien. Sie gehören jetzt alle mir. – Sagen Sie, muß ich sie nicht bald aus Nockenfelds Haus abholen lassen? Aber wo soll ich sie bloß unterbringen?« Er hielt inne und antwortete sich selbst: »Hier. Sie sollen alle erst einmal hier sein. Hier, um mich herum.«

Seine Stimme war zittrig, aber nicht mehr greinend, und es klang eine solch erwartungsvolle Freude in ihr, daß Elkendorf sich mit einem Gefühl elender, hilfloser Verzweiflung abwandte.

Vor der Probstei empfingen ihn die Steinfratzen der Kragsteine mit höhnischen Blicken unter einem schneidenden Regen, der in harten, wütenden Schlägen auf seinen Hut und Umhang eintrommelte.

Als er sein Haus erreicht hatte und wieder im Eßzimmer vor Theodor Merrem stand, war er an Beinen und Schultern bis auf die Haut durchnäßt. Während er halblaut und immer wieder stockend berichtete, ging der Medizinalrat im Raum hin und her, wobei er einen kleinen, schlanken Pfeifenkopf am Ärmel rieb. Nachdem er seinen Bericht beendet hatte, machte Merrem vor ihm halt und sagte: »Also, er war es tatsächlich. Wir können sicher sein, daß er es war.«

Elkendorf starrte vor sich hin. »Und was wird nun weiter?« fragte er.

»Sie sagen, Wallraf sei sehr schwach.«

»Er ist völlig entkräftet.«

»Wie lange, schätzen Sie, hat er noch zu leben?«

»Einige Wochen, vielleicht einige Monate.«

»Nicht mehr?«

»Kaum.«

»Nun, dann denke ich, ist das weitere absehbar. Ich werde Polizeipräsident Struensee informieren, und er wird die ganze Sache diskret behandeln.«

»Diskret? Was heißt das?«

»Während Sie fort waren, habe ich mir überlegt, was ich

Struensee als beste Lösung des Falles empfehlen werde. Eine Lösung im Sinne Struensees, denke ich, und im Sinne von uns allen.« Nach einer kleinen Pause fuhr Merrem mit einem scharfen Blick auf Elkendorf fort: »Ich werde vorschlagen, man solle offiziell feststellen, daß Doktor Jakob Nockenfeld aus Versehen eine zu hohe Dosis eines Aphrodisiakums genommen hat.«

»Aber«, begann Elkendorf und wurde sofort von einem schroffen »Was aber?« unterbrochen. »Sehen Sie nicht, daß das die beste, eigentlich die einzige Lösung für uns alle ist? Für Sie, für mich, für jeden der Beteiligten?«

»Und Wallraf bliebe unbehelligt?«

»Ja.«

»Aber das hieße, daß er der Erbe seines Opfers würde?«

»Richtig«, entgegnete Merrem und begann, wieder auf und ab zu gehen. Schließlich blieb er vor der Holzstatue des Heiligen Michael stehen. Mit einer leichten, nachlässigen Geste strich er über die aufgespreizten Flügel des Drachen, der vom Fuß des Heiligen zu Boden gedrückt wurde. Dann drehte er sich um.

»Und in Kürze«, fügte er hinzu, »in Kürze wird die Stadt Köln die Erbin Wallrafs sein und ihm mit einem bedeutenden Museum, bedeutender, als wir es uns alle je haben träumen lassen, ein Denkmal setzen. – Haben Sie jetzt verstanden?«

Elkendorf schwieg. »Ja«, sagte er endlich und nickte. »Ja, alles.«

KAPITEL 14

Freitag. 29. August, Nachmittag

»Von den vier letzten Dingen des Menschen.
1. Welches sind die vier letzten Dinge?
– Der Tod, das Gericht, die Höll, und das Himmelreich.
2. Müssen dann alle Menschen sterben?
– Ja alle, keiner ausgenommen.
3. Sterben dann auch unsere Seelen, wenn wir sterben?
– Nein, unsere Seelen sind unsterblich.
4. Wo kommen die Menschen hin, wenn sie sterben?
– Erstlich zu dem Gericht Gottes, alsdann entweder in den Himmel, oder in die Höll, oder in das Fegfeuer.
Müssen alle für das Gericht Gottes?
– Ja alle, keiner ausgenommen.«
Aus: Der kleine katholische Katechismus in fünf Hauptstück, abgetheilt durch den Ehrw. Pr. Petrus Canisius aus der Gesellschaft Jesu, Köln am Rhein, bey Haas und Sohn, um 1800, S. 59.

Anna stand an der Küchentür, die sie eine Handbreit geöffnet hatte, und lauschte. Die Tür zum Eßzimmer war aufgemacht worden, und sie hörte nun, wie ihr Cousin und Medizinalrat Merrem heraus in die Diele traten und schweigend zur Haustür gingen. Nach einem kurzen Abschiedsgruß verließ Merrem das Haus. Als sie einen Blick durch den Spalt warf, sah sie die Gestalt ihres Cousins in der weit offenen Haustür stehen. Er blickte in den Regen hinaus, die eine Hand auf die Klinke gelegt, die andere in seine Rocktasche vergraben. Er stand lange so, schließlich schloß er die Haustür, drehte sich um und durchquerte die Diele. Sein Kopf war gesenkt, und die Arme hingen herab. Schlaff wie eine Poularde, der man das Genick gebrochen hatte, dachte Anna.

Einen Augenblick später war ihr Cousin wieder in seinem Zimmer verschwunden. Sie wartete noch einen Moment und kehrte dann, als nichts mehr zu hören war, zurück in die Küche.

Wortlos ging sie an Therese vorbei, die gerade die schwere Messingkasserolle, in der der Kalbskopf gesotten worden war, vom Herd hob, zu einem Hocker brachte und dort begann, sie mit Sand und Seife auszuscheuern. Es roch nach Spülwasser und kaltem Fett.

»Vom Kalbskopf haben sie noch ziemlich gegessen, wenn auch nicht so viel wie sonst«, sagte Therese und wandte sich zu Anna um. »Aber von den Karbonaden ist das meiste übriggeblieben, und die ausgebackenen Krapfen haben sie nicht einmal angerührt. Das ist, soviel ich mich erinnere, noch nie vorgekommen.«

»Nein«, sagte Anna, fast ohne hinzuhören, streifte ihre Schürze ab und ging in die Diele hinaus. Dort blieb sie stehen und blickte sich um. Sie sah zur Tür des Eßzimmers, zur Tür des Studierzimmers, dann zur Tür, die in den Hof und zum Abtritt führte.

Es war richtig, überlegte sie, man hätte in das Zimmer ihres Cousins gehen können, ohne daß sie es in der Küche gemerkt hätten. Es war in der Diele nicht sehr hell gewesen. Wie immer an Abenden eines Diners hatte sie die Lampe auf der hohen Spiegelkonsole neben der Eßzimmertür angezündet, die vor allem den hinteren Teil der Diele, den Weg zur Küche und zum Hof, erleuchtete. Sonst gab es kein Licht hier. Sie, Therese und Tante Margarete waren fast den ganzen Abend in der Küche beschäftigt gewesen und nur zum Auf- und Abtragen der Gerichte und Teller durch die Diele gegangen. Es wäre leicht gewesen, einen Moment abzuwarten, in dem niemand in der Diele war, und schnell, das Kerzenlicht mit der Hand abschirmend, in das Studierzimmer einzutreten und das Gift zu suchen.

Vor ihrem inneren Auge sah sie jeden der Gäste diesen Weg gehen, die Dose öffnen und mit dem Gift in der Tasche ins Eßzimmer zurückkehren. Sicher, es wäre möglich gewesen. Ihr Cousin hatte recht, jeder hätte es sich holen können an diesem Abend. Auch Professor Wallraf, trotz seiner Schwäche und trotz seines unsicheren Ganges.

Professor Wallraf, dachte sie und begann, leise vor sich hin zu lachen. Nein, Wallraf war es nicht gewesen.

Sie sah die Herren der Tafelrunde am Mittag vor sich, die sie aus der Diele durch die halbgeöffnete Tür genau hatte beobachten können. Sie hatten vor ihren Tellern gesessen und ängstlich gewartet. Ja, sie waren alle ängstlich gewesen, trotz ihres Gehabes, den lauten Stimmen und den scheinbar beherrschten Gesichtern. Sie hatten alle Angst gehabt, sogar ihr Cousin, er vielleicht am meisten, denn er ängstigte sich nicht nur um sich, sondern er fürchtete sich auch vor den Entblößungen der anderen.

Die Angst war ihnen also allen gleich gewesen – und zum Schluß auch die Befriedigung. Als das erste Erschrecken über die Verdächtigung Wallrafs geschwunden war, hatten sich die Herren beruhigt. Ein wenig Empörung, ein wenig Loyalität hatte man noch geäußert, dann war man verstummt. Man war zufrieden. Schließlich hätte es schlimmer kommen können.

Wieder vergegenwärtigte sie sich die Gesichter am Tisch, schweißbedeckt und gerötet die einen, blaß und angespannt die anderen, DuMonts angeekelt verzogener Mund, Merrems berechnende Augen, und sie mußte erneut lachen. Sie hatten sich umsonst geängstigt, es war niemand von ihnen gewesen.

Genauso deutlich, wie sie sich eben noch die Gäste der Tischrunde auf ihrer Suche nach dem Gift in Bernard Elkendorfs Studierzimmer vorgestellt hatte, hatte sie nun eine andere Szene vor Augen.

Sie sah die hohe, halbdunkle Diele im Haus der Nockenfelds, aus deren Hintergrund eine kleine, aufgeschwemmte Gestalt trat, in der Hand ein glimmendes Nachtlicht. Die Gestalt öffnete die Tür zum Salon und ging, oder besser, huschte zur Kommode, nahm den Glasstöpsel von einer Karaffe und goß etwas in den Wein. Dann verschloß sie die Karaffe wieder, schwenkte sie behutsam und wischte mit der Hand rasch über die Holzfläche, wie um Staub oder Pulver zu entfernen. Dabei blickte sie immer wieder spähend um sich, als müsse sie sich versichern, daß sie allein war.

Die Szene in Annas Geist brach ab und wurde von einer anderen abgelöst.

Jakob Nockenfeld betrat den Salon, nahm die Weinkaraffe und schenkte sich ein Glas daraus ein. Er trank einen Schluck, ging dann über die Diele in sein Schlafzimmer und stellte das Glas auf dem Nachtkästchen neben seinem Bett ab. Nachdem er sich ausgezogen und uriniert hatte, setzte er sich zufrieden lächelnd auf die Bettkante, griff noch einmal nach dem Glas und trank es in einem Zug leer.

So war es gewesen, dachte Anna, und einen Moment kroch ihr ein kaltes Gefühl den Rücken empor, so daß sie fast ein wenig schauderte. Sie schüttelte den Kopf, straffte die Schultern, und das Gefühl der Kälte verschwand.

Dann drehte sie sich um und stieg erst langsam, dann schneller die Treppe hinauf. Vor der Tür zu Margarete Clarens Zimmer hielt sie noch einmal einen Augenblick inne. Schließlich klopfte sie an.

Beim Eintreten empfing sie das vertraute Rascheln von Seide und der gewohnte Anblick ihrer Tante, die vor ihrem Sticktisch am Fenster saß. Das Meßgewand für den Dechanten von St. Alban, an dem Margarete Claren seit Monaten gestickt hatte, war immer noch in den Stickrahmen eingespannt, aber ihre

Tante hatte, stellte Anna fest, nachdem sie näher getreten war, die Arbeit beinahe beendet.

Es war am Morgen von Nockenfelds Tod gewesen, daß Anna die Stickerei zuletzt betrachtet hatte. An diesem Morgen waren die Gesichter der Muttergottes und des Christuskindes noch leer gewesen. Jetzt aber waren auch die Gesichter von Mutter und Kind, die sich einander zuwandten und lächelten, fertiggestickt. Es war ein zartes Bild aus strahlenden Goldfäden und sanften Farbtönen in Grün und hellem Blau, von dem Heiterkeit und Frieden ausging. Einen Moment lang versuchte Anna sich vorzustellen, wie dieses gestickte Bild auf dem dicklichen Körper des alten Dechanten wirken würde.

Während sie dieses Bild vor Augen hatte, fragte ihre Tante: »Sind Bernards Freunde gegangen?« Sie war tief über den Seidenstoff gebeugt und tastete mit ihren schnakenartigen Finger, die keine Knochen zu haben schienen, über die Stickerei, um so jeden Stich und jede Linie zu überprüfen.

»Schon vor einiger Zeit. Am Ende war nur noch Medizinalrat Merrem da«, antwortete Anna, streckte ihre Hand aus und fuhr mit dem Zeigefinger vorsichtig über die gestickte Seide. In der Glätte des Seidengarns waren die metallisch kühlen, fast etwas rauhen Goldfäden deutlich zu fühlen.

»Seid ihr mit der Küche fertig, oder brauchst du mich noch?«

»Nein. Es ist fast alles wieder aufgeräumt. Therese spült gerade noch die letzten Töpfe.«

»War man zufrieden?«

»Wie immer, denke ich.«

»Therese sagte, es sei viel übriggeblieben.«

»Das lag nicht an unserem Essen, die Herren hatten offenbar kaum Appetit. Wegen Nockenfelds Tod, denke ich.«

Margarete Claren hob einen losen Faden an, griff nach einer kleinen Schere und schnitt den Faden ab. »Ach ja«, sagte sie, »Nockenfelds Tod.« Ihre Finger glitten weiter über die Stickerei. Anna sah ihr eine Weile zu und fragte schließlich: »Warst du heute nicht bei Josefine, Tante?«

»Nein.«

»Ich war heute vormittag bei ihr.«

Margarete Claren sah auf und blinzelte durch ihren Kneifer: »Ja?«

»Als ich kam, lag sie auf einer Chaiselongue im Salon und trank Portwein.«

»Ich glaube, sie liegt jetzt viel auf dieser Chaiselongue. Und sie trinkt viel Portwein.«

»Ja, den Eindruck hatte ich auch.« Anna machte eine kleine Pause, ehe sie hinzusetzte: »Sie hat auch viel gesprochen. Über sich und ihren Bruder.«

»Über ihren Bruder?«

»Ja.«

»Wirklich? Sie spricht sonst nie von ihm.«

»Sie hat ihn gehaßt, wußtest du das?«

Margarete Claren schnitt wieder einen Faden ab. »Sie wird ihre Gründe dafür gehabt haben«, sagte sie.

»Er war ein unangenehmer Mensch, heißt es.«

»Das muß er wohl gewesen sein.«

»Ich habe viel über ihn gehört in diesen letzten Tagen.«

Anna wartete auf eine Bemerkung ihrer Tante, aber Jungfer Claren schwieg.

Schließlich sagte Anna: »Josefine liegt also da, trinkt Portwein und wartet auf morgen, auf das Testament und auf ihr Erbe.«

»Ja?« Margarete Claren blickte nicht auf.

»Weißt du, wie gierig sie darauf wartet?«

Ihre Tante antwortete nicht. Nach einer Weile fuhr Anna fort: »Als Josefine vom Reichtum ihres Bruders und von ihrem Erbe sprach, sah sie genauso aus wie er. Meinst du, sie ist auch wie er?«

»Sie wäre gern so gewesen wie er«, erwiderte Jungfer Claren.

»Das wußtest du?« Anna beugte sich vor und versuchte, ihr in die Augen zu sehen.

»Sicher«, sagte Margarete Claren, ohne den Blick zu heben.

»Und du bist mit ihr befreundet?«

»Wir beten zusammen.«

Anna richtete sich auf und trat zum Fenster. Sie sah in den Garten hinaus, der sich lang und schmal hinter dem Haus erstreckte. An seinem Ende standen Birken, und durch den Regen hindurch konnte sie das glänzende Grün der hängenden, vom nassen Laub schweren Zweige erkennen, die sich in den Windstößen bewegten wie Schlingpflanzen in einem aufgewühlten Teich. Auf einem dicken Ast, der trotz des starken Windes nur leicht hin- und herschwankte, saß eine Elster.

»Wofür betet ihr?« fragte sie und wandte sich um.

»Ich bete für Gerechtigkeit.«

»Gerechtigkeit? Gerechtigkeit für wen?«

Jungfer Claren setzte sich in ihrem Stuhl zurück, nahm ihren Kneifer ab und legte ihre Hände auf dem Schoß zusammen. Dann hob sie den Kopf und sah auf das Bild, das nicht weit vom Sticktischchen entfernt neben dem Fenster hing. Ihre Bewegungen waren sehr ruhig, und ihr Gesicht wirkte friedlich. Anna hatte fast den Eindruck, als sei das Strenge, das immer von ihr ausgegangen war, verschwunden. Der kleine Schädel mit dem dünnen Haar, durch das die weißliche Kopfhaut hindurchschimmerte, erinnerte an den zerbrechlichen Kopf eines jungen Vogels.

Anna folgte dem Blick ihrer Tante und betrachtete mit ihr eine Weile das Bild Maries, der Pflegetochter Margarete Clarens, über dessen Rahmen ein Trauerflor hing.

Es war das kleine, einfache Porträt eines sehr jungen Mädchens, das mit geschlossenen Lippen lächelte. Marie hatte bei Jungfer Claren gelebt, die den Haushalt für ihren Bruder Pfarrer Bernard Claren führte, und war früh, mit fünfzehn oder sechzehn Jahren, gestorben. Anna hatte sie selten gesehen.

»Wann ist Marie gestorben, Tante Margarete? 1812?« fragte sie und sah vom Bild des Mädchens zum Gesicht der alten Frau.

»Nein, 1813. Im August 1813. Vor genau zehn Jahren.«

»Sie ist sehr plötzlich gestorben, nicht wahr?«

Als ihre Tante nicht antwortete, sagte sie: »Soweit ich mich erinnere, war es ein Fieber.«

»Ein Fieber?«

»Oder nicht?«

Margarete Clarens Kopf wandte sich ihr langsam zu. Sie sah Anna an, ohne zu sprechen. Ihre Augen waren ruhig und blinzelten nicht. Während Anna in diese ruhigen Augen blickte, begannen sich ihre Gedanken zu drehen und zu verwirren. In einem Wirbel von Bildern und Gefühlen ballte sie ihre Hände zu Fäusten und spürte, wie sich ihre Fingernägel schmerzhaft in die Handflächen drückten. Noch immer in den Blick ihrer Tante getaucht, versuchte sie erschrocken und zugleich zitternd vor Erregung, den Gedanken, der in ihr aufgestiegen war, deutlicher zu fassen.

Ein Fieber, dachte sie, war es wirklich ein Fieber gewesen? Oder etwas anderes, etwas ganz anderes. Ein junges Mädchen, das unerwartet gestorben war, wer hatte davon gesprochen? Plötzlich sah sie das Gesicht Lene Kemperdiecks vor sich. Lene Kemperdieck hatte Nockenfeld gekannt, sie hatte gewußt, daß Nockenfeld ... Und sie hatte so besorgt nach Margarete Claren gefragt, als sie von seinem Besuch im Hause Elkendorf hörte. Sie hatte auch so seltsam dringlich gesagt, Anna solle Tante Margarete ausrichten, sie wisse nichts über ihn.

Ein Mädchen war durch Nockenfeld gestorben, hatte Lene Kemperdieck zu Katharina Heberle gesagt. Welches Mädchen?

Ohne weiter zu überlegen sagte Anna laut: »Marie – Nockenfeld war schuld an Maries Tod.«

Ihre Stimme klang in der Stille des Raumes nach. Dann

drang von draußen das Schreien der Elster herein, die wohl von ihrem Sitz auf der Birke aufgestört worden war.

Jungfer Claren schien auf den Schrei zu lauschen. Als er verstummt war, nickte sie langsam. »Erst hat er sie geschwängert, und dann hat er ihr das Kind genommen. Nicht nur das Kind, auch das Leben.« Sie löste ihre Augen von Anna und sah wieder auf das kleine Porträt des jungen Mädchens. Nachdem sie es lange betrachtet hatte, sagte sie: »Marie kam nach Hause und blutete. Sie konnte das Blut nicht verbergen, es lief ihr die Beine hinunter bis auf die Schuhe. Und ich habe ihr nicht helfen können. Sie blutete einfach immer weiter, bis sie kein Blut mehr hatte. Am Schluß lag sie in ihrem Bett in einer riesigen Lache von Blut. Alles war rot, so schrecklich und so endgültig rot. Ich werde dieses Rot nie vergessen, verstehst du, Anna?«

Blutrot, Leuchtendrot, strahlendes, in weiße Laken versikkerndes Rot, Blutrot an Männerhänden, Blutrot an den Beinen. Für Augenblicke sah Anna sich selbst in einer großen, immer größer werdenden roten Lache verbluten. Ein Gefühl der Erleichterung überflutete sie, lockte sie, dem Bild nachzugeben und mit ihrer Schuld in ihm zu versinken. Doch dann zerriß das Bild vor ihren Augen, und sie atmete auf. Nein, sagte sie sich, so war Marie gestorben, Marie, nicht sie selbst.

Rasch ging sie zum Sticktisch und blieb neben ihrer Tante stehen. »Und wie verhielt sich Nockenfeld?« fragte sie.

»Wie immer. Vorsichtig und geschickt. Ein paar Wochen später hatte er Köln verlassen. Es ging ihm gut, damals und auch später. Ich wußte durch Josefine immer, wo er war und wie es ihm ging.«

»Und deshalb hast du für Gerechtigkeit gebetet?«

»Ja, für Gerechtigkeit.«

Sie schwiegen. Der Wind hatte sich gelegt, und der Regen fiel in einem eintönigen Geräusch, das fahl und blaß klang. In diesem Geräusch war der Atem Jungfer Clarens deutlich zu hören. Er war gleichmäßig und verriet keine Unruhe. Während

Anna lauschte, wurde ihr bewußt, daß sie selbst schneller zu atmen begonnen hatte, und daß ihr vor Erregung Speichel im Mund zusammenlief. Sie schluckte und schluckte wieder.

»Aber du hast nicht nur gebetet?« fragte sie dann halblaut.

»Man kann nicht immer nur beten«, erwiderte Margarete Claren.

Die Erregung, die Anna packte, war wie ein Schwindel. Noch einmal sah sie eine Szene vor ihren Augen: ihre Küche am Abend des Diners, Therese und Tante Margarete am Herd, die Töpfe über dem Feuer, die Morchelsuppe, die aufschäumte, dann in eine Terrine gegossen wurde. Und schließlich der Rest Suppe, der etwas später in einen Teller gefüllt wurde. Ein Teller Morchelsuppe für Jakob Nockenfeld.

»So ist es also gewesen«, sagte sie leise. »Die Suppe, an die Suppe hatte ich nicht gedacht.«

»Niemand wird daran denken«, sagte Margarete Claren und bekreuzigte sich. Schließlich beugte sie sich wieder über das Meßgewand, warf noch einen Blick auf die gestickten Gesichter von Mutter und Kind und begann dann, die schwere Seide aus dem Stickrahmen zu lösen. Sorgfältig faltete sie das Gewand zusammen.

»Ich will es gleich fortbringen, der Herr Dechant wartet darauf«, sagte sie. »Er wird es im Hochamt am nächsten Sonntag tragen.«

Anna drehte sich um und verließ das Zimmer. Langsam stieg sie die Treppe hinunter und öffnete die Tür zur Küche. Sie fühlte immer noch eine Art Schwindel, und in diesem Gefühl ging sie an Therese vorbei zur Anrichte. Dort stützte sie die Hände auf und schloß für einen Moment die Augen. Unter ihren Lidern schien es zu flimmern. Als sie die Augen öffnete, fiel ihr Blick auf den gesottenen Kalbskopf, der, noch auf der Platte, auf der man ihn einige Stunden zuvor serviert hatte, vor ihr auf der Anrichte stand.

Er war mit sauberen Schnitten tranchiert worden, die besten

Fleischstücke fehlten, und der Schädel war an einigen Stellen bis auf den Knochen bloßgelegt. Doch immer noch hingen an ihm große Stücke von faserigem Fleisch und krustiger, großporiger Haut. Die Augen waren ausgestochen, so daß es aussah, als stiere sie der Kalbskopf aus wunden, leeren Höhlen an. Die Schädeldecke, die Anna vor dem Servieren aufgesägt hatte, war wieder aufgelegt worden, und als Anna sie anhob, stellte sie fest, daß noch kleine, breiige Brocken des Hirns vorhanden waren.

Sie faßte mit den Fingerspitzen nach einem Stückchen Fleisch, das zwischen den Augenhöhlen hing, zupfte es ab und schob es sich in den Mund. Es war gut gewürzt, und die gallertartige Konsistenz war fast die einer Sülze. Sie zupfte ein weiteres Stück Fleisch vom Schädel, kaute erst langsam, dann immer schneller. Sie schluckte, schluckte wieder, spürte, wie sich unter ihrer Zunge Speichel sammelte. Jetzt faßte sie mit beiden Händen nach dem Fleisch, riß es vom Knochen, ein Stück, dann noch eines und noch eines. Sie tunkte die Stücke in die kalte, gelierte Sauce, die sich um den Kalbskopf gesammelt hatte, und steckte sie sich immer gieriger in den Mund. Sie kaute schnell, und während sie noch schluckte, schob sie schon den nächsten Brocken in den noch halbvollen Mund. Mit fettglänzenden Händen packte sie eine Stange Kümmelbrot, brach sie mittendurch, riß Stücke heraus, mit denen sie die Sauce aufsaugte und erstarrtes Fett zusammenwischte. Dazwischen zog sie die letzten weichen Hautstücke vom Schädel und wischte mit dem Brot schließlich sogar die wenigen Hirnbrokken aus der Schädelhöhle. Erst als der ganze Kalbskopf völlig nackt war, die Platte ohne jeden Rest von Sauce oder Fett, kam sie zu sich.

Sie sah auf ihre Hände, als nehme sie sie zum erstenmal wahr, dann wandte sie sich langsam um. Therese stand reglos neben dem Wasserbottich, in dem sie Töpfe gescheuert hatte, und starrte Anna mit geweiteten Augen an. Mit einer Stimme, die erschrocken und ängstlich klang, fragte sie nach einer Weile: »Soll ich Ihnen noch etwas bringen? Möchten Sie noch etwas, Jungfer Anna?«

Anna lächelte. »Nein«, sagte sie und leckte sich über die Lippen, »nein, nichts.«

NACHWORT

Ich habe vielen zu danken:

Für fachliche Auskünfte danke ich Mitarbeiterinnen und Mitarbeitern der Kölner Museen und des Historischen Archivs, hier vor allem dem Wallraf-Spezialisten Dr. Joachim Deeters, der mir jederzeit mit Auskünften zur Seite gestanden ist und mir meine eigenwillige Darstellung Wallrafs nicht verübelt hat.

Stefanie Rahnfeld und Christel Steinmetz bin ich für das engagierte Lektorat dankbar.

Allen Freundinnen und Freunden sowie den Kolleginnen und Kollegen im NS-Dokumentationszentrum Köln danke ich, daß sie meine häufigen Berichte über den Fortgang des Manuskripts »Mord im Biedermeier« ertragen haben.

Für persönliche Hilfe und Beratung habe ich Karola Fings, Ellen Schlootz, Dr. Harald Buhlan, Marina Fröhling, Gesa Koehne, Bettina Mosler und Dr. Guido Sticht zu danken.

In besonderer Weise danke ich wie immer meinem Mann.

DIE HAUPTPERSONEN

männlich

* *Dr. Bernard Elkendorf* (1789–1846), Streitzeuggasse 8
Stadtphysikus von Köln und Gerichtsmediziner

* *Johann Marcus Theodor DuMont* (1784–1831), Hohe Str. 133
Jurist, Buchdrucker und Buchhändler, Herausgeber der Kölnischen Zeitung

* *Matthias Joseph De Noel* (1782–1849), Königsstr. 2
Kaufmann, Maler, Sammler und erster Konservator des Wallrafianums

* *Maximilian Heinrich Fuchs* (1765–1846), Sternengasse 64
Maler, Restaurator, Kunsthändler

* *Heinrich Glasmacher* (Lebensdaten unbekannt), Andreaskloster 10
Polizeikommissär

* *Dr. Johann Jakob Günther* (1771–1852), Am Hof 14
Arzt und Publizist

* *Johann Matthias Heberle* (1774–1840), Alte Mauer 30
Antiquar, Auktionator, Verleger, Gründer des Kunsthauses Lempertz

* *Johann Jakob Nepomuk Lyversberg* (1761–1834), Heumarkt 10
Kaufmann und Kunstsammler

* *Dr. Karl Theodor Merrem* (1790–1859), Zeughausgasse 2
Arzt und Medizinalrat

Dr. Jakob Nockenfeld, Schildergasse 53
Arzt und Sammler

* *Johann Friedrich Sehlmeyer* (1788–1852), Hohe Str. 147
Besitzer der Hofapotheke

* *Prof. Dr. Ferdinand Franz Wallraf* (1748–1824), Alte Domprobstei, Am Hof 1
Gelehrter und Sammler

* *Engelbert Willmes* (1786–1866), An der Rechtsschule 8
Restaurator, Maler, Kunsthändler

weiblich

Anna Steinbüschel, Streitzeuggasse 8
Cousine und Haushälterin von Dr. Bernard Elkendorf

Margarete Claren, Streitzeuggasse 8
Stickerin, Tante von Anna Steinbüschel und Dr. Bernard Elkendorf

* *Maria Helene De Noel geb. Krakamp* (1757–1846), Königsstr. 2
Kauffrau, Mutter von Matthias Joseph De Noel

* *Katharina* genannt *Trinette DuMont geb. Schauberg* (1779–1845), Hohe Str. 133
Verlegerin, Frau von Johann Marcus Theodor DuMont

Jeanette Fuchs, Sternengasse 64

Frau von Maximilian Heinrich Fuchs, Cousine von Anna Steinbüschel und Dr. Bernard Elkendorf

* *Anna Maria Katharina Heberle geb. Hahn* (1775–1831), Alte Mauer 30
Buchhändlerin, Frau des Verlegers Johann Matthias Heberle

* *Maria Christina Hutten* (Lebensdaten unbekannt), Apostelnstr. 5
letzte Schaffnerin des Dominikanerinnenklosters St. Gertrud

Helene Kemperdieck
Hebamme

* *Luise Adelheid Merrem geb. Wesendonk* (Lebensdaten unbekannt), Zeughausgasse 2
Frau des Medizinalrates Dr. Karl Theodor Merrem

Josefine Nockenfeld, Schildergasse 53
Schwester von Dr. Jakob Nockenfeld

Sophie Nockenfeld, Schildergasse 54
Tante von Josefine und Dr. Nockenfeld

Gertrud
Magd im Hause Nockenfeld

Therese
Magd im Hause Elkendorf

Historische Personen des Romans sind mit einem Stern gekennzeichnet. Die Darstellung ihres Verhaltens und ihres Charakters im Roman entspricht allerdings nicht in jedem Fall den historischen Tatsachen.

GLOSSAR

Acritäten – scharfe Substanzen, verstanden z.B. als Bestandteile des Blutes oder anderer Körperflüssigkeiten

Affektion – Krankheitsbefall

Antiphonar – Sammlung von Wechselgesängen

apoplektischer Schlag – Schlaganfall

Bader – Barbier, Wundarzt

Betisen – Dummheiten

Blattern – Pocken, epidemisch auftretende Krankheit mit blasenartigem Hautausschlag, der Narben zurückläßt

Chemisette – Hemdchen

Chinoiserien – an chinesischem Stil angelehnte Formen des Rokkoko

Drolerie – spaßige Illustration in mittelalterlichen Handschriften

Falbel – Faltensaum

Fichu – Schultertuch, Brusttuch

Grind – Hautkrankheit

Grisaille – Malerei in Grautönen

Inkunabel – Wiegedruck, Frühdruck

Jabot – Hemdkrause

Kapaun – beschnittener Masthahn

Konchylien – Schalen von Weichtieren

Leichenbitter – Person, die zu Begräbnis und Leichenfeier bittet

mesmerisierend – magnetisierend (nach der Lehre des Arztes

Mesmer) von den heilenden Wirkung der magnetischen Kräfte
Missalia – Meßbücher
Morgue – Leichenhalle
oryktognostisch – mineralogisch
Pessachfest – Jüdisches Fest zum Gedenken an den Auszug aus Ägypten
Phantom – Nachbildung eines Körpers oder eines Körperteils zum wissenschaftlichen Unterricht
Phthisis trachealis – Schwindsucht der Luftröhre
Pleuritis – Brust-, Rippenfellentzündung
Posamenten – Besatz (Quasten, Borten, Litzen)
Psalterien – Psalmenbücher
Purgativ, Purganz – Abführmittel
Reliquienostensorium – Reliquienbehälter, Rcliquienschaugerät
Revenuen – Einkünfte aus Vermögen oder Grundbesitz
Schaffnerin – hier: Wirtschafterin
Schlagfluß – Schlaganfall
Skrofeln – Haut- und Lymphknotenentzündung
Sopor – Betäubung, Benommenheit
Trachealrasseln – Rasseln der Luftröhre
Wartnonne – Nonne in der Krankenpflege

Verzeichnis der tatsächlich existierenden Bilder und Objekte in der Reihenfolge der Erwähnung im Roman

1. Heiliger Antonius, von Dämonen gepeinigt, oberrheinisch, um 1520 (Köln, Wallraf-Richartz-Museum), gedr. in: Wallraf-Richartz-Museum Köln, Vollständiges Verzeichnis der Gemäldesammlung, Köln/Mailand 1986, Abb. 230
2. Ein Jungbrunnen, Lucas Cranach d.Ä., 1546 (Berlin, Gemäldegalerie), gedr. in: Werner Schade, Die Malerfamilie Cranach, Dresden 1974, Abb. 182
3. Bonaparte überquert den Großen St. Bernhard, Kopie nach Jacques-Louis David, Engelbert Willmes (Köln, Wallraf-Richartz-Museum, Dauerleihgabe im Kölnischen Stadtmuseum, dort nicht ausgestellt), gedr. in: Hiltrud Kier/Frank Günter Zehnder (Hg.), Lust und Verlust, Kölner Sammler zwischen Trikolore und Preussenadler, Köln 1995, Abb. CXLI
4. Dreikönigsaltar, sogenanntes Dombild, Stefan Lochner, um 1440 (Kölner Dom), gedruckt in: Franz Günter Zehnder (Hg.), Stefan Lochner, Meister zu Köln. Herkunft – Werk – Wirkung, Köln 1993, S. 325
5. Muttergottes mit dem Veilchen, Stefan Lochner, um 1440 (Köln, Erzbischöfliches Diözesanmuseum), gedr. in: Zehnder, Stefan Lochner, S. 53
6. Rembrandt, Die Anatomie des Dr. Tulp, 1632 (Den Haag, Mauritshuis), gedr. in: Christian Tümpel, Rembrandt. Mythos und Methode, Antwerpen 1986, S. 78 u. 79
7. Rembrandt, Die Anatomie des Dr. Deymann, 1656 (Amster-

dam, Rijksmuseum), gedr. in: Tümpel, Rembrandt, S. 285
8. Alexianer pflegen Pestkranke, kölnisch, 1605 (Kölnisches Stadtmuseum), gedr. in: Kölnisches Stadtmuseum. Auswahlkatalog, Köln 1984, S. 270
9. Marter der Zehntausend (Marter des Heiligen Achatius und Gebet und Sturz der Märtyrer), kölnisch, um 1420 (Münster, Westfälisches Landesmuseum für Kunst und Kulturgeschichte), gedr. in: Lust u. Verlust, Abb. LXXVI, LXXVII
10. Tanz der Salome, Sano di Pietro, 15. Jh. (Budapest, Szépmüvészeti Múzeum), gedr. in: Lust u. Verlust, Abb. CV
11. Mariengeburt aus dem Marienaltar von St. Ursula, Meister des Marienlebens, ca. 1460-65 (München, Alte Pinakothek), gedr. in: Hans Martin Schmidt, Der Meister des Marienlebens und sein Kreis. Studien zur spätgotischen Malerei in Köln, Düsseldorf 1978, Abb. 11
12. Stilleben mit Weinglas, Brot und Fisch, Simon Luttichuijs, um 1650 (Privatbesitz, als Leihgabe in: Köln, Wallraf-Richartz-Museum)
13. Maria mit Kind und den Heiligen Agnes und Katharina, nordniederländisch, 15. Jh. (Bonn, Rheinisches Landesmuseum), gedr. in: Lust u. Verlust, Abb. XXXV
14. Türklopfer in Form eines Löwenhaupts, niederrheinisch, 3. Jh. (Köln, Schnütgenmuseum)
15. Kreuzaltar, Triptychon, Meister des Bartholomäusaltars, um 1500 (Köln, Wallraf-Richartz-Museum), gedr. in: Lust u. Verlust, Abb. LXXXVIII
16. Beweinung Christi, Umkreis des Antonis van Dyck, 17. Jh. (Aachen, Suermondt-Ludwig-Museum), gedr. in: Lust u. Verlust, Abb. LXXXIII
17. Kreuztragung und Kreuzigung, Glasmalereien, kölnisch, um 1420 (Köln, Schnütgenmuseum), gedr. in: Lust u. Verlust, S. 196
18. Thomasaltar, Triptychon, Meister des Bartholomäusal-

tars, nach 1495 (Köln, Wallraf-Richartz-Museum), gedr. in: Budde, Köln und seine Maler, Köln 1986, Farbtafel 29

19. Christus mit der Kreuzesfahne, kölnisch, 1. Hälfte 15. Jh. (Köln, Wallraf-Richartz-Museum), gedr. in: Frank Günter Zehnder, Gotische Malerei in Köln. Altkölner Bilder von 1300-1550, Köln 1989, S. 72.
20. Bild der heiligen Gertrud, Johann Wilhelm Pottgießer, um 1670 (im 2. Weltkrieg zerstört)
21. Kreuzschleppung Christi, Meister der Lyversberg Passion, Umkreis, um 1470 (München, Bayerische Staatsgemäldesammlungen, ausgest. i. d. Staatsgalerie Bamberg), gedr. in: Lust u. Verlust, Abb. XLIII
22. Bildnis des Ehepaars J.H. und M.H. De Noel geb. Krakamp, Matthias Joseph De Noel (Bonn, Privatbesitz), gedr. in: Lust u. Verlust, S. 457
23. M.J. De Noel mit seiner Schwester, Matthias Joseph De Noel (Köln, Privatbesitz), gedr. in: Lust u. Verlust, S. 458
24. Kabinettschrank mit Szenen der Metamorphosen des Ovid, Antwerpen, Mitte 17. Jh. (Bonn, Landesmuseum; z.Z. als Leihgabe in: Köln, Museum für Angewandte Kunst)
25. Gelagerter Satyr, griechisch, 530-520 v.d.Z., Skarabäus aus Achat (London, British Museum), gedr. in: Lust u. Verlust, Abb. CXXIII
26. Teekanne und Koppchen mit Unterschale, Meißen, um 1725 (Köln, Museum für Angewandte Kunst)
27. Maske der Medusa, römisch, um 130 n.d.Z. (Köln, Römisch-Germanisches-Museum), gedr. in: Lust u. Verlust, S. 431
28. Köchin mit Eßwaren, Frans Snyders, ca. 1630-40 (Köln, Wallraf-Richartz-Museum), gedr. in: Lust u. Verlust, Abb. CLII

29. Altar des Erasmus-Martyriums, ca. 1450-60 (im 2. Weltkrieg zerstört), gedr. in: Budde, Maler, S. 241
30. Ansicht von Köln, Franz Joseph Manskirch, um 1800 (Kölnisches Stadtmuseum), gedr. in: Hugo Borger/Franz Günter Zehnder, Köln. Die Stadt als Kunstwerk. Stadtansichten vom 15. bis 20. Jahrhundert, Köln 1986, S. 204
31. Mikroskop, englisch oder niederländisch, um 1670 (Kölnisches Stadtmuseum)
32. Reliquienostensorium, deutsch, 15. Jh. (Köln, Schnütgenmuseum)
33. Maria mit Kind und Heilige Gertrud, Glasmalereien aus St. Gertrud, kölnisch, um 1320 (Frankfurt, Städelsches Museum, als Leihgabe in: Münster, Westfälisches Landesmuseum für Kunst und Kulturgeschichte), gedr. in: Christian Geerling, Glasgemälde. Sammlung von Ansichten alter enkaustischer Glasgemälde nebst Erläuterungen, 1. Heft, Köln 1827, o.S.
34. Chaiselongue (Empire), Anfang 19. Jahrhundert (Kölnisches Stadtmuseum)
35. Salbfläschchen in Form eines Fisches, römisch (Köln, Römisch-Germanisches Museum)
36. Trinkhorn mit Zickzackfäden, römisch (Köln, Römisch-Germanisches Museum)
37. Konsoltisch mit Spiegel, Ende 18. Jh. (Kölnisches Stadtmuseum)
38. Stadtplan von Köln, 1815

LITERATUR

Bayer, Josef (Hg.), *Die Franzosen in Köln, Bilder aus den Jahren 1794–1814,* Köln 1925

Becker-Jákli, Barbara (Hg.), *Köln um 1825. Ein Arzt sieht seine Stadt. Die medizinische Topographie der Stadt Köln von Dr. Bernard Elkendorf,* Köln 1999

Boisserée, Sulpiz, *Fragment einer Selbstbiographie,* in: Tagebücher, Bd. I, Darmstadt 1978, S. 1-40

Budde, Rainer, *Köln und seine Maler 1300–1500,* Köln 1986

Deeters, Joachim (Hg.), *Ferdinand Franz Wallraf.* Katolog zur Ausstellung des Historischen Archivs der Stadt Köln 1974, Köln 1974

Demian, J.A., *Gemälde von Köln. Nebst Ausflügen nach Aachen Elberfeld, Barmen und Düsseldorf,* Mainz 1822

Die Französischen Jahre, Katalog zur Ausstellung des Historischen Archivs der Stadt Köln 1994, Köln 1994

Günther, Johann Jakob, *Versuch einer Medicinischen Topographie von Köln am Rhein. Nebst mehreren, die Erhaltung der bestehenden und Herstellung der verlorenen Gesundheit betreffenden Bemerkungen,* Berlin 1833

Hässlin, Johann Jakob (Hg.), *Kunstliebendes Köln. Dokumente und Berichte aus hundertfünfzig Jahren,* München 1966

Kier, Hiltrud, Franz Günter Zehnder (Hg.), *Lust und Verlust. Kölner Sammler zwischen Trikolore und Preussenadler*, Köln 1995

Donner, Eka (Hg.), *Köln in alten und neuen Reisebeschreibungen*, Düsseldorf 1990

Mosler, Bettina, *Benedikt Beckenkamp (1747–1828) – Ein rheinischer Maler*, Diss. Köln 1998

Prieur, Jutta, *Das Kölner Dominikanerinnenkloster St. Gertrud am Neumarkt*, Köln 1983

Bianca Thierhoff, *Ferdinand Franz Wallraf (1748–1824). Eine Gemäldesammlung für Köln*, Köln 1997

Westfehling, Uwe (Hg.), *Der erste Kölner Stadtführer aus dem Jahre 1828*, Köln 1982

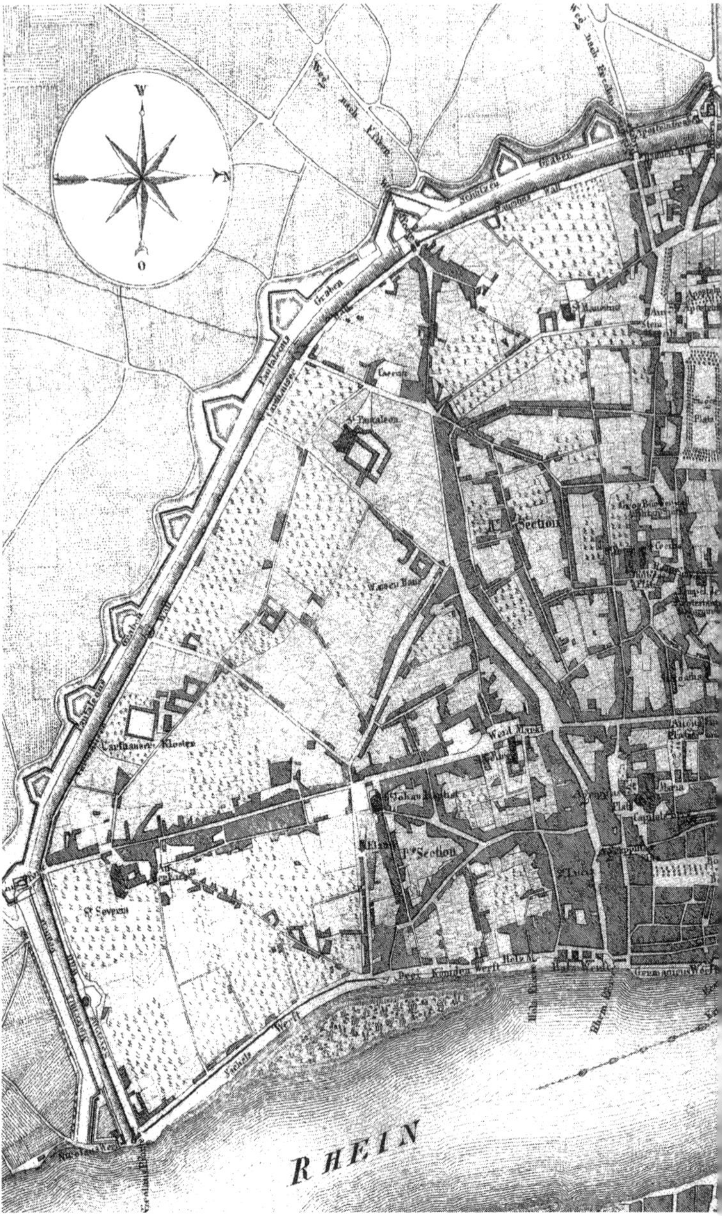
W
O
RHEIN
Carthauser Kloster
St. Pantaleon
Weid Markt
Section

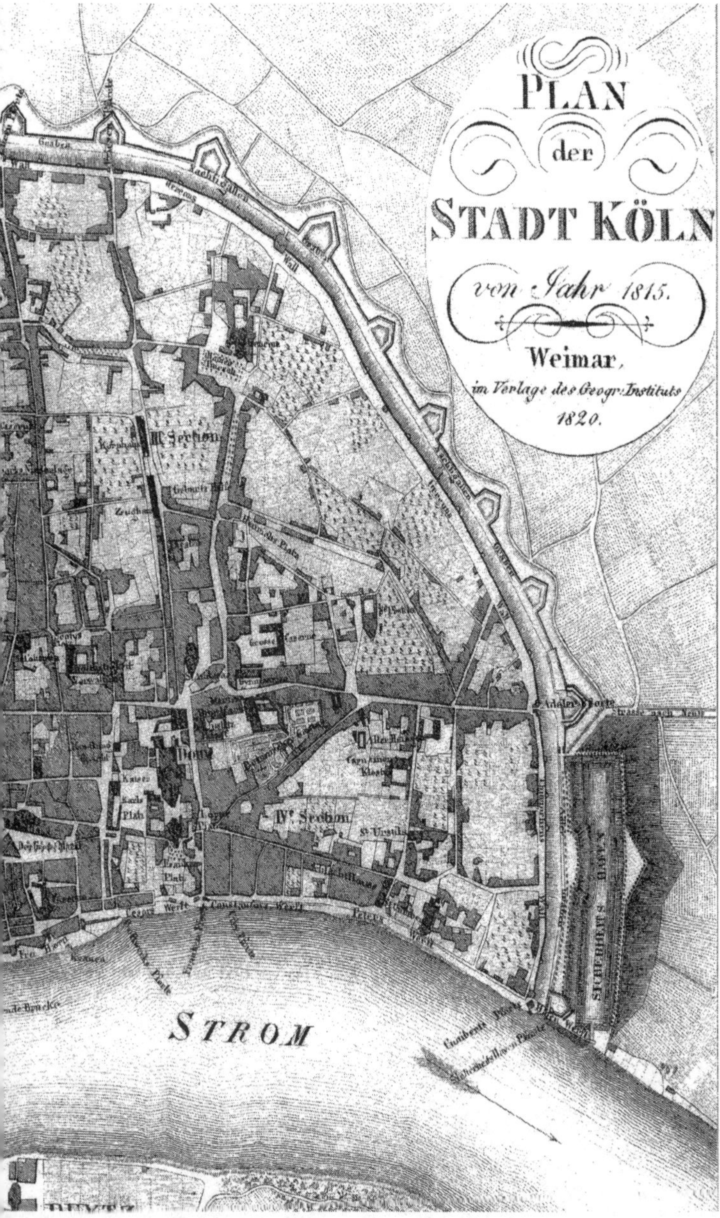
PLAN
der
STADT KÖLN
von Jahr 1815.
Weimar,
im Verlage des Geogr: Instituts
1820.
STROM

btb

Henning Boëtius bei btb

Der Gnom. Ein Lichtenberg-Roman (72408)
Lauras Bildnis. Roman (72803)
Phönix aus Asche. Roman (72967)
Schönheit der Verwilderung. Roman (72830)
Tod in Weimar (72900)
Undines Tod. Roman (72225)
Die blaue Galeere. Roman (73488)

Die Piet-Hieronymus-Krimis:

Blendwerk. Roman (72753)
Das Rubinhalsband. Roman (72639)
Der Walmann. Roman (72332)
Joiken. Roman (72584)
Rom kann sehr heiß sein. Roman (73222)

»Boëtius ist nicht nur ein phänomenal guter Erzähler, er ist auch ein Meister der Sprache.«
Hamburger Abendblatt

btb

Robert Hültner

Inspektor Kajetan und die Betrüger

Roman. 286 Seiten
ISBN 978-3-442-73420-7

München, in den 1920er Jahren: Inspektor Paul Kajetan, der sich seit seiner Suspendierung als Detektiv durchs Leben schlägt, gerät in Verdacht, auf seinen Nachfolger in der Münchner Polizeidirektion einen Mordanschlag verübt zu haben. Um seine Unschuld zu beweisen, macht er sich auf die Suche nach dem wahren Täter. Kajetans Recherchen führen ihn von der Welt der frühen Alternativen und Landkommunen bis ins Milieu der Spekulanten, Parvenüs und Rechtsradikalen. Stück für Stück setzt er das Puzzle zusammen und lässt dabei fast sein Leben …

»Der Autor vergegenwärtigt diese Geschichte aus den Vorzeiten des Hitlertums genauestens, beinahe filmisch bis in die Zwischentöne der bayerischen Dialektwendungen hinein.«
Tobias Gohlis, Die Zeit